Isabella Anders

Verzeihst du mir?

Isabella Anders

Verzeihst du mir?

BODENSEE-ROMANZE

GMEINER

Personen und Handlung sind frei erfunden.
Ähnlichkeiten mit lebenden oder toten Personen
sind rein zufällig und nicht beabsichtigt.

Im Ehnried 5, 88605 Meßkirch
Telefon 07575/2095-0
info@gmeiner-verlag.de

1. Auflage 2023

Lektorat: Claudia Senghaas, Kirchardt
Herstellung: Mirjam Hecht
Umschlaggestaltung: U.O.R.G. Lutz Eberle, Stuttgart
unter Verwendung eines Fotos von: © Robert Wiedemann / unsplash
Druck: CPI books GmbH, Leck
Printed in Germany
ISBN 978-3-8392-0423-8

Widmung

Wir vergeben fast immer, wenn wir verstehen. Das waren die prägendsten Worte, die mir mein Vater vor seinem Tod mit auf meinen Weg gegeben hat. Sie waren der Grundstein zu diesem Roman. Nicht wissend, dass dies eines der letzten Worte meines Vaters an mich sein sollten. Er verstarb mit 77 Jahren, innerhalb kürzester Zeit, an Bauchspeicheldrüsenkrebs.

Nur wenige Monate zuvor haben sich erstmals diejenigen Gespräche mit meinem Vater ergeben, die auf Augenhöhe stattfanden. Er hat mir gegenüber unbeschönigt seine Schwächen offenbart, und ich habe dabei erstmals seine Stärken erkannt. Dabei konnte ich mich selbst, meine Wurzeln, mehr und mehr verstehen. Wir haben beide begriffen, die bisherigen Streitpunkte sind unsere gemeinsamen Schwächen, die vermeintlichen Gegensätze oftmals Gemeinsamkeiten. Der andere wurde auf einmal zum unmissverständlichen Spiegel der eigenen Seele.

Meine uneingeschränkte Liebe begleitet ihn für immer.

Dieser Roman ist ihm, Ralf Friedrich Herrmann, gewidmet. Es geht um eine lange unerkannte, im Verborgen liegende Vaterliebe. Letztendlich um das Verstehen und Verzeihen.

Ein Jahr zuvor

Radolfzell, 2021

»Und du wirst mir helfen!« Der flehentliche Blick von Alexander passte nicht zu den fordernden Worten, die keinen Widerspruch duldeten. »Bis zum bitteren Schluss!« Sein Blick war starr auf Anton Berger gerichtet, seine Unsicherheit nicht zu übersehen.

Im Grunde war es keine Frage. Alexander brauchte Antons Unterstützung, wollte diese aber nochmals bestätigt wissen. Schließlich hatte er nicht umsonst seinen Dienst bei der Kreuzlinger Polizei quittiert.

»Wenn du dich an die Regeln hältst?«, stellte Berger sachlich seine einzige Bedingung, während er ihm den Kaufvertrag über den kleinen Holztisch hinüberschob.

Der anwesende Notar hatte Zeile für Zeile vorgelesen und wartete geduldig das Gespräch seiner Klienten ab. Alexander wollte das kleine Eckhaus am Rande der Radolfzeller Altstadt unbedingt haben. Das stand außer Frage. Dort würde er, mitsamt der Immobilie, auch die Detektei von Anton Berger übernehmen, um endlich ohne die in seinen Augen unfähige Staatsanwaltschaft ermitteln zu können. Schonungslose Aufklärung und harte Bestrafung der Schuldigen, das war sein Motto. Seine Eltern wurden zehn Jahre nach ihrem Verschwinden für tot erklärt, niemand hatte damals lange ermittelt. Selbstverständlich war er als Detektiv an Gesetze gebunden, diese Belehrung hätte sich Anton getrost sparen können. Vor dem Notar wollte er jedoch nicht die möglichen Grauzonen mit Anton diskutieren. Am Ende zählte nur das Ergebnis, sonst nichts. Dafür würde er hin und wieder ein paar Grenzen überschreiten müssen. Gemeinsam mit Anton würde er nun endlich herausfinden, was wirklich mit seinen Eltern geschehen war. Alexanders Nasenflügel bebten, während er den Vertrag schwungvoll unterschrieb und ihn Anton Berger mit einem entschlossenen Nicken zurückgab.

Nachdem Anton seine Unterschrift auf die letzte Seite des Dokuments gesetzt und alle Unterlagen dem Notar zurückgegeben hatte, nickte er Alexander ebenfalls zu, erleichtert und verschwörerisch. Natürlich würde er ihn nicht im Stich lassen. Auch wenn Alexanders Fall auf den ersten Blick aussichtslos schien, reizten Anton die besonderen Umstände. Vor allem Alexander selbst würde ihm große Aufmerksamkeit abverlangen. In Alexanders ungestümer Art befürchtete Anton im Moment die größte Unwägbarkeit, die ihn herausfordern, ihm sicher viel diplomatisches Geschick abverlangen würde. Ohne ihn näher zu kennen, sah er es Alexanders leidenschaftlichen Gesichtszügen an. Der junge Mann hatte sein Temperament nicht unter Kontrolle. Auf seine Menschenkenntnisse konnte sich Anton blind verlassen. Er war lange genug im Geschäft und erkannte mit einem Blick mehr, als es anderen Menschen lieb war. Alexander war, wie er von ihm erfahren hatte, bisher auf sich allein gestellt gewesen. Er war nicht wie andere Kinder beschützt und behütet aufgewachsen. Der Junge brauchte jetzt seine Hilfe. Erst im Anschluss würde er Radolfzell, den herrlichen See und auch seinen sorgenfreien Ruhestand wahrhaftig genießen können. Für den Rest seines Lebens Urlaub am Bodensee. Der Gedanke lockte ihn schon lange. Ein zufriedenes Lächeln huschte über Antons Gesicht. Er liebte Pläne und deren akribische Umsetzung, die an ein Schweizer Uhrwerk erinnerten. Nichts würde ihn, Anton Berger, von seinem letzten traumhaften Plan abbringen.

Kapitel 1

Stuttgart, 2022

Sven schloss leise die Haustür auf. Es war schon spät, niemand schien mehr wach zu sein. Der vertraute Wohlgeruch hieß ihn jedoch sofort zu Hause willkommen. Es war nicht nur der Rosenduft, der ihn draußen im Garten begrüßt hatte, sondern eine unbeschreibliche ihn umgarnende Duftmischung, die ihn bereits im Hausflur behaglich umarmte. Seine Marcella, mit der er nun seit sechs Jahren verheiratet war, hätte er mit verbundenen Augen erkannt – nur sie hatte diese unglaubliche magische Anziehungskraft, und nur sie zauberte ihm diese wohltuende Wärme in sein Herz. Während er die Tür leise hinter sich zuzog, wanderte sein Blick in den oberen Stock, wo die Nachtbeleuchtung für schummriges Licht sorgte. Die Kinder waren schon im Bett. Mia hatte sicher darauf bestanden, noch ein wenig wach zu bleiben, um auf ihren Papi zu warten, doch Marcella hatte die beiden bestimmt längst ins Bett gebracht. Sie selbst fand er auf dem Sofa vor, wo sie unter einer Wolldecke eingeschlummert war. Marcella wartete immer auf ihn, sie wollte nicht ohne ihn ins Bett gehen.

»Ciccino, du bist da.« Sie küsste Sven verschlafen und zog ihn zärtlich zu sich hinunter. »Wie war es bei deinen Terminen? Alles in Ordnung?«

»Ja, mein Liebling!« Mit einem wohligen Seufzer ließ er sich fallen, nachdem er seinen Schatz ebenso liebevoll begrüßt hatte. Genauso hatte er sich sein Zuhause gewünscht. Nach so vielen Jahren war er endlich angekommen. »Jetzt ist alles gut!« Die ganze Anspannung des Tages war mit einem Kuss wie weggewischt. Mit seinem Steueranwalt hatte Sven darüber diskutiert, ob die Nutzungsentgelte für naturschutzrechtliche Ausgleichsmaßnahmen im Zuflussjahr versteuert werden müssten oder nicht. Langweilige Dinge, an die er überhaupt nicht mehr denken wollte. Zuvor hatte er sein Auto aus der Werkstatt in Zuffenhausen abgeholt, danach war er bei seinem Hausjuristen gewesen und eben noch kurz in seinem Büro.

»Und? Wie sieht es aus?«, wollte Marcella etwas munterer wissen, während sie sich aufsetzte. Allein die körperliche Nähe zu Sven gab ihr einen Energieschub. »Wann dürfen unsere Gäste wieder ganz normal am Leben teilnehmen?«

»Zurzeit gelten weiter Einschränkungen.« Sven hatte sich von seinem Anwalt die aktuellen Regelungen bestätigen lassen. »Die neuen Vorgaben habe ich gerade in einer Kurzfassung unserer Hauszeitung hinzugefügt.« Diese Information würde seinen Gästen, wie er die Bewohner von der Parkresidenz *Marven* nannte, gleich morgen zur Verfügung stehen. Marcella und er hatten die *Marven GmbH* vor drei Jahren gegründet. Alles lief wie am Schnürchen, bis die Pandemie 2020 die Welt von einem Moment auf den anderen zum Stillstand brachte. Auch die Bewohner der gehobenen Seniorenwohnanlage traf dieser tiefe Einschnitt mit voller Wucht, nichts war mehr wie vorher. Besuche waren nur noch unter strengen Auflagen erlaubt, und es gab kaum Ausflüge und Aktivitäten außer Haus. Wie im Gefängnis fühlte es sich damals an. Niemand wusste, wann der Albtraum enden würde. Mittlerweile, zwei Jahre später, drehte sich die Erde langsam weiter, wie in Zeitlupe. Jeder hoffte, sie würde bald zu ihrem alten Schwung zurückfinden.

Glücklicherweise verfügte die Residenz über eine weitläufige Parkanlage. Mit prächtigen alten Bäumen und neu angelegten Rosenbeeten, die Marcellas Mama, die bei ihnen wohnte, mit Hingabe hegte und pflegte. Und Sven hatte darüber hinaus genug Fantasie, um es seinen Gästen innerhalb des Geländes so schön wie möglich zu machen. Eine Idee von ihm war das tägliche Nachrichtenblatt, welches er jeden Abend zusammenstellte, dann für alle kopieren und um 22 Uhr vor den Zimmertüren verteilen ließ. Wer schlecht schlafen konnte, wartete gespannt und las die Lektüre schon in der Nacht. Andere hoben sich den Lesestoff für den Vormittag auf und hatten somit einen festen Programmpunkt zwischen Frühstück und Mittagessen, über den sie sich anschließend ausführlich mit den anderen austauschen konnten. Sven schrieb in seinem Guten-Morgen-Blatt über die wichtigsten Nachrichten des Tages, die angebotenen Aktivitäten, die Menüauswahl für Mittag- und Abendessen und, was jeder lesen musste, der mitreden wollte, Svens Geschichten aus seiner Escort-Zeit. Bevor er sich in Marcella verliebte, erfüllte er sieben Jahre lang die geheimen Träume fremder Frauen. Das Leben, welches er damals führte, schien heute nicht mehr zu ihm zu gehören, und doch war es ihm nicht unangenehm. Es machte ihm Spaß, darüber zu schreiben, denn ohne diese Zeit wäre er nicht der Mann, der er heute war. Es war eine behutsam formulierte Romanze, über die er schrieb und die sie alle liebten, auch wenn er damals den Glauben an die wahre Liebe fast verloren hatte. Vor allem über den Titel *Bleibst du für immer?* wurde gerätselt. Wem mochte diese Frage gelten? Würde in seinem Fortsetzungsroman endlich seine hübsche Frau Marcella auftauchen? Die hilfsbereite Allgemeinärztin, die bei allen so beliebt war? Seiner kleinen Fangemeinde gegenüber gab Sven sich geheimnisvoll, denn das erhöhte die Spannung. In den nächsten Wochen würden sie es sowieso erfahren.

Eines Tages sprach ihn Anton Berger auf diese Geschichten an. Anton war erst vor ein paar Monaten in die Parkresidenz *Marven* gezogen. Ein Jahr zuvor hatte er seine Detektei am Bodensee an einen jungen Mann verkauft, der seinen Job bei der Polizei an den Nagel gehängt hatte, um seine vermissten Eltern zu finden. Anton hatte ihm beim Einzug erzählt, wie sorgfältig er seine Rentenzeit am Schwäbischen Meer geplant hatte. Doch ausgerechnet im letzten Jahr verliebte er sich in seiner alten Heimat Hals über Kopf in die verheiratete Doris. Die Frau, die er eigentlich eines Verbrechens hätte überführen sollen. Jetzt brauchte er diesen Neustart in Stuttgart, wie er sich ausweichend ausdrückte. Von seinem Pech in der Liebe erzählte er nur Sven. Er wäre es nicht gewohnt, viel über sich zu erzählen, wich er entschuldigend und konsequent allen Fragen der meist weiblichen Bewohner aus. Viel wichtiger wäre es, betonte Anton häufig, den anderen zuzuhören, so mache man das eben als Detektiv. Aufgrund seiner empathischen und ruhigen Art war er hier sehr beliebt. Wenn er durch sein Schweigen auch ein wenig unnahbar wirkte, umschwebte ihn dadurch etwas Geheimnisvolles. Das alles war jedoch keine Taktik von Anton, er sprach einfach ungern über seine Erlebnisse.

So zumindest hatte Sven ihn bisher kennengelernt. Wenn er an seine eigene Vergangenheit dachte, verstand er das nur zu gut. Umso überraschter war er, als Anton in sein Büro kam und plötzlich überhaupt nicht mehr verschlossen wirkte.

»Darf ich dich stören?«, fragte Anton aufgeräumt wie immer. Er blieb am Türrahmen stehen, beobachtete Sven, wie der in einem Stapel Papieren wühlte. »Oder soll ich später wiederkommen?«

»Nein, komm ruhig rein.« Sven bot Anton freundlich einen Platz am Besuchertisch an.

»Ich freue mich über jede Ablenkung, denn ich muss gerade Statistiken überprüfen.« Sven verdrehte genervt die Augen. »Das ist meine absolute Lieblingsbeschäftigung! Kommt gleich nach der Steuererklärung!« Sven hatte Anton, wie allen anderen auch, beim Einzug in die Residenz das Du angeboten. Alle sollten sich bei ihm wie eine große Familie fühlen. In diesem Sinne wollte er seine Empfindungen darüber, wie sehr ihn die statistischen Erhebungen im Moment nervten, ganz offen mit Anton teilen. Während er die Unterlagen ein wenig beiseiteschob, lächelte er ihn herzlich an: »Was darf ich für dich tun?«

»Die Frage möchte ich dir stellen«, schmunzelte Anton und setzte sich. »Ich lese jeden Tag die Geschichten aus deinem Leben …« Er machte eine kurze Pause, zwinkerte Sven verschwörerisch zu, »darauf freue ich mich jeden Morgen. Ich stehe extra eine Stunde früher auf. Du hattest ein abenteuerliches Leben.«

»Dankeschön!« Sven grinste. So ähnlich hatte sich Marcella auch ausgedrückt, als er ihr versprechen musste, damit abzuschließen. »Du hast als Detektiv sicher auch aufregende Geschichten erlebt. Überlegst du, sie mir für den nächsten Fortsetzungsroman im *Guten Morgen* anzuvertrauen?«

Ein bewunderndes Lächeln huschte für einen Moment über Antons Gesicht. »Du bist schnell im Kombinieren! Das ist bemerkenswert«, lobte er ihn väterlich, dabei knetete er nachdenklich sein Ohr. »Du hast viel erlebt«, fuhr Anton fort. »Wahrscheinlich entwickelt man dabei ein Talent für Beobachtungen. Einen siebten Sinn sozusagen. Du wärst ein guter Detektiv geworden.«

Sven hatte den Eindruck, dass der Detektiv gar nicht mehr mit ihm, sondern mit sich selbst sprach. Antons Augen und Worte schienen sich an einen weit entfernten Ort zu richten, als er sagte: »Als Detektiv und als Escort muss man sich in andere Menschen hineinfühlen können.«

Für einen Moment schien es Sven, als wäre Anton in sein altes Leben zurückgekehrt, wenn auch nur gedanklich. Soweit er wusste, hatte der Detektiv zwei Frauen dort zurückgelassen. Erinnerungen, die ihn bestimmt schmerzten. Die eine große Liebe, die er zumindest viele Jahre dafür hielt, hatte er verlassen, genau wie diese andere, besondere Frau, in die er sich erst vor kurzem heftig verliebt hatte. Beides drückte Anton wohl auf sein Gemüt. Auch wenn er hierher geflüchtet war, um mit allem abzuschließen, reiste er mit Ballast, den er nicht so einfach über Bord werfen konnte. Das war wohl auch der wahre Grund dafür, weshalb er den Rentner nur selten über seine Vergangenheit sprechen hörte. Aber wie lange wollte der Mann seinen Kummer unterdrücken? Wie lange wollte er sich im Selbstmitleid mehr oder weniger wohlfühlen? Er war schließlich in anderen Belangen voller Tatendrang und noch so jung – gerade etwas über 70. Antons Geschichten würden ihn sehr interessieren, überlegte Sven weiter, während Anton schweigend und leicht bedrückt vor sich hinstarrte. Er war gewiss mit den unterschiedlichsten Menschen zusammengekommen, hatte dabei in Abgründe geschaut, die keiner freiwillig offenlegte. Er beschloss, Anton aus seiner Lethargie zu holen.

»Dann habe ich also richtig kombiniert?« Sven grinste, nachdem er Antons Blick wieder eingefangen hatte und dieser unbeschwerter wirkte. »Du wirst ein Kapitel von deinem Leben öffnen? Obwohl du bisher so gut wie nichts aus deiner Vergangenheit erzählt hast?«

»Das hat sich bis zu dir herumgesprochen?«, wunderte sich Anton und lächelte ein wenig.

»Natürlich.« Sven schmunzelte, als er sich daran erinnerte,

wie gleich nach Antons Ankunft in der Residenz die ersten Damen zu ihm kamen und sich nach dem attraktiven Herrn erkundigten. Nur, um sich einige Zeit später bei ihm zu beschweren, Anton würde sich nicht in die Gemeinschaft einfügen. Er ginge ihnen aus dem Weg, weiche sämtlichen Fragen aus. »Du hast hier den Ruf des Geheimnisvollen. Sie werden sich auf deine Geschichten stürzen!«

»Meinst du wirklich?«, kam es ein wenig ungläubig, fast verlegen von Anton. Dennoch schien Anton das Interesse an seiner Person und an seiner Vergangenheit wohlwollend zur Kenntnis zu nehmen. »Und?«, fragte der Detektiv neugierig, »hast du den Damen etwas über mich erzählt?«

Sven lächelte ihn aufrichtig an: »Nein, es ist nicht meine Aufgabe, über meine Bewohner zu tratschen. Du solltest es ihnen selbst erzählen. Es hat mich nur gefreut, wie beliebt du bist, obwohl du dich bisher so rar gemacht hast«, tadelte er ihn ein wenig, während Anton schelmisch vor sich hinlächelte. Der Rentner schien aufzublühen, zumindest für den Moment. Allein der Gedanke, sich zu öffnen, tat Anton offensichtlich gut. »Was sollte ich auch über dich erzählen, ich weiß doch selbst nicht viel über dich, lieber Anton!«

»Musste es erst mal für mich selbst verarbeiten«, murmelte dieser vor sich hin, seine Stimme zitterte leicht, als er ergänzte: »Jetzt würde ich schon aus meinem Leben erzählen wollen, auch wenn …« Anton senkte den Blick und brach mitten im Satz ab.

»Auch wenn es wehtun wird?« Mitfühlend schaute Sven Anton an, der zögerlich nickte. »Es wird dir besser gehen, wenn du dir das alles von der Seele schreibst und«, er beugte sich zu Anton rüber, »du dann später darüber mit den anderen sprechen kannst. Keiner sollte seinen Kummer für sich allein behalten, daran kann man wirklich zugrunde gehen!«

»Das weiß ich.«

»Dann bekommen wir demnächst etwas von dir zu lesen?«, wollte Sven wissen. »Du vertraust uns deine Erlebnisse an?«

»Du bekommst von mir alles, was du für einen spannenden Fortsetzungsroman brauchst.« Anton nickte energisch und atmete zufrieden aus. Er würde sich seiner Vergangenheit stellen. Eine Last schien bei diesem Gedanken von ihm abzufallen. »Soll ich Stichworte formulieren oder wie möchtest du es gerne haben?«

»Du hast deine Geschichte schon Wort für Wort im Kopf, stimmt's?«

Anton nickte und, als hätte man eine Schleuse geöffnet, fing er an zu erzählen: »Das also war mein letzter Fall. Die Geschichte handelt nicht nur von mir, sondern auch von Sara und Alexander, zwei sehr sympathischen jungen Leuten aus Radolfzell.« Antons Augen leuchteten auf, während er von den beiden sprach. »Sie waren damals noch Kinder, als sie die Opfer eines schrecklichen Verbrechens wurden. Das Perfide dabei ist, sie waren sich dessen jahrzehntelang überhaupt nicht bewusst. Als sie davon erfuhren, wie sehr sie hintergangen und betrogen worden waren, und sogar Beweise in den Händen hielten, um die Täter anzeigen zu können, waren sie bereits emotional stark mit ihnen verbunden.«

Sven hörte ihm mit wachsendem Interesse zu und stellte sich die Frage, was Sara und Alexander wohl angetan wurde. Waren die beiden ein Paar? Wer waren die Täter? Er stand auf und setzte sich zu Anton an den Besuchertisch.

»Und du hast dich bei diesen Ermittlungen verliebt, so wie du schaust?« Sven war neugierig und wollte den nun redseligen Mann weiter aus der Reserve locken. »Erzähle mir mehr, ich habe Zeit.«

»Du stellst diese Fragen zum falschen Zeitpunkt«, Anton rieb sich am Ohr. Sven hatte das schon häufiger beobachtet, es schien dem Mann beim Nachdenken zu helfen.

»Ich werde dir nach und nach die ganze Geschichte erzählen. Dann wirst du am Ende selbst beurteilen können, was Gerechtigkeit ist und ob ein Gerichtsbeschluss die Taten tatsächlich hätte sühnen können. Manchmal gibt es andere Wege zu strafen, manchmal ist Vergebung der richtige Weg.« Anton ging nicht auf Svens Frage ein, welche Rolle er selbst und seine Gefühle in der Geschichte gespielt hatten, er redete, jetzt, wo er sich dazu entschlossen hatte, einfach weiter: »Oder ob sogar Selbstjustiz die einzige richtige Lösung in so einem Fall sein kann, um die Rachebedürfnisse der Opfer zu stillen. Oder ob die begangenen Verbrechen den Tätern überhaupt vorzuwerfen sind? Also im moralischen Sinne …«

»Anton, du sprichst in Rätseln! War da doch kein Verbrechen? Und wer will Rache?« Sven konnte den verwirrenden Gedankengängen des Detektivs nicht folgen.

»Oh doch! Im juristischen Sinne war es sogar ein sehr hinterhältiges Verbrechen. Keine Frage!« Anton genoss Svens Neugier sichtlich. »Allerdings gibt es andere Sichtweisen. Es gibt Gesetze, es gibt den Verstand und es gibt das Herz. Mit jeder dieser Instanzen kannst du eine Sache unterschiedlich bewerten. Denke daran, die Täter und die Opfer sind am Ende emotional eng miteinander verbunden.«

»Keine Ahnung, worauf du hinaus möchtest, Anton. Erzähle mir doch bitte die ganze Geschichte!«

»Ein Unglück passiert. Eine einzelne Person scheint dafür verantwortlich zu sein. Mutmaßlich das erste Delikt, ein Versäumnis am Bau.« Anton schien sich mit allen Sinnen in die Vergangenheit zurückzuversetzen. Sven spürte, wie es den Rentner aufwühlte. »Aber dann geschieht ein weiteres Verbrechen, von einer zweiten Person begangen, welches aber vielleicht erst durch das erste Unglück ermöglicht wurde.« Anton skizzierte das Geschehen auf einem Blatt Papier, um seine Gedanken für Sven sichtbar zu machen. »Ich schreibe das mal der Reihe nach auf. Also hier, die Nachlässigkeit bezeichne ich als Delikt Nummer eins. Auch wenn es vielleicht keine Straftat war. Dann geschieht ein abscheuliches Verbrechen, von einer Person begangen, die sich das mögliche Delikt Nummer eins zunutze macht. Ich schreibe das hier drüber: Delikt Nummer zwei. Und die Namen Herbert und Doris Ganter sowie Salvatore Massino, der Dritte im Bunde.« Hinter Salvatore schrieb er: Delikt Nummer drei. »Der ist vielleicht ein Charakter, das kannst du dir im Traum nicht vorstellen. Anfangs vermutete ich, er sei ein Ableger der Bonanno-Familie aus Sizilien.« Anton ergänzte schnell, nachdem er Svens fragendes Gesicht sah: »Mafia, in den 70er-Jahren die erfolgreichsten Drogenverteiler weltweit, mit Sitz in Sizilien und New York. Du wirst später beim Lesen an mich denken«, machte er es spannend. Während Anton die Namen schrieb, legte sich seine Stirn in Falten. »Zurück zu meinem Auftrag. Jahrzehntelang passiert nichts«, erzählte er weiter. »Sara G.«, Anton verstand es, Sven mit seinen verdeckten Andeutungen in seinen Bann zu ziehen, »eines der unwissenden Opfer, versteht sich mit den Tätern zunächst ausgezeichnet. Deshalb male ich hier Herzen und eine lachende Sonne in Anführungszeichen auf. Denn es ist nur augenscheinlich alles in Ordnung. Alexander, das zweite Opfer, ist nicht ganz so ahnungslos, hat erst viele Jahre später Kontakt zu dem Täterkreis und zu Sara. Sie mögen, ja lieben sich sogar untereinander, nicht alle, aber es sind enge Verbindungen zwischen den Beteiligten entstanden.« Jetzt verband Anton einzelne Namen durch Linien miteinander, fügte den Namen Alexander Ruef hinzu. Er verband ihn zuerst mit Sara G. und anschließend mit allen anderen Personen. Am Ende folgte sein eigener Name, Anton Berger. »Alexander hatte mich beauftragt, ihn bei der Aufklärung des Verbrechens zu unterstützen«, erklärte er die Striche, die ihn selbst mit Alexander und anschließend mit allen anderen, in Verbindung brachten.

»Und dann?« Von den ganzen Andeutungen völlig gefesselt, starrte Sven auf die Zeichnung, obwohl er immer noch nichts damit anfangen konnte. »Hast du alles aufgeklärt?«

»Irgendwann kommt die Wahrheit immer ans Licht.« Anton machte eine Pause. »Aber genügt es, die Wahrheit zu kennen?«

»Ich verstehe«, versuchte Sven den Gedanken von Anton zu folgen, »Sara und Alexander, die Opfer, möchten Wiedergutmachung.«

»Eine Wiedergutmachung ist ausgeschlossen! Alexander hat das verstanden und wollte die Sache allein regeln.«

»Selbstjustiz? Wirklich? Hat er?« Sven steigerte sich immer mehr in Antons Erzählung hinein. Zumindest hatte er sich längst entschieden, die Geschichte im *Guten Morgen* zu erzählen. Ein atemberaubender Titel schwirrte ihm für diesen spannenden Fortsetzungskrimi bereits durch den Kopf.

Anton beantwortete die Frage erneut nicht, sondern deutete nur mit dem Finger auf die eingezeichneten Linien zwischen den Personen.

Sven nickte halb verstehend: »Die Opfer haben Skrupel, die Täter offiziell anzuzeigen? Weil sie mit ihnen emotional verbunden sind? Ist es das?«, schloss Sven sein Fazit und schaute Anton erwartungsvoll an.

Anton schrieb auf seinen Zettel das Wort »Unmenschlichkeit«. »Selbstjustiz oder Polizei? Was ist richtig? Bleiben wir mal bei der politisch korrekten Lösung, in der die Opfer zur Polizei gehen. Nehmen wir mal an, die Opfer könnten am Ende ein wenig verstehen, weshalb sich die Täter damals so verhalten haben. Juristisch gesehen wäre die Anzeige in Ordnung. Oder ist der Gang zur Polizei vielmehr auch eine unmenschliche Tat, auf andere Weise natürlich. Diesmal von den Opfern begangen? Würden sie sich damit sogar selbst am meisten schaden?« Anton machte um *Unmenschlichkeit* einen dicken Kringel. »Ist das nun richtig? Das ist hier eine der entscheidenden Fragen!«

»Dir geht es um Moral und Ethik?«

»Jetzt kommen wir der Sache schon näher«, bestätigte Anton. Er kam immer mehr in Fahrt. Genau darüber dachte er seit Monaten nach. Wie oft hatte er Sara und Alexander dazu bringen wollen, die passenden Antworten selbst zu finden. Was ist moralisch und ethisch das Richtige? Je mehr er den Tätern zuhörte, desto mehr verstand er deren Motivation.

»Sven«, sagte er eindrücklich und schaute ihm dabei tief in die Augen, »das ist die einzige Frage: Wie verhalte ich mich, damit ich mich noch im Spiegel anschauen kann?«

Sven rutschte auf seinem Stuhl nach vorne, er hatte seine Statistiken komplett vergessen. »Was ist die richtige Antwort?«

»Ich werde dir doch nicht das Ende der Geschichte erzählen«, grinste Anton schalkhaft. »Du sollst beim Schreiben auch deinen Spaß haben und dir vor allem diese Frage stellen: Wie würdest du dich an Stelle der Opfer und Täter verhalten? Und glaube mir, deine Meinung wird sich ändern, je mehr du erfahren wirst.«

»Verstanden«, nickte Sven, »aber kannst du mir zumindest verraten, wie du dich in dieser Sache verhalten hast?«

»Meine Meinung ist völlig unerheblich. Jeder muss für sich entscheiden. Aber ich sage dir, wie die Geschichte heißen sollte«, wich Anton der Frage geschickt aus.

»Mensch, Anton …« Sven rutschte ungeduldig auf seinem Stuhl hin und her. »Das ist schon wieder keine Antwort auf meine Frage.«

»Genau!« Anton grinste breit. »Finde selbst heraus, wie sich die Beteiligten schlussendlich entschieden haben. Ich werde jeden Tag ein Häppchen der Geschichte schreiben, und du machst daraus einen spannenden Fortsetzungsroman.« Er stand auf und zwinkerte Sven verschwörerisch zu: »Das bekommst du hin, oder?«

Kapitel 2

Vor drei Jahren hatten Marcella und Sven auf dem ehemaligen Firmengelände der Schwiegermutter, Emilia De Luca, die Parkresidenz *Marven* aufgebaut. Emilia hatte es sich nicht nehmen lassen, sich um die Grünanlagen zu kümmern. Gemeinsam mit fünf fest angestellten Gärtnern hegte sie ihre Rosenbeete und wachte aufmerksam über alles, was im Park wuchs. Marcella hatte die ärztliche Leitung der Residenz *Marven* übernommen. Gemeinsam mit anderen Ärzten umsorgte sie die Bewohner. Damit es sich besser rechnete, war zusätzlich eine Hausarztpraxis für die Einwohner des Stuttgarter Stadtteils Weilimdorf eingerichtet worden. Sven kümmerte sich, wie früher bereits in der Escort-Agentur *EASE*, um die kaufmännischen Angelegenheiten der *Marven GmbH*. Insgesamt hatte er komfortabel kalkuliert, konnte daher genügend Fachleute mit den Details beauftragen und sich selbst genügend Freiraum für seine Gäste und seine Familie schaffen. Neben der Wohnanlage für Senioren hatten sie Marcellas ehemaliges Elternhaus ausbauen und renovieren lassen. Jetzt hatte Emilia eine kleine Einliegerwohnung mit Blick auf den Park, und im Haupthaus wohnten Marcella, Sven und die beiden Kinder.

Sven kannte Emilia schon länger als Marcella, die er dann, eher zufällig in Lugano kennengelernt hatte. Sie verliebten sich Hals über Kopf und heirateten ein halbes Jahr später. Schnell kam Mia auf die Welt, in die er sich genauso verliebte wie zwei Jahre später in seinen Sohn Linus. Mia war Marcella wie aus dem Gesicht geschnitten, und Linus kam ganz nach seinem Vater. Sie waren alle rundherum glücklich, und wäre da nicht die Pandemie, hätte es in ihrem Leben nicht besser laufen können. Marcella und Sven hatten immer von einer Familie geträumt, ihr Traum war wahr geworden.

»Daran können wir wohl nichts ändern«, seufzte Marcella, nachdem Sven ihr gerade von weiteren Einschränkungen für die Bewohner berichtet hatte. »Das wird hoffentlich bald anders werden.«

»Wir werden es unseren Gästen weiterhin so leicht wie möglich machen«, murmelte Sven abwesend. Er saß auf dem Sofa, streichelte Marcella, die sich gemütlich auf ihm ausgestreckt hatte, gedankenverloren über die Haare. Er hatte gerade in seinem Büro die aktuelle Ausgabe seiner Zeitung um die Informationen zur Pandemie ergänzt und den neuen Teil des Fortsetzungsromans kurz überflogen. Zum ersten Mal tauchte seine rassige Marcella in der Geschichte auf. Seine große Liebe. Er erinnerte sich an jeden Moment, und sein Herz pochte schneller, während er an die erste Begegnung dachte, die nun Thema im *Guten Morgen* sein würde.

»Via Riviera, hier lag nun das Prachtstück, es war eine Rarität, nicht nur die Lage, auch die Villa war außergewöhnlich schön. Vorne der Luganer See, dahinter die Parkanlage, der Parco San Michele. Das Anwesen nicht zu groß, jedoch einzigartig schön mit seinen Säulen aus Sandstein und der schmalen Allee, die direkt zum Eingangsbereich führte. Wie ein gemalter Traum. Sven erkannte sofort, dass es das Haus von Emilia De Luca sein musste, dieses und kein anderes. Es lag genauso versteckt, wie Sven sich das vorgestellt hatte. Genauso versteckt wie Emilia De Luca, die sich auch meisterlich bedeckt hielt und damit eine besondere Aura um sich herum erschaffen hatte.

*Marcella, die Tochter, stand am Eingang von diesem geheimnisvollen, magischen Ort. Eine rassige junge Frau, ihre Haare wehten im Wind. Sie war leicht gebräunt und sommerlich gekleidet, eine verspielte Bluse mit Rüschen, ein langer, luftiger Rock, zeitlose geschnürte Sandaletten, die ihre langen Beine noch mehr betonten. Sie war, mit einem Satz, eine umwerfende Erscheinung. Sven musste sich ernsthaft darauf konzentrieren, die breite Limousine in die schmale Einfahrt zu zirkeln.«**
Während Sven diese zauberhafte erste Begegnung Revue passieren ließ, küsste er seine hinreißende Marcella, deren Liebe er auch nach so langer Zeit nicht als selbstverständlich erachtete. Andere hatten nicht so viel Glück, das war ihm klar, und dann fiel ihm Anton ein, der scheinbar vor der Liebe geflüchtet war. »Habe ich dir von Anton erzählt? Er war gestern in meinem Büro.«

»Anton, der Geheimnisvolle?«, lachte sie, ihre Augen blitzten ihn erwartungsvoll an. »Cucciolone! Ich kenne diesen Blick! Was habt ihr für einen Plan ausgeheckt?«

»Genau dieser Anton«, grinste er, schon voller Vorfreude. »Vor dir kann man aber auch nichts verheimlichen!«, neckte er zurück und lächelte sie verliebt an.

---

* Quelle: Bleibst du für immer? Gmeiner-Verlag

»Gut so! Was ist nun dein neuer Plan? Welche Rolle spielt Anton dabei?«

»Er möchte mir von seinem allerletzten Fall erzählen. Ich glaube, da geht es um seine letzte große Liebe, und, stell dir vor, ich darf seine Geschichte im *Guten Morgen* veröffentlichen.«

»Das klingt ja spannend!« Ihre Augen strahlten. »Er taut langsam auf, er vertraut dir. Und weißt du, was mich noch mehr freut?«

»Verrate es mir!«

»Cuore mio, deine Augen leuchten. Immer wenn du eine gute Idee hast, dann bekommen sie so einen Glanz.« Sie küsste ihn mit ihren unwiderstehlich weichen Lippen. »Und das hier«, stöhnte sie theatralisch auf, »wie sehr ich das liebe. Oh, wie habe ich deine Küsse vermisst! Du warst viereinhalb Stunden weg.«

Da war sie wieder, die umwerfend süße Marcella, die Sven mehr als sein eigenes Leben liebte. Sven erwiderte ihre Küsse voller Leidenschaft.

»Was glaubst du, wie schnell ich deshalb zurückgefahren bin? Der neue Wagen ist die Wucht! Nachdem er durchgecheckt wurde, habe ich alle abgehängt!« Mit dramatischen Gesten unterstrich er seine stürmischen Gefühle. »Ich musste einfach der Schnellste sein, und es war auch nur eine hellrote Ampel dabei!«

»Tigrotto, du bist zu schnell gefahren!«, schimpfte sie. »Wie oft habe ich dir gesagt …«

»Nur weil ich deine Küsse so vermisst habe«, entschuldigte Sven seine Angeberei mit einem Augenaufschlag. »Ich wollte schnell zu dir, zu meinem süßesten Lieblingsschatz – meinem einzigen Lieblingsschatz!«, setzte er schnell nach und grinste sie mit schiefem Kopf an. »Wie hätte ich da langsam fahren sollen? Marcella, Liebling, sag es mir, wie?«

Sie zögerte kurz mit der Antwort, schaute ihn gespielt skeptisch an: »Wegen meiner Küsse? Deswegen bist du so herumgerast?«

»Nur deswegen!« Er zog die Schultern hoch, als hätte er sein einziges Ass ausgespielt, und hoffte dabei, nicht baden zu gehen. Marcella zeigte ihm ihren schmachtenden Blick, den sie so gut beherrschte. Und mit dem sie ihn jedes Mal aufs Neue verzauberte, wenn er dann mal zu Hause war.

»Wollen wir draußen einen Wein trinken?« Sven genoss jede Sekunde mit ihr. Sie hatte so viel Temperament und wickelte ihn mit ihren Liebesbekundungen genauso spielerisch wie am ersten Tag um ihre schlanken Finger. Er liebte sie wie damals. Nein, noch viel mehr. Vor allem aber liebte er ihre ehrliche und innige Liebe, die er bis in die Tiefen seines Herzens fühlen konnte.

Marcella nickte ihm zu: »Nimmst du die Kissen? Ich bringe uns Gläser und den Wein.« Sie brachte nur *ein* Glas, wie bei ihrem Treffen in Lugano, im Ferienhaus der De Lucas, als sie beide beim ersten Mal aus einem Glas tranken. Er erinnerte sich sehr genau daran, wie er damals auf dem Balkon saß und hoffte, Marcella würde seiner nur angedeuteten Einladung folgen, ihn auf einen Schluck Wein zu besuchen. Er konnte für einen Moment die Enttäuschung fühlen, als er sie stattdessen ins Bad gehen hörte. Und dann kam sie doch noch. In ihrem bezaubernden Pyjama. An jedes überraschende Detail erinnerte er sich. Sogar an das Lied im Radio.

»Woran denkst du gerade?«, wollte Marcella wissen, während sie Sven, genau wie damals, die Weinflasche und den Öffner aus Messing in die Hand drückte.

»Genau daran!« Sven küsste sie verliebt. »Daran, wie du mich in Lugano gefragt hast, ob ich einen Schlummertrunk mit dir trinken möchte, und du mir dein Glas angeboten hast.«

»Ich habe mich in deiner Nähe sofort wohlgefühlt«, sagte sie, und ihre Stimme hatte wieder diese unglaubliche Wärme, die ihm schon am ersten Abend das Herz geöffnet hatte. »Ich wollte dir vom ersten Moment an meine Zuneigung zeigen«, erinnerte sie sich ebenfalls an den romantischen Abend, »damit du mich nicht so schnell vergessen würdest.«

»Hab keine Sekunde mit dir vergessen!« Er zog sie zu sich heran. »Ich genieße dich heute jedoch viel mehr.«

»Echt?«, kam es neckisch zurück. »Hast du mich damals nicht genießen können, cuore mio?«

»Oh doch!« Zärtlich streichelte er seine Marcella. »Sehr sogar, dennoch wird es jeden Tag schöner mit uns beiden.«

»Das stimmt.« Zufrieden räkelte sie sich in seinen Armen und kuschelte sich so innig an ihn, dass kein einziger Gedanke, der nichts mit ihnen beiden zu tun hatte, zwischen sie gepasst hätte. Er genoss ihre Berührungen, ihren vertrauten Duft – einfach den magischen Moment. Und wieder, wie damals, schlief Marcella nach kurzer Zeit in seinen Armen ein. Sanft streichelte er ihr übers Haar, nahm einen Schluck Wein und war einfach nur glücklich.

Kapitel 3

Marcella, die gerade einen kleinen Zettel, garniert mit einem Herzchen, in das Badezimmer gelegt hatte, ging früh aus dem Haus. Sie würde später in der Praxis frühstücken. Sie übernahm wie immer die Frühschicht in der Residenz, während Sven sich morgens um die Kinder kümmerte. In der Gemeinschaftspraxis, die tagsüber auch für externe Patienten geöffnet war, traf sie sich zur Übergabe mit der Nachtschicht. Sie war die Einzige, die sich selbst regelmäßig für die Frühschicht einteilte. So hatte sie am Nachmittag genug Zeit für die Kinder, für ihre Mama und für Sven, wenn er am Abend nach Hause kam.

»Es war eine ruhige Nacht. Hier ist der Plan für heute.« Das waren gute Nachrichten von der Nachtschicht. Marcella schaute auf die Unterlagen, fragte an der einen und anderen Stelle genauer nach. Sie liebte ihre Berufung. Einige der Patienten betreute sie schon drei Jahre und hatte ein gutes Vertrauensverhältnis zu ihnen aufgebaut. Das war ihr das Wichtigste, sie wollte den Menschen helfen. Damit sie das auch wirklich konnte, mussten sich ihre Patienten vorbehaltlos öffnen. Und *das* war ihre besondere Gabe, mit ihrer herzlichen Art knackte sie so manch harte Schale.

Sven ging erst nach dem gemeinsamen Mittagessen mit Marcella in sein Büro. Den Vormittag überließ er seinen Mitarbeitern. Er hatte sich soeben fertig geduscht, seine Haare tropften noch, da entdeckte er den Zettel mit dem Herzchen. ›*Cucciolone, bin ich gestern wieder draußen eingeschlafen?*

Schön, wie dolcemente du mich in unser Bett getragen hast – ti amo amore mio! Micetta Marcella.‹ Was für ein schöner Morgen, dachte Sven vergnügt, trocknete sich schnell ab und zog sich an. Er liebte seine verschmuste Miezekatze, genauso wie seine verschlafenen Kinder, die er heute kaum zum Aufstehen bewegen konnte. Vor allem Mia ließ sich nicht dazu überreden, sich vor dem Frühstück die Zähne zu putzen. Sven ließ fünfe gerade sein. Wie es schien, hatte seine Tochter gestern noch lange auf ihn gewartet und war daher viel zu spät ins Bett gekommen. Von unten duftete es inzwischen nach frischem Kaffee und Ovomaltine. Dana Veselá, die tschechische Haushaltshilfe aus Prag, war bereits da. Seit zwei Jahren unterstützte sie, immer gut gelaunt, die Familie im Haushalt. Die blonde 35-Jährige war eine Bereicherung. Sie passte perfekt in die Familie, bis auf Mia waren alle von ihr angetan. Besonders mochte Dana Sven, er gab ihr das Gefühl, ein echtes Familienmitglied zu sein. Gerade deckte sie wieder fröhlich den Frühstückstisch für Emilia, Sven und die Kinder und sang dabei leise vor sich hin.

»Guten Morgen, Dana!«, begrüßte Sven sie gut gelaunt, als er in die Küche kam. Auf dem einen Arm den verschlafenen Linus, auf dem anderen Mia, die wie immer keine Lust hatte, Dana zu begrüßen. Ihr waren in der großen Essküche viel zu viele Leute. Sie wollte ihren Papi morgens für sich allein haben. Sie spielte verlegen mit ihren Locken und schaute ihn, den Mund zu einer Schnute gezogen, vorwurfsvoll an. Die Wochenenden waren ihr lieber. Da deckte *sie* mit ihm allein den Frühstückstisch, nachdem sie gemeinsam zum Bäcker gefahren waren, um frische Brötchen und die guten Laugenbrezeln zu kaufen. Auf dem Heimweg naschte sie als Erstes ein Stückchen von den ofenwarmen Brezeln. *So* liebte sie den Morgen, aber nicht mit Müsli, Vollkornbrot und einer singenden Dana.

»Wollen wir später die Rutsche fertig bauen«, fragte Sven, um ihre vorgeschobene Unterlippe in ein Lächeln umzukehren, »oder lieber im Sandkasten spielen?«

»Rutsche«, kam es wortkarg von der Fünfjährigen. Seit drei Wochen hatte der Kindergarten geschlossen, und vormittags war Sven bei jedem Wetter mit den beiden draußen. Sie beobachteten zusammen die Enten, Bachstelzen und andere Tiere, die sich an dem künstlich angelegten Bachlauf vergnügten. Sven hatte den Bach teilweise zwei, drei Meter breit anlegen lassen. Im nahen Wäldchen speisten zwei starke Pumpen den Bach, der mit einem tosenden Wasserfall in einen Teich mündete. Die Anlage war ein echter Hingucker. Mia konnte zwar schwimmen, doch war ihr das Wasser zu kalt. Dennoch hielt sie sich gerne am Wasser auf. Wenn sie nicht dort spielte, dann baute sie mit Sven an ihrem Abenteuerspielplatz weiter. Den Sandkasten und die Schaukel hatten sie gleich am Anfang aufgebaut. Jetzt kam ein Häuschen dazu und, ganz wichtig, eine Rutsche.

»Guten Morgen zusammen, habt ihr alle gut geschlafen?« Emilia war dazugekommen, begrüßte der Reihe nach Sven und Dana, nahm dann Linus auf den Arm und knuddelte ihn. Mia hatte immer noch keine Lust auf eine Begrüßung, auch nicht, als ihre Oma sie ansprach: »Und meine Süße? Wollen wir heute in den Rosenrabatten nachschauen, welche Blüten über Nacht aufgegangen sind?« Mia zog ihre gut einstudierte Schnute, währenddessen sie sich demonstrativ wegdrehte. Im Moment wollte sie nur ihren Papi sehen und hören. Außerdem hatte sie bereits einen guten Plan für heute.

»Wir tauschen nachher die Rutsche aus«, sagte Sven entschuldigend. »Magst du mitkommen und ein wenig nach den Kindern schauen, während ich sie anbaue?«

»Was meinst du, mein Linus, wollen wir mitgehen?«, dabei

nickte sie Sven dankbar zu. »Sehr gerne!« Und versank für einen Moment in ihren Gedanken.

Emilia hatte nicht mehr daran geglaubt, wieder in dem alten Haus zu wohnen. Nachdem ihr Mann gestorben war, musste sie die Spedition verkaufen. Und hätte das eigene Haus auf dem Firmengelände fast aufgegeben. Sven hatte damals für das große Gelände die rettende Idee. Aus dem verfallenen Hotelgebäude, welches die letzten Jahre leer stand, war die Gemeinschaftspraxis für sechs Hausärzte geworden: In der oberen Etage zwölf Dienstwohnungen für Angestellte, die fest vermietet waren. Zusätzlich drei Ärztezimmer, die wie kleine Hotelzimmer eingerichtet waren. Sogar mit einer kleinen Küchennische, damit man sich eine Kleinigkeit zum Essen machen konnte. Diese Zimmer wurden im Bereitschaftsdienst oder übergangsweise auch im Notfall genutzt, wenn neue Mitarbeiter nicht gleich eine Bleibe fanden. In einem der Apartments in der oberen Etage wohnte Dana. Darauf hatte Sven bestanden, sie sollte nicht irgendwo in der Stadt wohnen, sondern in unmittelbarer Nähe zur Familie de Luca. Die alte Lagerhalle, die niemand mehr brauchen konnte, war dem Wohnkomplex gewichen, in dem 15 größere Wohnungen, über 30 kleine Apartments und die Gemeinschafts- und Wirtschaftsräume von *Marven* entstanden waren. Ihrem Schwiegersohn Sven war sie für all das sehr dankbar. Sie kannte ihn schon lange und hatte ihn, eher unbeabsichtigt, mit ihrer Tochter zusammengeführt. Damals hatte sie kein so gutes Gefühl dabei, wie schnell sich Marcella, so Hals über Kopf, in einen Fremden mit dem ungewöhnlichen Beruf verliebt hatte. Damals bereute sie das Zusammentreffen der beiden. Ihr Bruder Guiseppe hingegen war sofort begeistert von Sven und beruhigte sie. Und nun, was wollte sie mehr. Guiseppe hatte am Ende recht behalten. Alles war gut geworden. Emilia konnte ihre Enkel aufwachsen sehen, Sven war wie ein eigener Sohn für sie und ihre Tochter seither noch glücklicher. Emilia lächelte zufrieden und schaute zu Sven, der ebenfalls glücklich schien.

»Wenn die Rutsche fertig ist und wir sie ausprobiert haben, dann gehen wir mit Oma zu den Rosen«, sagte Sven zu Mia, die ihre Händchen eng um seinen Hals geschlungen hatte. »Oder was meinst du?«

»Hmm!«, antwortete seine Tochter monoton, was so viel wie *Ja* bedeuten sollte.

Sven grinste Emilia an: »War Marcella früher auch so?«

»Nein«, antwortete sie, »sie war schon immer so ein Sonnenschein, genau wie du einer bist!« Dabei schaute sie verlegen auf den Boden. »Die Schüchternheit hat Mia wohl von mir«, entschuldigte sie Mia und sich selbst.

Sein Grinsen wurde breiter, er mochte die Anhänglichkeit seiner Tochter. »Kinder werden so schnell groß.« Ein leichtes Bedauern schwang in seiner Stimme mit. »Ich genieße das, solange es hält.«

»Keine Sorge«, lachte Emilia, »das kannst du noch lange genießen. Mia wird dich immer ganz besonders lieben! Sie ist und bleibt ein Papa-Kind.«

»Apropos Liebe«, brachte Sven das Thema auf sein neuestes Projekt, »du kennst Anton?«

»Den Geheimnisvollen?«

»Ja«, lachte er, »bald vergesse ich noch seinen richtigen Namen.«

»Klar kenne ich ihn und habe den Eindruck, ihn bedrückt etwas.«

»Nicht mehr lange«, strahlte Sven und konnte seine Freude nicht verbergen, »demnächst beginnt ein neuer Fortsetzungsroman im *Guten Morgen*. Von Anton und seiner großen Liebe.«

»Anton schreibt?«

»Ja, er schreibt mir jeden Tag ein paar Zeilen auf. Er meinte, es wird spannend für uns.«

»Worum geht es genau?«

»Um seinen letzten Fall. Der fing mit einem Verbrechen an, soll aber auch von einer reiferen und einer ganz jungen Liebe erzählen.« Sven zuckte mit den Schultern. »So ganz hat er es mir nicht verraten. Aber es handelt sich tatsächlich um eine wahre Geschichte.«

»Hast du schon eine Überschrift für die Zeitung?«

»Ja, Anton und ich dachten an: *Verzeihst du mir*?«

Kapitel 4

Brienz, 1985

Aus schwarzgrauen Regenwolken fielen schwere Tropfen auf den durchweichten Boden. Schon seit drei Tagen konnte man die Sonne nicht mehr sehen. Sintflutartig stürzten die immer mächtiger werdenden Gebirgsbäche zu Tal. Die Bergbewohner schauten mit bangen Blicken zum Himmel und beteten darum, dass die Schlechtwetterfront bald abziehen möge. Die Gebete schienen jedoch nichts zu bewirken. Es war ein früher Sonntagnachmittag am 27. Oktober 1985. Die ersten Häuser waren schon beschädigt. Auch das frisch renovierte Holzhaus von Herbert und Doris Ganter, das in 1.000 Metern Höhe auf dem Brienzergrat in den Emmentaler Alpen lag, war den Naturgewalten völlig ausgeliefert. Gerade hier oben rüttelten die Orkanböen besonders stark am Gebälk, drückten das Wasser durch jede noch so winzige Ritze ins Haus. Doris hatte vor zwei Jahren das halb verfallene Häuschen im Berner Oberland von einem entfernten Onkel geerbt und gemeinsam mit Herbert, der sich gerade in Konstanz mit einem Baugeschäft selbstständig gemacht hatte, in mühevoller Kleinarbeit renoviert. Offensichtlich war Doris die einzige noch lebende Verwandte des Erbonkels gewesen. Sie hatte ihn nur dem Namen nach gekannt, war auch nie zuvor in dem Haus im Berner Oberland gewesen. Doris und Herbert waren jedoch voller Freude über das unerwartete Geschenk, verbrachten jede freie Minute damit, das Holzhaus schön herzurichten.

Dabei hatten die Einheimischen ihnen eindringlich davon abgeraten. Sie sagten ihnen, der Baugrund sei nicht sicher, der Berg würde seit Jahren rutschen, irgendwann das ganze Haus unter sich begraben. Herbert, der sich von solchen Ammenmärchen nicht einschüchtern lassen wollte, lachte sie aus und renovierte fleißig weiter. Seine Frau Doris hingegen fühlte sich ab diesem Moment nicht mehr so wohl in ihrem kleinen Häuschen. Sie sorgte sich nun ständig darum, dass die Prophezeiung sich irgendwann bewahrheiten würde. Herbert kannte seine Frau nur zu gut und wusste, wie er sie ablenken konnte. In den schönsten Farben schilderte er, wie sie hier oben auf 1.000 Höhenmetern, mit Blick auf den Brienzer See, viele traumhafte Wochenenden verbringen würden. »Das Haus steht schon 300 Jahre, was soll denn ausgerechnet jetzt damit passieren. Einfach lächerlich«, sagte er. Zudem war Brienz gerade mal zwei Autostunden von Konstanz entfernt, nur ein Katzensprung. Einfach ideal für ein Wochenendhaus. Vermutlich wollten die Einheimischen sie nur vertreiben und damit günstig an das wertvolle Grundstück kommen, wie dieser Salvatore, Besitzer des kleinen Landmarkts, unten im Dorf. Der hatte Herbert schon gleich nach dem ersten Kennenlernen ein sehr attraktives Kaufangebot unterbreitet.

*

Stuttgart, 2022

Damit begann Sven mit dem Fortsetzungsroman von Anton. Sie hatten sich auf den Titel *Verzeihst du mir?* geeinigt, auch wenn Sven nicht sicher war, ob es die richtige Überschrift war. Er vertraute Anton jedoch. Freute sich schon auf den neuen Tag, an dem Anton ihm die Infos für den nächsten Teil geben würde. Jeden Tag wollte Anton ihm ein paar Zeilen schicken. Das Smartphone von Sven summte, die Fortsetzung von Anton war angekommen. Er musste die Notizen des Detektives nur noch in Form bringen. Gespannt ließ Sven alles andere liegen, öffnete die Nachricht. Jetzt konnte er nachempfinden, wie es für die Bewohner war; ein wenig wie die Zeit vor Weihnachten, wenn man jeden Tag ein Türchen am Adventskalender öffnen durfte. Nur diesmal war keine Schokolade hinter dem Türchen, sondern eine Liebesgeschichte, die zunächst düster begann, aber Anton hatte ihn vorgewarnt.

*

»Siehst du«, sagte Herbert zu seiner Frau, »sie warnen uns, das Haus zu renovieren, aber gleichzeitig würden sie uns einen dermaßen überhöhten Preis dafür bezahlen. Wir haben ein Filetstück bekommen – die sind einfach nur neidisch!« Doris ließ sich von ihrem Mann für eine lange Zeit beruhigen, denn sie vertraute und liebte ihn. Im Moment jedoch war sie mutlos. Mit jedem schweren Donnerschlag, der in den Bergen besonders bedrohlich klang, ängstigte sie sich mehr und erinnerte Herbert, mit Schuldzuweisungen garniert, an die Vorhersage der alten Männer aus dem Dorf. Sie fühlte sich von Herbert im Stich gelassen, dem nichts Besseres einfiel, als die Sache herunterzuspielen. Fakt war, das ließ sich nicht wegdiskutieren, sie waren den Naturgewalten schutzlos ausgeliefert. Wieder schlug irgendwo hohl und dumpf der Blitz ein. Erschrocken wich Doris einen Schritt zurück, während sie durch das Küchenfenster sorgenvoll die im Wind gebeugten Bäume anschaute:

»Hätten wir damals nur das Angebot von dem Landmarktbesitzer angenommen. Ich habe kein gutes Gefühl. Was ist, wenn die Alten recht behalten? Wenn der Berg ins Rutschen kommt?«

»Das wird er nicht«, beruhigte Herbert sie und tätschelte abwesend ihren Arm. »Das Haus steht schon seit so langer Zeit. Es ist nicht das erste Gewitter, welches es heil überstehen wird.« Tröstend legte er seinen Arm um Doris. »Wir sind hier sicher! Unwetter hören sich in den Bergen einfach so an.« So gleichgültig wie möglich schaute er ebenfalls aus dem Fenster hinaus. Insgeheim sorgte er sich allerdings sehr, vor allem um das Nachbarhaus.

»Wird das Haus von Vreni und Urs dem Sturm ebenfalls standhalten?«, fragte Doris ängstlich, die seinen Blick bemerkt hatte und sich daran erinnerte, wie ihr Mann vor einem Jahr bei den Umbauarbeiten am Nachbarhaus geholfen hatte. Urs Ruef, ihr Nachbar, wollte damals im Erdgeschoss eine Wand entfernt haben und bat Herbert um fachlichen Rat. Obwohl Herbert ihm geraten hatte, die darüberliegende Balkenlage zu verstärken, lehnte der sorglose Urs dankend ab. Die Mehrkosten waren ihm zu hoch. »Auf deine Verantwortung!«, sagte Herbert damals, was er inzwischen sehr bereute.

»Natürlich wird es das«, antwortete Herbert kurz angebunden auf die Frage seiner Frau und ging nach draußen. Der Sturm legte eine kurze Pause ein, er musste dringend den Schaden am Dach reparieren, bevor es reinregnete. Das Thema Nachbarhaus war ihm mehr als unangenehm. Natürlich machte er sich deshalb Sorgen, vor allem Vorwürfe. Er hätte sich als Fachmann niemals von Urs überzeugen lassen dürfen. Ob Freundschaftsdienst oder nicht, er war schließlich der Fachmann. Leider konnte er nicht einfach in das Haus der Nachbarn eindringen und nachschauen oder auf die Schnelle die Stützbalken verstärken, denn Urs und Vreni waren mal wieder auf unbestimmte Zeit verreist und hatten alles fest verschlossen. Zudem hätte er kein Material gehabt. Die paar Latten, die übrig waren, reichten gerade mal für ein paar Flickarbeiten. Vreni und Urs waren die einzigen Nachbarn hier oben, alle anderen Häuser waren einige 100 Meter tiefer im Tal gebaut worden. Das Ehepaar war im selben Alter wie Doris und Herbert. Urs wohnte zuerst mit seinem Vater, seit ein paar Jahren nur noch mit seiner Frau Vreni in dem Haus. Während Herbert darüber nachsann, wie er seiner Verantwortung für das Nachbarhaus nachkommen könnte, riss ihn eine Stimme aus seinen Gedanken.

»Herbert!«, rief Urs von weitem. »Ist dein Dach undicht geworden?«

»Urs?« Überrascht schaute Herbert von seiner Arbeit auf. »Was machst du denn hier?«

»Vreni und ich waren gerade in Norditalien, als wir hörten, dass seit Tagen in der Zentralschweiz die Welt untergeht. Wir sind schnell hergefahren, um nachzusehen, ob alles steht.«

»Noch steht alles!« Herbert kletterte die Leiter hinab und zeigte mit sorgenvoller Miene zum Berg. »Hier oben rutschen jedoch die ersten Bäume ab und auf der Westseite, schau«, sagte er und zeigte Urs die losen Latten, »ist mein Dach vom Sturm ziemlich beschädigt worden.«

»Ich helfe dir gleich, ich ziehe mir nur schnell meine Arbeitssachen an.«

»Danke«, antwortete Herbert, erleichtert darüber, auch im Nachbarhaus nach dem Rechten schauen zu können. »Danach gehen wir gleich zu dir rüber und schauen, ob bei dir alles an seinem Platz ist.«

»Mach dir doch nicht diese unnötigen Sorgen!«, antwortete Urs unbekümmert wie immer. »Wenn der Sturm das Häuschen bis jetzt nicht weggefegt hat, dann wird das auch in den nächsten 100 Jahren nicht passieren.«

Kapitel 5

Urs war 32 Jahre alt, arbeitete als freier Journalist für verschiedene Schweizer Ferienmagazine und war seit dem Tod seines Vaters mit seiner 27-jährigen Frau fast das ganze Jahr unterwegs. Meistens mit dem eigenen Wohnwagen. Ihren offiziellen Wohnsitz hatten sie hier in den Bergen. Das hatte den Vorteil, dass sie Schweizer Pässe besaßen, damit ohne Visa in viele Länder der Erde reisen konnten. Ihren Zweitwohnsitz, an dem sie sich inoffiziell viel häufiger aufhielten, war ein kleines Ferienhaus an der griechischen Westküste. Bei schönem Wetter konnte man bis zur Insel Korfu hinübersehen. Hin und wieder waren sie für ein paar Tage in Brienz. Meistens dann, wenn sie ihren elfjährigen Sohn Alexander, den sie vor fünf Jahren adoptiert hatten, aus dem deutschen Internat am Bodensee abholten oder ihn zurückbrachten. Alex, wie sie ihn nannten, lebte seit einem Jahr in diesem Internat und war nur in den Ferien bei seinen Eltern. Bis auf die Postkarten, die er aus den verschiedenen Ländern bekam, hatte er während der Schulzeit kaum Kontakt zu ihnen. Doris, die zwei Jahre älter als Vreni war, regte sich schrecklich darüber auf.

»Wie kann man nur ein Kind adoptieren und es dann in ein Internat abschieben?«, beschwerte sie sich immer öfter bei Herbert. Sie war sowieso eifersüchtig auf das sorglose Leben von Vreni. Insgeheim wünschte sie sich auch, die Welt zu entdecken und Kinder zu haben. Doch niemals hätte sie ihr Kind in ein Internat gegeben. Dafür war sie eine viel zu große Glucke. Und genau deshalb hatte sie kein bisschen

Verständnis für andere Mütter, die ihre Kinder nicht nach ihren Wertvorstellungen bemutterten. Doris hätte Vreni liebend gerne mal ihre Meinung ins Gesicht geschleudert, aber Herbert konnte sie bisher davon abhalten. Er wollte nicht, dass sie sich einmischten, er liebte die Harmonie. Sie hatten keine Kinder, was wussten er und Doris also schon groß über das Elternsein?

»Vreni ist eine verantwortungslose, selbstsüchtige Frau, man hätte ihr die Adoption niemals erlauben dürfen!«, keifte Doris ihn dann an. Bis vor einem Jahr hatten die Nachbarn den kleinen Alexander bei sich gehabt, zuerst in Brienz, später mit auf ihre Reisen genommen und selbst unterrichtet.

»Halte bitte mal die Leiter«, sagte Herbert erleichtert, als Urs wiederkam. »Mich fegt der Sturm fast um.« Der Wind war zurückgekommen, die Pause vorbei. Sie mussten sich beeilen. Herbert versuchte gerade, eine Plane am Dach zu befestigen, damit kein Wasser in das Haus eindringen konnte. Heftige Böen rissen sie jedoch ständig wieder ab. Mit Urs' Hilfe nagelte er sie notdürftig mit Latten über den beschädigten Dachflächen an. Auch die Fensterläden hatte er vorsichtshalber zugenagelt, denn der Sturm nahm an Fahrt auf. Urs half, wo er konnte, manchmal hielt er nur die Leiter, damit Herbert einen festen Stand hatte, oder reichte ihm von unten die Nägel an. Der Sturm wurde heftiger, lange würde man draußen nicht mehr arbeiten können. Nachdem sie bei Herbert fertig waren, begutachteten sie das Haus von Urs. Herbert betrachtete sorgenvoll die inneren Sichtbalken und schüttelte bedenklich den Kopf. »Auch wenn das jetzt noch hält«, sagte er, »wir müssen mal dran, ob du nun willst oder nicht. Am liebsten würde ich dir provisorisch einen zusätzlichen Träger einziehen. Wenn wir nur Material hätten!«

»Die alte Leier!«, machte sich Urs lustig. Er wirkte nicht besorgt. »Du hast doch keine Ahnung, unter welchen

Dächern ich in meinem Leben schon übernachtet habe. Weißt du, wie in anderen Ländern gebaut wird? Und das hält einiges aus. Lass endlich gut sein, du Deutscher!«, neckte er Herbert.

»Dann beauftragen wir zumindest einen Statiker.« Herbert ließ sich nicht beirren. »Ich bezahle den auch, wenn er es am Ende so sehen sollte wie du.«

»Darüber reden wir morgen«, würgte Urs das Gespräch ab, da er keine Lust auf Statiker, Mehrkosten und ängstliche Gespräche zu haben schien. Urs war im Herzen längst Südländer, dachte Herbert, während er mit Urs die wacklige Stiege Richtung Dachboden nahm.

»Lass uns besser das Dach kontrollieren. Ich habe vorher geschaut. Auf der Westseite ist es innen etwas nass geworden.« Das bisschen entpuppte sich aus Herberts Sicht als halber See. Bis zum Abend hatten die beiden Männer jedoch die Häuser so gut es ging gegen den Sturm gesichert. Die beiden Frauen hielten sich im Haus von Doris und Herbert auf. Das Kaminfeuer hatte alles mollig aufgeheizt. Beide bereiteten gemeinsam das Abendessen vor, während Doris ihre Nachbarin abfällig von der Seite musterte:

»Du hast ziemlich zugenommen.«

»Ich bekomme mein erstes Kind«, verriet Vreni freudestrahlend, die Stichelei ignorierend.

»Was?« Doris war zunächst sprachlos, weil sie Vreni jedes Verantwortungsgefühl absprach und man ihr die Schwangerschaft nicht so deutlich ansah. »Du bist schwanger? Man sieht doch gar nichts!«

»Doch, du hast es doch auch entdeckt«, lachte Vreni vergnügt und präsentierte stolz ihr kleines Bäuchlein. »Hier, schau genauer hin!«

»Ich sehe nichts.« Doris wollte es nicht sehen. Es durfte nicht wahr sein. Diese egoistische Person, die das ganze Jahr nur Urlaub machte und sich ein fremdes Kind anschaffte, um es dann wegzuschicken ... Die Welt war so ungerecht! Wie gerne wäre sie selbst Mutter geworden und würde es besser machen als Vreni! Aber da war die Firma, die Herbert so sehr beschäftigte, dass er das Thema verschob. »Ich kann es nicht glauben! Warum hast du nichts davon erzählt?«

»Du bist die Erste, der ich es erzähle. Bisher wissen nur mein Mann und der Arzt davon. Kann sein, dass das Kind in den nächsten Tagen auf die Welt kommt. Ich habe so ein Gefühl!«

»Das ist sicher nur die Aufregung«, unterbrach Doris unwirsch und schüttelte dabei den Kopf. »Das bildest du dir nur ein, du wirst schon noch ein paar Monate warten müssen!« Vreni schaute sie mit hochgezogenen Augenbrauen an, aber Doris war das egal. Das fehlte noch, dass diese verantwortungslose Person ihr Kind hier in der Hütte bekam.

»Nein, im Ernst«, reagierte Vreni sichtlich verärgert, »ich war in Griechenland vor sechs Monaten bei einem Arzt, der mir den Geburtstermin ausgerechnet hat. Der Zeitpunkt für die Entbindung ist bald. Das hat nichts mit Einbildung oder Aufregung zu tun.« Vorwurfsvoll schaute sie Doris an. »Natürlich sieht man es mir nicht so extrem an, das weiß ich selbst. Aber ich spüre immer deutlicher, dass mein Kind in den nächsten Tagen zur Welt kommt.« In dem Moment kamen die beiden Männer tropfnass in die Wohnstube gelaufen.

»Zieht euch sofort um!«, herrschte Vreni die beiden an. »Ihr macht alles nass. Habt ihr keine Augen im Kopf?« Ihre Laune war scheinbar auf dem absoluten Tiefpunkt. Doris freute sich ein bisschen, auch wenn das gemein war. Wenigstens war dieses überirdische Strahlen aus Vrenis Gesicht gewichen. Urs sah seiner Frau die schlechte Laune ebenfalls an und ging wortlos hinter Herbert die Treppe hinauf, um sich umzuziehen.

Als schließlich alle mit trockener Kleidung am Tisch saßen, verzehrten sie zunächst schweigend die belegten Brote. Doris knabberte nur an der Rinde herum und warf Herbert finstere Blicke zu. Immerhin war es seine Schuld, dass sie kinderlos waren. »Werdet ihr auch nach Deutschland fahren und Alexander besuchen?«

Doris kannte ihren Mann gut, Herbert beabsichtigte sie mit der rhetorischen Frage zu beruhigen. Vreni und Urs würden ihren Adoptivsohn Alexander selbstverständlich nicht besuchen, Doris war sich da ganz sicher.

»Unser Sohn weiß nicht, dass wir hier sind«, kam von Urs die erwartete Antwort, nachdem seine Vreni die Frage einfach komplett ignorierte. »Er ist auf einem Schulausflug in Österreich.«

»Wie macht ihr das dann mit dem Nachwuchs?« Diese zynische Frage lag Doris schon eine Weile auf der Zunge. Sie konnte sie nicht mehr zurückhalten. »Werdet ihr dann endlich sesshaft? Oder wie stellt ihr euch das vor?« Herbert und Urs schauten irritiert auf, ein wenig erschrocken über den harschen Ton von Doris. Fragend schauten sie Vreni an.

»Um welchen Nachwuchs geht es?«, fragte Herbert unbedarft nach, der von Vrenis Schwangerschaft und ihrem vermehrten Umfang nichts bemerkt hatte.

»Sie bekommt ein Kind!« Doris deutete auf Vreni und zeigte ihrem Mann mit leicht verdrehten Augen, was sie darüber dachte. An Vreni gewandt, setzte sie mit gehässigem Ton nach: »Habt ihr eure Freunde schon informiert, dass sie sich die nächsten Jahre um ein Kind kümmern müssen, während ihr auf Reisen seid? Oder gibt's ein Internat für Säuglinge?«

»Doris«, schimpfte Herbert, »sei sofort still. Vreni, jetzt erzähl in Ruhe. Du bekommst ein Kind?«

»Ich erzähle überhaupt nichts mehr!«, platzte es aus Vreni heraus, während sie ihren Stuhl nach hinten schob. »Wir werden das alles sehr gut allein hinbekommen und«, setzte sie ironisch hinzu und schaute Doris verächtlich an, »vielen, vielen Dank für deine ach so große Fürsorge für *mein* Kind!« Doris wollte etwas erwidern, Vreni schnitt ihr jedoch sofort das Wort ab: »Die im Übrigen völlig unangebracht ist. Kannst du dir künftig komplett sparen. Wir gehen jetzt, ich brauche meine Ruhe. Kommst du, Urs?« Sie stand auf und sah auf einmal sehr müde aus.

»Möchtest du dich nicht lieber hier ausruhen?«, fragte Urs besorgt. »Hier ist schön warm!«

»Nein!«, entgegnete sie entschieden. »Mach einfach, was ich dir sage, ich will hier nicht sein. Pack dir von dem Essen ein, wenn du magst.«

»Entschuldigt«, stotterte Urs ratlos, »ich komme später noch mal zu euch rüber.« Er fing sich damit einen bösen Blick von seiner Vreni ein und ging mit ihr schnell in ihr eigenes Haus hinüber. Der Sturm wurde inzwischen heftiger. Während Doris wütend den Tisch abräumte, beobachtete sie Herbert, der besorgt einen Augenblick an der Haustür stehen blieb und auf das Nachbarhaus starrte.

Kapitel 6

»Was ist passiert?«, fragte Herbert seine Frau, nachdem er die Türe geschlossen hatte und sie allein waren. »Warum gehst du so auf sie los?«

»Sie ist schwanger«, antwortete sie mit vorwurfsvollem Ton. »Stell dir das mal vor, jetzt bekommen sie auch noch ein eigenes Kind. Dabei sind sie immer unterwegs, haben niemanden, der sich um das Kind kümmert. Sie hat nie etwas von ihren Eltern erzählt. Seine Eltern sind eh längst tot. Womöglich haben sie keine Familie mehr oder zumindest keinen Kontakt mehr zu ihnen. Vreni ist völlig verantwortungslos. So einer Person sollte man das Kind sofort nach der Geburt wegnehmen! Und das adoptierte gleich dazu! Ich habe es immer gesagt!«

»Doris!« Herbert schien erschüttert zu sein. »Wie kannst du so was auch nur denken?«

»Das andere Kind haben sie ins Internat abgeschoben, wozu möchten die denn noch eines haben?«

»Das ist nicht unsere Sache«, versuchte Herbert zu beruhigen. Er legte ihr eine Hand auf die Schulter, doch Doris stieß sie unwirsch zur Seite. »Ich sehe das auch wie du, dass sie sich im letzten Jahr nicht sehr viel um ihren Sohn gekümmert haben und all das. Aber wir mischen uns da nicht ein. Einverstanden? Wir haben zudem gerade eigene Sorgen, ich hoffe, der Sturm wird nicht noch stärker.«

»Du hast ja recht!« Doris war müde, kam sich nun albern vor. »Ich habe Angst. Hoffentlich kommen wir heil wieder raus! Deshalb bin ich so dünnhäutig. Ich wollte mich nicht so aufregen, das hat mich nur alles überrascht. Und weißt du, ich möchte selbst gerne ein Kind. Immer muss ich vernünftig sein und warten. Bei uns gehen das Baugeschäft und die Renovierung ständig vor. Alles ist wichtiger! Und die anderen? Die machen einfach, was ihnen gerade im Kopf herumgeht. Ist das gerecht?«

»Wir sind bald aus dem Gröbsten raus.« Herbert schien die Lösung dankbar anzunehmen, die Doris ihm anbot. »Es spricht nichts mehr gegen ein Kind«, versprach er deshalb schnell und wollte das Thema abhaken.

»Dann wären wir eine richtige Familie, jetzt, wo alles so schön fertig geworden ist. Was meinst du? Dann bist du mit einem Kind einverstanden? Wenn wir das Unwetter heil überstehen?« Doris wollte es erneut von ihm hören, mit einem konkreten Zeitplan. Sie wollte ein Versprechen.

»Dagegen spricht nichts«, wiederholte Herbert, erfreut darüber, seine Zusage, dass sich zumindest in seinem Haus die Gewitterwolken schnell verzogen hatten. Auch wenn er mit Nachwuchs gerne gewartet hätte.

»Stell dir vor«, Doris musste doch wieder davon anfangen, zu sehr ärgerte sie die Sorglosigkeit von Vreni, »das Kind soll in den nächsten Tagen auf die Welt kommen. Unverantwortlich, ausgerechnet hier oben in den Bergen, eine Hausgeburt ohne Hebamme, ohne Arzt zu planen. Das macht man doch nicht – oder?«

»Hier?« Herbert war sichtlich erstaunt. »Sie bekommt hier oben ihr Kind? Hat sie das gesagt? Das kann ich fast nicht glauben und bin deiner Meinung, so ein Risiko geht man besser nicht ein, schon gar nicht beim ersten Kind. Hat sie das wirklich gesagt?«

»Gesagt hat sie es nicht, aber was ist, wenn die Straße ins Dorf unpassierbar wird? Verstehst du mich jetzt?«, steigerte sich Doris in die Angelegenheit hinein. »Bei so viel Dummheit kann ich doch nicht ruhig bleiben. Das macht mich wütend, ich wäre geplatzt, wenn ich nichts gesagt hätte!«

»Ja«, antwortete Herbert und versuchte, sie mit seiner ruhigen Art erneut zu beruhigen. »Ich verstehe dich doch und mache dir deshalb einen Vorschlag, der dir gut gefallen wird.«

»Was für einen?«, fragte sie misstrauisch, denn sie wusste, ihr Mann stand stets auf der Seite von Harmonie und Frieden. Hier war jedoch kein Spielraum für Versöhnung. Bei so viel unverantwortlicher Leichtsinnigkeit musste man handeln. Sollte man das nicht vorsorglich beim Jugendamt melden?

»Wir haben doch eine alte Kinderwiege auf dem Dachboden gefunden, mit Kissen und allem. Die war doch in Ordnung. Was meinst du, ich bringe die leihweise rüber und biete unsere Hilfe an. Es ist doch besser zu helfen, bevor etwas passiert. Zudem sind es unsere Nachbarn und wir möchten die gute Nachbarschaft doch aufrechterhalten. Wer weiß? Vielleicht dürfen wir regelmäßig auf den Nachwuchs aufpassen, wenn die beiden verreisen. Dann können wir schon mal üben.«

»Hm«, grummelte Doris, die sich etwas anderes gewünscht hätte, »ich weiß nicht recht.« Allerdings musste sie zugeben, dass ihr Gedanke, so schnell ein Kind im Haus zu haben, während sie selbst für Nachwuchs sorgten, gefiel. Sie wollte grundsätzlich auch lieber in Frieden leben. Zudem, sie liebte Kinder über alles. Sie würde es nicht für Vreni machen, sondern für das Kind. »In Ordnung«, stimmte sie Herberts Plan zu, der daraufhin zufrieden auf den Dachboden kletterte. Doris war bewusst, dass ihr Temperament manchmal mit ihr durchging, und sie liebte Herbert dafür, dass er sie durch seine liebevolle Art auf den Boden holte. Und nun würde er sie endlich in ihrem Kinderwunsch unterstützen, da war sie sich sicher.

Mit zufriedenem Gesicht und mit der Holzwiege unter dem Arm kam Herbert zurück.

»Da ist das gute Stück, und das Dach habe ich auch gleich kontrolliert. Hält alles.«

»Und du willst ernsthaft bei dem Wetter rüberlaufen?« Sie schüttelte den Kopf. So wirklich gefiel ihr Herberts Vorschlag nicht. »Der Wind wird stärker, und es regnet in Strömen.«

»Das ist kein Problem für mich«, antwortete er schnell, »und ich bin gleich wieder da, mein Schatz.« Ohne eine weitere Antwort abzuwarten, zog Herbert die Regenjacke über, deckte die Wiege mit einer kleinen Plane ab, die er festband, und ging aus dem Haus.

Er musste sich mächtig in den Wind legen. Dabei hielt er die Wiege fest umklammert. Es fühlte sich an wie eine Ewigkeit, bis er die eigentlich kurze Strecke zurückgelegt hatte. Er klopfte kurz an die Haustüre, drückte die Türklinke nach unten. Als die Tür aufschwang, sah er, wie Urs gerade die Treppen nach oben laufen wollte. »Urs, kann ich kurz reinkommen?« Ohne eine Antwort abzuwarten, schloss er die Tür hinter sich.

»Was hast du denn da?«, kam es freudig überrascht von Urs. Er schien erleichtert zu sein, Herbert zu sehen, bestimmt war es ihm auch nicht recht gewesen, wie der Abend verlaufen war.

»Eine Kinderwiege! Sie ist schon alt, von unserem Dachboden, aber gut genug.« Herbert präsentierte nach dem freundlichen Empfang erleichtert sein Geschenk und Friedensangebot: »Magst du sie dir mal anschauen?«

»Wer ist da?« Vreni klang genervt. Wahrscheinlich wollte sie mit Doris heute nichts mehr zu tun haben. Bestimmt hatten sie die neidische Reaktion und die haltlosen Vorwürfe verletzt.

»Es ist Herbert, allein …«, beruhigte Urs sie. »Er hat eine

Wiege für unser Kind gebracht. Ich zeige sie dir gleich.« Mit gedämpfter Stimme wandte er sich an Herbert: »Entschuldige bitte, bei uns liegen die Nerven gerade blank. Wir sind sehr angespannt. Wenn der Sturm und die Geburt vorbei sind, ist hoffentlich alles wie früher.« In seinen Augen lag so viel Traurigkeit, und von seiner sonstigen Unbeschwertheit war nichts mehr zu entdecken.

Herbert boxte ihm freundschaftlich in die Seite. »Alles gut. Doris hat's nicht so gemeint. Sie macht sich nur Sorgen darüber, wie ihr das alles allein schaffen wollt. Wir möchten euch gerne helfen, heute und auch in Zukunft.«

»Du bist ein echter Freund.« Bevor Herbert sich auf den Weg machte, drückte Urs ihm ungewöhnlich lange die Hand. Eine ungewöhnliche Geste. Sie hatten sich nur bei ihrer ersten Begegnung so förmlich begrüßt. Herbert spürte dabei, wie Urs erschrak und zitterte, als draußen ein gewaltiges Krachen zu hören war. Er war nicht mehr so sorglos, wie Herbert ihn kannte. Verständlich. Er wurde zum ersten Mal Vater. Bestimmt hing es damit zusammen. Herbert schwor sich, er würde gleich am Montag einen Statiker beauftragen. Das wäre sein Geschenk für das Neugeborene. Draußen donnerte es, als ob Felsen sich gelöst hätten und ins Tal polterten. Die Wassermassen, die von den Bergen ins Tal schossen, der wütende Sturm waren schon ohrenbetäubend, aber dieses Geräusch hatte etwas sehr Bedrohliches. Herbert bot nochmals seine Hilfe an. Er spürte es deutlich. Urs brauchte ihn heute mehr als jemals zuvor. Urs hielt seine Hand noch immer, als wollte er sich nicht trennen.

»Ich komme in einer Stunde wieder«, versprach Herbert, löste seine Hand, obwohl er ihn am liebsten tröstend umarmt hätte. »Oder du kommst zu uns, wenn du mich früher brauchst.« Urs nickte ihm dankbar zu.

Keine Sekunde zu früh erreichte Herbert sein eigenes Haus.

Doris stand hinter der Tür und wartete ängstlich auf ihn. Ein Blitz entlud sich krachend – es wurde immer beängstigender. Der Einschlag musste in direkter Nähe erfolgt sein, so ohrenbetäubend waren der Knall und das unmittelbar darauffolgende Echo der Berge. Für einen Moment wurde die Umgebung taghell beleuchtet, man sah die abgeknickten Bäume und den Schlamm, der über die Wiese zwischen den beiden Häusern hindurchfloss. Herbert schloss rasch die Tür. Doris betete. Sie waren beide davon überzeugt, ihre letzte Stunde war gekommen. Wenn sich noch ein Fels lösen würde … Sie wollten es sich gar nicht erst ausmalen. Wie es wohl unten im Dorf zuging? Ob es in den Fluten versank? Herbert verriegelte die Tür sorgsam und verkeilte die Türklinke zusätzlich von innen. Das Gewitter verlor nichts von seiner Heftigkeit, im Gegenteil. Eine ganze Stunde lang wütete der Sturm mit Orkanstärke und verwüstete Land um sie herum. Obwohl Herbert davon ausging, dass es nicht schlimmer kommen könne, so kroch auch in ihm die Angst hoch, drückte mit eisiger Hand seine Kehle zu. Er wusste sich nicht anders zu helfen, nahm die Bibel aus dem Regal und schlug sie auf. Er suchte wie ein Ertrinkender einen rettenden Strohhalm, ein zuversichtliches Wort. Er bewegte, ohne zu schauen, den Kugelschreiber auf einer zufällig aufgeschlagenen Seite, wollte damit eine Stelle auswählen, die ihm Trost spenden würde. Er las den Satz bedächtig, den er versehentlich mit der roten Kugelschreibermine halb unterstrichen hatte, unwissend, welche Bedeutung das für ihn haben sollte: »Du sollst nicht töten.« Da stand der markante Satz, der ihm so viel Zuversicht schenken sollte und überhaupt nicht passen wollte. Auch noch rot markiert.

»Was soll uns das sagen?«, seine Frau schaute ihn panisch an. »Werden wir sterben?«

Als würde der Teufel über diese Frage lachen, folgte ein

weiterer Blitz, dann ein Donnerschlag, der sich in den Bergen so bedrohlich wie nirgendwo sonst auf der Welt anhörte. Der Strom fiel aus, der Wind nahm an Stärke zu. Herbert lauschte furchtsam in die tobende Nacht und hörte Bäume, die wie schwache Streichhölzer umknickten. Ein Knacken, ein Knarren, danach ein dumpfer Aufschlag und eine starke Erschütterung. An der nordwestlichen Ecke des Hauses schlug etwas gegen die Wand. Vermutlich ein kleiner Felsbrocken. Er durchschlug die massive Holzwand nicht, rüttelte jedoch so heftig am Haus, dass Herbert vor Schreck die Seite mit der markierten Stelle herausriss, als die schwere Bibel zu Boden fiel. Es schauderte ihn, die Nackenhaare standen ihm zu Berge. Doris klammerte sich an ihren Mann. Sie sahen kaum etwas. Das Licht des Kaminfeuers beleuchtete ihre fahlen Gesichter, während die Schatten der Flammen an den Wänden gespenstisch tanzten. Sie befanden sich mitten in einem Albtraum, aber sie waren hellwach und für einen Moment nicht in der Lage zu sprechen oder sich zu bewegen. Beide befanden sich in einer Art Schockstarre. Wieder ein Blitz in unmittelbarer Nähe, ein schwerer Schlag und dazu ein anderes Geräusch, welches Herbert endgültig aus seiner Apathie riss. Glas klirrte, fast wie eine Explosion unmittelbar am Haus. Doris wollte ihn zurückhalten, Herbert hielt es jedoch nicht mehr aus. Er öffnete einen Spalt weit die Haustür, hielt sie mit beiden Händen fest, damit der Sturm sie nicht mitriss, und erkannte das Unglück sofort. Eine neue Schlammlawine hatte inzwischen eine Schneise geschlagen. Die umgefallenen Bäume, die teilweise mit den Wurzeln herausgerissen wie Spielzeug herumlagen, hatten die Wassermassen umgeleitet. Eine zähflüssige Masse aus Schlamm und Geröll floss nun weiter östlich vorbei. Die Wolkendecke riss auf, der Vollmond erhellte für einen Moment die ganze Szene: Ein dicker Felsblock lag neben der eingefallenen Außenwand vom Nachbarhaus. Er hatte das Gebäude einfach eingedrückt und war anschließend in den Trümmern zum Stillstand gekommen. Das komplette Haus war eingestürzt. Herbert brauchte einen Moment, bis er begriff, was er da sah. Verzweifelt überlegte er, was er tun konnte. Er konnte nicht einfach hinüberlaufen, das Gewitter zog zwar ab, es schien beinahe so, als ob es ein schlechtes Gewissen hatte, dennoch wagte Herbert es nicht, ungesichert durch den verschlammten Untergrund zu laufen. Er lauschte angestrengt in die Dunkelheit, doch die Wasserfälle, die heute mindestens das Zehnfache an Volumen hatten, übertönten alles. Es half nichts, er musste da rüber und seine Nachbarn retten.

Kapitel 7

Stuttgart, 2022

»Tesorino«, begrüßte Marcella ihren Mann. Ein wenig vorwurfsvoll klang ihre Stimme, als sie Sven in seinem Büro überraschte, der gerade fröhlich vor sich hin summend das nächste Kapitel von *Verzeihst du mir*? vorbereitete.

»Was ist passiert, mein Liebling?« Besorgt betrachtete er seine Frau, die ihn tagsüber normalerweise nicht besuchte. »Hat dich jemand geärgert?«

»Nein, nein«, lachte sie kurz über seinen bekümmerten Blick, »mich hat niemand geärgert. Ich bin nur erstaunt!« Ihr Tonfall wurde missbilligender: »Tesoro, hast du mir nicht gesagt, der neue Fortsetzungsroman sollte bellissimo werden? So was wie bei uns, ein richtig romantischer Liebesroman?« Sie setzte sich auf seinen Schreibtisch, nahm seine Hände und zog ihn zu sich her.

»Ja?« Sven war nun vorsichtig geworden, er wusste nicht, worauf sie hinauswollte.

»Also«, schaute sie ihm tief in die Augen, »das habe ich richtig verstanden?«

»Ich habe immer noch keinen blassen Schimmer, was du mir eigentlich sagen willst. Soll ich es aus dir herauskitzeln?« Er befreite sich und zog sie mit argloser Miene zu sich her. »So wie früher, wenn du mir Rätsel aufgegeben hast?« Dann fing er an, sie mit Hingabe zu kitzeln.

»Nein«, gluckste sie und versuchte sich aus seinem Griff zu befreien, »hör sofort auf damit!«

»Okay, ich höre?«

»Mein Absatz an Blutdrucksenkern ist deutlich angestiegen.«

»Und?«, zuckte Sven mit den Schultern. »Kommt ein Wetterumschwung?«

»Das solltest du mir sagen!« Sie versuchte, ihn ernst anzuschauen, was ihr jedoch nicht so ganz gelang, da er sie schon wieder kitzelte. »Angelino, wann kommt in deinem Roman die versprochene Sonne? Die Leichtigkeit? Die Liebe?«

»Ach so«, winkte er betont gelangweilt ab. »Darauf möchtest du hinaus.«

»Genau. Jetzt hat er es endlich verstanden. Das ist doch viel zu aufregend für unsere Gäste, das sind doch keine

Gute-Nacht-Geschichten! Sie sollen sich bei uns wohlfühlen, möchtest du doch auch. Oder? Die ersten haben schon Albträume.«

»Wir verteilen es doch extra um 22 Uhr, damit sie es erst morgens lesen, dann wirkt es eher anregend. Wie ein Glas Sekt.« Sven teilte die Sorgen seiner temperamentvollen Frau nicht.

»Caro!« Es klang fast drohend. »Wann kommt die Sonne raus?«

»Ich gebe deine Frage gerne bei nächster Gelegenheit an den Verfasser weiter.«

Sie schaute ihn streng an. »Oder du machst das besser sofort?«

Er wählte die Nummer von Anton, nachdem Marcella keinen Millimeter von ihrer Meinung abrückte und klar zum Ausdruck brachte, dass sie seinen Schreibtisch so lange besetzen würde, bis sie mit der Antwort zufrieden war.

»Du, Anton«, fragte er den Rentner, nachdem er sich ausführlich für den neuesten Teil des Fortsetzungsromans bedankt hatte, »meine Frau ist gerade bei mir, möchte von dir wissen, wann der Teil mit der großen Liebe kommt.«

»Spannend, nicht wahr?«, fragte Anton, anstatt eine Antwort zu geben. »Wie gefällt deiner Frau der Anfang?«

»Ja, wie soll ich sagen«, antwortete Sven zögerlich, währenddessen er schief grinste, als wolle er Marcella sein schlechtes Gewissen zeigen, was ihm jedoch nicht besonders gut gelang. »Ist aufregend, meinte Marcella gerade. Sie sagte, ein paar der Bewohner könnten schon nicht mehr schlafen. Es sei vielleicht etwas zu dramatisch?« Er wollte Anton nicht vor den Kopf stoßen.

»Dann haben wir alles richtig gemacht.« Anton überhörte die Kritik geflissentlich. »Wir sind ein richtig gutes Team«, lobte er stattdessen seine Zusammenarbeit mit Sven. Er war sehr stolz auf seine Geschichte.

»Stimmt …« Sven grinste in sich hinein, ihm gefiel der gelungene Start ebenfalls, und er wusste jetzt nicht genau, weshalb man deshalb nicht einschlafen konnte. Marcella schaute ihn weiter fragend an, beinahe bohrend, und er sah sich deshalb genötigt, konkreter nachzufragen. »Und in welchem Kapitel schreibst du dann endlich von der Liebe?« Er schaute Marcella mit unschuldigem Blick an, hob dabei die Schultern, als wollte er sagen: *Siehst du, ich weiß auch nicht mehr als du.*

»Kommt alles«, lachte Anton begeistert und beantwortete die Frage erneut nicht konkret. »Jetzt müssen wir erst mal über die Katastrophe berichten, was da oben im Berg alles passiert ist.« Sehr leise – es war ja noch ein Geheimnis – erzählte er, wie hin- und hergerissen Herbert ist zwischen Liebe und seinem Gewissen und wie er über die Abgründe erschrickt, die er bei seiner Frau entdeckt.

»Ich kann es kaum erwarten«, fieberte Sven mit. Automatisch senkte er seine Stimme ebenfalls und versuchte sich vor Marcella einzubremsen. Dennoch klang er zu euphorisch, was mit einem empörten Blick von Marcella honoriert wurde. Er konnte die Fortsetzung kaum abwarten. »Du kannst richtig gut erzählen, Anton. Möchtest du vielleicht an einem Abend in der Woche vorlesen? Vielleicht für die, die nicht mehr so gut lesen können?«

»Sehr gerne!«, begeisterte sich Anton für das neue Projekt. »Ich werde die Spannung steigern. Wir müssen die Leute richtig in die Geschichte ziehen. Doris hat mir das damals so ausführlich erzählt, dass es sich für mich anfühlte, als sei ich dabei gewesen.«

»Perfekt! Dann machen wir das am Samstagabend«, entschied er kurz entschlossen und schaute Marcella mit seinem unschuldigen Blick an, als ob er bei der Unterhaltung mit ihr gar nicht dabei gewesen wäre.

»Damit die, die nicht mehr so gut lesen können, dann auch nicht mehr schlafen können?« Kopfschüttelnd und mit gequältem Gesichtsausdruck schlug sie sich gegen die Stirn.

»Ich freue mich sehr auf die Fortsetzung«, antwortete Sven engagiert und ignorierte Marcellas Bemerkung. Die Begeisterung von Anton hatte sich auf ihn übertragen. »Bis morgen und schicke mir die Sachen nicht später als 16 Uhr, ja?«

»Na klar, du bekommst alles rechtzeitig am Nachmittag.«

»Und?« Marcella schaute Sven mit hochgezogenen Augenbrauen und einem vielleicht nur gespielt strengen Blick an. Sven konnte diesmal nicht beurteilen, wie ernst sie es wirklich meinte.

»Ich habe gerade das Wort *Katastrophe* gehört. Dann sprach Anton plötzlich so leise. Hat er eingesehen, dass der Anfang eine Katastrophe war? Viel zu dramatisch konstruiert?«

»Konstruiert? Das kann ich nicht bestätigen.« Sven lenkte das Gespräch dankbar in eine andere Richtung. »Das ist tatsächlich so passiert. Vor 40 Jahren. Anton kennt die Leute persönlich. Wirklich! Wir könnten sie zu uns einladen, möchtest du?« Als er keine Antwort darauf bekam, fuhr er schnell fort: »Anton wird nun samstags die Fortsetzungen der Vorwoche, also von Sonntag bis Samstag, vorlesen. Genial, oder? Das ist doch eine schöne Idee, nicht wahr? Das wird ihm richtig guttun. Wie ich mich für ihn freue.«

Marcella schien zu begreifen, dass er ihre Einwände und Sorgen gerade nicht ernst nahm, er war viel zu begeistert. Sie saß auf seinen Unterlagen und zog ihn erneut zu sich, um doch noch seine komplette Aufmerksamkeit zu bekommen. Sie küsste ihn zärtlich und fragte verführerisch: »Und wann geht sie nun auf, die Sonne?«

Kapitel 8

Brienz, 1985

Der Sturm ließ nach. Zehn lange Minuten hatten Doris und Herbert einen Weg zum Nachbarhaus gesucht. Doris wollte Herbert nicht allein lassen, deshalb hatten sie sich gemeinsam mit einem Sicherungsseil, welches sie an ihrem eigenen Haus befestigt hatten, hinübergewagt. Das Nachbarhaus stand nordöstlich, ein wenig höher als ihr eigenes. Das Erdgeschoss war gemauert, das obere Stockwerk bestand aus Holz. Nachdem sie angekommen waren, schauten sie vorsichtig in die Ruine. Der Vollmond ließ sich blicken und beleuchtete die unwirkliche Szene. Die dem Berg zugewandte Steinwand vom Nachbarhaus fehlte. Die Wände links und rechts waren teilweise eingefallen. Der erste Stock war komplett eingeknickt. Die gegenüberliegende Hausseite stand zwar schräg, wirkte aber halbwegs stabil. Ein riesiger Felsbrocken hatte das Haus getroffen. Die Balken und das Dach hatten sich so sehr ineinander verkeilt, dass Herbert es als zumindest vorübergehend sicher einstufte. Er verknotete ein langes Seil an einem der Balken und lauschte. Dann nahm er seine Taschenlampe und kroch durch die Zwischenräume der heruntergefallenen Balken und Bretter. Er suchte sich einen Weg und versuchte, einem fast nicht hörbaren Geräusch nachzugehen. Er hoffte, seine Nachbarn in einer der Nischen zu finden, aber schon nach kurzer Zeit musste er aufgeben. Er kam nicht weiter. Mühsam kletterte er zurück zu Doris. Sie suchten sich eine stabile Stange, mit der er die oberen Balken auf die Seite hebeln konnte. Er arbeitete wie ein Besessener, doch seine Kraft reichte nicht aus. Inzwischen hatte Doris eine Stirnlampe und eine Kettensäge aus dem danebenstehenden Schuppen geholt, der wie durch ein Wunder noch stand. Herbert sägte dort, wo er es riskieren konnte, das Holz in handliche Stücke, während Doris Dachziegel und abgesägte Balkenstücke auf die Seite räumte. Sie arbeiteten wortlos, Hand in Hand. Schließlich fand er Vreni unter einem der Balken. Sie hatte einige Wunden davongetragen, blutete jedoch nicht stark. Zumindest konnte er im Schein seiner Lampe nicht allzu viel erkennen. Herbert versuchte, sie herauszuziehen, hatte jedoch keine Chance. Sie war eingeklemmt, und er konnte sich ihr nur kriechend nähern. Leider war sie nicht ansprechbar und konnte somit nicht mithelfen. Offensichtlich hatte sie sich zum Zeitpunkt des Unglücks im Schlafzimmer aufgehalten, denn sie lag auf einer Matratze. Herbert machte sich daher Hoffnungen, sie retten zu können. Er versuchte nochmals, sie herauszuziehen, spürte dabei nicht mal, wie er selbst an Händen und Knien blutete. Seine Sinne waren auf das Geräusch gerichtet, das er vorhin vernommen hatte. Jetzt hörte er es deutlich. Ein Kind. Es schrie und wimmerte. Es musste ganz in der Nähe sein, er sah es jedoch nicht. Er ließ Vreni zurück und arbeitete sich zu dem Geräusch vor. Er tastete, fühlte und spürte endlich Füßchen. Herbert kroch weiter, bis er das Baby mit beiden Händen abtasten konnte. Zentimeter für Zentimeter zog er es an den Beinchen heraus. Jetzt konnte er das Kind aus dem schützenden Bretterverschlag herausheben und im Schein seiner Stirnlampe betrachten. Blutverschmiert, weinend, aber augenscheinlich unverletzt lag es in seinen Armen. Erleichtert krabbelte Herbert rückwärts aus dem Balkenlabyrinth, richtete sich auf, zog seine Jacke aus und wickelte das Baby darin ein. Er hatte jegliches Zeitgefühl verloren, als sie endlich in ihrem Haus ankamen. Er wollte seine Frau und das Kind nur schnell ins Warme bringen, dann gleich zurück zu Vreni. Doris war nicht damit einverstanden, dass er sich erneut dieser Gefahr aussetzte, sah jedoch ein, dass sie mit ihren Bedenken keine Chance hatte. Das Gewitter war inzwischen abgezogen.

»Der Sturm ist vorbei, ich habe das Sicherungsseil!«, versuchte er seine Frau zu beruhigen, die mittlerweile vollkommen mit dem Baby beschäftigt war. Herbert küsste sie und ging zurück zu den Trümmern, die einmal ein Haus gewesen waren. Mit bloßen Händen versuchte er, Dachziegel und Holzgebälk von Vreni wegzuziehen. Aber es war ihm nicht möglich, die Balken waren viel zu schwer. Er brauchte Hilfe. Er verschaffte sich erneut einen Überblick und bemerkte das erste Mal, wie riskant es war, sich in der Ruine aufzuhalten. Schlamm und Geröll flossen durch das Haus, die Balken konnten jederzeit wegbrechen. Doris würde er lieber nichts davon sagen, wie gefährlich sein Einsatz war. Sollte er Hilfe aus dem Dorf holen? Die Telefonverbindung war unterbrochen. Ginge er jetzt ins Dorf, würde er wertvolle Zeit verlieren. Nein, entschied er, er würde nicht aufgeben. Herbert lief, so schnell es eben ging, zum Auto und holte den Wagenheber. Damit wollte er den Balken, der auf Vrenis Beinen lag, anheben. Eine geeignete Stelle war schnell gefunden. Er setzte das Werkzeug an, doch es funktionierte nicht. Zu stark waren die Balken ineinander verkeilt. Er musste es weiterhin mit der Säge versuchen. Während er in seinem eigenen Schuppen alles Notwendige besorgte, erzählte Doris von ihren Gedanken, dass Urs vielleicht in der Wohnstube lag. Konnte gut sein, dachte Herbert, gab ihr jedoch keine Antwort. Er würde später im Erdgeschoss weitersuchen. Einfach so lange Balken und Bretter abtragen, bis er ihn finden würde. Er würde sie retten, alle beide. Er ging zurück in sein Haus, um ein Handtuch zu holen, und sah die Bibel, die mit der halb ausgerissenen Seite auf dem Boden lag. Du sollst nicht töten. Das war sein Wort, er musste alles dafür tun, die drei Leben zu retten. Der Satz war die Aufforderung, nicht aufzugeben. Er fühlte sich so schuldig. Etwas unwirsch wimmelte er Doris ab, die ihm eine andere Hose, eine Schnittschutzhose für Holzfällerarbeiten, zum Anziehen aufdrängelte. Doris bestand darauf. Die Hose war trocken und würde ihn vor allem, deshalb hatte Herbert sich überhaupt überreden lassen, selbst vor der Kettensäge schützen. Doris hatte gesehen, wie bei ihm die Kräfte schwanden. Er sah sehr mitgenommen aus. Die Hautabschürfungen und Schnittwunden hatte er erst beim Umziehen bemerkt, schenkte ihnen jedoch keine weitere Beachtung. Er musste unbedingt weitersuchen, durfte keine Zeit verlieren. Er packte Kraftstoff, das Öl für die Säge und ein Handtuch ein und kämpfte sich zurück zur Unglücksstelle. Doris stand mit sorgenvoller Miene an der Haustüre, das Kind, gut eingepackt, im Arm.

»Kannst du Hilfe holen?«, fragte Herbert beim Weggehen, er war verzweifelt, er wusste, allein würde er es nicht schaffen. Doris weigerte sich vehement, sie würde mit dem Neugeborenen nirgends hinlaufen oder hinfahren. Sie wollte auch nicht mit ihm darüber diskutieren, schloss schnell die Eingangstür, als das Kind wieder zu schreien begann. Inzwischen war es 20 Uhr, der Himmel war rein, Sterne leuchteten, der Mond beschien gespenstisch die Szene. Drüben am eingestürzten Haus angekommen, sägte Herbert im Schein seiner Stirnlampe vorsichtig Vreni frei. Das Handtuch hatte er ihr über das Gesicht gelegt, um sie vor Sägespänen zu schützen.

Er brauchte eine gefühlte Ewigkeit, aber dann war es endlich so weit, er konnte Vreni bergen. Er war kein Mediziner, hatte nie einen Toten gesehen, aber ihm war sofort klar, dass Vreni nicht mehr lebte. Er fühlte keinen Puls, aus ihren Wunden blutete es nicht mehr, soweit er es erkennen konnte. Behutsam legte er sie ab, setzte sich neben sie und wollte beten. Er konnte jedoch nichts mehr fühlen, nichts mehr denken, in seinem Kopf war einfach nur Leere. Dennoch raffte Herbert sich wie ferngesteuert auf. Die Hoffnung, Urs zu finden, trieb ihn an. Verzweifelt suchte er weiter, rief Urs beim Namen, auch wenn er ahnte, dass dieser ihn nicht hören konnte. Wie ein Besessener sägte er Balken für Balken durch und legte sie zur Seite. Doris hatte ihn gerufen, aber er wollte nicht mit ihr sprechen, er ignorierte sie, fühlte nichts. Er wollte nur eins: Urs finden. Und dann lag Urs plötzlich vor ihm, die Beine unter der umgefallenen Mauer begraben. Ein schwerer Deckenbalken hatte seine Brust eingedrückt. Auch hier kam er zu spät. Er konnte nichts mehr für seinen Nachbarn tun, außer den Balken klein zu sägen, der auf ihm lag, die Steine abzutragen, um ihn zu bergen. Er schleppte Urs' Körper mit letzter Kraft nach draußen und legte ihn neben Vreni. Endlich sprach er sein Gebet. Legte ein paar der herumliegenden Tannenzweige über die beiden, als ob er sie damit beschützen könnte. Tränen flossen ihm über die Wangen. Ihm wurde schwarz vor Augen. Für einen Moment war es vollkommen still um ihn herum. Das Erste, was ihm durch den Kopf schoss, war eine Anklage: »Du sollst nicht töten!« Sein Kopf schmerzte, er spürte jeden einzelnen Herzschlag. Der Abend wäre definitiv anders verlaufen, wären sie beisammengeblieben. Er konnte sich dem Gedanken nicht mehr entziehen, dass Doris und er selbst eine Mitschuld trugen. Die Selbstvorwürfe waren da und würden von nun an seine ständigen Begleiter sein. Anklagend. Geißelnd. Sein Haus hatte den Sturm überstanden. Zwar fehlte ein Teil vom Dach, und auch wenn ein kleiner Felsbrocken gegen das Haus gestoßen war – das war alles harmlos im Vergleich zu dieser Katastrophe. Was war das für ein Gott, der zuließ, dass ein kleiner Baufehler, ein unbedachtes Wort, ein kleiner Streit eine Familie auslöschten? Herbert spürte, wie die Verzweiflung seine körperlichen Schmerzen verdrängte, und sank kraftlos neben den beiden Toten zu Boden.

Kapitel 9

»Herbert!«, schrie Doris laut durch die Nacht. Ihre Stimme übertönte wieder die tosenden Wasserfälle. Wie ein angezählter Boxer stand er taumelnd auf, riss sich aus seinen trüben Gedanken und schleppte sich zu seiner Frau. Er wollte vermeiden, dass sie näher kam, die beiden Verunglückten sah. Die Schlammlawine zwischen den Häusern bewegte sich langsam talabwärts.

»Was ist?«, fragte er tonlos.

»Ich habe nichts mehr von dir gehört … Hast du Vreni frei bekommen? Oh mein Gott, wie siehst du aus, du blutest überall! Bist du verletzt? Das habe ich vorhin gar nicht gesehen!«

»Habe sie gefunden«, antwortete Herbert kraftlos, während er sich langsam von seiner Frau nach Hause führen ließ, »beide tot.«

»Oh nein …« Doris erstarrte, schaute ihn entgeistert an. »Was hast du gesagt?«

»Sie sind beide tot, Doris! TOT!«

»Was hatten wir nur für ein Glück, dass es nicht unser Haus war.«

»Mehr fällt dir dazu nicht ein?«, fuhr Herbert sie wütend an. Sie waren inzwischen im Haus angekommen, doch er schrie, als ob er gegen die Wasserfälle ankommen müsste: »Das ist unsere Schuld! Verstehst du? Wir hätten sie nicht gehen lassen dürfen!« Er wollte weinen, schreien, heulen, aber er hatte keine Tränen mehr. Stattdessen jede Menge Wut, Verzweiflung. »Wir hätten sie nicht gehen lassen dürfen!«, wiederholte er, während er seine Frau durchdringend anschaute.

»Ist das jetzt meine Schuld? Willst du mir das gerade sagen?« Doris war entsetzt über die unerhörten Anschuldigungen ihres Mannes. Was konnte sie dafür, wenn Vreni so empfindlich war und gleich verschwand? Sie hätte ihr am liebsten viel mehr gesagt, hatte sich aber wegen der direkten Nachbarschaft zurückgehalten.

»Nein …« Herbert weinte. Hemmungslos. Er hatte einen Schock, das war ihm klar. Nicht mehr Herr über seine Gefühle und Gedanken. Sein Herz raste, ihn schmerzte jeder Herzschlag. Er lehnte sich an die Wand, ließ sich langsam zu Boden gleiten und fasste sich ans Herz. »Nein, es ist meine Schuld. Ich habe Urs das Haus falsch umgebaut.« Herbert schluchzte bei der Erkenntnis, dass sie ihren Nachbarn nun nicht mehr helfen konnten, das Haus sicherer zu machen. Doris ging in die Hocke, nahm ihren Mann in den Arm und streichelte ihm über die Haare. Sie drückte ihn liebevoll an sich und tröstete ihn, so gut es ging.

»Wir sollten trotzdem dankbar sein, dass wir noch leben. Ich liebe dich doch!« Sie redete weiter ermutigend auf ihn ein: »Du hast das Kind gerettet, du bist mein Held und das Beste, was ich habe. Ich bin nur froh, dass dir nichts passiert ist, so leid es mir für die Nachbarn tut, aber wir konnten das nicht verhindern. Du hast dich so sehr bemüht. Du hast alles richtig gemacht. Urs hat jeden deiner Vorschläge abgelehnt, was also hättest du machen können?«

Herbert setzte sich auf, sagte aber kein Wort. Seine Frau machte es sich zu einfach.

»Und es ist doch gar nicht sicher, weshalb das Haus eingestürzt ist«, redete sie weiter. Er nickte nur mechanisch. Erst jetzt bemerkte er seine zerrissene Kleidung und dass er überall blutete. Er stand schwerfällig auf und ging ins Badezimmer. Doris war zu dem Baby geeilt, das schrie. Sie versuchte, es in ein Bettchen zu legen. Eine Kiste, die sie mit Frotteehandtüchern ausgepolstert hatte. Vielleicht würde es sich dann beruhigen? Ganz sicher hatte das Baby Hunger. Doris deckte es vorsichtig zu, auch die Zudecke war nur notdürftig aus Handtüchern gemacht. Aus Unterhemden von Herbert hatte sie zwei Windeln gebastelt. Nachdem Herbert sich umgezogen hatte, schaute sie ihn flehend an.

»Wir brauchen dringend Milch für das Baby. Gehst du ins Dorf?«

»Weshalb? Wir haben doch Milch.«

»Die können wir doch für ein Baby nicht nehmen!«, fuhr Doris ihn erregt an, doch ihre Tonlage entspannte sich sogleich. »Da brauche ich spezielle Milch – für Neugeborene. Kannst du mir die im Ort besorgen?« Sie bettelte fast. »Vielleicht in einer Apotheke? Die haben sicher Nachtdienst.«

»Dann fahre ich gleich mit dem Kind in den Ort, und wir übergeben es der Polizei. Ich muss melden, dass die Eltern nicht mehr leben«, antwortete Herbert traurig.

»Bitte tu mir das nicht an«, sagte Doris leise, sodass Herbert sie zuerst nicht richtig verstand. »Ich gebe das Mädchen nicht mehr her, schau, wie süß und hilflos sie ist.«

Herbert wurde hellhörig. Seine Frau wollte das Kind behalten? Als wären seine Selbstvorwürfe nicht genug? Wie konnte man so egoistisch denken. Er hatte Alexander und dem kleinen Mädchen die Eltern genommen, und seine Frau wollte auf heile Familie machen?

»Das mag ja sein, dennoch können wir sie nicht behalten. Es gibt Gesetze, an die auch wir uns halten müssen.«

»Gesetze? Pah!«, begehrte Doris auf. »Die Adoption von Alexander war rechtlich einwandfrei. Und? War das gut und richtig für das Kind? Schönes Gesetz. Daran soll ich mich halten?«

Herbert fühlte sich überfordert. Wieso musste er sich die alte Leier in diesem traurigen Moment anhören?

»Das ist weder der passende Zeitpunkt noch das richtige Thema. Wir gehen zur Polizei!« Kannte er seine Frau überhaupt? Wie konnte sie nur auf solch eine Idee kommen? Er würde zur Polizei fahren und sich gleich selbst anzeigen. Sein Baufehler kam sowieso ans Licht. Oder sollte er es darauf ankommen lassen? Herbert war völlig durcheinander, diese Möglichkeit hatte er nicht bedacht. Er schüttelte den Kopf und fuhr Doris entnervt an: »Du kannst überhaupt nicht logisch denken, das würde nie funktionieren.«

»Doch!«, entgegnete sie bestimmt. »Ich will nicht noch mal zuschauen, einfach nichts tun, während so eine arme Kinderseele verletzt wird. Wir behalten die Kleine. Sie wird es gut bei uns haben.« Sie redete sich in Rage und war fest entschlossen, sich durchzusetzen.

»Das geht nicht! Ich fahre jetzt nach unten, basta!«

Er wollte das gebastelte Bettchen einpacken, als Doris wütend dazwischenfuhr: »Dann lasse ich mich scheiden!«

Drohend stellte sie sich ihm in den Weg und schrie ihn an: »Entscheide dich! Jetzt!«

Herbert versuchte eilig, eine Lösung zu finden, nachdem er sah, wie vehement seine Frau ihren schrägen Plan verfolgte.

»Was denkst du, wie lange so was dauert?« Die Frage von Doris war nur rhetorisch, denn sie setzte gleich nach: »Ich warte bestimmt nicht so lange und schaue zu, wie es der Süßen in irgendeinem Heim schlechtgeht, wie sie ohne Liebe aufwachsen muss. Ich werde sie auf jeden Fall behalten! Du bist in deiner Jugend ohne Liebe aufgewachsen, möchtest du das jemand anderem antun? Was für ein Christ bist du?« Während sie ihn anblaffte, schrie das Kind in der Handtuch-Kiste lauter.

»Wie stellst du dir das vor?« Herbert stand hilflos da, starrte seine Frau an, die er nicht wiedererkannte.

Aber Doris antwortete nicht, sondern stand auf, um das Kind zu beruhigen. Dann legte sie nach. Was er hörte, verletzte ihn zutiefst: »Du bist schuld an dem Tod ihrer Eltern, ich bringe das in Ordnung. Ob du willst oder nicht. Ich mache das auch für dich, Herbert!« Damit ließ sie ihn stehen. Herbert wurde blass, doch er hatte keine Kraft mehr für Streitereien mit seiner Frau. Er fühlte sich ausgelaugt, war physisch und psychisch völlig am Ende.

»Ich habe mir das genau überlegt.« Doris rückte vorsichtig mit ihrem fertigen Plan heraus, als sie spürte, wie gelähmt Herbert war. »Wir werden das Mädchen als unser eigenes ausgeben.«

Herberts Widerstand regte sich erneut: »Das ist nicht dein Ernst!« Aber an ihrem Gesichtsausdruck konnte er ablesen, dass sie es tatsächlich todernst meinte. Sie würde sich nicht davon abbringen lassen, er sah es in ihren Augen. »Wir kommen in Teufels Küche, wenn wir das machen.« Vielleicht half es, wenn er ihr die Folgen aufzeigte.

»Nicht, wenn wir es klug anstellen«, antwortete Doris, die sich inzwischen völlig im Griff hatte. In den letzten Stunden hatte sie genug Zeit gehabt, ihren Plan zu durchdenken. »Wir müssen das Auto von Urs wegfahren, vor allem den Wohnwagen finden. Keiner weiß von ihrer überraschenden Ankunft. Das haben sie uns selbst gesagt. Von dem Kind weiß auch niemand.«

»Und dann?« Fassungslos schaute Herbert seine Frau an. So viel kriminelle Energie hatte er bei ihr nicht vermutet.

»Dann lassen wir alles verschwinden, was auf Urs und Vreni hindeuten könnte. Ein Haus ist eingestürzt und niemand zu Schaden gekommen. Ist doch einfach. Was sagst du dazu?«

»Du bist egoistisch und kriminell!« Mehr konnte Herbert beim besten Willen nicht dazu sagen, so entsetzt war er über die Pläne seiner Frau. »Da mache ich nicht mit. Vergiss das sofort wieder! Da drüben ist alles voller Blut. Du bist doch nicht normal! Echt!«

»Nein«, antwortete Doris überzeugt. »Ich bin liebevoll, warmherzig. Sorge mich um das Wohl der Kleinen, als ob sie mein eigenes Kind wäre. Und sie *wird* mein Kind sein.« In ihrer Stimme schimmerte das Mutterglück durch. »Möchtest du im Ernst, dass die Kleine abgeschoben wird wie Alexander? So lieblos aufwachsen muss wie du selbst? Das ist nicht dein Ernst.« Und ohne auf eine Antwort zu warten, fügte sie hinzu: »*Ich* habe mich entschieden, ich behalte das Kind, entweder du hilfst mir oder ich mache es allein und verschwinde noch in dieser Nacht aus deinem Leben! Für immer!« Das saß! Herbert wusste, wann er verloren hatte. Er brauchte nicht mehr mit Doris zu verhandeln. Ihre Entscheidung war endgültig. Sie kämpfte bereits wie eine Löwin um das Baby, das nicht ihr Baby war. Er überlegte fieberhaft. Es fiel ihm jedoch keine Lösung ein, zumindest keine, die Doris akzeptiert hätte. Und er gab nach – um des lieben Friedens willen, wie so oft. Währenddessen betrachtete Doris ihn abschätzend. Er wusste, was in ihr vorging. Respekt verdiente er sich mit seinem Einknicken nicht bei ihr. Sie hätte lieber einen starken Mann an ihrer Seite gehabt, der voll hinter ihr gestanden hätte. Aber es war nun, wie es war. »Also«, sagte sie, nachdem sie ihm ansah, wie sein Widerstand bröckelte. »Liebst du mich, unterstützt du mich?« Sie schaute ihn an und gab ihm mit den darauffolgenden Worten den Rest: »Erinnerst du dich daran, was wir uns versprochen haben? Wenn wir den Sturm überleben, dann gründen wir gemeinsam eine Familie. Stehst du zu deinem Wort? Bist du ein Mann? Stehst du zu mir?«

Kapitel 10

Wortlos stand Herbert auf, zog sich das letzte Paar trockene Bergschuhe an und nickte ergeben; er würde zu ihr stehen – gezwungenermaßen. Seine Frau war ihm wichtiger als alles andere, er wollte sie unter keinen Umständen verlieren. Doris nahm seine Kapitulation freudig zur Kenntnis. Ihr Triumph war nur schwer zu ertragen. Mit einem nervösen Blick zur

Uhr drängelte sie: »Wir müssen los, nimmst du den Wagen von Urs?« Er nickte nur mechanisch. »Trink!«, befahl sie ihm, während sie ihm ein Glas Wasser reichte. Und wurde lauter: »Und reiß dich zusammen, wir können uns keinen Fehler leisten.«

»Also, dann fahre ich nach unten, suche den Wohnwagen«, versuchte er, die Planung in die Hand zu nehmen, um ein Gefühl von Kontrolle zurückzubekommen. Der Befehlston seiner Frau gefiel ihm genauso wenig wie die Situation an sich. »Ich nehme das Auto von Urs. Das Fahrzeug scheint unbeschädigt zu sein, die Schlüssel stecken wahrscheinlich. Ich hoffe, die Straße ins Tal runter ist frei. Kannst du mit unserem Auto in einer halben Stunde nachkommen? Wir treffen uns am westlichen Ortsausgang von Brienz. Auf der linken Seite steht eine Hütte am See, dort treffen wir uns.« Herbert funktionierte wieder. Notgedrungen. Würden sie nur eine Kleinigkeit übersehen, sie würden im Gefängnis landen. »Wie lange kann das Baby noch ohne Milch auskommen?«

»Ich weiß es nicht«, antwortete sie kleinlaut, »ich habe ihr mit abgekochtem Wasser ab und zu das Gesichtchen und den Mund befeuchtet.« Besorgt streichelte sie das Neugeborene, welches inzwischen vor Erschöpfung eingeschlafen war. »Ein paar Stunden hält sie sicher aus. Wir müssen erst das Auto von Urs verschwinden lassen. Das muss vor dem Morgengrauen erledigt sein. Danach besorgen wir sofort die Milch.«

»Okay«, antwortete Herbert abwesend. »Dann machen wir das so. Am besten fährst du in einer Viertelstunde nach unten. Sei vorsichtig, es könnten Steine auf dem Weg liegen. Wir dürfen keine Panne riskieren, lieber langsam fahren.« Er baute sich vor seiner Frau auf. »Wenn die Straße gesperrt ist oder wir in eine Polizeikontrolle kommen, dann übergeben wir das Kind der Polizei. Ist das klar, Doris?«

Erschrocken wich sie einen Schritt zurück, so hatte sie ihn noch nicht kennengelernt.

»Wir sagen, dass wir auf dem Weg zur Polizei wären, okay?« Prüfend schaute er sie an. »Wir machen nicht weiter und riskieren alles!« Nun, da er seine Bedingungen gestellt hatte, fühlte er sich besser. Vor allem, weil er hoffte, seine Frau würde doch noch zur Vernunft kommen. Spätestens dann, wenn die ersten Schwierigkeiten auftauchten. Und die würden an allen Ecken auftauchen, so sicher, wie die Sonne in ein paar Stunden aufgehen und das Unglück hier in den Bergen in den schönsten Farben beleuchten würde.

»Natürlich, Herbert«, versuchte sie, ihn zu beruhigen, »wir machen es so, wie du gesagt hast.« Herbert ging zum Auto von Urs. Die Schlüssel steckten tatsächlich. Am Schlüsselbund waren weitere Schlüssel angebracht, vermutlich für den Wohnwagen und die Anhängerkupplung. Zumindest sah der kleine Schlüssel danach aus. Diese Schlüsselart kannte er von seinen Baustellen. Zum Glück hatte Urs sie nicht mit ins Haus genommen. Hier oben in der Einöde war es normal, Schlüssel und Papiere im Auto liegen zu lassen, nicht mal die Häuser schloss man tagsüber ab. Er startete das fremde Fahrzeug und wendete vorsichtig. Langsam, ohne Licht fuhr er vorsichtig auf der schmalen Straße ins Dorf. Dreimal musste er aussteigen, um Felsbrocken aus dem Weg zu räumen. Zum Glück beschien der Mond die Straße. Erst im Dorf schaltete er das Licht ein, um sich nicht auffällig zu verhalten. Er kannte die öffentlichen Parkplätze in Brienz und fuhr sie der Reihe nach ab. Der kleine Ort war überschaubar. Lange musste er nicht suchen, gleich am Bahnhof entdeckte er den Wohnwagen. Mit dem Schweizer Kennzeichen und den unzähligen Aufklebern aus aller Herren Länder war er nicht zu übersehen. Der Wagen war herumgekommen, halb Europa und Nordafrika waren unter den Stickern vertreten. Durch die extreme Beklebung war er allerdings viel zu auffällig. Herbert kuppelte den Anhänger schnell an Urs' Fahrzeug. Die Schlüssel, die am Bund hingen, passten tatsächlich. Sorgenvoll schaute er links und rechts, ob ihn jemand beobachtete, und fuhr dann eilig zum westlichen Ortsende, in Richtung Interlaken.

Er wollte das Gespann von Urs in Interlaken irgendwo in einem Industriegebiet abstellen und am nächsten Tag überlegen, wie es weitergehen sollte. Er traf sich mit Doris wie abgesprochen, sie folgte ihm mit ihrem eigenen Wagen. Die knapp 20 Kilometer waren in einer halben Stunde geschafft. Die vielen Ortschaften auf der Strecke bremsten sie etwas aus. Einmal mussten sie aussteigen und umgeknickte Äste von der Straße räumen, sonst wären sie schneller gewesen. Den Rest hatten die Feuerwehr und das Militär erledigt, die überall im Einsatz waren. Kurz vor Interlaken regelte die Polizei den Verkehr, hier waren Baumfällarbeiten im Gange. Herbert stockte der Atem, doch der Polizist war zu sehr mit seinem Funkgerät beschäftigt, um die Aufregung von Herbert zu bemerken. Nachdem das Fahrzeug mit Anhänger gut gesichert in einem Industriegebiet in Interlaken am Straßenrand geparkt war, beruhigte Herbert sich etwas. Besonders auffallen würde das Gespann hier nicht. Mit dem Gefühl, etwas grundsätzlich Verwerfliches getan zu haben, fuhr Herbert sie rasch zurück nach Brienz. Allerdings diesmal auf der anderen Seeseite, damit sie nicht dieselben Stellen, die von der Polizei gesichert wurden, passieren mussten. Nachdem die Kleine inzwischen aufgewacht war und aus Leibeskräften schrie, krabbelte Doris während der Fahrt auf den Rücksitz. Über den östlichen Ortseingang erreichten sie endlich Brienz. Herbert steuerte den kleinen Landmarkt von Salvatore an. Sie kannten sich flüchtig. Ein 38-jähriger Schweizer mit offensichtlich italienischen Wurzeln, immer sehr interessiert an seiner Kundschaft. Kaum hatten sie das Häuschen in den Bergen geerbt, wusste Salvatore davon und wollte es ihnen unbedingt abkaufen. Der Kaufpreis schien egal zu sein. Oder wollte Salvatore einfach nur ein gutes Geschäft vermitteln? Augenscheinlich kannte er jeden im Ort, konnte alles besorgen und war für jede Art von Geschäft bereit. Das zumindest hatte Herbert über ihn gehört. Er hoffte, er würde ihn antreffen. Ein Blick zum Armaturenbrett sagte ihm, es war inzwischen 5 Uhr morgens. Er parkte den Wagen und hörte im Lager tatsächlich jemanden hantieren. Obwohl die Lagertür angelehnt war, klopfte er, um sich bemerkbar zu machen. Salvatore öffnete verschwitzt. Gerade war er dabei, frische Ware aus einem Kühlcontainer in die Regale umzuladen. Er sah mit seinen schwarzen langen Haaren ein wenig verwegen aus. Wäre er nicht immer so freundlich, Herbert hätte sich in diesem Moment fast vor ihm gefürchtet. Wobei, er sah eigentlich gut aus, vielleicht sogar sympathisch. Und doch, irgendetwas missfiel Herbert an dem Mann.

»Was kann ich so früh am Morgen für Sie tun?«, fragte Salvatore neugierig, mit einem offenen, geschäftstüchtigen Lächeln.

»Wir brauchen Ihre Hilfe«, antwortete Herbert erleichtert. »Meine Frau hat heute Nacht ihr Kind bekommen. Aufgrund der Aufregung kann sie nicht stillen. Wir brauchen dringend …«

»Wir kennen uns doch«, unterbrach Salvatore ihn freundlich.

»Jaja!«, wiegelte Herbert ab. Ihm war nicht nach Small Talk. »Haben Sie Milch oder Pulver für Babys?«

»Natürlich habe ich was. Ein Salvatore hat immer was!« Behände ging er in seinen Laden und brachte das Gesuchte. »Hier, zwei Päckchen Milchpulver für Neugeborene. Habe die Kasse aber noch nicht offen, kann also nicht herausgeben, haben Sie es passend?«

»Und das ist das Richtige?«, fragte Herbert verunsichert nach, weil Salvatore so schnell die richtige Milch besorgt hatte.

»Es ist sogar das Beste, was man für Babys kriegen kann! Ist BIO«, antwortete Salvatore stolz. »Brauchen Sie noch mehr? Ein Fläschchen zum Beispiel?« Der Mann schaute ihn dabei durchdringend an, als ob er mehr aus ihm herauslesen wollte.

»Oh ja«, antwortete Herbert, erleichtert darüber, wie gut Salvatore mitdachte. »Wir waren überhaupt nicht vorbereitet, der Sturm und alles. Zudem hatten wir nicht so schnell mit dem Kind gerechnet.« Und das war nicht mal gelogen, dachte Herbert.

Salvatore verschwand in seinem Laden und kam nach ein paar Minuten mit einem gefüllten Karton zurück. Er drückte ihn Herbert in die Hand und wunderte sich lautstark darüber, wie schlecht die Deutschen auf eine Geburt vorbereitet wären, aber besonders darüber, dass er nichts von der Schwangerschaft mitbekommen hatte.

»Ich mache Ihnen einen Freundschaftspreis, alles zusammen 150 Franken.«

»So viel?« Herbert nestelte nervös an seinem Portemonnaie herum und zog die geforderten Scheine heraus.

»Normalerweise kostet das mehr, ist aber mein Geschenk an Sie und Ihre Frau.« Zufrieden lächelnd steckte sich Salvatore die Scheine in die Hosentasche.

Doris wartete angespannt im Auto. Das noch namenlose Baby schrie so laut, dass sie fürchtete, die halbe Nachbarschaft würde wach werden.

»Endlich bist du zurück«, zischte sie Herbert an, nachdem er mit seinem Karton im Auto auftauchte. »Bist du ins Plaudern gekommen oder was hat da so lange gedauert?«

»Dank dieses Mannes haben wir erst mal alles«, antwortete er und überhörte den Vorwurf geflissentlich. »Nun schnell nach Hause. Wir haben viel zu tun.«

Kapitel 11

Salem, 1985

Eine unbeschwerte Zeit verbrachte derweil Alexander, der Sohn von Vreni und Urs, mit seiner Internatsklasse in Österreich. Einmal im Jahr gab es einen Klassenausflug, diesmal sollte es eine Klettertour werden. Ideal war das Wetter nicht gerade, sie mussten auf das Highlight verzichten: die Besteigung des Großglockners mit einer Übernachtung in der Stüdlhütte. Leider, denn Alex liebte die Berge, sie erinnerten ihn an seine bisher schönste Zeit. Bei seinen Adoptiveltern in Brienz. Er freute sich schon auf die Weihnachtsferien, die sie diesmal gemeinsam dort verbringen wollten. Von dem Drama in der Zentralschweiz hatte er nichts mitbekommen. Die letzte Nachricht seiner Eltern erreichte ihn aus Izmir. Nicht ahnend, dass es die allerletzte Karte von ihnen sein würde. Sie würden, so schrieben sie, nun nach Griechenland zurückfahren. Später weiter zu ihm nach Deutschland. Diesmal hätten sie für ihn eine besondere Überraschung dabei. Er hatte keine Ahnung, worum es sich dabei handeln könnte. Kleine Geschenke von den Reisen brachten sie ihm immer mit. Womit würden sie ihn diesmal überraschen? Wobei, wichtig war ihm das nicht. Das Schönste war, sie bald wiederzusehen. Überhaupt war er froh, endlich wieder Eltern zu haben. Er liebte sie über alles. In seinem Zimmer hing eine große Weltkarte. Mit Stecknadeln und einem roten Bindfaden markierte er ihre aktuellen Reisen. Er verlängerte den Faden nach der letzten Postkarte bis nach Griechenland. So fühlte er sich mit ihnen verbunden. Die fernen Länder liebte er. Jetzt konnte er nicht mehr so oft dabei sein, umso mehr genoss er die wenigen Tage mit seinen Adoptiveltern. Mit einem Jahr war er zur Adoption freigegeben worden, nachdem seiner Mutter das Sorgerecht entzogen worden war. So hatte man es ihm später erzählt. Sie war damals gerade 19 Jahre jung, aus der Schweiz und hübsch, mehr wusste er nicht. Geblieben war ihm nur ein kleines, verblichenes Foto von ihr. Auf der Rückseite standen Name und ihr Geburtsjahr. Er wuchs in einem Kinderdorf, in einer kleinen Pflegefamilie, mit weiteren Kindern in der Nähe von Zürich auf. Gerade sollte er eingeschult werden, als sein Leben eine glückliche Wendung nahm. Ein Paar aus der Schweiz adoptierte ihn. Vreni und Urs. Kurz vor seiner Einschulung. Er durfte sie beim Vornamen nennen. Beide waren locker, das kannte er bisher nicht. Er liebte sie und ihre Ansichten, er fühlte zum ersten Mal in seinem Leben, wie viel Glück er hatte. Zunächst ging er in Brienz in die Primarschule und war sehr stolz darauf, von seinen Eltern am ersten Schultag begleitet zu werden. Er kam sich vor, als ob er ein wichtiger Mann wäre. Zuvor hatte er nie so viel Aufmerksamkeit erfahren. Anfangs war er oft in der

Schule und fand schnell Anschluss. Immer öfter ließen ihn die Eltern jedoch vom Unterricht freistellen. Immer dann, wenn die Eltern auf Reisen gingen und ihn mitnahmen. In der Schweiz war es gestattet, die Kinder von den öffentlichen Schulen abzumelden, sofern sie geeigneten Hausunterricht erhielten. Und er bekam den besten Unterricht, den es überhaupt gab, er lernte auf den Reisen so viel mehr als in jeder Schule. Er genoss sein neues Leben mit jedem Atemzug. Nach seinem zehnten Geburtstag war diese schöne Zeit abrupt zu Ende. Er wurde für ein Internat in Deutschland angemeldet. Vreni war der Meinung, er müsste nun ordentlich unterrichtet werden. Der Ernst des Lebens würde beginnen. Der Schritt fiel ihm nicht leicht, dennoch fand er auch hier im Internat schnell Anschluss. Glücklicherweise war er ein Optimist und freute sich deshalb auf die unbeschwerte Ferienzeit mit seinen Eltern. Täglich wartete er auf einen Brief oder Anruf. Er selbst konnte sich nicht bei ihnen melden, da er nie wusste, wo sie sich gerade aufhielten. Bald würden sie ihn wieder abholen. Bald war Weihnachten.

Kapitel 12

Währenddessen lief in Brienz alles nach Plan. Natürlich nach dem von Doris. Sie kümmerte sich liebevoll um das Baby, Herbert besorgte sich indessen bei einem Bauern im Dorf schweres Gerät. Einen überdimensionierten Caterpillar Bagger mit robusten Eisenraupen. 100 Tonnen brachte dieser auf die Waage. Fast hätte er ihn nicht bekommen, denn die unüberlegte Frage, ob die Maschine oben am Berg im Schlamm einsinken könnte, machte den Besitzer ziemlich nervös. Ob Herbert mit seiner teuersten Maschine umgehen könnte?

»Selbstverständlich«, antwortete Herbert überzeugt, er war schließlich Bauunternehmer. Der felsige Untergrund wäre ideal, antwortete der Bauer immer noch beunruhigt. Er müsse nur vorsichtig die Serpentinen nach oben fahren, vor allem in den Kurven, damit er nicht unnötig die steile Straße beschädigen würde. Der Bagger war breit, der einzige Grund, weshalb dieser im Moment nicht verliehen war. Der Bauer betrieb im Nebenerwerb einen Maschinenverleih und hatte fast alle seine Geräte wegen des Unwetters im Moment im Einsatz. Wenn es kein Notfall gewesen wäre, er hätte Herbert, den er nur oberflächlich kannte, überhaupt nichts ausgeliehen. Ob er besser für ihn nach oben fahren sollte, wollte er wissen. Im Moment hätte er keine Zeit, aber am Abend.

Dankend lehnte Herbert eilig ab, er wollte nur schnellstens das unbewohnte Nachbarhaus sichern, wie er seinen Notfall dem Verleiher gegenüber begründet hatte. Er unterschrieb schnell den Mietvertrag und ließ den 800-PS-Diesel warmlaufen. Die knapp 25 Liter Hubraum brabbelten kraftvoll vor sich hin. »Morgen haben Sie ihn zurück!«, rief er von der Baggerkanzel dem Bauern herunter und drehte, nachdem die Hydraulikanzeige sich auf 300 bar eingependelt hatte, sich butterweich, ein wenig zu kraftvoll, in die richtige Position. Die schnelle, einseitige Kettenbewegung hinterließ eine tiefe Schneise auf dem Kiesboden. »Ich pass auf«, schaute er den kopfschüttelnden Bauern schuldbewusst an, »ist für mich ganz einfach, ich kenne mich damit aus.« Er regulierte sofort die zu hohe Motordrehzahl nach unten und fuhr sanfter an. In Wahrheit war überhaupt nichts einfach. Zum einen war Herbert nervös. Und auch das Beseitigen der Leichen bereitete Herbert erhebliches Kopfzerbrechen. Wenn der Boden überall so felsig war, dann könnte er nicht kurz mal einen Graben ausheben. Angestrengt überlegte Herbert, auch noch eine Stunde später, wie er das am besten anstellen könnte. Während er mit der Baggerschaufel die ersten Balken beiseiteschob, hielt er auf einmal inne. Sicherte die Maschine, stellte den Diesel ab und kletterte nach unten. Zuallererst musste er Vreni und Urs umlagern, hier würde er ihnen kein Grab ausheben können. Es schauderte ihn zwar, aber er hatte keine andere Wahl. Zog seine Handschuhe über, schleppte Urs und Vreni, die unter den Tannenzweigen auf dem Schlammfeld lagen, nacheinander weg vom Haus. Mit dem Bagger wollte er seine Freunde nicht transportieren. So pietätlos war er nicht. Deckte sie notdürftig mit einer Plane ab, schloss kurz die Augen und betete. Er wollte zumindest, soweit es die Situation zuließ, so eine Art himmlischen Segen für die beiden erbitten – auch für sich. Wobei er, dessen war er sich sicher, für seine Mühe keine Unterstützung von oben bekommen würde. Sein schlechtes Gewissen regte sich immer mehr.

»Doris«, er stand schwer atmend an der Haustüre, »was machen wir mit Urs und Vreni?« Er deutete auf die mit Plane abgedeckten Leichen. »Ich weiß nicht, wo ich sie vergraben kann.«

»Verstecke sie in unserem Verschlag für das Brennholz«, riet sie ihm angespannt und deutete auf den angebauten Schuppen am Haus. »Dann überlegst du dir später, wo du sie bestattest.« Sie wendete sich sichtlich angewidert von dem grausamen Bild ab. Sie wollte damit nichts zu tun haben. Gesagt, getan, er schichtete das Holz um, machte in dem angebauten Schuppen Platz, schleppte die Leichname hinein und verschloss sorgfältig die Türe. In dem Moment, als er den Schlüssel abzog, hörte er Schritte hinter sich. Jemand grüßte ihn.

»Hallo!«

Erschrocken drehte sich Herbert um, sein Herz pochte wild.

»Ach«, sagte Herbert und versuchte, seine Aufregung so gut es ging zu verbergen. »Sie sind das.« Salvatore vom Landmarkt war mit einem Karton in der Hand auf ihn zugelaufen. Herbert hatte sein Auto nicht gehört, die mächtig rauschenden Wasserfälle übertönten alles.

»Ich habe Ihnen noch etwas zusammengepackt.« Salvatore deutete dabei auf seinen Karton.

»Kommen Sie doch kurz mit ins Haus«, antwortete Herbert, der ihn schnell von dem Verschlag wegführen wollte. Der forschende Blick von Salvatore war nicht zu übersehen. Ebenso wie die Schleifspur bis zum Schuppen und Herberts blutverschmierte Hände. »Ich habe mir die Hände bei den Sicherungsarbeiten aufgerissen«, entschuldigte sich Herbert ungefragt und lief rasch zur Haustüre. »Mein Schatz«, rief er so gleichgültig wie möglich ins Haus, »wir haben Besuch, der freundliche Herr vom Landmarkt ist gekommen, hat uns etwas mitgebracht.« Er lief voraus und zeigte auf den Tisch in der Wohnstube: »Hier können Sie das Paket ablegen.« Salvatore legte das Paket ab, bückte sich, er hatte die Bibel auf dem Boden gesehen. Beim Aufheben des Buches sah Salvatore die halb ausgerissene Seite. Mit einer etwas zu hektischen Bewegung wollte Herbert ihm die Bibel abnehmen. Salvatore, der jedoch die heraushängende Seite mit zwei Fingern festhielt, war darauf nicht vorbereitet. Ein Ratsch. Und Herbert hatte die Bibel, Salvatore die einzelne Seite in der Hand. Salvatore schaute darauf und las irritiert die rot markierte Stelle laut vor: »Du sollst nicht töten?« Durchdringend schaute er Herbert an, sein Blick wurde feindselig. »Was ist passiert?«

»Nichts!« Doris antwortete schnell. Sie hatte mit schreckgeweiteten Augen die Szene überblickt. Ihr war sofort klar, wie gefährlich Salvatore ihrem Plan werden konnte. »Gestern ist uns ein Felsbrocken gegen die Hauswand gedonnert, die Bibel flog auf den Boden.«

»Und dabei ist *diese* Seite herausgerissen und wie von Geisterhand *dieser* Satz markiert worden?«, ergänzte Salvatore betont überheblich. Sein arroganter Gesichtsausdruck wurde wilder, nahm gefährliche, lauernde Züge an. Seine sensiblen Antennen waren alle auf Empfang. Er war genau zum richtigen Zeitpunkt gekommen, förmlich riechen konnte er es. Sein siebter Sinn war unübertroffen.

»Nein«, erschrocken wehrte Doris ab, »es war ganz anders.«

»Natürlich!« Salvatore reagierte kühl. »Und wie war es?« In seiner Frage lag ein drohender Unterton. Es war keine Frage, er würde es herausfinden, er musste es. Nur, er durfte die beiden nicht erschrecken, sie durften ihm nicht anmerken, wie wütend er innerlich gerade wurde. Mühsam hielt er sich unter Kontrolle. Diese Kontrolle hatte er sich mühevoll über die Jahre hinweg antrainiert.

»Was haben Sie in dem Paket?« Doris wollte das Thema wechseln. Salvatore ließ sich jedoch wie ein auf Beute lauerndes Raubtier nicht beirren und setzte sich ungefragt an den Tisch.

»Wollen wir uns nicht beim Vornamen ansprechen?«, antwortete er stattdessen übertrieben freundlich zu Herbert, überging damit wie selbstverständlich Doris' Frage. »Das ist im Dorf normal. Ich bin Salvatore, du heißt Herbert, hast ein Baugeschäft in Deutschland. Gerade den größten Kettenbagger aus dem Dorf ausgeliehen.« Er wusste längst, wer Herbert war. Jeder, der im Dorf neu war, wurde von ihm durchleuchtet. Besonders interessierte er sich für die beiden. Kaum hatten Doris und Herbert ihr Haus geerbt, wusste es Salvatore. Um bei der Wahrheit zu bleiben, er wusste von der Erbschaft, bevor die beiden es selbst ahnten. Salvatore wusste alles, was ihm Profit versprach. Er wäre ein Menschenfreund und immer hilfsbereit, wie er seine Neugierde und seinen untrüglichen Spürsinn für gute Geschäfte verteidigte. »Du bist Doris«, stellte er unterkühlt fest, nachdem er keine Antwort erhalten hatte. Beide versuchten, etwas vor ihm zu verheimlichen. Es war offensichtlich. Er würde nicht Salvatore heißen, wenn er dieses Geheimnis nicht zu seinem Vorteil zu nutzen verstünde. Zudem interessierten ihn diese beiden Häuser aus einem weiteren Grund. Daran durfte er aber jetzt nicht denken. Seine Wut übermannte ihn fast.

Herbert knickte als Erster ein und sprach ihn mit seinem Vornamen an: »Danke schön, Salvatore«, sagte er ebenfalls bemüht freundlich zu dem Eindringling. »Was hast du uns mitgebracht?«

»Wir werden gute Freunde«, antwortete Salvatore, seine Lippen wurden weiß. Ganz hatte er sich nicht unter Kontrolle. Fast unmerklich überspielte er seine Erregung und versuchte, ein zufriedenes Lächeln aufzusetzen: »Habe extra meinen Laden kurz zugesperrt, damit ich euch besuchen kommen kann.« Nachdem Doris und Herbert mit versteinerten Mienen dasaßen, das schlechte Gewissen schaute besonders Herbert aus den Augen, fuhr Salvatore ungerührt fort. Zwischenzeitlich hatte er sich gefangen: »Und ich werde euch ab sofort öfter besuchen.« Er neigte abwartend den Kopf. »Ich habe den Eindruck, ihr braucht meine Hilfe.«

»Wofür?« Doris fand als Erste ihre Sprache wieder. »Womit möchten Sie uns helfen?«

»Pardon«, antwortete Salvatore, ein leichtes Lächeln huschte für eine Sekunde über sein Gesicht. Es wollte nicht zu seinen leicht zugekniffenen Augen passen. »Es heißt richtig, *wobei* möchtest du uns gerne helfen?« Er nahm den Papierfetzen und las genüsslich die vier Worte: »Du sollst nicht töten!« Wiegte bedächtig seinen Kopf. »Das ist ein sehr wichtiges Gebot. Gerade bei uns, es ist alles so friedlich, anders würde es auch nicht funktionieren. Was ist passiert, welche Leichen müsst ihr beseitigen?« Er nahm Fahrt auf, um gleich wieder sanfter zu sprechen: »Ihr könnt mir alles anvertrauen, ich bin euer Freund.«

»Wir haben nichts getan, wir brauchen keine Hilfe«, Doris bekam rote Wangen, die Unsicherheit war ihr ins Gesicht geschrieben, bei Herbert schaute die Angst sowieso aus allen Poren. Doris hatte die Hosen an, war mutiger. Dies hatte Salvatore bereits im Landmarkt bemerkt.

»Soll ich mal im Holzschuppen nachschauen?«, antwortete Salvatore forsch: »Ich kann auch die Polizei rufen, es ist meine Bürgerpflicht: Ich muss jeden Verdachtsfall in unserem Dorf melden. Wo sind eigentlich die Nachbarn? Ich habe gestern ihren Wohnwagen im Ort unten gesehen! Jetzt ist ihr Haus weg, der Wagen im Dorf verschwunden und hier oben kein Auto von den Nachbarn.« Aufgebracht fuhr er fort, seine Augen wurden zornglühend: »Waren die beiden allein? Wo ist ihr Sohn? Er war nicht dabei – oder?« Seine Halsschlagader pochte heftig, sein Ton wurde ungehalten.

»Nein«, zuckte Herbert erschrocken zusammen, und Doris antwortete schnell, »Alexander ist im Internat.«

»Gut«, kam es erleichtert von Salvatore. »Dann lasst uns die Sache aufklären.« Seine Stimme war kraftvoll, so wie sein ganzer Auftritt. Energiegeladen, zu allem bereit. »Setzt euch zu mir an den Tisch!« Die beiden folgten seinem Kommando, setzten sich schuldbewusst auf die Eckbank, ihm gegenüber. Herberts bestürzten Gesichtsausdruck quittierte Salvatore mit einem hässlichen Lacher. »Hast du im Ernst gemeint, ich verpfeife euch?« Salvatores Miene verfinsterte sich jedoch gleich wieder. Alexander war wohl nichts passiert, aber wo waren seine Eltern, wurden sie von ihrem Haus erschlagen? Die Gedanken überschlugen sich, er würde die Wahrheit herausfinden. Schnell sortierte er seine Informationen und fuhr mit weniger Druck in der Stimme fort: »Nein, mein Freund, ich helfe dir natürlich.« Doris ignorierte er komplett, er würde sich ihn zunächst allein vorknöpfen. »Herbert, du bist Vater geworden, du darfst nicht im Gefängnis landen. Also sag es mir. Was ist passiert? Dann sage ich dir, wie ich helfen werde.« Salvatore saß provokant breitbeinig am Tisch, seine Stimme klang honigsüß. Unübersehbar signalisierte diese Haltung, er würde so lange bleiben, bis er alles wusste. Herbert rannte die Zeit davon, er musste die Koffer, die Lebensmittel und alles, was im Nachbarhaus auf die Anwesenheit von Vreni und Urs hindeutete, verschwinden lassen. Auch das Auto in Interlaken sollte weggefahren werden. Und nun das, was sollte er tun?

»Also gut.« Herbert wollte erzählen. Er hatte mit Doris vereinbart, sie würden die Flucht nach vorne antreten, sobald sie aufgeflogen wären. Böses ahnend, ihr wahrheitsliebender

Gatte würde im nächsten Moment alles ausplaudern, schnitt Doris ihm das Wort ab.

»Mein Mann hat keine Schuld«, sagte sie Salvatore, »wir haben den Nachbarn geholfen, das Haus zu richten, mein Mann wollte sicherheitshalber ein paar Balken mehr einziehen. Urs, der Nachbar, wollte dafür das Geld nicht ausgeben. Das war vor einem Jahr«, versuchte sie eine plausible Erklärung für ihren schwachen Herbert zu finden. »Jetzt ist das Haus zusammengefallen. Die Schlammmassen vom Berg sind daran schuld. An dem fehlenden Balken lag es sicher nicht. Aber mein Mann könnte so eine Untersuchung jetzt überhaupt nicht brauchen. Womöglich würde allein der Verdacht sein Baugeschäft ruinieren. Und jetzt? Was sollen wir tun? Salvatore? Wie stellst du dir deine Hilfe vor?«

»Und die Nachbarn sind darin umgekommen?«, ritt Salvatore auf seinem Verdacht weiter. »Gestern im Dorf habe ich ihren Wohnwagen gesehen und hier die frischen Schleifspur, das Blut ...«

»Natürlich nicht!« Doris glühte im Gesicht, ihr Puls schlug unübersehbar. »Sie sind kurz vor dem Unglück weggefahren. Sie wollten weiter nach Deutschland.«

»Wo ist Alexander?«, Salvatore kniff das Auge zusammen. »War er mit dabei? Und lüg mich nicht noch mal an!« Er sprang wütend auf, stieß den Tisch zurück, während seine Augen zornig funkelten.

»Nein«, antwortete Doris erschrocken, die Tischkante drückte ihr schmerzhaft in die Rippen. Der aggressive Gesichtsausdruck schüchterte sie ein, ihr Herz schlug panisch. Was war mit Salvatore? Weshalb war die Stimmung so gekippt? Weshalb fragte er ständig nach dem Adoptivsohn von Vreni und Urs?

»Wo ist er?« Salvatore konnte sich kaum kontrollieren. »Ist er verunglückt? Ich will ihn sehen!«

»Nein«, antwortete Doris verstört, »nur die Eltern sind gestern gekommen, ohne ihren Sohn. Sie haben ihren Wohnwagen unten im Dorf abgestellt, sind kurz hochgefahren und gleich wieder abgereist, habe ich doch eben gesagt!«

»Du lügst mich an!«, schrie Salvatore, versuchte sich jedoch zu beruhigen, er wollte ihren Worten Glauben schenken. Schließlich waren keine Ferien. Eine Pause entstand, Salvatore strich sich bedächtig über die Schläfe, er hatte sich wieder unter Kontrolle. »Das ist alles? Ein Baufehler?« Dabei schaute er Herbert mit durchdringendem Blick an, der betroffen wegschaute. Ein guter Lügner war er nicht, er hätte am liebsten die Wahrheit gebeichtet. Auch Doris wirkte nervös. Salvatore wusste, er musste sich zügeln, um alles zu erfahren. »Was ist wirklich passiert? Was ist das für Blut an deinen Händen, was hast du im Schuppen versteckt? Sag mir die Wahrheit!« Diesmal konzentrierte er sich auf Herbert, schaute ihn streng an und drohte unverhohlen. »Ich kann auch selbst nachschauen!«

Herbert wurde leichenblass, er konnte Salvatore nicht in die Augen schauen und gab nach einer Weile traurig nach: »Vreni und Urs sind ums Leben gekommen.«

»Und die beiden liegen im Schuppen?«

»Ja«, kam es eingeschüchtert von Herbert.

»Und der Sohn ist im Internat?«

»Ja!«

»Okay, was habt ihr bisher unternommen, wer weiß davon?« Salvatore hatte sich wieder komplett unter Kontrolle und ging behutsamer vor. Herbert sagte ihm augenscheinlich die Wahrheit.

»Niemand weiß etwas.« Doris übernahm das Wort. »Wir haben das Auto und den Wohnwagen in der Nacht an einen anderen Ort gebracht und möchten, bevor Leute kommen, im Nachbarhaus alles wegräumen. Dafür haben wir den Bagger gemietet. Damit es aussieht, als ob das Haus leer gestanden hätte.«

»Gut«, antwortete Salvatore nachdenkend, er würde mitziehen. »Das ist bisher gut, sehr gut sogar. Dann helfe ich euch. Kümmere mich darum, dass niemand den Berg hochkommt.«

»Wie wirst du das anstellen?« Doris ging anerkennend zum Du über, Salvatore war ja wirklich zu gebrauchen, das hätte sie nicht gedacht.

»Ich nehme den Bagger, lege ein paar Bäume und Felsen quer. Lasst mich machen, ich fahre zuvor mein Auto ein Stück den Berg nach unten, damit ich mir nicht selbst den Weg blockiere. Am Abend komme ich wieder, bis dahin habt ihr alles beim Nachbarn aufgeräumt. Und putzt die blutverschmierte Türe ab, jeder kann sonst sehen, was passiert ist«, schimpfte er sie wie dumme Kinder aus.

»Danke!« Doris hatte einerseits Angst vor Salvatore, war jedoch von so viel Tatkraft begeistert.

»Ich kenne den Besitzer!« Salvatore deutete zum Bagger. »Ich werde ihm sagen, er bekommt ihn erst in zwei Tagen zurück. Wenn ich ihm das sage, wird er euch in Ruhe lassen. Der Polizei gebe ich auch Bescheid!« Entgeistert schaute ihn Doris an. »Damit sie weiß, dass bei euch alles in Ordnung ist. Denn die würden in den nächsten Stunden patrouillieren, das ist nach so einem Unwetter normal. Oder die Bergwacht, wir halten hier alle zusammen. Keine Sorge, ich werde alles regeln, ihr seid meine Freunde.«

»Oh, wie können wir dir danken?« Doris stand auf und wollte ihm die Hand drücken.

»Wir in den Bergen sind einfach so«, gab Salvatore zur Antwort. »Im Karton sind weitere Sachen für euer Baby, wir rechnen später ab.« Er schaute den kraftlosen Herbert an. Ob er wohl durchhalten würde? Er müsste sich um ihn speziell kümmern. »Um 19 Uhr bin ich bei euch.« Sagte es und ging mit schnellem Schritt zu seinem Auto. Kurze Zeit später hörten sie, wie er mit dem Bagger die Straße unpassierbar machte. Er war ein echter Glücksfall, dachte Doris und trieb ihren Ehemann zur Eile an.

Kapitel 13

An dem Sonntag war Herbert fleißig wie nie. Sorgfältig schichtete er Balken für Balken um und zog die Mauerreste auf die Seite. Immer wieder sprang er von der großen Maschine und sammelte alles ein, was nicht zu einem unbewohnten Haus passte. Er hatte in einer leeren Öltonne ein Feuer gemacht und verbrannte alles. Bis auf die Dokumente, die wollte Salvatore später durchsehen. Glücklicherweise hatten Vreni und Urs nicht alles ausgepackt, unter den Trümmern fand er einen verschlossenen Koffer. In dem waren die Pässe der beiden und einige durchnässte Manuskripte, vermutlich die Arbeitsunterlagen von Urs. Er sortierte die Überreste, als ob sein Leben davon abhängen würde. Und so war es ja auch, wenn er seine Ehe und seine Freiheit behalten wollte, dann durften keine Spuren zu finden sein.

Am Abend kam Salvatore pünktlich um 19 Uhr, Herbert hatte gerade die Straße von dem Bollwerk freigeräumt und den Bagger zurück auf sein Grundstück gefahren. Es war stockdunkel, nur die Scheinwerfer vom Baufahrzeug beleuchteten den Unfallort.

»Bist du fertig geworden?«, fragte Salvatore und lief auf Herbert zu. »Hast du die Dokumente für mich?«

»Ja«, antwortete er abgekämpft, »habe alles eingesammelt, denke ich. Die Sachen für dich sind in dem Karton vor dem Schuppen. Was machst du damit?« Herbert hatte kein gutes Gefühl. Am liebsten hätte er die Dokumente sofort verbrannt, wollte sich jedoch nicht entgegen der Abmachung verhalten.

»Mir einen Überblick verschaffen, dann entsorge ich alles«, beruhigte er Herbert.

»Ok«, ganz überzeugte Herbert das nicht.

»Hast du wirklich nichts übersehen?«, fragte Salvatore nach. »Ich komme morgen bei Tageslicht und überprüfe alles.«

»Kannst du, morgen kontrolliere ich auch nochmals. Ich bleibe die ganze Woche hier. Habe meine Termine in der kommenden Woche in Deutschland abgesagt.«

»Sehr gut!« Zufrieden schlug Salvatore dem erschöpften Herbert mit seinen Pranken auf die Schulter. »Dann lass uns ins Haus gehen, wir müssen reden. Vergiss den Karton nicht. Bring ihn rein.« Beinahe wäre Herbert, der selbst kein Schwächling war, unter dem Schulterklopfen zusammengebrochen, denn Salvatore hatte Hände wie Suppenteller. Er hatte etwas von einem Gorilla. In der Dunkelheit sah er nicht besonders vertrauenerweckend aus. Aber ganz egal, Doris und er konnten sich ihre Freunde nicht aussuchen, sie waren auf Salvatore angewiesen. Wie es schien, beschützte er sie gut, denn kein Mensch war an diesem Sonntag nach oben zu den Häusern gekommen. Keine Polizei, keine Bergwacht, nicht mal einzelne Spaziergänger. Ob das am schlechten Wetter lag oder an Salvatores Beziehungen, er wusste es nicht.

»Doris«, Salvatore drückte sie wie eine alte Freundin, »wie geht es dir als frischgebackene Mama. Man sah dir die Schwangerschaft gar nicht an. Ist alles gut mit dem Kleinen?«

»Es ist ein Mädchen«, antwortete sie und überging nickend seine Frage nach der Schwangerschaft, »ja, mit ihr ist alles in Ordnung. Vielen Dank für deine Sachen. Können wir alles gut gebrauchen.«

»Dachte bisher, die Deutschen sind auf alles vorbereitet«, witzelte Salvatore nicht ohne Grund, er wollte auch hier weiterbohren, weshalb werdende Eltern, die ein Wochenende in den Bergen verbrachten, kein Stück Babysachen dabeihatten. Obwohl der Geburtstermin so nahe war.

»Das war die Aufregung«, antwortete Doris schnell, »wir haben alles in Deutschland, haben allerdings nicht mit einer Frühgeburt gerechnet.«

»Wobei«, entgegnete Salvatore, »sieht moppelig aus, die Kleine, ein Frühchen hätte ich mir anders vorgestellt. Wie heißt sie denn?«

»Darüber sind wir uns nicht einig«, wich Doris aus, die bisher noch keine Zeit gehabt hatte, sich mit einem Namen zu beschäftigen.

»Welche Namen stehen denn zur Auswahl?«, bohrte Salvatore weiter, dessen Spürnase eine interessante Ölquelle schnupperte. Seine Nasenflügel vibrierten vor Anspannung.

»Ja«, kam es gedehnt von Doris, »wir wollten erst sehen, wem sie ähnlich sieht, ich kann dir in ein paar Tagen mehr sagen.« Schaute ihn unterwürfig an, um das Thema zu wechseln: »Vielen Dank dafür, wie zuverlässig du uns die lästigen Besucher vom Hals gehalten hast.« Mit etwas Lob konnte man die Männer schnell auf andere Gedanken bringen. »Wie hast du das denn hinbekommen?« Ihr bewundernder Augenaufschlag ließ Salvatore kalt. Von so plumpen Schmeicheleien ließ er sich nicht von seiner Fährte abbringen. Im Moment würde er zwar nicht weiterfragen, aber er spürte es deutlich: Auch hier gab es etwas zu entdecken. Mit dem Baby schien ebenfalls etwas nicht in Ordnung zu sein. Die beiden Männer hatten sich inzwischen gesetzt, Doris brachte eine Flasche Wein und setzte sich dazu: »Wie geht es weiter?«

Salvatore nickte selbstzufrieden: »Habe bei der örtlichen Verwaltung die Mitteilung gemacht, das Haus von Vreni und Urs sei einsturzgefährdet. Und dass du, Herbert, dich bereiterklärt hast, die Ruine zu sichern, damit niemandem etwas passieren würde. Vom Dorf kommt frühestens am Mittwoch ein Sachverständiger, der im Ort alle Schäden aufnimmt und die Statik prüft. Er wird das Haus oder besser gesagt die Abbruchstelle begutachten. Bis Dienstagabend habt ihr also Zeit. Räumt alles aus dem Haus, was dort nicht hingehört. Ihr dürft es nicht bei euch im Haus offen herumliegen lassen, es ist gut möglich, dass der Fachmann in euer Haus einen Blick werfen möchte. Das könntet ihr natürlich ablehnen, aber das wäre verdächtig.«

»Was wird er sich anschauen?«, wollte Herbert erschrocken wissen.

»Er prüft die Statik, vielleicht geht er auf den Dachboden, schiebt einen Schrank beiseite«, dabei deutete Salvatore an die Risse an Wand und Decke, »und ganz sicher schaut er von außen alles genau an. Der Holzschopf ist kein gutes Versteck für deine Freunde, könnte sein, dass er dort hineinschaut.« Doris schaute auf den Boden, sie wollte davon nichts hören. »Wir müssen schnell die Leichen versorgen. Dafür habe ich eine Idee, morgen überlasse ich meinen Landmarkt einem Mitarbeiter und helfe dir.« Er schaute zufrieden in die erwartungsvollen Gesichter und erklärte nach einer kurzen Pause seinen Plan: »Wir werden eine Sicherungsmauer auf der Nordseite des Hauses aufbauen. Ich helfe dir beim Fundament. Wir meißeln mit einem Spezialaufsatz in den Felsen, offiziell für das Mauerfundament. Zudem eine Aushöhlung, in der wir eure Freunde verstecken.« Das Ehepaar reagierte nicht, und so fuhr Salvatore fort: »Darauf bauen wir eine Schutzmauer, die eine künftige Schlamm- und Geröllawine von deinem Haus ablenken würde. Zwei Fliegen mit einer Klappe«, lachte er. »Ich besorge alles, Maschinenaufsatz, die Notfallgenehmigung.«

»Das klingt gut«, nickte Herbert anerkennend. Auch wenn ihm unwohl bei dem Gedanken war, seine Nachbarn auf dem eigenen Grundstück zu begraben. »Aber muss das hier sein? Und wie läuft das ab mit der Notfallgenehmigung? Davon habe ich nie etwas gehört.«

»Wir können die beiden natürlich im Vorgarten von unserem allseits geschätzten Gemeinderatspräsidenten verbuddeln!«, verspottete Salvatore die einfältige Gegenfrage und überging den unwichtigen Einwand mit der Genehmigung. Er würde das schon zurechtbiegen. »Wenn die Leichen erst mal in Beton gegossen sind, ist das ein sicheres Versteck. Für morgen ist alles organisiert, vorausgesetzt …« Er stoppte mitten im Satz.

»Vorausgesetzt?«, fragte Herbert unbedarft nach.

»Vorausgesetzt, du kannst den Auftrag auch bezahlen. Das Material für die Schutzmauer und das Werkzeug waren auf die Schnelle nicht leicht zu organisieren, das kostet ein paar Fränkli extra.«

»Wie viel?«, wollte es Herbert konkreter wissen. »Was sind bei dir ein paar Schweizer Franken?«

»Das spielt wirklich keine Rolle«, unterbrach ihn Doris aufgebracht und nickte Salvatore eifrig zu, »wir bezahlen natürlich den Preis, Salvatore, wir möchten nichts riskieren.«

»Gut«, nickte Salvatore zufrieden, »dann sind wir uns einig, Herbert? Du bist schließlich schuld an dem ganzen Unglück.«

»Ja«, sagte er und gab klein bei.

»Dann klären wir das andere Problem. Wo habt ihr das Fahrzeug von Vreni und Urs geparkt?«

»In Interlaken, im Industriegebiet, ich habe mir die Straße nicht notiert, aber ich kann es dir gut erklären.«

»Zeichne es mir auf«, entschied Salvatore. »Das ist das Einfachste. Und gib mir die Schlüssel, ich kümmere mich darum.«

»Wirklich?« Herbert war dankbar, denn er wusste beim besten Willen nicht, wo er ein Auto samt Wohnwagen einfach so hätte verschwinden lassen sollen.

»Natürlich«, nickte Salvatore, »vielleicht nehme ich dich auch mit. Du brauchst nur das zu tun, was ich dir sage. Jetzt gib mir die Schriftsachen von Urs.«

»Hier«, übergab Herbert ihm rasch den Karton. »Was machen wir damit?«

»Ich sortiere!« Nahm den Karton mit den Dokumenten und entschied, was im Kamin bei Herbert verbrannt werden konnte oder was er mitnehmen und, wie er sagte, mit dem Wohnwagen entsorgen würde. Es schien so, als ob Doris' Plan, das Kind behalten zu können, aufging. Es schien auch so, als ob die beiden über Nacht einen Freund gewonnen hätten.

Allerdings hatte Salvatore nicht ohne Grund angeboten, das Auto und den Wohnwagen zu entsorgen. Es gab viel zu entdecken, diese Freundschaft mit Herbert und Doris würde sich als sehr viel wertvoller herausstellen, als es den Anschein hatte. Er lächelte zufrieden in sich hinein. Ausgerechnet bei ihm hatte Herbert an dem verhängnisvollen Morgen die Milch eingekauft. Was für ein Glücksfall!

Kapitel 14

Die ganze Nacht war das Mädchen unruhig. »Wie machen wir das nur mit der Anmeldung?«, fragte Doris ihren Mann besorgt, während sie, mit dem Baby im Arm, mit wiegenden Bewegungen im Schlafzimmer auf und ab lief.

»Das müssen wir allein hinbekommen. Salvatore darf davon nichts erfahren. Er würde uns nur damit erpressen«, antwortete Herbert übermüdet. »Ich werde das Gefühl nicht los, dass er uns nicht aus Freundschaft hilft.«

»Wie kommst du darauf?«

»Er hat mir für die Erstausstattung einen sehr hohen Preis abgeknöpft, ich denke, die Mauer, die er für uns organisiert hat, wird ähnlich überteuert sein.«

»Du meinst, das ist der Grund, weshalb er uns hilft?«

»Klar«, antwortete er knapp. »Wie naiv bist du?« Er hatte keine Lust, darüber zu diskutieren. Der Preis für die Lüge mit dem Mädchen würde hoch werden. Weshalb hatte der Sonntag nicht anders verlaufen können. Er konnte es sich nicht verzeihen, dass die beiden nur durch einen unnötigen Streit ihr Leben verloren hatten. So etwas Sinnloses, es würde ihm sein ganzes Leben nachhängen. Er stand auf und wollte die Bibel aufschlagen, etwas Tröstliches erfahren. In der Wohnstube lag dort zwar die Bibel, die herausgerissene Seite war jedoch nicht mehr da. Hatte Salvatore sie mitgenommen? Irgendetwas störte Herbert gewaltig an ihm. Salvatore war gefährlich, er fühlte es. Er war nicht der harmlose Ladenbesitzer und Freund, wie das Doris glauben wollte. Der Mann war in erster Linie ein Mitwisser. Er hätte ihm die Dokumente und Schlüssel für die Fahrzeuge nicht geben sollen. Herbert schoss heiß der Gedanke durch den Kopf, Salvatore könnte ihn damit erpressen. Aber was sollte er tun, er konnte nur gute Miene zum bösen Spiel machen und schauen, dass er so schadlos wie möglich aus der Sache herauskommen würde.

Am nächsten Morgen stand Salvatore übereifrig in der Türe und rief nach Herbert.

»Hast du dich erholt? Das nächste Abenteuer steht vor der Türe.«

Herberts Laune sank merklich, nachdem er den vor lauter guter Laune sprühenden Salvatore gehört hatte.

»Bin schon da«, sagte er zurückhaltend und trank einen letzten Schluck Kaffee. Er war über Nacht um Jahre gealtert, fühlte sich ausgelaugt, alle Glieder schmerzten. Er hätte liebend gerne das sogenannte Abenteuer abgebrochen. Alles, fast alles hätte er dafür gegeben, wenn er darauf hätte verzichten dürfen. »Was machen wir als Erstes?«, fragte er stattdessen tonlos.

»Ich habe einen hydraulischen Bohrhammer organisiert, der liegt auf meinem Anhänger. Wir müssen ihn an den Ausleger vom Bagger montieren und los geht's.«

Nachdem sie das neue Werkzeug montiert, an die Hydraulik angeschlossen hatten, stieg Salvatore in den Bagger und zerteilte geschickt die Felsen in einem Streifen nördlich von Herberts Haus. Immer tiefer hämmerte er die Felsen weg, nach vier Stunden Präzisionsarbeit hatte er eine ebene Fläche für das Fundament freigemeißelt. Der Bohrhammer strahlte eine enorme Hitze aus. Das ölverschmierte Metall dampfte. Herbert musste auf seinen Baustellen in Deutschland bisher nie Felsen bearbeiten. Er war fasziniert von Salvatore, sein Augenmaß war enorm. Herbert hatte nachgemessen, die Fläche lag exakt im Wasser. So einen Mitarbeiter könnte er auf seinen Baustellen gut brauchen. Irgendwie flößte ihm der unbequeme Freund Respekt ein. Was er machte, machte er wirklich gut. Er schien vielseitig talentiert zu sein. Nachdem Salvatore den felsigen Untergrund für das Fundament vorbereitet hatte, bohrte er mit einem anderen Aufsatz Löcher in den Felsen, damit wollte er später mit Eisen die betonierte Schutzmauer mit dem Untergrund untrennbar verankern. Beim Bohren erspürte Salvatore behutsam, wo das Gestein weicher oder härter war, und suchte mit Bedacht die geeignete Stelle für die geplante Grabstätte aus. Herbert war regelrecht fasziniert. Es hatte den Anschein, als ob Salvatore den ganzen Tag nichts anderes machen würde. Federleicht und präzise bewegte er das tonnenschwere Gerät. Nachdem er den inzwischen abgekühlten Meißel auf den Ausleger montiert hatte, erhöhte er die Schlagzahl und brach schnell ein tiefes Loch in einen etwas brüchigeren Fels. Das Loch war ungefähr in der Mitte des Fundamentstreifens. Die freigelegte Aushöhlung war bald groß genug. Ein letztes Mal tauschte er das Werkzeug mit einem kleinen Löffel und räumte die Vertiefung leer. Nachdem die letzten abgesprengten Felsreste ausgebaggert waren, begutachteten sie die Stelle gemeinsam. Hier also würden Vreni und Urs ihre letzte Ruhestätte finden. Salvatore sprach nicht viel, er wies Herbert nur kurz an, die Verschalung für die Mauer aufzustellen. Er würde inzwischen Stahl und Beton besorgen. Das Material dafür hatte er bereits auf den ausgeliehenen Anhänger im Tal geladen. Herbert nickte nur und machte sich ans Werk. Eine Stunde später hatte Salvatore die Eisenstangen mit einem kleinen Lkw, und in einer zweiten Fuhre dann den Füllstoff in einem vierachsigen Betonmischer dabei. Salvatore fuhr jedes Fahrzeug allein, er wollte keine Mitwisser auf der Baustelle, zumindest so lange, bis die Fels-Bestattung erledigt war. Wortlos arbeiteten die Männer, hochkonzentriert. Herbert hatte bereits die Eisenstangen in die vorgebohrten Löcher gesteckt, die Verschalung war professionell zusammengenagelt. Gemeinsam legten sie behutsam Vreni und Urs in die kühle Gruft. Fixierten die Eisenstangen mit Eisendrähten, die links und rechts von den Leichnamen in den vorgebohrten Löchern steckten, und verknüpften diese mit Querverbindern, die sich über die gesamte Länge des Fundaments erstreckten. Die Eisenbewehrung sollte später den enorm hohen Kräften standhalten, wenn ein Felsen dagegenkrachen sollte. Die Eisendrähte dienten nur dazu, den Stahl in der richtigen Position zu halten, bis der Beton eingegossen würde. So weit zur Theorie, in der Praxis war das wesentlich schwerer umzusetzen. Die Grube füllte sich ständig mit Wasser, und sie mussten eine Pumpe installieren, damit vor allem die Leichen an ihrem Platz blieben. Als alles fertig war, wollte Salvatore mit dem Betonmischer an die Grube fahren, Herbert sollte die Rutsche für den Beton bedienen. Der schwere Lkw kam jedoch auf dem unbefestigten Gelände nicht weit, die Räder drehten durch. Salvatore musste schnell die Kupplung treten, aber zu spät. Der Lkw hatte sich bereits festgefahren. Guter Rat war teuer, gerade jetzt, wo die Leichen so offen in der Grube lagen. Zum ersten Mal schwitzte Salvatore. Im Gegensatz zu Herbert hatte er jedoch sofort den rettenden Einfall. Sie bräuchten nur eine Kette, damit sie mit dem Bagger den Lkw an die richtige Stelle ziehen konnten. Salvatore würde sie kurz im Dorf besorgen. Herbert blieb nervös an der Baustelle zurück, bedeckte währenddessen Vreni und Urs mit Beton, die er in kleinen Schubkarrenportionen vom Betonmischer abfließen ließ. Zumindest so gut es ging, eine schweißtreibende Arbeit. Harte Arbeit scheute er nicht, aber das war am Rande des Machbaren. Der Untergrund war dermaßen rutschig. Er konnte kaum laufen, geschweige denn die schwere Schubkarre schieben. Rückwärts laufend musste er sie nach oben ziehen. Konnte sie nur halb füllen und hatte auf diese mühsame Weise gerade mal die Beine bedecken können. Eine Scheu hielt ihn sowieso davon ab, die Gesichter mit Beton zuzuschütten. Er war fast am Ende seiner Kräfte, als er Fahrgeräusche hörte, jedoch nicht nur das Geräusch von seinem Auto, welches Salvatore kurzerhand ausgeliehen hatte und nun mit Höchstgeschwindigkeit den Berg hochjagte, sondern von einem weiteren, tiefer klingenden Diesel, der schwer keuchend die schmalen Serpentinen herauffuhr. Salvatore stieg mit erhitztem Gesicht aus, rannte atemlos zu Herbert. »Ich wollte nur eine Kette ausleihen, da stand schon das hilfsbereite Schweizer Militär und ließ sich nicht mehr abwimmeln.« Kaum hatte er ausgesprochen, sah Herbert das Armeefahrzeug mit zwei Uniformierten um die Kurve fahren, die beiden Männer liefen ihnen schnell entgegen.

»Sie können Bagger fahren?«, fragte Salvatore schnell. Er beabsichtigte sie, so weit entfernt wie möglich von der Baugrube einzusetzen.

»Gwüsslich«, nickten die beiden fremden Männer auf Schweizerdeutsch engagiert.

»Dann sind Sie bitte so freundlich und nehmen die Abschleppkette an die Baggerschaufel und fahren vorne an meinen Betonmischer. An den Bagger angehängt, versuchen wir, ihn an die richtige Position zu ziehen.« Und zu Herbert gewandt: »Du bleibst hinten an meinem Lkw, weise mich ein und bediene die Rutsche, lass den Beton vorsichtig in die Schalung fließen, wir beginnen in der Mitte.« Salvatore war trotz Stress überraschend souverän, er gab seine Befehle präzise und in ruhigem Ton. Die zwei Armeeangehörigen gehorchten, sie waren es gewohnt. Und Herbert auch. Die Uniformierten stiegen in ihr kleines Militärfahrzeug ein, einen zweiachsigen, allradgetriebenen 16-Tonner, und fuhren vorsichtig über den verschlammten Boden rückwärts an den Bagger. Gemeinsam hängten sie die schwere Eisenkette an die Schaufel. Einer der Männer fuhr mit dem 100-Tonnen-Bagger leichtfüßig zum Betonmischer. Und hängte die Eisenkette am vorderen Abschlepphaken des Betonmischers an. Salvatore nahm derweilen im festgefahrenen Betonmischer Platz, zündete den Diesel und wartete auf das Signal. Der Baggerführer zog bergaufwärts an, die Kette straffte sich, Salvatore gab unterstützend Gas. Mit qualmenden, durchdrehenden Rädern schob sich der schwere Lkw durch den Matsch, Herbert blieb unten am Fundament. Der zweite Mann vom Militär wies seinen Kollegen auf dem Bagger ein. Herbert war fast froh, dass sie so eine großartige Unterstützung hatten. Er schickte jedoch Stoßseufzer, hoffte, der Beton würde bald fließen. Inzwischen hatten es die Männer geschafft, den Lkw 50 Meter oberhalb der Baugrube zu platzieren. Salvatore lenkte mit den beiden Vorderachsen den Lkw zur Baugrube, er musste nur vorsichtig rückwärts den Berg nach unten rutschen. Der schwere Bagger sicherte den Lkw, er hing wie am seidenen Faden. Würde die Kette reißen, der Mischer würde unvermeidlich abstürzen und ins Haus krachen. Alles wäre umsonst gewesen. Herbert schwitzte vor Angst, ihm fiel in seiner Verzweiflung das Bibelwort ein, und er hoffte nur, das nächste Unglück würde nicht passieren. Zumindest konnten die beiden fremden Männer aus ihrer Position nicht tief genug in die ausgehobene Grube schauen.

Im Haus bekam Doris von all dem fast nichts mit, sie war mit dem neugeborenen Kind komplett beschäftigt. Sie wickelte, wiegte und beruhigte das namenlose Mädchen. Der Nabel hatte sich entzündet, eine eitrige Flüssigkeit trat aus. Zudem waren bei der Kleinen die Augen gerötet. Offenbar hatte es sich bei dem Einsturz des Hauses doch ein wenig verletzt. Das kleine Mädchen war sehr unruhig. Die verwundeten Stellen waren unübersehbar, an den Beinchen waren blaue Flecken und am Rücken eine tiefe Schramme. Diese

Verletzungen hielten Doris davon ab, mit dem Mädchen zum Arzt zu gehen. Wie sollte sie diese erklären? Zuerst musste sie die Kleine in Deutschland anmelden, weit weg von Brienz. Sie würde Herbert später bitten, in der Dorfapotheke eine Wundsalbe und Augentropfen zu besorgen, irgendetwas Antibiotisches für den Bauchnabel. Doris fühlte sich glücklich und gleichzeitig überfordert, sie wollte alles richtig machen. Konnte jedoch niemanden fragen, wollte sie ihr Glück nicht riskieren. Der Gedanke daran, sie müsste das Mädchen wieder abgeben, brachte sie schier um den Verstand. In der vergangenen Nacht hatte sie wenig geschlafen und konnte auch tagsüber diese Gedanken kaum von sich schieben. Ihr Gehirn lief auf Hochtouren, immer mit der Frage: Was wäre, wenn? Sie wollte nicht darüber nachdenken, sie wollte einen klaren Kopf behalten. Ihr wurde klar, weshalb Verbrechen aufflogen. Manchmal aufgrund der unsinnigsten Dinge. Doris las gerne Krimis und wunderte sich bisher, wie unklug die Verbrecher sich teilweise verhielten. Sie dachte, für einen ausgedachten Krimi sei dies notwendig, damit das Verbrechen am Ende aufgelöst werden konnte. Jetzt wusste sie, dass dies die Realität war. Hätte Salvatore ihnen nicht geholfen, sie wären vermutlich in Handschellen abgeführt worden. Sie hätten nicht gewusst, dass die Bergwacht oder eine andere Behörde nach dem Rechten geschaut hätte. Und das Auto von Urs und Vreni, wie hätten sie das verstecken können? In Doris' Kopf ging das Gedankenkarussell von vorne los. Was wäre, wenn? Für einen Moment hörte sie nach draußen, sie roch verbranntes Gummi, hörte die Dieselmaschinen laufen, sie hörte die gewaltigen Wassermassen, die in die Tiefe donnerten, und sie hörte die kleine Sara schreien, die das alles dominierte. Sara, genau, so sollte sie heißen. Doris hatte mal gelesen, dass der Name Sara Prinzessin oder Morgenstern bedeutete. Und Sara war beides, nach ihrer Geburt waren die ersten Sterne sichtbar geworden. Und mit Sara, ihrem Sonntagskind, würde ein neues Leben beginnen. Am 27. Oktober 1985 geboren. Die Kleine war ihre Prinzessin, Doris fühlte eine warme Woge des Glücks. Sie drückte vorsichtig die kleine Sara an ihr Herz und hatte den Eindruck, dass Sara zum ersten Mal für einen Moment zufrieden war.

Draußen fühlte keiner diese kleine Woge des Glücks. Der Betonmischer rutschte zwar an die richtige Position, stand jedoch dermaßen in einer Schräglage, dass Herbert verzweifelt schrie, und Salvatore, der nichts davon hörte, auf einmal hektische Anweisungen gab. Salvatore erkannte die Gefahr selbst, beinahe wäre er mit dem Lkw umgekippt, und gab seinerseits dem Baggerfahrer mit Licht- und Handzeichen die Befehle, wie er ihn absichern und ein Stück nach oben ziehen musste. Alles stand Spitz auf Knopf, der Baggerfahrer zog vorsichtig an, die Hinterräder des Betonmischers qualmten, drohten fast an den Felsvorsprüngen zu platzen. Stanken dabei unerträglich nach verbranntem Gummi. Das alles bekam Salvatore nicht mit. Er lenkte hoch konzentriert und vorsichtig mit den beiden Vorderachsen ein, um die instabile Schräglage zu verlassen. Alles stand auf dem Spiel. Würde nur ein Reifen auf der falschen Seite platzen, die Kette reißen, die nächste Katastrophe wäre vorgezeichnet.

Doris schaute zum ersten Mal zum Fenster nach draußen, mit der gerade ruhiger werdenden Sara im Arm. Als sie das Militärfahrzeug entdeckte und einen uniformierten Mann, der zwischen Bagger und Betonmischer aufgeregt hin- und herlief, gefror ihr das Blut in den Adern. Unterhalb vom Betonmischer stand Herbert, der einen verzweifelten Eindruck machte. Was war los, was war passiert? Die Unruhe von Doris übertrug sich sofort auf das Kind, Sara brüllte los.

Sie löste ihren Blick, konnte nicht zuschauen. Sie musste die Kleine beruhigen, sich selbst dazu.

Endlich war der Betonmischer an der richtigen Position und stand relativ stabil. Der zweite Mann vom Militär wollte nach unten zu Herbert laufen. Salvatore, der diese nächste Gefahr sah, sprang mit einem Hechtsprung aus seinem gesicherten Lkw, rief dem jungen Mann hinterher, dirigierte ihn zurück zum Fahrerhaus des Lkws, damit sie die Befestigung der Kette gemeinsam überprüfen sollten. Das Ablenkungsmanöver glückte. Herbert löste indessen die Rutsche, ließ Beton auf die heiklen Stellen fließen. Er schaute weg, während die Gesichter, zuerst von Urs, dann von Vreni, langsam im Beton versanken. Er gab Salvatore und den Kollegen vom Militär ein Zeichen, nun konnte die Position geändert werden. Niemand bemerkte, wie schlecht es Herbert ging, er musste sich fast übergeben. Salvatore stieg erleichtert in den bestialisch stinkenden Lkw, er würde die Reifen schonen müssen. Der Bagger zog den Lkw ein Stück den Berg hoch, Salvatore lenkte den etwas leichteren Mischer in die nächste Position. Nach weiteren Rangiermanövern, die bei jedem neuen Mal mehr zur Routine wurden, hatten sie zehn Kubik Beton in die Verschalung eingebracht. Alles hatte gehalten, die Verschalung, die Reifen, die Eisenkette. Alles war gut gegangen. Herbert und Salvatore waren komplett verschwitzt, obwohl es so kalt war. Beiden lief der Schweiß in Strömen, sie hatten es geschafft. Erleichtert bedankten sie sich bei den beiden fremden Helfern. Die Militärs schleppten den Betonmischer an eine sichere Position, von der er eigenständig zurück ins Dorf gefahren werden konnte. Packten ihre stabile Eisenkette ein, salutierten förmlich und fuhren den Berg hinunter. Mit dem guten Gefühl, diesen von der Natur so sehr mitgenommenen Menschen hier oben einen guten Dienst erwiesen zu haben. Sie hatten es eilig, es gab im Dorf einen weiteren Einsatz, sie hatten ihn gerade über Funk erhalten. Sie würden noch einige Tage in Brienz stationiert bleiben, um bei den Aufräumarbeiten zu helfen. Herbert und Salvatore liefen währenddessen zurück zum Haus, sie waren komplett erschöpft, vor allem Herbert. Und verdreckt. Schlamm und Schweiß tropften von ihnen nur so herunter. Doris war es egal, wie viel Dreck sie gerade in die Wohnstube brachten, sie war nur froh, beide heil zurückzuhaben.

»Wer waren die Männer?«, wollte sie wissen und gab ihnen einen dampfenden Kaffee. Herbert winkte wortlos ab.

»Herbert«, sagte Salvatore außer Atem, während er über den heißen Kaffee blies, »das war ein hartes Stück Arbeit, ich fahre den Betonmischer zurück, ziehe mich um und komme wieder. Wir haben heute noch einiges vor.«

»Ich danke dir«, antwortete Herbert ehrlich erleichtert, »ohne dich hätten wir das nicht geschafft. Sag mir, was du bekommst, ich habe nicht so viel Bargeld hier, aber werde dir alles von Deutschland aus überweisen.«

»Nichts wird überwiesen«, unterbrach ihn Salvatore barsch und setzte freundlicher hinzu: »Mein Freund, das eilt nicht, du bringst mir bei deinem nächsten Besuch das Geld in bar mit. Erst bringen wir jedoch die Arbeit zu Ende. Du weißt ja, zuerst die Arbeit, dann das Vergnügen.«

Salvatore schlug ihm kameradschaftlich auf die Schulter, grüßte Doris und ging.

»Herbert«, kam Doris zum nächsten Punkt, »ich mache mir Sorgen um Sara, sie hat eine Entzündung am Bauchnabel, er eitert und die anderen Wunden heilen auch nicht besonders gut. Kannst du mir aus der Apotheke etwas besorgen?«

»Sara?«, antwortete Herbert. »Möchtest du sie Sara nennen?«

»Ja, ist doch ein schöner Name, findest du nicht auch?«

Sie lächelte ihn kurz an und drängte: »Dann dusche dich und fahre ins Dorf, bevor Salvatore wiederkommt.«

»Ja«, lächelte Herbert zum ersten Mal an diesem Tag, »der Name gefällt mir gut.«

Kapitel 15

Herbert hatte sich notdürftig frisch gemacht und alles besorgen können. Liebevoll schaute er Doris an, die Sara bemutterte. Dafür lohnt sich alles, dachte er bei sich. Die Kleine hatte keinen guten Start im Leben, sie sollte es ab jetzt besser haben. Irgendwie zufrieden mit sich, setzte er sich an den Tisch. Der zuverlässige Salvatore ließ nicht lange auf sich warten. Er kam diesmal mit seinem eigenen Pkw hochgefahren. In der Hand einen Umschlag. Kaum im Haus, noch während er zum Tisch lief, kam er direkt zum Thema.

»Herbert, hier musst du unterschreiben«, sagte Salvatore freundlich und setzte sich bestens gelaunt Herbert gegenüber, »dann übernehmen meine Jungs die restlichen Arbeiten an der Sicherungsmauer.«

Herbert nahm die Papiere. Ein Angebot einer hiesigen

Baufirma, die sich auf Bergsicherungsarbeiten spezialisiert hatte. Betreten schaute er auf die letzte Seite, auf der alle Einzelpositionen summiert waren.

»Können wir das nicht selbst erledigen?«, antwortete Herbert vorsichtig fragend, als er den hohen Betrag sah. »Ich kann das für ein Zehntel der Summe ausführen.«

»Natürlich«, antwortete Salvatore ruhig, »aber das wäre nicht gut, vertraue mir.« Er rutschte nach vorne, mit dem Finger auf die erste Position im Angebot zeigend. »Hier lies, was siehst du?«

»Position eins, Felsuntergrund für Fundament vorbereiten, Stahlverankerung einbringen, Betonarmierung 30 Zentimeter, gemäß Bewehrungsrichtlinien nach DIN …«

Salvatore unterbrach ihn. »Was sagt dir das?«

»Damit kenne ich mich aus. Ich bin doch Fachmann. Position eins ist erledigt. Den Rest kann ich genauso ausführen, nur eben viel günstiger.«

»Du musst noch sehr viel lernen, mein Freund Herbert.«

Fragend schaute Herbert ihn an und zuckte mit den Schultern.

»Ich weiß nicht, worauf du hinauswillst.«

»Vertraust du mir?«, Salvatore schaute ihm, ebenfalls fragend, mit hochgezogenen Brauen lange in die Augen.

»Ja«, antwortete Herbert unsicher, »natürlich.« Was sollte er auch sonst sagen?

»Also«, Salvatore schloss kurz seine Augen und nickte Herbert jovial zu, »dann zeige es mir, unterschreibe hier und jetzt. Draußen auf der Baustelle erkläre ich dir alles.« Welche Alternative hatte Herbert? Er hatte keine Chance, Salvatore hatte ihn komplett in der Hand. Jetzt gab es sogar Zeugen, dass er den Beton auf die Leichen hatte fließen lassen. Salvatore könnte sich theoretisch herausreden. Denn von seinem Lkw aus konnte er ja nicht sehen, was hinten unter dem Beton begraben wurde. Salvatore reichte ihm seinen goldenen Kugelschreiber. Herbert zögerte, der Betrag war fast der halbe Jahresgewinn seiner jungen Baufirma. Zudem, der Gewinn war bereits fest verplant. Darüber hinaus hatten Doris und er nicht sofort mit Nachwuchs gerechnet. Das würde zusätzlich kosten, seine Frau könnte ihn im Baugeschäft nicht wie geplant unterstützen. Herberts Gedanken drehten sich nur noch ums liebe Geld, sein Herz schlug bis zum Hals. Woher sollte er es nur nehmen? All das Ersparte steckte in diesem Holzhaus.

»Kann ich das, ähm«, fragte Herbert stotternd, während er zögerlich den Kugelschreiber aus Salvatores Hand nahm, »irgendwie in Raten abstottern?«

»Natürlich«, beruhigte ihn sein neuer Freund gönnerhaft, »ich bleibe ab jetzt an deiner Seite, ich helfe dir, wo immer ich kann. Entspanne dich!« Herbert unterschrieb mit zitternder Hand, er spürte, diese Aussage war eine Drohung, so freundlich sie auch über die Lippen von Salvatore kam. In welche Lage hatte Doris ihn nur gebracht. Weshalb hatte er sich wieder überreden lassen. War es das wert, er zweifelte. Zufrieden steckte Salvatore den unterschriebenen Werkvertrag zurück in den mitgebrachten Umschlag, gab Herbert die zweite Ausfertigung für seine Unterlagen. Dann stand er auf, forderte Herbert auf mitzukommen und ging mit ihm zum frischen Fundament, aus dem oben die restliche Eisenbewehrung herausschaute.

»Haben wir das nicht schön gemacht?«, strahlte Salvatore Herbert stolz an. »Fachmännisch, das Eisen ist fest mit Felsen und Fundament verbunden, die nächste Lage Beton wird mit dem Fundament verbunden, das hält die nächsten 100 Jahre. Danach interessiert es uns nicht mehr.«

Herbert nickte, tatsächlich war alles sehr fachmännisch ausgeführt worden.

»Sag, weshalb musste ich der Baufirma diese vorbereitende Arbeit bezahlen?«, fragte Herbert beunruhigt. »Ist das Schweigegeld, wissen die von irgendetwas?«

»Nein, natürlich nicht«, lachte Salvatore überheblich, »das ist deine Versicherung!« Und schaute dabei in ein ahnungsloses Gesicht. »Ich erkläre es dir. Du hast den kompletten Auftrag an die Firma abgegeben. Sie werden weiterbauen, dir am Ende alles, wie nun vereinbart, pauschal in Rechnung stellen. Wir können, wenn irgendwo Beton abgeplatzt ist oder wir was anderes entdecken möchten, eine Kleinigkeit in Abzug bringen. Da helfe ich dir. Etwas geht immer. Aber wir bezahlen das Fundament, das ist das Allerwichtigste.« Herbert schaute fragend, er wusste nicht, wozu das gut sein sollte. »Für den unwahrscheinlichen Fall«, lachte Salvatore vergnügt vor sich hin, »dass die Leichen entdeckt werden sollten, hast du *das* Dokument hier.« Er schaute ihn siegessicher an: »Verstehst du? Diese Arbeiten wurden komplett von einem externen Unternehmen ausgeführt. Du hast nichts damit zu tun!«

»Und das Militär?«

»Die Leute haben ihren Einsatz nicht dokumentiert, und wenn überhaupt, dann steht in deren Bericht, Datum, Uhrzeit, Lkw aus Schlamm gezogen. Ich war selbst ein paar Jahre beim Militär und weiß, dass die Berichte korrekt, jedoch ohne jedes überflüssige Wort geschrieben werden. Nach ein paar Jahren weiß keiner mehr genau, was hier oben im Detail gemacht wurde.« Herbert nickte verstehend. Salvatore würde alles so hindrehen, dass er selbst am Ende mit rein gewaschenen Händen dastünde. Hatte Salvatore bei der Mafia seine Grundausbildung absolviert? Der Gedanke kam ihm, als er sah, wie eiskalt Salvatore seinen Plan durchgezogen hatte. Ihm schlotterten die Knie, aber Salvatore regelte alles mit kühlem Verstand. Wie einer, der das nicht zum ersten

Mal machte. So siegessicher wie einer, der immer mit heiler Haut davonkam.

»Was machen wir jetzt?« Herbert war eingeschüchtert, nicht fähig, eigene Pläne zu schmieden. Er hatte sich mit dem Teufel eingelassen und musste ihm notgedrungen vertrauen.

»Wir prüfen gemeinsam die Ruine, damit nichts Verfängliches herumliegt. Anschließend fährst du den Bagger zurück. Ach ja, gib dem Besitzer 500 Franken extra, das habe ich mit ihm so vereinbart.«

»So viel?«, Herbert wurde weiß im Gesicht. »Ich habe nicht so viel Bargeld dabei.«

»Du kannst mir am Ende aber schon alles bezahlen?«, schaute Salvatore Herbert kritisch an. »Du hast eine Baufirma in Deutschland, deine Auftragsbücher sind für die nächsten drei Monate voll, musst künftig halt besser kalkulieren.« Er griff in seine Hosentasche, zog ein Bündel Scheine heraus und zählte ihm lässig 500 Franken ab. »Hier, nimm das«, sagte er zu ihm, »wir rechnen das später zusammen ab.«

Herbert nahm die Geldscheine mit einem unguten Gefühl, jetzt schnüffelte Salvatore schon in seiner Firma hinter ihm her. Ein unangenehmer Typ. Bedrückt ging er hinter Salvatore zur Ruine. Herbert hatte seine ihm zugewiesene Aufgabe sorgfältig erledigt. Alles war gründlich zerlegt und sortiert. Die Balken waren auf der einen Seite aufgeschichtet und gegen das Abrutschen ins Tal gut gesichert. Talabwärts die Mauerreste. Herbert hatte das Haus bis auf das Fundament abgeräumt. Es war schnell erkennbar, dass nichts Verräterisches mehr zu finden war, dachte Herbert. Salvatore ließ sich jedoch von diesem Anblick nicht täuschen, ging jeden Quadratmeter ab, schob mit dem Fuß restliche Steine weg, klopfte an der einen und anderen Stelle und rief auf einmal Herbert zu sich.

»Schau dir das an«, sagte er und pfiff durch die Zähne, »siehst du den Farbunterschied im Fundament, da ist etwas ausgebessert worden. Bring den Bagger, dann brechen wir das hier auf.«

Herbert ließ den Bagger kurz laufen, bis sich die Bremsen lösen ließen, und brachte ihn zum Fundament. Nur mit einer Handbewegung dirigierte Salvatore ihn aus dem Führerhaus. Salvatore übernahm selbst. Er grub zuerst das nicht so starke Fundament an der Ecke frei, drückte dann vorsichtig mit der Baggerschaufel neben die Verfärbung und verlagerte nach und nach die kompletten 100 Tonnen auf diese Ecke, bis sie brach. Wie aus dem Ei gepellt kam eine verrostete Metallkassette zum Vorschein, Salvatore schwang sich behände von seinem Führersitz und schaute das Schatzkästchen vergnügt an.

»Siehst du«, schaute er Herbert grinsend an, »ein Salvatore sieht alles. Nimm die Kassette und geh zur Seite, ich lasse einen schweren Felsbrocken auf die Stelle fallen, damit die Spuren verwischt werden. Es soll alles aussehen, als ob die Natur gewütet hat.«

Gesagt, getan, Herbert hätte beinahe den geborgenen Schatz zu Boden fallen lassen, da er sein erhebliches Gewicht unterschätzt hatte. Mehrfach ließ Salvatore einen schweren Felsbrocken auf die Stelle krachen, bis die Aushöhlung der Schatzkiste nicht mehr erkennbar war, und sicherte den Felsbrocken anschließend mit Erde, damit er nicht ins Tal rollen konnte.

»Fertig. Kannst den Bagger zurückfahren.« Salvatore ließ die Maschine weiterlaufen, sprang von der Raupenkette auf den Schlamm und nahm Herbert schnell die schwere Schatzkiste ab. Salvatore schien sich über das Gewicht nicht zu wundern. Im Gehen sagte er nur: »Ich beauftrage in deinem Namen die Baufirma, und du holst mich vor Einbruch der Dunkelheit mit deinem Auto ab. Ich warte am Landmarkt auf dich. Am Hintereingang, dort wo du mich zuerst getroffen hast. Wir fahren nun doch gemeinsam nach Interlaken.« Herbert fragte nicht weiter nach, wendete den Bagger, säuberte die Fahrkette mit einer Schaufel vom groben Dreck, während Salvatore mit dem Auto ins Dorf fuhr. Eine halbe Stunde später klapperte Herbert umsichtig mit seiner Eisenraupe die schmale Bergstraße ins Dorf hinunter. Gab die Maschine und die 500 Franken Trinkgeld wie vereinbart bei dem Besitzer ab. Ging kurz zur Apotheke. Der Weg nach oben zog sich, er war enorm steil, Herberts Beine versagten ihm beinahe den Dienst. Am liebsten hätte er sich am Wegesrand schlafen gelegt. Nichts mehr denken und dann aufwachen mit dem Gedanken, alles sei nur ein schlechter Traum gewesen. Kaum am Haus angekommen, hörte er es schon, es war kein Traum. Sara weinte noch immer, Doris war völlig aufgelöst, fast hysterisch. Sie wusste nicht, wie sie das Kind beruhigen sollte. Und Herbert, völlig fertig, mit zerschundenen Händen und Beinen und einem enorm schlechten Gefühl im Bauch, konnte nichts zur Beruhigung der Lage beitragen. Er sagte Doris nichts davon, wie sehr er sich gerade verschuldet hatte. Die Möglichkeit umzukehren verschwand mit jeder Minute, in der der Beton härter wurde. In ein paar Wochen wollte die hiesige Baufirma die Schutzmauer fertigstellen, bis dahin wollte Salvatore für die notwendige Baugenehmigung sorgen. Alles wäre im Preis inbegriffen, hatte er zu ihm gesagt. Er müsste sich um nichts kümmern. Den Nachmittag verbrachten sie damit, das weinende Kind zu beruhigen, einzucremen, zu füttern und zu wickeln. Herbert sehnte sich nach Konstanz zurück, nach seinem normalen Leben. Hier oben kam er sich inzwischen verloren vor, hatte keinen Plan mehr, wie es weitergehen würde. Auch nicht, wie sie das Kind in Deutschland anmelden sollten. Wie über die Grenze kommen ohne alle Unterlagen. Dieser Gedanke kam erst jetzt, nachdem er ein paar ruhige Minuten hatte. Salvatore durfte er nicht fragen, sonst würde dieser ihn auch mit Sara erpressen. Herbert wurde es fast schlecht, so aussichtslos schien für ihn die Lage. Schweigend aß er ein paar belegte Brote, die er sich selbst gemacht hatte. So wie es schien, war es mit diesem Luxus vorbei, bisher hatte seine Frau ihm die Schnittchen liebevoll dekoriert und serviert. Ihm jeden Abend Gesellschaft geleistet. Er freute sich bisher jeden Abend auf das gemütliche Zuhause. Das war wohl Vergangenheit. Er fühlte sich wie aus dem Paradies vertrieben. Doris lief mit Sara nervös auf und ab. Herbert überlegte, ob sie es schon bereuen würde, wüsste sie, wie teuer sie ihr Glück erkauft hatten. Er wollte sie jedoch in ihrem vermeintlichen Glück nicht stören, er musste nachdenken, wie sie die Kleine über die Grenze bekommen würden. Draußen dämmerte es, Herbert schaute auf die Uhr und verabschiedete sich eilig von seiner Frau.

»Ich weiß nicht, wie lange es dauern wird«, sagte er nur beim Hinausgehen.

»Pass gut auf dich auf«, Doris drückte ihm zum ersten Mal seit der Katastrophe ein kleines Küsschen auf die Lippen.

»Jetzt gibt es keinen Weg mehr zurück«, stellte Herbert traurig fest und schaute Doris in die Augen. Er suchte darin die Antwort, ob sie es zumindest ein wenig bereuen würde. Er fand diese Antwort jedoch nicht, er sah überhaupt nichts, er spürte nichts mehr. Ein paar Minuten später, nachdem Herbert ins Dorf gefahren und dabei den dicken Erdklumpen ausgewichen war, die er zuvor mit seinem Bagger unregelmäßig auf der Straße verteilt hatte, stand Salvatore vor der Türe. Frisch geduscht, dunkel gekleidet, stieg er wortlos ein. Herbert bog nach rechts ab, Richtung Interlaken. Sie fuhren die ersten Meter wortlos durch den Abend, bis ein Militärfahrzeug auf der Straße quer stand, ein Mann von weitem auf sie zukam und den Wagen stoppte.

»Lass mich reden«, sagte Salvatore knapp und stieg schnell aus. »Isch öppis?«, fragte er auf Schweizerdeutsch den Kommandanten. »Chan ich Ihnä hälfä?« Er kannte sie nicht, die Uniformierten waren von auswärts.

»Witer chinten isch dr Bärg abe chuma, wohin wollen Sie?«, fragte er in bestem Hochdeutsch, während sein Blick irritiert auf das Konstanzer Kennzeichen wanderte.

»Bin von hier«, passte er sich sprachlich an, »dann nehmen wir die südliche Stroß, die isch fri, odr?« Der Uniformierte nickte.

»Merci.« Salvatore stieg zu Herbert. »Wir drehen um, fahren die südliche Route. Hier ist alles dicht. Es fließen mehrere Wildbäche in den See. Bei einem so lang anhaltenden Starkregen wie in den letzten Tagen werden sie zur Gefahr für das ganze Dorf. Die Hänge kommen ins Rutschen, es ist sehr gefährlich. Ihr hättet da oben nicht bauen dürfen, das ist eine der gefährlichsten Stellen.«

»Das weiß ich jetzt auch«, sagte Herbert kleinlaut, »hätten wir das Haus nie geerbt, wir wären glücklich geblieben. Warum wolltest du uns damals das Haus eigentlich abkaufen?«

»Alles wird gut«, strahlte Salvatore wieder, als ob er die Frage nicht gehört hätte, »du hast doch mich, wir regeln alles.«

»Was ist mit dem Geld?«, wollte Herbert verzweifelt wissen, die gewaltige Summe drückte ihn. »Wie soll ich das bezahlen?«

»Wenn du möchtest, gebe ich dir einen Kredit über die gesamte Summe«, antwortete Salvatore nach einer kurzen Pause, »du bezahlst mir monatlich, so viel du kannst. Weil du es bist, bekommst du einen guten Zins.«

»Was ist bei dir ein guter Zins?« Das Misstrauen war ihm anzusehen.

»12 Prozent kann ich dir anbieten.«

»Das ist doppelt so viel wie bei meiner Hausbank«, echauffierte er sich, während Salvatore unbekümmert auf die Straße schaute.

»Du kannst auch zur Bank gehen.«

»Bin schon wegen der Firma verschuldet, ich bekomme nichts mehr.«

»Wenn sie dir überhaupt was geben würden«, ergänzte Salvatore trocken, »dann nicht für den halben Zinssatz. Denke daran, du brauchst Schweizer Franken, deine Investition, die der Bank wenig Sicherheit bietet, liegt in der Schweiz. Deine Bank würde dir das Währungsrisiko mit einrechnen.«

»Dann bekomme ich gleich gar keinen Kredit mehr.«

»Da siehst du mal«, lachte Salvatore siegessicher, »dafür hast du mich. Ich gebe es dir ohne jede Sicherheit. Sobald du das Geld von jemand anderem bekommen kannst, dann zahlst du auch keine Zinsen mehr. Das ist ein fairer Deal unter Freunden!«

Herbert nickte betrübt.

»War das ein Ja?«, wollte Salvatore vergnügt wissen. »Dann bereite ich dir morgen den Vertrag vor, habe da einen Freund, über den wir das laufen lassen können, ich selbst habe kein Geld.«

Herbert glaubte ihm zwar kein Wort, denn wer so geschäftstüchtig wie Salvatore war, der würde nicht so ärmlich sein, wie er es vorgab, aber egal, das sollte ihn nicht interessieren.

»Komm, jetzt lass den Kopf nicht hängen«, Salvatore boxte Herbert in die Seite, »wir lösen nun das nächste Problem, wir bringen das Auto und den Wohnwagen in eine Garage.«

»Hast du eine so große?«

»Garage nennen wir die Werkstätten.«

»Ach so«, antwortete Herbert, »und was machen wir dann?«

»Dann schauen wir weiter, wir müssen es schnell von der Straße bringen, denn sonst fällt es zu vielen Menschen auf. Du fährst mir hinterher und mich hinterher nach Brienz.«

Gesagt, getan. In Interlaken angekommen, stieg Salvatore um und setzte sich an das Steuer von Urs' Fahrzeug. Zuvor hatte er Herbert erklärt, dass es sehr ungeschickt von ihm war, dass er mit einem deutschen Pass ein Fahrzeug mit Schweizer Kennzeichen fuhr. Bei einer Polizeikontrolle wäre er zur Kasse gebeten worden. Herbert schluckte, ihm wurde immer klarer, wie sehr er auf Salvatore angewiesen und ihm ausgeliefert war. Salvatore drehte das Gespann vorsichtig. Herbert drehte ebenfalls auf der breiten Industriestraße und fuhr hinterher, bis Urs' Auto und Wohnwagen auf das Gelände einer Lackierwerkstatt einbog. Herbert parkte vor dem Gelände und lief zu Salvatore, der mit einem Mann sprach. Salvatore kam ihm entgegen, wimmelte ihn ab und hieß ihn im Auto draußen warten, es könnte eine halbe Stunde dauern. Herbert war die Aufforderung nicht unrecht, er legte sich in das noch warme Auto und schlief auf der Rückbank ein. Salvatore parkierte das Gespann währenddessen mit Hilfe des anderen Freundes in einer hinteren Ecke der Garage. Salvatore durchkämmte sorgfältig im Fahrzeug alle Fächer und Ablagen nach Dokumenten und packte diese in einen Karton. Im Inneren des Wohnwagens suchte er ebenfalls alles ab. Leise pfiff er durch die Zähne. Zu seinem großen Erstaunen entdeckte er verpackte Babysachen. Ihm wurde schlagartig klar, dass das Baby nicht zu den Deutschen gehörte. Es war sonnenklar, hier lag die komplette Erstausstattung, er fand ärztliche Unterlagen in Englisch, denen er entnehmen konnte, dass Vreni schwanger war. In der gebotenen Eile überflog er alles und packte alles Verwertbare zusammen. Er würde es zu Hause in Ruhe durchschauen. Die Babysachen packte er in einen zweiten Karton, klebte beide Pakete sorgfältig zu, übergab dem Garagenbesitzer, der ihm einen Gefallen schuldig war, die Schlüssel und einen besonderen Auftrag: Kennzeichen, Papiere entsorgen, Fahrgestellnummer verändern und neue Papiere besorgen. Die Fahrzeuge komplett aufbereiten, neu lackieren. Salvatore würde alles exportieren, den Erlös könnte er gut gebrauchen. Er blätterte einige Scheine als Anzahlung hin und verließ mit einem Handwagen, auf dem die Pakete lagen, die Garage in Richtung Herbert. Als er ihn dort schlafend auf der Rückbank liegen sah, packte er leise die Kartons in den Kofferraum, drückte den Deckel geräuschlos zu. Salvatore fuhr vorsichtig, Herbert sollte nicht aufwachen. Erneut nahm er die südliche Route. Beim Landmarkt angekommen, vergewisserte sich Salvatore, dass Herbert schlief, lud die Kartons leise aus. Erst als er zurück war, weckte er Herbert unsanft auf: »Wach auf, du Schlafmütze«, rüttelte er ihn, »wir sind da.«

Verschlafen und ohne Orientierung rieb sich Herbert die Augen.

»Habe ich die ganze Zeit geschlafen? Wo sind wir?« Er hatte einen bösen Traum, er wurde verfolgt, bedroht, erpresst. Erinnerte sich an die Forderung jedoch nur ansatzweise, Salvatore hatte ihn in dem Moment aus seinen Albträumen gerissen. Dankbar war er ihm jedoch dafür nicht. Er zitterte am ganzen Leib, während er in die verschlagenen Augen von Salvatore blickte – es war kein Traum.

»In Brienz«, antwortete Salvatore sanfter, »du brauchst nur den Berg hochzufahren, dann kannst du weiterschlafen. Wir haben alles erledigt. Alles ist gutgegangen.«

»Was passiert nun mit dem Auto und dem Wohnwagen?«, Herbert war schlagartig im Hier und Jetzt. »Und die Dokumente im Fahrzeug, die dürfen nicht in die falschen Hände geraten!« Panik stieg in ihm auf, obwohl Salvatore ihm beruhigend seine schwere Pranke auf die Schulter legte.

»Alles in Ordnung«, lachte Salvatore, seine Augen blitzten triumphierend auf. Im Flüsterton setzte er hinzu: »Wenn dir ein Salvatore sagt, alles ist erledigt, dann ist auch alles erledigt! Das Auto steht auf dem Anhänger. Auf dem Weg zum Verschrotten«, beschwichtigte er Herbert weiter. »Habe es eigenhändig aufgeladen. Da schaut keiner mehr rein. Die Schlösser habe ich unbrauchbar gemacht. Mein alter Freund kümmert sich persönlich um den Weitertransport zum Verwerter. Habe das alles organisiert und bar bezahlt. Keine Spur führt zu uns. Nach Sonnenaufgang wird das Gespann seine ewige Ruhe finden. Entspanne dich endlich. Du bist hier das einzige Problem, mit deiner ewigen Angst!«

»Oh, danke«, Herbert war für einen kurzen Moment erleichtert, auch wenn der schlechte Beigeschmack seines Albtraums sehr präsent war. »Ohne dich hätte ich das nicht so leicht regeln können«, wollte er sich linkisch bedanken.

»Ohne mich«, setzte Salvatore süffisant hinzu, »würdest du heute im Gefängnis sitzen!«

Kapitel 16

Am nächsten Tag schien die Sonne. Das vergangene Wochenende fühlte sich wie ein schlechter Traum an. An der Stelle, an der das Nachbarhaus stand, floss ein kleiner Bach, die restliche Schlammwiese trocknete langsam ab. Lediglich die tiefen Spuren von Lkw und Bagger waren zu kleinen Bachbetten geworden. Herbert hatte im und ums Haus herum alles fein säuberlich geputzt. Alle verbliebenen Spuren, die auf das Unglück hingedeutet hätten, waren peinlichst genau beseitigt. Er ging zum Fundament des Nachbarn, kontrollierte zum x-ten Mal die sortierten Holz- und Steinhaufen, bevor gleich der angekündigte Statiker kommen wollte. Die Überprüfung ging schnell vonstatten. Herbert überzeugte als Fachmann den Statiker in kürzester Zeit. Die verschobene Balkenlage, die durch den Felsanprall an seinem Haus entstanden war, gefährdete die Statik nicht. Lediglich die Fenster konnten sich durch die Verschiebung nicht mehr alle öffnen lassen, er würde es in den nächsten Tagen in Ordnung bringen. Müsste dazu nur nach Deutschland fahren und das Notwendige besorgen.

»Wir können Sara anmelden«, sagte er etwas entspannter zu seiner Frau. »Das machen wir sofort und fahren später nach Konstanz. Hier können wir im Moment nichts mehr tun. Die Schäden am Haus kann ich erst reparieren, nachdem ich Werkzeug und Material besorgt habe. Das möchte ich nicht von Salvatore, seine Preise sind mir zu hoch.«

»Ich will die Geburt von Sara nicht in der Schweiz melden«, stieß Doris ihren Mann schon wieder vor den Kopf.

»Wie kommen wir ohne Papiere über die Grenze? Schon mal daran gedacht?« Er verstand seine Frau immer weniger. Musste immer alles kompliziert sein?

»Gute Frage«, Doris schien besorgt, jedoch nicht nachgiebig. »Oder sollen wir lieber eine Weile bleiben, damit die Nachbarn keine dummen Fragen stellen?«

»Ich weiß nicht, was klüger ist«, antwortete Herbert und zuckte mit den Schultern. Er wirkte überfordert. »Wir können natürlich warten, bis ich abklären konnte, wie wir an die Papiere für Sara kommen. Habe überhaupt keine Ahnung, wie das abläuft. Vielleicht kann ich das allein auf dem Amt in Deutschland erledigen.«

»Vom Gefühl her wäre das besser«, sinnierte Doris, während sie Sara anschaute, »du fährst allein und klärst alles. Und sollten wir dem Amt Sara zeigen müssen, kommt es auf die paar Tage sicher nicht an. Bis dahin sind auch die Verletzungen von Sara verheilt. So wie sie jetzt aussieht«, sie zeigte ihm die abheilenden Wunden, »können wir mit ihr nirgends hingehen, wir würden uns schon deshalb verdächtig machen!«

»Einverstanden«, Herbert nickte zustimmend. Das war der erste kluge Einwand. Und es kam ihm entgegen, ein paar Tage allein zu sein. Vielleicht würde er sogar mal wieder eine Nacht schlafen können. Sogar um sein Geschäft könnte er sich mal wieder kümmern. »Dann warte ich nur auf Salvatore, er möchte mir heute Unterlagen bringen. Danach könnte ich für ein paar Tage nach Konstanz fahren. Am Wochenende wäre ich zurück. Schaffst du das so lange ohne mich?«

»Ja, schon«, antwortete sie überlegend, »du könntest mir zuvor Vorräte aus dem Dorf besorgen, damit ich nicht nach unten laufen muss.«

»Das erledige ich sofort«, antwortete Herbert erleichtert, dem der Plan, allein nach Deutschland zu fahren, immer besser gefiel. »Schreibe mir auf, was ich dir besorgen soll.«

Herbert fuhr heiter gestimmt zum Landmarkt und arbeitete seinen langen Einkaufszettel der Reihe nach ab. Salvatore hatte ihn sofort entdeckt.

»Alles klar bei dir?«

»Ja«, antwortete Herbert, »können wir das mit dem Kredit am Wochenende klären? Möchte heute nach Konstanz fahren, muss im Geschäft einiges regeln. Meine Frau bleibt hier. Spätestens am Freitagabend bin ich zurück.«

»Natürlich«, freute sich Salvatore darüber, dass Herbert so entschlussfreudig war, »ich bereite dir den Vertrag vor. Wir können, wenn du möchtest, alles diskret bei mir abwickeln. Wir müssen deine Frau nicht mit dem bürokratischen Teil belasten!« Seine Augen blitzten verschlagen auf. »Jetzt, wo sie gerade ein Kind auf die Welt gebracht hat.« Salvatore wollte Herbert damit nicht nur entgegenkommen. Es war ihm natürlich aufgefallen, wie schnell Herbert den Werkvertrag am Vortag unterschrieben hatte, bevor seine Frau etwas davon mitbekam. Er schien ihr das zu verheimlichen. Weshalb, das konnte Salvatore nicht einschätzen, denn geizig schien sie nicht zu sein. Aber er wollte keinesfalls die guten Geschäfte mit seinem neuen Freund Herbert riskieren. Salvatore tippte in unglaublicher Geschwindigkeit die Artikel in die Kasse ein, er war genauso geschickt wie mit dem Meißel am Felsen. Herbert war irgendwie von ihm fasziniert und – gleichzeitig – angewidert. Herbert packte alles in einen Karton, den ihm Salvatore diensteifrig hingelegt hatte. Nachdem er die Einkäufe zu Doris auf den Berg gefahren hatte, verabschiedete er sich schnell, wendete den Wagen auf der verschlammten Plattform und fuhr nach Konstanz. Salvatore schloss an diesem Tag überpünktlich kurz vor 18 Uhr seinen Landmarkt, preschte voller Vorfreude zu Doris. Wollte ihr nicht verkaufte Backwaren bringen, die zum Wegwerfen zu schade waren. Vordergründig. Vor allem wollte er mit ihr reden. Salvatore machte wie immer nichts ohne einen guten Grund.

»Doris!«, rief er laut, nachdem er die unabgeschlossene Holztür zu ihrem Haus aufgedrückt hatte. »Darf ich dir kurz was bringen?«

»Du hier?«, sie war überrascht, überlegte rasch, ob Herbert nichts zu ihm gesagt hatte. »Herbert ist nicht hier, er ist weggefahren.« Dass sie die nächsten Tage allein war, wollte sie Salvatore nicht unbedingt sagen. Jetzt, wo Herbert nicht da war, fürchtete sie sich ein wenig vor dem kräftigen Kerl.

»Alles gut«, antwortete Salvatore sanft, dem die kleine Unsicherheit nicht entgangen war. »Er hat vorher beim Einkaufen von seiner Reise nach Konstanz erzählt. Wollte dir das hier nur bringen. Allerdings komme ich deshalb nicht allein. Sondern«, er machte es spannend und wartete, bis Doris ihm in die Augen schaute und er ihre Reaktion genau beobachten konnte. »Ich habe eine gute Idee, wie ihr euer *adoptiertes* Kind ohne Probleme als eures anmelden könnt.« Das »adoptierte« betonte er bewusst stark und konnte in Doris' Gesichtsausdruck eine besonders lange und erwartete Geschichte herauslesen.

»*Adoptiertes* Kind?«, Doris rang nach Luft, hatte Herbert alles ausgeplaudert? Wie konnte er nur so unvorsichtig sein? Sie bekam rote Flecken ins Gesicht. Er würde damit alles riskieren! So ein Dummkopf!

»Ja«, lachte Salvatore zufrieden darüber, wie sein Schuss ins Blaue auf Anhieb getroffen hatte. »Das ist doch der Plan, das Kind von Vreni und Urs als euer eigenes auszugeben.« Beruhigend tätschelte er stellvertretend die kleine Sara, die Doris verkrampft auf dem Arm hin und her wiegte. »Doris«, nahm er den Faden wieder auf, »schau nicht so erschrocken! Und erdrücke die Kleine nicht. Keiner nimmt sie dir weg. Ich weiß alles. Und«, er machte eine kleine Pause und sprach verschwörerisch weiter, »euer Geheimnis ist bei mir in den besten Händen. Denke daran, wie ihr mit euren Leichen fast angegangen wärt. Ich helfe euch mehr als jeder andere auf dieser Erde, schon vergessen?«

»Oh, rede nicht so!« Doris schaute betreten auf den Boden, während sie leise antwortete: »Nimm das Wort nicht mehr in den Mund, mich gruselt es allein bei dem Gedanken, dass unsere Nachbarn …« Sie wollte es nicht einmal aussprechen. Es schauderte sie, wenn sie nur daran dachte, dass sie so nah an der letzten Ruhestätte waren. Am Ort des Unglücks.

Salvatore machte mit der Hand eine Bewegung, die Doris zeigen sollte, dass er für immer schweigen würde. Ein markanter, etwas herber Duft erfüllte den Raum. Salvatore hatte ein sehr angenehmes Parfum gewählt. Er warf einen imaginären Schlüssel weg, mit dem er zuvor seinen Mund verschlossen hatte. Doris schaute ihn dankbar an, vielleicht war es sogar gut, wenn er das wusste. Er könnte ihnen sicher auch hierbei helfen. »Du kannst dich auf mich verlassen«, versprach er ihr und schaute sie mit seinen dunklen Augen treuherzig an. »Wie immer! Ist nicht ganz so einfach, aber wir bekommen das hin.« Er fühlte sich wie bei seinem letzten Pokerspiel in Basel, er hatte auch damals ein gutes Blatt auf der Hand. Wobei ihm das Risiko, alles zu verlieren, bewusst war. Er hatte sich durch die weitere Unterstützung von Doris und Herbert erneut strafbar gemacht. Allerdings konnte er nicht widerstehen, die Gelegenheit war zu gut. Nur so konnte er für die ausgleichende Gerechtigkeit sorgen. Und an den beiden nah dran bleiben. Die beiden waren die Verbrecher, nicht er.

Doris setzte sich und bot Salvatore einen Platz an. »Wie willst du konkret vorgehen?«, fragte sie interessiert. Die stille Hoffnung, alles würde gut werden, keimte in ihr auf.

»Zuerst muss ich wissen, was ihr bisher unternommen habt, Herbert war vorher zu sehr in Eile. Was habt ihr in Erfahrung bringen können?«

»Noch nichts«, antwortete Doris unbedarft und plauderte den Rest aus, »Herbert fährt nach Konstanz, erkundigt sich, wie das überhaupt geht. Es war ja alles ungeplant.«

»Ihr wollt den Geburtsort von Sara nach Konstanz verlegen? Weshalb?«

»Wir haben einfach Sorge, es könnte zu viele Fragen geben. Wir möchten keine besonderen Umstände anmelden, es soll so normal wie möglich ablaufen.«

»Das Risiko, über die Grenze zu kommen, ist doch wesentlich höher, als Sara bei der deutschen Vertretung in der Schweiz anzumelden«, warf Salvatore ein.

»Wir wollen das aber so«, antwortete Doris störrisch, die ihren Plan nicht aufgeben wollte. Auch Salvatores Argumente liefen bei ihr ins Leere. In Saras Geburtsurkunde sollte Brienz nicht auftauchen. Rein gar nichts sollte an das Unglück in den Bergen erinnern. Auch Sara sollte niemals davon erfahren. Das Mädchen würde unbeschwert aufwachsen.

»Okay«, nickte Salvatore verstehend, auch wenn er den Plan tölpelhaft fand. Mit Doris war nicht gut zu verhandeln, ein wenig Mitleid hatte er mit Herbert. Sie schien stur und dumm zu sein. Er schaute Doris mit besorgtem Blick an: »Dann sollte sich jedoch nicht dein Mann darüber erkundigen. Das ist viel zu auffällig, wir müssen es diskreter anstellen. Habe einen Kontakt nach Deutschland«, fuhr er fort, »der sich darum kümmern wird.« Doris nickte, erfreut darüber, wie schnell Salvatore auf ihren Plan eingeschwenkt war. »Aber das habe ich mit meiner Frage, was ihr bisher in Erfahrung gebracht habt, nicht gemeint. Was haben die Nachbarn zuletzt erzählt? Wer weiß, wo sie sich zuletzt aufgehalten haben? Was weiß Alexander? Du musst mir alles sagen, damit wir keinen Fehler machen. Erzähle mir alles, auch scheinbar Unbedeutendes!«

Doris erzählte alles, von Alex, der bisher nicht einmal wusste, dass seine Adoptiveltern in der Schweiz waren. Von Vreni, die ihre Schwangerschaft geheim gehalten hatte. Nur, das fiel Doris ein, der Wohnwagen war eine Gefahr. »Es könnte sein, dass dort Unterlagen über Vrenis Schwangerschaft liegen«, sprudelte es aus ihr heraus. »Vreni hatte sich einmal untersuchen lassen, in Griechenland.«

»Keine Sorge«, beruhigte er schnell, diese Unterlagen hatte er längst gut verwahrt. »Der ist bereits in der Schrottpresse. Das liegt demnächst alles im Hochofen, und keiner hat mehr einen Beweis gegen euch in den Händen. Siehst du, wie ich mich kümmere – bin euer Freund, auch wenn Herbert mir manchmal so, wie sage ich es richtig, feindlich oder zumindest unsicher wirkt.« Er streichelte behutsam ihre Hand, und Doris nickte nur und zog beinahe ihre Hand zurück.

»Wir in den Bergen halten zusammen«, versuchte er ihr ein gutes Gefühl zu vermitteln, nachdem er ihr Unbehagen bemerkt hatte. »Und sonst weiß niemand etwas von den beiden? Sie haben keine Eltern mehr? Hatten sie Freunde?«

»So wie wir das mitbekommen haben, gibt es da niemanden.«

»Dann ist diese Seite sicher«, stellte er fest, seine bisherigen Nachforschungen hatten dasselbe ergeben. »Dann kümmere ich mich um den anderen Teil. Funktioniert euer Telefon?«

»Nein«, antwortete Doris, »seit dem Unwetter nicht mehr.«

»Dann gib mir eure private Rufnummer von Konstanz. Dann rufe ich später von mir zu Hause aus Herbert an und sage ihm, wie er sich verhalten soll. Du unternimmst auch nichts!« Salvatore schaute Doris eindringlich an. Er wollte sichergehen, dass sie ihn verstanden hatte. Doris nickte. Mit der nächsten Frage landete er erneut einen Treffer: »Und wie erklärst du es deinen Nachbarn, Freunden, dass du über Nacht ein Kind geboren hast?«

»Das weiß ich auch noch nicht«, antwortete sie betrübt und merkte, wie viele Herausforderungen vor ihr standen. »Ich dachte, ich mache es so wie Vreni, sie wollte mit niemandem darüber sprechen, man muss ja nicht immer allen alles sagen.«

»Meine Rede«, sagte Salvatore erleichtert, »das ist eine Möglichkeit. Ich werde mich erkundigen, wie das mit den Behörden in Deutschland läuft. Hatte ich bisher nie«, grinste er sie an, »aber bekommen wir natürlich geregelt«, ergänzte er schnell, nachdem er die angespannte Sorgenfalte auf Doris' Stirn entdeckt hatte. »Wir müssen uns klug verhalten und ein wenig mehr Ruhe in die ganze Angelegenheit bringen.« Er spielte auf die Angespanntheit der beiden an, die mehr verriet, als es Herbert und Doris dachten. »Du machst ab sofort nichts, was nicht mit mir abgestimmt ist – ist das klar?« Es war keine Frage. Und genau diese Ansage verstand Doris, die ergeben nickte. Zurück in seinem Haus mit Blick über den Brienzer See, telefonierte er mit Deutschland. Er rief einen verlässlichen Freund an, erläuterte ihm in groben Zügen das Problem. Nicht der ganzen Wahrheit entsprechend, nur den notwendigsten Sachverhalt. Eine deutsche Frau im Ausland hätte ihr Kind zur Welt gebracht, sei im Moment nicht reisefähig und würde es unbedingt in Deutschland anmelden wollen. In Baden-Württemberg. Nicht über den Umweg einer deutschen Botschaft in der Schweiz. Er erwähnte nicht mal Konstanz, er war auf Sicherheit bedacht.

Danach rief er Herbert an, der beinahe aus allen Wolken fiel. Wie konnte seine Frau nur so unvorsichtig sein, sich ausgerechnet Salvatore anvertrauen. Herbert, einerseits froh, sich nicht um die Anmeldung des Kindes kümmern zu müssen, war andererseits besorgt. Die seltsame Verbindung zu Salvatore würde teuer werden.

Kapitel 17

Am Freitagabend, Herbert hatte es doch nicht früher geschafft, war er auf dem Weg in die Berge. Seine Frau wartete sicher ungeduldig, sie konnten sich nicht sprechen, die Telefonleitung bis in das Haus von Doris war noch nicht repariert worden.

»Endlich bist du da!« Seine Frau stand, sehnsüchtig auf ihn wartend, in der Tür mit Sara auf dem Arm. Sie hatte das Auto die Straße hochfahren sehen. Seit dem Nachmittag wartete sie und schaute immer wieder die Bergstraße hinunter.

»Ja«, erleichtert nahm Herbert seine Frau in den Arm und schaute die Kleine an, »ich bin so schnell gekommen, wie es nur ging«, entschuldigte er sich, »ich bin fast nicht weggekommen. Aber viel wichtiger«, er küsste sie und schaute ihr in die müden Augen, »wie erging es dir?« Nachdenklich wirkte sie, fast verletzlich. War etwas während seiner Abwesenheit passiert? Salvatore traute er nicht über den Weg. Dachte er so bei sich und zog die Schuhe aus.

»Sara schläft ein wenig besser«, antwortete sie und zog die Türe hinter Herbert ins Schloss, »auch die Creme, die du besorgt hast, wirkt langsam. Wir bekommen das alles gemeinsam hin – oder?«

Doris schaute ihn fragend an, sie hatte sich die Tage so einsam gefühlt, sie war inzwischen nicht mehr sicher, das Richtige gemacht zu haben.

»Natürlich«, antwortete Herbert beruhigter und nahm die beiden fürsorglich in den Arm, »wenn wir beide, oder jetzt wir drei, zusammenhalten, dann kann uns nichts passieren. Was war denn mit Salvatore, wieso hast du ihm alles erzählt?«

»Wieso ich?«

»*Wieso*?«, fragte er irritiert. »Weil er von dir alles wusste«, und setzte verärgert hinzu, »du hattest doch alles ausgeplaudert!«

»Schon«, sie senkte schuldbewusst die Augen, »aber erst, nachdem er das Wichtigste von dir gehört hatte.«

»Habe ihm kein Sterbenswort erzählt«, versicherte Herbert und strich sich nachdenklich an der Schläfe entlang, »wie konnte er das wissen? Wie und was hat er dich gefragt?«

»Weiß nicht mehr so genau«, antwortete sie nachdenkend, »er wollte wissen, wie wir Sara als unser Kind ausgeben wollten, obwohl es das Kind der Nachbarn wäre. Oder so ähnlich.«

Herbert setzte sich und überlegte, wie konnte Salvatore das wissen? Hatte er doch im Wohnwagen Dokumente gefunden? Allerdings waren sie ja die ganze Zeit zusammen, nur die kurze Zeit war Salvatore mit dem einen Kollegen in der Garage. Und allein am Wohnwagen. Und in den frühen Morgenstunden war das Gespann ja in der Schrottpresse, wie es ihm Salvatore versichert hatte. Wobei, sinnierte er, wie lange hatte er geschlafen? Er konnte sich nicht erinnern. »Wann bin ich am letzten Abend mit Salvatore weggefahren?«, vergewisserte er sich deshalb. »Um welche Uhrzeit bin ich zurückgekommen?«

»Warum möchtest du das wissen?«

»Ich möchte wissen, wie lange wir unterwegs waren.«

»So zwei bis drei Stunden, eher drei Stunden«, antwortete sie zögerlich, »so genau weiß ich das nicht mehr. Aber du warst sehr lange weg.«

»Gut«, versuchte sich Herbert zu erinnern, »wir fuhren auf der südlichen Route nach Interlaken, dann waren wir eine halbe Stunde zu einer Garage unterwegs, ich weiß jedoch nicht, wo diese war, also, ob wir weiter weggefahren sind oder ob diese auf dem Weg zurück nach Brienz lag. Habe die Orientierung verloren. Dann bin ich eingeschlafen. Vielleicht hat Salvatore das Auto und den Wohnwagen durchsucht und die Unterlagen von dem griechischen Arzt gefunden, bei dem sich Vreni hat untersuchen lassen. Denn davon habe ich in den Trümmern nichts gefunden.«

»So wird es gewesen sein«, antwortete Doris gedehnt, »aber«, setzte sie schnell hinzu, »es ist eh, wie es ist, und vielleicht ist es gut, wenn Salvatore sich in Deutschland kundig macht und nicht wir.« Sie war pragmatisch. Nur das eine Ziel vor Augen. Das Kind behalten und den Geburtsort Brienz in Saras Geburtsunterlagen vermeiden. Das würde sich so fremd anfühlen. Vor allem sie daran erinnern, was an dem Tag passiert war. »Zudem«, ergänzte sie, nachdem sie Herberts kritischen Blick sah, »hier oben wäre eine Geburt ziemlich unnormal!«

»Weshalb unnormal?«

»Keine Frau der Welt bekommt ihr erstes Kind so abgeschieden in den Bergen. Das hatte ich schon über Vreni gesagt: Wie konnte sie nur! Das würden die Leute auch von mir sagen.« Sie steigerte sich hinein: »Zu Recht würden sich die Leute darüber den Mund zerreißen.«

»Komm schon«, versuchte Herbert, Doris zu entspannen, »das könnten wir gut begründen. Lass uns nicht eine Lüge auf die nächste setzen. Das geht nicht gut.«

»Nein«, antwortete sie rigoros, »ich werde kein Risiko eingehen. Du gehst viel zu sorglos mit allem um. Du bist dafür nicht der richtige Mann.«

»Zu sorglos?«, Herberts Herz schlug heftig, es schmerzte. »Zu sorglos?« Er konnte es nicht fassen, er konnte keine Nacht mehr schlafen. Auch in Konstanz plagten ihn Albträume. Schweißgebadet wachte er auf. Er überlegte hin und her, wie sie ohne Schaden alles überstehen könnten. Er tat alles, um die Wünsche seiner Frau zu erfüllen. Als Dank wurde er nun von seiner eigenen Frau als Fehlbesetzung bezeichnet. Wie konnte sie nur! Doris, die sah, wie sich Herbert aufregte und nach Worten rang, versuchte schnell, ihre unüberlegten Worte abzumildern:

»Herbert, mein Schatz, das habe ich so nicht gemeint. Ich möchte kein Risiko eingehen. Ich möchte Sara nicht verlieren und dich auch nicht.« Sie wollte ihn in den Arm nehmen, Herbert wich jedoch einen Schritt zurück. »Ich möchte doch nicht im Gefängnis landen, Sara braucht mich.«

»Ich«, brach es aus ihm heraus, »ich höre nur Ich!«

»Herbert, verstehe mich richtig, die Mühen, die wir auf uns nehmen, sollen sich doch lohnen.« Doris fing an zu weinen, es war ihr alles zu viel. Zudem das wirksamste Mittel gegen Herberts Rückzug. »Das macht mich ganz fertig«, sagte Doris leise zu ihrem beleidigten Mann, »ich möchte meine Ruhe und endlich Gewissheit, dass Sara bei uns bleiben kann. Habe Sorge, wir könnten einen kleinen Fehler machen und alles auffliegen. Salvatore kennt sich besser aus, das habe ich gemeint. Er ist nicht involviert, hat daher die besseren Nerven. Und dich, dich liebe ich doch über alles!«

Herbert konnte seine Frau nicht weinen sehen, die lieben Worte von ihr taten ihr Übriges. Er nahm sie wieder in den Arm:

»Das wird alles gut, warten wir ab«, tröstete Herbert, »lass uns den Abend gemeinsam genießen. Bin froh, wieder hier zu sein, euch gesund zu sehen. Das ist doch das Wichtigste. Morgen fahre ich zu Salvatore, werde mit ihm besprechen, wie es weitergeht. Wir machen keine Fehler – keine Sorge!«

Doris deckte den Tisch. Sie hatte ein Gulasch und Spätzle vorbereitet, wobei das eine große Herausforderung war. Obwohl ihr Mann alles vor der Abreise eingekauft hatte, brauchte sie fast den ganzen Tag für die Zubereitung. Sara hielt sie vom Kochen ab. Aber nun stand es da, das erste richtige Abendessen für ihre kleine Wunschfamilie. Ein Gulasch mit Spätzle aus der Tüte. Die handgeschabten hatte sie sich nicht zugemutet. Zum ersten Mal erlebten die drei in ihrem Berghaus so etwas wie ein Familienglück. Herbert fühlte sich wohl, Doris schenkte ihm ihre volle Aufmerksamkeit, soweit das wegen Sara möglich war. Sie schmeichelte sich bei ihm ein, sagte ihm, wie glücklich sie mit ihm sei. Herbert hatte sich beruhigt. Er sah die Notwendigkeit selbst ein. So einer wie Salvatore kannte sich aus. Er selbst war ein Fachmann im Baugewerbe, Salvatore eben ein Spezialist im – na ja, im kriminellen Milieu. Diese Gedanken beruhigten ihn seltsamerweise, und er trank einen Schluck Bier. Sah dabei seine glückliche Frau, die schlafende Sara an. Ja, dafür wollte er weiterkämpfen, kostete es, was es wolle. Er würde auch das Haus schnell renovieren. Schon am nächsten Tag wollte er eine Bestandsaufnahme machen und alles Notwendige in Konstanz besorgen. Wobei, Herbert wollte sich den Abend nicht mit diesen Themen beschäftigen. Einfach durchatmen nach einer langen, anstrengenden Woche. Sara hatte sich wohl dasselbe vorgenommen, sie war entspannt und schlief zum ersten Mal in der Nacht drei Stunden am Stück.

Kapitel 18

Das Gespräch am nächsten Morgen mit Salvatore war schneller erledigt als gedacht. Herbert sollte am Nachmittag wiederkommen, wenn Salvatore den Landmarkt geschlossen hatte. Erst dann wollten sie die Kreditverträge durchgehen. Er hätte zuvor einen Vorschlag für Sara. Herbert beschloss, die Zeit bis dahin für sich zu nutzen. Er würde die Bestandsaufnahme der Schäden an seinem Haus durchführen. Der Fels hatte das Erdgeschoss ziemlich erschüttert, die Schäden zogen sich bis in die Dachbalken. Dank der Abdichtung mit der Folie war zwar fast alles trocken geblieben, allerdings zeigte sich, dass sich die gesamte Balkenlage durch den Felsaufprall an der nördlichen und westlichen Wand verschoben hatte. Das komplette Haus hatte sich verzogen. Innen war der Wand- und Deckenputz gerissen, Fenster ließen sich nicht mehr öffnen, die Haustüre klemmte. Er musste sich überlegen, wie er das alles mit geringem Aufwand in Ordnung bringen konnte. Eventuell würde eine hydraulische Presse ausreichen, überlegte er sich, damit könnte er einen Balken nach dem anderen an seinen angestammten Platz zurückdrücken. Herbert schwitzte schon bei dem Gedanken, das wäre eine sehr aufwändige Arbeit. Ein Gutes hatte es, zumindest müsste er, außer den Pressen und einem Kompressor, nicht viel besorgen. Das würde den finanziellen Aufwand reduzieren, denn Geld hatte er keines mehr. Das war das Stichwort, er schaute auf die Uhr, eine Viertelstunde vor 16 Uhr, er musste zu Salvatore ins Dorf fahren.

»Mein Freund, schließe die Türe hinter dir ab«, begrüßte

ihn Salvatore lachend, »wir machen es uns gemütlich«, er deutete zu seinem Nebenzimmer, »habe im Büro alles vorbereitet.« Herbert war zur Ladentüre, in der von innen der Schlüssel steckte, hereingekommen. Er drehte den Schlüssel um. Die glückliche Stimmung von Salvatore missfiel ihm. Er ging mit einem beklemmenden Gefühl in den hinteren Teil des Ladens und wurde übertrieben freundschaftlich begrüßt. Herbert hatte sich vorgenommen, ihn gleich zur Rede zu stellen, weil er entgegen der Vereinbarung im Wohnwagen geschnüffelt hatte. So musste es gewesen sein. Und er wollte fragen, was in der gefundenen Metallkassette war. Aber er sagte nichts, er traute sich nicht mehr, grüßte nur freundlich zurück. Im Büro angekommen, wies ihm Salvatore einen Platz auf einem Holzstuhl an, während Salvatore sich in seinen schwarzen, etwas abgewetzten Ledersessel hinter dem Schreibtisch fallen ließ. Herbert schaute sich um, es sah tatsächlich so aus, als ob Salvatore nicht viel Geld hatte. Alles machte einen heruntergekommenen Eindruck. Die vergilbten Vorhänge, die Regale, die eher an ein Lager als an ein Büro erinnerten, passten in dieses Bild. Wer nicht dazu passte, war Salvatore selbst. Seine extravagante *Rolex*-Uhr am Handgelenk, sein teures Parfum. Wäre er besser angezogen gewesen, mit Maßanzug und Krawatte, er hätte leicht als reicher Unternehmer oder als gut aussehender Schauspieler durchgehen können. Als Mafia-Boss, schoss es Herbert sofort durch den Kopf. Genau, das war es. Salvatore wäre so eine Rolle auf den Leib geschneidert. Geheimnisvoll, skrupellos und erfolgreich. Unnahbar. Diese Diskrepanz war ihm die ganze Zeit aufgefallen. Salvatore strahlte genau das aus. Dazu passte nur seine zuvorkommende, fleißige Art und Weise im Landmarkt nicht. Fast unterwürfig bediente er seine Kunden. Und im Büro sah es erbärmlich aus.

»Wie war die Reise, Herbert?«, unterbrach Salvatore seine

unnützen Gedanken. Er hatte ihn die ganze Zeit aus den Augenwinkeln heraus beobachtet und nur beiläufig in einem Papierstapel gekramt. »Wie laufen die Geschäfte in Deutschland?« Er schaute Herbert direkt in die Augen und achtete auf jede seiner Reaktionen.

»Alles in Ordnung«, antwortete Herbert ausweichend, »bin erst am Anfang mit meinem Geschäft, es ist alles nicht so einfach.«

»Deshalb sitzen wir ja zusammen«, antwortete Salvatore breit lächelnd, »kommen wir deshalb zum gemütlichen Teil, ich habe dir eine Aufstellung gemacht. Nach meiner Rechnung brauchst du in Summe 105.000 Franken. Mindestens.«

»Wie bitte?« Herbert hatte es beinahe die Sprache verschlagen. »Wie kommst du auf diese enorme Summe?«

»Die Stützmauer«, zählte Salvatore ungerührt auf, »das ist der größte Teil, dann der Sondereinsatz oben am Berg, du erinnerst dich an unser schönes Fundament«, er grinste ihn vielsagend an, während seine schwarzen Locken vergnügt tanzten, »die Entsorgung eines Autos samt Anhänger.«

»Das kostet im Leben nicht so viel Geld«, warf Herbert aufgebracht dazwischen. »Das sind doch Wucherpreise!«

»Pass auf, was du sagst«, antwortete Salvatore kühl, kniff die Augen zusammen und fixierte Herbert auf seinem kippeligen Holzstuhl wie die Schlange ein Kaninchen. »Du hast enorm viel zu verlieren!« Die überschwängliche Freundlichkeit von eben war blitzartig aus seinen Augen verschwunden. »Was sage ich da, du kannst alles verlieren und hättest es längst, wenn dir ein Salvatore nicht alle Wege so schön bereitet hätte.« Es entstand eine unangenehme Pause. Herbert rutschte nervös auf seinem unbequemen Holzstuhl hin und her, Salvatore entnahm einer goldfarbenen Metallbox eine dicke Zigarre, schnitt sie ab und zündete sie sich genüsslich an. Blauer Rauch hüllte die Männer ein, Herbert hustete und rückte mit seinem Stuhl ein paar Zentimeter nach hinten. »Meinst du wirklich«, rechnete Salvatore ihm verächtlich vor, »dass du mit deiner Kalkulation weit gekommen wärst? Wohin hättest du das Auto gefahren, wie lange hätte es gedauert, bis du in eine Polizei- oder Militärkontrolle gekommen wärst, es wimmelt hier nur so von Uniformierten.« Seine Stimme bekam eine mitleidige Einfärbung, sein Blick wurde höhnisch: »Was glaubst du, wie hoch der Tarif ist, wenn der Entsorgungsbetrieb ungefragt ein gutes Auto ohne Papiere und mit gültigen Kennzeichen in die Schrottpresse verfrachtet? Kennst du dich mit den Preisen so gut aus?«, lachte er höhnisch. »Dann erzähle mir mehr davon, bin sehr interessiert.« Als Herbert wie erwartet nichts darauf antworten konnte, führte Salvatore seinen überheblichen Monolog fort: »Wie willst du das geraubte Kind über die Grenze bringen? Kannst du mir das verraten? Ohne alle Papiere anmelden? Erzähle mir von deinem Plan!« Es entstand eine für Herbert unangenehme Pause. Er sank auf seinem unbequemen Holzstuhl zusammen, wusste, er war auf Salvatore in jeglicher Hinsicht angewiesen. Aus seinem geldgierigen Griff würde er sich nicht so schnell lösen können. Zumindest nicht, ohne dabei im Gefängnis zu landen oder die Scheidung von Doris zu riskieren. Salvatore, der ihn keine Sekunde aus den Augen gelassen hatte, seine Körpersprache so gut interpretieren konnte, als ob Herbert seine Gedanken laut ausgesprochen hätte, sagte: »Du siehst es also ein? Dann vertraue mir auch!« Seine Stimme wurde freundschaftlicher: »Du bist froh, mich an deiner Seite zu haben.« Er zog dabei stark an seiner Zigarre, genoss den Rauch in der Lunge und blies, wohldosiert, den blauen Dunst Richtung Herbert. Der ihm nicht ausweichen konnte. »Das ist ein wirklicher Freundschaftspreis«, lächelte Salvatore siegessicher, »normalerweise würde so ein Pauschalangebot

30 Prozent mehr kosten. Aber du bist Familienvater und mir sympathisch.«

Herbert zuckte mit den Schultern. »Ich kann dir das nicht zurückzahlen, schon gar nicht bei den hohen Zinsen.«

»Kannst du«, antwortete Salvatore gelassen, »ich habe deine Bilanz anschauen lassen, du kannst pro Monat die 1.000 Franken für die Zinsen aufbringen. Das geht auf jeden Fall, schadet weder deiner Firma noch deiner jungen Familie.« Herbert blickte vorwurfsvoll, der fast beleidigte Gesichtsausdruck amüsierte Salvatore. »Natürlich durchleuchten die Gläubiger ihre Schuldner, ist das in Deutschland anders? Bist du überrascht?« Herbert war fassungslos, er war für Salvatore wie ein offenes Buch, er fühlte sich ausgeliefert, wehrlos. »Deine Frau ist glücklich mit dem Kind«, Salvatore stieß eine blaue Rauchwolke aus. Der Herbert sich wieder nicht entziehen konnte. Offenbar musste er sich alles gefallen lassen. »Sie hat dich dazu gedrängt, das ist immer so, die Frauen möchten Familie. Wir Männer sind realistischer, du hättest das natürlich nicht gemacht. Ohne deine Frau wärst du nicht in dieser misslichen Lage. Sie wird Verständnis haben, wenn in den nächsten Jahren der Brotkorb etwas höher hängen wird. Sie wird dir am Ende dankbar sein, was du alles für sie machst.« Herbert hörte Salvatores unverschämten Plaudereien fast nicht mehr zu, er sah, er war in der Falle. Es gab keinen Ausweg. »Für die Tilgung habe ich mir etwas überlegt. Du wirst sehen, deine Schulden schmelzen schneller, als du denkst. Auch Doris wird fleißig in deinem Unternehmen mitarbeiten, sie hilft dir, die Schulden zu tilgen.«

»Was hat dir Doris erzählt?« Das Stichwort hatte ihn aus seinen trüben Gedanken gerissen. Würde Salvatore seine Frau mit hineinziehen?

»Ein Salvatore sieht alles, er ist nicht auf Erzählungen angewiesen«, antwortete er in arrogantem Ton. Dabei kniff er die

Augen zusammen und drohte Herbert unverhohlen. »Merke dir das, falls du irgendwann auf die krude Idee kommen solltest, mich reinlegen zu wollen.« Herbert fühlte sich wie in einem schlechten Film, er war so tief verstrickt, er musste die Vorschläge von Salvatore annehmen. Es gab keinen anderen Ausweg.

»Was hast du dir wegen der Rückzahlung überlegt?«, fragte er deshalb rasch. Signalisierte damit, wie zugänglich er für seine Ideen wäre. Weiterhin. Keinesfalls wollte er sich mit ihm anlegen.

»Du baust mir ein Haus in Konstanz, dann sind wir auch in Deutschland Nachbarn.«

»Ein Haus?«, antwortete Herbert erschrocken und konnte seinen Hustenreiz nicht länger unterdrücken. Er traute seinen Ohren nicht. »Das schaffen wir im Leben nicht mit der Summe.«

»Keine Sorge«, lachte Salvatore entspannt, »natürlich bekommst du von mir die Differenz in bar. Oder als Kredit, falls du in eine kleine Notlage kommen solltest.« Sein Lachen wirkte höhnisch, drohend.

»Das will ich nicht!« Herbert fühlte sich zwar unterlegen, aber das würde er im Leben nicht machen. Ihm ein Haus bauen, sich noch mehr mit ihm beschäftigen. »Du hast kein Geld, sagtest du, ein Freund von dir wollte mir das Geld leihen!«

»Ach, Herbert«, antwortete er mitleidig, »das hat sich so ergeben. Mein Freund, der will dir doch kein Geld leihen. Er kennt dich nicht. Alles läuft über mich. Für dich würde ich sogar meinen Laden verpfänden. Aber die Details haben dich nicht zu interessieren, du baust mir ein Haus!«, beharrte Salvatore auf seinem Vorschlag.

Herbert schüttelte den Kopf. Er wollte zwar die Stimmung nicht vergiften, aber diesem Mafiosi ein Haus bauen?

Nein, ihm war nicht zu trauen. »Ich werde dir das Geld so zurückzahlen.«

»Das wäre nicht sehr klug von dir.« Bei Herbert zog sich alles zusammen, was wollte Salvatore damit sagen? Ängstlich, was kommen würde, schaute er ihn fragend an. »Du baust mir ein Haus nach meinen Wünschen und verkaufst es mir mit einem Nachlass von 105.000 Franken – das können wir über eine Vereinbarung, aufgrund von Baumängeln beispielsweise, offiziell regeln. Dann kannst du die 105.000 Franken, umgerechnet in DM natürlich, dann sogar von der Steuer absetzen. Jetzt sagst du nichts mehr, mein Freund?«

»Das wäre ein Vorteil«, überlegte Herbert laut, der nicht mit so einem pragmatischen Ansatz gerechnet hatte. Fieberhaft überlegte er, wie viel Steuern er sparen würde. Ein wenig hellte sich seine Miene auf. Er würde den Kredit dann leichter zurückzahlen können. Und er könnte die Baupreise für Salvatore erhöhen, davon würde er sicher nichts bemerken.

»Und glaube ja nicht«, erspürte Salvatore Herberts Plan mit seinem Röntgenblick, »dass du mir überhöhte Baukosten in Rechnung stellen kannst. Das machst du nicht, du würdest wissen, wie sehr ich dir das verübeln würde.«

»Nein, natürlich nicht«, erschrocken wehrte Herbert ab. Hatte Salvatore ihm seine Gedanken gerade angesehen? »Dein Plan ist gut.«

»Er ist nicht nur gut, das ist ein genialer Plan«, korrigierte Salvatore grinsend und füllte zwei Gläser einen Fingerbreit mit einem alten Whisky, »darauf trinken wir.«

Salvatore hatte es geschafft, Herbert von seinem Plan zu überzeugen. Nach einem Schluck Whisky unterschrieb Herbert und hatte nicht mehr so ein schlechtes Gefühl. Irgendwie, so kam es ihm zumindest vor, hatte der Albtraum mit diesem Vertrag seinen Abschluss gefunden. Der Weg dahin war zwar weit, aber das Licht am Ende des Tunnels konnte man zumindest erahnen. Irgendwie war Herbert sogar erleichtert, Salvatore bei der Anmeldung von Sara an seiner Seite zu haben. Kostenlos, wie ihm sein dubioser Freund lachend versprach. Salvatore stand auf und begleitete Herbert zur Tür: »Den Rest besprechen wir am Abend, 20 Uhr«, versprach er lachend. »Du kannst dich auf mich verlassen.«

Kapitel 19

Und so war es augenscheinlich auch. Wie ein Schweizer Uhrwerk kam der verlässliche Geschäftsmann pünktlich auf die Minute. Auch wenn Herbert dem lachenden Salvatore keinen Meter über den Weg traute. So hatte er sich für das Gespräch mit Doris und Herbert gut über das Schweizer und deutsche Recht informiert:

»In der Schweiz müssen Neugeborene innerhalb von drei Tagen bei den Behörden gemeldet werden, in Deutschland hat man dafür sieben Tage Zeit«, informierte Salvatore, während er Herbert mit einer Handbewegung aufforderte, alles zu notieren. »Wir fahren deshalb sofort am Montagmorgen nach Deutschland und ihr geht zu den Behörden. Wir werden alles genau abstimmen«, sagte er eindringlich zu Doris, »unsere Aussagen dürfen nicht voneinander abweichen, wenn ich später als Zeuge auftrete.« Genau das war sein Plan, wenn, aufgrund der fehlenden Papiere einer Hebamme oder eines Arztes, ein Zeuge benötigt werden würde, könnte er einspringen.

»Okay«, nickte Doris ängstlich, »am Montag sind wir jedoch einen Tag zu spät, wie erklären wir das?«

»Das ist halt so«, beschwichtigte Salvatore, »können wir nicht mehr ändern. Ist nicht wichtig. Die werden uns in Deutschland deshalb nicht gleich einsperren«, lachte er über die einfältigen Sorgen von Doris. »Solange wir für alles eine plausible Erklärung haben.«

»Wir können ja sagen, dass wir überfordert waren«, brachte sich Herbert ein, konnte mit dem Vorschlag jedoch bei Salvatore nicht landen.

»Nein«, sagte Salvatore bestimmt, »das sollten wir plausibler darstellen. Herbert, du kannst sagen, du hattest eine wichtige Baustelle auswärts. Diesen Einsatz konntest du keinesfalls absagen, deine Existenz hinge davon ab. Ihr dachtet, ihr müsstet gemeinsam zu der Behörde. Wegen der Unterschriften. Als du dich am Freitag mit der Anmeldung beschäftigen konntest, waren die Behörden schon geschlossen. So in der Richtung, also, wir wollten, aber bis wir erst herausgefunden hatten, wie das alles läuft, war die erste Woche vorüber. Dafür werden die Leute vom Amt Verständnis haben.«

»Wie konnte ich mich damit beschäftigen, wenn alles geschlossen hatte?«, dabei schaute Herbert Salvatore groß an. »Das ist doch nicht logisch.«

»Das ist genau der Punkt«, antwortete Salvatore, und er hatte wieder dieses überlegene Lächeln im Gesicht, »du erzählst beiläufig von mir, du hättest einen Freund um Hilfe gebeten. Du lässt beiläufig einfließen, welch eine große Hilfe ich euch bei der Geburt war. Der Freund musste jedoch gleich nach der Geburt in die Schweiz zurückfahren, und so war es für ihn von dort aus schwierig, alles über die Anmeldung herauszufinden.«

»Und dann?«, fragte Doris.

»Dann kommt der Punkt, an dem der Standesbeamte sagt, die Überziehung der Frist ist nachvollziehbar, er die Entlassungspapiere der Klinik verlangt. Oder sonst eine Bestätigung, die Doris als Mutter von Sara bestätigt. Sonst könnte jeder kommen. Du stellst dich etwas unbeholfen an. Du erzählst, deine Frau würde für sich ungern fremde Hilfe akzeptieren. Sie mag keine Ärzte, eine schlechte Erfahrung. Da zeig dich von deiner überforderten, konfusen Art. Erwähne nebenbei, als ob das überhaupt nicht wichtig sei, ich sei zufällig da gewesen, sonst wärst du auch mit der Geburt überfordert gewesen. Mich nur beiläufig erwähnen. Stelle dich etwas hilflos an. Das lieben die Beamten!«

»Und wie läuft das weiter ab?«

»Der Beamte auf dem Standesamt ist entscheidend: Er kann alles durchwinken oder ablehnen.«

»Das entscheidet allein der Beamte auf dem Standesamt?« Doris konnte es kaum glauben.

»Ja«, antwortete Salvatore, »ich habe mich erkundigt, er allein vertraut auf sein Gefühl. Also nur dann natürlich, wenn keine Fakten vorhanden sind. So ist das in Deutschland. Wenn keine Papiere die Geburt bestätigen.« Herbert und Doris waren erleichtert. So einfach konnte es sein. Doris' Gesicht strahlte. »Nein«, Salvatore konnte offensichtlich Gedanken lesen, »so einfach, wie es aussieht, ist es nicht, Doris. So angespannt, wie du aktuell bist, wird jeder misstrauisch. Wenn das eintritt, wenn dem Beamten sein siebter Sinn sagt, da stimmt etwas nicht, dann verlangt er Beweise. Dann wird es eng für euch. Deshalb nochmals klar und deutlich«, mahnte er. »Der erste Termin muss einwandfrei sitzen! Ihr müsst so gut wie möglich vorbereitet sein. Dem Standesbeamten muss klar werden, auch, bevor er nach Beweisen fragt, es gab einen Zeugen bei der Geburt. Einen, der nichts mit der Familie zu tun hat. Das muss sich aus dem Gespräch für ihn ergeben. Alles, was ihr erzählt, muss völlig plausibel für ihn klingen. Es darf keine Kleinigkeit ungeklärt sein.«

»Woher kennen wir dich?«, wollte Herbert, der begriffen hatte, worum es ging, die Sache abklären. »Wie kommt es, dass ein Schweizer bei der Geburt dabei ist?«

»Wenn du gefragt wirst«, antwortete Salvatore gelassen, »in welchem Verhältnis wir zueinander stehen, dann sage wahrheitsgetreu, dass wir uns seit ein paar Jahren kennen, ich euch hin und wieder in Konstanz besuche. Auch an dem einen Tag, an dem urplötzlich bei Doris die Wehen eingesetzt haben. Und ich deshalb mittendrin bei der Geburt war. Völlig ungeplant. Es dir zuerst sogar unangenehm war und du dann aber am Ende sehr froh warst.«

»Okay, ich kann ja auch sagen, dass ich dir ein Haus baue.«

»Nein, Herbert, das kannst du natürlich nicht«, antwortete Salvatore und schüttelte den Kopf über so viel Naivität. »So unnötige Details lass besser weg, das könnte den Verdacht bringen, dass ich dir einen Gefallen schulde.«

»Wie? Du baust ein Haus für Salvatore?«, ungläubig schaute Doris die beiden Männer an. Mit vorwurfsvollem Blick zu Herbert gewandt: »Davon hast du mir nichts gesagt.«

»Wir haben nur kurz darüber gesprochen«, rettete Salvatore Herbert, »das ist nur eine Idee. Lass uns zurück zum Thema kommen, alles, was wir der Behörde erzählen, muss klug formuliert und durchdacht sein, lieber weniger als zu viel erzählen.«

»Natürlich«, antwortete Herbert erleichtert. Er hatte Doris bewusst nichts von seinen Vereinbarungen mit Salvatore erzählt. Sie war im Moment sowieso mit der ganzen Situation überfordert.

»Wie können wir beweisen, dass Sara unser Kind ist?«, wollte Doris unwirsch wissen, gereizt, weil sie sich ausgeschlossen fühlte. Sonst hatte ihr Mann immer alles erzählt. Welche Geheimnisse hatten die beiden noch? Doris' Laune sank. Salvatore war ein guter Gedankenleser. Er wusste, was in ihr vorging, und beschäftigte sie geschickt mit sich selbst: »Beweisen?« Salvatore lachte kurz und hart auf. »Verabschiede dich schnell von dem törichten Gedanken. Du kannst doch nichts beweisen.« Er schüttelte verständnislos den Kopf über Doris' Dummheit. »Dir muss endgültig klar werden, dass du kriminell bist und du einfach nichts, rein gar nichts beweisen kannst. Du musst die Sachlage so klar darlegen, dass keine Beweise notwendig werden. Das ist unsere einzige Chance. Sonst sitzt du schneller, als du bis drei zählen kannst, hinter schwedischen Gardinen.« Salvatore redete sich kurz in Rage. Doris war davon überzeugt, das Richtige zu tun. Sie fühlte sich zu Unrecht von Salvatore als Kriminelle bezeichnet und schwieg gekränkt.

»Okay«, nickte Herbert unangenehm berührt, der die Tränen in Doris' Augen aufsteigen sah, »und wie gehen wir konkret vor?«

»Geburtsurkunde von euch beiden, die Eheurkunde, Ausweise«, zählte Salvatore auf, was auf jeden Fall dabei sein musste. »Dann geht ihr beide hin und lasst Sara gut in einem Kinderwagen zugedeckt. Die Verletzungen sind zwar fast abgeheilt, aber sicher ist sicher.«

»Oder sollen wir sie nicht besser zu Hause lassen?«, fragend schaute Herbert Salvatore an.

»Nein«, antwortete Salvatore bestimmt, »sie kommt mit, auf jeden Fall gut eingepackt, es ist sowieso kalt draußen. Ihr erzählt, wie die Geburt ablief, dass wir drei gerade beim

Abendessen saßen, nennt beiläufig meinen Vornamen, überlegt genau, was wir gegessen und getrunken haben, solche Kleinigkeiten sind am Ende enorm wichtig. Du, Doris, kannst plaudern, dass dein Braten nicht so gut geworden war, weil du Wehen hattest. Du warst abgelenkt, und Herbert unterbricht dich genervt und sagt, das gehört doch nicht hierher, mein Schatz.«

»Verstehe ich, kann auch sagen, ich hätte gekocht«, nickte Herbert und schrieb alles mit, »Braten, dunkle Soße, Spätzle und ein trockener Rotwein für uns Männer, Doris trank nur ein Wasser wegen des Babys.«

»Genau, Herbert, so machst du es«, antwortete Salvatore, »gib mir auch die Infos, ich muss von dem Abend alles wissen, jede Minute. Ob jemand geklingelt hat, ob Musik lief, wenn ja, welche. Worüber wir gesprochen haben, welches Wetter wir hatten, einfach alles. Auch ob die Feuerwehr mit Martinshorn vorbeifuhr oder solche Dinge. Bekommst du das alles hin? Du schreibst ein richtiges Drehbuch, wie für einen Film. Das muss sitzen!«

»Ja«, antwortete Herbert rasch, »natürlich, ich schreibe alles auf, für dich und für uns.«

»Dann kommt die Frage nach den Papieren«, fuhr Salvatore mit seinem Crashkurs für Entführer fort, »Papiere, die die Geburt belegen, von einer Hebamme, vom Arzt. Darauf antwortet ihr, dass ihr alternativ eingestellt seid. Vor allem Doris. Eine Hausgeburt war von vorneherein geplant, eine Hebamme nicht notwendig. Du, Doris, sagst dann, dass du ein gutes Gefühl hattest und alles wunderbar lief. Erzähle, du konntest dir noch nie vorstellen, dein neugeborenes Kind gleich nach der Geburt einer fremden Person anzuvertrauen. So wie das in der Klinik ablaufen würde, das brächtest du nicht übers Herz.«

Doris nickte, sie hatte es verstanden. Stupste Herbert an, damit er das aufschreiben sollte. Ihr war bewusst, was alles auf dem Spiel stand. Was sie nicht vertrug, wenn man sie so behandelte. Zum Glück musste sie Salvatore nicht mehr lange um sich haben.

»Du erzählst, wie einfach die Schwangerschaft war, ohne unnötige Belastung für das Kind. Deshalb, wenn man dich später fragt, hast du Untersuchungen durch den Arzt abgelehnt. Du hast kein Vertrauen, das wäre bei dir eine alte Geschichte. Krankenhäuser sind für dich tabu. Aber übertreibe nicht!« Er schaute Doris ungerührt an, die eingeschnappt wirkte. »Sag auf jeden Fall, du würdest mit Sara schon zum Arzt gehen. Die Untersuchungen für Neugeborene wären wichtig. Die vorgeschriebenen Impfungen. Vermeide jeden schlechten Eindruck. Hier geht es um das Kindeswohl. Hast du das verstanden?« Salvatore behandelte Doris wie ein unmündiges Kind. Mit gutem Grund, aus seiner Sicht. Er hielt sie nicht für besonders klug. »Du kannst für dich selbst einen Arzt ablehnen, aber nicht für das Kind«, schob er erklärend hinterher. »Der Beamte soll nicht den Eindruck bekommen, du gefährdest das Kind. Okay?«, wiederholte er. Sie nickte nur genervt. »Doris, gehe immer auf Nebenschauplätze, aber nicht zu viel. Nur wenn es eng wird.«

»Salvatore«, wollte Herbert wissen, »wenn sie Sara anschauen möchten? Was dann, dann könnten sie die Verletzungen und blauen Flecken sehen.«

»Dürfen sie nicht«, beruhigte Salvatore sofort, »nur über ein gerichtliches Verfahren könnte man dich zwingen, oder wenn Gefahr in Verzug wäre. Aber die Mitarbeiter vom Standesamt haben keinerlei Befugnisse, das Kind anzuschauen. Du, Doris, gibst dann die übervorsichtige Mutter, so ein bisschen hysterisch darfst du sein.« Er schaute die schweigende Doris an. »Das bekommst du sicher gut hin – oder?« Doris schoss eine Träne in die Augen, diesmal vor Zorn. So ein unsensibler Typ, wie konnten sie ihn anfangs sympathisch finden. Salvatore bemerkte alles. Doris' beleidigte Abneigung belustigte ihn. Damit beeindrucken konnte man ihn nicht. Im Gegenteil, es gefiel ihm, wie leicht er Doris auf die Palme bringen und steuern konnte. »Schütze du dein Kind übervorsichtig vor jeder fremden Berührung, steigere dich da richtig rein. Niemand Fremdes darf an dein Kind nah dran. Außer wenn es sein muss. Und mach genau so ein beleidigtes Gesicht wie jetzt.« Salvatore amüsierte sich regelrecht und brachte Doris damit noch mehr auf die Palme. »Passt zu deiner Ablehnung Richtung Arzt und Krankenhaus. Das ist dann plausibel, verstehst du das?« Er behandelte sie bewusst weiter herablassend: »Doris, sprich mit mir!« Dabei schaute Salvatore sie breit grinsend an. Beobachtete an ihrer Reaktion, wie gut seine Stichelei ankam. Er fühlte sich in seinem Element. Seine Gegenüber aus der Reserve zu locken, liebte er über alles. Zu reizen, wieder zu entspannen. Das gab ihm ein Gefühl von Macht. Er wusste jedoch, wann es genug war. Jetzt war Zeit, gute Stimmung aufzubauen, und er sprach deshalb übertrieben besorgt: »Liebste Doris, ich will nur helfen, das hast du mitbekommen? Es hilft dir nichts, wenn ich dir nur nette Worte sage, es geht um Sara, um deinen Wunsch, der euch jederzeit ins Gefängnis bringen kann. Ich habe dich gerade absichtlich provoziert, du darfst da nicht so sensibel reagieren. Die Beamten, wenn sie gut drauf sind, werden dich auch aus der Reserve locken. Das war eine kleine Übung – verzeihst du sie mir?«

»Ja, natürlich«, antwortete Doris knapp, sie sah ein, wie sehr sich Salvatore für Sara und ihren Plan einsetzte. Es ging um ihren Traum. Deshalb bemühte sie sich um einen freundlicheren Gesichtsausdruck. Auch wenn sie stinksauer war.

»Gut«, resümierte Salvatore, der wohlwollend die bemühte Veränderung an ihr bemerkt hatte, »nerve ein wenig, damit sie euch schnell loswerden wollen.« Und zu beiden gewandt:

»Eröffnet völlig uninteressante Nebenschauplätze, lenkt ab, wenn es heikel wird. Es muss nur alles plausibel klingen. Kein einziger Widerspruch, keine Frage darf unbeantwortet bleiben oder euch ins Schwitzen bringen.«

»Ich kann nur nicht viel erzählen, weil ich niemanden anrufen kann, ich weiß kaum etwas über einen Schwangerschaftsverlauf«, versuchte Doris aus ihrer Schmollecke herauszukommen, »nur was ich mal von Freundinnen oder meiner Mutter aufgeschnappt habe.«

»Mach dir keine Sorgen«, sagte Salvatore und nahm ihre Hand, »du bist die Mutter, hast gerade eine Geburt hinter dir, da kannst du jederzeit die Antwort in irgendwelchen Aktivitäten untergehen lassen, weil du dich schnell um das Kind kümmerst oder dir nicht so gut ist. Und Herbert lenkt, wenn es eng wird, auf ein anderes Thema.«

»Hoffentlich funktioniert alles.« Doris war nicht so überzeugt, sie fühlte sich am Limit, sie konnte seit einer Woche kaum schlafen, ihre Nerven lagen blank.

»Wir spielen den Ablauf zwei-, dreimal durch«, beruhigte Salvatore sich selbst mit, der von Doris' schauspielerischem Talent nicht überzeugt war. »Irgendwann kommt die Frage nach den Entlassungspapieren vom Krankenhaus – dann sagst du?«

»Es war eine Hausgeburt.«

»Genau, dann kurz warten, vielleicht wird gefragt, wer noch dabei war. Eine Hebamme?« Und zu Herbert schauend. »Du sagst dann, da war nur Salvatore dabei. Kannst fragen, ob du seine Daten angeben musst.«

»Verstanden«, Herbert nahm seinen Kugelschreiber, »dann gib mir bitte deine Privatadresse, deinen Geburtstag, Geburtsort.«

Salvatore gab ihm nur seine private Adresse und Telefonnummer an. »Du weißt das nicht, sonst denken die Leute, wir sind zu eng miteinander. Adresse genügt, gib einfach an, du nimmst als Geburtsort Brienz, Kanton Bern, an, du es jedoch nicht genau weißt. Das stimmt zwar nicht, ich bin in Sizilien geboren, aber es ist besser, du weißt es nicht. Die Behörde benötigt sowieso von mir die Ausweispapiere, da ist es klüger, du bist an der Stelle nicht so perfekt vorbereitet. Ist glaubwürdiger.«

»Okay, Salvatore«, Herbert legte seinen Kugelschreiber auf das beschriebene Blatt Papier, ihm war der Ablauf nun klar, »das habe ich so weit verstanden, wie kommen wir über die Grenze?«

»Wir fahren mit zwei Fahrzeugen«, antwortete er, »voraussichtlich werden Doris und Sara bei mir mitfahren, meine Schweizer Kennzeichen sind unauffälliger, da nach meinem aktuellen Kenntnisstand derzeit verstärkt deutsche Fahrzeuge in der Schweiz und im Schweizer Grenzgebiet kontrolliert werden.« Herbert staunte über Salvatores Wissen. Wobei, er traute ihm sowieso alles zu. Hätte er es nicht gewusst, er wäre überraschter gewesen. Irgendwie imponierte dieser Kerl ihm schon wieder. Auch, wie er Doris anging. Er spielte mit ihr, lockte und provozierte. Das Beste daran, Doris ließ es geschehen. »Wir nutzen einen unbewachten Grenzübergang«, fuhr Salvatore fort, »welchen, sage ich dir kurz vorher. Wir passen unsere Route den Gegebenheiten an. Du fährst mit deinem Auto voraus, ich fahre mit einem Abstand von einem Kilometer hinterher. Sobald du eine Kontrolle entdeckst, gibst du mir ein geheimes Zeichen über ein Funkgerät. Das Walkie-Talkie musst du in dem Fall sofort ausschalten und unauffällig unter den Sitz schieben. Ich würde mit Doris umdrehen und warten, bis du dich wieder meldest.«

»Und dann in Deutschland?«, wollte Herbert wissen, wie es weitergehen würde.

»Lass mich machen, ich lass gerade den Funkverkehr an

der Grenze abhören, wir werden bis Montagfrüh genau wissen, wo welche Kontrollen durchgeführt werden und worauf schwerpunktmäßig geachtet wird. Wir entscheiden alles vor Ort.«

»Das kannst du alles herausfinden?«, kam es ehrlich anerkennend von Herbert.

»Ja, mein Freund«, antwortete Salvatore breit lachend, »wie du siehst, ich habe alles unter Kontrolle.«

Der Grenzübertritt lief wie von Salvatore geplant. Sie fuhren Montagfrüh im Berufsverkehr. So, hatte es Salvatore entschieden, konnten sie am sichersten untertauchen. Hinter Salvatore fuhr ein Fahrzeug mit zwei Personen, die er jedoch Herbert und Doris nicht vorstellte. Es waren Freunde von Salvatore, die den Funkverkehr der Polizei abhörten und Salvatore und Herbert über die Walkie-Talkies die Route aktualisierten. Sie hatten drei Routen am Vorabend genau studiert. Jede der Routen hatte ihre eigene, geheime Bezeichnung. Die Freunde gaben nur kryptische Anweisungen, die ein Fremder, der den Funkverkehr mitgehört hätte, nicht verstehen konnte. Sie fuhren über die Autobahn über Zürich bis Winterthur, dann weiter nach Schaffhausen. Von dort über eine Nebenstraße bis nach Stetten im Kanton Schaffhausen, dann weiter über Büttenhardt und Opfertshofen nach Altdorf.

»Fahrt weiter zur alten Tante«, so funkten die Freunde von Salvatore und meinten damit Altdorf, in dem kleinen Flecken wohnten gerade mal 150 Menschen und es führte eine wenig kontrollierte Straße nach Tengen in Deutschland. Diese Grenze war an dem Morgen unbewacht. Dennoch musste mit mobilen Grenzkontrollen gerechnet werden, die nicht über den Funkverkehr herausgefiltert werden konnten. Herbert schwitzte Blut und Wasser, als er durch das kleine Dorf fuhr und nach Grenzschützern Ausschau hielt. Es war alles ruhig, ein paar alte Bauernhäuser, eine alte Frau, die an diesem Montagmorgen Zeitungen austrug, mehr war nicht zu sehen. Er fuhr vorsichtig, langsam, damit er nicht auffallen würde. Wobei ihm klar war, dass in dem kleinen Dorf die beiden nachfolgenden Fahrzeuge nicht unbemerkt bleiben würden. So viele Autos fuhren sicher nicht jeden Morgen durch den Ort. In Tengen bog er nicht wie geplant auf die Bundesstraße Richtung Singen ab, sondern fuhr auf der Landstraße nach Engen. Laut dem Behördenfunk wurde auf der direkten Route über Singen eine Zollkontrolle in Riedheim, einem Ortsteil von Hilzingen, vorbereitet. Alles lief gut. In Watterdingen, kurz vor Engen, stieg Doris mit Sara zu Herbert um. Ab dann fuhr Salvatore mit seinem ausländischen Kennzeichen vorab. Als Köder. Seine Freunde bildeten weiterhin das Schlusslicht. Ihre hochwertige Funkausrüstung musste auf jeden Fall unentdeckt bleiben. So fuhr der Konvoi, jetzt näher beisammen, unauffällig auf der Bundesstraße Richtung Konstanz. Seine wissenden Freunde lotsten Salvatore, der zudem die möglichen Routen sich vorab genau eingeprägt hatte, souverän nach Konstanz. Bis in Herberts Garage. Als ob er schon immer hier zu Hause gewesen wäre, dann drehten sie ab, ohne sich zu verabschieden, fuhren unerkannt zurück in die Schweiz. Salvatores Auto blieb in der Garage von Herbert. Damit es vor neugierigen Blicken der Nachbarn geschützt blieb. Auch das war im Vorfeld geplant worden, er hatte den Garagenöffner seit der Abfahrt in der Schweiz bei sich. Alles Vorsichtsmaßnahmen, wie sich Salvatore ausdrückte. Er würde im Haus der beiden bleiben, solange Herbert mit Doris zum Einwohnermeldeamt ging und die kleine Sara anmelden würde. Herbert hatte zwar kein gutes Gefühl, seinen neuen Freund allein in seinem Haus zu lassen, aber er hatte keine Wahl. Es musste alles nach Salvatores Plan gehen.

Kapitel 20

Salem, 1985

Auch der November verging. Langsam wurde Alexander unruhig. So lange hatte er noch nie auf eine Nachricht von seinen Eltern warten müssen. Besorgt meldete er sich bei der Internatsleitung, unsicher bat er, ob man sich nach seinen Eltern erkundigen könnte. Normalerweise hätten sie ihm längst geschrieben, wann sie ihn zu den Weihnachtsferien abholen würden oder wohin er fahren sollte. In den Sommerferien war er zum ersten Mal mit dem Zug bis nach Italien gereist, erklärte er stolz. Dort hatten ihn seine Eltern vom Bahnhof abgeholt. Nur diesmal schien alles anders zu sein. Dann stand Weihnachten vor der Tür. Weiterhin gab es keinen Anruf, keine Nachricht. Unsagbare Traurigkeit überkam Alexander. Eine bisher nicht gekannte Leere breitete sich in ihm aus. Er war das einzige Kind, das an Weihnachten nicht nach Hause fahren konnte – er fühlte sich verloren und einsam.

»Alexander«, die Direktionsassistentin Kunz kam in den Frühstücksraum und lief eilig auf ihn zu, »kannst du gleich zur Direktorin kommen?«

»Haben sich meine Eltern gemeldet?« Ein hoffnungsfrohes Lächeln huschte über sein Gesicht.

»Ich weiß es nicht«, antwortete Ella Kunz wahrheitsgetreu, »sollte dir das schnell ausrichten. Komm, dann weißt du Bescheid.« Alle im Internat wussten von Alexanders Sorgen, die anderen Schüler um Alexander herum schauten auf, wie er beim hastigen Aufstehen fast den Stuhl umwarf und freudig der Assistentin ins Direktionszimmer folgte. Ella Kunz meldete Alexander an, eine freundliche Mittfünfzigerin mit einer altmodischen Frisur forderte mit einer Handbewegung Alexander auf, sich an ihren Besprechungstisch zu setzen. Die Direktorin, Doktor Sonja Kempfer, setzte sich ebenfalls an den runden Holztisch und kam gleich zur Sache:

»Es tut mir leid, Alexander, wir haben immer noch keine Antwort von deinen Eltern erhalten.«

»Ist ihnen etwas passiert?«

»Das wissen wir nicht«, antwortete Frau Doktor Kempfer wahrheitsgemäß und versuchte, ihn aufzumuntern: »Deine Eltern sind viel unterwegs, weshalb sie sich nicht melden, kann viele Ursachen haben. Auf jeden Fall wissen sie dich in guten Händen. Wir können im Moment nur abwarten.« Alexander stand enttäuscht auf, er hatte sich bessere Nachrichten gewünscht. Doktor Kempfer dirigierte ihn mit einer strengen Handbewegung, die sie sich in ihrer Position unbewusst zugelegt hatte, zurück auf seinen Platz.

»Das war es nicht, weshalb ich dich zu mir gebeten habe.« Sie schaute ihn mitfühlend an, nachdem er sich mit gesenktem Blick gesetzt hatte. Die Strenge war nur äußerlich, ihre Stimmfarbe wurde ein Grad wärmer: »Ich möchte dich fragen, ob du gerne bei deinem Zimmerkollegen Thomas und dessen Eltern Weihnachten verbringen möchtest.«

»Das würde gehen?«

»Ja, wenn du es möchtest«, antwortete Frau Doktor Kempfer, »dann kann ich das für dich organisieren.«

»Und wenn seine Eltern es nicht möchten?«

»Möchtest du?«

»Ja, er ist doch mein einziger Freund!«

Ein Lächeln erhellte Sonja Kempfers strenge Gesichtszüge. Sie war froh, dem Jungen zumindest halbwegs normale Weihnachten organisieren zu dürfen. »Dann melde dich vor dem Mittagessen bei mir und bringe deinen Freund Thomas mit«, sie stand dabei auf und verabschiedete sich von Alexander. Froh über diese Nachricht, so fühlte er sich doch sehr verlassen. Er wollte zurück in den Saal und Thomas die Neuigkeiten erzählen. Weit musste er nicht laufen. Sein Freund wartete bereits an der ersten Treppe vor dem Flur Richtung Direktionszimmer:

»Und«, überfiel Thomas ihn aufgeregt, als ob es um ihn selbst ginge, »haben sich deine Eltern endlich gemeldet?«

»Nein«, kam es niedergeschlagen von Alexander. »Aber zumindest habe ich andere, gute Nachrichten.«

»Welche?«

»Wenn deine Eltern einverstanden sind«, sagte Alex mit etwas fröhlicheren Augen, »dann darf ich mit zu dir kommen.«

Thomas war begeistert: »Dann kann ich dir alles zeigen, wovon ich dir erzählt habe«, sprudelte es glücklich aus ihm heraus. »Wir können mit meiner Autorennbahn spielen, ich zeige dir mein Baumhaus. Auch wenn es nun Winter ist, vielleicht dürfen wir dort übernachten?«

»Meinst du?«, antwortete Alex etwas abwesend, der mit seinen Gedanken bei seinen verschollenen Eltern war. Am Nachmittag wurde alles fest vereinbart. Thomas' Eltern waren einverstanden, sie hatten zuvor der Direktorin zugesagt und nur abgewartet, ob Alexander kommen wollte. Sie telefonierten mit ihrem Sohn Thomas und fanden schnell heraus, womit sie Alexander eine Freude machen konnten. Er bekam, weil die Eltern sehr vermögend waren, zu Weihnachten ein neues Fahrrad. Sie wollten ihn von seinem Kummer so gut es ging ablenken. Thomas war einverstanden, auch wenn seine Geschenke zu Weihnachten nicht so großzügig ausfallen würden. Er versprach seinen Eltern, nichts von der

Überraschung zu verraten. Weihnachten verlief für die beiden Jungs besonders schön, Alexander wurde so gut es ging mit Ausflügen auf andere Gedanken gebracht. Das nagelneue Rad lenkte ihn von seinem Kummer ab. Abends jedoch, wenn er einschlafen wollte, kreisten seine Gedanken unablässig um die eine Frage: Wo waren seine Eltern? Inzwischen hatte die Internatsleitung über Alexanders Vater Nachforschungen angestellt. Die Rückmeldung war ernüchternd. Offensichtlich war der Kontakt zwischen dem Reisejournalisten und dem letzten Auftraggeber abgebrochen, irgendwann Anfang Oktober in Izmir. Aus dieser Stadt kam die letzte Post, mit Farbfilmen und Texten von der ägäischen Küstenstadt. Der nächste Auftrag sollte die Familie nach Malta führen, allerdings nicht sofort, sondern erst im Frühjahr. Die internationale Polizei wurde eingeschaltet und die Fahndung lief. Glücklicherweise lief der Dauerauftrag für das Schulgeld weiter, das Konto der Eltern schien gut gefüllt zu sein. Zumindest konnte Alexander zunächst auf dem Internat bleiben. Wenn auch mit dem mulmigen Gefühl, seinen Eltern könnte etwas zugestoßen sein.

Kapitel 21

Konstanz, 1985

Dass alle Recherchen ins Leere liefen, hatten Doris und Herbert hauptsächlich Salvatore zu verdanken. Er begleitete sie seit Wochen und war, wenn man es so ausdrücken wollte, sein erpresstes Geld tatsächlich wert. Wie versprochen hatte er nicht nur die Familie sicher über die Grenze nach Deutschland gebracht und ihnen Tipps für die Anmeldung von Sara beim Standesamt gegeben, sondern blieb auch jetzt, nachdem die Anmeldung mit Sara unerwartet zur Gerichtsakte wurde, treu an ihrer Seite. Allerdings nicht kostenlos. Nichts lief wie beabsichtigt. An dem genialen Plan lag es auf keinen Fall, davon war Salvatore fest überzeugt. Die beiden Laiendarsteller waren einfach unbrauchbare Dilettanten, putzte er sie runter, nachdem sie zurück waren.

»Erklären Sie mir noch mal, weshalb Sie keine Geburtsbescheinigung dabeihaben«, forderte eine Stunde zuvor im Standesamt der junge Herr Maier Doris auf, nachdem er ihre stotternde Erklärung nicht hatte nachvollziehen können. So einen Fall hatte der unerfahrene Beamte bisher nicht gehabt. »Sie wollten eine Hausgeburt, waren völlig überrascht, dass es so schnell ging. Sie haben einen Rindsbraten gekocht, gerade mit einem Freund gemeinsam gegessen – und schon war das Kind da?« Frank Maier mochte so konfuse Antragsteller nicht. Zudem übertrug sich die Anspannung der beiden unbewusst auf ihn, so viel Routine hatte er nicht in seinem neuen Job.

»Nein«, antwortete Herbert für seine Frau, »sehen Sie nicht, dass es ihr nicht gutgeht? Sie hat es durcheinander erzählt. Sie ist von allem mitgenommen, wurden Sie schon mal Vater?«

»Nein«, antwortete Herr Maier überfordert, »aber spielt das eine Rolle?« Er wollte es ehrlich wissen, denn irgendwie verstand er nicht, weshalb dieses Ehepaar so aufgeregt von der Geburt sprach. Er brauchte doch nur die Dokumente, die Herbert verkrampft in seinen Händen hielt und nicht herausrücken wollte. Dann würde er die Akte anlegen. Außerdem, es war doch alles gut gelaufen, eine Woche her. Die Frau wirkte jedoch so aufgelöst, als hätte sie das Kind vor fünf Minuten bekommen.

»Schon«, entgegnete Herbert, »denn sonst wüssten Sie, was es mit einem macht, wenn man eine komplette Woche lang keine Stunde Schlaf am Stück mehr hat.«

»Das ist der nächste Punkt«, warf Herr Maier ungeduldig ein, der sich auf seine gerade gelernten Vorschriften konzentrierte. »Sie sind einen Tag zu spät zu mir gekommen, wenn ich richtig gerechnet habe. Geben Sie mir Ihre Unterlagen, bitte«, forderte er mit Nachdruck Herbert auf.

»Darum geht es doch«, antwortete der frischgebackene Vater aufgeregt, »Sie haben keine Ahnung, wie es ist, sich um ein Neugeborenes zu kümmern. Gerade weil wir alles selbst machen wollten. Können Sie das nicht verstehen?«

»Doch, natürlich«, der junge Mann klang versöhnlicher. Im Grunde genommen hatte er Zeit, eine Stunde bis zum Mittag. Zeit genug für die ganze Geschichte. »Dann erzählen Sie mir den Ablauf, sie saßen gemütlich beisammen, dann kam plötzlich das Kind, überraschend?«

»Wir waren natürlich nicht überrascht, wir wussten, es war an der Zeit. Meine Frau hatte Wehen, die Abstände waren jedoch lang«, erzählte Herbert. Diese Information hatte ihnen

Salvatore besorgt, er hatte in Italien seine Mama angerufen und alle Details einer Hausgeburt in Erfahrung gebracht. In Sizilien war das nicht so unüblich wie in Deutschland. »Natürlich waren die Tage vor der Geburt nicht mehr wie sonst, wir wussten, unsere Tochter würde bald auf die Welt kommen. Meine Frau spürte es.«

»Verstanden, und weiter?«, das interessierte ihn weniger, er schaute kurz zur Uhr.

»Wir haben zusammen gekocht«, erzählte Herbert weiter, »meine Frau hatte gerade davon gesprochen, sie hätte gekocht. Aber das stimmt so nicht. Sie hat das Rezept im Kopf, sie hat mir alles gesagt, aber tatsächlich saß sie mehr auf dem Stuhl.« Der Beamte ordnete ungeduldig die Stifte auf seinem Schreibtisch. »Ich habe gekocht, bei allem geholfen, so gut es ging. Es war ein Rindsbraten, habe mich um alles gekümmert, auf Anweisung. Deshalb sagte doch meine Frau, er sei nicht so gut gelungen. Sie ist mit meinen Kochkünsten nicht zufrieden, sie ist die Beste.«

»Bleiben Sie bitte beim Thema«, unterbrach Herr Maier ihn. Und versuchte sich dabei auf seine eigentliche Frage zu konzentrieren. »Wie ging es weiter mit der Geburt, wann haben Sie einen Arzt gerufen?«

»Dann kam wie vereinbart ein Freund von uns«, Herbert überging die Frage nach dem Arzt, wie mit Salvatore geübt. »Salvatore, so heißt der Freund. Wir hatten den Abend ein paar Wochen zuvor geplant und konnten nicht mehr absagen, er kam aus der Schweiz. Wir wollten ihn nicht brüskieren und dachten, das wird schon alles gutgehen.«

»Ja, ist ja gutgegangen.« Herr Maier wurde zunehmend ungehalten. So viele unnötige Informationen. Er wollte doch nur die unterschriebene Dokumentation von einem Arzt oder von einer Hebamme. »Geben Sie mir jetzt die Dokumente!«, wies er Herbert streng an.

Herbert reichte dem Sachbearbeiter die Papiere, während er weitererzählte: »Meiner Frau ging es schlechter, wir saßen beisammen, sie musste sich hinlegen, die Wehen wurden heftiger und dann …«

»Und dann?«, Herr Maier blätterte abwesend in den Papieren auf der Suche nach dem einen, wichtigen Dokument. »Seltsam!«

»Ja, dann ging es schneller als gedacht«, antwortete Herbert wahrheitsgetreu, »auf einmal war das Kind da, wir waren sehr überrascht. Es war ein kleines Wunder. Was ist daran seltsam für Sie?«

»Ich finde nicht alles«, antwortete Herr Maier blätternd, »Sie haben mir die Formulare ausgefüllt«, akribisch überflog er die Fakten. »Vorname vom Kind, ist es korrekt, dass Sara ohne h geschrieben wird?«

»Ja«, antwortete Herbert, erleichtert, dass er seine Geschichte abgeliefert hatte, »das war der Wunsch meiner Frau.« Doris saß regungslos daneben, sie traute sich nicht, sich auch nur einen Millimeter zu bewegen, so angespannt war sie. Selbst Sara war still und hoffte vermutlich auch auf den Stempel in ihrer Akte.

»Und die Zugehörigkeit einer Religionsgemeinschaft«, murmelte der Mann vor sich hin, »ist auch eingetragen. Geburtstermin, der 27.10.1985?« Und schaute zu Doris, die mit versteinerter Miene dasaß und nur auf Sara starrte. Ihre Angespanntheit machte Herbert nervös.

»Ja«, antwortete Herbert etwas ungehalten für seine Frau, »das steht doch da alles.«

»In Konstanz geboren?«

»Korrekt«, diesmal antwortete Herbert freundlicher, er musste sich dringend zusammenreißen, es stand so viel auf dem Spiel. »Senden Sie uns alles zu oder bekommen wir die Unterlagen gleich mit, und können wir bei Ihnen gleich bezahlen? Was kostet das?« Das hatte Salvatore ihm eingetrichtert, er musste unbedingt die Fragen stellen, das Gespräch vorwärtstreiben.

»Das ist nicht möglich«, antwortete Herr Maier zu dem perplexen Herbert, »ich gebe den Vorgang an meinen Vorgesetzten weiter, so einen Fall hatte ich bisher nicht, ich muss mich absichern. Auch weil die Geburt nicht innerhalb der vorgeschriebenen Frist gemeldet wurde.«

»Dann lassen Sie uns mit dem Vorgesetzten sprechen, wir sind extra gekommen, um alles zu klären, wir möchten nicht noch einmal herfahren müssen.« Herbert versuchte zu retten, was zu retten war: »Vielleicht hat er Rückfragen, die wir gleich beantworten können.« Keinesfalls sollte sich die Behörde in aller Ruhe mit seinem Fall beschäftigen. Das musste er verhindern, das war *die* Botschaft von Salvatore gewesen.

»Sie erhalten schriftlich Bescheid«, der Mitarbeiter ließ sich auf keine weiteren Gespräche mehr ein. Er knallte seinen Eingangsstempel auf die Unterlagen, was Sara protestierend aus ihrer friedlichen Schläfrigkeit weckte, und packte alles zusammen. Gab den beiden die Ausweispapiere und Urkunden zurück, die er inzwischen für sich kopiert hatte, und verabschiedete sich eilig.

»Was war das?«, fragend schaute Doris ihren Mann an, nachdem sie so schnell hinauskomplimentiert worden waren. »Was machen wir nur, jetzt wird alles geprüft!« Panik stieg in ihr auf. »Das sollten wir doch verhindern, du hast alles vermasselt!«

»Wir waren wohl nicht überzeugend genug«, antwortete Herbert kleinlaut, »wir werden abwarten müssen, noch ist nichts passiert.«

Herbert wollte schnell zurück zu Salvatore. Einmal wollte er ihn nicht zu lange in seinem Haus allein lassen. Wirklich trauen konnte man ihm nicht. Und auch, weil er dringend seinen Rat benötigte. Wobei, konnte Salvatore in Deutschland überhaupt helfen? In der Schweiz lief alles wie am Schnürchen, aber hier kannte Salvatore niemanden, der die Behördenwege hätte abkürzen können. Mit dieser Erkenntnis zog, ein wenig niedergeschlagen und still – bis auf Sara –, die kleine Familie unverrichteter Dinge ab. Zu Hause angekommen, gab Salvatore Herbert die Schuld, was ihm einen dankbaren Blick von Doris einbrachte. Auch wenn Salvatore klar war, der Ablauf war eine gemeinsame Meisterleistung der beiden, so machte er Herbert nicht nur Vorwürfe, sondern gab ihm auch Hoffnung. Auf die gewohnte und bewährte Weise: Mit Geld würde jedes Problem gelöst werden. Doris freute sich im Gegensatz zu Herbert. Anschließend begann die Behördenmühle zu mahlen. Sie bekamen eine freundliche Aufforderung, innerhalb einer Woche ein ärztliches Schreiben vorzulegen, in dem ein Arzt nachträglich die Schwangerschaft von Doris attestieren sollte. Sie schrieben höflich zurück, sie waren bei keinem Arzt in Behandlung und könnten so ein Dokument nicht vorlegen. Natürlich hatte Salvatore inzwischen versucht, auf die Schnelle einen Arzt aufzutreiben, der so etwas unterschrieben hätte, aber im fremden Land konnte er innerhalb der kurzen Frist nichts ausrichten. Die Behörde bestand auf dem Arztbericht und ordnete eine Untersuchung durch einen Amtsarzt an. Salvatore wusste keinen besseren Ausweg, als den besten Anwalt ausfindig zu machen, den es in Deutschland auf diesem Gebiet gab. Er würde die Kosten dafür auslegen. Was das für Herbert bedeuten würde, war klar. Doris willigte jedoch sofort ein, überzeugte Herbert, nicht ahnend, wie hoch sich ihr Mann bereits verschuldet hatte. Und so unterschrieb Herbert notgedrungen den nächsten Kreditvertrag bei Salvatore.

»Wir müssen einen rechtlichen Weg finden, diese Anordnung außer Kraft zu setzen«, klärte Salvatore erfreut die beiden auf, nachdem Herbert sich seinem Schicksal ergeben hatte. »Ihr habt keine andere Chance«, gab er zu bedenken, während er Doris gespielt mitleidig anschaute und sie ihm den erwarteten dankbaren Blick zuwarf. »Und ihr seid selbst schuld daran.« Diesmal schaute er Herbert herablassend an. »Ich habe euch so gut es ging vorbereitet.« Er zuckte mit den Schultern, im Grunde genommen war es ihm völlig egal, im Gegenteil. Auf diese Weise würde er viel mehr profitieren. Egal, wie es ausgehen würde. Er würde auf der Gewinnerseite stehen. Seine neuen Freunde waren ihm in der kurzen Zeit lieb und teuer geworden. Selbstverständlich würde er ihnen weiter treu zur Seite stehen. Eine gewaltige Geduldsprobe für Doris und Herbert begann. Wobei Doris besonders unter der ungewissen Situation litt. Sie konnte keine Nacht mehr schlafen, bei jedem Klingeln an der Haustüre oder am Telefon schrak sie zusammen. Auch Briefe nahm sie dem Postboten nur noch mit zittriger Hand ab. Herbert hingegen, der über seinen Schuldenberg sowieso nicht mehr hinaussehen konnte, wurde leichtsinnig. Zumindest in seinen Gedanken, er dachte bei sich, wenn alles auffliegen würde, dann würde Salvatore auch drankommen. Schon allein wegen der Wucherzinsen, wie er im Stillen hoffte. Eine gewisse Gleichgültigkeit ersetzte seine Sorgen. Er versuchte, alles Negative, alles was ihm Sorgen machte durch Positives zu ersetzen. Trank statt zwei Feierabendbierchen fünf und mehr. Einfach so viel, bis sich sein Kopf weich und wunderbar frei fühlte. Genauso pragmatisch überlegte er sich, solange Sara nicht über die Grenze gefahren werden durfte, könnte er übers Wochenende allein nach Brienz fahren. Um das Haus herzurichten. Und, das sagte er natürlich seiner Frau nicht, um mal ein, zwei Nächte durchzuschlafen. Monate später, um genau zu sein, neun Monate und fünf Tage später, bekamen Doris und Herbert endlich die Papiere für Sara. Sara war nun offiziell ihr Kind. Doris hatte unbeabsichtigt ihre offizielle Schwangerschaftszeit nachsitzen müssen, wie Salvatore spöttisch witzelte. Bis es zu der heiteren Stimmung kam, war es ein langer Weg. Ihr Anwalt konnte Doris vor einer ärztlichen Untersuchung schützen. Er gab vor, seine Klientin leide unter einer ausgeprägten Latrophobie. Die Idee kam vom Anwalt selbst oder von Salvatore, genau wussten das Herbert und Doris nicht. Was die beiden jedoch wussten, war, dass das von Salvatore zurückdatierte Attest, von einem deutschen Arzt unterschrieben, 20.000 Deutsche Mark kostete. Damit hatte es Doris schriftlich, sie litt unter einer Phobie vor Ärzten, Behandlungen und Untersuchungen. Ein weiteres Gutachten wurde vom Gericht angefordert, was Herbert eine Doppelgarage vor Salvatores neuem Haus in Konstanz kostete. Alles zusammen führte zu Herberts Kapitulation. Er wollt seine Ruhe haben und gab Salvatore inzwischen alles, was dieser wollte. Das erste Attest verzögerte zunächst die Verhandlung, aber dann gab schlussendlich das Gericht nach dem Gutachten das ersehnte grüne Licht. Die Gerichtskosten wurden vom Land übernommen, Herbert war erleichtert, Doris überglücklich. Herbert hatte in der Zwischenzeit das Haus in Brienz komplett renoviert. Danach kam er alle paar Wochen, um nach dem Rechten zu schauen. Seine Ehefrau kam meistens mit, wollte jedoch keine Nacht dort schlafen. Allein der Gedanke, hinter dem Haus waren die Eltern von der kleinen Sara beerdigt, schauderte sie. Das Nachbargrundstück verwilderte, es kümmerte sich keiner, nur hin und wieder schnitt Herbert ein paar Sträucher zurück, mehr jedoch nicht. Bald würde niemand mehr den Grundriss des eingestürzten Hauses auf den ersten Blick entdecken. Über die Sache, so schien es, war genügend Gras gewachsen.

Kapitel 22

Kreuzlingen, 1995

Zehn Jahre waren seit dem Unglück in den Bergen vergangen. Kurz vor Alexanders 21. Geburtstag wurden seine Adoptiveltern für tot erklärt. Das zuständige Amtsgericht hatte es bestätigt. Alexander hielt das Schreiben in seiner Hand und spürte so etwas wie eine kleine Erleichterung. Die Trauer hatte er irgendwie verarbeitet, zumindest oberflächlich, nun war es also offiziell. Seine Eltern lebten nicht mehr. Für ihn selbst war das zumindest ein erster Abschluss. Auch wenn er bei dem Gedanken ein schlechtes Gewissen bekam. Irgendwie fühlte sich das nicht richtig an. Längst hatte er das Internat verlassen und in Schaffhausen seine Ausbildung zum Polizisten beendet. Im Anschluss bekam er in Kreuzlingen am Bodensee bei der Kantonspolizei Thurgau eine feste Stelle angeboten. Lange hatte er darauf hingearbeitet. Nun war er in seinem Wunschbereich, in der Fahndungsabteilung. Dort wollte er sich aneignen, was er später für seinen Traumberuf benötigen würde. Sein Plan: Er würde Privatermittler werden. Dann mit Nachdruck alle Hintergründe über das Verschwinden seiner Eltern aufdecken und anderen Menschen mit ähnlichen Schicksalen tatkräftig beiseite stehen. Sein neuer Kollege Ferdi, der seine Ausbildung vor einem Jahr beendet hatte und in dieser Abteilung arbeitete, wurde schnell sein bester Freund. Mit seiner freigegebenen Erbschaft, er bekam das Haus in Griechenland zugesprochen, das Grundstück in Brienz und verfügte über eine Vollmacht für die elterlichen Bankkonten, hatte er zumindest die finanziellen Möglichkeiten, sich diesen Traum zu erfüllen.

»Du, Ferdi, schau mal, das ist mein Ferienhaus in Griechenland.« Alexander zeigte stolz das Foto von dem vermieteten Haus.

»Das gehört alles dir?« Ferdi interessierte sich sehr für das Schicksal seines Freundes, er selbst war gut behütet aufgewachsen und hatte viel Respekt vor Alex, der alles allein meistern musste. »Da gehen wir mal hin«, schlug er Alex vor, »vielleicht finden wir Spuren von deinen Eltern.«

»Ja«, antwortete Alex schnell, »und wir fragen in Basel nach meiner leiblichen Mutter, »habe ihre letzte Adresse gefunden.« Im Sommer darauf fuhren die beiden nach Griechenland, mieteten sich in ein günstiges Hotel in der Nähe ein und nahmen Kontakt zu den Mietern des Ferienhauses auf. Ferdi glaubte zwar nicht daran, nach zehn Jahren neue Erkenntnisse zu finden, wollte seinen Freund jedoch nicht entmutigen und hoffte deshalb mit ihm. Er hatte sich bereits die Ermittlungsakte besorgen können, die damals angelegt worden war. Auch dort gab es nur die vage Vermutung, die Eltern könnten im Ausland verunglückt sein. Klare Erkenntnisse oder gar eine Spur waren nicht zu finden.

*

Ladochori, 1995

»Hallo«, Alexander ging auf den freundlichen Mann zu, der vor seinem Haus in Griechenland stand, und schüttelte ihm die Hand. »Ich bin Alexander aus Deutschland, wir haben gestern telefoniert. Ich bin der Sohn von Vreni und Urs, den Eigentümern, die hier vor zehn Jahren gewohnt haben.« Alexander hatte den Mann vom Hotel aus angerufen und gefragt, ob sie ihn besuchen dürften. Ihm kurz die Geschichte seiner Adoptiveltern erzählt.

»Hallo«, sagte der Mann in gebrochenem Deutsch, »schlimm, es mir tut viel leid.«

»Danke«, antwortete Alex höflich und kam gleich zum Punkt. »Haben Sie meine Eltern gekannt?«

»Nein«, kam die enttäuschende Antwort. Der Mieter, der mit vielen deutschen Touristen zu tun hatte, verstand Alexander recht gut. Enttäuscht schaute Alex seinen Freund an, der neben ihm stand. Wie es sich herausstellte, waren die Mieter erst seit drei Jahren im Haus. Er hatte ein komplett ausgeräumtes Haus übernommen, wie der Mann den beiden erläuterte. Davor wurde die Immobilie als Ferienwohnung genutzt. Die Miene der Jungs wurde enttäuschter. Es gab keine Möglichkeit, etwas herauszufinden. Alex verabschiedete sich, Ferdi, der damit gerechnet hatte, tröstete seinen Freund und machte ihm Mut:

»Wir schauen, ob wir den Verwalter der Ferienwohnung finden, irgendjemand hat das Haus doch ausgeräumt.« Jedoch lief auch diese Spur ins Leere, und so mussten Alexander und Ferdi unverrichteter Dinge abreisen. Auch wenn Alex in diesem Haus keine Spur seiner Eltern finden konnte, auch keinen Hinweis auf die versprochene Überraschung, so verdankte er dennoch diesem Haus sein Leben. So seltsam das klingen mochte. Sein Vormund hatte damals gut reagiert, das Haus schnell weitervermietet und mit dem Geld teilweise seine Internatskosten bezahlt. Die fehlende Summe wurde aus Tantiemen bezahlt, die Urs durch seine Veröffentlichungen im Reisebereich auf sein Konto überwiesen bekam. Ein wenig wunderten sich alle über die nicht unbeträchtlichen Einzahlungen auf Urs' Konto, hinterfragten sie jedoch nicht weiter. Es war ein glücklicher

Umstand. Damit konnte Alexander damals zumindest in seinem gewohnten Umfeld bleiben. Selbst heute kam noch die eine oder andere Einzahlung.

*

Kreuzlingen, 1995

Zurück in der Heimat, überzeugte er Ferdi, die Spur zu seiner leiblichen Mutter aufzunehmen, Ferdi, der für seinen Freund alles unternommen hätte, um ihm behilflich zu sein, fahndete über die Polizei- und Behördenakten so gut es ging nach Alexanders Mutter und Großmutter. Über beide gab es Einträge. Über Alexanders Vergangenheit schien ein Fluch zu liegen. Die Mutter war mit einer Überdosis Heroin in Basel gestorben, kurze Zeit später, nachdem Alexander ins Waisenhaus gekommen war. Seine Oma lebte nicht mehr. Hier konnte Ferdi die Todesursache nicht herausfinden, hatte in den Akten lediglich eine Anzeige eines Inkassobüros entdeckt. Zumindest konnte er darüber von beiden den letzten Wohnort in Erfahrung bringen. Ferdi und er würden bald dorthin fahren. Alexander hatte sich für die Ermittlungen einen alten VW Bus gekauft. Günstig, er war innen feucht. Zuerst musste er in neue Fensterdichtungen und in eine Grundreinigung investieren. Der müffelnde Geruch blieb eine Zeit lang. Inzwischen war er zu einem gemütlichen Camper umgebaut. Mit kleiner Schlaf- und Sitzecke, einer Kochplatte und, das Allerwichtigste, einer nicht zu übersehenden Stereoanlage. Die Scheiben waren verdunkelt, wie es für einen künftigen Detektiv sein sollte. Nun roch es in jeder Ecke nach Abenteuer. Auf seine erste Reise freute er sich sehr, sie erinnerte ihn an die schönen Zeiten mit Vreni und Urs.

Wehmut stieg in ihm hoch, die Vorfreude auf sein erstes Abenteuer war jedoch stärker.

*

Basel, 1995

Und er war ja nicht allein, Ferdi war dabei. Die erste Reise führte sie wie geplant zu der Adresse in Basel. Keine schöne Gegend. Seine Großmutter und Mutter hatten hier ihren letzten Wohnsitz, in einem großen Wohnblock am Rande der Stadt. Hohe Schornsteine der Chemiefabriken waren zu sehen, in der Kriminalstatistik las Ferdi von Drogendelikten und Gewalt. Ob das der Grund war, weshalb man sich so zugeknöpft zeigte? Scheinbar erinnerte sich niemand an die damals junge Frau oder an die Oma. Zu oft wechselten die Mieter, keiner kannte den anderen. Wurde ihnen jedenfalls gesagt. Es war auf ganzer Linie enttäuschend. In der Nähe war eine Kirche, Ferdi und Alexander versuchten dort, bevor sie aufgeben wollten, ihr Glück und trafen auf einen alten Pfarrer, der sich zumindest an die Mutter von Alexander erinnerte. Was Pfarrer Simon, wie sich der Geistliche vorstellte, wusste, stimmte Alexander noch trauriger. Seine Mutter war komplett auf sich allein gestellt, sie hatte seit seiner Geburt keinen Kontakt zu ihren Eltern, obwohl seine Oma damals zeitgleich im selben Wohnblock gewohnt hatte. Alexanders Vater kannte der Pfarrer nicht persönlich. Lediglich Gerüchte gab es über ihn. Er hätte seine Mutter wohl verlassen, noch vor der Geburt. Vom richtigen Weg sollte er abgekommen sein, erinnerte sich Pfarrer Simon flüchtig und bot den beiden ein vertrauliches Du an. Er spürte, wie verlassen sich Alexander fühlte, wie nahe ihm alles ging, und wollte ihm damit entgegenkommen. Alexander erzählte dem Pfarrer, was er aus den Akten wusste. Das mit den Drogen. Er erzählte von sich, wie er im Heim aufwuchs, zu seinen Adoptiveltern kam, dann ins Internat. Wie seine neuen Eltern plötzlich verschwunden waren. Und er damit zum zweiten Mal in seinem Leben ohne Eltern dastand. Weshalb er überhaupt erst Polizist geworden war. Immer auf der Suche nach der Wahrheit, Gerechtigkeit. Mit dem Ziel, den Schuldigen zu finden.

»Deine Mama hat dich auf jeden Fall sehr geliebt«, sagte der Pfarrer, der die Verlustängste und auch Schuldgefühle bei dem jüngeren Mann fühlen konnte, einfühlsam zu Alexander, »das weiß ich von ihr. Sie war mit sich selbst überfordert, hatte keinen Halt in der eigenen Familie.«

»Ist sie daran zerbrochen?«, wollte Alexander mit erstickter Stimme wissen, verstohlen wischte er sich die Tränen aus dem Gesicht. »Weil sie nicht das für mich sein konnte, was normal gewesen wäre? Bin ich schuld an ihrem Tod? Oder die Oma?«

»Du bist nicht schuld«, sprach der Pfarrer mit ruhigem Ton, »wie könntest du. Zudem richten wir nicht die anderen. Wir geben niemandem die Schuld – nicht den anderen und auch nicht grundlos uns selbst. Verstehst du mich?«

»Nein«, Alexander antwortete resigniert und senkte den Blick. »Es ist immer jemand schuld, ich weiß das, ich bin Polizist.« Alex schaute ihn verzweifelt an: »Pfarrer Simon, jemand muss schuld sein und muss bestraft werden.«

»Setze dich zu mir«, der Geistliche zog ihn zu sich in die erste Kirchenbank. »Du bist nicht verantwortlich, hattest doch darauf keinen Einfluss. Also, Alex, mache dir keine Vorwürfe und auch nicht anderen, deren Hintergründe du nicht kennst.« Als Alex nichts sagte, fuhr er fort: »Die meisten Menschen neigen dazu, anderen die Verantwortung zu übertragen, weil es einfacher ist. Oder sie machen sich übertriebene Selbstvorwürfe. Nichts von beidem ist gut. Es erscheint nur auf den ersten Blick einfacher.«

»Einfacher?« Alexander verstand es nicht, und auch Ferdi hörte interessiert zu.

»Ja, bleiben wir mal bei dem, wenn ich anderen die Schuld gebe, der Oma zum Beispiel«, erklärte der Pfarrer, »dann ist man selbst in so einer Opferrolle, in der man sich bedauern kann, in der man Mitleid bekommt. Bringt das etwas?«

»Nein, das bringt nichts – oder?« Alexander wirkte unsicher, verletzlich.

»Stillstand bringt es«, antwortete Simon, »derjenige kann nichts ändern, weil er die Verantwortung abgegeben hat. Viele Menschen treffen ungern Entscheidungen, aus Sorge, Verantwortung zu übernehmen. Dann gibt es andere, die geben sich selbst für alles die Schuld. Sie lassen sich das von jedem einreden, sind dann in einer Opferrolle. Sie meinen, nichts ändern zu können, weil sie glauben, es nicht zu schaffen. Verstehst du das?«

»Ja«, antwortete Alexander sehr ernst, »war meine Mama auch in so einer Opferrolle?«

»Das war sie!« Pfarrer Simon überlegte, wie er es in die richtigen Worte kleiden konnte: »Ich sage es mal allgemein, wenn jemand Drogen nimmt, Alkohol oder mit was auch immer sich berauscht, dann möchte er der Realität entfliehen. Er möchte sich nicht den Tatsachen stellen, die er anpacken müsste. Vielleicht hat er keine Kraft dazu. Wir wollen nicht urteilen, diese Menschen sind Getriebene, von der Angst, der Hoffnungslosigkeit. Und sind später in der Sucht gefangen. Das ist eine Spirale, die weiter abwärts führt.«

»Und wie kommt man da wieder raus?«

»Damit beschäftigen sich Fachleute auf der ganzen Welt«, antwortete Pfarrer Simon, »der Weg ist schwer. Viel wichtiger für dich, und das möchte ich dir sagen: Pass auf dich auf, damit du gar nicht erst in so einen Kreislauf gerätst. Denn es gibt verschiedene Gründe, die einen süchtig werden lassen. Zum einen der Freundeskreis, dein Umfeld, die persönliche Situation. Auch eine erbliche Veranlagung kann dazu führen, dass einer leichter süchtig wird als ein anderer. Und vor allem ist es der Punkt, wenn man denkt, man könnte eine Situation nicht mehr ändern. Wenn man sich aufgibt.«

Alexander nickte nachdenklich: »Dann könnte ich auch süchtig werden, wenn ich an so einen Punkt komme?«

»Ja und nein«, antwortete der Pfarrer und schüttelte den Kopf. »Eher nein; wenn ich dich so anschaue, dann sehe ich einen liebenswerten, aufgeschlossenen jungen Mann, der mit beiden Beinen im Leben steht. Du hast Kraft, deine Wurzeln zu suchen, du lässt offensichtlich nichts unversucht, hast den Mut, dich deiner Vergangenheit zu stellen. Das ist für mich, das kann ich dir aus meiner Lebenserfahrung sagen, eine gute Grundlage dafür, nicht süchtig zu werden. Dennoch, die Gefahr bleibt ein ganzes Leben lang. Man muss immer aufpassen, auch im Notfall Hilfe annehmen. Vor allem dann, wenn sich die eigene Lebenssituation verschlechtert und man selbst keine Lösung mehr findet. Auch ein alter Mensch kann süchtig werden. Es gibt so viele Süchte. Eines haben sie jedoch alle gemeinsam, es gibt einen Auslöser oder mehrere Umstände, die, wenn sie nicht rechtzeitig erkannt werden, dazu führen können, den Menschen in eine Sucht zu führen.« Der Pfarrer sprach ohne Punkt und Komma, es war sein Thema in der Gemeinde. Er hatte vor 30 Jahren eine Suchtberatung ins Leben gerufen, um genau diesen fast verlorenen Seelen zu helfen. »Genau so war es bei deiner Mama, sie war in ihrem Leben mehr oder weniger glücklich, bis zu dem Tag, an dem sie von allen verlassen wurde. Sie hatte ihren Ausbildungsplatz verloren, ihr Freund ließ sie zeitgleich sitzen. Sie war allein, schwanger, die Familie hatte sich längst von ihr abgewendet, woran ihr Ex-Freund nicht unerheblich beteiligt war. An der Summe der Ereignisse zerbrach sie. Nicht an der Geburt. Dich hatte sie sehr lieb. Du warst ihre einzige Hoffnung. Und doch sah sie keinen anderen Tröster als die Flucht in die Drogen.«

»Dann waren alle anderen an ihrem Schicksal schuld – oder nicht?«

»Da machst du es dir zu einfach«, schüttelte der Seelsorger den Kopf, »die anderen hätten für sie da sein können, das ist richtig. Aber deine Mama hatte an einem Punkt die Hilfe abgelehnt, dafür hatte sie ihre Gründe. Das ist so komplex, das kann man nicht abhaken mit schuldig oder nicht schuldig. Deshalb sagte ich ja, wir richten niemand. Das steht im Matthäus 7,1, ›*Richtet nicht, auf dass ihr nicht gerichtet werdet*‹. Weißt du, Alexander, wir wissen wenig über den anderen, über die Hintergründe, wir wissen nicht mal alles über uns selbst. Ich lerne, obwohl ich alt bin, immer noch etwas Neues über mich. Wie kann man da jemand anderen beurteilen, richten oder ihm eine Schuld zuweisen wollen. Deshalb gib dir selbst nicht die Schuld, sondern hinterfrage bei dir zunächst die Motivation. Weshalb hast du dich so oder so entschieden? Entweder du siehst ein, etwas ist falsch gelaufen. Dann suche den wahren Beweggrund. Weshalb kam es dazu? Dann ordnest du alles, machst den nächsten Schritt. Du bereust es, versuchst es vor allem in Ordnung zu bringen. Das ist der richtige Weg! Nicht sich selbst anklagen. Das würde bedeuten, stehen zu bleiben oder rückwärts zu gehen. Besser ist es, nach vorne zu gehen, es gut zu machen, einen neuen, besseren Weg einzuschlagen.«

»Und wenn ich es nicht mehr in Ordnung bringen kann?«

»Dann vermeide zumindest künftig denselben Fehler«, gab der Pfarrer ruhig zur Antwort. »Du bist Polizist, du weißt, für einen Fehler, den man gemacht hat, muss man geradestehen. Man sühnt seine Tat. Danach ist man ohne Schuld, wenn man ehrlich bereut. Ist ein freier Mann, solange man künftig nicht mehr denselben oder einen anderen Fehler macht.«

»Dann heißt das doch«, Alexander wurde lauter, »am Ende ist Gott schuld, wenn wir nicht einsehen konnten, dass wir einen Fehler machen werden. Weil uns das in dem Moment nicht bewusst war. Einer muss doch Schuld haben! Simon, das verstehe ich nicht.«

»Nein, *er* nimmt die Schuld von uns auf sich«, der Pfarrer nahm Alexanders Hand, »deshalb hast du, und jeder andere auch, von dem Moment an keine Schuld mehr, wenn du dich mit ehrlichem Herzen an Gott wendest und deine Einstellung, deine Einsicht verändern möchtest. Deine Schuld ist in Sand geschrieben, sobald du bereust und einen neuen, gerechten Weg einschlägst. Verstehst du das?«

»Ja«, antwortete der junge Mann aufgebracht, »dann ist man also selbst schuld, wenn man den Fehler nicht einsieht. Aber dafür kann man doch teilweise nichts. Das ist ein Widerspruch?«

»Du verantwortest das, was du selbst erkennen kannst«, holte der Pfarrer aus. »Im Gegensatz zum Gesetz hast du vor Gott auch dann keine Schuld, wenn du einen Fehler machst, der dir in dem Moment nicht bewusst war. Erst dann wird daraus eine Schuld, wenn du mit voller Absicht gegen die Gebote verstößt. Kennst du die zwei Gebote?«

»Nein«, Alexander war verwirrt, fragend schaute er Ferdi an. »In der Schule hatten wir zehn Gebote, aber das ist in der Schweiz vielleicht anders?«

Der Pfarrer schmunzelte. »Nein, es stimmt, es gibt zehn Gebote, die sind im Alten Testament beschrieben. Im Neuen Testament werden aus diesen die zwei Gebote.«

»Dann gelten die alten Gebote nicht mehr?«

»Doch«, wunderte sich der Pfarrer, wie wenig die jungen

Leute wussten. »Die zehn Gebote sind in diesen zwei Geboten beinhaltet – nicht aufgehoben.«

»Okay«, Alexander nickte wissbegierig, »und wie heißen die zwei Gebote?«

»Liebe Gott über alles und deinen Nächsten wie dich selbst. Was bedeutet das? Gott lieben heißt, seine Gebote zu beachten, ihn zu respektieren. Was er uns schenkt. Zum Beispiel die Erde. Das bedeutet, du sollst die Natur und die Tiere wertschätzend behandeln. Und das zweite Gebot, sich den anderen gegenüber so zu verhalten, wie man es sich selbst wünschen würde.«

»Also stehle ich niemandem das Geld oder bringe jemanden um, weil ich das selbst nicht möchte?«

»Genau, Alexander«, nickte der Pfarrer, »so ist es.«

»Hält sich Gott an die Gebote?«

»Natürlich«, antwortete der Geistliche entschieden, »er ist das Gebot selbst, er kann ja nicht gegen seinen eigenen Willen handeln.«

»Weshalb hat Gott dann meine Eltern getötet?«, brach es zornig aus Alexander heraus, seine Augen füllten sich dabei mit hitzigen Tränen.

»Er hat sie nicht getötet«, antwortete Pfarrer Simon mitfühlend, »er hat sie nur zu sich genommen. Sie leben weiter, sie sind geistig genommen, nicht gestorben. Nur hier auf der Welt leben sie nicht mehr.«

»Dann darf man jemanden töten«, stellte Alexander trotzig fest, »das passt alles nicht zusammen!« Er wollte dem Pfarrer ja glauben, aber was er sagte, widersprach sich in seinen Augen: »Pfarrer Simon, wenn dem so wäre, dann gäbe es keinen Mord auf der Erde, wenn man geistig nicht sterben kann.«

»Wenn du jemandem einen Franken nimmst und ihm dafür 1.000 Franken schenkst, hast du ihn dann bestohlen?«

»Nein, natürlich nicht«, antwortete er und verstand es dennoch nicht: »Was hat das nun mit dem Morden zu tun?«

»Gott hat deine Eltern von der Erde genommen, ihnen den schweren Leib genommen und dafür ein geistiges Leben geschenkt. Wenn du das auch geben könntest, dann würdest du nicht gegen das Gebot sündigen. Vorausgesetzt natürlich, dieser Vorgang stünde im Einklang mit Gottes Willen. Das ist im ersten Gebot beschrieben: Liebe Gott über alles, was so viel sagen möchte: Handle aus seinem Willen heraus und nicht bewusst gegen ihn.«

»Okay«, nickte Alexander, »und trotzdem«, eine einsame Träne lief seine rechte Wange herunter, »weshalb sind sie nie mehr zu mir gekommen? Das möchte Gott doch nicht. Warum hat man sie nie gefunden?« Alexander wollte zumindest diese eine Frage beantwortet bekommen. Nochmals schluchzte er auf: »Wieso?«

»Das kann ich dir nicht beantworten«, versuchte Pfarrer Simon, den verzweifelten Jungen zu trösten, »die Wege des Herrn sind für uns nicht immer nachvollziehbar.« Er zitierte aus Jesaja 55: »›*Denn meine Gedanken sind nicht eure Gedanken, und eure Wege sind nicht meine Wege, spricht der HERR, sondern so viel der Himmel höher ist als die Erde, so sind auch meine Wege höher als eure Wege und meine Gedanken als eure Gedanken.*‹«

»Das werde ich niemals verstehen«, antwortete Alexander mit gebrochener Stimme, »zweimal wurden mir meine Eltern weggenommen. Das ist nicht gerecht! Niemals!«

»Ich kann dich verstehen«, der Pfarrer nahm ihn tröstend in den Arm und schaute zu Ferdi, dem auch die Tränen über das Gesicht liefen. »Irgendwann werden wir seine Wege verstehen. Ich kann dir nur Mut machen, vertraue auf Gott, er hat bisher geholfen, dich geführt, dich getragen, er wird auch künftig für dich da sein. Das ist dein wirklicher Vater, er wird dir niemals genommen, außer du entfernst dich selbst von ihm.«

»Ich fühle mich dennoch allein gelassen.« Fordernd schaute er den Pfarrer an, er wollte ein Wort des Trostes hören.

Verständnisvoll drückte der Seelsorger ihm die Hand: »Du bist nicht allein, hast, wie ich sehe, einen guten Freund an deiner Seite. Du bist beschützt, dein ganzes Leben lang. Wir beten zusammen.« Das Gebet tat Alex überraschend gut. Bisher hatte er nie daran geglaubt, ein Gebet könnte ihn stärken. Alexander beruhigte sich, er nahm die Hoffnung mit, er würde irgendwann alles verstehen können. Ihm wurde bewusst, er war nicht verlassen. Zumindest hatte er Ferdi. Zu ihm hatte er Vertrauen aufbauen können. Ansonsten fiel es ihm seit dem Verlust der Adoptiveltern schwer, anderen Menschen zu vertrauen, sich fallen zu lassen. In seiner Seele war seitdem etwas zerbrochen, deshalb suchte er so sehr nach einer Erklärung. Er wollte zumindest den Verlust der Adoptiveltern aufklären. Er wusste, wenn er diesen Fall lösen konnte, dann würde seine schmerzende Wunde im Herzen heilen.

»Ich muss wissen«, sagte Alexander zu Ferdi, als sie vor der Kirche standen, »was mit meinen Eltern passiert ist. Ich muss es herausfinden. Sonst finde ich keinen Frieden. Und«, setzte er störrisch hinzu, »über meine leibliche Mama weiß ich nicht mehr als zuvor. Den Weg hätten wir uns fast sparen können.«

»Komm schon«, antwortete Ferdi behutsam, »sie hat dich geliebt. Das hast du erfahren. Und du bist nicht schuldig. Falls du dir das jemals ernsthaft vorgeworfen hast.«

»Ja«, antwortete Alexander leise, »das hat der Pfarrer Simon so gesagt.« Vor der Kirche, bei Tageslicht betrachtet, fühlte er in sich wieder die Zweifel aufsteigen. »Weißt du, Ferdi, wenn deine Eltern quasi zweimal sterben, dann stellst du dir die Frage schon, was an dir selbst falsch ist.«

»Aber das sagte er doch, du bist nicht verantwortlich dafür. Fühlst du dich nicht etwas leichter«, fragte Ferdi nach, »kannst du nicht irgendwie abschließen? Sie hat dich geliebt und alles gegeben, was sie konnte.« Alexander nickte, nur um seine Ruhe zu haben. Resigniert fuhren sie zurück nach Kreuzlingen. Sie sprachen lange miteinander, und er versuchte, die Vergangenheit ruhen zu lassen. Ferdi hatte recht, es machte keinen Sinn. Alexander ließ sich vordergründig überzeugen, er hatte keine Argumente mehr. Allerdings, diesen hoffnungsvollen Gedanken ließ Alex nicht fallen, irgendwann würde er das Geheimnis um seine Adoptiveltern lüften. Er war sich sicher.

Kapitel 23

Konstanz, 1995

Sara war inzwischen zu einem fröhlichen Mädchen herangewachsen. Sie hatte von ihren Eltern zu ihrem zehnten Geburtstag eine hübsche Hängematte in ihrer Lieblingsfarbe Pink geschenkt bekommen. Gedacht war sie für den Garten in Konstanz, sie wollte diese Hängematte jedoch unbedingt mit nach Brienz nehmen. Genau jetzt, obwohl es Ende Oktober empfindlich kühl wurde. Sie liebte die Berge, die Schweiz und ihr schönes Ferienhaus. Wunderte sich jedoch, weil sie dort nie lange blieben. Diesmal ließ sie jedoch nicht locker und wünschte sich ein Wochenende in den Bergen so vehement, bis ihre Eltern schließlich einwilligten.

»Ich habe kein gutes Gefühl dabei«, gab Doris zu bedenken, während sie eine Woche später mit den Vorbereitungen für die Abfahrt beschäftigt war. »Müssen es wirklich zwei Nächte sein?«

»Komm schon«, antwortete Herbert, »du siehst, wie sehr sich Sara freut, wir konnten ihr den Wunsch nicht ewig abschlagen. Zudem hat sie recht, es wäre zu schade, das Haus nicht für ein schönes Wochenende zu nutzen.«

»Wir fahren ja«, Doris' Stimmung war geknickt, »siehst du ja, ich wollte dir nur sagen, wie ich mich fühle. Es bedrückt mich. Wenn ich nur daran denke, was damals dort passiert war. Habe die Bilder noch vor mir.«

»Ich kann das auch nicht vergessen«, antwortete Herbert leise, »ich denke immer daran, wenn ich Sara sehe, deshalb ist Brienz nicht das Problem. Unser Problem liegt mehr in unseren Köpfen, vielleicht ganz gut, wenn wir dieses Wochenende mit anderen Erlebnissen füllen. Vielleicht können wir das, was vor zehn Jahren war, endlich begraben und vergessen.«

»Vielleicht«, willigte seine Frau ein, »dann lass uns ein schönes Wochenende verbringen.«

Doris packte den Koffer fertig und bereitete das Abendessen vor. Heute noch, am Freitagabend, wollten sie los, sofort nach dem Abendessen. Das Wetter war schön, es würde sie nichts an den Oktobertag 1985 erinnern. So zumindest hoffte Doris es. Und Sara war überglücklich, sie packte die Hängematte in ihren kleinen Koffer, dazu Schlumpi, ihren treuen

Teddyfreund, der neben ihrem Bett saß und auf sie aufpasste. Sie wusste von ihren Eltern in groben Zügen, was vor ihrer Geburt passiert war. Ihre Eltern hatten ihr davon erzählt. Auch weshalb sie dort am Berg bisher nicht übernachten wollten. Richtig logisch fühlte es sich jedoch nicht an, weshalb Sara beim Abendessen erneut davon anfing.

»Wie war das noch mal?«, löcherte sie ihre Eltern wissbegierig, »ihr beide habt das Wochenende in Brienz verbracht, dann hat der Sturm das Nachbarhaus umgerissen? Einfach so?«

»Iss«, sagte ihre Mutter schnell, »wir wollen fahren, und zudem weißt du doch alles.«

»Ich weiß nur, dass ihr schnell nach Hause gefahren seid und ich einen Tag später auf die Welt kam.«

»Genau«, antwortete der Vater, »und wir waren sehr glücklich darüber, dass du den Schreck …«, beinahe hätte er sich verplappert, seine Frau schaute ihn streng an, »den wir zuvor erlebt hatten, so gut überstanden hast.« Sara hatten sie die Geschichte natürlich anders erzählt.

»Ich war noch im Bauch von Mama«, Sara schaute groß, »da konnte mir doch gar nichts passieren?«

»Doch«, erklärte sich ihr Vater. »Auch im Bauch bekommt man die Gefühle der Mutter mit, du hast das jedoch alles gut weggesteckt«, lachte er sie an, »du bist so tapfer wie ich.«

»Warum haben wir dort nie übernachtet? Ist es immer noch gefährlich?«

»Jetzt ist gut«, mischte sich die Mutter ein, »nun wird gegessen, sonst fahren wir erst morgen.« Doris hatte keine Lust, beim Abendessen das Thema, welches sie so gerne vergessen wollte, mit ihrer neugierigen Tochter durchzukauen. Sara aß brav weiter und fragte nichts mehr, die Abfahrt nach Brienz wollte sie auf keinen Fall riskieren. Allerdings versuchte sie, alle Informationen, die sie aus anderen Gesprächen zu Brienz herausgefunden hatte, in ihrem Kopf zu sortieren. Sie war ein für ihr Alter sehr aufgewecktes Mädchen. Sara hatte eine Idee. Am Wochenende wollte sie sich im Haus in den Bergen genau umschauen. Vielleicht würde sie herausfinden, was es für ein Geheimnis in Brienz gab. In einem heimlich belauschten Gespräch hatte sie vor wenigen Wochen ihre Mutter zu ihrem Vater sagen hören, ob er *die* Unterlagen gut verräumt hätte. Ihr Papa sagte darauf, sie wären auf dem Dachboden im Ferienhaus. Sara hatte nicht gehört, um welche Unterlagen es sich handelte. Dennoch, sie waren offensichtlich sehr interessant.

Herbert hatte nichts zu packen, seine Frau hatte alles für ihn erledigt, er musste nur die Sachen ins Auto bringen und abwarten, bis seine Ehefrau fertig war. Sara hüpfte bereits voller Vorfreude in der Hofeinfahrt herum. Doris kam. Herbert packte die restlichen Sachen in den Kofferraum, schloss das Haus ab, und los ging die Reise. Sara war aufgeregt wie selten. Auf dem Dachboden des Hauses würde sie sich genau umschauen. Ein paar alte Umzugskisten standen dort, die hatte sie schon früher mal gesehen. Herbert startete den Motor, sie fuhren quer durch Konstanz. Ein letzter Blick auf den Bodensee im Abendlicht, dann Richtung Kreuzlingen auf der Nationalstraße Richtung Zürich. Bald würde die Straße zur Autobahn aufgewertet, die Fahrt nach Brienz wäre durch den weiteren Ausbau noch bequemer. Brienz lag ideal und rückte immer näher. Herbert hatte ausgerechnet, dass sie so gegen 21 Uhr ankommen würden. Er wollte am Samstagmorgen im Landmarkt einkaufen. Frische Brötchen für das Frühstück, sich für den Samstagabend mit einem frischen Bier, Holzkohle und einem schönen Steak eindecken. Doris und Sara mochten lieber Hähnchenfleisch. Jeder sollte bekommen, was er wollte. Für ihn und seine Familie sollte der Grillabend in den Emmentaler Bergen ein Abschluss werden von den trüben Erinnerungen. Er hatte inzwischen

Salvatore vollständig bezahlt, ihm in Konstanz-Staad in der Nähe der Autofähre nach Meersburg ein sehr schönes Haus gebaut und ihm die vereinbarte Summe nachgelassen. Auch wie ausgemacht die Doppelgarage kostenlos dazugegeben. Das alles hatte zwar gedauert, allein, bis das schöne Grundstück mit Blick auf den Bodensee gefunden war. Aber nun waren alle zufrieden. Er war endlich frei. Ein wundervolles Wochenende erwartete ihn und seine Familie.

*

Brienz, 1995

Herbert pfiff fröhlich. »Alles ist in Ordnung«, sagte er leise zu seiner Frau, nachdem hinter der letzten Kurve ihr Ferienhaus aufgetaucht war. »Ich freue mich wie lange nicht mehr. Heute beginnt unser neues Leben!« Sara war auf der Rückbank eingeschlafen, sie bekam nur halb mit, wie ihr Vater ihr die Schuhe auszog und sie ins Bett legte. So angezogen, wie sie war. Doris war mit dem Einräumen der Lebensmittel beschäftigt. Sonst hätte sie es nicht zugelassen, dass Sara in Straßenkleidern ins Bett gegangen wäre. Herbert war jedoch praktisch veranlagt, weshalb sollte er das Mädchen extra aufwecken. Für ihn war alles in bester Ordnung. Auch am nächsten Morgen, bis zum Einkauf im Landmarkt.

»Hallo, Salvatore!«, rief Herbert freudig in den Laden, nachdem er Salvatore entdeckte.

»Hallo, Herbert«, kam es unfreundlich zurück, überhaupt nicht üblich für den sonst so gut gelaunten Sonnyboy, »was möchtest du?«

»Frische Brötchen, ein dickes Steak, Hähnchen«, Herbert zählte auf, was er einkaufen wollte, »Bier, Holzkohle, eine Flasche Cola und einen Sekt für den besonderen Abend.«

»Was habt ihr zu feiern?«, bemüht freundlich fragte Salvatore nach, seine Augen zeigten nichts davon.

»Nichts, wir sind einfach zufrieden«, antwortete Herbert zurückhaltender, während er Salvatore genauer anschaute, »wir sind gestern angereist und bleiben bis Sonntagabend. Doris hat sich endlich zu einer Übernachtung überreden lassen.« Plauderte er weiter, um etwas zu sagen.

»Okay«, kam es verhalten von Salvatore, »schön, wenn zumindest bei dir alles gut ist.«

»Ist bei dir alles gut?«, fragte er höflichkeitshalber nach. Die schlechte Laune vom Ladenbesitzer war nicht zu übersehen. Im Grund genommen interessierte es ihn herzlich wenig, wie es Salvatore ging. »Oder ist irgendetwas?«

»Allerdings«, antwortete Salvatore und schaute Herbert prüfend in die Augen, »es läuft gerade nicht so rund. Vielleicht könntest du mir aushelfen?«

»Womit?«, bereute Herbert, kaum ausgesprochen, nachgefragt zu haben.

»40.000 Franken«, antwortete Salvatore knapp und brach schnell ab, nachdem ein weiterer Kunde den Landmarkt betreten hatte, »wir reden später, wann hast du Zeit?«

»Am Nachmittag«, antwortete Herbert nicht mehr so entspannt, er hatte keine Lust, Salvatore Geld zu leihen. Und auch kein Verlangen auf Gespräche, die über den normalen Small Talk hinausgingen. Er hatte von den Geschäften mit Salvatore die Nase gestrichen voll. Aber vielleicht könnte er ihm sein Haus in Konstanz verkaufen. Ein wenig hellte sich seine Stimmung auf. Vielleicht wäre das *die* Gelegenheit. Dann würden die Gefallen, die er ständig für Salvatore rund um das Haus als sogenannte kostenlose Freundschaftsdienste tun musste, endlich aufhören. Salvatore behandelte ihn wie einen Leibeigenen, rief ihn bei jeder Kleinigkeit an, die mit dem Haus zu tun hatte. Herbert konnte leider nie

Nein sagen. Einmal war es eine verstopfte Regenrinne, dann ein Kurzschluss, mal eine undichte Fuge im Bad. Salvatore forderte das bei ihm mit der größten Selbstverständlichkeit ein. Schließlich hätte er das Haus gebaut und unter Freunden. Allein bei dem Gedanken, wie sehr ihn Salvatore ausnutzte, regte sich Herbert innerlich auf. Er würde am Nachmittag definitiv kommen, nach Ladenschluss, er wollte das Thema schnell erledigen. Und damit vermeiden, dass der aufdringliche Salvatore im Haus auftauchen würde. Die Fröhlichkeit vom Morgen war wie weggewischt. Sara bekam von all dem nichts mit, nur Doris fragte nach.

»Was ist los?«, wollte sie wissen, nachdem Sara vom Frühstückstisch aufgestanden und in die Räume im ersten Stock gegangen war. »War wieder was mit Salvatore? Hat er dich geärgert?« Doris wusste inzwischen alles, Herbert hatte es ihr nach und nach gebeichtet. Der viel zu teure Werkvertrag, die überzogenen Kreditzinsen und alles rund um das Haus von Salvatore in Konstanz.

»Er möchte sich Geld leihen«, antwortete Herbert verdrossen, »er lässt nicht locker. Wir werden vor ihm niemals unsere Ruhe haben.«

»Wir sollten ihn zum Abendessen einladen, ich würde ihm etwas Besonderes kochen«, antwortete Doris grimmig, »und ihn anschließend eigenhändig vergraben.«

»Doris – also bitte!«, maßregelte er sie entrüstet.

»Ich weiß«, gab sie sich zerknirscht, um gleich sarkastisch nachzusetzen: »Bei den Felsen geht das ja nicht so einfach!«

»Wie kannst du nur so was denken, geschweige denn es aussprechen«, empörte er sich weiter. »Hast du keine Moral mehr?«

»Was heißt hier Moral?«, regte sie sich auf. »Er hat doch keine, er gibt doch keine Ruhe. Und entspann dich. Das würde ich niemals machen. Du kennst mich doch.«

»Ja«, antwortete Herbert nur. Er wusste nicht mehr, was er von seiner Frau halten sollte. Er wusste seit den Vorkommnissen vor zehn Jahren nicht mehr so genau, ob er sie wirklich kannte.

Sara hüpfte die Treppen nach unten und rief: »Du, Papa, kannst du schnell kommen und mir die Luke zum Dachboden öffnen?«

»Was willst du dort?«

»Ich habe dort eine Puppe, die wollte ich holen.«

»Ich suche sie dir«, antwortete Herbert in Gedanken, »ich mache das gleich.«

»Musst du nicht«, antwortete Sara schnell, »ich möchte sie suchen und mir dort meine Hängematte aufhängen.«

»Da oben?«, mischte sich Doris ein. »Was dir einfällt. Da ist es dunkel und staubig. Geh mit der Hängematte in dein Zimmer oder von mir aus in den Garten, der Papa wird sie dir zwischen zwei Bäumen aufhängen. Und zieh dich warm an!«

»Kommst du?«, drängte Sara ihren Vater weiter, der sie fragend anschaute. Fast hatte er vergessen, was die Kleine wollte. »Die Puppe!«, Sara nahm ihn an der Hand und zog ihn hinter sich her.

»Ah ja«, antwortete er, »ich komme ja schon.«

Sara lief, nachdem sie ihren Vater in die richtige Richtung gebracht hatte, schnell in ihr Zimmer, packte die Hängematte ein und lief hinter ihm her. Ihre Mutter war mit dem Abräumen des Frühstückstisches beschäftigt. Sara drängte deshalb so, weil sie bei ihrem Vater ihren Willen immer gut durchsetzen konnte. Auf dem Dachboden angekommen, suchte sie deshalb nicht nach der Puppe, die dort noch nie lag, sondern überredete ihn, ihr die Hängematte zwischen zwei Balken anzubringen und die Luke offen zu lassen. Sie wollte sich hier oben ihr eigenes Zimmer einrichten. Eine ganze Etage für sich. Draußen wäre es zu kalt, bettelte sie. Herbert besorgte schnell Hammer, Nägel und erfüllte ihr den kleinen Wunsch. Dann ging er nach unten. Er war in Gedanken, er würde sich mit Doris über Salvatore besprechen. Vielleicht gab es eine Lösung, wie sie ihn endgültig ruhigstellen könnten, eine legale natürlich.

»Jetzt mal im Ernst«, fing Herbert an, als er in die Küche zu Doris kam, »was können wir machen, damit er uns endlich in Ruhe lässt? Bei der Polizei anzeigen geht nicht.«

»Keine Ahnung«, antwortete Doris, »wir wissen zu wenig über ihn. Vielleicht könnten wir ihn erpressen?«

»Du machst mir langsam Angst«, Herbert schüttelte den Kopf, »wie kommst du auf solche absurden Schnapsideen?«

»Du hast mich doch gefragt!«

»Ich denke eher daran, was er verlieren würde, wenn er uns anzeigt. Wenn wir uns nicht mehr erpressen lassen, was dann? Was würde passieren?«

»Das kann ich dir sagen«, antwortete Doris, »er würde uns drohen, vielleicht sogar zur Polizei gehen und auf Opfer machen. Er kennt hier doch jeden. Wir hätten immer schlechte Karten. Wenn du mich fragst, Herbert, legal kommen wir aus der Geschichte nicht mehr raus.«

»Gut«, resignierte Herbert, »dann werde ich mir am Nachmittag seine Forderung anhören. Und dann entscheiden wir, wie es weitergeht.« Sara hatte die zwei letzten Sätze gehört, sie war gerade vom Dachboden nach unten gekommen, wollte eine Decke und ein Kissen besorgen, damit sie es sich gemütlich einrichten konnte. Sie lauschte, schlich sich, als nichts mehr gesprochen wurde, leise zurück in das Obergeschoss. Oben angekommen, polterte sie so laut wie möglich nach unten, während sie von der Treppe aus nach ihrer Mutter rief: »Hast du eine Decke, ein Kissen und kann ich den kleinen Kassettenrekorder nehmen? Dazu brauche ich ein Körbchen, ein Glas und eine Flasche Orangensaft.«

»Wofür brauchst du das alles?«, fragte ihre Mutter angespannt.

»Ich mache es mir gemütlich«, Sara vermied zu sagen, wo sie es sich gemütlich machen wollte.

»Kannst du dir nehmen«, antwortete ihre Mutter, wusch weiter das Geschirr ab und wartete, bis Sara außer Hörweite war. »Herbert, wir bieten Paroli. Sei heute mal zur Abwechslung ein Mann. Lass dir nichts gefallen. Der bekommt nichts mehr. Dann warten wir ab und sehen weiter.«

»Was sehen wir dann?«, die Pläne seiner Frau waren völlig daneben. Salvatore würde das nicht auf sich sitzen lassen, das ahnte er. »Was meinst du?«, fragte er deshalb irritiert. »Was sehen wir dann, wie er uns fertigmacht?«

»Nein«, antwortete Doris, »der wird die Kuh, die er melken kann, nicht gleich schlachten. Warte ab, wie er reagiert, verhandle mit ihm, das machst du im Geschäft doch auch! Oder nicht?«

Sara hatte sich inzwischen alles besorgt und trug ihre Schätze auf den Dachboden, sie wollte dort oben alles haarklein absuchen. Vielleicht würde sie *die* Unterlagen finden. Sie würde am Nachmittag, wenn ihr Vater den ominösen Termin hatte, hinterherlaufen. Wie in einem ihrer Detektivgeschichten. Hoffentlich würde er nicht das Auto nehmen. Sara überlegte angestrengt, wie sie es anstellen konnte, falls er doch mit dem Auto fahren würde, und hatte schnell eine Lösung. Nach dem Mittagessen wollte sie ihren Vater umschmeicheln, vielleicht würde er sie mitnehmen? Obwohl, was wäre, wenn er ablehnen würde? Sie würde sich etwas anderes einfallen lassen müssen. Erst mal wollte sie die Kisten der Reihe nach durchsuchen, so viele waren es nicht. Sara nahm die leichte Kiste von oben weg und öffnete die unterste, die schwere Kiste. Fliesen vom Badezimmer. In der zweiten, die sie gerade heruntergenommen hatte, war nichts Interessantes, eine Kaffeemühle,

Besteck, ein paar alte Tassen, fein säuberlich eingepackt. Sara öffnete Kiste für Kiste. Dann hörte sie ihre Mutter nach ihr rufen, es war wohl Mittagszeit. Sie räumte den gerade geöffneten Karton schnell zurück an seinen Platz.

»Wo warst du?«, schimpfte ihre Mutter. »Wie siehst du aus, wasch dir die Hände.«

Sara ging schnell ins Badezimmer, sie hatte noch mindestens zwei, drei Stunden dort oben zu tun, sie wollte es sich nicht von ihrer Mutter verbieten lassen. Deshalb hatte sie sich vorgenommen, ihren Vater nach dem Mittagessen zu bitten, den Dachboden vorsichtshalber zu schließen. Denn am Nachmittag hatte sie ja etwas anderes vor. Sie hatte sich inzwischen überlegt, wie sie ihrem Vater folgen konnte. Ginge er zu Fuß, könnte sie ihm hinterherlaufen. Für den Fall, er nähme das Auto, versteckte sie sich auf der Rückbank. In jedem Fall wäre sie dabei und könnte ihn unauffällig beschatten. Entdeckte er sie, würde sie sich schlafend stellen. Ein guter Plan. Ihre Mutter beruhigte Sara, indem sie sich rechtzeitig nach draußen zum Spielen verabschiedete. Ihr Plan ging auf. Vater war so in Gedanken, er bemerkte sie nicht. Er fuhr hinunter ins Dorf und lief zum Hintereingang vom Landmarkt. Sara schlich ihm hinterher. Als Salvatore die Türe öffnete und ihren Vater hereinbat, sah sie den schwarzhaarigen Mann, der ihren Vater rasch hereinließ und schnell die Türe schloss. Sara hatte den Landmarkt vorsichtig umrundet, von allen Seiten gelauscht und nach einer offenen Türe oder einem Fenster geschaut. Aber alles war abgeschlossen. Deshalb entschied sie sich, den Weg zum Haus zurückzulaufen, sie wollte ihrem Vater nicht unnötig über den Weg laufen. Zumindest hatte sie einen Ansatz. Ein Mann vom Landmarkt würde Forderungen stellen, so viel hatte sie mitbekommen. Sie kam sich wie in einer spannenden Detektivgeschichte vor.

Kapitel 24

Im Landmarkt kam Salvatore ohne Umschweife zur Sache: »Bin in einer kleinen Notlage, 40.000 Franken und ich wäre meine Sorgen los.«

»Das geht leider nicht«, antwortete Herbert, der sich fest vorgenommen hatte, sich auf keine Geschäfte mit ihm einzulassen. »Aber ich habe dir einen anderen, sehr guten Vorschlag zu machen.«

»Welchen?«, fragte Salvatore interessiert nach, seine Augen blitzten auf. Für sehr gute Vorschläge war er immer offen. Es überraschte ihn nur, weshalb sein einfach gestrickter Freund Herbert einen sehr guten Vorschlag haben sollte.

»Ich verkaufe dir dein vermietetes Haus in Konstanz.« Und fing sich damit einen vernichtenden Blick ein. »Dann hast du genug Geld und brauchst keinen Kredit aufzunehmen.«

Salvatore nickte wissend, er hätte es sich denken können, dass Herbert keinen einzigen guten Vorschlag in petto hatte. Das Haus würde er niemals verkaufen, eine bessere Wertanlage gab es aus seiner Sicht nicht. Die Baulandpreise würden in dieser Lage anziehen, er würde niemals sein Betongold verkaufen. Und überhaupt, das Haus würde er noch für jemanden brauchen. »Du leihst mir das Geld, das bist du mir schuldig!«, antwortete er deshalb bewusst gelassen und lehnte sich grinsend zurück. »Du bekommst auch alles wieder. Ehrenwort.«

»Wie stellst du dir das vor?« Herbert war aufgebracht, er würde sich niemals auf das Ehrenwort von Salvatore verlassen. Ihm würde bald einfallen, weshalb der Kredit nicht zurückbezahlt werden konnte. Davon sagte er jedoch nichts, stattdessen antwortete er ihm leicht gereizt: »Ich kann dir nicht mal 4.000 Franken leihen, ich habe einfach nichts mehr. Weißt du auch, weshalb? Weil ich alles, was normale Menschen sich sonst so auf die hohe Kante legen, jemandem geben musste.« Er wurde deutlicher, seine Doris hatte ihn genügend aufgehetzt. Er wollte nicht permanent als Waschlappen dastehen, er würde sich durchsetzen. Den Erpressungen ein für alle Mal ein Ende setzen. »Alles, was ich hatte, hast du bereits!«

»Willst du mich für dumm verkaufen«, Salvatore wurde lauter, »deine Geschäfte laufen großartig, ich weiß es.«

»Weißt du auch, weshalb sie laufen?«, Herbert schaute ihn wütend an. »Weil ich jede Mark in das Geschäft stecke. Ich investiere, werde das weiterhin tun müssen und kann dir deshalb nicht helfen. Mein letztes Wort!«

»Wenn ich dir nicht geholfen hätte«, Salvatore wurde leiser, seine Stimme klang bedrohlich, »nachdem du deine Nachbarn umgebracht hast, du würdest keine einzige Mark investieren können.« Herbert würde heute noch bezahlen, Salvatore war beharrlich und siegessicher.

»Wir haben niemandem was angetan«, Herbert war rot im Gesicht geworden. Jetzt war Schluss, er würde sich nichts mehr gefallen lassen. Er hatte Salvatore das gewünschte Haus in Konstanz-Staad gebaut und ihm mit dem vereinbarten Nachlass verkauft. Es war alles, wie es sich Salvatore von ihm erzwungen hatte. Das Traumhaus hatte Seesicht, in nächster Nähe zur Stadt und doch etwas außerhalb des Trubels. Herbert hatte alles wie vereinbart geliefert, aber Salvatore gab keine Ruhe. Vielleicht war der Plan seiner Frau mit dem besonderen Mittagessen gar nicht so schlecht. Nein, dachte er erschrocken, wie konnte er nur an so was denken. Aber er würde sich definitiv nicht mehr erpressen lassen, er konnte sich selbst nicht mehr im Spiegel anschauen, auch vor seiner Frau würde er dastehen, als ob er nicht Manns genug wäre.

»Was regst du dich auf?«, antwortete Salvatore stoisch, der sah, wie es in Herbert brodelte, »weißt du, wie sehr ich dir geholfen habe, ohne mich hättest du ein verpfuschtes Leben.« Er erinnerte ihn schnell daran, wie sehr Herbert ohne ihn aufgeschmissen war. Er musste ihm dankbar sein, ein Leben lang. »Was hättest du nur ohne mich damals getan?«

»Dafür habe ich reichlich bezahlt!«

»Nun bin ich in einer kleinen Notlage«, Salvatore ließ sich nicht beirren, »was bist du für ein Freund! Mich hängen lassen, aber nicht mit mir.«

»Was bist *du* für ein Freund!«, Herbert blieb stur und sagte ihm die Meinung. Er würde sich kein schlechtes Gewissen einreden lassen. »Ich lasse dich nicht hängen, ich habe schlichtweg keine Möglichkeit, dir zu helfen. Verstehe es oder lasse es bleiben.« Aufgebracht stand Herbert auf und wollte gehen. »Verkaufe doch deine *Rolex*, Salvatore!«, knallte er ihm einen Vorschlag vor den Latz. »So eine Uhr habe ich mir noch nie leisten können.«

»Okay, lassen wir das im Moment!« Salvatore kniff die Augen zusammen, er würde eine andere Karte ausspielen. Die er sich für später aufgehoben hatte. Herbert würde sich wundern. »Kommen wir zu einem anderen Thema«, überging Salvatore Herberts Reaktion gleichmütig. Dessen Wut berührte Salvatore nicht im Geringsten, er wusste, Herbert hatte keine Chance gegen ihn. Ein Salvatore war auf alles vorbereitet. Zu gut war sein Ass im Ärmel, Herbert würde auch diese neue Erpressung klaglos über sich ergehen lassen.

Herbert, dem die abgekühlte Stimmung nun doch nicht gefiel, auch weil er wusste, wie nachtragend und rachsüchtig Salvatore sein konnte, lenkte ein: »Ich kann mit meiner Hausbank sprechen, du könntest eine Hypothek auf dein Haus in Konstanz aufnehmen. Vierzigtausend wären da sicher kein Problem.«

»Wie gesagt, lassen wir das beiseite, mein lieber Herbert«, begann Salvatore, mit übertrieben freundlicher Stimme von seinem perfiden Plan zu erzählen: »Damit du siehst, dass ich immer noch dein bester Freund bin und ich dir, im Gegensatz zu anderen, sehr undankbaren Menschen, immer helfen würde …«

»Ich bin nicht undankbar! Ich habe schlichtweg kein Geld.« Herbert reagierte empfindlich und verunsichert, die plötzlich gute Stimmung von Salvatore beunruhigte ihn mehr als zuvor der Wunsch nach einem Kredit.

»Ich bin inzwischen im Gemeinderat ein angesehenes Mitglied«, fuhr Salvatore ungerührt fort. »Was interessiert mich das?«, brach es aus Herbert heraus. Er wollte das alles nicht wissen, ahnte, ihm würde die folgende Geschichte noch weniger gefallen.

»Ich komme daher sehr früh an Informationen«, fuhr Salvatore gemütlich fort, »die für dich, mein Freund, von allergrößter Wichtigkeit sind.« In Herbert spannte sich alles an, er wusste, nun würde Salvatore ihm seine Falle beschreiben, und so überlegen, wie Salvatore von seinem immer noch abgewetzten Bürostuhl zu ihm hinüberblickte, fühlte Herbert, er würde in die Falle hineinlaufen müssen, wollte er nicht ein dickes Problem bekommen. Das Büro von Salvatore sah so schäbig aus wie früher, es passte gut zu seinem noch schäbigeren Charakter, dachte Herbert und wunderte sich darüber, wie jemand in so einem maroden Büro überhaupt arbeiten wollte. Salvatore nahm seelenruhig aus einer Schublade eine rechteckige, flache Holzkiste, fuhr mit seinen wichtigen Informationen in herablassender Weise fort: »Messungen haben ergeben, dass die Aktivitäten am Berg zunehmen.

Genau dort, wo dein Haus steht, ist der Berg am meisten in Bewegung. Dort ist eine Schneise, in der man Geröll- und Schlammlawinen künftig verstärkt erwartet. Du weißt ja, was da alles passieren kann.« Salvatore genoss sichtlich die besorgte Reaktion von Herbert und fuhr gelassen fort: »Dem Gemeindepräsidenten ist das Nachbargrundstück zum Verkauf angeboten worden. Der Erbe von deinen Toten hat kein Interesse daran. Und«, er machte eine wichtigtuerische Pause, »und nun wird überlegt, ob es gekauft wird.«

»Was geht mich das an?« Herberts Stimme klang ängstlich. Ihm wurde schlagartig klar, wie sehr ihn das etwas angehen würde, auch wenn er noch nicht wusste, weshalb.

»Jede Menge!« Salvatore hatte seine Gewohnheiten nicht verändert, er öffnete die Zigarrenkiste aus Holz, wählte genießerisch eine Zigarre aus und setzte den Cutter an. Herbert fühlte fast, wie die kalte Klinge an seinem Hals anlag. Sein Atem stockte, er wusste, was kam, würde unangenehm für ihn werden.

»Sie überlegen sich, auch dein Haus zu kaufen«, fuhr Salvatore nach einer Pause fort, »sie würden es abreißen lassen, damit niemand dort oben zu Schaden kommt.«

»Natürlich werde ich nicht verkaufen!« Herbert wusste nicht genau, wo das Problem lag. Er wusste nur zu genau, gleich würde er es erfahren.

»Sie überlegen sich«, Salvatore zeichnete kunstvoll seine Zigarrenwolken über dem Schreibtisch, »dich zu enteignen. Es ist offenkundig. Du bist da oben so gut wie nie. Es ist offenbar kein privates Interesse vorhanden, zumindest keines, welches dem öffentlichen Interesse entgegengesetzt werden kann. Ich habe mich für dich, mein Freund«, setzte er süffisant hinzu, »bei dem besten Anwalt auf diesem Gebiet erkundigt. Leider muss ich dir mitteilen, es wird innerhalb der nächsten fünf bis zehn Jahre abgerissen werden. So lange kann ein sehr guter Anwalt das maximal hinauszögern. Sie werden die Überreste von deinen Nachbarn finden, bei dir, mein lieber Herbert.«

»Sicher nicht«, Herbert klang angespannt und wenig überzeugt von dem, was er sagte, »dafür die Schutzmauer abzubauen, gibt es überhaupt keinen Grund.«

»Das habe ich auch gedacht«, kam es hinterhältig grinsend aus dem abgenutzten Chefsessel, »sie möchten jedoch das Gebiet renaturieren. Es wird anschließend leider, leider kein Bauland mehr sein. Angedacht ist eine Senke, die das Dorf weiter unten vor Geröll schützen wird. Ein Stahlnetz wird erst 500 Meter tiefer eingeplant.«

»Für den Fall habe ich Unterlagen, die beweisen, dass das Fundament von einer Fachfirma komplett erstellt wurde.« Herbert nahm das alte Argument von Salvatore, so hatte er ihm damals die überhöhte Rechnung verkauft. Seine Versicherung. Diese Unterlagen hatte er gut verwahrt. Zwischen den Seiten eines Fachbuches: Bauentwurfslehre von Ernst Neufert. Ein Buch, welches, außer ihn selbst, niemanden interessieren würde. Ein wenig erleichtert atmete Herbert auf. Diesmal würde er die Attacke von Salvatore unbeschadet überstehen.

»Hast du sie wirklich so gut aufbewahrt?«

»Natürlich habe ich das!« Herbert ahnte bei der Frage, er würde gleich den Kürzeren ziehen. Er wusste nur nicht, worauf Salvatore anspielte.

»Erinnerst du dich an den einen Tag, an dem Doris und du in Konstanz bei der Behörde wart, um Sara anzumelden? Eine Woche und einen Tag nach ihrer Geburt? Ich weiß den Tag wie heute. Ein sonniger, kühler Tag.« Herbert nickte, er erinnerte sich auch an jede Sekunde. »Es war so ein schöner Tag«, fuhr Salvatore spöttisch fort, »ein wenig langweilig für mich. Nachdem wir über der Grenze waren und mein Auto in deiner Garage stand. Ich war arbeitslos – fast«, Salvatore fuhr genüsslich fort, »ich habe mich vergewissert, wo du die Dokumente aufbewahrt hast. Wollte sichergehen. Nicht, dass sie in die falschen Hände kommen würden.«

»Du bist ein …«, Herbert sprang erregt auf. »Du bist das Allerletzte!«

»Beruhige dich«, Salvatore blieb gelassen sitzen, während er genüsslich Herbert eine dicke Rauchwolke ins Gesicht blies. »Entspanne dich, ich habe doch alles gut aufbewahrt. Für dich. Du hattest nicht mal einen Tresor!«, die zweite Wolke hüllte Herbert ein. »Habe mich damals extra bei dir umgeschaut.«

»Du gibst mir das sofort«, Herbert war wütend, Salvatore reizte ihn, wo es nur ging. Nachdem er seinen Hustenanfall im Griff hatte, schrie er ihn heiser an: »Du bist so was von hinterhältig, ein Abschaum, ich will mit dir nichts mehr zu tun haben!«

»Mein Freund«, Salvatore kniff die Augen zusammen, »sei vorsichtig, wie du mit mir redest.« Und schlug mit der flachen Hand hart auf den Tisch. Herbert zuckte zusammen, sein Nervenkostüm war angegriffen. Das gemütliche Wochenende konnte er abschreiben, alles fing von vorne an. Nach einer Pause beugte sich Salvatore nach vorne und sagte leise: »Ich erkenne dich überhaupt nicht mehr. Aber ist kein Wunder, wer sich so versündigt, du hast damals das fünfte Gebot gebrochen und machst es schon wieder.«

»Wie bitte?« Herbert war außer sich, wie konnte Salvatore nur. »Ich habe niemanden getötet, das weißt du ganz genau!«

»Ach ja, und selbst wenn deine schlampige Handwerkskunst nicht zu dem Unglück geführt haben sollte, dann hast du trotzdem das Leben anderer Menschen abscheulich beeinflusst! Sie werden dich alle hassen, wenn sie es eines Tages erfahren werden.« Salvatore schaute ihn mit durchdringendem Blick an und erklärte, als er Herberts leeren Blick sah. »In dem Gebot geht es ja nicht nur um das Töten, sondern bedeutet, richtig übersetzt, du sollst nicht zerstören. *Du* hast das Leben von Alexander zerstört, weil *du* ihm wichtige Informationen vorenthalten hast, du lässt ihn seit seinem 11. Lebensjahr in der Ungewissheit, du brichst in ihm sein Vertrauen in das Leben!« Salvatores Augen blitzten zornig auf: »Alexander irrt da draußen wie ein Häufchen Elend umher, ist immer noch auf der Suche nach der erbärmlichen Wahrheit!«, schrie er ihn an. »Habe mich erkundigt. Dir ist das natürlich alles egal, aber dafür wirst du bezahlen!« Wütend schlug der Dorfladenbesitzer auf seinen Schreibtisch. Ein Stapel Papiere fiel zu Boden, Herbert saß wie versteinert auf seinem Stuhl. Er hatte keine Ahnung, weshalb Salvatore so aggressiv wurde. Lag ihm das Schicksal von diesem Alexander tatsächlich so sehr am Herzen? Konnte er sich kaum vorstellen. Ein Menschenfreund war Salvatore definitiv nicht. Vermutlich war es die Einleitung für die nächste schäbige Erpressung. Wollte er seiner Forderung den entsprechenden Nachdruck verleihen? Wobei ihm das im Grunde egal sein konnte. Das Ergebnis für ihn wäre dasselbe. Viel schlimmer der Vorwurf mit Alexander. Alles kam ihm hoch. Tatsächlich, über Alexander hatte er sich die wenigsten Gedanken gemacht. Doris hatte ihn immer beruhigt. In dem Alter vergisst man schnell, und so anderen Blödsinn hatte sie ihm erzählt. Er hatte sich beruhigen lassen, weil sein schlechtes Gewissen ihn sonst überhaupt nicht mehr hätte schlafen lassen. Aber nun, wie Salvatore das gerade beschrieben hatte. So könnte es tatsächlich sein. Herbert war mit seinen Gedanken nicht am Ende, da donnerte Salvatore weiter: »Hast du dir jemals darüber Gedanken gemacht? Möchtest du so ein Leben, nicht zu wissen, wie es deinen liebsten und einzigen Angehörigen geht? Diese Ungewissheit! Die dich innerlich zerfrisst. Jeden Tag, jede Nacht!« Salvatore wiederholte sich und hämmerte Herbert die Vorwürfe in sein Hirn. »Wie konntest du nur! Und Sara, auch bei ihr zerstörst du alles. Was sagst du ihr, wenn sie von deiner Tat eines Tages erfahren wird?« Er steigerte sich weiter. »Du und deine zauberhafte Frau haben ihre Eltern auf dem Gewissen, sie wird euch dafür hassen. Sie wird nie wieder mit euch ein armseliges Wort reden.« Genau davor hatte Herbert die größte Angst, was wäre, wenn seine Tochter es erfahren würde? Er würde sich weiterhin von Salvatore erpressen lassen müssen. Ihm war schlagartig klar, was für ihn alles auf dem Spiel stand. Er konnte Salvatore nicht anzeigen, selbst wenn er bereit wäre, selbst für seine Tat ins Gefängnis zu gehen. Er würde seine Frau und seine Tochter verlieren. Sein ganzes Leben würde er sich damit zugrunde richten. Herberts Kopf lief heiß, ihm wurde regelrecht schlecht. Und Salvator meißelte, wie damals mit dem Presslufthammer, weiter: »Und du machst genau so weiter, hast nichts dazugelernt. Du zerstörst gerade unsere Freundschaft – das bringt dich«, Salvatore senkte seine Stimme bedrohlich und wiederholte sich, »das bringt dich in Teufels Küche.« Das saß, Herbert war kurz vor der Ohnmacht, er hörte sein Blut rauschen, ihm wurde kurz schwarz vor Augen, hörte Salvatore wie von weitem: »Und ich möchte dir nur helfen, wie unchristlich von dir, dachte, du wärst ein guter Christ. Du würdest die anderen Menschen behandeln, wie du es von ihnen erwarten würdest. Aber du bist nur ein feiges Würmchen. Du zerstörst aus dem Hinterhalt das Leben der anderen. Offensichtlich hat sich ein Salvatore zum ersten Mal in seinem Leben getäuscht!« Salvatore öffnete den Tresor und entnahm einen Zettel, es war die ausgerissene Seite aus der Bibel, damals in der einen Nacht von 1985.

Herbert erinnerte sich sofort. »Woher hast du das?«

»Der Herr erinnert sich?«, fragte Salvatore höhnisch nach. »Das ist gut! Sehr gut sogar!« Er nahm das Papier mit dem rot angestrichenen Satz und schrieb mit seinem Füller Ort und Datum darauf, Brienz, der 27. Oktober 1985, und legte es auf den Kopierer. »Hier, ich gebe dir heute die erste Kopie davon«, mit einem boshaften Lacher überreichte er Herbert das Andenken an das grausige Unglück, »damit du niemals vergessen wirst, was du damals getan hast.«

»Du sollst nicht töten«, murmelte Herbert und starrte auf die Kopie der ausgerissenen Bibelseite, während Salvatore das Original in seinen Tresor zu den anderen Unterlagen zurücklegte, mit denen er Herbert fest in seiner Hand hatte. In Herbert hallte der eine Satz nach. Alles andere war ausgeblendet, diese Worte jedoch würde er niemals vergessen. Sie waren wie mit glühender Schrift in sein Gehirn eingebrannt. Er wischte sich den Schweiß von der Stirn, seine Halsschlagader pulsierte, er war verloren. Die Vergangenheit holte ihn nicht nur ein, nein, sie überrollte ihn.

Kapitel 25

Salvatore hatte ihn nach den Anschuldigungen allein im Büro sitzen lassen und war gegangen. Irgendwann hatte sich Herbert aufgerafft, sich wie ferngesteuert in sein Auto gesetzt. Fuhr nun am Seeufer in Richtung Interlaken. Er überlegte sich, ob er einfach ins Wasser fahren sollte. Welchen Sinn hatte sein Leben noch? Hatte er Kraft für das alles? Er parkte auf einem der Aussichtsplätze mit dem herrlichen Blick auf den See, ohne ihn zu sehen. Für ihn war alles wüst und hoffnungslos. Sein Auto stand im Schatten eines Baumes, als ein älterer Mann bei ihm an die Scheibe klopfte: »Ist Ihnen nicht gut?« Besorgt öffnete der Mann von außen die Autotür, nachdem Herbert seinen Kopf, den er auf sein Lenkrad aufgestützt hatte, zu dem Mann drehte und nur apathisch die Augen öffnete.

»Ich weiß es nicht«, antwortete Herbert wahrheitsgetreu nach einer Weile. Er wusste nicht, wie es ihm ging. »Mein Leben ist verpfuscht, ich weiß nicht mehr weiter.«

»Kommen Sie«, sagte der freundliche Mann zu ihm, »setzen Sie sich zu mir auf die Bank unter dem Baum. Ich habe einen heißen Kaffee in der Thermoskanne, er wird Ihnen guttun.«

Herbert nahm die Einladung zögerlich an. Eher aus alter Gewohnheit, nicht Nein sagen zu können. Er ging mit schleppendem Gang zu der Bank. Sie saßen einige Zeit schweigend nebeneinander. Der Fremde bot ihm eine dampfende Tasse Kaffee an, die Herbert Schluck für Schluck austrank. Irgendwann fing er von allein zu erzählen an:

»Meine Frau und ich haben vor zehn Jahren ein schreckliches Unglück erlebt«, fing er mit gebrochener Stimme an,

»ich war daran schuld, habe jedoch keine Verantwortung dafür übernommen.« Und ergänzte nach einer Weile: »Im Gegenteil.« Der Fremde schaute auf den smaragdblauen See und sagte nichts, er ließ Herbert erzählen. »Dann kam eines zum anderen, wir haben den nächsten Fehler begangen. Nun stehen wir vor dem Scherbenhaufen. Hätte ich damals nicht mitgemacht, meine Frau hätte mich verlassen. Nun werde ich dafür seit zehn Jahren erpresst. Würde ich mich dagegen wehren, verlöre ich meine Familie. Würde ich mich der Polizei stellen, bräche meine Familie auseinander.« Teilnahmslos schaute Herbert, wie auch der ältere Herr neben ihm, auf den See. Es schien, als ob beide die Geschichte nichts anginge. Als ob er aus dem Leben eines anderen erzählen würde. Nach ein paar Minuten des Schweigens zog Herbert das traurige Fazit: »Jeder muss für seine Schuld bezahlen, der eine früher, der andere später.«

»Bereust du es?«, wollte der Fremde wissen und duzte ihn ungefragt.

»Ja«, kam es kleinlaut. »Jeden Tag tausendmal!« Das Gespräch mit Salvatore hatte seine Reue verstärkt. Vor allem Alexander bekam er nicht mehr aus dem Kopf.

»Was wäre gewesen, wenn es damals nach dem Unglück anders gelaufen wäre?«

»Hmm«, überlegte Herbert schulterzuckend. Daran hatte er noch nie gedacht, was wäre passiert, wenn er damals seiner Frau nicht nachgegeben hätte. Oder wenn er zu seinem Fehler gestanden hätte. »Dann hätte mich meine Frau verlassen und ich säße vielleicht im Gefängnis. Und sie vermutlich auch, ich weiß es nicht.«

»Erpresst dich deine Frau?« Der grau melierte Herr schaute ihm gütig in die Augen. Der verständnisvolle Blick baute Herbert auf, gab ihm Kraft.

»Nein«, antwortete Herbert überrascht, in den das Leben

zurückzukehren schien, »nein, meine Frau hat mich noch nie erpresst – es ist ein anderer Mann!«

»Soso. Deine Frau hat dich nie erpresst«, hakte der Fremde nach, während er bedächtig nickte, »und dennoch hätte sie dich damals verlassen?«

»Darauf möchten Sie hinaus«, kam es nachdenklich von Herbert, der wieder auf das Wasser starrte. »Das stimmt«, zögerlich gestand er es sich ein, »sie hatte mich zuerst schon irgendwie erpresst. Wenn man es denn so sehen möchte.« Er nickte gedankenverloren, erinnerte sich an die Momente, wie sich Doris durchgesetzt hatte. »Und dann habe ich gemacht, was sie wollte. Irgendwann war es nicht mehr zu stoppen. Seitdem gehört ein Teil von meinem Schlaf, von meinem Leben, von meinem Einkommen dem anderen, dem Mitwisser.«

»Der dich seitdem erpresst?«

»Ja.«

Der Fremde nickte verstehend. »Wenn du dich seiner Erpressung entziehen würdest, dann verlierst du deine Frau, deine Familie?«

»Ja«, Herbert nickte ebenfalls und schaute den älteren Mann von der Seite an, er hatte gütige Augen und eine beruhigende Ausstrahlung auf ihn, »dann würde ich nicht nur meine Frau, sondern auch meine Tochter verlieren. Ihr Vertrauen in uns zerstören. Und mein Geschäft, mein ganzes Leben, das würde ich natürlich auch alles verlieren, säße ich im Gefängnis.«

»Und an dem hängst du?«

»Woran?«

»An deinem ganzen Leben, an deinem Geschäft, an deiner Tochter, an deiner Frau?«

»Ja«, Herbert zuckte hoffnungslos mit den Schultern, »ja, ich verlöre alles.«

»Verlierst du nicht«, entgegnete der Fremde und schaute

Herbert wohlmeinend an, »wenn du jetzt nicht aufgibst!« Herbert nickte, er horchte auf. »Du kämpfst seit zehn Jahren um deine Familie. Sie ist dir wichtig, du liebst sie. Was ist passiert, warum möchtest du gerade jetzt aufgeben?«

»Der Erpresser hat sich mit neuen Forderungen gemeldet und macht mir Vorwürfe.«

»Und die neue Erpressung ruiniert dein Leben?«

»Nein, nicht wirklich«, antwortete Herbert leise, »eher die Vorwürfe, ich bin an allem schuld. Er hat an jedes grausame Detail erinnert. Verstehen Sie, ich kann mit der ganzen Schuld nicht mehr leben. Sie erdrückt mich.«

»Kannst du«, der Fremde drehte sich komplett zu Herbert, »wenn du alles der Polizei gestehen würdest, nehmen wir das mal an, kannst du dann alles in Ordnung bringen? Deine Schuld meine ich, kannst du alles rückgängig machen? Wäre dann allen geholfen?«

»Nein«, Herbert konnte man kaum verstehen, »das kann ich niemals wiedergutmachen, bei niemandem. Kein Geld der Welt würde das.«

»Deshalb möchtest du zu der alten Schuld eine neue auf dich nehmen?«

»Was meinen Sie mit neuer Schuld?«

»Wenn du das machst, was du in Gedanken vorhattest«, der Fremde legte seine Hand beruhigend auf Herberts Unterarm, »dann würdest du neue Schuld auf dich laden. Du würdest deine Familie im Stich lassen. Die Familie, die du über alles liebst, für die du bisher das alles riskiert und auf dich genommen hast. Möchtest du deiner Familie jetzt auch noch das Herz brechen? Ist es das, was du möchtest?«

»Nein«, Herbert setzte sich gerade hin und schaute ihn entsetzt an. »Nein«, sagte er impulsiv, »natürlich nicht. Das möchte ich auf keinen Fall! Das könnte ich mir wirklich niemals verzeihen!«

»Dann weißt du, was du zu tun hast?« Der Fremde nahm Herberts Hand, eine unerklärliche Kraft strömte in ihn. Seine Augen füllten sich mit Tränen der Reue und der Dankbarkeit.

»Ja, ich danke Ihnen!« In Herberts Augen kehrte das Leben langsam zurück. »Danke!« Nach einer Weile stand er auf, drehte sich zu dem Fremden um, der wieder scheinbar teilnahmslos auf den See blickte. »Danke! Sie haben mir sehr geholfen, jetzt weiß ich wieder, wofür ich die ganzen Jahre gekämpft habe. Und ich weiß auch, dass es sich lohnt, weiterzukämpfen. Danke! Danke!«

Herbert stieg in sein Auto, sein Lebensmut war zurückgekehrt. Er würde sich von Salvatore nicht niedermachen lassen. Er wusste nun, wofür er das alles tat. Herbert wendete vorsichtig sein Fahrzeug auf dem schmalen Aussichtspunkt, wollte dem alten Mann nochmals zunicken, doch der war verschwunden. Irritiert trat er kurz auf die Bremse, wo war der Mann geblieben? Hatte er schon Wahnvorstellungen? Drehte er langsam durch? Nein, er war voller Mut und Stärke, das bildete er sich nicht ein. Er trat das Gaspedal durch und fuhr eilig zurück. Nach Brienz, den Berg hoch, zu seiner kleinen Familie. Er würde auch dieses Mal mit Salvatores Forderung fertig werden, niemand brächte es was, wenn er im Gefängnis säße oder wenn Sara die Wahrheit erführe. Herbert konnte wieder klar denken, er hatte niemals jemandem einen Schaden zufügen wollen. Er konnte für Sara da sein, ihr der beste Papa sein, den es gab. Das konnte er tun, das wollte er auch. Und er würde sich kein schlechtes Gewissen einreden lassen. Die miese Ratte war Salvatore, nicht er.

Kapitel 26

Oben im Berghaus angekommen, drückte er zuerst Sara, die im Wohnzimmer spielte, innig an sich, er streichelte ihr über die langen Haare und sagte ihr, wie lieb er sie hätte. Und nahm sich vor, es ihr viel öfter zu sagen. Sara wunderte sich über den Gefühlsausbruch ihres Vaters, den sie so nicht kannte. War jedoch froh, ihn wiederzusehen. Inzwischen war es dunkel geworden. Was hatte er im Dorfladen so lange besprochen?

»Endlich bist du da!« Doris lief schnell ins Wohnzimmer, sie hatte Herbert sehnlichst erwartet, auch ihr kam es seltsam vor, wie lange er im Dorf geblieben war. »Komm in die Küche, ich bereite uns das Abendessen vor, dann kannst du mir alles erzählen.«

Sara hatte den Satz aufgeschnappt und wollte lauschen. Allerdings wurde daraus nichts, ihre Mama bat sie, ein paar Küchenkräuter zu sammeln, und schickte sie in den Garten.

»Wie viel wollte er?« Doris klang sehr beunruhigt. »Hast du ihm das Geld geliehen?«

»Nein«, antwortete Herbert bestimmt, »ich habe ihm nichts geliehen, er möchte das Geld auf andere Weise von uns erpressen.« Und erzählte seiner Frau die Sache mit der Gemeinde. Von dem ungeplanten Ausflug an den Brienzer See erzählte er nichts.

»Und nun?« Doris schaute ihn fragend an. »Wenn wir seine Hilfe nicht annehmen, wird er dafür sorgen, dass alles ans Tageslicht kommt. Der Dreckskerl kann seine Hände in Unschuld waschen. Wir können ihm nichts nachweisen.«

»So ist es«, antwortete Herbert sanft und nickte entschieden, »wir werden weiterhin gute Miene zum bösen Spiel machen, ich gehe gleich zu Salvatore und bestätige ihm den Kredit.«

»Nein«, Doris dachte nach, »das machst du nicht, warte ab, was er als Nächstes macht.«

Was, wenn Salvatore sie noch mehr drücken würde? Lange musste sie sich darüber keine Gedanken machen, von weitem hörte sie einen Diesel die Serpentinen zu ihrem Haus hochfahren, sie schaute hinaus. Am Steuer Salvatore.

»Doris«, begrüßte er Herberts Frau, nachdem er ohne anzuklopfen in das Holzhaus eingetreten war. Von Herbert nahm er keine Notiz. »Ich spreche mit dir, nachdem dein Mann im Moment nicht klar denken kann und drauf und dran ist, euer schön behütetes Leben zu riskieren.«

»Salvatore«, erschrocken begrüßte Doris den Eintretenden, »wusste nicht, dass du kommst.«

»Kein Problem«, antwortete Salvatore freundlich, »ich bin sofort weg. Sobald wir beide alles besprochen haben.« Er legte die nächste Kopie der herausgerissenen Bibelseite auf die Anrichte der Küche, schaute dabei verachtend Herbert an. Dieser zuckte erschrocken zusammen, würde er jeden Tag von Salvatore solche Post bekommen?

»Nicht hier«, antwortete Doris schnell, die Sara bereits zum Haus laufen sah, »wir kommen in einer halben Stunde zu dir in den Laden. Wenn es dir recht ist.«

»Zehn Minuten«, kam es reserviert von Salvatore, »und keine Minute später.«

Er ging und Doris schaute Herbert an, »du hast recht. Wir haben keine andere Wahl, lass uns gleich nach unten fahren.«

In dem Moment kam Sara in die Küche. Sie hatte die Kräuter abgeschnitten und legte alles auf die Anrichte. »Wer war der Mann da draußen?« Sie hatte ihn gleich erkannt, es war der Mann vom Landmarkt, mit dem sich ihr Vater zuvor getroffen hatte. Und sie sah auch, wie ihr Vater einen Zettel in einer Schublade verschwinden ließ.

»Das ist Salvatore«, antwortete Herbert ungewohnt knapp, »wir müssen kurz ins Dorf fahren, kannst du solange hier allein bleiben?«

»Kann ich nicht mitkommen?«

»Nein!«, kam es harsch von Doris. »Du wirst ein wenig lesen, und wir sind gleich zurück.« Widerwillig stimmte Sara zu. Wobei, einen Vorteil hatte es ja, sie könnte nachschauen, was auf dem Zettel stand, den ihr Vater so eilig hatte verschwinden lassen. Pünktlich, um Salvatore nicht zu reizen, waren Doris und Herbert am vereinbarten Ort. Salvatore ignorierte Herbert komplett und sprach nur mit Doris. Er wusste genau, sie würde alles unterschreiben, sie würde allem zustimmen. So naiv er sie einschätzte, ihren Traum würde sie nicht gefährden. Bei Herbert war er sich nicht mehr so sicher.

»Doris«, fing er freundlich an, »gefällt dir dein Leben, deine kleine Familie?«

»Ja«, antwortete sie, ebenfalls bemüht freundlich, »das weißt du doch.«

»Und weißt du auch, wem ihr das zu verdanken habt?« Salvatore blickte ihr starr in die Augen.

»Ja«, antwortete sie und versuchte seinem Blick standzuhalten, »wir sind dir sehr dankbar.«

»Dann nimm bitte Platz«, Salvatore wies ihr einen Stuhl an, während er Herbert keine Sitzgelegenheit anbot, »dann helfe ich dir. Das mache ich nur für dich. Dein Mann meint, er könnte auf mich verzichten. Er würde damit alles riskieren.«

»Ich weiß«, antwortete Doris mit niedergeschlagenen Augen, »er hat mir alles erzählt und möchte sich bei dir entschuldigen, seine Nerven liegen gerade blank.« Und schaute zu Herbert, ihre Blicke sprachen Bände.

»Es tut mir leid«, entschuldigte sich Herbert schicksalsergeben und spielte mit, »ich war wirklich ungerecht zu dir. Natürlich möchten wir dir gerne helfen. Sofern es uns möglich ist.«

»Das ist auch besser für dich«, reagierte Salvatore überheblich, »heute nehme ich deine Entschuldigung noch einmal an«, und zog Papiere aus seiner alten Holzschublade. »Hier sind die Überlegungen der Gemeinde, oben bei euch alles zu kaufen, notfalls zu enteignen und«, er machte eine Pause, damit Doris es wirklich verstand, »euer Gebäude mit allem Drumherum zurückzubauen.« Er schaute Doris an und erklärte es ihr so klar wie möglich: »Also, alles abzureißen, auch die Schutzmauer. Mit Fundament.« Doris schauderte es bei dem Gedanken. Salvatore führte weiter aus: »Es gibt Pläne, wie stattdessen der Berg gesichert werden könnte. Hier!«, er deutete auf eine Skizze, »schau her, hier würde eine neue Felssicherung eingebracht werden. Und darüber«, er zeigte der erschrockenen Doris auf der handgefertigten Skizze die Stelle, »soll eine Senke entstehen, 20 Meter tief. In der im Notfall Schlamm und Geröll einen vorübergehenden Platz hätten. Diese Senke liegt auf derselben Höhe wie eure Stützmauer. Euer gut behütetes Geheimnis käme ans Tageslicht. Sara wäre für dich verloren, sie würde dich im Gefängnis sicher nicht besuchen kommen. Kannst du mich verstehen, weshalb ich euch als guter Freund eindringlich warne?«

»Ich habe es verstanden«, Doris hatte rote Flecken im Gesicht, »das darf niemals passieren, wie können wir das nur verhindern?« Sie korrigierte sich: »Ich meine, könntest du das verhindern?«

»Ganz einfach«, antwortete Salvatore gelassen, »und wie gesagt, ich mach das nur für dich!«

»Ja«, Doris nickte eifrig, »ich weiß das zu schätzen, wir werden dir als Gegenleistung den Kredit geben. Alles, was du brauchst, wir bekommen das hin. Versprochen!«

»Den Kredit würde sie mir geben!« Salvatore wiederholte spöttisch die Worte von Doris und schaute süffisant Herbert an, der hinter Doris stand. »Du hast eine kluge Frau. Würdest du ihn mir auch geben? Oder hat deine Frau so ein dickes Bankkonto?«

»Selbstverständlich«, antwortete Herbert schnell, »ich könnte einen neuen Kredit aufnehmen, auf mein Haus. Das hatten wir uns überlegt. Wir bekommen das alles hin.«

»Sehr gut«, Salvatore griff zu seiner Zigarrenkiste. Er strich zärtlich über seine Lieblinge und suchte sich mit Bedacht eine aus. Er legte sie neben die Papiere der Gemeinde, aus denen er gerade zitiert hatte, und nahm aus einer anderen Schublade ein Dokument. »Hier, Herbert«, fuhr er fort, »das ist dein neuer Kreditvertrag. Ich habe bereits alles für dich organisiert.«

»180.000 Franken, wie bisher zu zwölf Prozent?« Herbert hatte ihn schnell überflogen, zeigte ihn Doris und fragte dabei verärgert Salvatore: »Wie kommst du auf diesen horrenden Betrag?«

»Damit kannst du das Nachbargrundstück kaufen, bevor die Gemeinde es sich nimmt.«

»Das kostet nur ein Bruchteil davon.«

»Mit dem Geld wirst du anschließend den Gemeinderat bestechen, die Enteignungspläne aufzugeben«, Salvatore schaute ihn vielsagend an. »Diesen Job übernehme ich für Doris, ich fädele euch den Kauf ein und bekomme die 40.000 Franken für meine große Mühe.«

»Du bist …«

Doris unterbrach Herbert schnell und antwortete an seiner Stelle: »Wir danken dir von ganzem Herzen, Salvatore.«

Kapitel 27

Saras Eltern kamen über eine Stunde später völlig durcheinander aus dem Dorf zurück. Sie erzählten jedoch nichts, aßen schweigend zu Abend und schickten Sara ins Bett. Sara hatte bemerkt, wie abwesend ihre Eltern waren, konnte sich jedoch keinen Reim darauf machen. Auch nicht auf den Zettel, den sie in der Schublade gefunden hatte. Weshalb stand dort ihr Geburtstag? Sie würde am nächsten Tag auf dem Dachboden weiter schauen. Irgendetwas würde sie sicher herausfinden. Ziemlich müde, vor allem von dem langen Weg aus dem Dorf zurück ins Ferienhaus, schlief sie schnell ein. Ihre Eltern hatten bei Salvatore die neue Kreditvereinbarung unterschrieben, dieser hatte feixend die Unterlagen in seinen Tresor gelegt, die schwere Eisentür gut verschlossen und zu Herbert lachend gesagt: »Damit mir diese Unterlagen keiner stehlen kann.« Was sollten sie tun? Doris und Herbert hatten keine Chance gegen Salvatore. Er war ihnen immer einen Schritt voraus, noch schlimmer, sie waren auf ihn angewiesen. Schon wieder. Das Wochenende hätte einen Neuanfang markieren können. Und jetzt? Die Stimmung war am nächsten Tag komplett im Keller. Die Eltern wollten am Abend zurückfahren. Sara wurde nicht gefragt, weshalb auch ihre Stimmung eine Etage tiefer rutschte. Ihre Suche auf dem Dachboden, die sich am Vormittag fortsetzte, war nicht erfolgreich gewesen. Deshalb war es ihr am Ende doch egal, so früh zurückzufahren. Sara hatte in einer der Kisten Gerichtsunterlagen gefunden, lauter uninteressante Sachen, die sie sich nicht angeschaut hatte. Bauunterlagen von zwei Häusern und weitere antike

Gegenstände. Eine uralte Uhr schien ihr dabei das Wertvollste zu sein. Das euphorisch erwartete Wochenende in Brienz entpuppte sich für alle als große Enttäuschung. Sie fuhren schweigend nach Hause. Jeder hing seinen Gedanken nach. Ein halbes Jahr später kauften Herbert und Doris das Nachbargrundstück der ehemaligen Nachbarn Vreni und Urs. Nachdem Salvatore wie versprochen die Gemeinde davon überzeugen konnte, die Grundstücke am Berg nicht zu enteignen. Er hatte offenbar ein neues Gutachten in Auftrag gegeben. Salvatores Kunstgriffe waren Herbert egal, er wusste nicht einmal, ob die ursprüngliche Geschichte von Salvatore überhaupt gestimmt hatte. Er sah keinen Sinn darin, eigene Nachforschungen anzustellen. Selbst wenn alles von Salvatore nur erfunden worden wäre, der Gauner hätte sich etwas Neues einfallen lassen. Dessen war er sich sicher. Diesmal würde er den Kredit langsam abstottern, damit Salvatore nicht auf die Idee kommen würde, er könnte beim nächsten Mal noch mehr hinlangen. Und Herbert war sich sicher, das nächste Mal würde kommen. Unabhängig davon freute es ihn, Alexander das Grundstück abkaufen zu können. Zumindest auf diese Weise konnte er dem Jungen helfen. Das heißt, Herbert kaufte es einem Vermögensverwalter ab, der Alexanders Angelegenheiten regelte. Wie es hieß, benötigte Alexander Geld für seine berufliche Zukunft. Herbert verhandelte den Preis nicht, er wollte dem Jungen maximal entgegenkommen. Am liebsten hätte er zu Alexander Kontakt aufgenommen.

»Das wirst du nicht tun!«, verbot Doris ihm diesen abwegigen Gedanken. Sie kannte ihn, Herbert könnte sich verplappern oder sein schlechtes Gewissen würde ihn dazu nötigen, Alexander die Wahrheit zu beichten. Doris wusste, wie gefühlsduselig ihr Mann sein konnte. Sie bereute nichts. Sie war glücklich, umso mehr, nachdem sie Jahre zuvor von ihrer Frauenärztin erfahren hatte, dass sie keine eigenen Kinder bekommen konnte. Sie war deshalb doppelt froh über Sara. Die Arztrechnung, die sie als Privatpatientin zunächst selbst bezahlen musste, reichte sie nicht bei ihrer Versicherung ein. Sie wollte wegen der paar Mark kein Risiko eingehen. Den Befund und die Rechnung verbrannte sie im Kamin – noch nicht mal Herbert erfuhr davon.

Kapitel 28

Radolfzell, 2017

Salvatore schien auf seine Weise im fernen Brienz glücklich zu sein. Oder anders ausgedrückt, er war unersättlich. Ihm fielen, obwohl Herbert nur langsam den 180.000-Franken-Kredit bei ihm abstotterte, neue Forderungen ein, die er Herbert oder Doris freundlich präsentieren konnte. Mal war es ein neues Bodengutachten, welches er der Gemeinde anscheinend vorlegen musste, mal gab es Schwierigkeiten mit der Entwässerung, die er unter der Hand regeln wollte, damit oben am Berg niemand graben würde. Und so dreist wie Salvatore war, bat er umgekehrt Herbert, weiterhin an seinem

Haus in Konstanz sogenannte Kleinigkeiten nachzubessern oder ein paar Reparaturen auszuführen, die sein Mieter dort entdeckt hatte. Kostenlos natürlich. Salvatore war sehr gut darin, in die eigene Tasche zu wirtschaften.

Doris hatte sich damit abgefunden, Herbert hingegen überlegte intensiver, wie er sich endgültig von der erpresserischen Umklammerung Salvatores befreien konnte. Wobei keiner seiner Gedanken zu einem Ergebnis führte. Bis auf einen. Wenn er sich stellen würde. Und seine Familie nichts von all dem erführe, dann könnte er sich frei machen. Herbert hatte, ohne das Wissen von Doris, Kontakt zu einer erfolgreichen Kanzlei in Villingen-Schwenningen aufgenommen. Er wollte sich zumindest erkundigen, welche Möglichkeiten es gab.

30 Jahre nach dem Unglück bot sich für Herbert diese Gelegenheit. Er hatte mit Doris schon vor Jahren abgesprochen, wann sie sich aus dem Berufsleben zurückziehen und ihrer Tochter, als Abschlussarbeit sozusagen, zuvor ein kleines Hotel in Radolfzell bauen würden. Sara hatte inzwischen eine Hotelfachlehre abgeschlossen und sich weitergebildet. Sie war staatlich anerkannte Hotelfachwirtin, wollte sich mit dem Hotel am Bodensee mit 32 Jahren selbstständig machen. Mit der Baubranche konnte sie nichts anfangen. Das Hotel war fast fertiggestellt, Herbert hatte inzwischen nicht nur seine Firma verkauft, sondern auch alle bisher erworbenen Immobilien, überlegte sich sogar, das viel zu große Haus in Konstanz zu verkaufen. Doris und er könnten übergangsweise im Hotel wohnen, der Tochter am Anfang behilflich sein. Seiner Ehefrau war es egal, sie träumte von einem Häuschen in den Schweizer Bergen, vielleicht im Gebiet Flumserberg, südlich von Sankt Gallen. Herbert hatte kein Interesse, dafür träumte er von einem Deal mit der Staatsanwaltschaft. Er würde auch Alexander entschädigen, freiwillig. Davon

erzählte er Doris jedoch nichts, das war nur sein Gedanke, den er mit einer Juristin konkret besprechen wollte.

*

Villingen, 2017

»Mein Name ist Claudia Martinelli«, begrüßte Wochen später eine attraktive 50-Jährige im eleganten Kostüm den nervös wirkenden Herbert. »Sie hatten um einen vertraulichen Beratungstermin in unserer Kanzlei gebeten. Bitte setzen Sie sich.«

»Guten Tag, Frau Martinelli«, grüßte Herbert die Anwältin, »ist es in Ordnung, wenn ich Ihnen meinen Namen nicht nenne? Ich bezahle die Beratung in bar und unser Gespräch muss vertraulich bleiben.« Die Kanzlei war malerisch in der Ringanlage, einer gut erhaltenen Stadtmauer in der Altstadt, untergebracht.

»Selbstverständlich.« Die Anwältin bot Herbert einen Platz an und setzte sich zu ihm an den runden Verhandlungstisch, »das wäre im Grunde genommen nicht notwendig«, räumte sie seine Sorgen beiseite, »denn wir Anwälte sind an die Verschwiegenheitspflicht gebunden. Dennoch«, die einfühlsame Juristin verstand Herberts sorgenvollen Gesichtsausdruck und ergänzte beruhigend, »mir gehört die Kanzlei, Sie dürfen die Erstberatung in bar bezahlen. Wie genau darf ich Ihnen behilflich sein?«

Herbert war erleichtert, endlich konnte er mit jemandem sprechen. Er vertraute dieser fremden Frau von der ersten Sekunde an, sie strahlte eine souveräne Ruhe aus. Vielleicht konnte sie ihm wirklich helfen. Vorsichtig begann er von seinem dunklen Geheimnis zu berichten: »Es geht um ein schweres Verbrechen, habe gehört, dass man«, stotterte er unbeholfen seinen lange zurechtgelegten Satz, »unter bestimmten

Voraussetzungen mit der Staatsanwaltschaft, wenn man sich selbst stellt, möglicherweise eine Vereinbarung treffen kann.«

»Das ist korrekt«, antwortete Frau Martinelli und stand auf. »Warten Sie bitte kurz.« Es hatte an der Tür geklopft, ihr Sekretär kam herein. »Möchten Sie einen Kaffee?«, fragte sie Herbert, der dankbar nickte, sein Anliegen fehlerfrei herausgebracht zu haben. »Dann bitte zwei Kaffee, Wasser und zwei Gläser. Danach absolut keine Störungen mehr.« Sie zog, während Herbert und sie auf den Kaffee warteten, ihr Kostümjäckchen aus. »Das interessiert mich sehr«, sagte sie zu Herbert und lächelte ihm aufmunternd zu, »bin gespannt, was Sie mir zu erzählen haben.« Während sie ihre Jacke sorgfältig aufhängte und glattstrich, verströmte ihr Parfum einen betörenden Duft. Nachdem der heiße Kaffee auf dem Besprechungstisch dampfte und dieser zusätzlich seinen Wohlgeruch verströmte, fühlte sich Herbert nicht mehr so unwohl. Seine große Sorge vor der steifen Atmosphäre einer Anwaltskanzlei war verflogen. Dass er sich so behaglich fühlen würde, damit hatte er nicht gerechnet. Die Juristin schenkte ihm ihr sympathischstes Lächeln. »So, jetzt sind wir ganz für uns«, sagte sie aufmunternd zu ihm, »Sie können mir gerne alles anvertrauen. Alles bleibt unter uns.« Setzte sich interessiert auf und beantwortete die zuvor gestellte Frage Herberts noch präziser: »Eine Vereinbarung mit der Staatsanwaltschaft kann man nicht nur im Vorfeld treffen, wenn man sich selbst stellt, sondern kann eine sogenannte Verfahrensabsprache zu jedem Zeitpunkt einleiten. Sofern natürlich«, ergänzte sie schnell, »die Voraussetzungen dafür erfüllt sind. Erzählen Sie mir alles der Reihe nach, unser Gespräch bleibt in diesem Raum.«

»Vor 32 Jahren haben meine Frau und ich eine schreckliche Tat begangen.« Herbert erzählte umständlich alles, auch von Salvatores Erpressung, von seiner Sorge, Sara könnte sich gegen seine Frau und ihn stellen. »Und«, schaute er fragend die interessierte, teilweise ungläubig schauende Anwältin an, »was können Sie mir anbieten, wozu würden Sie mir raten? Soll ich mich stellen? Können Sie mir im Vorfeld die Garantie geben, dass ich nicht ins Gefängnis muss?« Er hatte so viele Fragen im Kopf. Fragen, die ihn nicht mehr schlafen ließen, Fragen, die ihm Hoffnungen machten.

Die Juristin blätterte in einem Strafgesetzbuch und schwieg zunächst. Nach ein paar Minuten legte sie das Taschenbuch beiseite, schaute Herbert prüfend an: »Ist das Ihre entscheidende Frage? Ob Sie ins Gefängnis müssen oder nicht?«

»Ja«, antwortete Herbert verunsichert, »das ist doch die wichtigste Frage – oder nicht?«

»Das besprechen wir gleich«, überging sie die zweite Frage von Herbert, »wir können auf jeden Fall die verfahrensbezogenen Maßnahmen, das Prozessverhalten und vor allem die Rechtsfolgen vorab mit der Staatsanwaltschaft abstimmen, zumindest einen Korridor dafür festlegen.«

»Das bedeutet?« Herbert konnte mit dem Fachjargon nichts anfangen. »Können Sie mir das genauer erklären?«

»Die Ausgestaltung der Strafe darf vorab besprochen werden, nicht konkret, aber zum Beispiel, welches Maß nicht überschritten werden darf, ob die Strafe auf Bewährung ausgesetzt werden kann, welche Beweisanträge, Gutachten notwendig sind oder nicht.«

»Das mit den Beweisanträgen und Gutachten verstehe ich nicht, wenn wir wissen, wie hoch die Strafe ausfällt, wieso ist das dann wichtig?«

»Zum Beispiel, ob eine umfangreiche DNA-Analyse notwendig wird oder nicht, wirkt sich auf die Dauer der Verhandlung, vor allem auf die Kosten aus. Wir können im Vorfeld darüber sprechen, ob einzelne Anklagevorwürfe überhaupt verhandelt werden.« Herbert nickte verstehend, die erfahrene Anwältin fuhr fort: »Ohne Ihr Geständnis würde die Staatsanwaltschaft schwer oder gar nicht vorankommen. Erschwerend kommt hinzu, dass sich die Straftat vor 32 Jahren und dazu im Ausland abgespielt hat. Allein aus prozessökonomischen Gründen bekommen wir einen Deal«, sie lächelte ihn wohlwollend an, »mit großer Sicherheit vereinbart. Die Strafverfolgungsbehörden werden ein hohes Interesse zeigen, Ihren Fall gemeinsam mit uns aufzuklären.«

»Was macht Sie so sicher?« Herbert hatte sich diese Antwort zwar herbeigesehnt, konnte es jedoch kaum glauben. Wenn es so einfach war, weshalb hatte er drei Jahrzehnte damit gewartet?

»Ganz einfach«, lächelte sie ihn an, »ohne Ihre Mithilfe ist eine Aufklärung zum aktuellen Zeitpunkt so gut wie ausgeschlossen. Der fehlende Anfangsverdacht und die mangelnden Beweise sind die besten Voraussetzungen für eine Verfahrensverständigung. Ihr Fall ist dafür geradezu prädestiniert, wie aus dem Lehrbuch.« Sie lächelte ihn zauberhaft an.

Herbert wurde warm ums Herz. Das könnte seine Rettung sein. Obwohl, erneut schoss ein sorgenvoller Gedanke durch seinen Kopf: »Würde der Fall öffentlich verhandelt werden?« Herbert wollte wissen, ob seine Kunden davon erfahren würden. Er würde sich Sorgen um seinen Ruf machen, auch wenn ihm der eigentlich egal sein könnte.

»Die Verständigung erfolgt als geheime Verfahrensabsprache und somit ohne Beobachtung durch Journalisten und die weitere Öffentlichkeit. Auch das können wir vereinbaren, damit alles so unbeobachtet wie möglich über die Bühne geht.«

»Muss sich das Gericht an alle Absprachen halten?«

»Ja, selbstverständlich«, antwortete sie mit einem warmherzigen Lächeln, »das Gericht ist an diese Absprachen gebunden. Es gibt jedoch Ausnahmen«, sie schaute ihm offen in die Augen, Herbert fühlte ihre Offenheit, nickte ihr dankbar und interessiert zu, »sobald rechtliche oder tatsächliche Umstände übersehen wurden oder neu hinzukommen, muss das Strafmaß neu bewertet werden.«

»Dann kann ich doch noch ins Gefängnis kommen?« Nun war er doch ein wenig enttäuscht.

»Nicht so einfach«, beruhigte die erfahrene Fachfrau, »Ihr Geständnis darf dann nicht mehr so einfach genutzt werden. Es entsteht ein sogenanntes Verwertungsgebot. Die Staatsanwaltschaft muss eigene Beweise sichern.«

»Das heißt«, fragte Herbert konkret nach, »Sie würden mir dazu raten?«

»Damit kommen wir dazu, Ihre Vorstellungen zu präzisieren«, wich die kluge Juristin seiner konkreten Frage aus. »Wenn Ihre wichtigste Frage darin besteht, ob Sie ins Gefängnis müssen oder nicht, dann kann ich Ihren Fall in Ruhe prüfen und Ihnen meine konkrete Einschätzung liefern.«

»Welche wichtigen Fragen gibt es noch?« Herbert wusste nicht, worauf sie hinauswollte.

»Ganz einfach«, antwortete sie, »es gibt zwei Fragen, die wir uns vorab stellen müssen.« Sie sagte es so, als ob es bereits ihr gemeinsamer Fall wäre. Irgendwie fühlte er sich bei ihr geborgen, zumindest gut aufgehoben. »Die eine Frage ist das Finanzielle. Die andere, was ist mit Ihrer Beziehung zu Ihrer Frau und Ihrer Tochter? Können Sie damit leben, wenn sich beide von Ihnen abwenden?«

Herbert schaute betreten auf seine leere Kaffeetasse. »Das weiß ich nicht«, antwortete er nach einigem Zögern leise, »das finanzielle Thema ist kein Problem, ich habe bereits meine Firma verkauft. Meine Tochter möchte ich jedoch nicht verlieren, habe ihr gerade ein kleines Hotel gebaut, damit sie für ihre Zukunft abgesichert ist. Sie ist mir das Allerwichtigste. Mit meiner Frau läuft es gerade nicht gut. Sie versteht mich nicht mehr oder hat mich vielleicht nie verstanden. Ich weiß es nicht.«

»Dann möchten Sie auf keinen Fall die Beziehung zu Ihrer Tochter aufs Spiel setzen?«, fasste sie Herberts Aussage zusammen. »Bewährung, Geldstrafe und gute Beziehung zu Sara«, wiederholte sie halblaut für sich, sie hatte alles mitgeschrieben, der Fall interessierte sie sehr.

»Ja«, Herbert nickte erleichtert dazu, »so haben Sie es korrekt zusammengefasst.«

»Vertrauen Sie mir?« Claudia Martinelli schaute ihn mit ihren blauen Augen offen an. »Möchten Sie, dass ich das Geschilderte prüfe und soll ich Ihnen meine konkrete Einschätzung geben?«

»Ja«, auch das konnte Herbert beantworten, »ich vertraue Ihnen, und Sie bekommen von mir alle Informationen«, und setzte schnell hinzu, »auch meine Adresse und meine Telefonnummer.«

»Darauf wollte ich hinaus«, schmunzelte die Anwältin und wurde ernst, als sie das bekümmerte Gesicht ihres Klienten sah.

»Allerdings«, er schaute ihr ebenso klar in die Augen, »ich habe eine Bedingung.«

»Und die wäre?«

»Ich möchte jederzeit abbrechen können«, er schaute sie bittend an, »ich möchte jederzeit aus dem Verfahren aussteigen, ohne Rechtfertigung.«

»Das ist bis zu dem Moment, ab dem wir konkret mit der Staatsanwaltschaft verhandeln, jederzeit möglich. Danach nicht mehr.«

»Ist in Ordnung. Ich meinte auch, bis wir zur Staatsanwaltschaft gehen«, antwortete Herbert beruhigt, »und dann habe ich noch eine Bitte.« Er zögerte einen Moment, er wusste, sie könnte es falsch verstehen. »Ich würde es begrüßen, wenn wir uns außerhalb Ihrer Kanzlei treffen könnten.«

»Weshalb?« Frau Martinelli wirkte irritiert, jedoch nicht überrascht. Sie schaute Herbert wachsam an. Als er nicht sofort etwas sagte, stand sie auf und zog sich ihr Jäckchen an.

»Nicht, was Sie denken!« Herbert wurde verlegen. »Ich möchte bei einer Strafverteidigerin nicht gesehen werden.« Er lächelte sie scheu an. »Wir könnten uns in einem Hotel zum Abendessen treffen, das wäre für mich unverfänglicher.«

»Wirklich?« Erleichtert nahm die Juristin die Erklärung zur Kenntnis. »Wenn das der einzige Grund ist, dann können wir das gerne so machen.«

Kapitel 29

Baiersbronn, 2017

Das nächste Treffen mit Claudia Martinelli bereitete Herbert akribisch vor. Er suchte sich das beste Fünf-Sterne-Hotel aus, welches er im weiteren Umkreis kannte. Es durfte nur nicht zu nah am Bodensee liegen. Das *Hotel Traube* in Baiersbronn hatte er dafür als zweckmäßig ausgesucht, weit genug entfernt für ein vertrauliches Gespräch. Herbert reservierte auf 18 Uhr einen Tisch für zwei Personen, für Frau Martinelli zusätzlich ein Appartement im Nebengebäude, damit sie, falls es an dem Abend später werden würde, dort übernachten könnte. Er selbst wollte nach dem Termin nach Konstanz fahren. Eine Stunde vor der Verabredung war Herbert in Baiersbronn angekommen. Aufgeregt ging er auf dem Parkplatz auf und ab, schaute wachsam, ob er ein Fahrzeug mit Villinger Kennzeichen entdecken würde. Er hatte sein Auto sicherheitshalber nicht auf dem offiziellen Parkplatz geparkt, sondern war ein paar Meter gelaufen. Zum Glück standen dort nur Fahrzeuge aus Stuttgart, Böblingen oder von weiter her. Wie der dunkelblaue Jaguar aus Hamburg. Den Treffpunkt hatte er sich gut ausgesucht, sein geheimes Treffen würde nicht entdeckt werden. Zufrieden blickte er zur Uhr. Noch eine halbe Stunde. Claudia Martinelli war zu diesem Zeitpunkt unterwegs. Sie war gerade an Freudenstadt vorbeigefahren und freute sich auf den besonderen Termin im Schwarzwald. Wäre ihr Herbert nicht auf den ersten Blick sympathisch gewesen und seine Geschichte nicht so außergewöhnlich, seine Einladung hätte sie selbstverständlich abgelehnt. So fühlte es sich jedoch gut an, es kam ihr vor, als ob sie in ein verlängertes Wochenende fahren würde. Sie hatte die Übernachtungsgelegenheit gerne angenommen, sie würde auf jeden Fall bis zum Frühstück bleiben, vielleicht auch länger. Ohne Herbert natürlich. Er schien schüchtern zu sein, sie müsste sich keine Sorgen machen, ihr Klient wollte nur ihre fachliche Einschätzung. Erleichtert erblickte Herbert ihren Wagen, als sie auf den Hotelparkplatz fuhr. Herbert hatte das schnittige Auto seiner Anwältin von weitem am Kennzeichen erkannt. Er blieb stehen und ließ sie in Ruhe aussteigen. Claudia Martinelli schaute prüfend in den Schminkspiegel der Sonnenblende und zeichnete die Konturen ihrer sinnlichen Lippen nach. Aus gebührender Entfernung betrachtete er sie, und ein ihm unbekanntes Gefühl überkam ihn dabei. Irgendwie mochte er sie. Bisher hatte er seine Doris nie betrogen, er hatte nicht einmal mit anderen Frauen geflirtet. Dafür war er viel zu beschäftigt. Und ehrlich gesagt, auf dem Bau gab es kaum Gelegenheiten. Nur heute lag etwas Besonderes in der Luft, es fühlte sich an wie ein Flirt. Allein die Heimlichkeit, mit der sie sich trafen. Wie anmutig sie aus dem Wagen stieg. Zuerst sah er die eleganten Stöckelschuhe herausschweben. Der Atem stockte ihm für einen Moment. Sie war atemberaubend schön. Das hatte er in der Kanzlei nicht so bemerkt. Ihre blonden, gewellten Haare, die blauen Augen. Ungewöhnlich für eine Italienerin, wobei, sie könnte den Namen von ihrem Mann angenommen haben, überlegte er kurz. Ob sie verheiratet ist? Dachte er für einen Moment und fühlte so eine Schwere in der Magengegend. Lange beschäftigte er sich damit nicht, er starrte stattdessen weiter fasziniert zu seinem Date hinüber. Na ja, es war kein Date, aber es fühlte sich im Moment so an, sein Herz schlug schneller. Nun stand sie an der offenen Fahrertür. Ihr hübsches knielanges Kleid mit großen Blumen strahlte in der Abendsonne. Sie beugte sich ins Wageninnere – während Herbert ihre traumhafte Figur bewunderte. Er riss sich aus seinen Träumen und lief auf sie zu, während sie gerade in ihren leichten Mantel, in derselben Farbe wie die lachsfarbenen Blumen auf ihrem Kleid, hineinschlüpfen wollte. Er beschleunigte seinen Schritt, wollte ihr behilflich sein, da drehte sie sich um, sie hatte seine eiligen Schritte im Kies gehört.

»Oh«, sagte sie mit einem freudigen Lächeln, »Sie sind ja schon da.«

»Wie war Ihre Fahrt?« Herbert half ihr in den leichten Sommermantel, der auf den Zentimeter mit ihrem Kleid abschloss. Bei ihr passte einfach alles harmonisch zusammen. Er tauchte, während sie den Mantel mit einem Gürtel schloss und sich ihm zuwandte, in einen Hauch von Maiglöckchen ein. Er genoss den gefährlichen Duft und die verführerische Nähe.

»Sehr gut«, antwortete sie. Nebenbei musterte sie ihn unauffällig. Der hellgraue Sommeranzug stand ihm gut, dazu ein offenes Hemd. Herbert war vom Bau braun gebrannt. In dieser noblen Umgebung sah es danach aus, als ob er gerade von seiner Jacht im Mittelmeer zurück in den Schwarzwald gekommen wäre. Er war ihr nicht nur sympathisch, er sah richtig gut aus. »Das war eine sehr schöne Idee von Ihnen, mir ein Zimmer zu reservieren. Das ist dann für mich fast wie Urlaub.«

»Das freut mich sehr«, antwortete Herbert glücklich, »übrigens habe ich es Ihnen nicht nur reserviert, sondern Sie sind natürlich mein Gast. Neben Ihrem Honorar und der Anfahrt übernehme ich selbstverständlich alle Kosten. Das ist das Mindeste! Ich bin sehr gespannt, was Sie mir heute zu berichten haben.« Herbert wollte schnell zum geschäftlichen Anlass übergehen, er wollte ihr gegenüber keinen falschen Eindruck erwecken. Es war schlimm genug, wie eigenartig seine Augen glänzten. Er spürte zu seinem Entsetzen, wie sehr er sie anstrahlte. Gerade wie ein kleiner Junge, der vor dem geschmückten Weihnachtsbaum stand, es kaum erwarten konnte, die Geschenke auszupacken. »Darf ich Ihnen etwas abnehmen?«, fragte er stattdessen, als er die vielen Unterlagen auf dem Rücksitz ihres Autos liegen sah. »Oder wollen wir das hier lassen, essen erst in aller Ruhe und sprechen dann über meinen Fall?«

»Sehr gerne«, lächelte ihn die adrette Frau positiv überrascht an, »das ist eine gute Idee.« Sie hatte nur gefrühstückt und freute sich seit dem Nachmittag auf das Abendessen. Und irgendwie war sie auf die private Seite von Herbert gespannt. So schüchtern kam er ihr doch nicht mehr vor. Sie sah an seinen Blicken, wie umwerfend er sie fand. Claudia Martinelli empfand das als sehr schmeichelhaft und angenehm. Sie hatte, obwohl sie so eine attraktive Frau war, wie ihr jeder bestätigte, seltsamerweise schon lange keinen ernsthaften Flirt mehr gehabt. Weshalb die Männer so zurückhaltend waren, das wusste sie selbst nicht. Ihre Freundinnen trösteten sie damit, dass sie eine zu starke Frau sei, einen zu guten Job hätte, so etwas würde viele Männer einschüchtern. Herbert offensichtlich nicht, er zeigte ihr, wie sehr sie ihm gefiel. Mehr jedoch nicht. Auch das gefiel ihr gut, sehr gut sogar. Er war ein echter Gentleman, nicht, wie sie Bauunternehmer bisher kannte. Ihr waren Männer aus diesem Business mehrfach über den Weg gelaufen, sie waren eher Machos, ruppig, anmaßend. Im Hotel hatte Herbert selbstverständlich ein ruhiges Plätzchen ausgesucht. Er machte bisher alles richtig. Sie saßen in einer kuscheligen Ecke, ein ungestörter Platz für Verliebte. Eigentlich. Der Kellner zündete die Kerze an, bot einen Aperitif an und ließ die beiden allein.

»Erzählen Sie mir mehr von sich«, begann die Juristin, »die Fakten zu Ihrem Fall kenne ich alle. Um Ihnen eine sehr gute Einschätzung abgeben zu können, würde ich gerne mehr von Ihnen selbst erfahren. Über Ihr Verhältnis zu Sara, zu Salvatore und auch zu Ihrer Frau.« Herbert stutzte, darauf war er nicht vorbereitet. Was sollte er über Salvatore erzählen, er wollte ihn loswerden. Wenn auch nicht direkt ihn, so zumindest dessen nicht enden wollenden Erpressungen. Und seine Frau? Was konnte er über sie erzählen, über seine Beziehung zu ihr? Er wusste im Moment nicht einmal, wie er zu ihr stand, er fühlte nur, dass ihn diese liebenswerte Frau hier magisch anzog. Liebend gerne würde er ihr alles von sich selbst erzählen. Wobei sich das ungewohnt für ihn anfühlte. Bisher hatte das niemanden interessiert. Ein wenig irritierte ihn das. Bisher hatte er mit niemandem über sich und seine Gefühle gesprochen. Nicht mal seine Frau interessierte sich dafür. Das war alles Routine, man war zusammen. Es war Gewohnheit geworden und die Liebe offensichtlich auf der Strecke geblieben. Sollte er davon erzählen?

»Sie brauchen mir das nicht zu erzählen«, die Anwältin sah, wie schwer sich Herbert mit der Antwort tat. »Waren Sie hier schon öfter zum Essen? Können Sie mir etwas empfehlen?«

»Ich überlege mir gerade«, antwortete Herbert nachdenklich, »welches Verhältnis ich zu meiner Frau habe. Ich habe mir diese Frage schon lange nicht mehr gestellt.«

»Das habe ich mir fast gedacht«, antwortete sie einfühlsam. »Wollen wir darüber nach dem Essen sprechen?« Es tat ihr leid, wie sehr sie ihn mit ihrer Frage überfordert hatte.

»Sehr gerne«, Herbert war erleichtert. Wie war sein Verhältnis? Zumindest so schlecht, dass er Doris nichts von seinem Termin in Baiersbronn gesagt hatte. Sie wusste nicht, was in ihm vorging, schon lange nicht mehr. Und er, er wusste nichts mehr von ihr. »Nein«, antwortete er auf die erste Frage seiner empathischen Tischnachbarin, »ich war hier noch nie.« Beide schauten in die Karte, bemerkten, sie hatten dieselben Gerichte in der engeren Wahl. Und freuten sich auf das gemeinsame Abendessen. Vertraut fühlte es sich an. Wie ein privates Treffen unter alten Freunden. Claudia stellte keine indiskreten Fragen, und Herbert entspannte sich zunehmend. Die Anspannung vor diesem Termin fiel in diesem Moment von ihm ab. Stück für Stück. Sie bestellten sich zwei unterschiedliche Degustationsmenüs: Er hatte sich für ein Fünf-Gänge-Menü mit Schwerpunkt Fleisch entschieden. Sie sich für ein Menü mit Meeresfrüchten. Bereits beim ersten Gang ließ die von Herbert bestellte marinierte, gegrillte Entenleber mit eingelegten Früchten in Honigweincoulis und karamellisierten Cashewkernen seiner Tischnachbarin das Wasser im Mund zusammenlaufen. Claudia Martinelli freute sich auf ihre gefüllte Seezunge mit schottischem Kaisergranat an Artischocken, hatte jedoch große Lust, vom verlockenden Nachbarteller zu kosten. Claudia fragte so auffällig nach, ob das Gericht von Herbert so lecker schmecken würde, wie es aussah, dass Herbert ziemlich schnell, wenn auch auf eine unbeholfene Art, herumstotterte und schlussendlich doch einen zusammenhängenden Satz zusammenbrachte:

»Es ist unbeschreiblich, ich weiß nicht, möchten Sie vielleicht selbst davon kosten?« Sie hatte nur darauf gewartet und lud Herbert nun ein, von ihrem Teller zu naschen.

»Mit Ihnen ist alles so einfach«, sagte die Volljuristin in ihrem hübschen Kleid erfreut, während sie elegant vom Teller ihres Mandanten naschte. »Ich glaube, ich hatte noch nie so einen angenehmen Geschäftstermin.« Sie amüsierte sich darüber, wie verlegen Herbert wurde, ihr Klient war etwas ganz Besonderes. Sie mochte ihn und wollte es ihm, damit er sich sicherer fühlte und später mehr von sich erzählen konnte, offen zeigen. Auch wenn das sonst nicht ihre Art war. »Sie sind ein sehr angenehmer Mann«, sagte sie ihm deshalb freimütig, »sonst hätte ich mich nicht auf diesen Termin im Schwarzwald eingelassen.«

»Das freut mich sehr«, Herbert fühlte sich komplett befreit, er hätte sich den Abend nicht besser vorstellen können. Eine bessere Anwältin hätte er sich nicht wünschen können. Auch wenn sie bisher kein Wort über seinen Fall gesprochen hatten, genoss er im Moment die angenehme Atmosphäre mit Claudia Martinelli. Fühlte sich so seine neue Freiheit an? Er kannte diese Leichtigkeit nicht mehr. Bisher gab es nur geschäftliche Termine, er hetzte von einem zum anderen, um dann am Abend in das missmutige Gesicht seiner Frau zu schweigen. Er wollte es allen recht machen. Diesmal war es anders. Seiner Frau hatte er von einem wichtigen Termin erzählt, der mit der vollständigen Übergabe seiner Firma zu tun hätte. Damit hatte er sie komplett beruhigt, so dachte er, denn sie hatte ihn nichts Weiteres gefragt. Ein schlechtes Gewissen hatte er nicht, zumindest nicht mehr. Es fühlte sich rundherum richtig an. »Ich möchte Ihnen«, stellte Herbert klar, »in keiner Weise zu nahe treten, keine Sorge. Hatte Ihnen ja die Gründe, weshalb ich nicht erneut in Ihre Kanzlei wollte, genannt.«

»Wollen wir uns vielleicht mit dem Vornamen ansprechen?« Claudia berührte vorsichtig seine Hand. »Dann fällt es Ihnen sicher leichter, über Ihre Beziehungen zu Doris und Sara zu sprechen«, erklärte sie ihren forschen Vorstoß, »wir können jedoch gerne auf Distanz bleiben. So, wie Sie sich wohlfühlen.« Wobei ihr klar war, dass sie bereits mit dem vertrauten Abendessen die Distanz zu ihrem Klienten verloren hatte. Das hatte angefangen, als er ihr in den Mantel geholfen hatte. Er war ihr dabei viel zu nahe gekommen. Sie musste in sich hineingrinsen, das würden nur Frauen verstehen, was sie in dem Moment gedacht hatte. Ihr hatten schon viele Männer den Mantel gehalten, aber keiner kam ihr dabei so nah wie Herbert. So war es, sie würde aufpassen müssen, auf sich selbst.

»Sehr gerne«, antwortete er freudig überrascht, »ich bin Herbert, und wir können uns auch gerne duzen.« Herbert war auf dem Bau das Gesieze sowieso nicht gewöhnt und froh darüber, wie unkompliziert Claudia war. Eine Traumanwältin. Jetzt war der Abend perfekt.

»Gerne, ich bin Claudia«, sagte sie mit ihrem zauberhaftesten Lächeln, welches Herbert durcheinanderbrachte. Er nickte ihr zu, nahm sein Weinglas in die Hand, sie nahm ihres und deutete ein Anstoßen nur an, sie waren sich einig, die Gläser würden sich nicht berühren.

Kapitel 30

Konstanz, 2017

»Wo ist Papa?«, kam es aufgeregt aus dem ersten Stock. »Ich muss dringend mit ihm sprechen und kann ihn telefonisch nicht erreichen.«

»Er ist vorhin zu einem Termin gefahren«, antwortete Doris ihrer Tochter nach oben, »es kann spät werden, hat er gesagt.«

»Ich dachte, er ist in Rente!«, kopfschüttelnd kam Sara ein Stückchen die Treppe nach unten und schaute nach ihrer Mutter. »Welchen Termin hat er?«

Doris war gerade auf dem Weg in die Küche, sie wollte das Abendessen für ihre Tochter und sich selbst vorbereiten. »Essen wir in einer halben Stunde?«, fragte sie deshalb Sara.

»Was für ein Termin?«, wollte Sara wissen. Sie lief schnell die Treppen nach unten und stand fragend vor ihrer Mutter, die Arme in der Seite: »Er hat mir gar nichts davon gesagt, und weshalb schaltet er sein Handy aus, was soll das?«

»Keine Ahnung«, kam es mürrisch von Doris, »was brauchst du denn von ihm?«

»Ich wollte mit ihm die Fußbodenbeläge für das Hotel besprechen, er sagte mir, wir können nur noch heute Änderungen mit dem Architekten durchgehen.«

»Das kommt davon, wenn man alles auf den letzten Drücker macht«, kritisierte Doris unwirsch ihre Tochter, »das hättest du dir halt vorher überlegen müssen.«

»Hast du schlechte Laune, Mama?«

»Nein.«

»Oh doch«, Sara schaute sie genauer an, »ich sehe es dir an. Was ist passiert?« Nahm ihre Mutter an der Hand und zog sie zum Sofa. »Setze dich und erzähle mir alles!«

»Da gibt's nichts zu erzählen«, versuchte Doris, sich den aufdringlichen Fragen zu entziehen, »du hast mal wieder nichts vorbereitet, kommst am Freitagabend mit dem Fußboden daher, und alle sollen sofort springen. Wann lernst du endlich mal, nicht alles aufzuschieben, wichtige Dinge sofort zu erledigen?«

»Darum geht es doch gar nicht«, antwortete Sara ruhig und schaute Doris in die Augen, »wir haben alles geklärt, ich hatte nur eine Kleinigkeit. Du siehst traurig aus.« Sara kannte ihre Mutter in- und auswendig, sah auf den ersten Blick, mit ihr stimmte etwas nicht. »Ich sehe es. Du hast recht, wir schieben keine wichtigen Dinge auf den nächsten Tag, wir klären das jetzt und hier. Was ist los, Mama?« Sara konnte, wenn sie sich etwas in den Kopf gesetzt hatte, sich freundlich, jedoch bestimmt durchsetzen. Sie würde nicht lockerlassen, das war ihrer Mutter klar. Sie würde so lange an ihr kleben, bis sie die ganze Geschichte von ihr erfahren würde.

»Dein Vater hat eine andere«, Doris schaute bedrückt zu Boden.

»Ehrlich?« Sara war schockiert. »Seit wann?«

»Seit ein paar Wochen?«, vermutete ihre Mutter, sie zuckte resigniert mit den Achseln.

»Oh nein«, Sara war bestürzt, sie war so mit dem Bau ihres Hotels beschäftigt, dass sie wohl nichts mehr um sich herum wahrgenommen hatte. »Das darf nicht wahr sein!« Sie wollte mit ihren Eltern gemeinsam das Hotel am Anfang aufbauen, und jetzt diese Nachricht. Betreten schauten sie beide zu Boden. Sara fühlte sich wie vom Blitz getroffen. »Kennst du sie?«

»Nein«, kam es tonlos von Doris.

»Hast du sie gesehen oder wie kommst du darauf?«

»So was spürt man doch als Ehefrau.«

»Was hast du denn gespürt?« Sara nahm die Hand von ihrer Mutter und schaute sie lieb an. Sie atmete auf, sie glaubte nicht daran, dass ihr Vater fremdgehen würde. Ihre Mutter war schon immer eifersüchtig gewesen, obwohl sie dafür nie einen Anlass hatte. Sie hatte sich das alles sicher eingebildet. Das hoffte Sara zumindest. »Erzähle mir alles!«, forderte sie deshalb ungestüm ihre Mutter auf.

»Er ist in den letzten Wochen und Monaten so abweisend zu mir, er ist immer abwesend, in Gedanken. Wenn ich ihn darauf anspreche, begründet er es mit der Arbeit, mit dem Hotelbau, mit dem Verkauf der Firma.«

»Das belastet ihn sicher«, warf Sara vorsichtig ein, »redet er darüber nicht mit dir?«

»Nicht wirklich«, nickte Doris, »er erzählt mir nur belangloses Zeug. Im Grunde genommen macht er alles mit sich selbst aus. Du kennst ihn ja, also die wirklich wichtigen Dinge klärt er allein. Er hat mir nebenbei erzählt, er würde unser Haus in Konstanz verkaufen. Ich habe den Eindruck, er will sein ganzes Leben auflösen.«

»Unser Haus?« Sara war bestürzt, sie konnte es nicht fassen, eine Hiobsbotschaft nach der anderen, was würde sie noch so nebenbei erfahren? »Das kann er doch nicht machen. Das muss er doch mit dir absprechen und auch mit mir!« Sie stand erregt auf, lief auf und ab: »Schließlich bin ich dort aufgewachsen und hänge daran.« Sara steigerte sich hinein, ärgerte sich maßlos über ihren Vater. Wie konnte er nur! Jeden Tag saß sie mit ihm an einem Tisch, sie besprachen jede Steckdose, jede blöde Fuge im Hotel – und nun? Nun erfuhr sie nebenbei, ihr Elternhaus würde verkauft werden. Hielt er das nicht für nötig? Schließlich wohnte sie dort noch, sie hatten zwar darüber gesprochen, dass es geschickt wäre, wenn im Hotel ein Appartement im Dachgeschoss eingeplant werden würde. Damit dieser Bereich optimal genutzt werden konnte, sie dort notfalls wohnen oder es vermieten könnte. Das war eine Option, sie wusste, dass der Bereich ausgebaut werden würde. Sie war nicht davon ausgegangen, dass sie dort in der nächsten Zeit einziehen müsste, weil sie kein Zuhause mehr hätte. Und wo würden ihre Eltern wohnen? Sara versuchte schnell, ihre Gedanken zu ordnen. So kannte sie ihren Vater nicht, er würde ihr das doch niemals antun. Gab es einen anderen Grund? Brauchte er mehr Geld für ihr Hotel als geplant? Ihr wurde heiß. War das der wahre Grund? Sara bekam ein schlechtes Gewissen: »Oder muss Papa unser Haus verkaufen, weil mein Hotel zu teuer wird?« Sara schaute ihre Mutter eindringlich an, das würde sie nicht wollen.

»Nein«, beruhigte Doris die aufgeregte Tochter, »das Hotel ist nur leicht über dem Kostenrahmen, zumindest soweit ich weiß. Mach dir darüber keine Sorgen.«

»Weshalb möchte er es dann verkaufen?« Und setzte aufgebracht hinzu. »Warum spricht er nicht mit dir darüber?«

»Es ist zu groß«, antwortete sie, »wir haben darüber gesprochen, das hast du falsch verstanden.« Doris wollte zwar von ihrem Kummer ablenken, jedoch Sara nicht so gegen ihren Vater aufbringen.

»Ja«, kam es schnippisch von der entrüsteten Sara, »dann erzähle es mir richtig, was habt ihr besprochen? Mama, rede endlich Klartext. Ich bin kein Kind mehr. Ihr habt nie mit mir gesprochen. Aber so geht es nicht mehr, was habt ihr vor?«

»Ich sagte mal, ich könnte mir ein Haus in den Bergen vorstellen …«

»Ein Haus in den Bergen«, fassungslos unterbrach Sara ihre Mutter, »so eines, in das man nicht einzieht, wenn es fertig ist?« Der Sarkasmus war nicht zu überhören. »Meinst du das?«

»Beruhige dich«, ermahnte Doris, die keine Lust auf solche Verhörmethoden hatte, ihre Tochter scharf. »Du bist ja ganz außer dir!«

»Zu Recht oder findest du das nicht?« Sara war in Fahrt, sie war normalerweise entspannt, in solchen unklaren Situationen konnte sie sich jedoch kaum einbremsen. Da flippte sie regelrecht aus: »Ihr habt doch ein wunderschönes Haus in den Bergen. Das habt ihr doch?« Sie schaute ihre Mutter an, wartete, bis diese nickte. »Wie oft bist du dort?« Sara verstand die Welt nicht, sie wollten das schöne Haus in Konstanz verkaufen, um ein Haus in den Bergen anzuschaffen, obwohl das in Brienz nicht genutzt wurde. Und sie sollte sich beruhigen. Man nahm ihr das Zuhause weg, weswegen? Wegen nichts! »Das habe ich bis heute nicht verstanden, dort ist es so herrlich, man hat den Blick auf den Brienzer See, das alte Raddampfschiff dreht seine Runden, die Dampfbahn, die auf den Berg fährt. Alles wie im Märchen.« Sie machte eine Pause und schüttelte den Kopf, sie konnte es nicht fassen. »Ihr fahrt nur hin, um nach dem Rechten zu schauen, danach geht es sofort wieder nach Hause. Als ob der Teufel hinter euch her wäre. Oder der Berg sich rächen würde, wenn ihr da mal nicht bis zum Umfallen arbeiten würdet.« Bei Sara kam alles hoch, das mit Brienz lag für sie im Dunkeln. Was verschwiegen ihre Eltern ihr?

»Wir haben Angst in Brienz«, antwortete Doris erschrocken, sie wollte wirklich nicht auch noch dieses Thema mit Sara besprechen. Sie hatte es immer vermieden, über die Vergangenheit zu sprechen. Davor hatte sie Angst, mehr als vor dem dummen Berg. Davor, Sara könnte zu viele Fragen stellen. Und jetzt waren sie bei diesem ungeliebten Brienz. »Wenn du damals das erlebt hättest wie wir, du würdest uns verstehen«, sagte sie, und es klang eingeschnappt. Dass sie immer wieder auf diesem Thema herumreiten musste.

»Das mit dem Hausverkauf, wann wolltet ihr eigentlich mit mir darüber sprechen?«, überging Sara den altbekannten Einwurf. »Hättet ihr mich informiert, nachdem es verkauft wurde? Oder hätte ich das von den Nachbarn erfahren?«, kam es bissig von Sara, sie war richtig in Fahrt. »Oder hättet ihr mir ganz beiläufig gesagt, ach so, Sara, pack schnell deine Sachen zusammen, wir fahren morgen. Und ich hätte freudig nachgefragt, in Urlaub? Nach Brienz? Nein, wie kommst du darauf! Ihr hättet mich dann mitleidig aufgeklärt. Mein Schatz, morgen wohnen hier andere Leute, wusstest du das nicht? War das euer Plan? Habt ihr euch das so vorgestellt?«

»Nein«, Doris wusste nicht, ob sie heulen oder wütend werden sollte. Sie hatte doch nur sagen wollen, dass Herbert vermutlich eigene Wege gehen würde und es ihr deshalb nicht so gutginge. Und jetzt das. Sie versuchte, ihre Tochter zu beruhigen, und wollte ihre Hand nehmen.

»Lass mich!« Sara rückte von ihr ab. »Habe ich kein Mitspracherecht mehr? Interessiert sich keiner mehr für mich und meine Wünsche? Vielleicht möchte ich dort mal mit meiner eigenen Familie wohnen? Ohne euch natürlich, wenn es euch zu groß ist? Ich würde einfach eure Koffer packen, wenn es mir danach wäre!« Sara vergriff sich im Ton, sie wusste das selbst, konnte sich jedoch nicht mehr zügeln. Zu aufgewühlt war sie.

»Dazu brauchst du erst mal einen Mann«, beendete Doris das Gespräch uncharmant, »du bist dermaßen wählerisch, kein Mann ist dir gut genug. Da brauchst du nicht noch ein Haus.« Das saß, Sara war beleidigt. Das war das alte Thema, ihre Mutter warf ihr vor, sie würde sich zu dumm bei der Männersuche anstellen. Ihre Mutter wollte Enkel sehen. Es ging, wie so oft, nicht um das, was sie selbst wollte, sondern um die Wünsche ihrer Mutter. Zornige Tränen füllten ihre Augen, als sie wütend die Zimmertüre im ersten Stock hinter sich zuschlug. Sie würde sehr gerne den richtigen Mann heiraten. Aber sollte sie sich einen backen? Sie wartete auf Mister Right. Sie wollte nicht so nebeneinanderher leben wie ihre Eltern, sie spürte ja schon lange, wie kalt die Stimmung war. Kein bisschen Liebe, es ging nur um das Geschäft, jetzt um den Verkauf, sie hatten kein gemeinsames Hobby, nicht mal gemeinsame Interessen. Das Einzige, was sie zu verbinden schien, war die Angst in Brienz, vom Berg erschlagen zu werden. Angst verband die beiden. Wie absurd. Sie würde herausfinden, was dahintersteckte, vielleicht würde sie dann endlich ihre Eltern verstehen. Sara schloss ihre Zimmertüre ab und legte sich auf ihr Bett. Versuchte, einen klaren Gedanken zu fassen. Sie glaubte nicht daran, dass ihr Vater fremdgehen könnte. Sie kannte ihn, und sie kannte ihre Mutter. Sie würde mit ihm sprechen, sobald er von seinem Termin zurückkam. Es gäbe sicher eine unspektakuläre Antwort. Dann würde sie sich um ihr Hotel kümmern, um ihren Traum. Sie würde es zum Laufen bringen und dann, wenn alles geregelt war, sich mit der Vergangenheit beschäftigen. Sie würde so lange suchen, bis sie die Wahrheit herausfände.

Doris saß unglücklich auf dem viel zu großen Sofa im viel zu großen Haus. Sie wollte sich nicht mit Sara streiten. Sie erinnerte sich daran, wie glücklich sie vor 32 Jahren war. Sie hatte Sara im Arm, hoffte damals, die Behörden würden ihre haarsträubende Geschichte akzeptieren. Alle ihre Wünsche wurden erfüllt – und jetzt, sie fühlte sich so leer. So überflüssig. Sie hatte ihr ganzes Leben auf Sara ausgerichtet. Und auf Herbert, wobei es ihm nur ums Geschäft ging. Sie mussten so viel Geld an Salvatore bezahlen, sie mussten gut sein. Und auch das war geglückt, sie waren erfolgreich. Konnten alle Forderungen erfüllen, sogar eine beträchtliche Summe in Immobilien anlegen. Alle ihre Wünsche hatten sich erfüllt, aber dennoch war sie unglücklich. Mit sich selbst konnte sie nichts mehr anfangen, mit dem vielen Geld auch nicht. Sie würde auch nicht in dem großen Haus mit Herbert allein wohnen bleiben, wenn Sara mal einen Mann kennenlernen und eine Familie gründen würde. Was sollte sie eigentlich in den Bergen? Überlegte sie weiter. Auch dort wäre sie allein, mit Herbert würde sie sich allein fühlen. Sie hatten keine Gespräche mehr. Keine Gemeinsamkeiten. Sie hatten sich über die Jahre auseinandergelebt. Auch wenn sie ihn noch liebte, irgendwie. Sie wusste nicht, wie es weitergehen sollte. In Doris entwickelte sich allmählich ein konkreter Gedanke, sollte Herbert doch alles verkaufen, wenn er das so wollte, sollte er doch alle Erinnerungen weggeben. Sie könnte sich davon nichts mehr abschneiden, die Vergangenheit war vorbei. Nur die Gegenwart zählte. In ihrem Inneren wusste sie, was sie wirklich wollte, das Wichtigste in ihrem Leben war und blieb ihre Tochter. Doris wollte sich mit ihr nicht streiten, sie würde Sara unterstützen, im Hotel, und dort mit ihr gemeinsam leben. Herbert hatte für Sara ein kleines Appartement im Hotel vorgesehen, vielleicht könnte man ein zweites für sie und Herbert einplanen? Sie würde am Abend mit ihm darüber sprechen. Wieder zufriedener, stand Doris auf und schaute auf die Uhr. Sie würde für Sara und sich etwas zum Abendessen vorbereiten. Hoffentlich hatte sich bis dahin ihre Tochter beruhigt. Was Herbert wohl gerade machte? Bei dem Gedanken spürte sie erneut dieses mulmige Gefühl im Magen.

Kapitel 31

Baiersbronn, 2017

Herbert trank währenddessen sein drittes Glas Rotwein. Offenbar hatte er seinen Vorsatz vergessen, nach dem Abendessen nach Hause fahren zu wollen. So sehr blühte er bei jedem weiteren Zwischengericht auf, so prächtig unterhielt er sich. Claudia erzählte ihm aus ihrem Leben, weshalb sie sich von ihrem Mann getrennt hatte und wie sehr sie ihr Single-Leben genoss. »Weißt du, Herbert«, sagte sie ihm vertraulich, »bei einem Mann wie dir würde ich mein Single-Dasein vielleicht sogar aufgeben. Bei dir fühle ich mich wohl.« Sie hatte ein bisschen zu viel vom trockenen Rotwein erwischt und wurde zu anhänglich. »Erzählst du mir von dir, von deiner Tochter?« Ein wenig über sich selbst erschrocken, wechselte sie schnell das Thema. »Es wäre gut, damit ich dir später eine fundierte Empfehlung geben kann.«

»Sehr gerne, Claudia!« Er fühlte sich so glücklich wie nie, es tat ihm gut, wie sie sich für ihn interessierte. »Mit dir kann ich über alles reden, nur«, er stockte und schaute sich um, »mir sind hier zu viele Menschen. Unser Gespräch ist ein wenig heikel.« Er beugte sich dabei zu ihr vor und sog den betörenden Duft von ihr ein. »Nicht falsch verstehen«, erklärte er sich, »können wir unser Gespräch an einem ruhigeren Ort fortsetzen?«

»Gerne«, lächelte sie ihn verständnisvoll an, »wohin wollen wir gehen?« Claudia verstand Herbert, wie sollte er sich hier öffnen können. Schließlich verhandelten sie keine Lappalien.

»Na ja«, Herbert tupfte sich nervös mit der Leinenserviette den Mund ab, »in dein Appartement?« Der Wein hatte ihn mutiger gemacht. Trotzdem erschrocken über seine eigene Aussage, die Claudia falsch verstehen könnte, erklärte er sich: »Da ist ein Balkon, dein Appartement ist unter dem Dach – wir wären ungestört!« Claudia nahm ihr Glas, nippte daran, hatte er sie verärgert? »Wir können uns etwas zum Trinken mitnehmen und unbehelligt unsere Unterhaltung fortsetzen. Nur, damit du die Situation gut einschätzen kannst«, stotterte er unbeholfen herum. Was hatte er gerade gesagt, sie hätte einen Balkon unter dem Dach? Das konnte man nur falsch verstehen. Ihm wurde heiß, hektisch fuhr er mit dem Zeigefinger am Hemdkragen entlang und versuchte, sich Luft zu verschaffen.

Claudia beobachtete ihn kurz, nickte dann: »Einverstanden, lass mich kurz für kleine Mädchen gehen, dann treffen wir uns am Hoteleingang.«

»Bis dahin besorge ich den Schlüssel und bestelle uns von diesem Wein hier?«, fragend hob er sein Weinglas und tupfte mit der Serviette seine Stirn ab.

»Sehr gerne!« Herbert nickte erleichtert zurück. Gerade noch mal gut gegangen. Claudia war so herrlich unkompliziert. Im Gegensatz zu ihm selbst gerade. Wieder war die Aufregung bei ihm aufgetaucht. Er schaute auf die Uhr, eigentlich müsste er längst fahren, dachte er, während er alles organisierte. Der Gedanke verflog jedoch in dem Moment, als Claudia mit ihrem entwaffnenden Lächeln vor ihm stand. Es fühlte sich genau richtig an. Das Appartement war gemütlich eingerichtet, die Dachschräge strahlte etwas Heimeliges aus. Es gab keine Nachbarn, die beiden Balkone unter ihnen waren nicht genutzt. So fühlte es sich richtig gut an. Nachdem er in beide Gläser von dem mitgebrachten Wein eingeschenkt hatte, begann er zu erzählen: »Wenn ich ehrlich sein darf«, fing er umständlich an, »dann weiß ich nicht, wie meine Frau und ich zueinander stehen.«

»Was weißt du denn von ihr?«, fragte sie warmherzig nach und legte ihre Hand auf seine.

»Wenn ich nachdenke, weiß ich von ihr, so erschreckend das klingt, auch nach so vielen Jahren nicht wirklich viel. So dumm sich das vielleicht anhört. Ich weiß, wie sie reagiert, wie ich sie beruhigen kann, was sie mag, was nicht. Aber was sie denkt, fühlt und welche Wünsche sie hat, für jetzt, für die Zukunft, darüber weiß ich kaum etwas. Auch nicht, ob ich in ihren Träumen überhaupt vorkomme.«

Claudia spürte die Traurigkeit, die aus seinen Worten sprach. Er war niedergeschlagen, am liebsten hätte sie ihn in den Arm genommen, stattdessen fragte sie mitfühlend: »Und was möchtest du? Was sind deine Träume?«

»Auch darüber habe ich mir keine Gedanken gemacht«, antwortete er bitter. »Ich habe nur funktioniert, war für Doris und Sara da. Ich wollte es allen recht machen …«

»Und hast dich dabei vergessen?« Sie streichelte ihm dabei mitfühlend über den Handrücken, während Herbert betroffen zu Boden schaute. Claudia hatte ihm aus der Seele gesprochen, er hatte sich tatsächlich vergessen, er war auf dem besten Weg, sich selbst zu verlieren. Er fühlte die hoffnungslose Situation, damals in Brienz, als er, zehn Jahre nach dem Unglück, ohne Ziel am Brienzer See entlangfuhr. Wenn der alte Mann nicht gewesen wäre. Nach diesem Gespräch wusste er damals, wofür er kämpfte, hatte wieder Mut gehabt, weiterzumachen. Aber wofür kämpfte er jetzt? Er wollte sich stellen, die Strafe auf sich nehmen, dabei seine Frau und womöglich seine Tochter für immer verlieren. Alles, wofür er so lange gekämpft hatte. Wollte er das wirklich? Claudia fühlte mit ihm, sie spürte, wie Herbert sich zum ersten Mal seit langem mit sich selbst auseinandersetzte. Sie rückte ihren

Stuhl näher und nahm seine Hand in ihre. Sie wollte ihm Wärme schenken, Zuversicht. Herbert drückte dankbar ihre Hand, er spürte die Kraft, die von ihr ausging. Wie damals am See. Doch war es anders. Sein Herz füllte sich mit dieser Wärme, die er so lange vermisst hatte. Seine Augen wurden glasig, er vermisste in seinem Leben die Liebe, Wärme. Ihm wurde klar, wofür er gekämpft hatte, um seine Familie, um ein behagliches Zuhause – im Grunde genommen um die Liebe. Ihm wurde klar, dass er sie dort, wo er sie gesucht hatte, nicht mehr finden konnte.

»Ich weiß, was mir fehlt«, sagte er leise, senkte seinen Blick, »das hier.« Und zeigte mit den Augen auf ihre Hand, die seine fest umschlossen hielt. »Ich fühle mich allein gelassen.« Wortlos blieben beide sitzen, Claudia fühlte in sich dasselbe. Auch ihr fehlte es an nichts, sie war erfolgreich, hatte ein schönes Zuhause. Hatte die halbe Welt gesehen. Aber den einen Menschen, der einem, egal, wo man auf der Welt wäre, das Gefühl von Zuhause geben könnte, den vermisste sie ebenfalls. Einen, mit dem man über alles lachen und reden konnte, der einen verstand und Rückhalt gab. Jemanden, auf den man sich in jeder Situation verlassen, den man lieben konnte. Der eine, der einem das Herz wärmte, wenn man nur an ihn dachte. Genau der eine fehlte auch ihr.

»Möchtest du heute bleiben?«, fragte sie ihn behutsam. »Würde uns beiden das guttun oder würden wir es morgen bereuen?«

Herbert sagte nichts. Claudia zog ihn magisch an, er fühlte sich wohl. Diese Gelegenheit würde nicht wiederkommen. Würde er fahren, der magische Moment wäre vorbei. »Wie viele Gläser Wein habe ich getrunken?«

»Du solltest besser bleiben«, beantwortete sie ihm seine indirekte Frage, »wir reden, das wird uns beiden guttun – was meinst du?«

»Ich rufe kurz Doris an«, Herbert nickte, stand auf, »damit sie sich keine Sorgen macht.« Sagte er noch beim Hinausgehen und wählte ihre Nummer: »Bist du wach?«

»Natürlich«, kam es betrübt von Doris, sie war nach dem Abendessen ins Wohnzimmer gegangen, Sara hatte nicht mit ihr gegessen. »Wann kommst du nach Hause?«

»Ich kann nicht«, sagte er leise, »die Gespräche gingen zu lange, und ich habe ein Glas Wein zu viel getrunken, ich werde hier übernachten und morgen zurückfahren.«

»Bist du allein?«

»Natürlich!«

»Wann kommst du?«

»Morgen nach dem Frühstück.«

»Okay«, sagte Doris enttäuscht, sie fühlte sich so allein. Sie vermisste Herbert, heute hätte sie ihn gebraucht. Wegen Sara, und sie wollte mit ihm sprechen, wie es weiterging. Aber nun musste sie warten, allein schlafen, mit dem schlechten Beigeschmack, denn sie fühlte, Herbert war nicht allein. Gut schwindeln konnte er noch nie.

»Dann schlaf gut«, sagte Herbert, fühlte sich ertappt und schlecht.

»Du auch!« Doris legte auf, die Leere in ihr war greifbar. Alles in ihr zog sich zusammen, ihr Mann ging fremd. Sie hatte es gewusst.

Kapitel 32

Radolfzell, 2021

Vier Jahre später hatte Sara ihr Hotel gut im Griff. Die Gewinne konnte sie Jahr für Jahr steigern. Sie wohnte in dem Appartement unter dem Dach ihres Hotels, nachdem ihre Eltern das Haus in Konstanz verkauft hatten. Ihre Mutter hatte sich in einem der Gästezimmer eingerichtet, und ihr Vater, ihn verstand sie überhaupt nicht mehr, baute sich ein primitives Holzhaus im Wald, neben dem Hotel. Mit schlichtem Komfort, wie er sagte, und ohne jede Genehmigung. Sein Verhältnis mit der hübschen Anwältin hatte ihn offensichtlich etwas mutiger gemacht, wenn man es respektvoll ausdrücken wollte. Anders konnte sich Sara es nicht erklären, wie ihr Vater, der sich bisher immer sehr an Regeln gehalten hatte, nun dermaßen unkonventionell leben wollte. Sowieso, sie verstand noch mehr nicht. Ihre Eltern hatten sich getrennt, waren jedoch nicht geschieden. Zwei Jahre vor dem Verkauf des elterlichen Hauses in Konstanz hatte ihre Mama das Türschloss austauschen lassen. Sara erinnerte sich gut an diesen Abend, ihr Vater kam überraschend ins Hotel, übernachtete ab diesem Zeitpunkt dort. Später, nach dem Verkauf des Hauses, zog ihre Mutter ebenfalls in eines der Gästezimmer. Und jetzt begann er, ein 60 Quadratmeter großes Baumhaus im angrenzenden Waldgrundstück zu zimmern. Hin und wieder verschwand er übers Wochenende nach Brienz. Irgendwann, nachdem Sara ihren Vater wochenlang gelöchert hatte, erzählte er von der Juristin aus dem Schwarzwald. Weshalb, wollte sie von ihrem Vater wissen. Sie verstand die Welt nicht mehr und lief, nachdem sie keine Antwort bekam, beleidigt davon. Auseinandergelebt hin oder her, sie hatten sich doch mal geliebt, man könnte sich doch zusammenraufen. Sara wollte, nein, sie konnte es nicht verstehen, wie ihre Familie so auseinanderbrach. Zumindest waren sie alle zusammen. Ihre Mutter bereitete jeden Tag das Frühstück, Mittag- und Abendessen für die ganze Familie zu. Während der Mahlzeiten war es fast wie früher, auch in den Momenten, wenn ihr Vater zu seiner Baustelle im Wald lief. Im Moment baggerte er einen Graben, in dem er die provisorisch verlegte Wasser- und Stromleitung im Sand verbuddelte. Das Abwasser ging in eine kleine, fertig gebaute Kläranlage, die er im Waldboden einen Meter tief eingegraben hatte, sauber, wenn auch illegal in den Bodensee mündete. Warmwasser würde er sich nach Bedarf mit einem Holzofen aufbereiten. Der dafür vorgesehene und gut isolierte 100-Liter-Tank reichte zum Duschen, zum Abspülen. Der Holzofen war die einzige Heizung, ansonsten gab es eine Waschmaschine und ein Radio. Das war die ganze technische Ausstattung. Der zweite Schlafplatz, den er später für warme Sommertage dazubaute, war spektakulär. Es war eine Art Baumhaus, nur vom ersten Stock des Holzhauses über eine schmale Wendeltreppe zu erreichen. Nur überdacht, ansonsten offen. Von dort oben hatte er einen schönen Ausblick auf den Bodensee. Im Winter schlief er in der oberen Etage seines kleinen Hauses. Im unteren Bereich waren Küche, WC und eine Dusche.

Die Anwältin bekam das Haus nicht zu Gesicht. Herbert wollte das seiner Frau, seiner Tochter, auch sich selbst nicht antun. Er liebte Doris noch immer, spürte die Verbindung zu ihr. Sie verband das dunkle Geheimnis, auch wenn es 36 Jahre zurücklag. Sie mussten, ob sie wollten oder nicht, zusammenhalten. Sonst würden sie alles zerstören, was sie sich aufgebaut hatten.

Doris wusste das und war deshalb freundlich zu Herbert, auch wenn sie ihm den Vertrauensbruch mit seiner Gespielin, wie sie Claudia abwertend nannte, wenn sie gute Laune hatte, niemals verzeihen konnte. An einem warmen Juniabend 2021 änderte sich diese vordergründige Idylle jedoch auf einen Schlag – es begann harmlos. Ein gebräunter, sportlicher Mann mit schwarzen Locken, die ihm einen südländischen Touch gaben, kam ins Hotel. Auf Mitte 40 schätzte ihn Doris. Sara war gerade in Konstanz, traf sich mit einer Freundin auf einen Eiskaffee. Herbert war mit Claudia in Blumberg wandern. Doris ging es gut, sie hatte sich an die Situation, an ihre neue Rolle, gewöhnt. Sie war froh darüber, ihre kleine Familie noch um sich zu haben. Ein Stück heile Welt, auch wenn Herbert sich nicht an alle Regeln hielt.

»Wie darf ich Ihnen behilflich sein? Mein Name ist Doris«, fragte sie geschäftstüchtig den Besucher, ihre Tochter Sara hatte ihr eingeschärft, sich immer mit Vornamen vorzustellen, die Gäste sollten sich wie zu Hause fühlen. »Möchten Sie ein Zimmer reservieren?«

»Sie sind Doris?«, der Mann vergewisserte sich, sein Gesicht begann sich zu verdunkeln.

»Ja!«, antwortete Doris misstrauisch, irgendwoher kannte sie den jungen Mann. Oder sah er nur jemandem ähnlich? Eines unguten Gefühls bemächtigt, musterte sie ihn von oben bis unten. Unsympathisch war er nicht gerade, die halblangen schwarzen Haare gefielen ihr sogar. Wer er wohl war und was er von ihr wollte? Und weshalb starrte der Mann sie so an? Wäre nur Herbert in der Nähe, sie hätte sich sicherer gefühlt. Herbert, ach ja, sie konnte sich ein Leben ohne ihn nicht vorstellen. Auch wenn sie ihm das niemals ins Gesicht sagen würde. Sie vermisste ihn. Mit jedem Tag, an dem er nicht in ihrer Nähe war, spürte sie es deutlich. Sie bekochte ihn regelmäßig, backte ihm alle paar Tage einen Kuchen, sie verwöhnte ihn mehr als je zuvor. Hauptsache, er würde bleiben. Wäre er nur da. »Und wer sind Sie?«

»Schmidt ist mein Name«, antwortete der Dunkelhaarige in breitem Badisch und setzte ein Lächeln auf, »Sie möchten ein Haus in den Bergen verkaufen, habe ich gehört.«

»Wie kommen Sie darauf?«, Doris reagierte verstört. »Wir haben kein Haus in den Bergen. Wer sind Sie?«

»Alexander Schmidt.« Alexander hatte sich zwar für Doris einen falschen Nachnamen zugelegt, sich jedoch spontan entschieden, seinen echten Vornamen zu nennen. Er würde sie überfahren. Wie würde Doris reagieren, würde sie ihn erkennen? Er musste nicht lange warten, er sah, wie es bei ihr Klick machte. Jetzt erkannte sie ihn, er hatte sich mit den Jahren zwar sehr verändert, aber ja, es stimmte, das war der adoptierte Sohn von Vreni und Urs. Sie hatte sich seine Kinderbilder erst vor kurzem angeschaut. Beim Umzug hatte sie die alte Kiste gefunden mit den Fotos und Erinnerungen aus der Zeit, bevor es zu dem Unglück kam.

»Sie haben doch ein Haus in Brienz?«, bohrte der Herr mit dem Künstlernamen Schmidt nach, »Ihre Nachbarn dort waren Vreni und Urs?« Er betonte es zwar als Fragen, aber Doris hörte genau heraus – es waren keine Fragen.

»Sie sind falsch hier!«

»Das denke ich nicht«, baute er sich breitbeinig vor ihr auf, »ich sehe es Ihnen an!«, setzte er Doris frech unter Druck. »Wenn Sie nicht mit mir reden, spreche ich mit Ihrem Mann!«

»Gehen Sie!«, Doris wusste nicht, was sie ihm sonst hätte sagen sollen. »Sie verwechseln mich.«

»Ihr Mann ist also nicht da«, Alexander musterte sie, er wusste es, verunsicherte Doris absichtlich mit dieser Aussage. »Und Sie haben eine Tochter, ist sie hier?« Nachdem sie, überfordert mit der Situation, stumm vor ihm stehen blieb, setzte er dreist hinzu: »Ich darf hier drüben sicher auf sie warten!« Und ging mit gemächlichen Schritten zu einer Sitzgruppe.

»Belästigen Sie mich und unsere Gäste nicht«, sagte sie ihm drohend, auch wenn im Moment keine Gäste zu sehen waren, »ich kenne Sie nicht, ich habe nichts zu verkaufen und will mich auch nicht mit Ihnen unterhalten.«

Schmidt drehte sich zu ihr um, hob abwehrend die Hände: »Ich möchte Ihnen absolut nicht zu nahe treten – entschuldigen Sie bitte!«

»Sie haben Hausverbot, verstanden?«

Doris war froh, dass ihre Tochter nicht da war. Umso bemühter war sie, diesen frechen Alexander so gründlich wie möglich zu verjagen. »Verlassen Sie mein Grundstück«, forderte sie ihn ultimativ auf, »sonst zwingen Sie mich, die Polizei zu holen.«

»Keine Sorge«, antwortete Alexander, irritiert über Doris' Gegenwehr, »das brauchen Sie nicht. Ich komme wieder!« Drehte sich um und lief enttäuscht zu seinem Fahrzeug. Um nicht gleich gesehen zu werden, hatte er seinen Wagen an der Hauptstraße stehen lassen. Sein Seniorpartner Berger hatte ihn gewarnt, er hätte vorsichtiger vorgehen müssen. Sich zunächst als Gast einmieten, zuerst die Lage checken. Er ärgerte sich, wie schief sein erster Versuch gelaufen war. Aber er wollte Doris überrumpeln, sie aus der Reserve locken. Alex hatte beobachtet, wie zuvor die Tochter und der Mann weggefahren waren. »Das war ein Satz mit X«, sagte er halblaut zu sich selbst, während er niedergeschlagen zurück in seine Detektei fuhr. Es war ihm nicht wohl, er fühlte sich wie auf der Schulbank, nun musste er seinem Seniorpartner beichten, wie er alles vermasselt hatte. Das hätte ihm nicht passieren dürfen, mit seiner langjährigen Erfahrung als Polizist. So peinlich. Er hatte sich wie ein Dilettant aufgeführt. Er war gerade ein paar Tage stolzer Besitzer der *Detektei AS*, das waren die Anfangsbuchstaben seines Vornamens und seiner Herkunft Schweiz. Er fand diese Abkürzung genial, denn er wollte als echter Ermittler von sich so gut wie nichts preisgeben. Das Haus in Griechenland hatte er für seinen Traum verkauft. Auch das Grundstück in den Bergen. Und auf dem elterlichen Konto verzeichnete er immer noch beträchtliche Geldeingänge. Seine Adoptiveltern hatte ihm ein gutes Erbe hinterlassen. Eine eigene Detektei war immer sein Wunsch gewesen, er wollte nur ein paar Jahre in der Fahndungsabteilung der Kreuzlinger Polizei arbeiten, nun waren daraus 27 Jahre geworden. Er konnte gute Erfolge vorweisen, sich auf seinen Ferdi, Freund und teilweise Partner bei der Polizei, blind verlassen.

Die Jahre waren nur so im Flug vergangen. Nun, knapp 30 Jahre später, war es so weit. Er konnte sich mit 47 Jahren seinen Traum erfüllen, eine gut eingeführte Privatdetektei in Radolfzell übernehmen. Keine vier Kilometer Luftlinie von dem Hotel entfernt, in dem sein Partner Anton Berger, der bisherige Inhaber, die Lösung für sein bisher ungelöstes Rätsel vermutete. Alexander hatte Anton Berger die Geschichte über das Verschwinden seiner Eltern erzählt. Und Berger wollte ihm deshalb nicht nur die Detektei mitsamt den Bestandskunden sowie Wohn- und Geschäftsräumen zu einem guten Preis überlassen, sondern ihn auch ein Jahr lang kostenlos unterstützen. In dem Jahr wollte er ihm das Wichtigste beibringen, was in keinem Lehrbuch stand. Und alles, was er bei der Polizei nicht gelernt hatte oder nicht lernen durfte. Berger wollte ihm behilflich sein, seinen wichtigsten Fall zu lösen. Den Fall von ihm selbst.

Kapitel 33

»Schau nach vorne«, sagte ihm sein Seniorpartner Berger ein paar Tage zuvor, nachdem Alexander ihm alles erzählt hatte. Auch von den Vorwürfen, die er sich selbst gemacht hatte, dass er damals nicht mehr unternommen hatte, seine Eltern zu suchen. Wobei Alexander wusste, dass er als Minderjähriger nichts hätte ausrichten können. Dennoch, die Vorwürfe sich selbst gegenüber blieben in seinem Kopf hängen. »Du hast lange genug nach hinten geschaut, es bringt dich nicht weiter. Mach dich frei von all den Schuldzuweisungen, du konntest damals nichts anders machen. Die anderen auch nicht.« Bemerkte Berger lakonisch. »Dein Leben liegt vor dir.«

»Verstehst du mich nicht?«, fragte Alexander resigniert nach.

»Natürlich verstehe ich dich, wir geben auch nicht auf, darauf wollte ich nicht hinaus. Ausdauer ist eines der wichtigsten Eigenschaften eines erfolgreichen Detektivs. Nur lassen wir uns von der Vergangenheit nicht lähmen, von den Gefühlen, von Schuldfragen.« Anton sagte ihm nichts Neues, er brachte damit lediglich die lange Rede von Pfarrer Simon auf den Punkt. »Du warst bisher nicht frei genug, hattest keinen klaren Kopf. Wir setzen unseren Instinkt ein.« Alexander horchte gespannt auf. »Das ist neben der Ausdauer unser zweiter wichtiger Partner in unserem Job.«

»Was meinst du konkret damit«, fragte Alexander gespannt nach, »wo würdest du ansetzen?« Er setzte seine ganze Hoffnung in den Partner Berger, es stimmte, er hatte zwar so viele

Fakten über das Jahr 1985 gesammelt, konnte jedoch keine vernünftigen Schlüsse daraus ziehen. Er war zu emotional bei allem. Berger hatte den notwendigen Abstand. Alexander hörte aufmerksam zu, wie der erfahrene Detektiv seinen Fall angehen würde.

»Zuerst mal priorisieren«, antwortete der ältere Herr nachdenklich, griff sich nebenbei an sein Ohr, »der letzte Wohnort deiner leiblichen Mutter hat nichts gebracht. Deine Großeltern leben nicht mehr, deine Mutter auch nicht, der Vater ist unbekannt. Ehrlich, das wird schwer, an dem Punkt weiterzukommen.

»Das bedeutet?«

»Das bedeutet, dass wir diese Spur zunächst nicht weiterverfolgen. Konzentrieren wir uns stattdessen auf deine Adoptiveltern, die dir eine Überraschung mitbringen wollten.«

»Ich habe in Griechenland alles überprüft, wir konnten nichts mehr nachvollziehen.«

»Weshalb?«

»Weil sie dort nicht mehr aufgetaucht sind. Sie kamen von Izmir, das ist mein letzter Stand, und sie wollten mich knapp zwei Monate später im Internat abholen. Zu den Weihnachtsferien.«

»Was hast du in Brienz herausgefunden?« Anton rieb sich kurz am Ohr und legte vor seinem geistigen Auge Griechenland ebenfalls zu den Akten. »Sind sie möglicherweise dort angekommen?«

»Nein, das konnten sie nicht.«

»Weshalb?«

»Weil das Haus nicht mehr bewohnbar war.«

»Und woher kannst du wissen, ob sie nicht doch angekommen waren?«

»Ich habe die Behörden abgeklappert, alle Zeitungsberichte gelesen.«

»Gab es Auffälligkeiten?«

»Nein«, antwortete Alexander leise, »das ist es ja, es war ein Unwetter, eine Geröll- und Schlammlawine hatte das Haus so stark beschädigt, dass es in sich zusammengefallen war. Meine Eltern waren zu diesem Zeitpunkt nicht in der Schweiz. Ihr Auto und der Wohnwagen sind nicht aufgetaucht, deshalb vermutete ich ein Unglück im Ausland, in Griechenland, in der Türkei.«

Anton Berger rieb sich sein Ohrläppchen, das machte er immer, wenn er konzentriert nachdachte und eine heiße Spur fühlte. Alexander wartete gespannt ab, denn für ihn gab es aus der Recherche keine einzige Info, die seinen Instinkt ansprechen konnte. Offensichtlich für seinen Partner Berger auch nicht.

»Was ist mit dem Haus oder mit der Ruine?«, fragte Berger nach einer Weile nach. »Sie gehört dir ja, hast du alles durchsucht, umgegraben?«

»Darauf habe ich keinen Zugriff mehr, es haben die Nachbarn gekauft, die sind jedoch kaum vor Ort.«

»Was haben sie mit dem Grundstück gemacht?«

»Nichts«, antwortete Alex, »ich war dort, alles war aufgeräumt, die einst von Sträuchern überwucherten Balken und die Steine waren weg.« Als er Bergers fragenden Blick sah, erläuterte er: »Die Reste eben von unserem alten Haus. Die waren vor dem Verkauf dort gelegen, das habe ich selbst gesehen und damals alles durchgeschaut. Aber kein verwertbarer Hinweis. Jetzt ist alles weg, nur das alte Fundament ist zu sehen, wenn auch beschädigt.«

Berger rieb wieder, diesmal schneller, an seinem Ohr. Plötzlich schaute er auf, drehte sich abrupt zu Alexander: »Dann hast du doch deinen Ansatz!«

Alexander schaute ihn an: »Ich weiß nicht, was du meinst.«

»Dann denke nach«, antwortete der Seniorpartner zufrieden. »Was passt in deinem Bericht nicht, an welchem Punkt stellen sich die entscheidenden Fragen?« Alexander überlegte, während Berger ihn dabei beobachtete. »Du stehst auf der Leitung«, Berger schüttelte den Kopf, »und du warst in der Fahndungsabteilung – kann ich fast nicht glauben!«

»Tut mir leid«, antwortete Alexander mit zuckenden Schultern, »ich habe keine Ahnung, worauf du hinauswillst.«

»Du bist komplett blockiert«, lächelte Berger ihn mitleidig an. »Gefühle sind eben nicht gut in unserem Geschäft, das ist die nächste Lektion, die du als Polizist gelernt haben solltest.«

»Ja«, antwortete Alexander kleinlaut, »ich weiß es ja.«

»Liebe ist, wie Hass auch, eine schwere Geisteskrankheit«, grinste Berger, »das soll so ähnlich Platon gesagt haben, denn wenn jemand emotional ist, sind bestimmte Hirnareale weniger aktiv, andere sind stärker aktiv. Soll ich sie dir aufzählen?«

»Nein«, wehrte Alexander lachend ab, »sag mir lieber, was dir aufgefallen ist, und spann mich nicht auf die Folter.«

Berger grinste: »Du möchtest doch was lernen, sagtest du mir vor wenigen Tagen, also merke dir: Nucleus caudatum, Putamen und Nucleus accumbens, diese Hirnareale spielen im Belohnungssystem des Gehirns eine wichtige Rolle. Bist du verliebt, sind diese aktiv. Andere, die für eine kritische Bewertung oder für die Wahrnehmung von Angst zuständig sind, werden weniger durchblutet. Deshalb sind wir über die Partnerwahl, die andere treffen, teilweise sehr überrascht und fragen mitunter, ob diese den Verstand komplett verloren haben.« Berger lachte und hinterfragte seine eigene Aussage: »Ist das so?«

»Nein«, antwortete Alexander, »die Geschmäcker sind halt verschieden.«

»Doch«, widersprach Berger, »die Liebe ist irrational, weil das Gehirn rationale Entscheidungen nicht mehr im üblichen Rahmen zulässt.«

»Und wie soll mir das helfen?«

»Dass Liebe blind macht! Auch alle Gefühle wie Wut und Trauer. Und du solltest das in deinem Leben nie mehr vergessen! Der erfolgreiche Ermittler wird sich auf seinen ungetrübten Instinkt verlassen, auf Fakten, nicht auf im Hirn selbst manipulierte Emotionen.«

»Ich bin nicht verliebt«, er wurde langsam ärgerlich, »welchem Hinweis soll ich nachgehen?«

»Du bist emotional zu tief drin«, erklärte Berger, »betrachte mal mit Abstand deine letzten Sätze. Zähle sie mir nochmals auf.«

»In Griechenland habe ich schon vor Jahren Nachforschungen angestellt …«

»Bleib in Brienz«, unterbrach ihn Berger, »konzentriere dich auf diesen Ort.«

»Eine Schlammlawine hat das Haus begraben«, fing Alexander mit seiner Aufzählung an, er versuchte, sich zu konzentrieren. Anton nickte. »In den Zeitungsberichten stand, dass es sich um eine Naturkatastrophe gehandelt hat, die sich jederzeit wiederholen könnte, da der Berg oberhalb von Brienz rutschen würde.«

»Das ist eine neue Information für mich«, zufrieden lächelte Berger vor sich hin, »passt dazu, mach weiter.«

»Dann habe ich die Ruine abgesucht, nichts deutete auf die Anwesenheit meiner Eltern hin, auch das Auto und der Wohnwagen sind nie aufgetaucht. Wären sie in der Schweiz gewesen, ein Auto wäre nicht so einfach verschwunden. Im Ausland ist so was leichter möglich.«

»Woher weißt du das?«

»Aus meiner Polizeiarbeit«, antwortete Alexander überzeugt, »in der Schweiz geht ein Auto nicht so einfach verloren. Jeder Unfall wird genau protokolliert, jede Autoverschrottung ist anzeigepflichtig. Die Schweiz ist eng besiedelt. Selbst wenn das Wrack irgendwo abgestürzt wäre, irgendwann würde ein Wanderer es finden und melden.«

»Ist das im Ausland anders?«

»Na ja«, kam es verunsichert, »wenn sie auf einer Fähre verunglückt wären, würde ich nicht denken, dass damals jedes Autokennzeichen notiert wurde.«

»Ging denn eine Fähre damals unter?«

»Nein!«

»Okay«, nickte Berger und forderte ihn mit einer Handbewegung auf, weiter aufzuzählen. »Wir bleiben in Brienz! Konzentriere dich darauf!«

»Das Haus in den Bergen wurde verkauft.«

»Und?«

»Nichts weiter. Es wurde alles aufgeräumt«, antwortete Alexander, »das ist doch normal.«

»Stimmt«, bestätigte Berger nach einer Weile die Aussage von Alexander, »und was war noch?«

»Nichts, sagte ich doch«, überlegte Alexander, »die Nachbarn haben aufgeräumt und kommen nur selten, sie haben kein sonderliches Interesse, dort oben zu wohnen. Man sagt, sie hätten Angst, dass der Berg ins Rutschen käme und ihnen etwas passieren könnte.«

»Was weißt du über die Familie?«

»Nicht viel«, Alexander hatte die Familie vor Jahren durchleuchtet, auch im Ort Erkundigungen über sie eingeholt. »Sie lebten sehr zurückgezogen, hatten ihr Haus geerbt, bis zu dem Unglück renoviert und wurden danach immer seltener gesehen. Sie haben eine Tochter, die in Deutschland geboren ist. Dort leben sie, er hat ein Baugeschäft, die Frau hilft im Büro, die Tochter hat eine Hotellehre absolviert.«

»Sehr gut«, zufrieden nickte Berger, sein Ohr war ganz rot, er hatte es kräftig durchgeknetet, »schreibe die Stichpunkte auf und überlege dir in aller Ruhe, was an der Aufzählung ungewöhnlich ist.«

»Weißt du, Anton«, antwortete Alexander nach einer Weile, »ich habe mir schon so oft das Hirn zermartert, ich bin vielleicht tatsächlich blockiert, hilf mir bitte auf die Sprünge.«

»Das stimmt, du siehst den Wald vor lauter Bäumen nicht. Meine alte Schnüfflernase sagt mir, eine wichtige Fährte liegt in Brienz.«

»Das ist mir inzwischen klar geworden, nachdem du mich so gelöchert hast. Wie kommst du darauf?«

»Die Nachbarn verhalten sich verdächtig.«

»Weil sie das Nachbargrundstück gekauft und alles aufgeräumt haben?«

»Nein«, antwortete Anton Berger vielsagend, »das wäre nachvollziehbar.« Und machte eine kleine Pause. »Aber weil sie es gekauft haben, obwohl sie davor und danach kaum dort Zeit verbrachten.« Alexander griff sich an die Stirn, nickte und hörte Anton aufgeregt zu. »Ein normaler Mensch nutzt ein Haus selbst, vermietet es oder verkauft es wieder. Aber es ist mehr als verdächtig, wenn jemand ein Unglück erlebt, die traumatischen Erfahrungen dazu führen, dass man sich kaum in diesem Haus aufhalten möchte, und man dann«, Berger schaute triumphierend, »das Nachbargrundstück erwirbt und nichts am Verhalten ändert.«

»Ja«, Alexanders Augen leuchteten, »dass ich *darauf* nicht gekommen bin!«

»Finde heraus, was der Grund dafür ist, nimm Kontakt zu Ihnen auf, aber vorsichtig, ich fühle es, dort findest du die Antwort auf deine Fragen!«, sagte damals Anton zu ihm. Und dann recherchierten sie und hatten schnell herausgefunden, die besagte Familie hatte ihr Unternehmen in Konstanz verkauft, auch ihr Haus dort. Wohnten alle in Radolfzell, in dem kleinen Hotel am See. Direkt vor seiner Haustüre sozusagen.

»Und jetzt«, Alexander beichtete seinem laienhaften Auftritt im Hotel, »hat mir die Doris, die ehemalige Nachbarin, Hausverbot erteilt. Ich bin so ungeschickt vorgegangen!«, ärgerte er sich.

»Du hast sie zumindest aufgeschreckt.« Anton pfiff durch die Zähne. »So schlecht war das nicht«, beruhigte er ihn väterlich, »ich habe einen Plan.« Alexander hätte Anton umarmen können, der erfahrene Detektiv verurteilte ihn nicht, sondern wollte auf seinem Patzer eine neue Strategie aufbauen. »Was hast du vor?«, fragte er begeistert.

»Ich werde mich – an deiner Stelle – nächste Woche einmieten, als Immobilienmakler, der vergeblich auf einen wichtigen Kunden wartet.« Und grinste Alexander lausbübisch an: »Ich wollte schon immer mal direkt am Seeufer ein paar Tage Urlaub machen. Jetzt kann ich mir diesen Luxus leisten.«

»Das eine super Idee!«

»Und du bist bei meiner Idee das Sahnehäubchen«, schmunzelte Anton, dem der nächste Gedankenblitz durch den Kopf schoss. »Du wirst nochmals kommen und dich unmöglich aufführen, ich gebe dir ein Zeichen, wenn Doris allein ist, und ich werde ihr beistehen, dich vom Grundstück jagen.«

Kapitel 34

»Kann ich ein Zimmer bei Ihnen reservieren?«, fragte Anton Berger ein paar Tage später telefonisch im Hotel *Seeblick* nach, eine Sara meldete sich am anderen Ende der Leitung freundlich.

»Darf ich Ihnen eines mit Seesicht anbieten?«

»Sehr gerne«, antwortete Anton Berger, »was würde mich das für ein paar Tage kosten?«

»95 Euro pro Tag für ein Einzelzimmer«, antwortete sie, »alle Zimmer haben Dusche, WC, Fön und einen Flachbildschirm. Im Preis ist das Frühstücksbuffet inklusive.«

»Das klingt gut«, antwortete Anton zufrieden, »bekomme ich einen Sonderpreis, wenn ich länger bleibe?«

»Selbstverständlich«, antwortete sie geschäftstüchtig, »kann Ihnen ein schönes Doppelzimmer zur Einzelnutzung mit Balkon und Blick auf den Bodensee zum selben Preis anbieten.«

»Mir wurde von einem anderen Gast das Zimmer im ersten Stock empfohlen, mit dem Eckbalkon nach Osten. Wäre das frei?«

»Das mit dem schönen Rundumblick?«

»Genau«, entgegnete er erfreut, »genau das meine ich.« Am Vorabend hatte er das Hotel aus der Ferne auskundschaftet. Von diesem Balkon aus konnte er auf den Haupteingang, teilweise auf den Parkplatz schauen und einen Teil der Gastterrasse überblicken. Er hätte von dort aus den optimalen Blick auf die wichtigsten Bereiche des Hotels.

Nachdem eine kleine Pause entstanden war, weil Sara den

Buchungsplan durchgeschaut hatte, ergänzte sie: »Ab dem siebten Tag kann ich Ihnen auf 85 Euro entgegenkommen!« Auf jeden Fall wollte sie diesen sympathisch wirkenden Langzeitgast. »Wann möchten Sie anreisen?«

»Das hört sich nicht schlecht an, ich überlege es mir, wie lange ich bleiben werde.«

»Ihr gewünschtes Zimmer wäre morgen ab 16 Uhr bezugsfertig«, bot sie ihm konkret das gewünschte Eckzimmer an und fragte nach: »Wann darf ich Sie begrüßen?«

»Morgen«, antwortete Anton. »Ich reise mit der Bahn an. Wie komme ich zu Ihnen, ist es weit?«

»Nein«, Sara war erleichtert, sie war im Moment nicht komplett ausgebucht und freute sich über jeden neuen Gast, besonders über so einen netten. »Sie brauchen mit dem Taxi gerade mal fünf Minuten.«

»Na dann«, Anton Berger konnte es kaum erwarten, »ich freue mich, Sara, ich darf Sie doch Sara nennen?«

»Selbstverständlich«, kam die erfreute Antwort. »Wir freuen uns auf Sie, Herr Berger.«

»Sie können mich gerne Anton nennen«, sagte er schnell, »werde mich bei Ihnen am schönen Bodensee sicher sehr wohlfühlen.«

»Sie werden schöne Tage bei uns verbringen«, versicherte ihm Sara, »eine Frage, Anton, um welche Uhrzeit werden Sie ungefähr anreisen?«

»Ich muss erst eine Zugverbindung heraussuchen«, antwortete er zögerlich, »und zuvor irgendwo zu Abend essen, bei Ihnen gibt es nur Frühstück, wie ich auf Ihrer Homepage gesehen habe?«

»Ja, das stimmt«, bestätigte sie ihm, »dann reisen Sie am Abend an, das genügt mir für meine Planung.«

»Die klingt ja sympathisch«, Alexander hatte am Telefon alles mitgehört, »und sieht auch hübsch aus!« Er betrachtete das Foto auf der Hotelseite im Internet. Das dunkelblonde Haar, welches ihr schlankes Gesicht umspielte, entsprach genau seinem Geschmack. Aber davon durfte er sich nicht ablenken lassen, wie er den missbilligenden Blick von Anton grinsend interpretierte. Diesmal würde er die Recherche mit kühlem Kopf durchführen. Das hatte er Anton versprochen und sagte, als er ihn vielsagend anschaute: »Ich weiß, egal, wie süß die Frau auf dem Foto ausschaut, ich werde mich nicht davon ablenken lassen.«

»Dann glaube ich dir das halt auch noch.« Anton war nicht beruhigt, der begehrliche Blick von Alexander war nicht zu übersehen, während sich Sara am Telefon mit ihrer zauberhaften Stimme gemeldet hatte. »Sie ist nur geschäftstüchtig und im Moment überhaupt nicht wichtig für uns. Sie wird nichts oder nicht viel wissen. Wir konzentrieren uns auf die Mutter Doris. Vielleicht erwischen wir den Vater, er hat als seinen offiziellen Wohnort das Hotel angegeben. Beim Bauamt habe ich nachgeschaut, sie haben unter dem Dach ein 60 Quadratmeter großes Appartement für eigene Wohnzwecke angegeben.« Anton schüttelte den Kopf. »Das ist eine seltsame Familie. Sind so reich und wohnen wie die Heringe unterm Dach.«

»Das hast du in den wenigen Tagen herausgefunden?« Alexander war sprachlos, selbst bei der Polizei hätte er dafür länger gebraucht. Allein, bis er die richterlichen Bewilligungen für die Akteneinsicht durchbekommen hätte. In so einem Fall, ohne jeden Anfangsverdacht, ein schier unmögliches Unterfangen. »Wie hast du das gemacht?«

»Ach, Alexander«, antwortete Anton, »das ist ganz einfach, du brauchst Menschenkenntnis, wenn du weißt, wie ein Mensch denkt und fühlt, dann kannst du dich auf ihn einstellen und bekommst alles, was du haben möchtest. Dann kennst du die Stellen, an denen du motivieren kannst. Du musst das möglicherweise üben, warst offensichtlich bei deiner bisherigen Arbeit zu oft im Büro?«, stichelte er fröhlich in Alexanders Wunden, die ihm viele Jahre Innendienst eingebrockt hatten.

Der Angesprochene reagierte jedoch nicht darauf: »Du hast die vom Amt bestochen?«

»Nein«, Anton lächelte, »was denkst du von mir?« Und setzte grinsend hinzu. »Das war nicht notwendig. Die Frau auf der Baubehörde ist eine alte Bekannte von mir, ich habe sie zum Abendessen eingeladen und ihr eine rührselige Geschichte erzählt. Ein Bekannter von mir möchte sich so ein Hotel bauen und ich möchte nur aus Interesse einen Blick in den Bauplan werfen. Sie hatte mir die Akten herausgesucht, hingelegt und mich für eine halbe Stunde allein gelassen. Ich habe alles mit dem Smartphone abfotografiert, vor allem die Kopien vom Grundbuch, und bin komplett im Bilde. Auf das Grundstück ist keine Grundschuld eingetragen, wurde alles ohne Kredit bezahlt. Es sind über 20 Hektar, mit einem kleinen Naturschutzgebiet im hinteren Bereich und einem schönen Wald. Es ist echt ein Traum, ich freue mich tatsächlich, dort ein paar Tage, auf deine Kosten natürlich, Urlaub machen zu können.« Dabei blinzelte er Alexander zu, er würde das natürlich selbst bezahlen. Er wollte Alexander helfen, zudem war es ein spannender Auftrag für ihn. Seine trainierte Schnüfflernase wollte er sowieso nicht von jetzt auf gleich in Rente schicken. Anton packte frohgemut seinen Koffer, er würde sich von Alexander an den Bahnhof fahren lassen, beim Spanier mit dem völlig unpassenden Namen *Zur alten Mosterei* lecker zu Abend essen und von dort in ein Taxi steigen. Seine Anreise sollte so authentisch wie möglich sein. Den Beleg vom Restaurant würde er in seinem Zimmer herumliegen lassen, genauso wie die Quittung vom Taxifahrer. Auch die Zimmermädchen sollten sehen, welch normaler Gast er war. Gemäß seinem Plan bestellte er sich einen Ensalada de marisco, damit mit den Meeresfrüchten ein Stückchen Urlaubsgefühl bei ihm aufkommen würde. Wobei, Urlaub hatte er nicht wirklich, er wollte sich offiziell als Immobilienmakler aus Stuttgart ausgeben, der für ein Grundstück am See hierhergereist war, er sollte es im Kundenauftrag erwerben und würde ein paar Tage Urlaub am Bodensee dranhängen. Deshalb hatte er zwei seiner Anzüge eingepackt und sich extra ein paar Visitenkarten drucken lassen. Mit dem richtigen Vornamen Anton und seinem echten Namen Berger. Er war mit diesem Namen in keinem Branchenverzeichnis zu finden, auch nicht im Internet. Er brauchte keinen Künstlernamen. Nachdem er seine Dorada a la Plancha mit Gemüse und Salzkartoffeln gegessen und seinen Weißwein genossen hatte, bestellte er die Rechnung und ein Taxi. Der Taxifahrer berichtete ihm, dass das Hotel *Seeblick* erst vier Jahre zuvor fertiggestellt und von einer sehr netten jungen Frau betrieben wurde. Viel mehr wusste er nicht, für mehr wäre auch keine Zeit mehr gewesen, denn sie waren schon in die Privatstraße zu dem kleinen Hotel Garni eingebogen. Das Gebäude fügte sich schön in die Umgebung ein, davor ein kleiner Parkplatz für zehn bis zwölf Fahrzeuge, so schätzte Anton, in nordwestlicher Richtung ein gepflegter Rasen und ein paar Blumenbeete, dahinter ein Wald. Im Süden der Bodensee, keine 30 Meter vom Hotel entfernt. Von der Terrasse, die zwei Seiten des Hauses umschloss, hatte man einen fantastischen Blick auf den Untersee. Im Osten die Liebesinsel, dahinter die Halbinsel Mettnau. Auf der anderen Seeseite war das deutsche Ufer, die Höri, zu sehen, die als Halbinsel bezeichnet wurde. Dahinter war ein kleiner Teil des Schweizer Ufers mit dem Schloss Eugensberg in Salenstein zu sehen. Bei klarer Sicht konnte man im Sommer die schneebedeckten Berge der Schweiz bewundern, das wusste Anton natürlich, denn er wohnte seit vielen Jahren in Radolfzell. Er wohnte jedoch nicht so fantastisch. Er hatte eine kleine Wohnung in Böhringen, einem Ortsteil von Radolfzell und ohne diese herrliche Sicht auf den Bodensee. Die kleine Wohnung oberhalb seiner Detektei in der Teggingerstraße diente ihm bisher als Notunterkunft, wenn er mal nicht mehr in seine eigene Wohnung fahren wollte. Umso mehr freute er sich, den Bodensee in seiner vollen Pracht genießen zu dürfen.

Kapitel 35

»Herzlich willkommen, Anton!«, die aufgeschlossene Sara, wie er sie gleich erkannte, begrüßte ihn wie einen alten Bekannten. Es wirkte nicht aufgesetzt, sie sprühte eine herzliche Fröhlichkeit aus. »Hatten Sie eine gute Anreise?«, wollte sie wissen, während sie ihm entgegenlief.

»Ja«, antwortete er ebenso gut gelaunt, »es ist ein Traum hier, ich war gerade in der Nähe des Bahnhofs spanisch essen. So schön hier, Sara«, er strahlte sie dabei an, »Sie haben sich eine besonders außergewöhnliche Stelle für Ihr Hotel ausgesucht.«

»Ja, da haben Sie recht«, antwortete sie zufrieden, »es ist ein Traum, freut mich, dass es Ihnen gefällt.« Anton schaute sich interessiert um, der Taxifahrer lud Antons Koffer aus dem Kofferraum und wartete auf die Bezahlung.

»Benötigen Sie einen Gepäckwagen?«, fragte Sara dienstbeflissen nach.

»Nein«, lachte Anton, »so schwer ist er nicht.« Er bezahlte den Fahrer und nahm seinen Koffer.

»Darf ich vorausgehen, Ihnen Ihr Zimmer zeigen?« Anton nickte und lief ihr hinterher, seinem aufmerksamen Blick entging nichts. Er sah offensichtlich ein Ehepaar, welches in einer bequemen Sitzgruppe saß und miteinander plauderte. Und eine Frau, Mitte 60, die neugierig herüberschaute. Sie ordnete Prospekte an der Rezeption und war der Beschreibung von Alexander nach Doris, die Frau, mit der er sich sehr schnell anfreunden wollte. Er fragte deshalb Sara, ob er sich auf der Terrasse etwas zum Trinken bestellen könnte.

»Das dürfen Sie gerne, Anton.« Nickte ihm dabei freundlich zu, solche Gäste schätzte sie, die länger blieben und gleich bei der Ankunft etwas zum Trinken verlangten. »Wenn meine Mutter oder ich da sind, können Sie gerne etwas bei uns bestellen«, klärte sie ihn beim Weiterlaufen auf. »Wir sind morgens von 6 bis 11 Uhr im Hotel, in der Zeit wird das Frühstücksbuffet angeboten, und im Regelfall sind wir ab spätestens 16 Uhr bis 20 Uhr auch da.«

»Das gefällt mir«, lachte Anton sie zufrieden an, »da werde ich öfters bei Ihnen auf der schönen Terrasse sitzen.« Sara hatte für ihre Gäste die gängigsten Getränke in petto. Schön gekühlt oder in Zimmertemperatur, so wie es die Gäste haben wollten. Und sie verlangte nicht zu hohe Preise. Dafür sparte sie im Einkauf so gut es ging, besorgte im Discounter, wenn es ein Angebot gab, die Kaltgetränke auf Vorrat. Kaffee und andere Heißgetränke bot sie ebenfalls an.

»Kann man eine Kleinigkeit bei Ihnen essen?«, fragte er nach und lächelte sie entwaffnend an. »Ich weiß, Sie haben ein Hotel Garni, aber manchmal gibt es Ausnahmen für sehr gute Stammgäste.«

»Meine Mutter macht das tatsächlich«, lachte Sara zurück, »nicht immer. Am besten sprechen Sie mit ihr selbst. Ich werde Sie mit ihr bekannt machen.« Mehr wollte er nicht, es lief besser als gedacht. Keine zehn Minuten später lernte er Doris kennen, die Mutter von Sara, wie sie sich ihm vorstellte. Doris war 65 Jahre jung, hatte eine warmherzige Ausstrahlung und einen etwas traurigen Blick. Man sah ihr an, wie sehr sie Essen liebte und sich unübersehbar über den neuen Gast freute, der sich für ihre Kochkünste interessierte.

»Wie lange werden Sie bleiben?«, fragte sie freudig den stattlich aussehenden Anton. »Ich koche jeden Tag für meine Familie, da können Sie gerne etwas abbekommen. Sofern es Ihnen natürlich schmeckt.«

»Das würde ich gerne herausfinden«, Anton schaute sie lieb an und hielt den Kopf schief, »ich liebe deftige Hausmannskost, ich hoffe, Sie auch?«

»Ja, sehr sogar!« Sie lächelte ihn mit einem Seufzen an und schaute an sich herunter, »man kann es sehen – oder?«

»Keine Ahnung, wovon Sie sprechen«, lächelte er charmant zurück, »möchten Sie sich nicht einen Moment zu mir setzen?« Er stand auf, rückte ihr einen Stuhl zurecht. »Darf ich Sie auf einen Wein einladen?«

»Ja«, antwortete sie bescheiden, sie war es nicht gewohnt, dass die Gäste so freundlich zu ihr waren, »ich setze mich gerne einen Moment zu Ihnen. Es war ein langer Tag!«

»Vielen Dank«, strahlte Anton sie an , »sagen Sie bitte Anton zu mir, ich fühle mich bei Ihnen sehr wohl. Sie haben es wunderschön.« Er schaute auf den Bodensee, die untergehende Sonne, deren Spiegelungen im leichten Wellenschlag bunt glitzerten. Und er schaute zu ihr: »Sie sind also die gute Seele?« Es war mehr eine Feststellung als eine Frage. Er spürte, wie wenig Aufmerksamkeit Doris bekam, er konnte es mit Händen greifen und würde ihre Seele streicheln. So leicht war es bei ihr. Genau, wie er es Alexander vor ein paar Tagen gesagt hatte. Ein wenig Menschenkenntnis, und man fand einen Zugang.

»Mögen Sie ein ungarisches Gulasch mit selbstgemachten Spätzle?« Doris war Komplimente schon lange nicht mehr gewohnt, sie wurde rot und überging schnell diese freundliche Bemerkung.

»Damit haben Sie mich, liebe Doris«, bewunderte er ihren Vorschlag. »Dafür würde ich Sie morgen Nachmittag zu einem kleinen Spaziergang am See einladen, mögen Sie Eis?«

»Das ist nicht notwendig«, wehrte Doris schnell ab. »Meine Tochter setzt es Ihnen auf die Rechnung, wir verlangen dafür zehn Euro, Getränke sind extra. Ab 18 Uhr können Sie Ihr Gulasch bekommen.« Sie schaute ihn fragend an, hoffte, er würde nicht ablehnen, nachdem sie den Ausflug mit dem Eis ausgeschlagen hatte. Sie mochte ihn, und sie brauchte eine Aufgabe. Doris kümmerte sich deshalb um das Frühstücksbuffet und stand dafür jeden Tag um 4 Uhr auf. Sie konnte seit vier Jahren, seitdem sie von ihrem Mann getrennt war, sowieso nicht mehr gut schlafen. Und sie kümmerte sich um das Abendessen für ihre Familie. Für Sara, auch ihr Mann Herbert aß meistens mit, sie wusste, dass das von ihr nicht konsequent war. Einerseits verachtete sie ihn für seine Untreue, andererseits wollte sie ihn in ihrer Nähe haben und vor allem halten. Irgendwie brauchten sie Herbert. Er kümmerte sich im Hotel um sämtliche technischen Dinge. Doris war es wichtig, dass er einmal am Tag ein warmes Essen bekam. Sie liebte ihn irgendwie, auch wenn sie das niemals zugeben würde. Sie konnte ihm nicht verzeihen und niemals mehr vertrauen. Sie hielt ihn deshalb auf Abstand, wenn er ihr zu nahe kam. Hin und wieder unternahm Herbert einen halbherzigen Versuch.

Was Doris weiterhin nicht wusste: Insgeheim bereute Herbert seine Affäre mit Claudia. Es hatte sich einfach so ergeben, aber er konnte nicht vernünftig mit Doris darüber sprechen. Und er konnte sich nicht von seiner Juristin trennen, zumindest so lange nicht, bis er sich den Behörden gestellt hatte und sein Verfahren abgeschlossen war. Das war doch logisch, zumindest in Herberts Augen. Aber Doris würde das sowieso nicht verstehen, weder, dass er sich stellen wollte, noch das andere. Alles, was im Entferntesten mit Gefühlen zu tun hatte, wurde in dieser Familie totgeschwiegen, schon immer. Und nun wieder. Doris warf ihm wortlos seine Untreue vor. Und er besuchte seine hübsche Anwältin weiterhin, regelmäßig am Wochenende, weil es zur Gewohnheit geworden war. Wie damals mit Doris alles zur Routine geworden war.

Was er wirklich wollte, darüber machte er sich, wie in der Vergangenheit, viel zu wenige Gedanken.

Anton bemerkte, wie Doris sich in ihren Gedanken verfangen hatte. Er fühlte die Traurigkeit, auch wenn er nicht wusste, was sie gerade beschäftigte. Eines war ihm jedoch klar. Er würde es herausfinden. Sein Fingerspitzengefühl war dafür sprichwörtlich. Wie ein Röntgengerät fühlte er sich in sein Gegenüber hinein. Und er kam mit seiner subtilen Art und Weise meistens an sein Ziel. Anton beobachtete Doris aus den Augenwinkeln, die etwas in sich zusammengesunken an seinem Tisch saß. Sie hatte schöne Gesichtszüge. Eigentlich. Ihre traurigen Augen hatten jedoch im Moment jeden Glanz verloren. Er sagte nichts, ließ ihr die Zeit, die sie für sich brauchte.

»Was darf ich Ihnen bringen?«, fragte Sara, die auf die Terrasse kam und sah, wie ihre Mutter abwesend neben dem neuen Gast saß und beide nichts zu trinken hatten.

»Sie kommen wie gerufen, mir gerne einen trockenen Rotwein«, antwortete Anton, erfreut über Saras Auftauchen. »Doris, zu welchem Getränk darf ich Sie einladen?«

»Ich weiß nicht«, antwortete Doris zurückhaltend, sie fühlte sich trotz der aufmerksamen Gesellschaft verlassen, »ich bringe Ihnen den Wein, ich muss weitermachen.«

»Bleiben Sie bitte ein paar Minuten«, bettelte Anton und zwinkerte Sara zu, »Ihre Frau Mutter freut sich sicher über eine kleine Pause, was meinen Sie?« Sara grinste, sie hatte geahnt, wie nett Anton sein würde. Und sie freute sich darüber, wie ihre Mutter von ihm umworben wurde. Das würde ihr guttun, ihr Vater hatte das Selbstbewusstsein ihrer Mutter genug beschädigt. »Und bringen Sie Ihrer Mutter«, bestellte Anton, der Saras Lächeln als Einverständnis wertete, »das, was sie am liebsten trinkt.« Sara nickte und drehte sich zum

Fortgehen um. »Bitte schreiben Sie beides auf meine Rechnung«, rief er ihr hinterher, »darauf bestehe ich.« Doris wurde ein wenig rot, sie bedankte sich und freute sich über den schönen Tag. Was sollte sie auch Trübsal blasen? Wem würde das nutzen? Sie würde morgen das beste Gulasch zubereiten, welches Anton in seinem Leben je bekommen hatte. Das erfüllte sie mit einer Vorfreude, in ihre Augen kam ein leichtes Strahlen, sie sah hübsch aus. So wie sie dasaß, von der untergehenden Sonne angestrahlt. Mit ihrer stillen Freude, die auf einmal in ihr war. Und die sie nicht vor Anton verbergen konnte. Anton wagte es, jetzt wäre der richtige Zeitpunkt, dachte er bei sich. Er müsste nur die Taktik ändern: »Darf ich Sie in den nächsten Tagen zu einem kleinen Spaziergang in Radolfzell einladen, ich brauche jemanden zum Reden, ich fühle mich sehr wohl in Ihrer Gegenwart, Doris.«

»Sehr gerne«, antwortete Doris nicht mehr so scheu, der Mann brauchte sie! Da konnte sie schlecht ablehnen, sie würde sich seine Sorgen anhören, weshalb auch nicht. Sie war gut im Zuhören. Leider sprach ihr Mann wenig mit ihr. Sie hätte ihm gerne zugehört. Er war am nächsten Tag im Schwarzwald, irgendwo, sie wollte es nicht so genau wissen. Sie wünschte sich die Zeit von früher zurück, als sie beide an einem Strang zogen, gemeinsame Ziele hatten. Auch wenn es hektische Zeiten waren. Jetzt fühlte sich das mit ihrem Mann so seltsam an, sie hätten Zeit füreinander und konnten doch keinen gemeinsamen Weg finden. Wobei, sie müsste sowieso nichts finden. Er hatte angefangen, das Eheversprechen zu brechen. Und sollte, wenn er etwas ändern wollte, um sie werben. So wie Anton. Was würde Herbert staunen, wenn er morgen sehen könnte, wie sie Anton bekochen würde, wie sie in Radolfzell zusammen spazieren gingen. Der Gedanke gefiel ihr. Nur schade, dass Herbert es nicht sehen würde. Ihr grübelnder Blick wurde hell: »Wir können gerne übermorgen in die Stadt gehen, ich zeige Ihnen einen schönen Spazierweg am Wasser und die beste Eisdiele in der Stadt.« Übermorgen, überlegte Doris, das wäre gut, übermorgen würde Herbert es sicher mitbekommen. Bis dahin wollte er in Radolfzell sein. Er hatte einen Termin mit einem Energieberater. Überdachte Garagen wollte Herbert für Saras Gäste bauen und die Bedachung für eine Fotovoltaikanlage nutzen. Wobei Doris die Pläne von Herbert völlig egal waren – Hauptsache, er würde sie und Anton zusammen sehen. Anton, der das Mienenspiel von Doris studierte und ihre Freude bemerkt hatte, freute sich über die Zusage und vereinbarte gleich eine Uhrzeit. Er würde sich eine passende Geschichte einfallen lassen, die Doris öffnen würde. Zuvor musste er herausfinden, was Doris auf der Seele lag. Gleich mit dem ersten Versuch landete er einen Volltreffer: »Und Sie leben mit Ihrem Mann hier in diesem schönen Hotel?«

Doris' Miene verfinsterte sich schlagartig: »Ja, so ungefähr«, antwortete sie wortkarg. Der Hinweis war für Anton ausreichend, das Verhältnis zu ihrem Mann war demnach nicht ungetrübt. Das hatte er vermutet, denn sonst hätte sich Doris von ihm nicht zu einem Spaziergang überreden lassen. Dann würde er von seiner Ex-Frau erzählen, die ihn nach Strich und Faden belogen und betrogen hatte. Da müsste er sich nicht einmal etwas ausdenken. Zum ersten Mal war er zufrieden darüber, dass die schmerzliche Erfahrung von damals zu etwas zu gebrauchen war.

»Wir haben das Hotel vor vier Jahren für unsere Tochter gebaut und helfen beide mit.« Doris hatte bemerkt, wie wortkarg sie bei der Frage von Anton geworden war, und brachte das in Ordnung. »Ja, es ist ein sehr schöner Ort, wir leben alle sehr gerne hier.«

»Haben Sie zuvor nicht in dieser traumhaften Region gewohnt?« Anton versuchte, auf neutrales Gebiet zu wechseln, damit das Gespräch am Laufen blieb.

»Doch«, antwortete Doris fröhlicher, dankbar, nicht über ihren Mann sprechen zu müssen, »wir haben in Konstanz gewohnt, nicht so weit weg. Nicht unmittelbar am Bodensee, aber wir konnten das Wasser zumindest aus dem ersten Stock erahnen«, lachte sie und dachte an die damals kleine Sara, die auf Zehenspitzen stand und nach dem Bodensee spähte. Dabei steif und fest behauptete, die Wellen zu sehen. Schon damals hatte sie sich in den Kopf gesetzt, irgendwann direkt am Wasser zu wohnen. Sara hatte einen starken Willen und immer einen Plan im Kopf. Auch wenn sie ihre Pläne zeitweise nicht konsequent verfolgte, sie kam auf ihre ursprüngliche Idee zurück und setzte sich auch durch. So war es mit dem Hotel, sie war keine 16 Jahre alt, da wusste sie, irgendwann würde sie ein eigenes Hotel führen. Ein kleines, eines, in dem sie fast alles allein machen konnte. So war es nun, sie kümmerte sich um die Buchungen, um die Werbung. Hatte sich drei Waschmaschinen mit Trockner angeschafft, damit sie die anfallende Wäsche selbst waschen konnte. Und einen Bügelautomaten für die Leintücher, Bettüberzüge. Sie putzte die zwölf Zimmer, wobei sie, sobald sie mehr als zur Hälfte ausgebucht war, auf verlässliche Aushilfen zurückgreifen konnte. Sie war ein fleißiges Mädchen. Doris war stolz auf ihre Tochter und strahlte glücklich vor sich hin.

»Sie haben Glück«, antwortete Anton nach einer Weile, so richtig kam das Gespräch mit Doris nicht in Gang. Seine Zielperson Doris war zu sehr mit ihren Gedanken beschäftigt und hatte ihren Wein fast ausgetrunken. Er verabschiedete sich, um das unangenehme Schweigen zu beenden. Entschuldigte sich, er müsste ein geschäftliches Telefonat führen, ging schnell in sein Zimmer. Doris war zufrieden, es war für sie ein schöner Abend geworden. Anton gefiel ihr, sie freute sich auf den nächsten und übernächsten Tag, auf das Abendessen mit ihrer Hausmannskost, auf den Spaziergang in Radolfzell. Zum ersten Mal war es ihr egal, was Herbert gerade machte. Es fühlte sich so weit weg an.

»Übermorgen ist dein großer Auftritt«, sagte Anton verschwörerisch. Im Hotelzimmer hatte er Alexander von seinem Handy aus angerufen und erzählte seinem Juniorpartner, was er bisher unternommen hatte. Wie er bereits einen Wein mit Doris getrunken hatte.

»Du bist ja ein echter Schwerenöter«, lachte Alexander, »was machst du, wenn sie dich wirklich mag? Wenn das mit ihrem Mann nichts mehr ist, dann hast du die Xanthippe an der Backe!« Alexander hatte ihren Auftritt im Hotel nicht vergessen, sie war sicher ein sehr zänkisches Wesen. Mit Haaren auf den Zähnen. Kein Wunder, wenn ihr Mann fremdging.

»Das lass mal meine Sorge sein«, fuhr Anton ihm unwirsch über den Mund. Doris gefiel ihm wirklich, er wollte nicht zulassen, wie despektierlich Alexander von ihr sprach. »Sie ist eine sehr warmherzige Frau, das hast du bei deinem unüberlegten Überfall nicht wahrnehmen können. Wie auch? Beim nächsten Mal schaust du besser hin und hörst genauer zu!«

»Entschuldige«, Alexander verging das Lachen sofort. So sauer hatte Anton bisher nie auf seine Späßchen reagiert. Er wollte Anton keinesfalls verärgern und schaltete den Rückwärtsgang ein: »Ich habe mich bei meiner ersten Begegnung mit ihr wirklich wie ein Anfänger aufgeführt.«

»Allerdings«, bestätigte ihm Anton. »Höre mir genau zu. Die Tochter ist fast immer im Hotel. Reiner Zufall, dass du bei deinem Besuch nur auf die Mutter getroffen bist.« Alexander wollte einwerfen, er hätte stundenlang vor dem Hotel gestanden und genau auf diesen Moment gewartet, aber er sah, es war der falsche Zeitpunkt, mit Anton zu diskutieren.

»Der Vater scheint beschäftigt zu sein. Deshalb locke ich die Mutter aus dem Hotel. Wir werden nur sie allein bearbeiten. Verstanden?«

»Ja.« Auch wenn Alexander nicht verstanden hatte, weshalb Anton unbedingt an der älteren Frau dranbleiben wollte. Die junge wäre ihm lieber gewesen.

»Übermorgen, am frühen Nachmittag, werden wir einen Spaziergang in Radolfzell unternehmen. Am Wasser vermutlich. Und danach in eine Eisdiele gehen.«

»Okay«, Alexander hörte dennoch interessiert zu. Ihm gefiel der engagierte Anton sehr. Schließlich ging es nicht um die junge Frau, sondern um seinen Fall. »Und ich komme dazu?«

»Genau«, Anton sprach leiser, »du wirst sie beim Spazierengehen entdecken, zuerst nur in der Nähe bleiben, vielleicht erzählt sie mir etwas, so in der Richtung, dass sie dir aus dem Weg gehen möchte. Wenn du bemerkst, wie wir abdrehen, kommst du aufdringlich auf uns zu, sagst ihr, sie soll dir endlich die Wahrheit sagen, du kennst ihr Haus in Brienz, in den Bergen. Und sie wüsste genau, was mit deinen Eltern 1985 passiert ist. Nicht zu aggressiv, eher traurig, vorwurfsvoll und aufdringlich kommst du. Und ich werde dich vertreiben. Verstanden?«

»Und ich lasse mich von dir vertreiben?«

»Exakt«, Anton war zufrieden, »nicht gleich. Zuvor drohst du, du kommst wieder. Das Thema sei für dich nicht zu Ende besprochen. Du wirst so lange kommen, bis sie dir die Wahrheit sagen würde.«

»Ich bin gespannt, wie sie auf mich reagiert, die …«, Alexander verkniff sich weitere beleidigende Bezeichnungen.

»Du kannst aufdringlich werden«, mahnte Anton, »aber nicht frech und übergriffig!«

»Jaja«, wehrte er ab, er hatte es verstanden.

»Bin gespannt, wie sie auf diese Nebelkerze reagiert. Was sie zu mir sagt. Wie sie sich verhalten wird, sobald sie dich zum ersten Mal entdecken wird. In so einer Ausnahmesituation wird sie ihre zurechtgelegte Strategie vergessen. Das ist wieder das Thema mit den Emotionen.« Er versuchte, Alexander das zu erklären, obwohl der es längst verstanden hatte. »Sie wird nicht mehr klar denken können. Du wirst sehen.«

»Das wird super«, freute sich Alexander, »und was hast du noch alles vor?«

»Bei passender Gelegenheit biete ich ihr an, wenn sie mir das mit dem Haus bestätigt hat, ihr behilflich zu sein. Beim Verkauf. Ich als Immobilienmakler hätte jemanden an der Hand, der genau so ein Haus in den Bergen suchen würde. Dann erfahren wir vielleicht, weshalb sie so daran hängen.«

Kapitel 36

Das Abendessen mit Gulasch, Spätzle und Doris verlief zunächst nicht, wie von Anton gedacht, Sara bediente ihn auf der Terrasse, Doris schien in der Küche beschäftigt zu sein. Vorgestellt hatte er sich, mit den beiden Frauen zu Abend zu essen, dabei mit Sara plaudern zu können. Das Essen an sich mundete hervorragend, er schickte deshalb einen Gruß in die Küche, in der Hoffnung, Doris zumindest auf einen Moment aus der Küche zu locken. Zuletzt hatte er sie beim Frühstück gesprochen, jedoch nur kurz, weil Doris gut beschäftigt war. Und tatsächlich, Doris kam wenige Minuten, nachdem ihr das Lob von Sara ausgerichtet worden war, mit einer umgebundenen Schürze und einem zufriedenen Gesichtsausdruck auf die Terrasse. »Ihnen hat es wirklich so gut geschmeckt?«, wollte sie das Kompliment von ihm selbst hören und schaute ihn überglücklich an.

»Doris, Sie sind eine Zauberin«, strahlte er sie an, »das war ein Gedicht. Möchten Sie sich für einen Moment zu mir setzen?«

»Danke schön«, Doris schaute ihn schüchtern an, »das freut mich sehr. Vielleicht später? Ich muss die Küche aufräumen und werde mit meiner Tochter zu Abend essen.«

»Das können Sie doch gerne bei mir«, Anton ließ nichts unversucht. »Würde mich sehr freuen, wenn Sie und Ihre Tochter mir Gesellschaft leisten.« In dem Moment kam Sara zu einem anderen Gast auf die Terrasse, brachte diesem ein bestelltes Getränk, und Anton sagte schnell zu Doris. »Wollen wir Ihre Tochter fragen?«

»Ja«, antwortete sie, froh darüber, dass Sara entscheiden sollte, »kommst du mal kurz?«

»Mama«, fragte sie, »was ist?«

»Anton würde sich freuen, wenn wir bei ihm am Tisch zu Abend essen.«

»Gerne«, war die spontane Antwort von Sara, »ich brauche 20 Minuten.«

Anton konnte beim Abendessen nur wenig in Erfahrung bringen. Er wollte sich auch nicht mit einer übertriebenen Neugier verdächtig machen. Der Abend sollte eine Vertrauensbasis aufbauen. Das bekam er ganz gut hin, er zeigte sich von seiner charmantesten Seite. Sara bemerkte, wie sehr ihre Mutter aufblühte. Sara musste alles dafür tun, damit sich Anton wohlfühlen und länger bleiben würde. Deshalb fragte sie nach, ob sie am nächsten Abend wieder gemeinsam zu Abend essen wollten. Doris brachte sich tatsächlich gleich ein, wollte wieder köstliche Hausmannskost liefern, Badisches Schäufele mit Buabaspitzle und Kraut. Eine regionale Delikatesse, der Anton natürlich sofort zustimmte. Doris freute sich, dann würde ihr Herbert doppelt staunen – erst der Ausflug in die Stadt, dann das gemeinsame Abendessen mit ihrem neuen Verehrer. Sie konnte das dumme Gesicht von Herbert förmlich vor Augen sehen. Der Abend war richtig gut gelaufen. Besser, als es sich Anton anfangs gedacht hatte. Jetzt hatte er für den nächsten Tag sogar zwei Verabredungen mit Doris. Das Tagesziel war übertroffen. Zufrieden zog sich Anton auf sein Zimmer zurück, Doris und Sara hatten zu tun, da wollte er nicht aufdringlich wirken. Auch der nächste Morgen war wie aus dem Bilderbuch. Die aufgehende Sonne zog mit spielerischer Leichtigkeit die Nebelschleier vom Bodensee. Anton beobachtete die munteren Wasservögel. Ein paar Boote fuhren auf dem See, dahinter lugten im leichten Dunst die ersten Bergspitzen aus der Schweiz herüber. Anton freute sich, heute würde Doris zeigen müssen, was unter ihrer Oberfläche verborgen lag. Um 14 Uhr waren sie zum Spaziergang verabredet. Hinter dem Bahnhof wollte Doris ihm einen schönen Spazierweg zeigen, anschließend würde er sie in die Eisdiele am Marktplatz einladen. Heute noch würde er den Helden für Doris spielen. Ein wundervoller Tag, genau nach seinem Geschmack. Dann war es so weit. Alexander wartete am Bahnhof angespannt. Er hatte die Textnachricht von Anton erhalten, wann sie ungefähr mit dem Taxi vorfahren würden. Aber niemand kam. Er wartete schon 20 Minuten.

Endlich fuhr ein Taxi langsam auf den eingezeichneten Standstreifen, und Anton stieg auf der einen Seite aus, Doris auf der anderen. Alexander versteckte sich. Wollte sich erst, wie mit Anton verabredet, eine halbe Stunde später zeigen.

»Schauen Sie«, erklärte Doris dem interessiert schauenden Anton, »hier geht es zur Altstadt von Radolfzell. Das war früher ein kleines, beschauliches Fischerdorf. Neben dem See war der Weinbau ein wichtiger Wirtschaftszweig.«

»Hatte Ihre Familie früher Weinberge?« Anton versuchte, Doris auszufragen, Radolfzell kannte er wesentlich besser als sie. »Oder nein«, grinste er sie schelmisch an. »Ihre Vorfahren haben sicher die besten Gasthöfe der Region betrieben«, versuchte er, ihr zu schmeicheln.

»Nein, nein«, wehrte sie bescheiden ab, »wir hatten mit der Gastronomie nie etwas zu tun, mein Mann …«, sie stockte, sie wollte eigentlich nichts von ihrem Mann erzählen, der Ignorant hatte nicht mal bemerkt, dass sie verabredet war. Am Vormittag war er angekommen und hatte sich sofort in sein Waldhaus zurückgezogen. Vermutlich musste er sich von seiner anstrengenden Geliebten ausruhen, dachte sie verbittert und hätte sich fast selbst die gute Laune verdorben, wenn nicht Anton sie so lieb angeschaut hätte. »Wir hatten ein Baugeschäft, mein Mann und ich, und mein Vater war früher Blechner.«

»Dann sind Sie die Kreative in der Familie?«, schmierte er weiter Honig um ihren Mund und lächelte sie bewundernd an. »Zeigen Sie mir den schönen Spazierweg am Bodenseeufer?«

»Ja«, antwortete sie entspannt, »wir gehen die Unterführung durch …«

»Zum Bahnhof, zu den Gleisen?«

»Ja«, lachte sie, »fast, wir laufen unten durch und sind bereits am See. Haben Sie das bei Ihrer Ankunft nicht gesehen, den herrlichen Blick auf den See? Kommen Sie!«

Alexander hatte sich inzwischen in dem Buchladen am Bahnhof in Position gebracht. Er beobachtete, gut versteckt hinter Kartenständern, die beiden, wie sie zuerst Richtung Altstadt gehen wollten und nun zurück zum Bahnhof liefen. Er würde unsichtbar an ihnen dranbleiben. Er schaute auf die Uhr, 20 bis 30 Minuten würde er ihnen bis zu seinem Auftritt geben. Sozusagen zum Warmwerden. Wobei Anton ziemlich warmgelaufen war, wie er von seinem Posten aus beobachten konnte. Nun waren sie an ihm vorbeigelaufen, die Treppen nach unten. Er nahm die Verfolgung auf. Es war nicht sehr schwer. Die beiden schlenderten durch die triste Unterführung unterhalb der Bahngleise, in der ein Straßenmusiker den legendären Song von Etta James »I'd Rather Go Blind« vor sich hin schluchzte. Allerdings registrierten die wenigsten der eilig vorbeihastenden Menschen das melancholische Lied. Lediglich Anton blieb nachdenklich stehen und legte dem Musiker fünf Euro in seinen Korb. Er liebte den Song und hasste den Text. Er verband Erinnerungen daran. Etta James hatte er mit seiner damaligen Frau in den 70er-Jahren live gehört. In Montreux, er erinnerte sich an den romantischen Abend. Und leider, damit hatte er niemals gerechnet, hatte seine Frau ihn später betrogen. Er fühlte sich, wie im Song besungen. Diese Geschichte würde er später Doris erzählen, zeitlich nur mehr in die Gegenwart ziehen. Dankbar schaute er zu dem Musiker zurück, damit würde er bei ihr einen gemütsöffnenden Volltreffer landen! Und mit seiner großzügigen Aufmerksamkeit dem leidenschaftlichen Musiker gegenüber hatte er zusätzlich einen Extrapunkt bei Doris gesammelt. Ihr gefiel offensichtlich die freundliche Geste, und sie bemerkte, wie Anton von der Musik berührt schien. Während Anton und Doris die Treppen nach oben gingen und das Sonnenlicht die Tristesse verschwinden ließ, sagte Anton: »Der Song passt so gut zu dem, was ich Ihnen erzählen wollte.« Er brach ab, nicht nur, weil er ungern über seine Gefühle sprach, sondern besonders, um die Dramatik zu steigern. Diesmal musste er über sich reden, damit sich auch Doris öffnen würde. Ein wenig Mühe musste er sich geben, bis seine Augen glasig wurden. Zuvor hatte er sein Papiertaschentuch mit Pfefferminzöl getränkt und rieb sich damit in die Augen. Ein alter Schauspielertrick, den er extra vor dem Spiegel geübt hatte.

»Wollen wir nicht Du zueinander sagen?«, fragte Doris einfühlsam, die spürte, wie Anton mit seinen Gefühlen kämpfte.

»Ja«, nickte Anton übertrieben schwermütig, »das wäre schön!« Seine Gemütsverfassung war nicht nur gespielt, er hatte das mit seiner Frau vor vielen Jahren mit dem Verstand abgehakt, in seinem Herzen war sie jedoch noch immer präsent. Seitdem hatte er sich nicht wieder verlieben können. Wobei er nicht mehr übertrieben seiner großen Liebe nachtrauerte. Gefühle, so sagte er sich, würden ihn sowieso nur behindern. Bei allem. Bei fast allem: Heute jedoch würde er seine ganze Traurigkeit zusammensuchen und sie Doris so schmerzlich wie möglich präsentieren. »Dann kann ich dir viel besser erzählen, was mich so bedrückt. Aber nicht jetzt, Doris. Ich möchte das alles mit dir genießen. Darf ich?« Er bot ihr den Arm an. Doris konnte nicht ablehnen. Der arme Mann, was er wohl erlebt hatte. Vielleicht wog ihr Kummer gegen seinen Schmerz gar nicht so schwer. Sie hakte sich vorsichtig unter, sie wollte ihm unter die Arme greifen, ihm Kraft schenken.

»Dann lass uns den schönen Tag gemeinsam genießen!«, munterte sie ihn auf und war ganz in ihrem Element. In der schlecht beleuchteten Unterführung konnte sich Alexander gut verbergen, in der übersichtlichen Parkanlage hinter dem Bahnhof war das wesentlich schwerer. Er musste gut aufpassen, wollte schauen, welche Richtung die beiden nahmen, und dann schnell einen Umweg laufen und den beiden später, wie zufällig, entgegenkommen. Diesmal sollte es perfekt werden, er wollte sich nicht erneut vor Anton blamieren. Anton indes hatte diese Sorgen nicht, er würde zu der bisherigen Fröhlichkeit zurückkehren. Doris damit zeigen, wie gut er seine Gefühle vor der Welt verbergen konnte. Wenn er sich später öffnen würde, würde der Vertrauensbeweis ihr gegenüber viel schwerer wiegen. Deshalb schwärmte er von der traumhaften Aussicht und dem Glück, welches Doris hätte, an so einem schönen Ort zu Hause sein zu dürfen. Er lullte sie dermaßen in eine glückselige Wolke ein und fragte nach den Örtlichkeiten auf der anderen Seeseite, nachdem er Alexander bemerkt hatte. Während Doris sich zur anderen Seite drehte, konnte Alexander hinter den Bäumen an ihr vorbeihuschen und in Richtung Halbinsel Mettnau laufen. Er vermutete, Anton und Doris würden diese Richtung einschlagen. Vor allem, nachdem ihn Anton entdeckt hatte. Und so war es auch. Alexander beobachtete, gut verborgen von den großen Bäumen, wie die beiden nach Westen liefen. Sie hatten sich viel zu erzählen, sie sahen wie ein lange befreundetes Paar aus, das sich gerade getroffen und alles austauschen wollte, was in den letzten Stunden oder Tagen passiert war. Er schaute auf die Uhr, noch fünf Minuten, er würde weglaufen und dann den beiden auf dem Hauptweg entgegenkommen. Alexander bog ein, schlenderte. Schaute auf den See, versuchte, seinen erhöhten Puls zu kontrollieren. Anton spürte, wie angespannt Doris wirkte.

»Wie war das mit der *Liebesinsel*, wie kam sie zu ihrem Namen?« Sie hatte es ihm erzählen wollen, als sie mitten im Satz abbrach. Er blieb stehen, wohl wissend, was sie so beunruhigte. »Magst du mir nicht weitererzählen?«

»Ach, Anton«, suchend schaute sie nach einem Ausweg, »wollen wir zum Wasser gehen?« Sie waren die Uferpromenade am Wassersportklub vorbeigelaufen, vor ihnen das Konzertsegel, unter dem im Sommer gute Unterhaltung geboten wurde. Genau dahinter, auf der Höhe der *Seebar*, sah Doris Alexander auf sie zukommen. Sie hatte ihn sofort entdeckt, die halblangen schwarzen Haare waren so auffällig. Sie würden sich unweigerlich in die Arme laufen, der Weg war nicht breit. Auf diese Art von Unterhaltung hatte sie keine Lust und wollte deshalb mit Anton schnell zur Seite gehen, in der stillen Hoffnung, Alexander hätte sie noch nicht entdeckt.

»Natürlich, Doris, ich bin mit allem einverstanden«, lächelte er zufrieden in sich hinein, »entführe mich, wohin du magst. Es ist überall schön.« Es würde noch viel schöner werden, dachte er gespannt bei sich und beobachtete voller Vorfreude, wie nervös Doris wurde. Alexander stresste sie wohl schon sehr. Sie waren bei Doris auf der richtigen Fährte, sie hatte definitiv etwas zu verbergen. Seine Schnüfflernase schlug an, seine Hand ging zu seinem Ohr, es arbeitete in ihm. Doris bog nach rechts ab, sie wollte mit Anton hinter dem Konzertsegel vorbeilaufen und hoffte, Alexander würde in der Zeit vor dem Segel an ihnen vorbeilaufen. Ihre Hoffnung erfüllte sich nicht, Alexander hatte sein Ziel anvisiert. Er bog ab und lief auf der anderen Seite um die Überdachung. Doris zuckte zusammen, das hatte ihr gerade noch gefehlt. Sie bog nochmals nach rechts ab, ein letzter Ausweg, er führte auf die Hafenmole. Eine Sackgasse, es war ihr bewusst, jedoch Alexander so direkt in die Hände laufen wollte sie nicht. Anton zeigte sich hocherfreut, was für schöne Plätze ihm Doris zeigte. Er sah, wie perfekt sich Doris selbst ins Aus manövriert hatte. Dafür lobte er sie, also für die versteckten Pfade, die sie ihm zeigen wollte, und begeisterte sich für die fantastische Gegend. Doris hörte jedoch nur mit halbem Ohr hin, ihr Herzschlag übertönte fast alles. Alexander hatte es sich auf einer Bank bequem gemacht, genau an der Stelle, an der die Sackgasse begann. Und ließ Doris nicht mehr aus den Augen. Anton bewunderte die weißen Segelschiffe, die dicht aneinander hinter der Mole geschützt festgemacht waren.

»Doris«, fragte er unvermittelt, »was ist los mit dir?«

»Nichts«, antwortete sie mit heller Stimme, »alles gut, ich finde es hier besonders schön.«

»Wir kennen uns noch nicht lange«, bohrte Anton nach, »aber seit ein paar Minuten bist du ganz angespannt. Was ist passiert?«

»Alles in Ordnung«, blieb Doris bei ihrer Aussage und zog ihren Arm hektisch zurück, »was soll sein?« Sie nestelte nervös in ihrer Tasche, als ob sie etwas suchen würde. Und es nicht fände. Wobei sie es auch nicht finden konnte, denn sie war auf der Suche nach einem Ausweg. Und den gab es nicht. Alexander bewachte die einzige Möglichkeit wie ein belgischer Schäferhund und schaute herüber. Sie erinnerte sich an den langhaarigen schwarzen Hund, den ihre Nachbarn in Konstanz hatten. Der sie nun an Alexander erinnerte. Eigentlich ein gelehriger Hütehund. Wobei der große Hund ihrer Nachbarn dem nicht entsprach. Dieser war leicht aufbrausend und der Schreck aller Postboten.

»Du kannst mir alles erzählen, ich behalte es für mich«, versuchte Anton, die komplett verspannte Doris aus der Reserve zu locken, »aber wenn alles gut ist oder du es mir nicht erzählen möchtest.« Er schaute betrübt zu Boden. »Wenn du mir nicht vertraust!« Er brach ab und tat so, als ob er ziemlich geknickt wäre.

»Ach, Anton«, sie tätschelte ihm fahrig den Arm, »wolltest du mir nicht von dir erzählen?«

»Wenn ich darf?« Er zeigte auf eine Bank am Ende der Mole. »Wollen wir uns dorthin setzen?«

»Sehr gerne«, es war ehrlich gemeint. Zurückgehen konnte sie nicht, weiter auch nicht. »Du kannst mir alles anvertrauen«, sagte sie ihm, als sie sich hinsetzte, »ich behalte es für mich.« Sie konnte aus den Augenwinkeln heraus Alexander sehen, sie würde so lange bleiben, bis er fortgegangen war. Und wenn es den ganzen Nachmittag sein würde.

Kapitel 37

»Meine Frau trifft sich regelmäßig mit einem anderen Mann«, erzählte Anton seine rührselige Geschichte. Er tat so, als ob er noch mit ihr zusammen war. Er fand, das klang sentimentaler. Tatsächlich hatte er sich vor sieben Jahren und drei Monaten von ihr getrennt. Er wusste es ganz genau. Damals wartete er vergeblich auf sie. Er hatte an dem Tag Geburtstag – und sie hatte es vergessen. Er packte damals in der Nacht alles zusammen und verließ endgültig das gemeinsame Haus. Vorübergehend zog er in die kleine Wohnung über seiner Detektei. Ein Jahr lang wohnte er dort. Nach der Scheidung mietete er zusätzlich eine größere Wohnung an, in der er heute lebte.

»Das tut mir leid«, schaute Doris ihn mitfühlend an, für einen kurzen Moment vergaß sie fast den schwarzen Schäferhund am Ende des Wegs. Sie kannte das Gefühl zu gut.

»Sie wäre bei einer Freundin, sagte sie mir dann immer.« Doris hörte schweigend zu und nickte nur. Forderte ihn auf, er möge weitererzählen. »Ich liebe sie, aber ich will und kann so nicht weitermachen. Weißt du, Doris, ich möchte dich damit nicht belästigen«, er fasste sich entschuldigend an die Stirn, »möchte dir nichts vorjammern. Ich bin nicht besser, ich fühle mich bei dir wohl. Wo fängt das Fremdgehen an?« Er tupfte sich mit seinem pfefferminzölgetränkten Taschentuch die Augen glasig. Allerdings bemerkte sie es diesmal nicht.

»Nein«, beruhigte sie ihn, »du möchtest mit jemandem darüber sprechen können. Das ist normal und völlig in Ordnung. Erzähle mir weiter!«

»Danke«, nickte er ihr theatralisch zu, »ich fühle mich bei dir so, wie soll ich es sagen, dir kann ich alles anvertrauen. Ja, Doris, man muss mal reden können. Mit unseren Bekannten und Freunden kann ich nicht darüber sprechen, ich will nicht, dass alle wissen, was meine Frau mir antut. Dass ich ihr nicht mehr genüge. Und sie würde es abstreiten, ich würde wie ein Lügner dastehen.«

»Ich kann dich so gut verstehen«, nickte Doris mitfühlend, obwohl sie nur mit halbem Ohr zuhören konnte, »du hast ja keine Ahnung.«

»Das hier am Bodensee sollte mein letzter Auftrag sein.« Anton hakte nicht nach, wie das mit Doris und ihrem Mann war, er wollte warten.

»Was für ein Auftrag?«

»Ach so«, entschuldigte sich Anton, »ich habe dir ja von meinem Beruf noch gar nichts erzählt. Ich bin Immobilienmakler für besondere Objekte.«

»Was genau für welche?« Doris interessierte sich dafür, sie war lange genug in der Baubranche gewesen, sie wusste, es gab spezielle Immobilienmakler, die sich nur auf Luxusobjekte konzentrierten.

»Villen in besonderer Lage«, zählte Anton auf, »mal habe ich eine Insel in der Südsee an einen Milliardär vermittelt. Die besonderen Wünsche können auch bescheiden sein, gerade habe ich eine Anfrage nach einem Ferienhäuschen in Alleinlage.« Er legte eine kleine Pause ein und beobachtete sie unauffällig. »Völlig abgelegen sollte es sein.« Doris reagierte tatsächlich, ihre Atmung wurde schneller. »Auch das ist Luxus pur.« Doris wurde angespannter und dachte: Alleinlage. Ja, das hätte so schön sein können, in den Bergen. Sie schaute besorgt nach Alexander, der wie der gefährliche Schäferhund ihrer Nachbarn auf seiner Bank saß und den Weg bewachte. »Gerade suche ich für eine gut situierte Familie aus Stuttgart eine Villa am See«, fuhr Anton fort, »hatte gestern am Vormittag einen Besichtigungstermin.«

»Oh«, kam es überrascht von ihr, sie versuchte, sich auf Anton zu konzentrieren, »deine Frau wollte nicht mitkommen?« Sie schaute ihm so aufmerksam wie möglich in seine rot umrandeten Augen. »Das kann ich nicht verstehen, wenn ich einen netten Mann wie dich hätte, mit so einem interessanten Beruf, ich würde dich auf keinen Fall allein an den schönen Bodensee fahren lassen. An die anderen außergewöhnlichen Orte.«

»Genau darum geht es mir«, seufzte Anton, »das wäre normal. Finde ich auch. Sie hat sich gefreut, dass ich ein paar Tage wegfahre. Damit sie allein sein kann. Deshalb habe ich deiner Tochter gesagt, ich weiß nicht, wie lange ich bleibe. Ich möchte am See meine Gedanken sortieren. Und ich wollte dich fragen, ob du mir dabei helfen kannst?«

»Indem ich dir zuhöre?«

»Ja«, sagte er und zuckte mit den Schultern, »ich weiß auch nicht, zuhören und vielleicht kannst du mir, wenn du die ganze Geschichte kennst, zu etwas raten.«

»Das ist schwer«, antwortete sie und wurde zunehmend

angespannter, sie schaute zur Seite. Und beobachtete Alexander, der seinen Blick nicht mehr von ihr abwendete. »Zuhören kann ich jederzeit, aber einen Ratschlag geben? Ich weiß nicht«, kam es mit piepsiger Stimme.

Kapitel 38

Alexander war aufgestanden, er hatte lange genug gewartet. Langsam lief er über die Mole und auf Doris und Anton zu. Die beiden konnten ihm nicht ausweichen, es gab nur diesen einen Weg. Besser hätte er Doris nicht in die Enge treiben können, freute er sich. Landeinwärts, rechts von ihm aus gesehen, lagen die privaten Schiffe, ein Zugang zu den Booten war nicht möglich, auf der anderen Seite war der Bodensee. Doris, die sah, wie die Gefahr näher kam und sie in der Falle saß, sprang, für ihr Alter sehr behände, auf.

»Lass uns sofort gehen«, sagte Doris hektisch zu Anton, »ich möchte nach Hause.«

»Habe ich etwas Falsches gesagt?«

»Nein, nein«, Doris mahnte zur Eile, »wir müssen hier weg. Ich meine, ich muss nach Hause!«

»Was ist los?«, forderte Anton sie zum Reden auf, währenddessen er keine Anstalten machte aufzustehen. Im Gegenteil, er forderte sie auf, sich zu setzen. »Ich habe gespürt, dass etwas nicht in Ordnung ist, vertraue mir, dann kann ich dir helfen.« Doris überlegte kurz, und als sie sah, wie entschlossen Alexander auf sie zukam, sagte sie panisch: »Der Mann da vorne belästigt mich, ich möchte deshalb gehen.«

»Okay!« Er stand sofort auf. »Keine Sorge«, sagte Anton beruhigend, »wir gehen langsam, er wird dich nicht belästigen, ich bin bei dir.« Und nahm sie an der Hand. Doris ließ es geschehen, sie war froh, nicht allein zu sein. Sie wusste nicht, wie sich die Situation weiterentwickelte.

Inzwischen stand Alexander vor ihnen. Er baute sich breit auf, ließ sie nicht vorbeigehen. »Sagen Sie mir endlich die Wahrheit! Sie wissen genau, was mit meinen Eltern 1985 passiert ist!«, sprach er kernig Doris an, die versuchte, seinen Blicken auszuweichen.

»Lassen Sie uns in Ruhe!«, griff Anton entschieden ein. »Wir kennen Sie nicht!«

»Mit Ihnen rede ich nicht!«, antwortete Alexander kühl, ohne den Blick von Doris abzuwenden. »Ich möchte nur die Wahrheit von ihr – mehr nicht!«

»Sie verwechseln mich!« Der Puls von Doris raste, sie umklammerte die Hand von Anton, der ihre Angst spürte.

»Sicher nicht!« Alexander ließ wie vereinbart nicht locker, »Doris, ich weiß genau, wer Sie sind. Und Sie kennen mich ebenfalls. Ihnen gehört das Haus in Brienz, genau daneben stand das Haus meiner Eltern. Bis 1985. Bis …«

»Hören Sie«, unterbrach ihn Anton, »es liegt offensichtlich eine Verwechslung vor, lassen Sie uns sofort durch.«

»Natürlich«, antwortete er wütend, »dann heißt diese Frau nicht Doris?« Alexander spielte seine Rolle nicht mehr, es machte ihn wirklich wütend, wie dreist ihn die alte, hinterhältige Frau anlog. »Ich gebe den Weg frei, wenn Sie mir erzählen, weshalb Sie das Grundstück meiner Eltern gekauft haben. Wenn Sie mir erzählen, was 1985 wirklich passiert war.« Er versuchte, eine beruhigende Atemtechnik anzuwenden. Er musste sich dringend beruhigen. Inzwischen war er von Antons Theorie überzeugt. Es war in der Tat mehr als auffällig, dass diese Leute das Grundstück seiner Eltern kauften und so gut wie nie dort waren. Und schamlos behaupteten, es läge eine Verwechslung vor. Er hatte sich die Eigentumsverhältnisse angeschaut. Doris und Herbert waren die Eigentümer von dem Haus in Brienz. Auch im Grundbuch Radolfzell waren sie eingetragen. Auch diese Informationen Antons hatte er studiert. Beide hatten lebenslanges Wohnrecht in einem Appartement. Und Sara, die Tochter, war die Eigentümerin des Hotels. So unverfrorene Lügen widerten ihn an. Wie sehr er Doris verabscheute, die so viel Dreck am Stecken haben musste. So verschlagen, wie sie ihn anschaute. Alexander musste sich zurückhalten, um nicht handgreiflich zu werden. Glücklicherweise hatte er bei der Polizei nach einem ähnlichen Vorfall ein Anti-Aggressionstraining absolviert. Die erlernten Techniken halfen ihm dabei, sein überschäumendes Temperament unter Kontrolle zu halten. Allerdings hatte ihm dieser Vorfall damals den Innendienst eingebrockt. Weshalb er von Anton im Umgang mit Menschen viel lernen wollte. Doris zitterte am ganzen Körper, sie spürte Alexanders Aggressivität. Sie brachte kein Wort über die Lippen. Alexander meinte in ihrer Angst die Bestätigung ihrer Schuld zu erkennen. Was ihn wiederum noch mehr in Rage brachte. Seine geballte Hand und die heftig pochende Halsschlagader waren nicht die einzigen Anzeichen für Anton. Er brach das Schauspiel ab, welches seit ein paar Minuten keines mehr war. Anton zückte sein Handy, das war das Zeichen für Alexander, und drohte:

»Ich zähle auf drei, wenn Sie bis dahin nicht verschwinden, rufe ich die Polizei!« Alexander schaute ihn mit zornglühenden Augen an. Er war so in Fahrt gekommen. Anton schob Doris nach hinten, er fühlte, Alexander würde gleich explodieren. »Eins!« Er fühlte den Schmerz in Alexander und musste die Konfrontation mit Doris abbrechen, bevor alles außer Kontrolle geraten würde. Damit hatte er nicht gerechnet. Er drehte sich kurz zu Doris, mit einer Handbewegung deutete er ihr an, sie sollte ein paar Meter weglaufen. Sich in Sicherheit bringen. »Zwei!« Dann ging er auf Alexander zu, seine Hände in einer deeskalierenden Stellung. Er sprach leise: »Alexander, geh bitte!« Er nickte ihm besänftigend zu: »Du hast das bisher sehr gut gemacht!« Er hypnotisierte ihn fast mit seinen Blicken. »Hast du mich verstanden? Alexander, ich werde allein weitermachen, sie wird mir alles sagen, ich melde mich später bei dir!« Alexander ging einen Schritt zurück, fast wie im Wahn. »Hast du mich verstanden?«, drohte Anton nun laut. Fast unmerklich nickte Alexander. »Drei!«

»Ich komme wieder!«, schrie Alexander mit hochrotem Kopf der verängstigten Doris zu, die im letzten Eck des Wegs, am Geländer der Mole sich haltend, mit wackligen Knien stand und der Dinge harrte. Er ballte die Faust wutschäumend: »Ich werde meine Antworten bekommen!« Und ging nochmals wutschäumend einen Schritt Richtung Doris. Anton, wachsam und angespannt, vertrat ihm den Weg und schaute ihn streng an.

»Verlassen Sie sich darauf!« Alexander schwang drohend die Faust, drehte um und lief schnell Richtung Konzertsegel und dann nach links, in die Stadt. Dort hatte er sein Auto geparkt. Er rannte, so schnell er konnte, er versuchte, seinen überbordenden Wutpegel abzubauen. Erst eine halbe Stunde später hatte er sich unter Kontrolle. Langsam konnte er normal denken. Er war stolz auf sich: Sein Auftritt war ihm gut gelungen, er hatte ihn nicht vermasselt. Jetzt könnte er nach Hause fahren und erwartungsvoll auf den Anruf von Anton warten. Hingegen musste sich Doris setzen, sie war sichtlich mitgenommen. Anton setzte sich neben sie, auch sein Puls war überhöht. Fast wäre es aus dem Ruder gelaufen, dachte er bei sich. Dennoch zufrieden mit dem Ergebnis, welches zitternd neben ihm saß, streichelte er beruhigend ihre Hand. »Das tut mir so leid«, heuchelte er ihr sein Mitleid vor, »wir wollten einen ruhigen Spaziergang machen und dann so was.«

»Das muss dir doch nicht leidtun«, antwortete Doris, die nach Luft rang, nach einer Weile, »der Mann ist vor ein paar Tagen im Hotel aufgetaucht. Er hat mich bedroht, du bist mein Zeuge!« Anton konnte sich das nun vorstellen. Alexander hatte sich wirklich kaum im Griff. Er musste mit dem Jungen sprechen. Kein Wunder, dass Doris beim ersten Aufeinandertreffen mit Alexander so blockiert hatte. Wenn er da nur halb so aggressiv aufgetreten war, so war das kein Wunder. Er hatte selbst vor dem wutschnaubenden Alexander Respekt bekommen.

»Natürlich«, hakte Anton schnell ein, »er hat dich massiv bedroht, ich werde das bezeugen, lass uns nachher zur Polizei gehen und Anzeige erstatten.«

»Nein!«, kam es entsetzt und eine Spur zu schnell von Doris. »Das machen wir nicht.«

»Weshalb nicht?«, wunderte sich Anton scheinheilig. »Du bist ja deines Lebens nicht sicher. Wenn ich nicht bei dir gewesen wäre, ich will es mir gar nicht ausmalen.«

»Dafür bin ich dir sehr, sehr dankbar, Anton!« Sie seufzte und nahm seine Hand: »Es tut mir so leid, du wolltest dein Herz ausschütten und musst mich beschützen.« Eine Weile saßen sie wortlos nebeneinander. Jeder in seinen Gedanken versunken.

»Doris«, fing er an, »wir vertrauen uns, was ich dir sage, bleibt bei dir, was du mir sagst, bei mir.« Doris nickte. »Vertraust du mir?«

»Ja«, sie nickte nochmals, »ich vertraue dir auf jeden Fall.«

»Dann erzähle mir, was passiert ist«, lockte sie Anton vorsichtig, »dann kann ich dir sicher helfen.«

»Das glaube ich nicht«, kam es niedergeschlagen von Doris, »der Mann von eben hat sich in etwas verrannt, wie willst du mir da helfen?«

»Wenn ich weiß, worum es geht, kann ich dir schon helfen. Mir ist bisher noch immer etwas eingefallen. Habe ich dich gerade nicht beschützt? Obwohl er uns körperlich überlegen war? Wir nicht ausweichen konnten? Er hätte uns leicht ins Wasser schubsen können. Oder Schlimmeres, so wie er ausgerastet ist. Der war nicht mehr bei sich. Doris, du musst mir alles erzählen!«

»Das stimmt, der war nicht mehr bei sich«, Doris' Hände zitterten, »ich bin dir sehr dankbar.«

»Also, dann vertraue mir«, hakte Anton nach, »oder ist das alles so schlimm, was 1985 passiert ist? Was hast du getan?« Doris schreckte hoch, sie wollte auf keinen Fall, dass sich Antons Fantasie überhitzen würde, womöglich würde er ihre Tochter fragen, das dürfte sie nicht zulassen. Sara hatte glücklicherweise in den letzten Jahren nichts von Brienz wissen wollen. Seit sie mit dem Hotel beschäftigt war, wirkte sie ausgeglichen. Doris überlegte, wie sie aus der Nummer so schadlos wie möglich herauskommen könnte. Sie musste davon ausgehen, dass dieser Alexander erneut im Hotel auftauchen würde. Vielleicht könnte Anton ihr tatsächlich helfen? Nach einer Pause sagte sie leise: »Ich vertraue dir, du darfst jedoch mit niemandem darüber sprechen, auch nicht mit meiner Tochter!«

»Mein Ehrenwort!« Anton drückte ihr die Hand und hatte

ein schlechtes Gewissen dabei. »Erzähle mir alles, was du weißt. Ich verrate dich niemals!«

Kapitel 39

Doris sammelte sich ein paar Minuten, sie wusste nicht, wo sie anfangen sollte, sie hatte bisher nie über die schreckliche Zeit gesprochen. Vielleicht würde es ihr sogar guttun, beruhigte sie sich selbst. Mit ihrem Mann konnte sie schon lange nicht mehr reden, und Anton, er war so ein Lieber, vielleicht hätte er tatsächlich einen Ausweg. Zumindest dafür, dass Alexander nicht mehr bei ihr auftauchen würde.

»Also«, begann sie umständlich, »der Mann heißt Alexander. Vermutlich kenne ich ihn von früher. Zumindest habe ich ein Kind gekannt, das ihm sehr ähnlich ist. Das Kind war der Sohn von unseren Nachbarn in den Bergen, in Brienz. Mein Mann und ich haben dort ein kleines Haus, ganz oben am Berg.« Interessiert hörte Anton zu, er hatte nicht erwartet, wie schnell sich Doris ihm anvertrauen würde.

»Alexander, wenn er es denn ist, war also das Kind deiner Nachbarn?«, wiederholte er.

»Ja«, antwortete sie, »damals.«

»Seine Eltern sind gestorben?«

»Wieso gestorben«, sie schaute ihn fragend an, »wie kommst du darauf?«

»Weil du eben sagtest«, antwortete Anton unbedarft, »Alexander *war* der Sohn deiner Nachbarn.«

»Ach so«, Doris war ganz durcheinander, »das weiß ich nicht, die Nachbarn waren damals viel auf Reisen, wir hatten kaum Kontakt. Und wir haben sie sehr lange nicht mehr gesehen. Irgendwann wurde uns ihr Grundstück zum Kauf angeboten, und wir haben es von einem Mann gekauft. Irgendein Makler. Den Namen kann ich dir nicht sagen, Alexander war es jedenfalls nicht.« Doris beendete ihren Bericht. Viel mehr wollte sie nicht sagen, sie hatte ein ungutes Gefühl.

»Und was war 1985?«, fragte Anton nach, »der Mann sagte, dass du wüsstest, was damals in Wahrheit passiert war. Was weißt du, was er nicht weiß?«

»Keine Ahnung, was er damit meint.« Doris spielte die Ahnungslose, Anton konnte in ihren Augen jedoch ablesen, wie sie schwindelte: »1985 gab es eine Naturkatastrophe in der Zentralschweiz. Es regnete tagelang, die Bäche spülten Schlamm und Steine ins Tal. Und dann ist das Unglück passiert.« Doris schauderte es, als sie sich daran erinnerte. »Der Berg rutschte und begrub das Nachbarhaus unter sich.«

»Und die Nachbarn sind dabei umgekommen«, ergänzte Anton und schaute Doris wachsam an.

»Nein«, begehrte sie eine Spur zu heftig auf, »so war das nicht!« Und versuchte sich zu mäßigen: »Ich sagte dir doch, die Nachbarn waren immer auf Reisen. Sie waren so gut wie nie in den Bergen. Auch nicht in dieser Zeit.«

»Was ist dann passiert?« Anton spürte, dass Doris ihm nicht mehr die Wahrheit sagte. Waren die Nachbarn bei der Katastrophe ums Leben gekommen? Er nahm wie ein Spürhund Witterung auf, er rieb sich sein Ohrläppchen. Es war eine unbewusste Handlung, die er nicht mehr bemerkte. Glücklicherweise bemerkte Doris sie nicht, zu sehr war sie mit sich selbst beschäftigt, und hätte es auch nicht interpretieren können, wie Anton in dem Moment kombinierte und die Mosaiksteinchen zusammenpuzzelte. Die Frage, die sich Anton stellte, war, weshalb das Auto in der Schweiz nie aufgetaucht war. Was für einen Sinn würde es ergeben, das Auto und die Eltern von Alexander verschwinden zu lassen. So richtig ergab das alles keinen Sinn. Er brauchte mehr Informationen.

»Nichts ist passiert«, antwortete Doris nach einem Moment. Sie versuchte, sich so gut es ging unter Kontrolle zu bekommen. »Die Nachbarn waren zum Glück nicht in Brienz, das Haus war leer«, pochte sie auf diese Tatsache. »Das Haus war allerdings nicht mehr bewohnbar.«

»Und später?«, ließ Anton nicht mehr locker, er musste dranbleiben. »Was haben die Nachbarn später mit dem Haus gemacht?«

»Nichts«, kam es einsilbig.

»War es nicht versichert, oder weshalb haben sie nichts gemacht?«

»Keine Ahnung«, Doris wurde das Kreuzverhör langsam lästig, »was fragst du denn so nach?«

»Damit ich verstehen kann«, erklärte er sachlich, »was der Mann von dir möchte, und damit ich ihn vielleicht beruhigen kann. Du möchtest nicht jeden Morgen mit Angst im Nacken aufstehen. Ich will dir helfen.« Anton spürte das aufkeimende Misstrauen von Doris, er hatte sie in die Enge getrieben. Dennoch musste er am Ball bleiben.

»Wir haben nichts mehr von ihnen gehört«, gab Doris leicht aufgebracht zur Antwort, »ich weiß nicht, ob es versichert war oder nicht. Die Nachbarn waren sowieso kaum in dem Haus, wenn ich mich recht erinnere, hatten sie ein Haus im Süden, irgendwo. Ich weiß aber darüber nicht mehr.«

»Wie ging es bei euch weiter? War euer Haus auch beschädigt?«

»Nein«, antwortete Doris zögerlich, die angestrengt darüber nachdachte, sich nicht in ihren Aussagen zu widersprechen, »wir hatten Glück.« Und ergänzte schnell: »Wir fuhren danach nicht mehr so oft in die Schweiz, weil wir Sorge hatten, dass unser Haus ebenfalls verschüttet werden könnte. Die Einheimischen hatten uns eindringlich davor gewarnt, dort oben zu wohnen.«

»Seitdem fühlt ihr euch nicht mehr sicher, das verstehe ich«, Anton wollte Doris Sicherheit geben, »das kann ich nachvollziehen, mir würde es auch Sorgen machen, man ist ja machtlos den Naturgewalten ausgeliefert.« Doris nickte dankbar, er verstand sie. Anton befeuchtete seine trockenen Lippen mit der Zungenspitze. Sein Zeigefinger und Daumen waren wieder auf dem Weg zum rechten Ohr. »Dann habt ihr das Haus verkauft? Oder nein, du sagtest ja, im Gegenteil, ihr habt das Nachbarhaus gekauft. Oder zumindest das, was davon übrig geblieben war.«

»Ja.«

»Weshalb eigentlich?«

»Das ist doch egal!«

»Schon«, er lächelte sie versöhnlich an, »sei mir nicht böse, ich bin halt Makler, und wenn ich höre, so ein schönes Haus in den Bergen, das keiner mehr nutzt. Dazu ein Baugrundstück daneben …«

»Ach so«, Doris entspannte sich, »ich bin dir nicht böse, aber wie willst du mir helfen?«

»Lass mich überlegen«, antwortete Anton, der nicht nachfragen konnte, obwohl er nichts lieber als das gemacht hätte, »was weißt du über Alexander?«

»Nichts«, sie zuckte mit den Schultern, »ich kenne nur seinen Nachnamen, weiß, dass er von seinen Eltern ins Internat abgeschoben wurde. Irgendwo am Bodensee. Mehr weiß ich nicht.«

»Dann versuche ich, seine Adresse ausfindig zu machen«, überlegte Anton laut, »den Nachnamen hast du ja, das wird dann nicht so schwer.«

»Und dann?«

»Dann rede ich mit ihm«, kam es überzeugt von Anton, »werde ihm den Kopf waschen, dass er so nicht mit einer liebenswerten Dame umgehen darf. Mich würde wirklich interessieren, was in seinem Kopf vorgeht. Der war so was von aggressiv.«

»Ach lass!«, bremste Doris ihn. »Ich hätte dir davon gar nichts erzählen sollen. Das macht keinen Sinn.« Sie ärgerte sich, wie viel sie Anton anvertraut hatte. »Das war vor fast 40 Jahren, ich glaube eher, er hat ein psychisches Problem.«

»Dann suche ich nach seinen Eltern«, schlug Anton vor, »was hältst du davon?«

»Nichts!«

»Wie kann ich dir dann helfen?«

»Solange du da bist«, antwortete sie schnell, »und er im Hotel auftauchen sollte, abfangen und rauswerfen. Jedoch ohne Polizei. Ich möchte kein Aufsehen.«

»Das mache ich gerne für dich!« Anton spürte, wie Doris dichtmachte, er würde ein anderes Mal weitergraben.

Kapitel 40

Nach dem Vorfall an der Uferpromenade liefen Doris und Anton zum Taxistand am Bahnhof von Radolfzell und ließen sich schnell ins Hotel zurückfahren. Doris wollte sich hinlegen, später das Abendessen vorbereiten. Sie würden sich erst am Abend sehen. Anton hatte vorerst genug Informationen und bereits eine Idee für den nächsten Schritt. Die Möglichkeit am Nachmittag würde er nutzen und vertraulich mit Sara sprechen. Die passende Gelegenheit ließ nicht lange auf sich warten.

»Darf ich Sie etwas fragen?« Anton hatte Sara im Hotel abgepasst, nachdem sich Doris in ihr Zimmer zurückgezogen hatte. »Haben Sie fünf Minuten Zeit für mich?«

»Natürlich«, antwortete Sara freundlich, »ich räume nur die Einkäufe aus dem Auto.«

Anton vergewisserte sich, dass Doris in ihrem Zimmer war. Er stand vor der Türe und hörte die Dusche. Erleichtert lief er die Treppe zurück zur Rezeption. Zwei Minuten später war Sara da. »Wollen wir uns auf die Terrasse setzen?«

»Gerne«, antwortete Anton, Doris hatte ein Zimmer auf der Nordseite. Konnte die Terrasse somit nicht einsehen. »Ich möchte eines vorausschicken«, sagte er vertraulich zu Sara, »was ich Ihnen sage, darf Ihre Frau Mutter nicht erfahren.« Sara zog die Augenbrauen nach oben, was sollte das sein?

»Worum geht es denn?«, fragte sie skeptisch nach. »Wir haben normalerweise keine Geheimnisse voreinander.«

»So habe ich Sie eingeschätzt«, Anton schaute sie entwaffnend lächelnd an, »das finde ich sehr schön, wie offen Sie miteinander umgehen, egal, was damals passiert ist.« Seine Antennen waren ausgefahren, keine Regung von Sara würde er übersehen. Auch nicht, wie sie auf seine achtlos hingeworfenen Anspielungen reagieren würde.

»Was meinen Sie?« Sara zeigte sich erstaunt. »Ich weiß nicht, worauf Sie hinausmöchten.« Sara wusste nichts, ihre Überraschung war nicht gespielt.

»Sara«, setzte Anton umständlich an, »ich möchte Ihrer Mutter helfen, sie ist mir in der kurzen Zeit richtig sympathisch geworden«, warf er ein, damit Sara erkennen konnte, dass es sich um keine Aktion gegen ihre Mama handeln würde. »Sie hat sich mir vorhin anvertraut. Allerdings brauche ich von Ihnen eine zusätzliche Information. Und Ihre Mutter sollte nicht wissen, dass wir darüber gesprochen haben. Sie verstehen?«

»Jetzt verstehe ich Sie«, nahm Sara die langatmige Erklärung erleichtert auf, »Sie möchten mich im Vertrauen etwas fragen.« Vielleicht hatte sich Anton in ihre Mutter verliebt und wollte nach ihrem Vater fragen? Oder womit er ihrer Mutter eine besondere Freude machen konnte? Schoss es ihr durch den Kopf. Sie musste lächeln. Egal, wie alt man war, die Liebe kannte glücklicherweise keine Grenzen. »Dann schießen Sie los«, Sara drehte sich voller Vorfreude Anton zu und zwinkerte vertraulich, »ich behalte es auch für mich.«

»Wir waren in Radolfzell spazieren, Ihre Frau Mutter hatte mir von Brienz erzählt, was 1985 dort so alles passiert war.«

»Darüber hat sie sich mit Ihnen unterhalten?«, verwundert unterbrach Sara ihn, damit hatte sie nicht gerechnet. »Sie machen mich neugierig.« Und setzte sich aufrecht hin, sie war angespannt. Was würde sie von ihm erfahren?

»Sie hat von den Nachbarn erzählt, vom Sohn.« Sara hing an seinen Lippen, würde sie endlich erfahren, was ihre Eltern die ganzen Jahre so bedrückt hatte? »Ich wollte nun von Ihnen erfahren, was Sie alles wissen. Haben Sie Kontakt zu den damaligen Nachbarn? Warum haben Ihre Eltern das Nachbargrundstück gekauft, obwohl sie sich dort nicht mehr wohlfühlen? Was wissen Sie darüber?« Man hätte eine Stecknadel fallen hören, Anton fixierte Sara, er registrierte jede ihrer Reaktionen, Sara getraute sich nicht zu atmen, wieso stellte Anton dieselben Fragen wie sie sich selbst? Was war damals passiert, sie spürte, die Trennung ihrer Eltern hing damit zusammen. Sie hatte sich vorgenommen, das herauszufinden. Und nun kam ein fremder Mann und stellte ihr genau dieselben Fragen. Weshalb? Würde sie sich ihm anvertrauen können? Ja, sie traute Anton, er war ihr vom ersten Tag an sympathisch gewesen. Ihr imponierte, wie lieb er mit ihrer Mutter umging.

»Ich bin mehr als überrascht«, antwortete Sara bedeutsam, »genau dieselben Fragen stelle ich mir, seit ich denken kann. Meine Eltern habe ich gefragt, ich habe sogar den Eindruck, sie hatten dort oben ein traumatisches Erlebnis. Und ich meine nicht nur die Schlammlawine, ich fühle, damals muss etwas sehr viel Schlimmeres passiert sein.«

»Was wissen Sie?« Anton war angespannt und begierig auf Saras Ausführung.

»Dass der Berg nicht sicher ist, meine Eltern deshalb dort nicht wohnen möchten, auch nicht verkaufen und nicht mal darüber reden möchten. Das weiß ich«, zählte sie kurz auf, »und dass sie irgendetwas sehr stark verbindet, belastet und vielleicht, so unlogisch das klingt, sogar getrennt hat.«

»Was meinen Sie?«

»Mein Vater lebt hier im Wald, hat eine Freundin, meine Mutter wohnt in einem der Gästezimmer.«

»Sie haben sich getrennt und können doch nicht ohne einander sein?«

»Genau das meine ich!« Endlich hatte Sara jemanden gefunden, mit dem sie darüber sprechen konnte. »Ich bin überrascht, dass meine Mutter Ihnen davon erzählt hat und Sie offensichtlich das Gefühl haben, ihr helfen zu wollen. Sie denken doch auch, dass meine Mutter sehr belastet ist. Sonst würde sie sich Ihnen doch nicht anvertrauen – oder?«

»Ja«, Anton wusste, was zu tun war, »wir helfen ihr, sind wir ein Team?«

»Auf jeden Fall«, kam es begeistert von Sara, »aber ich habe keine Ahnung, wie wir etwas herausfinden könnten.«

»Kennen Sie die Namen von den damaligen Nachbarn?«

»Urs und Vreni«, kam es wie aus der Pistole geschossen, »ich habe eine Zeit lang in Brienz alles ausgekundschaftet, was ging.«

»Sehr gut«, antwortete Anton, »wissen Sie auch, dass die beiden einen Sohn hatten?«

»Nein«, sie schaute ihn groß an, »davon weiß ich nichts. Das höre ich von Ihnen zum ersten Mal.« Sie konnte es nicht glauben, ihre Mutter öffnete sich einem Fremden. »Und das hat Ihnen meine Mutter alles heute Nachmittag erzählt?«

»Ja«, nickte er. »Ich habe einen Vorschlag.«

»Was für einen?«

»Lesen Ihre Eltern die Zeitung?«

»Ja, den *SÜDKURIER*.«

»Kennen sich Ihre Eltern mit Social Media aus?«

»Nein«, antwortete sie, sie wusste nicht, worauf Anton hinauswollte, und schaute ihn fragend an.

»Sind Sie auf *Facebook* aktiv?«

»Ja«, lächelte sie, »ein wenig.« Und untertrieb dabei maßlos, Anton wusste, sie hatte fast 2.000 Freunde. Wobei er davon ausging, dass viele Gäste darunter waren. Er hatte sich die Freunde alle angeschaut, sie waren aus ganz Deutschland und teilweise aus anderen Ländern.

»Dann geben Sie dort eine Suchanzeige auf, ›Wer kennt Vreni und Urs aus Brienz – bitte melden‹.«

»Soll ich das auch im *SÜDKURIER* und in den Zeitungen der Schweiz inserieren?«

»Nein«, entschied Anton, »das wäre zwar zielführender, aber zunächst keine Zeitung. Ihre Eltern sollen davon nichts mitbekommen.« Und erklärte: »Wir werden herausfinden, was damals passiert ist. Zu Ihrer Familie kein Wort. Auch beim Abendessen, keine Anspielung.«

»Logisch«, antwortete Sara salopp, »ich bin dabei. Die Ad gebe ich gleich auf.«

»Was machen Sie?«

»Ich schalte die Anzeige bei *Facebook* – jetzt gleich.«

»Ach so«, schmunzelte Anton, »da merkt man gleich, dass Sie ein paar Jahre jünger sind, den Begriff kannte ich nicht.«

»Kein Problem«, grinste sie, »und wo soll ich die Anzeige aufgeben?« Als Anton sie verständnislos anschaute, erklärte sie: »Ich meine, wer soll meine Anzeige lesen, ich kann das bei *Facebook* vorab einstellen. In welchem Ort soll ich suchen, wie alt sollen die Menschen sein, die meine Anzeige sehen werden.«

»Jetzt verstehe ich«, Anton tippte sich an die Stirn, »fangen Sie in der Region an, Landkreis Konstanz, Männer zwischen 45 und 50 Jahre. So alt soll der Sohn sein, und, wenn ich Ihre Mutter richtig verstanden habe, soll er hier irgendwo leben. Vielleicht meldet er sich.«

»Alles klar«, nickte sie, »wird gleich erledigt.«

»Wie bleiben wir unauffällig in Kontakt?«

»Sie meinen, ohne dass meine Mutter es erfährt?«

»Ja, ich kann Sie ja nicht immer so abpassen wie heute.«

»Hier meine mobile Rufnummer, über WhatsApp können Sie mir schreiben«, grinste sie verschwörerisch, »und auch mal einen geheimen Treffpunkt ausmachen.«

»Sehr gut.«

»Heute Abend biete ich Ihnen das Du an, wenn es recht ist«, lächelte sie ihn an, »Sie sind mit meiner Mutter ja auch per Du, und dann fällt es nicht weiter auf. Schließlich sind wir jetzt Partner.«

»Das gefällt mir! Sie sind clever.« Anton lachte zufrieden, besser konnte es nicht laufen. »Lerne ich Ihren Vater auch kennen?«

»Heute am Abend«, zwinkerte sie ihm zu, »dann können Sie ihm vielleicht die eine oder andere Information aus den Rippen leiern.«

»Wo ist seine Schwachstelle, worüber redet er gerne?«

»Häuser bauen, verkaufen«, überlegte sie, »sein wunder Punkt ist meine Mama, ich würde an Ihrer Stelle nicht so sehr mit ihr flirten, wenn er dabei ist«, grinste sie schelmisch, stand auf und ging in die Küche. Anton war für sie ein echter Glücksfall.

Kapitel 41

Am Abend, Sara hatte für die Familie und Anton auf der Terrasse eingedeckt, trafen sich alle. Nachdem sich alle gesetzt hatten, löste sie ihr Versprechen ein, machte ihren Vater mit dem neuen Gast bekannt und bot Anton das Du an, welches er selbstverständlich annahm und die Gelegenheit nutzte, auch dem Vater Herbert das Du anzubieten. Es war nicht ungewöhnlich, Herbert und Doris saßen öfter mit den Gästen zusammen am Tisch. Und so fiel es nicht weiter auf, dass Sara so forsch die Familie mit Anton bekannt gemacht hatte.

»Was machst du am Bodensee?«, wollte Herbert wissen, froh darüber, dass er mal wieder ein leckeres Essen von Doris genießen durfte. Die letzten Tage bei Claudia waren anstrengend gewesen, es gab viel Salat und Gemüse, nichts, was ihn auf Dauer glücklich machen würde. Herbert fürchtete um seine Gesundheit. »Deine Schäufele sind so lecker«, lobte er deshalb aufrichtig seine Frau. Doris nickte erfreut, obwohl es ihr heute nicht so gutging. Die Begegnung mit Alexander auf der Mole lag ihr schwer im Magen.

»Ja«, stimmte Anton zu, »sehr lecker, ich weiß nicht, wie lange ich hierbleiben kann«, grinste er und strich sich über den Bauch. Und zu Herbert gewandt: »Ich vermittle Immobilien. Allerdings nur ab und zu, ich bin sozusagen in Rente.«

»Wie wir auch«, lachte Herbert, »irgendwann muss man den Jungen das Arbeiten überlassen.«

»Stimmt.«

»Was hast du aktuell im Angebot?«

»Nichts«, verblüffte Herbert Anton mit seiner Antwort.

»Nichts?«

»Nein«, erklärte Anton, »ich suche für meinen Auftraggeber aus Stuttgart eine schöne alte Villa am Wasser und für einen anderen Kunden ein Häuschen in den Bergen.« Sara stockte der Atem, würde Anton das Thema doch so schnell auf Brienz bringen?

»Ach ja?«, Herbert trank einen Schluck. »Das hört sich interessant an.«

»Was machst du eigentlich so?«, stellte Anton seine Gegenfrage.

»Ich war mal Bauunternehmer«, und zeigte nicht ohne Stolz auf das Hotel, »das war mein letztes Projekt. Und jetzt kümmere ich mich nur noch um mein Privatleben, helfe ab und zu meiner Tochter, wenn was anfällt.«

»So ein schönes Haus!«, lobte Anton ihn und sah, wie gut es ihm tat. »Wie bist du an das traumhafte Grundstück gekommen? Ohne Beziehungen geht das sicher nicht.«

»Ja«, lachte Herbert und ging nicht näher darauf ein, »das war nicht so leicht.«

»Und ihr wohnt alle zusammen im Hotel? Ganz oben ist eine Wohnung? Habe ich das richtig gesehen?«

»So ungefähr«, wich Herbert aus. »Das ist die Wohnung von unserer Sara«, er lächelte sie glücklich an, »das war immer schon dein Traum, ein Hotel am Wasser – stimmt's?«

»Ja, Papa!«

Damit war der Versuch, Richtung Brienz mehr herauszufinden, gescheitert. Herbert erzählte, wie schwer der Baugrund vorzubereiten war, welche Auflagen er von der Umweltbehörde bekommen hatte. Herbert fühlte sich wohl, Doris weniger. Sie dachte mit Sorge an die Begegnung an der Promenade. Würde Alexander im Hotel auftauchen, könnte Anton das verhindern? Anton verabschiedete sich nach einer Weile und gab vor, telefonieren zu müssen. Schließlich hätte er einen Auftrag. Wobei er damit nicht einmal log, Alexander wartete ungeduldig darauf zu erfahren, was Anton herausgefunden hatte.

»Und«, fragte er deshalb aufgeregt, nachdem er nach dem ersten Klingelton gleich abgenommen hatte, »wie war ich und hat sie dir was erzählt?«

»Ein bisschen«, bremste Anton die Euphorie von Alexander aus, »du warst ganz brauchbar, sie hat dir alles abgenommen und mir darüber erzählt. Jedoch nichts Neues.«

»Oh«, kam es enttäuscht von Alexander.

»Du warst natürlich super!«, lobte Anton ihn. »Wir sind auf einem guten Weg. Nur«, er machte eine bedeutende Miene, die Alexander zwar nicht sehen, jedoch hören konnte. »Du musst dich ab sofort unter Kontrolle halten. So geht das nicht!«

»Ich weiß«, antwortete Alexander schuldbewusst, »mir ist der Gaul durchgegangen.«

»Ja«, bestätigte Anton, »schon zum zweiten Mal!«

»Werde mich bemühen!«, kam es betroffen von ihm.»Aber ist doch noch mal gutgegangen?«

»Ja«, kam es verhalten, »wenn ich nicht eingegriffen hätte, wäre es nicht gutgegangen. Du hättest dich mal sehen müssen! Du warst nicht mehr bei dir selbst.«

»Ich kann bei so dummdreisten Lügen nicht ruhig bleiben!«

»Und du warst Polizist? In der Schweiz? In der die Menschen besonders viel Wert auf einen höflichen und zuvorkommenden Umgangston legen? Wie passt das zusammen?«

»Überhaupt nicht!«

»Wie hast du es geschafft? Du hattest mir doch erzählt, wie lange du in der Fahndungsabteilung mit deinem Ferdi zusammengearbeitet hast.«

»Habe ich ja auch«, kam es zögernd. »Allerdings waren wir nur eine kurze Zeit draußen zusammen. Habe dir doch erzählt, ich wurde in den Innendienst versetzt.«

»Erzähle mir der Reihe nach!«

»Es gab am Anfang einen Vorfall«, begann er zögerlich, »und da habe ich einen Verdächtigen gewürgt.«

»Gewürgt?«

»Nur ein bisschen.«

»Ich lerne dich gerade neu kennen«, schüttelte Anton entsetzt seinen Kopf. Er hatte gesehen, wie impulsiv Alexander war. Aber wie konnte man sich so gehen lassen? »Hat man dich nicht gleich vom Dienst suspendiert?«

»So ähnlich.«

»Erzähle mir auch den Rest«, forderte Anton, »und gackere nicht so rum, damals warst du ja auch nicht so schüchtern.«

»Der hatte ein Kind entführt, und wir wussten nicht, wo er es versteckt hielt. Dann ist mir halt …«

»Der Gaul durchgegangen«, vervollständigte Anton seinen Satz. »Das kann ich verstehen. Und dann? Was ist dann passiert?«

»Ferdi und ich hatten uns Zugang zu einem Haus verschafft, in dem sich der Verdächtige versteckt hielt. Wir wussten, er war der Täter. Wir hatten ihn schon einen Tag und die halbe Nacht lang observieren lassen, er sollte uns zum Versteck führen. Seine Telefone wurden überwacht. Aber nichts, er kam nicht aus seiner Deckung, er musste uns entdeckt haben. Also sind wir rein. Es war nicht mit den Vorgesetzten abgesprochen. Wir wollten ihn, bevor uns die Kollegen ablösen würden, verhören. Und dann …«

»Bist du gewalttätig geworden?«

»Ja«, kam es kleinlaut, »mein Ferdi hat mich gedeckt. Sonst wäre ich sofort rausgeflogen.«

»Und was war in der Nacht passiert?«

»Der Mann war nervös und hat uns gleich angegriffen, also gab ich ihm eine auf die Zwölf, um ihn ruhigzustellen.«

»Das sieht dir ähnlich«, Anton schüttelte seinen Kopf, das passte genau zu dem Wutausbruch am See. Wenn er die Vorgeschichte von Alexander gekannt hätte, seine leichte Reizbarkeit, dann hätte er ihn nicht auf diese Art auf Doris angesetzt. »Also gut, du hast ihn also ruhiggestellt.«

»Ja«, erinnerte sich Alexander, »und als er zu sich kam, haben wir ihn verhört. Der Mistkerl hat sich dermaßen impertinent verhalten …«

»Dass du handeln musstest? Du hast ihn gewürgt?«

»Ich wollte nur das Kind finden«, rechtfertigte sich Alexander und setzte nicht ohne einen gewissen Stolz in seiner Stimme hinzu: »Und ich habe es gefunden. Halb verdurstet, unterkühlt. Wir hätten keine halbe Stunde später kommen dürfen. Es war schon nicht mehr ansprechbar.«

»Okay«, kam es anerkennend von Anton, »dann hast du das richtig gemacht!«

»Davon konnte ich glücklicherweise Ferdi überzeugen.«

»Und weiter?«

»Dann haben wir die Kampfspuren so hingedreht, als ob der Verdächtige uns angegriffen hätte. Es gab ein Verfahren. Ganz konnte ich mich nicht reinwaschen und wurde in den Innendienst versetzt. Denn ein psychologisches Gutachten attestierte mir eine hohe Gewaltbereitschaft. Ich musste entsprechende Lehrgänge absolvieren, sonst hätte ich nicht mal mehr im Büro arbeiten dürfen.«

»Weshalb hatte man deiner Version nicht geglaubt? Klingt doch plausibel, wenn ein Entführer dich angreift, dann darf man sich wehren – oder was verstehe ich falsch?«

»Schon«, kam es gedehnt, »wenn es denn so gewesen wäre. Dummerweise war ich kaum verletzt, nur der andere musste in die Notaufnahme. Da nimmt dir die Notwehr fast keiner mehr ab.«

»Und was war mit deinem Freund Ferdi?«

»Der hatte sich auch in den Innendienst versetzen lassen. Er ist ein echter Freund.«

»Tatsächlich«, staunte Anton, »das ist ein echter Freundschaftsdienst.«

»Wollte ich natürlich nicht annehmen, weil es im Innendienst todlangweilig ist.«

»Wenn ich dir so bei deinen Außeneinsätze zuhöre«, lachte Anton, »dann glaube ich dir das aufs Wort.«

»Aber Ferdi blieb«, antwortete Alexander, »er entging damit einem Disziplinarverfahren wegen Falschaussage. Er war sehr anerkannt, unser damaliger Vorgesetzter hatte sich sehr für ihn eingesetzt. Das weiß ich noch. Aber genug von den alten Geschichten, wie machen wir weiter?«

»Wenn du weiter mit ermitteln möchtest, musst du Abstand halten. Zu allem und jedem.«

»Versprochen!«

»Wenn nicht«, scherzte Anton, meinte es jedoch sehr ernst, »versetze ich dich auch in den Innendienst. Da kennst du dich inzwischen aus.«

»Du kannst dich auf mich verlassen.«

»Dann glaube ich das einfach mal.« Anton machte es spannend: »Wäre auch zu schade. Hör her, Alexander, du hast einen neuen Job. Suche auf *Facebook* eine Anzeige, in der Sara deine Eltern sucht. Melde dich bei ihr, mit einem neuen Profil von dir. Damit sie nichts über deine Vergangenheit herausfinden kann. Schreibe ihr, dass du ihr über die beiden Personen etwas sagen kannst. Aber nicht mehr. Sag noch nicht, dass du der Sohn bist. Hast du das alles notiert?«

»Ja, Anton, und was soll ich stattdessen sagen?« Er wollte sich ab sofort strikt an Antons Anweisungen halten.

»Sag, dass du Privatdetektiv bist. Und in alten Unterlagen einen Rechercheauftrag zu Vreni und Urs gefunden hast und vielleicht ein paar Antworten für sie hättest.«

»Okay, weiter?«

»Dann triffst du dich mit ihr, nur eine halbe Stunde, mach dich rar, damit sie richtig anbeißt. Und zeige an ihr selbst absolut kein Interesse. Lass dich«, gab er die letzte Regieanweisung, »lass dich von ihr später beauftragen, zu einem günstigen Tarif. Sie hat hohes Interesse, die Wahrheit herauszufinden, wie du auch. Und mach alles langsam, sprich jeden weiteren Schritt mit mir ab.«

»Gerne«, kam es aufgedreht. »Sicher«, korrigierte er sich sofort und setzte seine ernste Miene auf, »ich meine, ich werde auf jeden Fall jeden Schritt mit dir abstimmen, Anton.«

»Und?«

»Ich lass die Finger von Sara«, grinste Alexander, der sich sehr auf das Treffen freute.

»Korrekt!«, lobte er ihn. »Behalte einen kühlen Kopf – versprich mir das!«

Kapitel 42

Sara stellte wie jeden Morgen den Flugmodus an ihrem Smartphone aus. Sie war gerade aufgewacht, eine unruhige Nacht lag hinter ihr. Ihre Gedanken kreisten um Brienz, um ihre Eltern, alles war präsent. Ihre Eltern, die dort nie übernachten wollten. Bis auf wenige Ausnahmen. Ihr kam in den Sinn, wie ihre Mutter angedeutet hatte, ein anderes Haus in den Bergen kaufen zu wollen. Sie konnte es nicht verstehen. Ein paar unterschiedliche Signaltöne zeigten an, auch ihr Handy war inzwischen aufgewacht. Sie schaute nach, einmal Werbung, fünfmal Spam und zwei Buchungsanfragen lagen in ihrem Mailpostfach, sie wechselte zum Buchungsprogramm und bestätigte die Anfragen und löschte den Rest. Ein Alexander hatte ihr eine Freundschaftsanfrage über *Facebook* geschickt. Sie schaute sich kurz sein Profil an, sah ein nettes Foto von ihm und seiner Detektei. Gestern erst angelegt. Seltsam, sie kannte ihn zwar nicht, so wie viele ihrer Freunde hier, aber das war ihr egal. Sie bestätigte seine Anfrage. Und schaute weiter. Was machte das Wetter? Es sollte sonnig werden, sie würde heute das pinkfarbene Kleid anziehen. Sie wollte gerade aufstehen, als sie eine Nachricht über den Messenger erhielt:

»Hallo Sara, ich kann Ihnen ein wenig über Vreni und Urs erzählen. Gruß Alexander.«

Das ging schneller als gedacht, verwundert schrieb sie zurück: *»Hallo Alexander, haben Sie meine Anzeige gesehen? Kennen Sie die beiden? LG Sara.«*

»Mehr oder weniger«, antwortete ihr neuer *Facebook*-Freund zurückhaltend. *»Wenn Sie Zeit haben, dann trinken wir einen Kaffee, wohne in Radolfzell und habe um 11 Uhr oder so gegen 13 Uhr jeweils eine halbe Stunde Zeit. Und ja, ich habe die Anzeige gesehen, deshalb meine Kontaktaufnahme.«*

Von Anton wusste er, dass Sara um diese Uhrzeiten keine Termine hatte. Er hoffte genau auf das, was Sara spontan in ihr Smartphone tippte: *»Klasse, dann um 13 Uhr in der Eisdiele am Marktplatz?«*

»13 Uhr, im Tiramisu*!«*

»Möchtest du mir heute Gesellschaft leisten?«, fragte Sara leise, während sie Anton einen benutzten Teller von seinem Tisch im Frühstückszimmer abräumte.

»Ja«, flüsterte er zurück, »wann und wo?«

»12.30 Uhr im *Tiramisu*, Eisdiele Marktplatz in der Stadt.«

»Alles klar!« Er nickte ihr verschwörerisch zu, der Tag ging ja gleich gut weiter. Doris hatte von der heimlichen Verabredung nichts mitbekommen, sie war um diese Uhrzeit wie immer mit dem Buffet beschäftigt. Im Moment bereitete sie eine weitere Platte mit frischen Früchten vor. Anton sollte sich richtig wohlfühlen, sie überlegte sich schon, was sie ihm am Abend kochen könnte.

»Hast du einen besonderen Wunsch?«, fragte Doris *ihren* Anton zehn Minuten später und bot ihm frische Ananas und dunkelrote Herzkirschen an. »Ich meine zum Abendessen?«

»Ja«, kam es freudig von ihm, er lächelte sie herzerfrischend an, »deine Gesellschaft würde ich mir wünschen.« Verlegen zupfte sie an ihrer Schürze, was Anton als Zustimmung wertete. »Heute möchte ich dich gerne zum Abendessen einladen, was meinst du? Darf ich dich mit einem kleinen Ausflug am Nachmittag überraschen?«

»Wohin?«, freute sich Doris.

»Eine Überraschung«, grinste Anton und senkte seine Stimme, »dort wird uns niemand stören, werde dich um 15 Uhr abholen, wir laufen nicht viel. Es wird ein sehr bequemer Ausflug werden, und wir bleiben, solange es uns gefällt.« Doris lächelte ihn glücklich an, sie wurde schon lange nicht mehr überrascht. Was sollte sie nur anziehen, das hübsche Kleid, welches ihre Tochter ihr im Frühjahr geschenkt hatte? Ja, das wäre passend, auch wenn es am Abend kühler werden würde, sie könnte das helle Oberteil mitnehmen.

»15 Uhr!«, nickte sie ihm erfreut zu, legte die restlichen frischen Früchte, die Anton nicht auf seinen Teller genommen hatte, auf das Buffet und verschwand in der Küche. »Stell dir vor«, berichtete sie überschwänglich Sara, »Anton hat mich zu einem Ausflug eingeladen. Und er wird mich zum Abendessen einladen.«

»Oh, wie schön«, freute sich Sara für ihre Mutter, die auf einmal Jahre jünger aussah, »freue mich sehr für dich! Lass dich schön verwöhnen!«

»Was machen wir mit dem Abendessen?«

»Ich koche etwas für Papa und mich«, antwortete Sara schnell, »darum brauchst du dir keine Gedanken zu machen. Ich fahre später sowieso in die Stadt. Ich kann frischen Fisch besorgen, den soll Papa grillen, und ich werde einen Salat dazu machen.«

»Das ist gut.« Doris freute sich sehr auf den Ausflug mit Anton, er tat ihr gut und er wollte ihr ja von sich erzählen, und überhaupt. Mal raus aus dem Hotel zu kommen fühlte sich sehr gut an. Auch dass Herbert diesmal mitbekommen würde, wie das ist, wenn man allein zu Hause sitzt. Dachte sie und lächelte in sich hinein. Währenddessen beeilte sich Anton, er wollte ein paar Schritte laufen und Alexander anrufen.

»Sie hat sich mit mir verabredet«, berichtete Alexander ungeduldig, nachdem sich Anton endlich bei ihm telefonisch gemeldet hatte, »stell dir vor, sie hat sofort angebissen, wir sind um 13 Uhr verabredet.«

»In der Eisdiele am Marktplatz«, verblüffte Anton ihn.

»Woher weißt du das?« Wie konnte Anton davon wissen? Hatte er sein Handy abgehört, er würde ihm fast alles zutrauen. »Hast du meine Textnachrichten mitgelesen?«

»Natürlich nicht«, kam es fast beleidigt von Anton, »was traust du mir zu?«

»Alles«, lachte Alexander, »nein, im Ernst, woher weißt du das?«

»Sara hat sich dort eine halbe Stunde zuvor mit mir verabredet«, klärte er ihn auf, »und mit der Info von dir – ich kann ja eins und eins zusammenzählen«, lachte Anton und ergänzte schnell, »ich werde am Nachbartisch sitzen und mich nach deinem Gespräch mit Sara unterhalten. Also mach es kurz, eine halbe Stunde, das reicht für den Anfang. Wenn mir etwas vom Tisch fällt, ist das dein Zeichen aufzubrechen.«

»Okay.« Alexanders Herz schlug schneller, er konnte es kaum erwarten, die hübsche Sara kennenzulernen und sie über alles auszufragen, was sie ihm über seine Eltern erzählen konnte.

12.20 Uhr wartete Anton bereits auf Sara, er stand vor der Eisdiele und schaute die Straße nach unten Richtung Bahnhof. Bevor ihn Sara überraschen konnte, sie kam von der anderen Seite zum Marktplatz hochgelaufen, drehte er sich unwillkürlich zu ihr um, Anton hatte den siebten Sinn.

»Hast du mich am Schritt erkannt?«, fragte Sara erstaunt, der aufgefallen war, wie selbstverständlich Anton sich ihr zugewandt hatte, obwohl er sie nicht sehen konnte.

»Das war reiner Zufall«, lachte er sie an, »wollen wir uns setzen oder spazieren gehen?«

»Besser spazieren gehen«, antwortete sie und erklärte, »ich bin um 13 Uhr mit einem Mann verabredet, der anscheinend etwas über die ehemaligen Nachbarn weiß.«

»Über Vreni und Urs?«

»Ja, er hat nur eine halbe Stunde Zeit, wohnt in Radolfzell und wollte mir Näheres persönlich erzählen. Und«, sie schaute ihn fragend an, »ich wollte dich fragen, ob du in meiner Nähe bleibst? Wer weiß, was das für ein Typ ist!«

»Na klar«, kam es spontan von Anton, »lass uns gleich zwei Tische reservieren, damit ich unauffällig zuhören kann.« Sara nickte, sie gingen die paar Schritte zur Eisdiele zurück und reservierten die zwei äußeren Tische rechts vom Eingang. »Frage den Mann, ob er ein Bekannter von Vreni oder Urs ist, was er über die beiden weiß. Ich schaue ihn mir unterdessen an, vielleicht will er dich auch nur kennenlernen«, lächelte er sie vielsagend an und zog grinsend die Augenbrauen nach oben, »ich könnte es ja verstehen!«

»Dann würde ich den Kaffeeplausch sofort abbrechen«, lächelte sie zurück, »ich brauche keinen, der mich unter Vortäuschung falscher Tatsachen anbaggern möchte.«

»Richtig so«, grinste Anton und bestätigte, »das wollte ich hören. Können wir gerade nicht brauchen. Falls er tatsächlich Informationen hat, dann bleibe an ihm dran. Lass dir seine Adresse geben, triff dich mit ihm. Nur vorerst nicht im Hotel, damit deine Frau Mutter nichts mitbekommt.«

»Selbstverständlich«, nickte sie zustimmend, »meine Mutter wird nichts davon erfahren.«

»Apropos«, sagte er schelmisch, »heute Abend wirst du auf sie verzichten müssen. Ich habe sie zu einem Ausflug eingeladen. Mit Abendessen.«

»Ich weiß«, strahlte Sara, »sie hat es mir erzählt, freut sich sehr darauf. Ihr größtes Problem, sie weiß nicht, was sie anziehen soll. Weil sie nicht weiß, wohin es geht. Verrätst du es mir?«

»Natürlich«, er tat geheimnisvoll, »wir fahren mit dem Zug nach Konstanz, von dort mit dem Schiff bis Stein am Rhein, dort essen wir zu Abend, dann geht's mit dem Taxi zurück. Wird ihr das gefallen?«

»Oh ja«, Sara wurde euphorisch, »zu was Schönem wurde sie schon lange nicht mehr eingeladen, oder soll ich besser sagen, noch nie?« Anton hatte sich einen Cappuccino bestellt, er saß mit dem Rücken zu Saras Tisch. Er würde alles genau hören können, was die beiden besprachen. Es war inzwischen fünf Minuten vor 13 Uhr. Sara wartete angespannt. Sie schaute auf ihr Handy, in dem Moment kam Alexander die Seetorstraße hoch, sie hatte ihn gleich erkannt. Das Foto auf *Facebook* war offensichtlich aktuell. »Alexander?«, Sara war aufgestanden und sprach ihn an.

»Sara?« Alexander hatte sich absichtlich blind gestellt, er hatte Sara und Anton sofort entdeckt.

»Ja«, sagte sie fröhlich, »schön, dass es funktioniert hat, gleich hier habe ich einen Tisch für uns.«

»Hast du dir schon etwas bestellt?«, fragte Alexander. »Du kannst gerne Alex zu mir sagen.«

»Sara«, und schüttelte ihren dunkelblonden Haarschopf, »ich habe auf dich gewartet.«

»Danke, ich habe leider nur eine halbe Stunde Zeit«, entschuldigte sich Alexander und versuchte, sich auf seinen Text zu konzentrieren, Sara gefiel ihm sehr, er wäre liebend gerne länger geblieben, wollte sich jedoch an Antons Vorgaben halten. »Für ein Eis wird es jedoch reichen, was meinst du?«

»Natürlich«, antwortete Sara schnell, »wenn du weißt, was du willst, geht es schnell.«

»Ich weiß immer, was ich will«, grinste Alexander vielsagend, »ich möchte einen Schwarzwaldbecher, den mag ich am liebsten.«

»Mensch, Alex«, lachte sie ihn an, »du weißt ja wirklich, was du willst, den möchte ich auch.«

Sie bestellten sich die beiden Eisspezialitäten, Anton spürte, wie die Sympathiewellen hin und her schwappten, wusste in dem Moment, alles würde nach Plan laufen. Fast zu gut. Alexander müsste sich nur an die Regeln halten, sich zumindest am Anfang zurückhalten. Er wusste, wie gerne Alexander flirtete. Allerdings hatte er auch in Erfahrung gebracht, wie schnell der junge Mann einen Rückzieher machte, wenn er bei den Damen landen konnte. Mal früher, mal später. Alexander hatte es ihm selbst erzählt: durch die traumatischen Erlebnisse in seiner Jugend konnte er kein Vertrauen zu anderen Menschen aufbauen. Und somit keine ernsthafte Beziehung eingehen. Das bedeutete für Alexanders Liebesleben: flirten, verlieben und sich trennen – mehr war nicht drin.

Diesen Automatismus musste Anton diesmal mit allen Mitteln verhindern. Diese Enttäuschung wollte er Sara ersparen. Zumindest, bis die Ermittlungen abgeschlossen waren. Aus diesem Grund bremste er Alexander so stark ein. Er durfte Sara unter keinen Umständen verletzen, sonst würde er von ihr nichts mehr erfahren.

»So, Alex«, Sara kam auf den Punkt, »was weißt du über Vreni und Urs?«

»Ich stelle mich erst mal vor«, fing Alexander umständlich an, Anton hatte ihm eingepaukt, er müsse beim ersten Termin Vertrauen aufbauen, Interesse wecken, mehr nicht. »Ich war fast 30 Jahre lang Polizist in der Schweiz, habe mich nun als Privatdetektiv in Radolfzell selbstständig gemacht.«

»Dann weißt du gar nichts über die beiden? Du möchtest nur einen Auftrag von mir?«, kam es enttäuscht von Sara. Das hätte sie sich denken können, so schnell einen Treffer zu landen, konnte fast nicht sein.

»Du bist ja eine Schnelle, hast gleich kombiniert«, neckte er sie, während er sie vorsichtig beobachtete, wie sie auf seinen Scherz reagierte.

»Weißt du was oder nicht?«, fragte Sara ernüchtert nach, sie wollte nicht ihre Zeit mit ihm verplempern, egal, wie gut er aussah. Etwas aufgebracht sagte sie deshalb zu ihm: »Mir ist es wirklich ernst, ich möchte schnell Kontakt zu den beiden aufnehmen.«

»Dann lass mich doch bitte ausreden«, lachte er sie an, »ich wollte es dir gerade erzählen.« Er machte eine Pause, weil die zwei Eisbecher serviert wurden, und Sara wurde immer ungeduldiger. »Ich habe die Detektei in Radolfzell mit allen Kunden und Akten übernommen. Als ich deinen Aufruf las, wusste ich, die beiden Namen habe ich in meinen Unterlagen schon mal gesehen. Zu den beiden hat mein Vorgänger einen Auftrag erhalten, und die Ergebnisse müssten irgendwo bei mir herumliegen.« Sara hing gebannt an seinen Lippen, das hörte sich vielversprechend an. Er könnte ihr tatsächlich wertvolle Hinweise liefern, da hatte sie ihm gerade nichts Rechtes unterstellt, sie müsste sich für ihre forsche Art entschuldigen, überlegte sie schnell. »Genau das wollte ich dir anbieten. Natürlich nur, wenn du möchtest, Sara. Dann suche ich die Akten, und wir können sie gemeinsam auswerten. Was meinst du?«

»Ja!«, Saras Stimmung war aufgekratzt, unruhig rutschte sie auf ihrem Chromsessel nach vorne. »Das hört sich super an. Und entschuldige, dass ich dir unterstellt habe, dass du nur ein Geschäft mit mir machen wolltest. Es tut mir leid!«

»Kein Thema«, beschwichtigte Alexander, dem ihr Temperament gefiel. »Ich mache dir folgenden Vorschlag: Ich begebe mich auf Suche, dann melde ich mich bei dir. Einverstanden?«

»Natürlich«, Sara war erleichtert, »dann lass uns dein Lieblingseis genießen, bevor es in der Sonne zerläuft und du zum nächsten Termin musst. Du hast sicher spannende Aufträge, erzählst du mir mal davon?«

»Na klar, soweit ich darüber erzählen kann«, schränkte er seine Zustimmung ein. »Und was machst du beruflich? Ich habe deine Anzeige gelesen, noch nichts von dir«, schwindelte er sie an. Es wäre einfacher für ihn, wenn sie ihm viel von sich erzählen würde, damit er nicht wie ein Heftelmacher aufpassen müsste, was er offiziell wusste und was nicht.

»Ich habe ein kleines Hotel am See«, antwortete sie und genoss nebenbei ihr Eis. »Meine Eltern haben in Brienz ein Ferienhaus, die Nachbarn dort waren Vreni und Urs. Deren Haus ist vor 36 Jahren eingestürzt, die Nachbarn waren nicht vor Ort. Dennoch, irgendetwas ist dort oben noch passiert, ich weiß nur nicht, was. Meine Eltern weichen mir aus, sie haben sich sogar getrennt. Ich fühle, so unlogisch das klingt, alles hängt miteinander zusammen. Deshalb brauche ich dich.«

»Danke für dein Vertrauen«, antwortete Alexander ernst, ihn belastete es ja genauso, er würde sehr gerne mit Sara gemeinsam das Geheimnis lüften. »Ich würde dir sehr gerne dabei helfen.«

»Alex, was würde deine Hilfe kosten?«

»Lass mich erst mal in den Unterlagen schauen, was dort schon alles steht«, antwortete Alex ausweichend, der sie mit keiner falschen Antwort verschrecken wollte. »Vielleicht bekommst du da alle deine Antworten. Das kostet dich natürlich nichts.«

»Danke schön«, freute sich Sara. »Das ist sehr freundlich von dir«, bedankte sie sich, »was würde es kosten, wenn du weiterrecherchierst? Wird das nach Stunden abgerechnet oder nach Erfolg?«

»Beides ist möglich«, wich Alexander aus, »lass uns erst mal die Unterlagen auswerten, falls wir zum Ergebnis kommen, einen Fall zu eröffnen, würde ich dir entgegenkommen. Möchte dir gerne helfen, Sara, du bist mir sympathisch … ich meine, der Fall scheint interessant zu sein.«

»Du mir auch«, kam es von der offenen Sara breit grinsend zurück. »Wie kommt es, dass wir uns hier noch nie gesehen haben? Bist du neu in Radolfzell?« Sie wollte die irritierende *Facebook*-Seite ansprechen. Bevor Alex antworten konnte, fiel vom Nachbartisch die Eiskarte zu Boden, Anton hob sie umständlich auf. Für ihn war das Gespräch bis jetzt gut gelaufen, Alexander sollte nun besser gehen. Der mit der fallenden Eiskarte Angemahnte schaute auf die Uhr und sagte zu Sara: »Ich habe leider nur noch zehn Minuten, die Arbeit ruft. Lass uns das Eis essen. Magst du es auch?«

»Oh ja«, schwärmte sie, »ich muss das bei mir im Hotel unbedingt anbieten, dann kannst du …« Ihr fiel gerade rechtzeitig ein, dass sie den sympathischen Alexander ja nicht ins Hotel einladen sollte.

»Was wolltest du sagen?«, fragte Alexander nach, als Sara mitten im Satz abgebrochen hatte. »Was kann ich dann?«

»Ich wollte dich zu mir ins Hotel einladen, dir auch einen Schwarzwaldbecher anbieten«, sagte sie wahrheitsgetreu, »aber dann ist mir eingefallen, dass wir dort nicht in Ruhe reden können.«

»Weshalb nicht?«, wollte Alex wissen. »Gibt es da keine ruhigen Plätzchen, ohne dass einen die anderen Gäste stören?«

»Nicht wegen der Gäste«, sie verzog den Mund, »es ist wegen meiner Eltern, die wohnen dort. Sie sollten nicht gerade mitbekommen, wie ich mit dir ihre Vergangenheit auskundschafte.«

»Verstehe.« Alexander war beruhigt, er wollte ihrer Mutter auch nicht über den Weg laufen. »Wir können uns bei mir im Büro treffen. Das ist kein Problem.« Und setzte grinsend hinzu: »Den Schwarzwaldbecher können wir uns liefern lassen. Ich wohne nicht weit weg von hier.«

Anton überlegte sich, wie er das Gespräch beenden konnte. Alexander war definitiv im Flirtmodus! Er würde ihm am Abend gehörig die Leviten lesen – diese jungen Leute! Anton hätte nichts dagegen gehabt. Zu einem anderen Zeitpunkt. Die beiden gäben sicher ein hübsches Paar ab. Aber wenn Alexander, was wohl zu erwarten wäre, sein Trauma in die Quere käme, wäre die schöne Verbindung zu Sara schneller beendet, als sie angefangen hatte. Bisher hatte Alexander, wie er es ihm erzählte, keine Beziehung, die länger als vier Wochen ging. Glücklicherweise erinnerte Sara in dem Moment Alex daran, dass die halbe Stunde um wäre und sie ihn gerne für seine Mühe einladen würde. Anton atmete auf. Alex nahm die Einladung an, bedankte und verabschiedete sich schnell. Bis Alexander außer Sichtweite war, wartete Anton, drehte sich dann zu Sara um:

»Das hat sich vielversprechend angehört.«

»Am Anfang dachte ich wirklich, er würde mir nur seine Dienste als Detektiv anbieten«, sprudelte es aus ihr heraus, während sie sich zu ihm setzte. »Weißt du, was seltsam war?«, schaute sie ihn aufgeregt an. »Das hatte ich dir noch gar nicht gesagt.«

»Was denn?«

»Seine *Facebook*-Seite ist seltsam. Er hatte keine Freunde, er hat sich erst gestern angemeldet und mir dann gleich geschrieben.« Normalerweise hätte sie das sofort beunruhigt, aber sie war in einer Hochstimmung. »Was meinst du?« Sie wollte ihn sicherheitshalber um seine Meinung fragen.

»Er ist doch Detektiv«, antwortete Anton entspannt. »Er wird dieses Profil extra für dich angelegt haben.«

»Weshalb so kompliziert? Weshalb nicht über seine eigene normale Seite? So wie jeder normale Mensch?« Sara schaute ihn fragend an, für sie machte das noch weniger Sinn. Aber egal, er schien vertrauenswürdig zu sein.

»Er ist Detektiv«, wiederholte Anton, »er wird seine Identität immer im Hintergrund halten.«

»Okay«, nickte sie, »das klingt logisch.« Erleichtert konnte Sara für sich selbst diese Ungereimtheit abhaken. »Aber was für eine angenehme Überraschung«, plapperte Sara gelöst drauflos, »hast du gehört, er hat bereits Akten über Vreni und Urs. Hast du doch gehört – oder?« Sie klang euphorisch. »Er wird mir die alten Akten suchen, ich darf alles lesen. Ist das nicht super?«

»Ja, Sara«, nickte Anton. »Freue mich sehr darüber«, sagte er verhalten. Er versuchte, sie einzubremsen. Sara war offenbar auch so ein Gefühlsmensch wie Alexander. Das konnte heiter werden mit den beiden, dachte Anton beunruhigt. »Darf ich dir zwei Tipps geben?«

»Na klar«, kam es fröhlich.

»Nimm deine Anzeige bei *Facebook* raus. Damit deine Eltern auf keinen Fall von deiner Suche erfahren. Über Umwege, wer weiß, welche Bekannte deiner Eltern die Anzeige sehen und die Info ihnen weitergeben.«

»Mache ich sofort«, nickte Sara überschwänglich, nahm ihr Handy in die Hand. »Warte kurz!« Tippte auf die App und strahlte ihn fröhlich an: »Erledigt! Was wolltest du mir noch sagen?« Sie suchte nebenbei die Seite von Alexander, wenn sie schon mal die App offen hatte, weil sie ihn noch mal kurz anschauen wollte.

»Hatte den Eindruck, du magst ihn?«

»Alex?«, Sara schaute von ihrem Display ertappt auf.

»Na klar, Alexander«, er schüttelte grinsend den Kopf, »sonst war ja keiner da, oder habe ich da wen übersehen?«

»Ja«, Sara errötete leicht und sagte nach einer Weile, »er ist ein netter Kerl. Sucht mir alles raus und will mir helfen.«

»Genau darauf möchte ich hinaus«, gab Anton den weisen Rat, »möchtest du mit ihm flirten oder mit ihm arbeiten?« Betroffen schaute Sara zu Boden. »Flirte nicht mit ihm, oder wenn er mit dir flirtet, gehe nicht darauf ein. Ich habe mitbekommen, wie gut ihr euch versteht. Nur vom Hinhören. Da hat es geknistert.«

»Echt?« Verlegen nestelte sie am Verschluss ihrer Sandalen.

»Konzentriere dich auf deine wesentlichen Fragen. Man kann nicht zwei Dinge auf einmal machen. Eines bleibt dabei immer auf der Strecke.«

»Das verstehe ich nicht ganz. Was sollte auf der Strecke bleiben?« Sara löste sich von ihren hübschen Sandalen und schaute ihn offen an. Sie wusste offenbar nicht, worauf er hinauswollte.

»Klärt zuerst den Fall zusammen«, erläuterte es Anton, »erst danach kannst du dir die andere Frage stellen.« Nachdem sie ihn fragend anschaute, wurde er konkreter: »Ob er dir als Freund gefällt. Ich möchte dich nur vor einer Enttäuschung bewahren. Die Männer sind auf der Jagd, lass dich nicht gleich einfangen, sonst wirst du uninteressant und er hilft dir vielleicht nicht mehr mit Brienz weiter.«

»So schätze ich Alex nicht ein«, sagte sie unbekümmert, »aber ja, ich hatte nicht vor, mich einfangen zu lassen.« Sie grinste ihn an. »Weißt du, wenn ich einen Mann sehe, den ich mag, dann flirte ich ein bisschen, aber ich flüchte wie ein scheues Reh, wenn es ernst wird.«

»So schüchtern hätte ich dich nicht eingeschätzt«, lachte Anton sie an. Es beruhigte ihn nicht wirklich.

»Doch«, sagte sie leise. »Ich bin vielleicht etwas vorlaut, aber das hat nichts zu sagen«, lächelte sie vielsagend, »bin nicht umsonst Single.«

Kapitel 43

Anton lud Sara zu einem kleinen Imbiss in der Stadt ein. Dann wollte er mit dem Taxi zurückfahren und pünktlich, wie verabredet, Doris zu dem Ausflug abholen. Davor hatte er Alexander angerufen und ihm eine kalte Dusche verpasst.

Ihm ins Gewissen geredet, er solle nicht flirten, sondern sich auf seine Arbeit konzentrieren. Dieser versprach es hoch und heilig und bekam die nächste Aufgabe von Anton. Wie dieser sagte, damit sein Schützling Alexander nicht auf dumme Gedanken kommen würde:

»Du legst fein säuberliche, auf alt getrimmte Akten über Urs und Vreni an. Nimm meine alte Schreibmaschine.«

»Wo finde ich die?«

»In dem Holzschrank neben dem Eingang, unten rechts. Dort stauben auch alte Formulare vor sich hin. Nimm die, auf denen nur mein alter Firmenname steht. Ohne Namen von mir, sonst fliegen wir auf.«

»Logisch!«

»In den neu angelegten Akten darf kein Hinweis auf dich zu finden sein«, präzisierte Anton seine Anweisungen. »Also, keine Andeutung auf einen Adoptivsohn.«

»Wen soll ich als Auftraggeber angeben? Und auf welches Datum soll ich zurückdatieren?«

»Nimm März 1986«, überlegte Anton, »oder besser Mitte Mai, achte darauf, dass dein Datum ein Wochentag ist.«

»Ich bin ja kein Anfänger!«

»Der Auftraggeber ist eine Versicherung aus der Schweiz«, gab Anton weitere Tipps, damit sein Schüler Alexander keinen Fehler machen würde, »die für ein gestohlenes Fahrzeug und Wohnanhänger nicht bezahlen möchten – sie gehen von einem Versicherungsbetrug aus.«

»Okay.«

»Klingt gut«, bestätigte sich Anton selbst. »Hast du die Fahrzeugdaten von damals, die Kennzeichen und die Versicherungsgesellschaft?«

»Ja«, kam es eifrig von Alexander, »Ferdi und ich haben damals alle Akten kopiert, die es über meine Eltern gab. Darin sind die relevanten Fahrzeugdaten zu finden.«

»Sehr gut«, lobte ihn Anton ausnahmsweise, »dann hast du alles. Und schreibe als Ergebnis, dass man die beiden Zielpersonen in Brienz oder Konstanz vermutet. Notiere in einem Nebensatz, die Nachbarn sind mutmaßlich in den Fall verwickelt.«

»Das mache ich«, lachte Alexander, der sich diebisch auf seine neue Tätigkeit als Fälscher freute. »Ich werde in den Akten ein paar Andeutungen streuen, die Sara animieren werden, mit mir zusammenzuarbeiten.«

»Ja«, bremste Anton, »aber übertreibe es nicht. Sie arbeitet auf jeden Fall mit dir zusammen. Und dann lass die Versicherung zehn Jahre später schriftlich einen neuen Auftrag erstellen. Lass es diesmal um die Auszahlung der Lebensversicherung gehen. Sagtest du nicht, zehn Jahre später erst wurden deine Eltern für tot erklärt? Du hast zu dem Zeitpunkt das Grundstück verkaufen lassen, korrekt?«

Nachdem Alexander das bestätigt hatte, wies Anton ihn darauf hin, den Verkauf des Grundstücks an Saras Eltern aufzunehmen. Alexander hatte in seinem Kopf genug Ideen beisammen, um die ihm vorliegenden Grundbuchauszüge zu nutzen, damit die Akte ein paar Ergebnisse aufweisen würde. Er würde die Berichte zu dem Unglück 1985, also eher allgemeine Hinweise, in die Akten aufnehmen. Spannende Arbeit, Alexander war voller Tatendrang und fing gleich an, die Unterlagen zu fälschen und auf alt zu trimmen.

Währenddessen stand Doris in ihrem Sommerkleid und einer Strickjacke, zu der ihr Sara geraten hatte, an der Rezeption und lief aufgeregt auf und ab. Man weiß nie, hatte ihr Sara gesagt, vielleicht würden sie am Abend draußen sitzen, und sie sollte deshalb das wärmende Jäckchen mitnehmen.

Anton kam ebenso fesch mit Hemd, einer hellen Stoffhose und einem leger über die Schulter baumelnden Jackett die Treppe herunter und bot Doris galant den Arm an. Das

Taxi fuhr gerade vor, Anton hatte den Fahrer pünktlich auf 15 Uhr bestellt. Sie fuhren bis zum Bahnhof und stiegen in den *Seehas* nach Konstanz. Doris wunderte sich, ein Ausflug mit der Bahn? Etwas einfallslos war es schon. Aber sie wollte nicht meckern, den schönen Tag mit Anton genießen. Ihre Bescheidenheit wurde belohnt. Als Anton vom Bahnhof den Weg zu den Schiffsanlegeplätzen einschlug, fragte sie gespannt: »Wir gehen auf ein Schiff?« Sie freute sich unbändig. Erinnerte sich nicht daran, je auf einem so schönen Motorschiff gewesen zu sein. Abgesehen von der Fähre, die zwischen Konstanz und Meersburg die beiden Städte verband, war sie seit damals, als Sara klein war, auf keinem richtigen Ausflugsdampfer unterwegs gewesen. Doris strahlte mit der Sonne um die Wette, und Anton freute sich, er hatte sich die richtige Überraschung ausgesucht. Sie stiegen in das Kursschiff *Schaffhausen* der Schweizerischen Schifffahrtsgesellschaft Untersee und Rhein und setzten sich auf das Oberdeck. Anton, ganz Gentleman, organisierte ihr eine Decke, falls ihr der Wind zu frisch werden würde, und bestellte etwas zu trinken. Zu kühl war es nicht, dennoch genoss Doris die gemeinsame Zeit mit dem fürsorglichen Anton. Sie fuhren gemütlich unter der Rheinbrücke durch, ließen die Insel Reichenau rechts liegen. Doris zeigte Anton ausgelassen die großen und kleinen Ortschaften, die links und rechts an ihnen vorbeizogen. Anton mochte den Ausflug ebenfalls und ließ Doris reden, er hörte zu, überlegte sich, ob er sich mit ihr ein Leben vorstellen konnte. Und musste unwillkürlich schmunzeln, er sollte sich besser auf den Fall konzentrieren. War das nicht sein guter Ratschlag vorher gewesen? Später, ja später, er würde ja dann sehen. In Stein am Rhein war Endstation.

*

Doris versuchte, die Rolle der Fremdenführerin zu übernehmen, und war sehr erstaunt, wie gut sich Anton vorbereitet hatte, er steuerte zielstrebig auf das Hotel Restaurant *Rheinfels* zu. Er hatte telefonisch einen Tisch bestellt. Doris kannte den Inhaber, der sie gleich begrüßte.

»Grüezi, Doris!«, sagte Max Schwegler freudestrahlend in einem gepflegten Schweizerdeutsch. »Du siehst tipptopp aus, hast dich überhaupt nicht verändert.«

»Charmeur«, lachte Doris, »Max, hast du einen Tisch für uns?« Sie kannte ihn, als er noch ein kleiner Junge war. »Habe in der Zeitung gelesen, du hast das Restaurant von deinem Vater übernommen? Seitdem wollte ich kommen. Aber du weißt ja, wie das ist.«

»Ich habe reserviert«, mischte sich Anton ein, »habe am Vormittag bei Ihnen angerufen. Mein Name ...«

»Sicher, Sie haben den schönsten Tisch reserviert«, unterbrach ihn der Inhaber lachend, »wir haben miteinander telefoniert.« Und grüßte auch ihn: »Freut mich sehr, Sie begrüßen zu dürfen. Darf ich vorausgehen?«

»Seine Spezialität ist die Fischküche«, schwärmte Doris, während Schwegler auf einen schön dekorierten Tisch mit Blick auf den Rhein zusteuerte, »er fischt manchmal selbst.«

»Mögen Sie Fisch?«, wollte Max Schwegler von Anton wissen und rückte den Stuhl für Doris zurecht.

»Sehr sogar«, nickte Anton, »was können Sie uns empfehlen?«

»Soll ich ein Überraschungsmenü für meine Freunde zusammenstellen?«

Doris nickte Anton strahlend zu. Dass sie heute Max treffen würde, damit hatte sie wirklich nicht gerechnet. »Von mir aus gerne. Was ist mit dir, Anton?«

»Unbedingt!«, freute er sich mit. »Wir lassen uns sehr gerne von Ihnen überraschen.«

»Kannst du ein Erinnerungsfoto von uns machen?«, schaute Doris fragend Max an, der sofort ihr Smartphone nahm und die beiden ablichtete. »Anton, bist du auch so lieb und machst ein Foto von Max und mir?« Sie stand auf, reichte ihr Handy weiter und sagte leise zu Max: »Dann richte ich Herbert schöne Grüße von dir aus.« Sie zwinkerte ihm fröhlich zu und setzte sich nach dem Foto zu Anton, mit Blick auf den Rhein. Anton hatte einen romantischen Tisch bestellt, er hatte extra danach gefragt. Doris' heitere Stimmung kam Anton gelegen, er konnte sie nun ausfragen.

»Du warst mit deinem Mann lange nicht mehr auswärts essen?«, bohrte Anton an der empfindlichsten Stelle weiter, der natürlich mitbekommen hatte, für wen das zweite Foto gedacht war. Auch wenn Doris es so unauffällig wie möglich an Herbert geschickt hatte, mit einem lieben Gruß von Max, Anton hatte seine Augen überall, und ein wenig ärgerte er sich darüber, wie wichtig Herbert für Doris offenbar noch war.

»Früher waren wir sehr mit der Firma beschäftigt«, schüttelte sie bedächtig den Kopf, »und heute, na ja, weißt du, er hat eine Freundin. Eine Anwältin.«

»Und dennoch habt ihr ein recht gutes Verhältnis«, nickte er anerkennend dazu, während er sich wunderte, weshalb es ihn störte, »ich bewundere dich wirklich. So eine klasse Frau, ich würde dich für keinen Preis der Welt so vernachlässigen.«

»Du bist lieb«, sie streichelte kurz über seinen Handrücken, »du schenkst mir einen sehr besonderen Tag. Daran werde ich noch lange denken.«

»Doris«, er schaute sie ganz lieb an, »ich entführe dich gerne öfter, ich fühle mich in deiner Nähe wunderbar. Kann meine Sorgen alle vergessen«, seufzte er, »wenn ich nur daran denke, mit welchem Gefühl ich hierhergefahren bin, und jetzt …«

»Was ist jetzt?« Doris lächelte, sie sog jede seiner Liebenswürdigkeiten wie ein trockener Schwamm auf. »Welche Gefühle hast du jetzt?«

»Unbeschreiblich«, lächelte er sie an, »ich fühle mich glücklich, unbeschwert, na ja, fast …«, er stockte kurz, »ich muss aufpassen, was ich sage.«

»Brauchst du nicht«, munterte sie ihn auf, »wie fühlst du dich fast?« Doris wollte es hören. Sie fühlte sich so leicht.

»Fühle mich zu dir hingezogen, muss aufpassen, dass ich mich nicht in dich verliebe.«

»Ach komm«, lachte Doris, genau das wollte sie hören, »du Schmeichler, ich bin nicht mehr die Jüngste. So gut, wie du aussiehst, könntest du eine hübschere Frau bekommen.«

»Du bist die attraktivste Frau, die ich mir vorstellen kann«, raspelte er weiter sein Süßholz, was ihm bei Doris nicht sonderlich schwerfiel, »ich kann an keine andere mehr denken, aber …« Er stockte, aber wollte unbedingt mehr von ihr erfahren, »aber du bist verheiratet. Selbst wenn mich das nicht stören sollte, so habe ich den Eindruck, dein Mann liebt dich. Euch verbindet etwas, ich spüre das genau.«

Doris zog ihre Hand, die bereits schüchtern in die Richtung von Anton gewandert war, hastig zurück. »Was meinst du?«

»Ich komme durch meinen Beruf viel mit Menschen zusammen«, erklärte er seinen Eindruck, »habe ein gutes Gespür für Unausgesprochenes entwickelt. Ich fühle, dass du ein Geheimnis mit dir herumträgst, eines, das dich krank macht. Eines, welches dich an deinen Mann bindet. Ich würde dir so gerne helfen, dich befreien, damit wir öfter schöne Abende verbringen könnten. Für dich würde ich sogar nach Radolfzell ziehen, ich würde alles für dich tun, aber ich spüre leider, du vertraust mir nicht.« Er hatte alles auf eine Karte gesetzt, es könnte sein, sie würde sich zurückziehen. Anton ging jedoch das Risiko ein, denn er hatte ja Alexander auf Sara angesetzt. Ja, er sah es in ihren Augen, Doris kämpfte mit sich, sie würde sich ihm öffnen, wenn nicht heute, dann in den nächsten Tagen. Viel würde nicht mehr fehlen. Doris sagte nichts, sie schaute bedrückt auf den Rhein, wenn sie nur ihre Sorgen dort hineinwerfen und alles vergessen könnte. Anton hatte recht, so hatte sie es nie gesehen. Die Vergangenheit hatte ihre Ehe belastet, früher hatten sie ein gemeinsames Ziel. Irgendwann war es nur noch ein Nebeneinanderher. Der Zustand mit Herbert gefiel ihr ganz und gar nicht. Jedes Mal, wenn er zu seiner Gespielin fuhr, fühlte sie den Stich im Herzen. Es waren schon sehr viele Stiche, sie konnte sie nicht mehr zählen, der Schmerz war spürbar. Jeder einzelne. Dennoch liebte sie ihn. Und Anton, er hatte das auf einen Blick erkannt. Wie einfühlsam er doch war, sie fühlte sich zu ihm hingezogen. Aber konnte sie ihm trauen? Auch das hatte er richtig erkannt. Sie misstraute ihm wie grundsätzlich allen. Denn sonst würde sie sich ihm öffnen. Was er alles für sie getan hatte, Anton würde sie niemals hintergehen. Er hatte sich ihr anvertraut, er erlebte doch dasselbe mit seiner Frau. Sie könnte es wagen, was würde sie verlieren?

»Ich vertraue dir«, sagte sie, nachdem sie sich das alles überlegt hatte. Sie wollte Anton nicht verlieren, sie musste sich entscheiden und sie würde ihm alles erzählen, zumindest nach und nach.

»Dann magst du mir deinen Kummer anvertrauen?« Er nahm ihre Hand, und es fühlte sich so schön an, Doris kämpfte mit den Tränen, sie fühlte sich so geborgen. Sie spürte, was sie all die Jahre vermisst hatte. Genau das, jemand, der sie ohne viele Worte verstand, der ihr das Gefühl von

Wärme, von Nähe gab. Anton würde sie beschützen, sie nicht allein lassen wie Herbert.

»Es stimmt, was du fühlst, Anton, ich habe großen Kummer. Herbert und ich haben ihn gemeinsam, wir gehen nur anders damit um. Wir können nicht mehr darüber reden, es würde mir guttun, wenn ich mich dir anvertrauen dürfte. Irgendwann.« Und drückte zärtlich seine Hand. »Wollen wir den Abend genießen, ich erzähle es dir ein anderes Mal, ich möchte mich heute nicht daran erinnern.«

»Das kann ich gut verstehen«, antwortete Anton und ließ sich seine kleine Enttäuschung nicht anmerken, »wir wollen den Abend genießen«, schaute ihr tief in die Augen, »du machst mich gerade so glücklich. Du hast keine Ahnung.« Er hätte sie am liebsten, um seiner Aussage mehr Nachdruck zu verleihen, umarmt oder vorsichtig geküsst, aber unglücklicherweise, oder vielleicht auch glücklicherweise, kam der Kellner in dem Moment mit dem ersten Gang und servierte.

Kapitel 44

Es stimmte nicht, was Doris gerade Anton gesagt hatte. Herbert wollte schon mit ihr reden, nur sie blockte es immer ab. Herbert hatte früher sogar sehr oft darüber reden wollen. Sein schlechtes Gewissen wurde mit jedem Jahr stärker. Und Doris wollte das Thema totschweigen, sie hatte schlichtweg Angst davor, Herbert würde sein Gewissen erleichtern, sich selbst anzeigen, und dann? Dann wäre alles umsonst gewesen, Sara würde davon erfahren und sich von ihnen abwenden. Eines wusste Doris, ihre Tochter würde ihr das niemals verzeihen. Herbert würde dabei vielleicht besser davonkommen. Zum einen hatte sie ihren Mann damals mehr oder weniger gezwungen, ihre fixe Idee umzusetzen, Sara als ihr Kind auszugeben, zum anderen, Sara hatte schon immer zu Herbert ein besseres Verhältnis als zu ihr. Er war viel verständnisvoller, umgänglicher, die beiden verstanden sich sehr gut. Auch wenn sie mit Sara jeden Tag im Hotel zusammenarbeitete und Herbert offensichtlich fremdging, was Sara ihm bitterböse vorgeworfen hatte. Im Grunde genommen liebte sie ihren Vater und würde ihm alles verzeihen. Vor allem, wenn sie jemals die ganze Wahrheit erfahren würde. Und dann? Dann wäre alles aus. Doris' Lebenstraum wäre geplatzt. Ja, ihr Lebenstraum. Irgendwann hatte Doris erreicht, was sie wollte. So war es schon immer gewesen. Damals hatte Herbert ihr zuliebe alles getan. Er hatte mit Salvatore die Leichen verschwinden lassen, einen Anwalt eingeschaltet, sich auf Salvatores Erpressungen eingelassen – und das alles nur, damit sie Sara als ihr eigenes Kind behalten durfte. Auch jetzt, sie hatte Herberts schlechtes Gewissen so lange ignoriert, bis er ihr nichts mehr davon erzählte. Endlich gab er Ruhe, dachte Doris. Vermutlich, weil er eine Geliebte hatte, ihr Magen zog sich zusammen. Weshalb würden sich die Männer im Alter so seltsam benehmen? Weshalb genügte sie ihm nicht mehr? Wie gerne hätte sie sich diese Claudia mal angeschaut. Mehr als ihren Vornamen und Haarfarbe, weil sie Herbert danach gefragt hatte, kannte sie nicht. Sie hoffte damals, vor vier Jahren, ihr Mann wäre kurzfristig in seiner Midlife-Crisis, wie das älteren Männern, die ihre Firma verkauft hatten oder in Rente gingen, öfter passierte. So hatte es Doris von einer Freundin erklärt bekommen, die Männer wären in einer Sinnkrise und würden irgendwann wieder normal. Wenn der Rücken zwickte oder die Geliebte zu anstrengend würde. Vielleicht würde Herbert auch zu ihr zurückkehren? Vielleicht? Wobei es nun schon viel zu lange ging. Wollte sie ihn zurück? Vermutlich nicht, sie liebte ihn zwar, aber könnte sie ihm seine Affäre jemals verzeihen? Sie wusste es nicht.

*

Brienz, 2017

Genauso wenig, wie sie wusste, wie sehr sie Claudia Martinelli dankbar sein konnte. Ausgerechnet die Geliebte ihres Mannes hatte ihm davon abgeraten, sich zu stellen. In Brienz ließen Claudia und Herbert die Geschehnisse Revue passieren. Claudia versprach Herbert damals, nachdem sie in Baiersbronn die ganze Nacht über die Verbrechen der Vergangenheit gesprochen hatten: »Herbert, ich bespreche alles vertraulich mit einem anderen Strafverteidiger.« Und drei Monate später, als sie alle Fakten geprüft hatte und mit Herbert das erste Wochenende in Brienz verbrachte, um sich vor Ort einen Eindruck zu verschaffen, sagte sie ihm: »Wir haben gute Chancen auf eine Verfahrensverständigung. Dennoch sprechen zwei wichtige Umstände dagegen. Deine Frau und deine Tochter.« Claudia erläuterte Herbert den Grund: Doris müsste sich unbedingt mit ihm gemeinsam stellen.

»Schließlich hatte sie dich damals nicht nur zur rechtswidrigen Tat angestiftet, sondern ist auch der Beihilfe schuldig. Aus diesem Grund würde sie hart bestraft werden, wenn du sie nicht dazu überreden kannst, sich selbst mit anzuzeigen«, sagte sie ihm.

»Mit anderen Worten«, wiederholte Herbert, »wir müssten Doris in den Deal mit der Staatsanwaltschaft von vorneherein mit einbeziehen, sonst würde sie im Verlauf des Prozesses als Täterin härter bestraft werden als ich selbst. Da ich mich selbst angezeigt und wir, also du, bereits einen Strafrahmen für mich ausgehandelt hättest?«

»Korrekt«, bestätigte Claudia seine Ausführung, »und ihr werdet es zudem nicht vermeiden können, dass Sara davon mitbekommt.«

»Dann würde ich sie möglicherweise verlieren.«

»Deine Sorge ist berechtigt«, nickte Claudia, »ich würde gerne mit deiner Frau sprechen, meinst du, das ist möglich?«

*

Radolfzell, 2017

Herbert war von dem Vorschlag sofort begeistert und versuchte, nach der Rückkehr aus Brienz mit Doris zu sprechen. Seine Anwältin erwähnte er zunächst nicht, verlor kein Wort darüber, mit welchen Gedanken er sich beschäftigte. Er fing allgemein an, sagte nur, er hätte eine Lösung für den

Fall Brienz. Doris reagierte wie immer, diesmal noch weniger partnerschaftlich, sie blockte das Thema von vornherein ab, überschüttete ihn mit Vorwürfen. Sie spürte, wie er sich von ihr entfremdete. Herbert wollte sich verteidigen, sich erklären. Nur Doris wollte von all dem nichts hören, ließ ihn stehen. Und noch mehr, sie warf ihn stattdessen aus dem gemeinsamen Haus in Konstanz. Sie fühlte, er betrog sie. Sie ließ das Haustürschloss austauschen. Das Einzige, was er mit ihr anschließend vereinbaren konnte, war die finanzielle Aufteilung ihrer Guthaben. Er sagte Doris ein lebenslanges Wohnrecht im Hotel ihrer Tochter zu.

Erst danach stimmte Doris dem Hausverkauf in Konstanz zu. Nachdem sie sich, wie vereinbart, im Grundbuch ein lebenslanges Wohn- und Aufenthaltsrecht für das Hotel und umliegende Gelände hatte einräumen lassen, übergaben Doris und Herbert das Hotel an Sara. Aus steuerlichen Gründen schenkte er ihr zunächst nur das Hotel, das Grundstück würde er ihr zehn Jahre später übergeben. Doris zog anschließend in eines der Gästezimmer von Saras Hotel, Sara bezog das Appartement im obersten Stock vom *Seeblick*.

Herbert begann, sich das abenteuerliche Baumhaus im hoteleigenen Wald zu bauen. Er hatte sich erkundigt, welche Strafe er für den illegalen Bau zu befürchten hätte, und Claudia beruhigte ihn. Nachdem er eine offizielle Postadresse über das Hotel und damit eine ordentliche Meldeadresse hatte, würde der Bau den Behörden kaum auffallen. Zudem lag dieser gut versteckt. Die möglichen Konsequenzen, da er deshalb fast keine Bäume roden würde, wären zudem für ihn übersichtlich. Ein Rückbau würde angeordnet werden, eine übersichtliche Geldstrafe – mehr nicht. Herbert freute sich wie ein kleines Kind, endlich wieder Abenteuer, dazu ein so schön harmloses. Er baute sich das Häuschen zwischen die Bäume hinein. Fast ohne Bauplan, freute sich über die

Nähe zu seiner Tochter und darüber, wie oft er seine Doris sehen konnte. Herbert genoss auch vier Jahre später sein neues Leben. Wenn Claudia in der Kanzlei war, verbrachte er seine Zeit in Radolfzell. Er reparierte im Hotel alles, was anfiel, er frühstückte mit seiner Familie, er blieb zum Mittag- und Abendessen im Hotel. Ließ sich von Doris bekochen und umsorgen. Nur die Nacht verbrachte er in seinem Waldhaus. Und wenn Claudia freie Tage hatte, dann unternahmen sie gemeinsam etwas. Konnte das Leben schöner sein? Alles war gut geregelt. Sie besuchte ihn nicht, er sie nicht. Sie fuhren in ein Hotel und immer öfter nach Brienz, das einzige Haus aus seinem alten Leben, das er nicht verkaufen konnte. Eigentlich ein Grund zur Freude.

*

Brienz, 2021

»Herbert«, lenkte Claudia das Gespräch auf die Verfahrensverständigung, den Grund ihres Kennenlernens, »mit Doris konntest du weiterhin nicht sprechen?«

»Nein«, kam es mürrisch von Herbert. Im Grund gab es keinen Anlass für schlechte Laune. Claudia und er feierten heute ihr Vierjähriges. Heute, genau vor vier Jahren, war er in Claudias Kanzlei aufgetaucht und saß der blonden Anwältin angespannt gegenüber. Seitdem hatte sich ein so schönes Verhältnis entwickelt. Sie waren so vertraut miteinander, konnten über alles reden und viel Schönes erleben. Gerade waren sie auf dem Weg nach Brienz. Sie konnten zumindest über fast alles reden. Er würde ihr nicht erzählen, weshalb er griesgrämig war. Doris hatte sich am Vortag von einem Casanova namens Anton zu einem Ausflug entführen lassen. Doris hatte es ihm heute Morgen beim

Frühstück genussvoll unter die Nase gerieben. Wie schön es doch war, wie aufmerksam Anton zu ihr war. Doris hatte ihm Grüße von Max ausgerichtet, dem Gastronomen aus Stein am Rhein, und ein Foto geschickt. Jetzt würden es bald ihre Bekannten erfahren: Seine Doris hatte einen Verehrer. Ein wenig kränkte ihn das. Ein wenig? Aber davon wollte er sich nicht die schönen Tage mit Claudia verderben lassen, er riss sich am Riemen und schimpfte stattdessen kurz über Doris: »Meine Frau blockt alles ab, langsam weiß ich selbst nicht mehr, was das Richtige ist. Am besten, ich lasse meine Vergangenheit hinter mir.«

»Wollen wir das Thema endgültig beiseitelegen?«, fragte Claudia mitfühlend nach, die seine schlechte Laune auf die ungeklärte Frage zurückführte. »Möchte, dass es dir gutgeht. Die Entscheidung liegt klar bei dir.« Sie wollte das auf der Fahrt klären, damit sie dann, wenn sie in ihrem Häuschen in Brienz ankommen würden, nicht mehr darüber sprechen mussten. Claudia war gerade zu ihm ins Auto gestiegen, nachdem sie ihr Auto wie immer am Parkplatz »Landesgartenschau in Singen« abgestellt hatte. Das war ihr Treffpunkt, wenn sie nach Brienz fuhren. Damit ersparte Claudia ihrem Herbert den Umweg nach Villingen.

»Was würde passieren, wenn ich mich stelle?« Herbert kannte die Antwort zwar, aber wollte es, wenn Claudia nun davon angefangen hatte, gerne abschließend klären. »Lass uns alles durchgehen und dann endgültig entscheiden.«

»Du würdest mit großer Wahrscheinlichkeit glimpflich davonkommen«, antwortete sie, »kein Gefängnis, dafür Geldstrafe und Bewährung. Wobei das nur eine Einschätzung ist.«

»Und meine Frau, wie war das noch mal?«

»Nach Paragraf 26 StGB wird der Anstifter wie ein Täter bestraft. Selbst wenn das nicht zu beweisen wäre, würde sie nach Paragraf 27 Strafgesetzbuch der Beihilfe angeklagt werden.«

»Wie hoch wäre ihre Strafe?«

»Im Absatz 2, Paragraf 27 ist das geregelt, die Strafe für den Gehilfen richtet sich nach der Strafdrohung für den Täter.«

»Weißt du die ganzen Paragrafen auswendig?«, bewunderte Herbert die kluge Frau an seiner Seite. Claudia lächelte ihn an:

»Das sind die gängigsten und schließlich, mein Schatz, habe ich mich für dich eingearbeitet und mir einige Nächte um die Ohren geschlagen. Denn ich möchte dich schließlich nicht im Gefängnis besuchen.«

»Was würdest du mir raten?«

»Als Anwältin oder als deine ...«, Claudia kokettierte, »was bin ich eigentlich für dich?«

»Die schönste, einfühlsamste, begehrenswerteste Frau«, lachte er sie schelmisch an, »die ich jemals geküsst habe, ach, was sage ich, die ich jemals gesehen habe.«

»In dem Fall«, lachte die hübscheste Frau, die er jemals gesehen hatte, »würde ich dir raten, alles zu vergessen, du würdest am Ende nur Sara bestrafen.« Sie hauchte ihm einen Kuss auf die Wange, sie wollte ihn beim Autofahren nicht zu sehr ablenken. »Deine Frau ist bestraft genug.«

»Damit hast du auf jeden Fall recht!«

»Soll ich meine Aufzeichnungen vernichten?« Claudia hätte als Juristin ihm dazu geraten, das Gespräch mit der Staatsanwaltschaft zu suchen. Schließlich hatte sie sich nur um die Auswirkungen für ihren Mandanten zu kümmern, nicht um die für Doris. Und die Aussichten für Herbert waren sehr gut, er würde mit einem blauen Auge davonkommen. Sie würden ein Verbrechen aufklären. Claudia hatte einen Eid geleistet, die verfassungsmäßige Ordnung zu wahren und ihren Pflichten als Anwältin gewissenhaft nachzukommen. Um das zu erfüllen, müsste sie ihrem Mandanten zuraten, sich zu stellen. Zumindest verstand sie ihre Vereidigung auf diese Weise. Nur war sie eben nicht nur Juristin und Herbert kein offizieller Mandant von ihr. Da fühlte sie anders, sie wollte Doris, der sie nun schon den Mann genommen hatte, nicht auch noch die Tochter nehmen. Deshalb tendierte sie dazu, alle Akten zu vernichten.

»Nein«, Herbert hatte es sich einen Moment überlegt, »lass alle Unterlagen bei dir liegen. Sie sind doch gut gesichert?«

»Natürlich, mein PC ist gesichert, es gibt eine Sicherungskopie im Aktenschrank, der ist unter Verschluss, da kommt niemand so einfach dran. Aber was drückt dich?«

»Du hast mit deiner Einschätzung recht, ich würde Doris bestrafen, Sara womöglich verlieren. Würde es nur um die beiden gehen, könntest du die Akten vernichten und ich würde nicht weiter darüber nachdenken.«

»Du denkst an Salvatore?« Claudia wusste, dass der Mann vom Landmarkt, den sie einmal gesehen hatte, Herbert viele Male erpresst hatte und keine Gelegenheit ausließ, sich weitere Forderungen einfallen zu lassen. »Hat er sich wieder gemeldet?«

»Der verfolgt mich wie mein Schatten!«, Herbert schüttelte seinen Kopf. »Aber damit komme ich inzwischen klar, er erpresst mich mit kleineren Gefallen, aber das ist es nicht.«

»Was dann?« Sie nahm seine rechte Hand, sie fuhren auf der Autobahn Richtung Schweizer Grenze, und Herbert lenkte mit der anderen. »Was drückt dich noch, mein Liebling?«

»Alexander«, antwortete er kurz, »was ist mit Alexander, dem Adoptivsohn von Vreni und Urs? Der weiß bis heute nicht, was mit seinen Eltern geschehen ist. Ich werde in letzter Zeit dauernd an ihn erinnert. Keine Ahnung, weshalb.«

Kapitel 45

Radolfzell, 2021

Kein Wunder, wenn Herbert die Ohren klingelten. Alexander beschäftigte sich intensiv mit den Akten von Vreni und Urs. Oder besser gesagt, er suchte alle Informationen zusammen, die später in diesen gefälschten Akten auftauchen sollten. Anton hatte ihm sehr präzise Anweisungen gegeben. Er würde alle Zeitungsartikel aus Brienz nehmen, die die Naturkatastrophe beschrieben. Und die Grundbuchauszüge aus der Schweiz, aus denen ersichtlich wurde, dass Herbert und Doris das Nachbargrundstück seiner Adoptiveltern gekauft hatten. Sein Name tauchte in den Unterlagen nirgends auf, er überprüfte das nochmals. Er legte die Kaufbelege für das Haus seiner Eltern in Griechenland dazu, die Papiere für die Fahrzeuge von Urs, Wohnwagen und das Zugfahrzeug. Er nutzte damals seine Position bei der Schweizer Polizei, um über das Straßenverkehrsamt in Bern die Kopien zu besorgen. Die Kraftfahrzeugbehörde musste zwar lange suchen, aber schlussendlich hatte er damals alles bekommen. Und in Erfahrung gebracht, dass die Fahrzeuge nie aufgetaucht waren. Alex legte die Anfrage einer Versicherung an, welche die Auszahlung einer Versicherungsprämie für die Fahrzeuge über die Recherche absichern wollte. Das war der einzige kniffflige Punkt, zuerst musste er die Formulare der Versicherung fälschen und fieberhaft überlegen, wer das Verschwinden der Fahrzeuge gemeldet haben könnte. Denn seine Eltern konnten es nicht, er als Sohn hatte sich nicht darum gekümmert.

»Anton«, er rief ihn kurz an, »wieso würde eine Versicherung nach einem Fahrzeug suchen, wenn die Besitzer keinen Diebstahl oder Unfall gemeldet haben. Das ist nicht logisch.«

»Verstanden«, kam es von Anton, er rieb sein Ohrläppchen, »ich habe die Lösung. Lege einen Schriftverkehr an, Aktennotizen der Versicherung mit folgendem Inhalt: ›Versicherungsbeträge der Fahrzeuge soundso werden seit 1986 nicht mehr überwiesen‹, dann nimm den Mann, der das Grundstück in Brienz an Herbert verkauft hatte, diesen lass auf die Mahnungen von der Versicherung reagieren, so im Wortlaut, dass er für Urs die Post bearbeiten würde und sein Auftraggeber wie vom Erdboden verschwunden wäre. Er die Fahrzeuge als gestohlen meldet, die Versicherungssumme stellvertretend beantragen möchte.«

»Du meinst den Makler Jürgen Baumann?«

»Genau den, der taucht in den Akten von Herbert sowieso auf. Du kannst Sara das zeigen, Baumann hat ihrem Vater das Grundstück verkauft. Darüber hast du doch die Unterlagen?«

»Ja.«

»Na also«, bekräftigte Anton, »das ist eine glaubwürdige Verbindungsperson zu Urs.«

»Und wenn Sara möchte, dass ich mit ihm Kontakt aufnehme?«

»Dann sucht ihr ihn«, lachte Anton, »ihr werdet ihn nicht mehr finden.«

»Woher weißt du das?«

»Meinst du, ich drehe Däumchen?«, stellte Anton vorwurfsvoll seine rhetorische Frage. »Ich habe auch recherchiert, nachdem du mir deine Unterlagen überlassen hast.«

»Schon gut«, Alexander wollte ihm nichts unterstellen, »ich danke dir sehr, und hast du ihn nicht ausfindig machen können? Ist er im Ausland? Oder weshalb bist du dir sicher, dass wir ihn nicht finden können?«

»Gestorben. Verkehrsunfall«, erklärte er knapp und skizzierte seinen Plan. »Du baust Baumann als Verwalter ein. So wie ein Sekretär von Urs, der sich um alle Rechnungen kümmert, um alle Belange in der Schweiz. Seine rechte Hand eben.«

»Ich verstehe.«

»Du kannst einen Verdacht ergänzen, also aus damaliger Sicht Baumanns. Dieser schreibt der Versicherung, er würde vermuten, Herbert und Doris hätten das Auto und den Wohnwagen von Urs und Vreni verschwinden lassen.«

»Das ist genial!«

»Mach eine handschriftliche Notiz von einem Mitarbeiter des Versicherungsunternehmens, der auf dem Schreiben die Frage vermerkt: *Haben Herbert und Doris die Nachbarn umgebracht?* Und schreibe dazu: *Soll Polizei von dem Verdacht unterrichtet werden? Vorgesetzten fragen?* Dann können wir damit später Doris und Herbert unter Druck setzen.«

»Mann«, kam es bewundernd von Alexander, »du bist gut!«

Alexander arbeitete seine Akten aus, verknitterte sie und kopierte alles mehrfach. Glücklicherweise besaß Anton einen sehr alten Kopierer, auf dem die Unterlagen zusätzlich Grautöne und Striche bekamen, welche sie um viele Jahre altern ließen. Er meldete sich bei Sara, schrieb ihr, er hätte inzwischen gefunden, wonach sie suchte, und dass sie sich gerne bei ihm treffen könnten. Zuvor räumte er alles weg, was auf Anton hinweisen konnte. Sara kam am nächsten Tag, sie brannte darauf, die Unterlagen mit Alexander gemeinsam anzuschauen.

»Und, Alex, hast du schon reingelesen?«, begrüßte sie ihn, nachdem er ihr die Bürotür geöffnet hatte.

»Natürlich«, antwortete er erfreut, der die euphorische Stimmung von Sara genoss. »Habe reingelesen. Allerdings hatte ich am Ende mehr Fragen als Antworten.«

»Du machst es ja spannend«, sie lachte ihn an. Was für ein Glücksfall er doch für sie war, dachte Sara und wedelte freudestrahlend mit ihrer Tasche vor Alex' Augen. »Ich habe dir dein Lieblingseis mitgebracht. Schokolade, Vanille, Kirschen, Likör und Sahne«, zählte sie vergnügt auf, »hast du eine Tiefkühltruhe?«

»Leider nicht«, lachte Alex. »Wir müssen das Eis sofort essen«, grinste er sie an. »Kannst du so lange abwarten, bis wir das Geheimnis lüften?«

»Wenn ich nur kurz warten müsste«, strahlte sie ihn mit ihren großen braunen Augen an, »dann würde ich mich freuen. Hast du Teller oder Eisbecher?« Alexander besorgte die Teller und schaute zu, wie hübsch sie das Eis dekorierte. Sie hatte an alles gedacht, sogar die Schokostreusel dabei. Sara war ein Traum, je länger er sie betrachtete, umso klarer wurde ihm, weshalb Anton ihn eindringlich davor gewarnt hatte, sich zu verlieben. Er könnte sie nicht so anschwindeln, wenn er Gefühle zulassen würde. Überhaupt, er hatte sowieso kein Glück mit Beziehungen. Er würde in keiner Beziehung enden, immer auf der Suche und nie am Ziel. Inzwischen war Sara mit ihrem Dessert fertig, welches wie ein gemaltes Kunstwerk aussah, und strahlte ihn erwartungsvoll an: »Sieht so dein Lieblingseisbecher aus?« Alex nickte, etwas in Gedanken. Sara war, wonach er suchte, so liebenswert. Dennoch, er fühlte einen Stein auf seiner Brust. Er würde mit ihr die Wahrheit suchen und sie dann vergessen. Wäre vielleicht das Beste.

»Wollen wir uns auf die Dachterrasse setzen?«

»So was hast du?« Sara ließ sich ihre Enttäuschung nicht anmerken, sie hatte mit einer anderen Reaktion auf ihre süße Kreation gerechnet. Alex nahm einen der Teller und ging voraus, eine schmale Wendeltreppe aus dunkel lackiertem Eisen und mit hellen Buchenholzstufen führte in den nächsten Stock. Sie führte in seine Privatwohnung, die er mit der

Detektei Anton abgekauft hatte. Seine Wohnung war nicht groß, keine 50 Quadratmeter. Ein Zimmer zum Schlafen und Wohnen, daneben ein kleines Badezimmer. Das Schönste war die Dachterrasse über einem eingeschossigen Ladenlokal des Nachbarn. Mit Blick auf die Altstadt von Radolfzell. Sie machten es sich auf zwei alten Holzstühlen bequem und genossen schweigend das Eis.

»Seit wann wohnst du hier?«, unterbrach Sara die Stille.

»Noch nicht lange«, gab er spärlich Auskunft, immer noch in Gedanken, »gerade mal ein paar Wochen.«

»Könnte gemütlich sein.«

»Ich bin noch nicht richtig angekommen.«

»Das sieht man«, lachte sie ihn herzlich an. War das der Grund für seine distanzierte Art heute? War er traurig? Sie wusste nichts von ihm.

»Soll ich dir helfen?«, strahlte sie ihn mit ihrem bezaubernden Lächeln an. Eigentlich wollte sie ihn nur aufmuntern. »Ich mach dir alles schön in Rosa!«

»Dann musst du mit einziehen«, konterte er gelöst und bremste sich sogleich ein. »Helfen kannst du gerne, aber ich bestimme die Farbe.« Ihre unbeschwerte Art ließ die plötzlich aufgetauchte Schwermut wie das Eis in der Sonne dahinschmelzen.

»Was steht in den Unterlagen?«, wechselte Sara das Thema, sie hatte Anton versprochen, nicht zu flirten. »Und wer vor allem war der Auftraggeber? Darfst du das überhaupt sagen?«

»Na ja«, Alex schaute sie überlegend an, »für mein Unternehmen und mein Image ist es nicht gerade förderlich, wenn ich als erste Amtshandlung die Unterlagen meines Vorgängers mit einer fremden Frau teile. Eine Detektei muss absolut vertraulich arbeiten. Zudem gibt es den Datenschutz und so.«

»Und was machen wir da?«

»Du gibst mir offiziell einen Auftrag, und ich werde für dich recherchieren. Ich muss mich natürlich auf dich zu 100 Prozent verlassen können, dass du mich niemals verpfeifen wirst.«

»Ehrenwort«, versprach sie schnell, »und wie viel muss ich dir bezahlen?«

»Das wird teuer«, grinste er sie an, »die gute Nachricht, du kannst es bei mir abarbeiten. Zuerst suchen wir die Wandfarbe aus.«

»Einverstanden«, lachte Sara, »du gefällst mir! Ich meine, dein Vorschlag.«

»Die Anzahlung hast du ja schon geleistet«, er deutete grinsend auf das Eis, »ist übrigens sehr lecker und war sehr hübsch dekoriert.«

»So einfach kann ich bei dir bezahlen?«, neckte sie ihn, erleichtert über die nun fröhliche Stimmung, und freute sich über die verspätete Anerkennung ihres Eiskunstwerks. »Das hört sich wirklich gut an.«

»Der Auftraggeber war eine Versicherung«, berichtete Alex sachlich, »das ist ewig her, die Unterlagen hätten längst vernichtet werden müssen.«

»Weshalb hatte die Versicherung deinen Vorgänger überhaupt beauftragt?«

»Eure ehemaligen Nachbarn in Brienz, Vreni und Urs, waren auf einmal verschwunden. Von einem Tag auf den anderen. Urs hatte wohl einen Mitarbeiter, das steht in den vertraulichen Unterlagen, der der Versicherung mitgeteilt hatte, dass das Auto und der Wohnwagen von Urs unauffindbar wären und er den Verdacht hätte …«

»Was für einen Verdacht?«, fragte Sara arglos nach.

»Hoffe, du sitzt gut«, Alex machte es spannend und fixierte Sara.

»Ja.«

»Er vermutete, dass deine Eltern womöglich seinen Chef, also Urs, umgebracht haben könnten.«

»Nein!« Sara verschlug es die Sprache, sie legte ihren Eisteller zur Seite, schaute fassungslos Alex an und sagte erst nach einer Weile: »Das kann nicht sein! Niemals!«

»Haben sich deine Eltern seltsam verhalten?«, hakte Alex nach. »Welches Motiv könnten sie haben?«

»Mal langsam«, sie hatte ihre Sprache wiedergefunden, »wir reden von meinen Eltern!«

»Das ist mir klar«, beruhigte er, »sie sind sicher liebe Menschen, und man sieht es niemandem an, wenn er ein Verbrechen begangen hat. Ich war viele Jahre Polizist, was glaubst du, wie seriös viele Verdächtige waren, selbst Richter, Polizeipräsidenten und Ärzte, egal wohin du schaust, jeder ist zu einem Verbrechen fähig. Es kommt immer auf die Situation an.«

»Ja, schon«, Sara nickte abwesend, »aber meine Eltern?«

»Du hattest mir erzählt, sie würden sich seltsam verhalten?«

»Ja, in Bezug auf Brienz, sie hatten Sorge, der Berg könnte ihr Haus verschütten. Von den Nachbarn hatten sie jedoch kaum gesprochen.«

»Weshalb haben sie das Nachbargrundstück gekauft? Das macht keinen Sinn.«

Sara zuckte mit den Schultern. »Wenn ich das wüsste!«

Alex löffelte sein Eis, Sara ließ ihres in der Sonne schmelzen, sie musste erst ihre Gedanken sortieren. Was für ein ungeheuerlicher Verdacht. Sie wollte die Wahrheit. Nur das konnte es sicher nicht sein. Ihre Eltern! Es gab keinen Grund. Sie schaute sich den Brief von Baumann genauer an. Hier stand es schwarz auf weiß. Was für ein ungeheuerlicher Vorwurf!

»Sollen wir das gemeinsam herausfinden?«, fragte Alex

nach einer Weile, der Saras Gedanken erraten konnte. »Ich helfe dir gerne.«

»Das würdest du wirklich für mich machen?« Sara schaute ihn dankbar an. »Allerdings kann ich dir tatsächlich nicht so viel bezahlen. Die Einnahmen vom Hotel gehen zum Teil an meine Eltern, das ist sozusagen deren Rente. Ich kann keine so großen Sprünge machen, auch wenn mir das Hotel gehört.«

»Wir bekommen das gemeinsam hin«, antwortete Alex, »wir werden die Wahrheit herausfinden.« Er war in Gedanken bei seinen Eltern. Wie würden sich seine positiven Gefühle für Sara verändern, wenn klar werden würde, dass ihre Familie für den Tod seiner Eltern verantwortlich war? Egal, was er wusste, er müsste mit Sara zusammenarbeiten, nur sie konnte ihn zum erwünschten Erfolg führen. »Hilfst du mir dabei?« Er korrigierte sich gleich: »Meine, wenn du mich bei den Recherchen tatkräftig unterstützt und du mir bei der Wohnungseinrichtung hilfst, berechne ich dir nichts.«

Kapitel 46

Sara war damit mehr als einverstanden. Zudem komplett durch den Wind. Nachdem sie von Alex gegangen war, hatte sie Anton angeschrieben, ob sie mit ihm telefonieren könnte.

»Bin gerade allein«, sagte Anton, der sie gleich zurückgerufen hatte.

»War gerade bei Alex«, erzählte sie ihm außer Atem, »stell dir vor, er hat Informationen, in denen die Frage gestellt wird, ob meine Eltern die Nachbarn in Brienz getötet haben. Stell dir das mal vor! Das ist doch unglaublich!« Sie überschlug sich beinahe, so durcheinander hatte Anton Sara noch nie erlebt.

»Das ist ja ungeheuerlich!«, Anton reagierte gespielt aufgebracht, er hatte mit der Reaktion von Sara gerechnet. Sie wusste von nichts, er würde sich an Doris halten müssen. »Erzähle mir kurz, wer solche Behauptungen aufstellt, Alexander womöglich? War er anständig zu dir?«

»Ja«, beruhigte sie ihn, »der ist ganz lieb. Er will mir sogar helfen und mir kaum etwas berechnen. Nein, das hat ein ehemaliger Mitarbeiter von Urs behauptet. Ein gewisser Jürgen Baumann. Stand alles in den Unterlagen.«

»Wie kam der darauf?«

»Das ist die Frage, der wir nachgehen wollen.«

»Und wie geht ihr konkret vor?«, Anton überlegte nebenbei, wie er selbst vorgehen wollte.

»Alex überlegt sich was, ich helfe nur«, kam es von Sara, sie war sehr froh, zwei Verbündete zu haben. »Hast du eine Idee, wie ich ihn unterstützen kann?«

»Ja. Kannst du deine Mutter fragen, wenn ich dabei bin, ob du ein paar Tage in Brienz Urlaub machen kannst? Vielleicht finden Alex und du dort etwas.«

»Da brauche ich nicht zu fragen, das erlaubt sie mir nicht. Wenn Alex und ich dorthin fahren sollen, dann machen wir das einfach. Habe mir mal einen Schlüssel nachmachen lassen. Ich muss nicht fragen.«

»Frage dennoch, Sara! Dann kann ich nachfragen, ob ich das Haus verkaufen soll. An ihrer Reaktion spüren wir, ob sie etwas verbergen möchte oder ob die Sorge wegen eines Bergrutsches ihr in den Knochen sitzt.«

»Das klingt gut, kann ich gleich beim Abendessen fragen, wenn du magst«, bot Sara ihm an, »dann bist du sowieso dabei. Mein Vater ist mit der Claudia unterwegs und kommt erst morgen.«

»Das bringt mich auf eine Idee«, Antons Ohrläppchen war ganz rot, sein Hirn arbeitete auf Hochtouren, »wir, das heißt du, kannst den Detektiv Alexander damit beauftragen, dass er sich in dem Haus von deinem Vater umschaut, solange der nicht da ist. Was meinst du?«

»Warum nicht«, Sara überlegte, »die Schlüssel hätte ich auch. Soll ich Alex gleich anrufen?«

»Ja«, Anton überlegte kurz, »was hältst du davon, wenn du ihm von mir erzählst? Dass ich dir auch helfen möchte, die Wahrheit herauszufinden.«

»Sehr gerne«, kam es erleichtert von Sara, »ich möchte Alex sowieso gerne alles sagen, er hilft mir so. Ich möchte keine Geheimnisse vor ihm haben, das wäre nicht fair.«

»Du bist in Ordnung«, lobte er sie, »Ehrlichkeit wird immer belohnt. Dann haben wir einen neuen Plan. Rufe ihn an, sage ihm, er möchte sich bereithalten. Ich werde deine Mutter heute Abend ausführen, in ein anderes Lokal. Ich besorge mir einen Leihwagen. Dann haben du und Alex heute Abend freie Bahn.«

»Das brauchst du nicht«, Sara hatte einen anderen Vorschlag, »ist viel zu auffällig, du kannst nicht jeden Tag mit ihr zum Essen ausgehen. Nachher denkt sie noch, ihr Essen schmeckt dir nicht. Meine Mutter bereitet sicher längst das Abendessen vor, es soll einen Braten geben. Das ist alles zu knapp. Aber im Milchwerk gibt es einen volkstümlichen Abend mit bekannten Stars aus dem Fernsehen. Ich könnte Karten besorgen, was meinst du?«

»Du bist super, Sara!«

»Ich melde mich, wenn ich die Karten habe«, freute sich Sara über ihren guten Einfall, »dann kannst du sie einladen.«

Keine 20 Minuten später hatte Sara alles besorgt, Anton informiert und wählte die nächste Nummer: »Du, Alex«, überraschte sie ihn, »hast du am Abend was vor? Es gibt eine Hausdurchsuchung!« Alex war sehr überrascht, als Sara ihn nach ihrem Besuch anrief, ihm von Anton erzählte und am Abend zu sich in das Hotel einlud. Er sollte sein Auto auf der Straße stehen lassen und erst kommen, wenn sich ihre Mutter und Anton auf den Weg gemacht hatten. Währenddessen überraschte Anton Doris in der Küche:

»Du bist immer so fleißig«, lobte Anton die strahlende Köchin. »Das duftet ja wieder lecker, wann können wir essen, ich muss leider so früh wie möglich in die Stadt«, Anton schnupperte genüsslich. Nicht nur der Bratenduft lockte ihn.

»Ich beeile mich«, kam es enttäuscht von ihr, »du kannst um 17 Uhr dein Essen bekommen, ich esse später mit Sara, sie ist noch unterwegs.«

»Wenn Sara zu spät nach Hause kommt«, lachte er unbekümmert Doris an, »muss sie allein essen.« Vorwurfsvoll schaute sie ihn an. »Zumindest heute«, beschwichtigte er sie. »Du bist heute am Abend übrigens auch verabredet«, grinste er sie voller Vorfreude an, »und zwar mit mir!« Als sie fragend schaute, schob er hinterher: »Habe zwei Karten fürs

Milchwerk bekommen, darf ich dich einladen? Die *Zillertaler Schürzenjäger* sind dabei und noch viele andere, magst du diese Musikrichtung?« Von Sara wusste er, wie gerne sich Doris das im Fernsehen anschaute.

Sie nickte begeistert. »Du überraschst mich jeden Tag aufs Neue – natürlich, ich bin dabei!«

Bis Doris das Essen fertig hatte, war Sara zurück. Sie aßen gemeinsam. »Mama, ich habe gerade eine alte Schulfreundin getroffen«, erzählte Sara beiläufig. »Wir möchten mal übers Wochenende wegfahren«, schwindelte sie ihr vor. »Kannst du das Hotel allein managen? Zwei oder drei Tage?« Doris nickte zustimmend, sie war in bester Laune. »Es geht sowieso nur um die An- und Abreisen, um die Buchungen kümmere ich mich von unterwegs, die Zimmer lasse ich von Judith reinigen und herrichten.« Doris nickte, sie hatte sich ein Stück vom Braten in den Mund geschoben und kaute schnell, sie wollte sich für Anton am Abend noch schick machen. »Ginge das schon am Wochenende?«

»Gerne«, Doris schwebte im Moment, sie war glücklich, sie gönnte es auch ihrer Tochter, ein paar unbeschwerte Tage zu erleben. Alle sollten glücklich sein. »Das machst du, das wird dir guttun, Kind! Und könntest du mir nachher die Küche aufräumen, ich bin nämlich verabredet«, lachte sie, »mit Anton, wir gehen aus.«

»Uiih, das freut mich aber.« Wie liebenswürdig Anton doch war, hatte er eigentlich Interesse an ihr? Oder wollte Anton sie wirklich nur von der Hausdurchsuchung ablenken? Vom Alter würden sie zusammenpassen. Wobei, ein wenig Hoffnung hatte sie noch, dass ihre Eltern wieder zueinander finden würden. Sara lächelte in sich hinein, vielleicht würde Anton das sogar befördern. Denn ihr Vater hatte am Frühstück brummig reagiert, während ihre Mutter von dem Abendessen mit Anton geschwärmt hatte. Sie hatte den Eindruck, er war eifersüchtig gewesen. Konnte sich noch nicht mal auf seinen Ausflug mit seiner Freundin aus dem Schwarzwald freuen. Anton war zur richtigen Zeit am richtigen Ort, dachte sie, und sagte zu ihrer Mutter: »Natürlich räume ich die Küche auf, du kannst nach dem Essen alles stehen und liegen lassen. Wohin geht es denn?«

»Ins *Milchwerk*«, antwortete ihre Mutter nicht ohne Stolz, »wir gehen zu einer Musikveranstaltung. Anton hat Karten für uns beide besorgt«, strahlte sie Anton an. »Das ist so eine schöne Idee von dir, ich freue mich darauf, den Abend mit dir zu verbringen. Hast meinen Geschmack genau getroffen – wie du das aber auch immer machst?«

»Freue mich auch sehr«, zwinkerte Anton ihr zu, »ich werde wohl ein paar Tage länger bleiben, ich genieße es hier sehr.«

»Das ist schön«, strahlte nun auch Sara, »wir genießen es, so einen netten Gast wie dich zu haben. Ich hoffe, du kommst auch ohne geschäftlichen Termin zu uns, hier kann man wunderbar Urlaub machen. Siehst du ja gerade!«

»Sicher«, bestätigte Anton, »das ist eine der schönsten Urlaubsregionen, die ich kenne. Ich liebe den Bodensee.« Er schaute aufs Wasser hinaus, dann Sara an und fragte sie scheinheilig: »Wohin geht es denn bei dir am Wochenende?« Sie hatten sich zwar nicht abgesprochen, waren jedoch in der kurzen Zeit ein gutes Team geworden. Sara war eine klasse Frau, er würde es Alexander gönnen, wenn nach dem Auftrag vielleicht mehr aus den beiden werden würde.

»Wir fahren nach Brienz«, sprach Sara ohne Vorwarnung das ungeliebte Wort aus, ihre Mutter zuckte zusammen.

»Brienz?«, fragte Doris entsetzt, das Strahlen plumpste ihr aus dem Gesicht. »Habe ich richtig gehört, Brienz?«

»Ja«, wachsam schaute Sara ihre Mutter an, »ist das Haus in den Bergen am Wochenende nicht frei? Wolltest du mit Anton dort hinfahren?«, fragte sie provokant nach.

»Du weißt«, kam es angespannt und gleichzeitig aufgebracht von Doris, »dass ich das nicht möchte.«

»Ja«, kam es betont gelangweilt von Sara, die es nicht mehr hören konnte, »weil der Berg rutschen könnte. Das über 300 Jahre alte Haus verschütten könnte.« Sara schüttelte genervt den Kopf. »Mama, schau mal auf die Wettervorhersage, kein Regen in Sicht. Es hat seit gefühlt drei Wochen nicht mehr geregnet. Würde dich verstehen, wenn ein Unwetter angesagt wäre, wenn es in Strömen regnen würde. Wie damals. Aber so?«

»Da passiert sicher nichts«, mischte sich Anton ins Gespräch.

»Das sehe ich auch so.« Sara schaute gespielt enttäuscht: »Ich werde fahren, ich bin alt genug.«

»Das ist gefährlich dort oben!« Die Stimmung am Tisch kippte. Doris hätte gute Lust gehabt, den Abend mit Anton abzusagen. Das Wort Brienz verursachte ihr übelste Magenschmerzen, sie legte das Besteck beiseite. Der Appetit war ihr vergangen. Anton hatte Doris genau beobachtet, die Gewitterwolken bei ihr bemerkt und glättete die Wogen:

»Was haltet ihr davon, wenn wir das morgen besprechen, ich kann einen Freund von mir anrufen, der ist Geologe, der kann uns verlässlich sagen, ob so ein Berg rutschen kann, wenn es trocken ist. Wo ist das genau?«

»Emmentaler Alpen, oberhalb von Brienz, auf rund 1.000 Metern Höhe«, kam die exakte Auskunft von Sara.

»Einverstanden? Ich frage nach, ob es im Sommer bei dieser Trockenheit vielleicht sogar gefährlicher ist«, er schaute dabei Sara mit gespielt sorgenvoller Miene an, »deine Mutter möchte dich nur beschützen. Mütter haben oft einen siebten Sinn.«

»Einverstanden«, kam für Doris überraschend schnell die Einsicht ihrer Tochter, »wir reden morgen, danke, Anton, dass du dich für mich erkundigst.«

Auf der Taxifahrt zum *Milchwerk* fragte Anton vorsichtig nach. »Warum behaltet ihr das Haus in den Bergen, wenn du nicht möchtest, dass deine Tochter dort übernachtet?«

»Das muss Herbert entscheiden«, sie sagte es in einem Tonfall, der klar zum Ausdruck brachte, sie wollte darüber nicht weitersprechen. »Ich hoffe, dass du ihr die Absichten morgen ausreden wirst, mein Mann ist da leider keine große Unterstützung. Er macht sich wenig Sorgen.« Sie nahm seine Hand und sagte, um keine weiteren Fragen zuzulassen: »Jetzt freue ich mich auf den Abend mit dir.«

Kapitel 47

Alex hatte aus seinem Versteck das abfahrende Taxi beobachtet, er wartete auf den Anruf von Sara und stand eine Minute später vor dem Hoteleingang.

»Du bist ja schnell«, kam es verwundert von Sara, »hat dich auch niemand gesehen?«

»Nein«, grinste er sie an, »ich bin schließlich ein Profi.« Er wollte ihr die Hand geben, Sara kam jedoch einen Schritt auf ihn zu, umarmte ihn und deutete einen Kuss auf die Wange an.

»Komm schnell«, sagte sie ihm, »wir gehen gleich rüber.« Sie liefen über den gepflegten Rasen und bogen auf einem romantischen Kiesweg in den Wald ab. Eine Schranke mit einem Schild »Privat« markierte den Zugang zu Herberts Reich. Fast einen Kilometer weiter stand das Haus, es war dem Wald sehr gut angepasst. Das Holz war naturbelassen, das Dach ebenfalls vergraut, selbst die Dachschindeln waren aus Holz. »Hat mein Vater alles selbst gebaut«, erzählte Sara stolz und zeigte auf die höchste Ebene im Baumhaus, welches ihrem Vater als Sommerschlafzimmer diente. »Ist das nicht schön?« Alex war begeistert von dem Holzhaus, das sich bis in die Baumkronen erschloss. Es war eine Mischung aus Baumhaus und einem Holzhaus auf Stelzen. Abenteuerspielplatz für Erwachsene. Er würde liebend gerne mit Sara mal hier übernachten. Wobei es ihm im Grund egal war, wo sie gemeinsam waren, er würde gerne mit Sara irgendwo übernachten. Der Ort spielte dabei eher eine untergeordnete Rolle.

»Wann fahren wir nach Brienz?«, fragte er deshalb und hoffte, sie würde eine Übernachtung vorschlagen.

»Hast du am Wochenende Zeit?«

»Wann wollen wir losfahren?«

»Freitag?«

»Perfekt, wollen wir mit meinem umgebauten Bus fahren?«

»Du hast einen Bus?«, lachte sie begeistert. »Das hört sich ja spannend an.«

»Ja, mit Küche, Wohnzimmer, Schlafzimmer, Veranda«, zählte er die Vorzüge auf.

»So groß? Und Dusche, WC?«

»Ist nur ein kleiner Bus«, er schaute verlegen, fühlte sich ertappt. Er wollte mit ihr zusammenarbeiten, sie nicht anflirten, er ruderte deshalb zurück: »Eigentlich fast zu klein für uns beide.«

»Wenn man sich versteht«, antwortete sie mit einem unwiderstehlichen Augenaufschlag, »dann genügt der kleinste Raum.«

»Das stimmt«, grinste er verlegen, wollte den neckischen Ausflug dennoch beenden und erinnerte Sara an ihren Auftrag von Anton. »Hast du den Schlüssel für das Haus dabei?«

»Natürlich«, sie schwenkte einen dicken Schlüsselbund, »ich habe alle Schlüssel vom Hotel.« Sie schloss auf und drückte die Türklinke nach unten.

»Lass uns lieber die Schuhe ausziehen«, schlug Alex vor. »Ich habe Handschuhe dabei, damit wir keine Spuren hinterlassen.«

»So sauber ist es hier nicht«, wiegelte Sara ab, »und ich habe mich heute geduscht, du nicht?« Sie war im Flirtmodus, Alex gefiel ihr sehr. Seine bedachte Art, seine Fürsorglichkeit und überhaupt, er sah nett aus. Wobei nett, sie korrigierte sich in ihren Gedanken selbst, nett ist ja die kleine Schwester von … Er ist sehr hübsch, wenn sie Anton nicht versprochen hätte, sie würde ihm zeigen, wie sehr er ihr Typ wäre. Aber Anton hatte recht, sie würde sich gedulden müssen und sowieso war es vielleicht besser, dem Mann den ersten Schritt zu überlassen? Wobei, wir leben ja nicht mehr im 20. Jahrhundert, grinste sie in sich hinein, und ihre Gedanken könnte sie sowieso nicht für sich behalten. Wenn Alex nicht ganz auf den Kopf gefallen war, würde er es merken, wie wohl sie sich bei ihm fühlte.

»Trotzdem, ausziehen!«, Alex bestand darauf und übernahm das Kommando. Als ehemaliger Polizist wusste er genau, worauf bei einer Durchsuchung zu achten war. Und er konnte sich dazu ausdenken, was bei einer heimlichen, die ja offiziell nicht erlaubt war, darüber hinaus zu beachten war. »Wir prägen uns von jedem Gegenstand genau die Position ein, wenn wir ihn wegschieben müssen«, erklärte er Sara die

Vorgehensweise, »wenn wir uns das bei einer Schublade mit farbigen Wollsocken nicht merken können, machen wir uns kurz ein Foto.«

»Alles klar, Chef!«, grinste sie über seine Ansage. »Wir hinterlassen alles, wie wir es angetroffen haben. Wir werden nichts aufräumen. Mein Vater ist nicht so ordentlich. Wir werden ihm keinesfalls hinterherräumen«, kicherte sie ausgelassen.

»Es wird nicht gegrinst«, tadelte er sie gespielt, »ist eine ernste Sache.«

»Jawohl!« Sara verging das Grinsen allein deshalb, weil sie sich sehr unwohl fühlte, die Privatsachen ihres Vaters zu durchsuchen. Wollte sie alles sehen? Es gab eine Intimsphäre, sie hatte ein schlechtes Gewissen und schlug Alex vor, sich in der Küche umzuschauen, während er sich im Schlafzimmer umsehen könnte, solange es hell genug war. Alex ging hinauf, bewunderte die Aussicht und begann systematisch, alles zu durchsuchen. Erst beim Außenschlafplatz und auch im richtigen Schlafzimmer ließ er kein Versteck aus, er fühlte hinter Bilderrahmen, unter Schubladen, öffnete den Überzug der Matratze. Er konzentrierte sich und vergaß kein einziges Plätzchen.

»Hast du etwas gefunden?« Sara kam nach oben und sagte enttäuscht: »Ich habe nichts Außergewöhnliches entdeckt, habe nur ein schlechtes Gewissen, dass ich so in den Sachen von meinem Vater herumwühle.«

»Keine Sorge«, beruhigte er sie, »wir machen das auch für ihn.«

Das stimmte, Sara hoffte, das Geheimnis um ihre Eltern zuerst zu lüften und sie danach zusammenzubringen. Alex war am Bücherregal, er nahm jeden Band einzeln in die Hand und blätterte ihn vorsichtig durch. Sara half ihm, irgendetwas zu finden, das sie mit Brienz in Verbindung bringen konnten. Und tatsächlich: In einem Buch über die Alpen war ein Zettel herausgeflattert, fröhlich schwenkte Alex seinen Fund, eine herausgerissene Bibelseite mit dem handschriftlichen Vermerk »Brienz, den 27. Oktober 1985«. »Was ist das für ein Datum?«, fragte er gespielt unwissend Sara.

»Mein Geburtstag – der Zettel ist mir nicht unbekannt«, kam es entsetzt von ihr, die laut den rot unterstrichenen Text vorlas: »Du sollst nicht töten? Was soll das bedeuten?« Die Gedanken überschlugen sich bei ihr, was sollte das Fünfte Gebot, das angestrichen war, in Verbindung mit ihrer Geburt aussagen? »Wollten mich meine Eltern umbringen?«

»Das denke ich nicht«, antwortete Alex ebenfalls aufgewühlt, »aber ehrlich, ich habe keine Ahnung, ich weiß nur, wir werden in Brienz weitersuchen müssen. Wir finden die Wahrheit heraus.« Er umarmte Sara kurz, es war wie ein Trost und ein Versprechen, ein Schwur. »Wir finden die Wahrheit«, wiederholte er. Angespornt von dem Erfolg, suchten sie weiter, jedes Buch wurde durchgeblättert. In den Grundlagen der Betriebswirtschaftslehre von 1970 fanden sie zwei von Herbert unterschriebene Kreditvereinbarungen mit einem Salvatore aus Brienz. Der Besitzer der Anschrift nach vom Landmarkt im Ort.

»Den kenne ich – glaube ich zumindest«, erzählte Sara aufgeregt. Sie fotografierte alle Funde ab und legte sie danach fein säuberlich dorthin zurück, wo sie aufgefunden wurden.

»Hast du einen Schlüssel für das Haus in Brienz?«, wollte Alex von Sara wissen, nachdem sie ihre Durchsuchung abgeschlossen hatten.

»Ja«, antwortete sie, »ich habe ihn mir nachmachen lassen, nachdem meine Eltern immer so ein Geheimnis um das Haus gemacht haben.«

»Dann steht unserem Ausflug am Freitag ja nichts im Wege.«

»Ich hole dich ab«, entschied sie und kam auf sein Angebot mit dem viel zu kleinen Bus zurück. »Das ist weniger auffällig als ein Bus. Habe einen Geländewagen, ist für die Berge perfekt.«

»Wann fahren wir?«, Alex hoffte, dass sie nicht den Morgen vorschlagen würde und sie am Abend zurückfahren würden.

»Am Nachmittag?«

»Eh, wie machen wir das dann«, stotterte er verlegen, »wann fahren wir zurück, wollte ich wissen?«

»Du möchtest wissen«, grinste sie ihn an, »ob wir gleich zurückfahren?«

»Ja, also nein.«

»Hast du so viel zu tun?«, neckte sie ihn, die natürlich wusste, worauf er abzielte.

»Ich richte mich ganz nach dir.«

»Wenn es uns gefällt, können wir dort im Haus übernachten.« Und grinste ihn schelmisch an, »ist sehr schön da oben – natürlich nur, wenn du Zeit hast.«

»Na klar«, kam es schnell von Alex, »wir sollten uns dort sehr, sehr gründlich umschauen.«

Kapitel 48

Anton versuchte in den nächsten Tagen, Doris auszufragen, er knüpfte an ihr Gespräch in Stein am Rhein an: »Du wolltest mir noch sagen, was dich belastet?«

Doris zierte sich, sie wollte nicht darüber sprechen.

»Wie soll ich dich vor dem Mann beschützen«, hakte er nach, »wenn ich nichts weiß?«

»Ja, gut«, sie konnte sich ihm gegenüber nicht so verschlossen zeigen, er wollte ihr helfen. »Alexander ist der Sohn unseres ehemaligen Nachbarn. Ich kenne ihn nicht wirklich, die Nachbarn waren kaum da, und ich weiß nur, dass er später in einem Internat am Bodensee gelebt hat.«

»Was will er von dir«, Anton ließ nicht locker, »du musst doch eine Ahnung haben, weshalb er hinter dir her ist.«

»Wenn ich das wüsste«, log sie verunsichert, »ich weiß es nicht.«

»Du weißt es nicht«, er drehte auf, »oder du vertraust mir nicht?« Doris sank in sich zusammen, würde sie Anton weiter anschwindeln, würde er sich vielleicht von ihr abwenden. Wer weiß, wenn Alexander im Hotel auftauchen und ihren Mann mit diesen Fragen konfrontieren würde, was wäre dann? Vermutlich, so wie sie Herbert kannte, würde er umfallen und alles beichten. Das wollte er sowieso schon. Sie konnte ihn früher nur davon abhalten, indem sie ihm drohte, sich scheiden zu lassen. Das Argument war nicht mehr viel wert, sie waren zwar nicht geschieden, aber sie lebten getrennt. Sie hatte kein Ass mehr im Ärmel. Nur Sara, das würde Herbert vielleicht abhalten. Aber sicher war sie sich nicht, und Doris trat die Flucht nach vorne an. Aber mit geschlossenem Visier, alles würde sie Anton nicht anvertrauen. »Natürlich vertraue ich dir«, sie konnte ihm nicht in die Augen schauen, »ich will dir alles erzählen.« Anton setzte sich neben sie, sie waren gerade in dem parkähnlichen Hotelgarten. Von ihrer Bank hatten sie einen prächtigen Blick auf den Bodensee. Heute war Fönwetter, die schneebedeckten Schweizer Bergspitzen waren gut zu erkennen.

»Dann erzähle mir, es bleibt alles bei mir.«

»Mein Mann«, ihre Stimme war zittrig, sie fing mit der harmlosen Geschichte an, sie hoffte, Anton würde Ruhe geben, »hat damals unserem Nachbarn Urs geholfen, sein Haus umzubauen. Die Zimmeraufteilung im Erdgeschoss war nicht optimal, viel zu kleine Zimmerchen. So haben sie halt früher gebaut. Beide Häuser, auch unseres, standen 300 Jahre, damals hatte man andere Ansprüche, weißt du.«

»Ja, und dann? Was ist passiert?«, Anton schubste sie in die richtige Richtung, Doris hätte sonst lange über die Ansprüche von damals gesprochen.

»Er hatte sich mit seiner Baufirma selbstständig gemacht.«

»In der Schweiz?«

»Nein«, Doris schaute ihn kurz an, »in Konstanz. Das Haus in der Schweiz hatte ich von einem Verwandten geerbt. Ich kannte ihn kaum.« Sie schaute auf den Boden und schien in die Vergangenheit abzutauchen.

»Was ist passiert, als dein Mann dem Nachbarn geholfen hatte?«

»Mein Mann wollte es ordentlich machen, die tragenden Balken verstärken, Urs hatte das abgelehnt. War ihm zu teuer. Dann kam der Regen.«

»Und das Haus ist eingestürzt«, vervollständigte Anton den Satz.

»Ja«, nickte sie, »und Herbert hat sich große Vorwürfe gemacht.«

»Was ist dann passiert?«

»Nichts«, achselzuckend schaute sie ihn an, »wir sind wieder nach Konstanz gefahren.«

»Doris«, Anton zeigte sich verärgert, »lass dir nicht alles einzeln aus der Nase ziehen, du vertraust mir doch. Ich bin nicht von der Polizei, ich bin Immobilienmakler, wenn ich weiß, was alles passiert ist, kann ich dir helfen. Ich verspreche dir alles, was in meiner Macht steht, ich helfe dir.«

»Gut«, Doris schaute weiterhin auf den Boden, in Gedanken war sie 36 Jahre zurückgegangen, alle Szenen erschienen ihr vor ihrem inneren Auge. Das blutende und schreiende Kind, der apathische Herbert, nachdem er die Leichen entdeckt hatte, Salvatore, der ihnen half, sie erpresste. Das konnte sie Anton nicht anvertrauen. Aber sie mochte ihn. »Gut«, wiederholte sie sich, »ich erzähle dir auch den Rest. Ein gewisser Salvatore, er führte einen kleinen Landmarkt im Ort, hatte alles herausgefunden und uns erpresst.«

»Was war sein Preis?«

»Er wollte Geld«, sie schaute ihn leer an, »immer mehr Geld.«

»Wie viel?«

»Das weiß ich nicht mehr.«

»Ungefähr!«

»100.000?«, antwortete sie. »So ungefähr, vielleicht auch mehr.«

Antons Ohr juckte gewaltig, hier stimmte was nicht. Er konnte es förmlich riechen, er wusste von Alexander, dass im Haus von Herbert Kreditunterlagen gefunden wurden, das Datum darauf war auf zehn Jahre später datiert. Das war sicher keine Kreditvereinbarung, sondern eine weitere, legal verpackte Erpressung von Salvatore. Das passte nicht mit der Erzählung von Doris zusammen.

»Wann hat er euch erpresst?«, fragte Anton deshalb nach und rieb sein rechtes Ohr.

»Gleich nachdem es passiert war.«

»Warum habt ihr nicht mit den Nachbarn das Haus wieder aufgebaut? Das wäre doch viel günstiger gewesen?«

»Das Haus war komplett zerstört.«

»Und dein Mann Bauunternehmer«, kam es steif von Anton, er wusste nun definitiv, Doris log ihn an. »Zu der Zeit, so wie du das Haus mir beschrieben hast, hätte dein Mann das Haus für den halben Preis leicht aufbauen können.«

»Keine Ahnung.« Doris ärgerte sich, dass sie sich auf das Gespräch mit Anton überhaupt eingelassen hatte. Es würde sowieso nichts mehr bringen, es war, wie es war, was sollte ein fremder Mann ihr helfen können. Sie hatten alle Optionen durchgespielt. »Wir hatten eben Angst, dass Salvatore uns damals angezeigt hätte, dann wäre Herbert vielleicht ins Gefängnis gekommen. Wir hätten das Baugeschäft, auf dem so viele Schulden lagen, verloren. Das wollten wir nicht riskieren.« Doris sprach sich in Rage, natürlich hatten sie damals Angst. Sie brauchte keinen Anton, der ihr fast 40 Jahre später sagte, das oder jenes hättet ihr besser machen können. Was bildete er sich ein, am liebsten wäre sie aufgestanden und gegangen.

»Der fehlende Balken, war das überhaupt der Grund für den Einsturz?«, bohrte Anton weiter. »Gab es ein Gutachten?«

»Nein«, antwortete sie leicht gereizt, »es gab kein Gutachten.«

»Dann könnte es sein«, fasste er zusammen, »dass Herbert nicht schuld am Einsturz war?«

»Ja! Könnte sein!«

»Und weshalb hast du dem Mann auf der Mole das dann nicht gesagt«, Anton wusste, gleich würde Doris aufstehen und das Gespräch beenden, aber er musste es wissen, »dass du seine Eltern gekannt, sie jedoch nach dem Einsturz nicht mehr gesehen hast?«

»Weil er mich dann genauso wie du jetzt verhört hätte«, Doris schaute verzweifelt aus, »ich kann nicht mehr, du verhörst mich wie die Polizei, ich kann nicht mehr!« Sie war sichtlich fertig, ihr Gesicht rot, ihre Hände zitterten. Anton legte tröstend seinen Arm um sie, er wollte sie beruhigen und sie auf der Bank festhalten. Vor allem mit seinen Worten:

»Meine Doris«, fing er sanft an, »ich möchte dich nicht aufregen, ich verhöre dich auch nicht, sondern will es verstehen. Nur so kann ich dir helfen.« Doris nickte, und er zog sie näher zu sich. »Du möchtest mit Alexander nicht sprechen. Das habe ich verstanden und ich verstehe dich. Das Gespräch mit ihm werde ich dir abnehmen, aber dafür muss ich alles wissen. Sonst haben wir niemals Ruhe vor ihm. Verstehst du mich?« Er fragte wie bei einem kleinen Kind nach, Doris fühlte sich in dem Moment auch so verloren, wie sich nur ein Kind fühlen konnte, wenn es keinen Ausweg mehr sah, wenn es allein gelassen wurde. Tränen stiegen ihr in die Augen. Sie war allein, mit Sara durfte sie nicht über ihr Geheimnis sprechen, Anton misstraute sie und Herbert, mit ihm wollte sie nicht sprechen. Der Dummkopf, er würde sich doch am liebsten selbst anzeigen. Nach all den Jahren, was für ein Unsinn! Nein, sie fühlte sich nicht mehr wie ein hilfloses Kind, sie wusste, was das Richtige war. Augen zu und durch, wie all die Jahre.

»Also, Doris«, fragte er vorsichtig nach, »was ist noch passiert?«

»Nichts«, gab sie ihm knapp ihre Lieblingsantwort. Als er erstaunt schaute, antwortete sie: »Das, was ich dir erzählt habe, ist doch genug, was meinst du, wie schlecht es uns ging.«

»Oh doch ist da noch etwas!«, Anton wusste es, sein Ohr kribbelte wie verrückt. »Du hast mir nicht alles erzählt. So kann ich dir nicht helfen!«

»Doch«, behauptete Doris steif und fest, »das war alles, ob du es nun glaubst oder nicht. Aber sag mir, wie möchtest du mir helfen?« Sie versuchte, den Spieß umzudrehen, er sollte erzählen, wie er Alexander ruhigstellen wollte.

»Ich kann für euch das Haus verkaufen«, bot Anton an, »du verbindest damit schlechte Erinnerungen, du möchtest nicht, dass deine Tochter dort das Wochenende verbringt.«

»Da hast du mir auch nicht geholfen«, warf sie ihm vor, auch um das Thema zu wechseln, »wolltest du nicht mit deinem Geologen sprechen und ihr das Wochenende in den Bergen ausreden?«

»Nein«, Anton blieb ruhig, »ich wollte es ihr nicht ausreden, sondern mich erkundigen. Ich kann dir heute schon mal sagen, der Berg rutscht insgesamt, aber niemand befürchtet, über Nacht verschüttet zu werden. Der Berg wird permanent vermessen.«

»Du willst mir nicht helfen«, klang Doris beleidigt, »dann lass es.«

»Ich möchte dir sehr gerne helfen«, blieb er hartnäckig, »ich könnte euch das Haus in Brienz zu einem guten Preis verkaufen.«

»Nein«, kam es entschieden von Doris, »wir verkaufen nicht«, drehte sich aus dem Arm von Anton und wollte aufstehen. »Ich muss in die Küche.«

»Bleib!« Es war keine Bitte, eher ein Befehl. Anton nahm ihre Hand. »Was ist, wenn dieser Alexander das Grundstück zurück möchte? Wenn er wissen möchte, weshalb seine Eltern euch alles verkauft haben?« Doris zuckte mit den Schultern, sie hatte kein Interesse mehr an diesem Gespräch und an Antons Spekulationen. »Überlege mal«,

Anton gab nicht auf, auch wenn er den Widerstand spürte. Doris zeigte keinerlei Lust auf eine Lösung, geschweige auf eine Unterhaltung mit ihm. »Ich möchte seine Motivation herausfinden. Dann hast du deine Ruhe, nur so kann ich dich unterstützen.« Doris schüttelte den Kopf: »Muss in die Küche, zudem kann ich das nicht allein entscheiden, Herbert müsste einverstanden sein.« Sie sagte das entschieden, ohne Anton anzuschauen, stand von der Bank auf und ging zurück ins Hotel.

Kapitel 49

Das Abendessen bekamen Anton, Herbert und Sara allein serviert, Doris gab vor, keinen Appetit zu haben. Auch Anton war schweigsam, Herbert ebenfalls. Ihm gefiel es nicht, wie viel Zeit Doris mit diesem Anton verbrachte. Er hatte sie auf der Bank sitzen sehen, wie er seine Hand auf ihre gelegt hatte. Sara hatte keine Ahnung, was vorgefallen war, bis Anton die Stille unterbrach:

»Wir haben vor ein paar Tagen über Brienz gesprochen«, warf er in die schweigsame Runde.

»Du unternimmst sehr viel mit meiner Frau?«, kam es vorwurfsvoll von Herbert.

»Entschuldige«, Anton gab den Zerknirschten, »ich möchte mich nicht in eure Ehe einmischen, falls du das denkst.«

»Was dann?«

»Ich habe hier beruflich zu tun und möchte in meiner Freizeit die Gegend erkunden. Deine Frau zeigt mir alles.«

»Ah ja?«, Herbert gefiel es nicht, auch wenn die Erklärung harmlos klang und er selbst eine Freundin hatte – und er Doris den kleinen Flirt gönnen sollte. Genau so sah es seine Tochter:

»Papa«, sagte sie, »gönne ihr die Freizeit, du weißt wie ich, dass sie seit vier Jahren im Hotel sitzt und arbeitet. Es tut ihr gut, wenn sie mal was anderes sieht.« Sie wollte ergänzen, ihr Vater hätte sowieso keine Zeit für sie, aber sie wollte nicht sticheln.

»Das sehe ich«, kam es zynisch von Herbert, »es geht ihr sehr gut, sie will nicht mal gemeinsam mit uns zu Abend essen.«

»Das ist meine Schuld«, bekannte sich Anton, »ich habe sie verärgert.«

»Ah ja?«, kam es von Herbert wesentlich interessierter, das gefiel ihm besser, Anton hatte Doris verärgert. Schon nach wenigen Tagen. Respekt, dachte er. Anton war vielleicht doch keine Konkurrenz? »Womit denn?«, fragte er neugierig nach.

»Das wollte ich eben erzählen«, nahm Anton den Faden auf, »wir haben über die Ereignisse in Brienz gesprochen.« Herbert schaute ihn erstaunt an, weshalb, um alles in der Welt, besprach sie sich mit Anton über dieses Thema? Sie hatte diese Gespräche mit ihm abgeblockt. Er verstand es nicht, wartete aber gespannt auf die weitere Ausführung von Anton. »Doris hat mir erzählt, dass der Berg rutscht, ihr das

Ferienhaus nicht mehr nutzen könnt. Habe angeboten, mit einem Geologen zu sprechen.«

»Und, hast du?«

»Ja«, nun hatte Anton Herbert dort, wo er ihn hinhaben wollte, er konnte mit ihm freundschaftlich reden, ihn nebenbei aushorchen. »Es geht um zwei Dinge oberhalb und unterhalb von Brienz.« Sara war aufmerksam, endlich ging es um *das* Thema. Anton trank einen Schluck, lehnte sich zurück und begann: »1877, so hat mir der Freund berichtet, waren nordöstlich des Dorfes 13 Millionen Kubikmeter Felsmassen talwärts gerutscht.«

»Wie viel ist das?«, fragte Sara erstaunt dazwischen, sie dachte bisher, das mit dem Bergrutsch sei ein Ammenmärchen.

»Das sind so ungefähr 13.000 Einfamilienhäuser. Radolfzell hat rund 30.000 Einwohner, habe ich gelesen, stell dir demnach die Masse von allen Häusern in Radolfzell vor.«

»Damals wurde das ganze Dorf ausgerottet?«, fragte Sara erschrocken nach, die sich gerade die Felsmasse vorstellte.

»Nein«, beruhigte er sie, »das Abrutschen erfolgte über mehrere Wochen, es kamen laut der Chronisten keine Menschen zu Schaden.«

Herbert nickte interessiert, das wusste er nicht. Dann hatten die alten Einwohner doch nicht unrecht, als sie ihm abrieten, oben am Berg das Haus zu renovieren.

»Damals hatte es vermutlich stark geregnet«, Herbert schaute Sara an, »wie eine Woche vor deiner Geburt.« Er hätte ihr gerne mehr über damals erzählt, aber Doris verbot es ihm. »Weißt du«, er schaute Anton an, »oder hat dein Freund dir berichtet, wie die Prognose aussieht?«

»Ja, Herbert, aktuell liegen 500.000 Kubikmeter Fels und Geröll unterhalb der Hauptabrisskante des Berges. Diese Insel, wie das die Fachleute nennen, dürfte nach und nach abstürzen. Erst im vorletzten Jahr ist ein 100 Tonnen schwerer Felsbrocken ins Tal gedonnert. Wie durch ein Wunder kam niemand zu Schaden. Die verwitterten Felsen bedrohen vor allem das Dorf unten am See, du bist oben gefährdet, aber nicht so sehr, denn dort haben die Felsen nicht die Wucht. Wobei das nur eine Ferndiagnose ist, wir können gerne zusammen dorthin fahren und meinem Freund detaillierte Fotos und Landkarten senden.«

»Das würdest du machen?«, freute sich Herbert. Anton war angenehm und hilfsbereit, kein Wunder, dass sich Doris mit ihm verstand. Er hatte ihm Unrecht getan. Etwas schämte sich Herbert für seine Eifersucht.

»Sehr gerne«, lachte Anton zufrieden, »von mir aus können wir nächsten Montag hinfahren, bis zum Wochenende habe ich Termine.« Anton wollte die Pläne von Sara und Alexander nicht gefährden, die übers Wochenende nach Brienz fahren wollten. »Das ist nicht alles«, Anton machte es spannend, »nicht nur der Bergsturz droht, sondern auch, dass das Dorf talwärts rutscht. Und zwar immer schneller, hatte mein Freund berichtet.«

»Das ganze Dorf?«, fragte Sara ungläubig. »Wie kann ich mir das vorstellen?«

»Nicht das Dorf«, erklärte Anton wie ein Fachmann, »sondern die Gesteinsschicht, auf der die Region liegt. Das Dorf liegt auf hartem Gestein, darunter ist eine sehr weiche Schicht, die durch Regenfälle zu einer regelrechten Rutschbahn wird. Die obere Schicht rutscht weiter nach unten. Seit Jahren gibt es diese Verschiebungen, das führt zu Rissen in den Häusern, Türen und Fenster klemmen. Neubauten sind in der Gefahrenzone seit zehn Jahren verboten.« Beeindruckt vom Wissen, war Herbert stumm geworden. Das hatte er alles nicht gewusst. Er hätte sich selbst nach alldem erkundigen können und sich nicht nur auf die Aussagen von Salvatore verlassen sollen. Kein Wunder, dass der ihn so gnadenlos erpresste. Herbert ärgerte sich über sich selbst, wie uninformiert er war.

»Da kannst du bauen, wie du möchtest, das kann keine normale Statik verhindern«, Anton schaute dabei Herbert an, er wollte ihn mit dieser Aussage beruhigen, dass sein Baufehler nicht unbedingt zu dem Einsturz des Nachbarhauses geführt hatte.

»Das ist interessant.« Herbert sprang tatsächlich darauf an. »Man müsste die Häuser selbsttragend bauen, sodass sie auch in Schräglage stabil wären.«

»Ja«, nickte Anton, »und solange die Häuser komplett aus Holz sind, ist die Gefahr geringer. Wie war das Nachbarhaus gebaut? Weißt du das?«

»Das Erdgeschoss war aus Stein, ab der ersten Etage aus Holz.«

»Das passt«, antwortete Anton und wurde Herbert noch sympathischer, »das war sicher einer der Gründe, weshalb das Haus so schnell einstürzen konnte.«

»Ja«, bestätigte Herbert eifrig, »die Steinmauer war umgestürzt und hat damit die obere Etage aus Holz mitgerissen.«

»Zum Glück kam niemand zu Schaden«, bemerkte Anton und schaute ihn prüfend an. Herbert zuckte leicht zusammen, jeder andere hätte seine kaum sichtbare Regung nicht bemerkt, Anton jedoch entging nichts. Herbert hatte ihm wortlos seinen Verdacht bestätigt. In dem Haus kamen Menschen zu Schaden. Anton überging das vordergründig und fragte Herbert, wie sein Haus gebaut sei.

»Komplett aus Holz.«

»Dann ist es relativ sicher«, gratulierte ihm Anton, »dann spricht nichts gegen unseren Ausflug. Wenn du magst, können wir gerne über Nacht bleiben, wäre doch zu schade, nur für eine Stunde dorthin zu fahren.«

»Das machen wir.« Herbert freute sich, er würde das Wochenende mit Claudia davor absagen, er war jedes Wochenende mit ihr in Brienz, aber in einer Woche zweimal fahren war ihm zu viel. Er freute sich auf den Ausflug mit Anton, vielleicht kämen sie zu dem Ergebnis, dass er nicht die Schuld am Tod von Urs und Vreni trug? Und Sara, sie hatte Glück, ohne es zu wissen. Jetzt hatte sie am Wochenende freie Bahn.

»Wie lange gibt es den Ort noch?« Sara verstand die Sorgen ihrer Mutter.

»Das kann dir niemand sagen«, überlegte Anton, »im schlimmsten Fall muss das Dorf umziehen. Die Gemeinde hat wohl eine konkrete Planung vorgestellt, wie die Umsiedlung ablaufen könnte. Allerdings darf man nicht in Panik verfallen, der Berg ist derzeit stabil. Das Gleiten ist derzeit vorhersehbar. Allerdings können sehr starke Regenfälle das jederzeit negativ beeinflussen.«

»Gibt es keine Möglichkeit, das Abrutschen zu verhindern?«, fragte Herbert, der von Antons Wissen fasziniert war. »Hast du dazu ebenfalls etwas herausgefunden?«

»Ja«, nickte er, »tatsächlich, es wird im Moment versucht, so viel Wasser wie möglich aus dem Gestein herauszuholen. Also aus der wasserreichen, weichen Schicht, die unter dem harten Gestein für die fehlende Oberflächenhaftung sorgt. Wenn das funktioniert, ist das Dorf gerettet.«

Nach dem Abendessen räumte Sara das Geschirr ab, kümmerte sich um die anderen Gäste und versorgte die Wäsche, die sie tagsüber gewaschen und getrocknet hatte. Herbert lud seinen neuen Freund Anton mit zu sich in sein Holzhaus ein.

»Das ist ja ein fantastischer Ausblick«, lobte Anton ihn, »das hast du selbst gebaut?« Stolz nickte Herbert. Sie saßen auf der Terrasse in den Baumgipfeln, schauten auf den Bodensee und tranken ein Feierabendbier. Wie alte Freunde.

»Doris und ich haben uns auseinandergelebt«, fing Herbert unvermittelt an, »das ging schleichend.« Anton nickte verstehend. »Zuerst haben wir die Firma aufgebaut, unser Bauunternehmen in Konstanz. Doris hatte sich um Sara, um den Haushalt und um das Büro gekümmert. Ich war Tag und Nacht auf den Baustellen oder saß mit den Architekten oder Bauherren zusammen.« Er trank gedankenverloren einen Schluck. Das war trotz aller Anstrengungen die beste Zeit. Er wusste, wofür er arbeitete, es ging voran. Auch finanziell, trotz der Erpressungen von Salvatore. »Und dann«, seufzte er, »haben wir immer weniger miteinander gesprochen. Nur noch über die Firma, über Entscheidungen für Haus und Kind. Wir haben nicht mehr über uns gesprochen.« Er brach ab und schaute auf den Bodensee.

»Das kenne ich«, antwortete Anton, »so fängt es an, bis man vor den Scherben steht und nicht weiß, wie es dazu kommen konnte. Stimmt es, hast du eine Freundin?«

»Ja«, kam es knapp von Herbert, »seit ein paar Jahren.«

»Liebst du sie?«

Herbert zuckte mit den Schultern, er wusste nicht, ob er Claudia liebte, er konnte mit ihr über alles sprechen, sie schenkte ihm Wärme, er verbrachte gerne seine Wochenenden mit ihr. Aber lieben? »Ich weiß es nicht«, antwortete er ehrlich, »sie tut mir gut.«

»Mit welcher der beiden Frauen möchtest du alt werden?«

»Am liebsten mit beiden«, lachte Herbert, »ich möchte Doris nicht aufgeben, sie ist meine Frau.« Er schaute Anton vielsagend an, »wir werden uns niemals scheiden lassen.«

»Das kann ich gut verstehen.« Anton wurde bewusst, Herbert liebte Doris immer noch. »Dann wirst du dich entscheiden müssen«, er setzte hinzu, »für Doris.«

»Habe ich mich längst«, Herbert schaute ihn dankbar an, »ich möchte mit Doris alt werden, das ist es, was ich möchte.

Nur weiß ich nicht, ob wir das gemeinsam hinbekommen. Sie wird mir die Affäre mit Claudia niemals verzeihen. Dafür kenne ich sie zu gut.«

»Was wäre, wenn ich dir dabei helfe?«

»Dass sie mir verzeiht?«

»Ja«, bestätigte Anton, »ich möchte dir gerne helfen, deine Ehe zu retten.«

»Du bist ein Pfundskerl«, Herbert schaute ihn anerkennend an, »kein Wunder, dass dich Doris mag.« Er hob seine Bierflasche und stieß mit ihm an. »Freue mich auf unseren Ausflug nach Brienz.«

Kapitel 50

Am Freitagnachmittag, wie mit Alex vereinbart, verabschiedete sich Sara von ihren Eltern, von Anton und sagte: »Ich fahre übers Wochenende weg. Vielleicht komme ich am Samstag, spätestens am Sonntagabend zurück.«

»Fährst du jetzt nach Brienz? Du weißt, wie gefährlich es da oben ist?«

»Mutter«, sagte Sara förmlich, »es ist bei mir angekommen. Mach dir keine Sorgen, wir schauen, wo wir übernachten, wir finden etwas Sicheres.«

»Du willst nach Brienz?«, fragte auch ihr Vater, der von ihrem Vorhaben nichts mitbekommen hatte. Zum Glück würde er dieses Wochenende nicht mit Claudia dorthin fahren, er hatte es ja wegen Anton und seines Ausflugs am Montag abgesagt. Er wollte seiner Tochter den Anblick ersparen, wenn er mit Claudia … »Warst du dort schon öfter?«

»Nein, Papa«, sie war langsam genervt, »ich wollte nach Brienz, aber ich soll ja nicht. Wir werden schauen, wie gesagt, spätestens am Sonntag sind wir zurück. Ruft an, wenn etwas ist.« Sara verabschiedete sich schnell, sie wollte Alex abholen und ihn nicht warten lassen.

Herbert fragte Doris, nachdem ihre Tochter abgefahren war: »Hast du es ihr verboten?«

»Ich habe sie gebeten, nicht nach Brienz zu fahren«, antwortete Doris verschnupft, sie wollte sich nicht die alte Leier anhören, dass man dem Mädchen nicht alles verbieten konnte. »Und hast du ihr die Schlüssel für Brienz gegeben?«

»Nein«, antwortete Herbert und schüttelte den Kopf, »ich wusste bis eben doch davon nichts.« Er prüfte seinen Schlüsselbund: »Er ist hier, das heißt, sie übernachtet an einem anderen Ort.«

»Weißt du«, beruhigte sie Anton, »selbst, wenn sie gefahren wäre, im Moment ist es trocken, da kann nichts passieren, das habe ich dir doch erklärt.«

»Deshalb fahren wir beide«, sagte Herbert, klopfte freundschaftlich Anton auf die Schulter und lachte seine Frau an, »am Montag nach Brienz.«

»Ihr beide?«, Doris fühlte sich ausgeschlossen. »Wann habt ihr das vereinbart?«

»Ich wollte mir das gerne genauer anschauen«, half Anton Herbert, »gerade das Thema mit dem Abrutschen.

Wir machen Fotos für einen Freund von mir, der Geologe ist.«

»Okay«, kam es enttäuscht von Doris, die lieber mit Anton etwas unternommen hätte.

»Willst du mit?«, fragte Herbert, der ihr die Enttäuschung ansah und es darauf bezog, dass sie ein paar Tage in die Berge fahren wollte.

»Nein«, antwortete sie eingeschnappt, »ich will dort nicht übernachten, das weißt du genau. Aber macht doch alle, was ihr wollt.« Sie drehte sich um und verschwand beleidigt im Hotel.

»Ist sie sauer?«, wollte Anton wissen.

»Sieht so aus«, Herbert zog die Stirn hoch, »ich weiß nicht, was in ihr vorgeht, schon lange nicht mehr.«

»Vielleicht hat sie Angst um dich?«

»Schön wäre es.«

Sara wählte die Nummer von Alex, nachdem sie vor seinem Haus im Parkverbot stand. Er kam sofort, strahlte übers ganze Gesicht und lud seine Sporttasche in ihren Wagen. »Du bist ja pünktlich!«

»Logisch«, lachte sie ihn an, »lass uns auf Entdeckungsreise gehen.« Sie freute sich auf den Ausflug mit ihm, nicht nur wegen des Geheimnisses. Sie war froh, ein paar Tage ihre Mutter nicht zu sehen. Sie nervte gerade, dabei hatte sie überhaupt keinen Grund. Es gefiel ihrer Mutter, wie sehr sich Anton um sie bemühte, sie freute sich über die eifersüchtige Reaktion ihres Vaters. Aber dass ausgerechnet die beiden Männer nach Brienz fahren wollten, würde ihr sauer aufstoßen. Wenn ihre Mutter ahnte, wo sie in rund zwei Stunden ankommen würde – oje. Aber das ahnte ihre Mutter nicht. Sie fuhren über das Autobahnkreuz Singen auf die A81, dann über die Grenze nach Schaffhausen, Zürich,

Luzern, vorbei an der beeindruckenden Landschaft, die mitunter wie gemalt oder wie eine Vorlage für eine Modelleisenbahn aussah. Vorbei am Zugersee und dem Vierwaldstätter See, dann die Serpentinen hoch, auf der anderen Seite hinunter, und schon hatten sie die 200 Kilometer geschafft.

*

Brienz, 2021

Gerade zwei Stunden und 30 Minuten hatten sie gebraucht. Ihr erster Programmpunkt sollte der Landmarkt sein, der immer noch von Salvatore geführt wurde, wie Alex herausgefunden hatte. Sie würden dort Lebensmittel einkaufen und mit dem Inhaber Kontakt aufnehmen. Wie genau, das wussten sie nicht. Die beiden wollten es auf sich zukommen lassen. Improvisieren. Kaum hatten sie den Laden betreten, bekamen sie die volle Aufmerksamkeit von Salvatore, der mit seinen 74 Jahren gut aussah und alles im Blick hatte. Braun gebrannt, seine Haare dicht und sicher schwarz gefärbt, wie es Sara auf den ersten Blick erkannte. Und der alles im Griff hatte, so sehr, wie er seine zwei Angestellten im Moment herumkommandierte.

»Grüezi miteinand«, kam er freudestrahlend auf die beiden zu, »ihr seid aus Deutschland und wollt Schweizer Bergluft schnuppern. Was braucht ihr?«, fragte er in bestem Hochdeutsch.

»Woher wissen Sie das?«, fragte Sara, die sich mit keinem Wort verraten hatte. Woran hatte der Ladenbesitzer das so schnell erkennen können? Sie hatten beim Eintreten nichts geredet und ihr Auto absichtlich weit weg geparkt, damit sie möglichst unerkannt bleiben konnten. Als Salvatore nichts darauf sagte und sie erwartungsvoll anschaute, antwortete sie ihm: »Etwas für das Abendessen und Frühstück«, lehnte seine weitere Hilfe jedoch ab, sie fand ihn zu aufdringlich, »wir finden uns zurecht.«

»Und eine Auskunft bräuchten wir«, packte Alexander die Gelegenheit beim Schopf, ihm war es egal, wie Salvatore sich verhielt, im Gegenteil. Es kam ihm entgegen, er wollte mit Salvatore ins Gespräch kommen, im Internet hatte er sich sein Foto angeschaut, deshalb wusste er, mit wem er es zu tun hatte. »Wir möchten uns über die Häuser oben am Berg erkundigen.«

»Sagt mir, wer dort wohnt oder gewohnt hat«, antwortete Salvatore neugierig, »dann kann ich euch alles erzählen. Salvatore weiß alles und kennt jeden.« Dabei strahlte er Alexander aufgeschlossen an.

»Das freut mich, es geht um Vreni und Urs«, antwortete er und schaute erwartungsvoll Salvatore an, »und um Doris und Herbert.«

»Über die vier kann ich euch jede Menge erzählen«, lachte Salvatore und überraschte damit Sara und Alexander, die mit einer anderen Reaktion gerechnet hatten. »Wo übernachtet ihr heute? Wie lange bleibt ihr?«

»Das überlegen wir uns noch«, gab Alexander ausweichend Antwort. »Wann haben Sie Zeit, uns etwas zu erzählen? Heute am Abend? Wenn Sie den Laden geschlossen haben?«

»Kommt in einer Stunde zu mir nach Hause«, Salvatore schrieb seine Adresse auf ein Stück Papier, »hier wohne ich. Den Laden können meine Mitarbeiter allein organisieren, und sucht euch aus, was ihr zum Abendessen haben wollt. Ihr seid meine Gäste. Wir können bei mir grillen, oder?«

»Gerne«, kam es von den beiden, und Sara ergänzte, »ich kann einen Nudelsalat machen.« Sie überwand ihre Abneigung Salvatore gegenüber, schließlich brannte sie darauf, alles über ihre Eltern zu erfahren.

»Ja, Maitli«, duzte er sie, »suche dir alles aus, was du dafür brauchst, du kannst es oben bei mir zubereiten, während wir Männer das Fleisch grillieren.« Er klopfte dabei mit seiner handtellergroßen Hand kräftig auf die Schulter von Alex. »Ich bin Salvatore, wie heißt du, mein Junge?«

»Alexander«, sagte er irritiert, »und das hier ist Sara.« Salvatore schüttelte ihm die Hand, sichtlich freute er sich, ihn zu sehen. Sara nickte er zu.

»Ich glaube, der mag dich«, lachte Sara, als sie im Auto saßen, der es nicht unrecht war, wie augenscheinlich Salvatore auf Alex fixiert war.

»Den Eindruck habe ich auch«, zog Alex überlegend die Stirn kraus, »das kommt mir seltsam vor, er hat keinen Moment gezögert, er hat uns sofort eingeladen. Als ob er auf uns gewartet hätte. Komisch ist das.«

»Hast du deshalb nicht gesagt, wo wir übernachten möchten?«

»Ja«, antwortete er, »mit dem Typen stimmt etwas nicht, der ist mir zu freundlich.«

»Wenn das meine Eltern wüssten«, grinste Sara vielsagend, »in Brienz ist nicht nur der Berg gefährlich …«

»Wer sagt uns eigentlich«, überlegte Alex, während er stehen blieb, »dass deine Eltern ihn nicht längst angerufen haben und unsere Ankunft verraten haben?«

»Könnte sein«, Sara strich sich überlegend durch die Haare, »aber das kann ich mir eher nicht vorstellen. Sie gehen nicht davon aus. Denk an die Schlüssel. Wir haben keinen offiziell mitgenommen.« Alex nickte, das klang logisch.

Sie stiegen in ihr Auto, fuhren zur angegebenen Adresse, um kurz zu sehen, wo es stand, und dann zum elterlichen Haus. Sie würden ihr Auto oben beim eigenen Ferienhaus stehen lassen und zu Salvatore später hinüberlaufen. Er müsste ja nicht erfahren, wer sie waren. Alex hatte sich überlegt, er würde von einem Fall erzählen. Man hätte ihn als Privatdetektiv beauftragt, das Verschwinden von Urs und Vreni aufzuklären.

Kapitel 51

Eine Stunde später waren sie zu Salvatore hinübergelaufen. Er begrüßte Alexander überschwänglich, auch Sara wurde sehr freundlich willkommen geheißen. Das Holzhaus lag oberhalb vom Dorf, nicht so hoch am Berg wie das von Saras Eltern, jedoch in einer schönen Alleinlage mit Blick auf den Brienzer See und die dampfbetriebene Rothornbahn.

»Schön haben Sie es hier«, Alexander wollte etwas Nettes sagen und wurde gleich von Salvatore korrigiert.

»Wir duzen uns hier in den Bergen.« Und zu Sara: »Magst du in der Küche schauen, ob du alles findest?« Und zu Alexander gewandt: »Du kannst im Schuppen die Holzkohle und Spiritus holen, dann können wir den Grill anfeuern.« Wie im Laden unten im Dorf hatte er auch hier alles im

Griff. In der zweckdienlichen Küche angekommen, war Sara überrascht, wie sauber und aufgeräumt alles war. Sicher hatte Salvatore eine Frau, auch wenn nichts Weiteres darauf hindeutete. Sie fand sich schnell zurecht und setzte einen Topf mit Wasser auf den modernen Elektroherd. Alexander konnte in dem ordentlichen Schuppen das Gewünschte schnell finden.

»Sehr gut«, lobte ihn Salvatore, »dann machst du Feuer! Magst du einen Wein oder ein Bier?« Dasselbe fragte er Sara in der Küche und brachte ein eisgekühltes Bier und eine *Rivella blau*. Nach einer halben Stunde saßen sie draußen. Sie hatten gerade die Steaks auf den Grill gelegt und Sara den Salat fertig.

»Was wollt ihr wissen?«, fragte Salvatore.

»Alles«, freute sich Alexander über den unkomplizierten Gastgeber, »wir möchten wissen, wo wir sie finden.«

»Okay«, Salvatore kniff seine Augen zusammen, »weshalb wollt ihr das wissen?«

»Bin Privatdetektiv und habe einen Auftrag«, antwortete Alexander, wie er es mit Sara abgestimmt hatte, »ich soll den Aufenthaltsort von Urs und Vreni herausfinden. Sie sind verschwunden und Herbert und Doris hatten Kontakt zu ihnen.«

»Stimmt«, antwortete Salvatore, »sie haben ihnen das Grundstück später abgekauft.« Alexander schaute Sara vielsagend an, dieser Salvatore wusste tatsächlich etwas. »Was wissen Sie noch?«

»Doris und Herbert wohnen am Bodensee in Deutschland, haben das Haus geerbt und hergerichtet. Waren früher meistens am Wochenende hier«, er überlegte kurz, »also vor rund 40 Jahren. Dann war der Unglückstag, das muss …«

»Der 27. Oktober 1985«, half Alexander nach, »das habe ich in den alten Zeitungen nachlesen können.« Irritiert schaute Sara ihn an, das war ja ihr Geburtsdatum, bisher ging sie davon aus, dass das Unglück früher passiert war. Zumindest hatten das ihr die Eltern so erzählt.

»Genau«, fuhr Salvatore fort, »an dem Tag wurde das Haus von Vreni und Urs zerstört.«

»Dabei kamen beide ums Leben«, beendete Alexander den Satz von Salvatore.

»Wie kommst du darauf?«, fragte dieser unbeteiligt, stand kurz auf, um nach dem Grillgut zu schauen. »Sie waren zum Glück an diesem Tag nicht oben im Haus«, antwortete er mit dem Rücken zu ihnen.

»Ach so?«, kam es enttäuscht von Alexander. »Das stand so in den Zeitungen, aber ich dachte es mir, da sich danach die Spur der beiden verloren hatte.«

»Dann wäre das doch eine Meldung wert gewesen – findest du nicht?« Salvatore dachte angestrengt nach. »Ich habe sie danach ein- oder zweimal gesehen«, drehte er sich ihnen wieder zu und schwindelte, um Alexander von der heißen Spur abzubringen. »Sie hatten kein Interesse, das Haus aufbauen zu lassen. Die anderen zwei, deren Haus nur leicht beschädigt worden war, kamen immer seltener. Doris, die Frau von dem Haus, das stehen blieb, hatte in diesen Tagen ihr erstes und wohl auch einziges Kind zur Welt gebracht. Eine Tochter«, lachte er, »Sara, wenn ich mich recht erinnere. Genau, sie hieß wie du.«

Sara reagierte mit einem höflichen Lächeln und fragte, ohne mit der Wimper zu zucken: »Und dieser Familie gehören beide Grundstücke da oben?«

»Ja«, antwortete er, »Herbert hatte das andere Grundstück Jahre später dazugekauft.«

»Noch eine Frage, weshalb hat er nie darauf gebaut«, wollte Alexander wissen, »das steht ja komplett leer.«

»Zuerst wollte er«, schwindelte Salvatore eine neue

Geschichte zusammen, »dann war seine Frau jedoch dagegen, aus Sorge, bei einem Unwetter könnten erneut Geröll und Schlamm das Haus verschütten. Auch die Dorfbewohner hatten ihnen davon abgeraten. Die beiden haben es nicht weiterverkauft, damit niemand anderer zu Schaden kommen würde. Feine Leute, die zwei.« Salvatore erzählte weitere belanglose Fakten, die Sara und Alexander nur langweilten. Dass er beispielsweise Urs 1979 geholfen hatte, das kleine Haus zu vergrößern, indem er ihnen das Fundament erweitert hatte. Und noch mehr Dinge, die keiner wissen wollte. Sara und Alex verabschiedeten sich bald darauf und liefen zurück zu ihrem Haus. Sie wollten auf dem Dachboden nach Hinweisen schauen. Sara hatte Alex davon erzählt, dass sie als Kind alles abgesucht, aber nichts gefunden hätte. Diesmal war es einfacher, die Kisten zu durchwühlen, es war ja niemand da, der sie bei ihrer Suche hätte stören können.

»Da haben wir doch etwas!«, schwenkte Alex triumphierend Gerichtsunterlagen.

»Die habe ich schon mal gesehen«, überlegte Sara, »bestimmt, als ich alles durchsucht hatte.«

»Die schauen wir uns genauer an«, entschied Alex und suchte weiter, er fand die Baupläne vom Nachbarhaus, mit denen damals die zehnjährige Sara nichts anfangen konnte. »Die nehmen wir mit«, wies er Sara an, die die Funde in das Erdgeschoss bringen sollte. In den anderen Kisten fand sich nichts mehr. Sie gingen nach unten und entschieden sich, die Unterlagen am nächsten Tag genauer anzusehen. Es war inzwischen spät geworden.

»Wo kann ich schlafen?«

»Du kannst hierbleiben«, sie zeigte ihm das elterliche Schlafzimmer, »ich bleibe in meinem Kinderzimmer. Das Bett ist zum Glück groß genug.«

Sie gingen nacheinander ins Bad und dann in ihre Zimmer. Alex konnte nicht einschlafen, seine Gedanken waren bei Salvatore, der viel zu freundlich war und doch nichts zu erzählen hatte. Im Gegenteil, der alte Mann hatte ihn ständig ausgefragt, wo er leben würde, ob er verheiratet wäre. Als er das verneinte und sie für einen Moment allein waren, fragte ihn Salvatore, ob die hübsche Sara denn nichts für ihn wäre. War der Mann nur einsam oder mischte er sich generell in die Belange der anderen ein? Er konnte es nicht einsortieren. Sara lag auch hellwach in ihrem Bett, sie hatte das Fenster geöffnet und hörte jemanden ums Haus schleichen. Sie schaute nach, konnte jedoch niemanden sehen. Sie ging zu Alex im nebenan liegenden Zimmer, öffnete leise die Türe und flüsterte: »Bist du noch wach?«

»Ja«, kam es überhaupt nicht verschlafen, »kannst du auch nicht schlafen?«

»Sei leise«, flüsterte sie, »um unser Haus schleicht jemand herum.«

Alexander stand auf, zog sich in Windeseile Hose und Schuhe an und lauschte mit Sara in die Nacht. Tatsächlich, da war etwas. Sie konnten es in der Dunkelheit nicht sehen, aber sie hörten deutlich, wie sich Schritte leise entfernten. Alex wollte dem Geräusch nachgehen, Sara hielt ihn jedoch zurück. Sie verhielten sich eine Weile still, aber nachdem alles ruhig bis auf das Gebimmel von Kuhglocken auf einer entfernten Weide war, ging Alex zu seinem Zimmer und wünschte Sara eine gute Nacht.

»Darf ich bei dir schlafen«, fragte sie und schob hinterher, »falls derjenige wieder auftaucht?« Sie gingen davon aus, dass womöglich Salvatore nach ihnen geschaut hatte, Sara fand den Gedanken gruselig und war froh, neben Alex einschlafen zu können. Es blieb eine unruhige Nacht, die ungewohnte Umgebung, die fremden Geräusche. Alex wäre sehr gerne

Sara etwas nähergekommen, wollte die Situation jedoch nicht ausnutzen. Auch Sara hielt sich zurück. Am nächsten Morgen stand Sara auf, duschte sich. Als sie zurückkam, saß Alex am Tisch im Wohnzimmer und blätterte durch die Akten.

»Guten Morgen, bist du schon fleißig?«

»Bin gerade erst aufgestanden«, antwortete er etwas verschlafen, »kannst mich nächstes Mal ruhig wecken.«

»Darf ich morgen wieder neben dir einschlafen?«, neckte sie ihn. »Das ist ja wunderschön, mein Beschützer.« Sie hatte sich neben ihm sehr wohl gefühlt.

»Sehr gerne«, lachte er, »dann gehe ich mal ins Badezimmer.« Und verabschiedete sich, Sara räumte die Unterlagen auf die Seite, deckte den Tisch, toastete die am Vortag gekauften Brötchen auf und schaute sich danach die Unterlagen an. Sie hatte als Kind die Unterlagen zwar gesehen, jedoch nicht genauer hingeschaut. Es ging um ihre Geburt, ihre Eltern hatten einen Anwalt eingeschaltet, der verhindert hatte, dass sich ihre Mutter untersuchen lassen musste. In dem Moment kam Alex zurück, sie zeigte ihm die Stelle. »Was meinst du dazu?«

»Das ist ja unglaublich«, erstaunt las er die entsprechenden Stellen durch, »sie haben neun Monate lang um deine Papiere kämpfen müssen. Und weißt du, was auch seltsam ist?«

»Nein, was denn?«

»Du bist an dem Tag geboren, an dem das Haus von den Nachbarn eingestürzt ist.«

»Woher weißt du das so genau?«

»Das stand in der Zeitung, dort wurde geschrieben, dass an dem Sonntag, an dem du auf die Welt gekommen bist, das Unglück geschah.«

»Ja«, überlegte Sara laut, »meine Eltern haben mir das aber anders erzählt. Das Unglück war am Samstag, danach wären sie nach Hause gefahren und ich wäre aufgrund der Aufregung am Sonntag zu früh auf die Welt gekommen.«

»Zufälligerweise, schau dir das an«, er zeigte auf die Stelle in den Vernehmungsprotokollen, die auch kopiert wurden, »steht hier, dass Salvatore zum Abendessen am Sonntag bei deinen Eltern eingeladen war. Es war so ausgemacht. Hier, lies selbst. Das passt hinten und vorne nicht zusammen.«

»Dann bin ich vielleicht in der Schweiz geboren?«

»Keine Ahnung«, sinnierte Alex, »wir werden Salvatore einen Besuch abstatten.« Er schrieb ein paar Notizen zusammen. »Weshalb hat dein Vater die Baupläne vom Nachbarhaus hier aufbewahrt?«

»Lass uns frühstücken, dann erst weiterlesen«, schlug Sara vor, »dann haben wir alles beisammen und können Salvatore mit allen Fragen konfrontieren, er hatte ja wesentlich mehr Kontakt zu meinen Eltern gehabt, als er gestern erzählte. Das vergisst man doch nicht, wenn man als Zeuge in einem Gerichtsprozess aussagen muss.«

»Es ist wenig glaubwürdig«, ergänzte Alex, »wenn er nicht darauf kommt, dass du die Tochter sein könntest.« Und dachte bei sich, und er der Sohn von Urs und Vreni, wenn Salvatore alles wusste, weshalb hatte er nichts zu seinem Namen gesagt? Salvatore hatte doch ein sehr gutes Gedächtnis. Es war doch mehr als auffällig.

»Egal was wir noch herausfinden werden«, lächelte Sara verlegen, »es hat sich schon jetzt gelohnt.« Alex nickte und sagte ziemlich undeutlich, er hatte gerade in das frisch getoastete Brötchen gebissen, Salvatore würde ihnen weitere wichtige Informationen liefern. »Ich verstehe kein Wort!«, lachte Sara. »Habe nur Salamitore verstanden – dir schmeckt es?«

»Ja«, Alex schluckte schnell, »sehr lecker, vielen Dank für den Frühstückstisch, habe mich ja noch gar nicht bedankt. Morgen werde ich dich verwöhnen, du musst mich nur gleich wecken!« Er lachte sie lieb an. Freute sich schon darauf, mit ihr wieder in einem Bett einzuschlafen. »Und ich sagte, dass Salvatore uns noch wertvolle Informationen liefern wird.«

»Meinst du?«, fragte sie skeptisch. »Ich halte ihn für einen, der sich nichts aus der Nase ziehen lässt. So freundlich er auch ist. Mir ist der suspekt.«

»Dann kennst du meine Verhörmethoden nicht«, prahlte Alex, »mach dich auf was gefasst!«

»Da bin ich ja gespannt«, lächelte sie ihn an, »das habe ich jedoch nicht gemeint.«

»Was hat sich deiner Ansicht nach gelohnt?«

»Dich kennenzulernen«, kam es schüchtern von Sara, »ich mag dich.« Sie schaute ihn kurz an und senkte ihren Blick. Sara fühlte sich bei Alex wohl, das hatte sie in der Nacht gespürt, sie kannten sich nicht und doch, da war etwas.

Kapitel 52

Alex schaute Sara an und sagte nichts. Hätte sie doch lieber geschwiegen, schoss es ihr durch den Kopf. Anton hatte ihr extra gesagt, sie sollte sich zurückhalten. Alex ließ sie jedoch nicht lange mit ihren Gedanken allein, seine Gesichtszüge verzogen sich zu einem verschmitzten Lächeln:

»Ich mag dich auch.« Das war maßlos untertrieben, Sara gefiel ihm vom ersten Moment an, sie hatte es ihm sofort angetan. In der Eisdiele war er von ihr begeistert, sie hatte ein so sympathisches Lächeln, war wunderschön, ihre Stimmte klang angenehm, ihre weibliche Figur gefiel ihm. Sara war umwerfend. Hätte er nicht Sorge davor, was er über ihre Eltern herausfinden würde, und hätte Anton ihn nicht eingebremst, er wäre nicht so zurückhaltend. »Du bist sehr hübsch«, setzte er hinzu.

»Was machen wir heute?«, überging Sara das Kompliment erleichtert.

»Wollen wir gleich zu Salvatore?«

»In den Laden?«

»Dachte eher an sein Haus«, überlegte Alex laut und machte sich über ihr überraschtes Gesicht lustig. »Entweder ist er da und wir können ihn fragen, oder wir können uns dort umschauen.«

»Oh nein«, der Plan gefiel ihr nicht. »Wenn er nicht da ist, gehen wir in seinen Laden und sprechen dort mit ihm. Wir können doch nicht bei ihm einbrechen.«

Alex gab Sara zuliebe nach, er würde davor nicht zurückschrecken. Wenn dieser Salvatore nicht mit der Wahrheit herausrücken würde, müssten eben andere Wege gefunden werden. Er war schließlich Privatdetektiv geworden, damit er etwas unkonventionellere Wege betreten konnte. Davon würde er Sara jedoch nichts sagen, zumindest noch nicht. Sie räumten den Frühstückstisch ab und schauten die auf dem Dachboden gefundenen Unterlagen genauer durch. Aus den Gerichtsakten konnte man herauslesen, wie sehr sich die Mutter von Sara um eine ärztliche Untersuchung gedrückt hatte. Aus dem Schriftverkehr mit dem Anwalt ging klar hervor, dass alles unternommen wurde, um diese Untersuchung zu verhindern.

»Leidet deine Mutter immer noch unter dieser Latrophobie?«

»Wo stand noch mal die genaue Definition?«

»Hier«, Alex zeigte auf eine Passage in einem Gutachten und las vor, »... sie hat hohen Leidensdruck, Untersuchungen und Therapien sind angstbehaftet und werden gemieden. Selbst bei starken Schmerzen oder ernsthaften Erkrankungen wird kein Arzt konsultiert, die Vermeidungshaltung ist nur therapeutisch behandelbar ...« Er schaute Sara fragend an. »Wurde sie behandelt?«

»Davon weiß ich nichts«, antwortete sie. »Sie geht tatsächlich wenig zum Arzt, lässt sich ungern impfen, macht keine Vorsorge. Das weiß ich zumindest.«

»Okay«, resümierte Alex, »dann könnte das die Erklärung für das gerichtliche Verfahren sein. Allerdings ist die Frage nach deinem Geburtsdatum nicht geklärt, auch nicht, weshalb Salvatore ausgerechnet an dem Wochenende, an dem in Brienz die Welt unterging, deine Eltern in Konstanz besucht haben soll.«

»Weshalb der Termin nicht mehr abgesagt werden konnte«, ergänzte Sara, die diese Aussage in diesem Wortlaut gelesen hatte.

»Die Baupläne, was ist mit diesen?«, fragte sie Alex. »Wollen wir uns alle noch vornehmen, bevor wir zu Salvatore gehen?« Alex nickte zustimmend, blätterte die Heftordner durch und gab einen Teil Sara.

»Schau mal, Alex«, sagte sie nach ein paar Minuten, »hier hat mein Vater etwas hineingeschrieben, ich erkenne seine Handschrift.«

»Lass sehen!« Beide versuchten, die Notizen zu entziffern, Spannendes konnten sie jedoch nicht entdecken.

»Hier ist der Anbau eingezeichnet, von dem Salvatore erzählt hatte, diese Ecke ist neu.« Alex legte die Unterlagen beiseite. »Wollen wir los?«

»Von mir aus gerne«, antwortete Sara und zog sich ihre bequemen Bergstiefel an.

Salvatore war nicht im Haus, sie gingen darum herum und Alex prägte sich alles gut ein, er würde das Haustürschloss leicht öffnen können. Auch die Fenster waren in Sekundenschnelle aufzuhebeln.

»Wollen wir zu ihm in den Laden gehen?«, fragte er unzufrieden, er hätte gerne die Gelegenheit genutzt. Sara stimmte zu, sie war froh, Alex von seinem unvernünftigen Plan abgehalten zu haben. Im Landmarkt scheuchte Salvatore seine Angestellten durch den Laden, offensichtlich hatte er zwei Seiten, die freundliche von gestern Abend und die geschäftstüchtige, strenge zu seinen Mitarbeitern.

»Wie schön«, kam es erfreut von Salvatore, als er die beiden entdeckte, und setzte vorwurfsvoll hinzu, »hatte schon Sorge, ihr wärt sofort abgereist, nachdem ihr alle Antworten bekommen hattet.«

»Nein«, antwortete Alexander ernst, »wir haben nicht alle Fragen klären können. Hast du einen Moment Zeit?«

»Selbstverständlich«, wunderte sich Salvatore über den etwas befremdlichen Ton, Alex hörte sich an, als ob er verärgert worden wäre. Was war passiert? Salvatore hatte alle Antennen auf Empfang, er bat beide in sein Büro und schloss die Türe. »Was habt ihr auf dem Herzen?«, fragte er freundlich und bot den beiden Platz an, er setzte sich auf einen alten, ziemlich abgewetzten Bürostuhl. Es sah alles sehr heruntergekommen aus, fast wie in einem Museum, dachte Sara. Kein Vergleich zu seinem gepflegten Haus oben am Berg.

»Du hast uns angelogen«, kam Alexander sofort zum Punkt. Salvatore nahm ihn nicht ernst. Schaute belustigt Sara an:

»Hast du ihn heute Nacht verärgert? Oder weshalb hat er so schlechte Laune?«

»Wir haben keine schlechte Laune«, antwortete sie ebenso ernst, »wir haben weitere Informationen herausgefunden und kommen zu dem Ergebnis, dass du uns nicht die Wahrheit sagst.«

»Und wir fragen uns«, ergänzte Alexander und wurde deutlicher, »weshalb du uns anlügst.«

Salvatores Grinsen verschwand, er bemühte sich jedoch weiterhin um einen freundlichen Ton, auch wenn es ihm nicht passte, wie die beiden sich aufführten.

»Habe euch die Wahrheit gesagt. Vielleicht sind eure Informationen falsch – schon mal daran gedacht?«

»Erste Frage«, begann Alexander, »wo warst du, als das Haus von Vreni und Urs einstürzte?«

»In meinem Haus«, Salvatore kniff seine Augen zusammen, »worauf willst du hinaus?« Er würde sich von diesen Möchtegerndetektiven nichts unterstellen lassen.

»Warst du das ganze Wochenende in Brienz?«

»Was soll das Verhör?«, Salvatore konnte sich für einen Moment nicht mehr beherrschen. »Ich bin dir keine Antworten schuldig.« Er bremste sich sofort wieder ein und sagte freundlich: »Sag mir, was du erfahren willst, und ich erzähl dir, was ich dir dazu sagen kann.«

»Weshalb schränkst du das ein?«, Alexander ließ nicht locker. »Willst du uns helfen oder nicht? Willst du uns erzählen, was du weißt oder nur, was du kannst?«

»Ich erzähle, was ich kann, wo ist die Einschränkung?«, stellte er sich dumm. »Sag mir, was du zu wissen glaubst, und ich helfe dir, soweit das geht. Was bist du für ein miserabler

Ermittler, wenn du deinen Verbündeten gleich das Wort im Mund herumdrehst!«

»Entschuldige, Salvatore«, glich Sara aus, »wir möchten dir nichts unterstellen, aber du hast gestern bei uns den Eindruck hinterlassen, du möchtest uns alles erzählen, uns wirklich helfen. Aber wir haben herausgefunden, dass du Herbert und Doris besser gekannt hast, als du es gestern dargestellt hast.«

»Dann erzähl weiter«, kam es verärgert von ihm, »ich verstehe nicht, worauf du hinausmöchtest.«

»Dann beantworte meine Fragen«, übernahm Alexander das Wort, »wir möchten dir nichts unterstellen, nur wissen, gab es an dem kompletten Wochenende weitere Besonderheiten bei den vier Personen, bei Vreni, Urs, Herbert, Doris?«

»Nicht, dass ich wüsste«, Salvatore zuckte mit den Schultern, »das ist so lange her, ich weiß es nicht mehr.«

»Wie gut kanntest du die vier?« Alexander spürte, wie in ihm langsam die Wut aufstieg, er sah es dem Alten genau an, dass er ihm nicht die Wahrheit sagen wollte. Seine Pupillen verrieten ihn, Alexander beobachtete Salvatore argwöhnisch. »Und«, wiederholte er sich, »wie gut kanntest du die vier?« Er versuchte, sich selbst zu beruhigen, und atmete bewusst.

»Wir brechen das ab!«, entschied Salvatore, dem nicht entgangen war, wie Alexander sich fast nicht mehr beherrschen konnte, und stand auf. »Es ist Samstag, ich habe das Geschäft voller Kunden und muss mich nicht verhören lassen. Weiht mich in eure Geheimnisse ein, spielt mit offenen Karten, dann spielt ein Salvatore gerne mit.« Er verließ das Büro und ließ die beiden sitzen. Salvatore überlegte sich, worauf die beiden gekommen waren, er musste es herausfinden. Er drehte sich um und sagte deshalb freundlicher: »Besucht mich um 16 Uhr, sucht euch Kuchen aus, dann können wir Kaffee miteinander trinken, und ich erzähle euch, was ich dazu weiß.« Er schaute dabei Alexander so offen wie möglich an.

»Wir kommen«, Alex stand auf und ging mit Sara aus dem Landmarkt, ohne sich einen Kuchen ausgesucht zu haben. »Bist du immer noch der Meinung, reden würde uns weiterhelfen?« Sara zuckte mit den Schultern. »Ich werde in das Haus gehen!«, entschied er, seine Mimik verriet, er würde nicht verhandeln. »Du kannst draußen Schmiere stehen oder nach Hause laufen. Mach, was du willst. Ich gehe auf jeden Fall rein.« So wenig Sara seinen Plan mochte, so sehr liebte sie seine Entschlossenheit, mit der er ihren Wunsch nach Wahrheit verfolgte. Er setzte sich richtig ein, er ist ein richtiger Held, dachte sie bei sich und sagte:

»Einverstanden, ich beobachte den Weg und rufe dich übers Handy an, wenn jemand kommt. Aber du sei vorsichtig, ich habe kein gutes Gefühl. Wie willst du reinkommen, ohne dass er es merken wird?« Grinsend zog er ein kleines Lederetui aus seiner Hosentasche:

»Habe am Morgen eingesteckt, was man für meinen Plan B braucht.« Sara schüttelte den Kopf mit ihren langen Haaren und zog ihre hübschen Augenbrauen hoch. Ihre Augen funkelten in der Sonne grün, obwohl sie normalerweise braun waren. Alex schaute sie fasziniert an, er mochte ihren Blick, wenn sie lieb schaute, und auch, wenn sie besorgt, ärgerlich oder was auch immer war. Für sie würde er noch viel mehr riskieren. Wobei er zu sich selbst ehrlich war, er machte das nicht für sie, sondern hauptsächlich für sich selbst. Er würde herausfinden, was Salvatore und Saras Eltern mit dem Tod seiner Eltern zu tun hatten. Inzwischen war er sich ziemlich sicher, nur wollte er Sara damit nicht belasten. Bisher hatte er sie nicht aufgeklärt, dass er der Adoptivsohn von Vreni und Urs war. Er hatte deshalb ein schlechtes Gewissen, aber nur ein bisschen. Am Haus angekommen, prüften sie den Handyempfang und suchten für Sara die beste Stelle aus, von der sie die kurvige Straße so weit wie möglich überblicken konnte und dabei nicht gesehen wurde. Das Haus war von hinten mit Bäumen und Sträuchern gut eingewachsen, notfalls würde Alex über eines der Fenster nach hinten flüchten, in das Haus hineingehen wollte er über die Haustüre, die der Straße zugewandt war. Nach wenigen Sekunden hatte Alex das Schloss fachmännisch geöffnet und schloss die Türe hinter sich. Er wusste nicht, wonach er suchen würde, zunächst wollte er sich einen Überblick über das Haus verschaffen, vielleicht würde er ja nochmals kommen. Im Erdgeschoss waren Küche und WC. Er schaute kurz in die Schränke, nichts Besonderes. Im Wohnzimmer fand er eine Schublade mit Bargeld, ein paar hochwertige Markenuhren, die in der Originalverpackung lagen. Er legte alles wieder an seinen Platz. Dann ging er die Treppe nach oben, im Badezimmer war nichts. Salvatore lebte offensichtlich nicht allein, er schloss es aus den zwei Zahnbürsten. Eine in Grün, eine in Blau. In den Schränken wies jedoch nichts auf eine Frau hin.

Im Schlafzimmer war ein kleines Büro untergebracht, er fühlte es, hier würde Salvatore seine Geheimnisse aufbewahren. Er schaute sich genauer um und entdeckte hinter einem größeren Wandbild einen Tresor, den er jedoch nicht schnell öffnen konnte. Keinen PC. Das wunderte ihn, nur eine Schrankwand voll von Aktenordnern. Er schaute sich diese kurz durch und entdeckte tatsächlich einen, der mit dem Buchstaben H beschriftet war. Er zog ihn heraus und blätterte hinein. Ein überraschter, leiser Pfiff kam über seine gespitzten Lippen. Er fotografierte schnell, was ihm wichtig erschien, und verließ das Haus.

»Hast du lange gebraucht!«, tadelte ihn Sara, als er endlich auf der Straße war, sie war in einem Busch am Wegesrand auf der Lauer gelegen. Oder besser gesagt, verkrampft gestanden. »Habe mir so Sorgen gemacht, Salvatore könnte kommen und ich dich nicht rechtzeitig warnen.«

»Hast du sehr gut gemacht«, lobte er Sara und ging nicht weiter auf sie ein. »Lass uns schnell in unser Haus laufen. Ich habe Neuigkeiten!«

»Wirklich?«, Sara war erstaunt, das hätte sie nicht gedacht, dass Alex etwas finden würde.

»Schau mal«, zeigte er ihr seinen Fund, »ich habe einen vollen Ordner über deinen Vater gefunden, einen Kaufvertrag über ein Haus in Konstanz und sehr viele Kreditunterlagen, dein Vater hat Salvatore größere Beträge geschuldet.«

»Das gibt's ja nicht!«, Sara schaute immer ungläubiger, als sie die vielen Fotos durchschaute, die Alex gemacht hatte. »Um wie viel Geld geht es?«

»Um einen höheren sechsstelligen Betrag«, Alex konnte es auch nicht glauben, »das wird immer mysteriöser.«

Kapitel 53

Um 15 Uhr klopfte es an der Haustüre von Saras Elternhaus, erstaunt schauten sie sich an, wer sich wohl hier oben verirrt hatte? Sara öffnete und erschrak, als sie Salvatore sah.

»Hallo, Salvatore, was machst du hier?«

»Was macht *ihr* hier?«, fragte er zurück und schien nicht im Geringsten erstaunt zu sein. Sara war sich sicher: Der Unbekannte, der in der Nacht ums Haus herumgeschlichen war, musste Salvatore gewesen sein. Sonst wäre er überrascht gewesen, sie hier zu sehen.

»Wir recherchieren«, antwortete Alexander, der in dem Moment zur Haustüre kam, »hast du Feierabend für heute?« Er bemühte sich um einen freundlicheren Ton, Sara hatte Alex gesagt, er wäre über das Ziel hinausgeschossen. Er hatte es selbst bemerkt, wie wütend er geworden war, weil er sich von diesem alten Mann so dreist hatte anlügen lassen und nichts dagegen unternehmen konnte.

»Wart ihr vorhin in meinem Haus?«, Salvatore fixierte Alexander mit zusammengekniffenen Augen. »Was wolltest du dort finden, was hast du erwartet?«

»Was unterstellst du mir!« Er würde nichts zugeben, Salvatore war nicht sein Freund, er gehörte definitiv zur anderen Seite. »Wollen wir reden oder weshalb kommst du hierher?«

»Ich habe den Kuchen bei mir drüben«, antwortete Salvatore, »wir können uns in einer Stunde bei mir treffen. Wie vereinbart.« Sie standen sich wie bei einem Stierkampf gegenüber, die Anspannung war zu fühlen, auch wenn die Worte freundlich blieben, jeder misstraute dem anderen. Eine Stunde später waren sie bei Salvatore. Alexander und Sara hatten sich darauf geeinigt, nichts von dem Einbruch zuzugeben. Sie würden stattdessen freundlich bleiben, egal wie das Gespräch verlaufen würde. Offensichtlich hatte sich Salvatore dasselbe vorgenommen. Er war wie am Abend zuvor. Salvatore hatte eine große Freude an Alexander, ließ Sara in der Küche allein und wollte von ihm alles wissen, wo er zur Schule ging, wo seine Eltern wohnen würden, seit wann er die Detektei hätte und vieles mehr. Alexander hatte jedoch keine Lust auf Plaudereien, antwortete recht einsilbig und ging nach kurzer Zeit zu Sara in die Küche und sagte leise:

»Der ist nicht normal. Ich glaube, bei dem stimmt es nicht ganz, vorher so und jetzt will er alles aus meinem Leben wissen, wo ich aufgewachsen bin, wie es mir ergangen ist.«

»Vielleicht steht er auf süße Jungs wie dich?«, neckte sie ihn, obwohl ihr nicht zum Lachen war. »Ich bin bei dir, es kann dir nichts passieren.«

»Das hätte mir gerade noch gefehlt.« Er musste kurz lachen, als er bemerkte, dass sie ihn nur aufgezogen hatte. »Jetzt geht's mir besser«, grinste er sie an, »du bist meine Rettung!«

»Nimmst du die Kaffeekanne bitte mit nach draußen?«

»Na klar.«

Als sie beide bei Salvatore waren und alle mit Kuchen und Kaffee versorgt waren, erzählte Alexander von ihrem Fund auf dem Dachboden. Von Herbert und Doris, sie hätten Akten von einem Rechtsanwalt über die beiden gefunden. Und Salvatore wäre als Zeuge aufgetreten.

»Ach das«, lachte Salvatore und winkte mit der Hand ab, »deshalb die Unterstellungen am Vormittag. Was habt ihr denn noch so gefunden?«

»Das ist doch genug«, fast hätte sich Alexander hineingesteigert, wenn Sara nicht unter dem Tisch seine Hand gedrückt hätte. Als Erinnerung an das, was er ihr versprochen hatte. Er reagierte sofort und fragte freundlich: »Kannst du uns mehr erzählen?«

»Ja«, Salvatore gab sich überrascht. »Doris litt unter einer psychischen Krankheit, kein Arzt durfte sie anrühren. Zumindest damals«, setzt er hinzu, denn ihm war klar, dass Sara die Tochter von Doris war und ihre Mutter die Krankheit erfunden hatte. Oder besser gesagt, dass er Doris die Krankheit angedichtet und vorgeschlagen hatte, um sie vor den Behörden zu schützen. Aber davon würde er nichts erwähnen, er würde strikt bei den Akten bleiben, die Alexander wohl gefunden hatte. Wie dumm von Herbert, Salvatore hätte sich über ihn erneut aufregen können, so ein Dilettant! Aber das war er schon damals.

»War es das schon?«

»Lass mich kurz nachdenken«, lachte Salvatore und schüttelte den Kopf, »das ist sehr lange her. Das Kind kam ohne Arzt und Hebamme auf die Welt, und die Behörden wollten das nicht akzeptieren. Irgendwann kam es zum Prozess, in dem ich als Zeuge geladen wurde.«

»Und was hast du bezeugt?«

»Hast du das nicht in den Akten gelesen?«

»Doch«, antwortete Alexander, »warst du ein echter Zeuge oder bist du gekauft worden?«

»Verrate mir mal«, wich Salvatore aus, »was das mit deinem Auftrag zu tun hat, wolltest du nicht herausfinden, wo Vreni und Urs sind? Du solltest dich nicht weiter mit Doris und Herbert beschäftigen, das bringt dich deiner Frage nicht näher.«

Alexander wollte etwas Unfreundliches erwidern, was sich Sara denken konnte und deshalb fragte: »Wo können wir deiner Meinung nach denn ansetzen?«

»Kontobewegungen, Meldebehörde? Es gibt viele Ansätze, aber hier oben findet ihr garantiert nichts, die Leute haben alles vor 30 bis 40 Jahren aufgegeben. Und ich weiß, Doris und Herbert hatten zu ihnen keinen Kontakt, sie waren nur selten da.«

»Na gut«, Sara hätte das Gespräch gerne beendet, »dann kommen wir da nicht weiter.«

»Wer ist dein Auftraggeber?«, fragte Salvatore Alexander wissbegierig.

»Eine Versicherung.«

»Eine Versicherung?«, fragte Salvatore ungläubig nach.

»Weshalb denn das? Nach so vielen Jahren? Gibt es eine Lebensversicherung?«

»Ja«, antwortete Alexander, »es gibt einen Sohn, der die Eltern für tot erklären möchte, um an das Geld zu kommen.« In Saras Augen machte das Alex super, mit dieser Erklärung würden sie nicht auffliegen. »Okay«, kam es gedehnt von Salvatore, »seit wann sind sie denn verschwunden?« Was steckte wirklich hinter dem Besuch des hübschen Pärchens? Weshalb sollte der eigene Sohn von der Versicherung damit beauftragt werden? Nein, im Leben nicht, das konnte nicht stimmen. Schon allein deshalb, weil er wusste, die Eltern von Alex wurden bereits 1995 für tot erklärt. Salvatore war sich sicher, die beiden hatten Verdacht geschöpft. Sie waren Herbert und Doris auf der Spur. Das erklärte, weshalb sich beide so sehr für Saras Eltern interessiert hatten und nicht mit der Sprache herausrückten, dass sie die beiden besser kannten als er selbst. Er würde mit Herbert sprechen müssen, wenn er ihn das nächste Mal in Brienz treffen würde. Ihn schützen, und damit sich selbst. »Stimmt«, nahm Salvatore den Faden auf, »einen Sohn gab es, aber von ihm weiß ich so gut wie nichts. Er war, wenn ich mich recht erinnere, in einem Internat und so gut wie nie hier. Zumindest erinnere ich mich nicht daran.«

»Über den Sohn muss ich nichts in Erfahrung bringen, von ihm wissen wir ja alles.«

»Nicht ganz«, spann Salvatore das von Alexander aufgetischte Lügenmärchen weiter, »wenn er heimlich Kontakt zu seinen Eltern hatte, dann müsste man ihn nur beschatten oder sein Handy auslesen. Hast du das schon gemacht?«

»Daran habe ich auch schon gedacht«, antwortete Alexander etwas verwirrt, »du hattest also nur zu Herbert und Doris einen engen Kontakt, zu den zwei anderen nicht?«

»Genau«, nickte Salvatore, »Vreni und Urs waren fast nie

hier, zu diesen konnte niemand Kontakt aufbauen. Ich habe zu allen Kontakt, die bei mir einkaufen.«

»Du hattest ihnen jedoch das Haus erweitert?«

»Nur das Fundament. Damals waren sie regelmäßig bei mir einkaufen«, bestätigte Salvatore, »sie hatten das Haus, nachdem sie ihren Sohn bekommen hatten, um ein Zimmer im Erdgeschoss erweitert. Jahre später waren sie nur auf Reisen.« Das Gespräch war beendet, bevor es recht losgegangen war. Alexander konnte nicht weiter nachfragen, es wäre nicht glaubwürdig gewesen, und Sara, das sah er ihr an, hatte ihren Kaffee leer getrunken und die Tasse in den Teller gestellt. Sie wollte nicht länger bleiben.

»Okay«, sagte deshalb Alexander, »vielen Dank für deine Einladung, wir stellen das Geschirr ins Haus und gehen.«

»Wohnt ihr in dem Haus von Herbert? Habt ihr keine Angst, erwischt zu werden?«

»Wir recherchieren nur und fahren morgen«, gab Alexander eine ausweichende Antwort, stand auf und räumte mit Sara den Tisch ab.

»Das war wieder ein Satz mit x«, schimpfte Alex leise, als sie sich auf den Weg gemacht hatten. »Der blockt ja komplett.«

»Du hast dich aber wacker geschlagen«, baute Sara ihn auf, »ihn in die Enge getrieben. Meinst du, er hat Kontakt zu meinem Vater?«

»Gut möglich«, überlegte er, »du wirst es merken, wenn dein Vater dich darauf anspricht.«

»Soll er ruhig«, gab sich Sara entspannt, »dann frage ich ihn über die Kredite von Salvatore und zu dem Gerichtsverfahren. Darüber spricht man doch in der Familie!«

»Wir haben dennoch einiges in Erfahrung gebracht«, fasste Alex den Tag zusammen, »darf ich dich zum Abendessen ausführen?«

»Wirklich?« Sara strahlte ihn an. »Ich müsste dich einladen, du machst das ja alles für mich.«

»Ach«, freute sich Alex, »das nächste Mal darfst du mich gerne einladen, diesmal bin ich dran. Unten im Ort gibt es sicher ein gutes Restaurant am See. Was meinst du?«

Sara ließ sich nicht zweimal bitten, sie nahm eine Jacke mit, sie wollten zu Fuß nach unten laufen, damit die Kalorien vom Kuchen, wie sie es ausdrückte, zuerst verarbeitet werden würden. Im Ort angekommen, erkundigten sie sich und bekamen die Empfehlung, ins Restaurant *Weisses Kreuz* zu gehen. Neben der *Brienz-Rothorn-Bahn*, gegenüber dem Bahnhof und der Schiffsanlagestelle für Verkehrsschiffe. Es war leicht zu finden, Brienz war überschaubar. Und die beiden Bahnhöfe und die Schiffsanlegestelle kannte jeder.

»Damit fahren wir das nächste Mal«, schlug Sara vor und deutete zu dem Bahnhof der *Brienz-Rothorn-Bahn* hinüber. »Die Zahnradbahn ist dampfbetrieben und fährt schon über 130 Jahre auf den Berg ganz nach oben«, erzählte sie begeistert.

»Wir kommen wieder?«, allein *das* begeisterte Alex. »Freue mich sehr darauf.«

Sie bestellten sich zweimal den Brienzer Holzhack-Burger mit Pommes, dazu *Rivella blau*. Die typische Kräuterlimonade trank Sara immer, wenn sie in der Schweiz war. Und sie hatte Alex davon überzeugt. Alles schien perfekt, sie freuten sich auf das Essen, saßen draußen, weil es angenehm warm war, und waren glücklich und sorglos. Alex konnte sich fallen lassen. Sara vermittelte ihm ein gutes Gefühl, er hatte den Eindruck, er könnte ihr vertrauen, irgendwann würde er ihr beichten, dass er der Adoptivsohn von Vreni uns Urs war, aber nicht jetzt, so ganz traute er seinen guten Gefühlen ihr gegenüber noch nicht.

Kapitel 54

»Bleib doch bis zum Frühstück«, hörte man Ramon Roselly aus den Lautsprechern der Außenterrasse vom Restaurant. Zum Glück war das zwischen Sara und Alex geklärt, sie würde bis zum Frühstück bleiben, und vielleicht länger? Es fühlte sich gut an. Sara fühlte erste Schmetterlinge, oder war das der laue Sommerabend? Der sich wie ein Urlaubstag anfühlte. Am liebsten würde sie sich enger zu ihm setzen, sich in seine Arme kuscheln. Aber das müsste von ihm kommen, sie hatte genug Signale geschickt. Sie hatten es sich auf der Terrasse gutgehen lassen und wollten nun ein paar Schritte am Wasser laufen. Der See lag friedlich da, die untergehende Sonne ließ das Wasser glitzern, zwei Schwäne schwammen neben ihnen. Sara schaute Alex an, was würde sie sich mit ihm vorstellen können? Könnte sie sich mit ihm eine Beziehung vorstellen, sie wollte eine wie die Schwäne, einen Partner für immer. Alex fühlte die romantische Stimmung. Er nahm sie an der Hand und sagte:

»So schön mit dir, mir geht's richtig gut.« Und ließ, erschrocken über sich, ihre Hand schnell wieder los.

»Mir auch«, sagte Sara und hakte sich bei ihm unter. »Es ist wunderschön hier«, und lachte ihn neckisch an, »mit dir!« Am liebsten hätte sie ihn geküsst, das war der richtige Moment, sie hatten ihren Job erledigt. Wenn man es großzügig auslegen würde, weshalb nicht? So ein romantischer Moment kam nicht so schnell wieder. »Wollen wir uns da vorne setzen?« Eine kleine Ausbuchtung mit einer Bank am Wasser hatte Sara ermutigt, mehr auf Tuchfühlung mit Alex zu gehen.

»Gerne«, nickte Alex und steuerte mit ihr auf die Bank zu. Sara rückte näher und lehnte sich an seine Schulter. Bei Alex kribbelte jede dieser Berührungen. Er spürte die kleinen Schmetterlinge und machte es Sara bequem, er nahm sie in den Arm und zog sie zu sich her. Sara genoss den Moment der Nähe, sie schloss die Augen, genoss die Wärme der Sonne und hauptsächlich die von Alex.

Eine ganze Weile blieben sie so sitzen. Alex schaute sie an, sie war so wundervoll, er würde sie nicht mehr hergeben wollen. Was würde er riskieren? Ihr Gesicht lag zum Küssen nah, wenn er die Gelegenheit nicht ergreifen würde, wann dann? Er beugte sich vor, Sara, die seine Bewegung spürte, öffnete die Augen und sah, was Alex vorhatte, sie drehte sich ihm zu und erwiderte seinen sanften Kuss, sie schloss die Augen dabei und genoss seine weichen Lippen. Der schönste Kuss, dachte sie, den sie seit langem bekommen hatte. Oder der schönste überhaupt? Sie erinnerte sich gar nicht mehr daran, wann war sie das letzte Mal verliebt? Das musste in einem anderen Leben gewesen sein. Sie zog mit ihrer Hand Alex zu sich, küsste ihn nochmals, diesmal forscher. Die Sonne war untergegangen, die beiden gingen Hand in Hand in der Abenddämmerung den Berg nach oben. Sara erinnerte sich daran, wie sie als kleines Mädchen von Salvatore nach oben lief, erzählte das Alex. Heute war der Weg nicht so weit und beschwerlich, Sara war sehr beflügelt und konnte es kaum abwarten, die Haustüre aufzuschließen.

»Du, Alex«, erstaunt schaute sie ihn an, »wir haben doch die Türe abgeschlossen?«

»Natürlich«, nickte Alex, »du hast den Schlüssel umgedreht, ich erinnere mich genau. Und jetzt ist offen?« Ihm war sofort klar, dass jemand in das Haus eingebrochen war. »Meinst du, Salvatore war da«, er senkte seine Stimme, »oder ist es noch?« Leise schlichen sie in das Haus und lauschten.

Alex nahm sie an der Hand, ging wortlos mit ihr ins Freie und flüsterte ihr ins Ohr: »Lass uns einmal um das Haus herumgehen, ob wir etwas sehen.«

»Wollen wir kurz zu Salvatore hinübergehen?«, fragte Sara leise zurück, sie dachte sich, zum einen könnten sie prüfen, ob er zu Hause war, und zum anderen konnten sie ihn um Hilfe bitten, wenn Einbrecher unterwegs waren. Alex nickte, auch wenn er nicht dieselben Gedanken hatte. Aufmerksam schaute er durch die Fensterscheiben in das Haus hinein. »Sieht ruhig aus, zumindest hier unten.« Er gab Entwarnung, dennoch flüsterten sie, und er schloss sehr leise die Haustüre ab. »Dann lass uns nach dem alten Gauner schauen, er war sicher hier.«

»Klar, wer sonst.«

»Salvatore!«, rief Alexander durch die geöffnete Haustüre. Sie war nur angelehnt, auf dem Terrassentisch stand ein halbvolles Glas Wein.

»Ja«, kam es von innen, »bist du es, Alexander?«

»Ja!«

»Ich habe mir gerade eine Zigarre aus dem Haus geholt«, erklärte Salvatore und setzte sich an den Tisch, »holt euch Gläser und die Flasche Wein in der Küche, dann trinken wir einen Dämmerschoppen.« Er schnitt ein Ende der Zigarre ab und zündete sie an.

»In das Haus von Herbert wurde eingebrochen«, konfrontierte Alexander ihn mit seiner Vermutung, »warst du das?« Salvatore war schwer mit seiner Zigarre beschäftigt, er verzog sein Gesicht zu einem Grinsen und drehte das abgeschnittene Zigarrenende im Feuer einer Kerze. Nachdem die Spitze gleichmäßig glühte, zog er kräftig daran und bemerkte lachend:

»Wusste gar nicht, Alexander, dass du so spaßig sein kannst, ich kenne die beiden, die dort eingebrochen sind und sogar eine Nacht darin übernachtet haben. Sie sind gerade bei mir aufgetaucht.«

»Das ist nicht witzig«, Alexander war nicht zu Späßen aufgelegt, »warst du da oder nicht?«

»Natürlich nicht.« Salvatore wurde ernst und fragte nach. »Was ist passiert?«

»Wir haben im Dorf unten zu Abend gegessen«, erzählte Sara, »gerade sind wir zurückgekommen, die Türe war nicht abgeschlossen.«

»Wir hatten abgeschlossen«, ergänzte Alexander.

»Und wie seid ihr an den Schlüssel gekommen«, hakte Salvatore nach, »ich dachte, ihr seid dort eingestiegen? Für deine Recherche natürlich«, betonte er ironisch, als ob das den Einbruch legalisieren würde.

»Das ist eine andere Geschichte«, wich Alexander aus, »jetzt stellt sich die nächste Frage, weshalb interessieren sich auf einmal alle für das Haus? Wenn du es nicht warst, wer dann?«

»Lass uns rüberlaufen«, entschied Salvatore, »dann sehen wir es. Vielleicht ist der Besitzer gekommen. Dann wäre es sowieso besser, wenn ich dabei bin. Dann kann ich euch vor einer Anzeige bewahren.«

Sara nickte, sie war einverstanden. Ihr Vater war nicht nach Brienz gekommen, das wusste sie ja. Er würde am Montag fahren. Anton hätte ihr das geschrieben, wenn sich die Reisepläne verändert hätten. Salvatore ließ seine Zigarre weiterbrennen, er erklärte Sara, er wäre sowieso gleich zurück. Sie liefen rasch und Alexander schloss auf.

»Der Schlüssel lag auf der Kommode hier«, erklärte er Salvatore, weshalb er einen Schlüssel für ein Haus besaß, in welches er vorgegeben hatte, eingebrochen zu sein. Sie machten im ganzen Haus Licht und schauten in jeden Winkel. Sara war froh, dass sie zu dritt waren, es war ihr unheimlich. Sie war gerade im Wohnzimmer, als ihr auffiel, was fehlte. Sofort lief sie nach oben und sagte zu Alexander:

»Die Akten sind weg!«

»Welche Akten?«, fragte Salvatore. »Eure Unterlagen oder die, die ihr hier gefunden habt?«

»Die Ordner, die wir auf dem Dachboden gefunden hatten«, Sara ärgerte sich über sich selbst, sie hätte die Ordner wegräumen sollen. Oder noch besser, im Auto einschließen.

»Die sind weg?«, fragte Alexander. »Dann war definitiv jemand hier.« Er schaute Salvatore an, er wollte ihm ja nicht alles unterstellen, aber es sah so aus, als ob der alte Mann die Unterlagen an sich genommen hätte. Zuzutrauen wäre es ihm. »Ganz ehrlich, Salvatore«, fragte er ihn deshalb, »hast du die Unterlagen genommen?«

»Weshalb sollte ich?« Salvatore schüttelte den Kopf. »Du kannst mir nur Unterstellungen machen. Mehr nicht, wenn du mich nicht mehr brauchst, gehe ich zu mir rüber.« Mit verärgerter Miene machte er sich auf den Weg.

Kapitel 55

»War ich zu schnell mit meinen Spekulationen?«, wollte er von Sara wissen, ob er über das Ziel hinausgeschossen war.

»Hmm«, sie zuckte mit den Schultern, »es spricht vieles dafür. Wer sollte es sonst gewesen sein. Deine Vermutung liegt nahe. Und wenn nicht, mir wird mulmig. Ich weiß gar nicht, ob ich noch eine Nacht bleiben möchte.«

»Naja«, überlegte Alex und teilte seine Gedanken mit ihr, »morgen können wir nichts mehr machen, Salvatore wird den ganzen Tag in seinem Haus bleiben. Wir können die Unterlagen bei ihm nicht suchen.«

»Selbst wenn er aus dem Haus gehen würde und er die Unterlagen gestohlen hätte, er könnte sie mit in seine Firma nehmen und dort in den Tresor legen.«

»So weit muss er sie nicht tragen«, winkte er ab, »in seinem Büro im Haus hat er, hinter einem Bilderrahmen getarnt, einen sehr großen Tresor, dort könnte er die Unterlagen gut vor uns verstecken. Sofern er davon ausgeht, dass wir erneut bei ihm einsteigen«, grinste er schräg.

»Das heißt?«, wollte sie von ihm wissen.

»Wir können«, er schaute sie verständnisvoll an, »wenn du magst, sofort nach Hause fahren. Es ist gerade mal 22 Uhr, wir sind spätestens um 1 Uhr in Radolfzell.«

»Hmm«, sie zog hörbar Luft durch die Nase, so ganz gefiel ihr der Vorschlag nicht, wie sollte sie es ihm nur sagen, »nach Hause fahren finde ich schon gut.«

»Aber?«, fragte er. »Ich höre ein Argument, welches dagegenspricht?«

»Aber«, sie schlug die Augen auf eine unwiderstehliche Weise auf, »ich hatte mich darauf gefreut, mit dir einzuschlafen. Was würden nur meine Eltern denken«, setzte sie hinzu, »wenn ich mitten in der Nacht zu Hause auftauchen würde?«

»Sie würden sich Gedanken machen«, grinste Alex, »du hättest dich mit deiner Freundin verkracht. Ganz schlecht!«

»Genau«, grinste sie erleichtert zurück, »und den Eindruck möchte ich auf keinen Fall vermitteln!«

»Verstehe ich«, nickte er eifrig, »das müssen wir natürlich verhindern.« Und freute sich über ihren erwartungsvollen Blick: »Um jeden Preis müssen wir das verhindern!«

»Hast du einen guten Vorschlag?«

»Natürlich. Wir fahren sofort«, entschied Alex freudig, »und du bleibst bei mir in meiner Wohnung, mindestens bis Sonntagabend.«

»Ist da Platz für uns beide?«, kam es neckend von ihr. »Dein Bett, so wie ich es in Erinnerung habe, war nicht besonders breit?«

»Lass mich überlegen. Was hat mir da mal eine umwerfend hübsche Frau gesagt?«, er stupste sie in die Seite. »Sag es noch mal«, forderte er sie auf.

»Wenn man sich versteht«, antwortete sie mit einem glücklichen Augenaufschlag, »genügt der kleinste Raum.«

»Genau«, lachte er zufrieden, »und übrigens ist mein Bett 1,40 Meter breit.«

»Na dann«, lachte sie erleichtert und spaßte, »dann können wir ja noch Besuch einladen.«

»Unterstehe dich!« Die Fahrt nach Radolfzell war angenehm, kaum Verkehr, nur um Zürich herum waren ein paar Fahrzeuge mehr auf der Straße. Aber auch die Nachtschwärmer der Großstadt waren überschaubar, in den Baustellen rund um Zürich gab es keinen einzigen Stau. Sie hatten sich auf der ganzen Fahrt unterhalten. Sara öffnete ihr Herz, sagte ihm, wie gerne sie eine Beziehung haben wollte, dachte natürlich dabei nur an ihn.

»Weißt du«, sagte sie zu Alex, »ich bin seit drei Jahren Single, ich habe keine Lust mehr auf Schmetterlingsbeziehungen.«

»Auf was?«, fragte er belustigt nach. »Das habe ich noch nie gehört.«

»Na ja«, erklärte sie lachend, »du kennst sie trotzdem, sie fangen leicht an, so wie bei uns beiden, und nach kurzer Zeit flattert einer weg.«

»Ich verstehe«, frotzelte Alex, »du bist bisher von Blüte zu Blüte geflattert?«

»Natürlich nicht«, schaute sie ihn vorwurfsvoll an, »es ist mir ernst, möchte keinen Mann, der nicht weiß, was er will, ich möchte endlich ankommen.«

»Kann dich beruhigen«, er schaute Sara lieb an und nahm ihre Hand, »ich möchte auch ankommen, sesshaft werden, vielleicht eine Familie?«

»Warst du bisher nie sesshaft?«

»Na ja«, sagte er traurig, er dachte daran, wie er als Kind herumgeschoben wurde, seine Eltern nicht mehr aufgetaucht waren, »ich habe mich noch nirgends richtig zu Hause gefühlt.«

»Oh«, voller Mitgefühl schaute sie ihn an, sie sah seinen Schmerz und drückte seine Hand zurück, »könntest du dich bei mir zu Hause fühlen?« Alex nickte, er würde es sich sehr wünschen. Auch wenn er nicht wusste, was es mit ihm machen würde, wenn er die Wahrheit über die Geschichte herausfinden würde. Was wäre, wenn Saras Eltern seine umgebracht haben sollten? Wie könnte er dann mit Doris und Herbert umgehen? Würde er sie anzeigen? Und wie würde Sara reagieren? Stünde sie auf seiner Seite?

»Du sagst gar nichts?«, besorgt schaute sie zu ihm und sah seinen leeren Blick.

»Das wäre sehr schön«, antwortete er leise und schaute sie an. Sara war eine so wundervolle Frau, er könnte sich mit ihr alles vorstellen. Und doch, er wusste auch nicht recht. »Ich würde es mir wünschen«, sagte er deshalb nur.

»Das klingt sehr verhalten«, sagte sie einfühlsam, »hast du schlimme Erfahrungen in der Vergangenheit gemacht?«

»Ja«, sagte er, er hatte vor allem mit sich selbst schlechte Erfahrungen gemacht, er konnte sich nicht fallen lassen, niemandem vertrauen. Daran waren seine Beziehungen hauptsächlich gescheitert. Eine Psychologin der Kreuzlinger Polizei hatte ihm den Rat gegeben, er müsse seine Vergangenheit mit einer Therapie aufarbeiten. Die Ängste aus seiner Kindheit loslassen – einfacher gesagt, als getan. Sich therapieren lassen, das wollte er auf keinen Fall. Ihm fiel spontan der Pfarrer ein, der ihm in Basel damals sagte, man müsse Hilfe annehmen. Vielleicht würde Sara ihn darin unterstützen? Könnte er sich von ihr helfen lassen? Könnte er ihr vertrauen?

»Wir sind anders als die anderen«, beruhigte sie ihn, die seine ernsten Gedanken ahnte, »weißt du, was ich meine?«

»Ja«, antwortete er verstehend, »zwischen uns wird es anders laufen, das möchtest du mir sagen?«

»Genau«, nickte sie, »möchte mit dir voll Vertrauen in unsere Zukunft schauen, nicht auf die alten Erfahrungen zurückblicken. Was können wir verlieren? Bist du mutig genug?«

»Hört sich gut an.«

»Hört sich nicht nur gut an«, korrigierte sie ihn sanft, »es ist wundervoll. Du bist mir in der kurzen Zeit so wichtig geworden. Du kannst alles für mich werden, mein bester Freund, der Mann, mit dem ich am liebsten einschlafe«, sie schaute ihn glücklich an, »und meine große Liebe?« Am liebsten würde sie von seinen Augen ablesen, was er gerade dachte.

Allerdings war das nicht so einfach während der Autofahrt, sie musste sich auf die Straße konzentrieren.

»Freue mich darauf«, antwortete Alex nach einer Weile, er würde es sich sehr wünschen, er hoffte, mit ihr würde es anders laufen als bisher.

»Wollen wir uns etwas versprechen?«, sagte sie lieb und wartete keine Antwort ab, Alex wirkte im Moment sehr nachdenklich. »Sind wir immer ehrlich zueinander?« Sie fühlte, wie sehr ihn seine Vergangenheit drückte. Das war offensichtlich.

»Einverstanden.« Er würde sich gerne ihr anvertrauen, ihr alles sagen, was er wusste, aber er wollte sie nicht verärgern, riskieren, dass sie ihm nicht mehr vertraute. Er könnte ihr nicht so nebenbei beichten, ach, übrigens, ich bin der Sohn von Vreni und Urs und eigentlich wollte ich dir gar nicht helfen, sondern ich nutze dich gerade nur aus, ich möchte meine Vergangenheit aufarbeiten. Möchte deine Eltern des Mordes oder wessen auch immer überführen. Das konnte er ihr nicht sagen, sie wäre in dem Moment sicher weg – für immer. »Bisher konnte ich niemandem vertrauen, mich nicht fallen lassen«, sagte er stattdessen, um überhaupt etwas zu sagen.

»Was ist passiert?«, fragte sie einfühlsam nach. Und – nachdem von ihm keine Antwort kam: »Du kannst mir alles sagen, du kannst mir vertrauen«, sie sah seinen Kampf mit sich selbst. »Egal, was passiert ist.«

»Erzähle ich dir alles«, er bestätigte seine Aussage mit einem Nicken selbst, er wollte ihr vertrauen, ihr wirklich alles erzählen, irgendwann ja, aber nicht jetzt. »Lass uns den schönen Abend nicht verderben«, überspielte er lachend seine Sorgen und schob die Wahrheit vor sich her. Nicht wissend, ob es jemals einen besseren Zeitpunkt für seine Beichte geben würde als in diesem Moment.

»So schlimm?«

»Schlimmer!«

»Kann ich dir helfen?« Sara überlegte, was passiert sein könnte, aber kam zu keinem eindeutigen Ergebnis. »Sage mir das zumindest.«

»Schenke mir deine ganze Liebe, deine bedingungslose Liebe!«

»Die bekommst du!«, sie drückte zärtlich seine Hand und deutete einen Kuss an. »Wir sind bald zu Hause.« Wie schön sich das anhörte, dachte Alex, *zu Hause*. Das war er im Grund genommen noch nie. Für eine kurze Zeit, als er von Vreni und Urs adoptiert wurde, da hatte er sich anfangs fremd gefühlt, aber nach der Einschulung in Brienz, daran erinnerte er sich, als ob es gestern gewesen wäre, da fühlte er sich ein wenig wie zu Hause. Er spürte die Liebe, in der er damals für einen Moment sich so geborgen gefühlt hatte, und er wurde schwermütig. Davon bekam Sara zum Glück nichts mit, sie achtete auf die Radarkontrollen nahe der Rheinüberquerung in Schaffhausen. Zudem war sie in den eigenen Gedanken versunken, weshalb hatte Salvatore ihrem Vater so viel Geld geliehen? Sie hatte den Eindruck, ihren Eltern ginge es finanziell sehr gut. Weshalb hatte ihr Vater alles verkauft? Was war in ihrer Familie los? Sie würde es mit Alex herausfinden. Endlich zu Hause, der Sonntag war gerade eine Viertelstunde jung. Sie würde sich auf Alex freuen, er hatte ja recht, nicht die alten Geschichten hervorholen, den Moment genießen. Schauen, wie sich alles weiterentwickeln würde. Alex hatte ihre Koffer eben hochgetragen, sie den Korb mit Lebensmitteln und räumte die Sachen schnell in den Kühlschrank.

»Und jetzt«, lachte sie ihn übermütig an, »worauf hast du Lust?«

»Wollen wir einen Wein trinken?«

»Gerne«, sie schmiegte sich an ihn, »und kuscheln?«

»Auf jeden Fall.«

Alex war froh darüber, nicht weiter mit dem Thema Vergangenheit bedrängt zu werden. Er wollte ihr ja die Wahrheit sagen, irgendwann. Wenn der richtige Zeitpunkt gekommen war. Schnell ging er in die Küche, besorgte zwei Gläser, einen Wein und kam auf die Terrasse. Sara hatte die Bettdecke genommen und fragte ihn: »Hast du Kissen oder irgendetwas, damit wir uns auf den Boden setzen können?« Sie wollte nicht auf die Stühle, sie wollte näher bei ihm sein. So nah es nur ging, sie würde ihm ihre ganze Liebe schenken, ihm seine Sorgen und Bedenken wegküssen und wegkuscheln. Sie würden es gemeinsam schaffen, sie war sich sicher.

Kapitel 56

Radolfzell, 2021

Frischer Kaffeeduft und ein zärtlicher Kuss ist das Zeichen für Sara:

»Jetzt kannst du aufstehen«, sagte er ihr endlich, nachdem er eine Weile in der Küche hantiert hatte. »Ich habe auf der Terrasse gedeckt.« Beide hatten wundervoll geschlafen. Zumindest die kurze Zeit, die dafür übrig geblieben war. Sie waren eng aneinandergekuschelt aufgewacht. Sara hatte die ganze Nacht seine Nähe gesucht, oder, wie sie sich erklärte, sie hatte Sorge aus dem Bett zu fallen und sich nur an ihm festgehalten. Sie hatte es sehr genossen und Alex auch. Sie waren ineinander verliebt. Die Nacht hatte alle Bedenken in Luft aufgelöst, alles schmeckte nach Liebe und Leidenschaft. Im Radio *Seefunk* lief ein alter Schlager, »Guten Morgen schöne Welt« von Randolph Rose. Heute passte alles, die frischen Brötchen dufteten, die Glocken vom nahen Münster läuteten den Sonntag ein. Die Sonne strahlte auf die Dachterrasse – und die beiden noch mehr, sie hatten ein überglückliches Lächeln im Gesicht.

»So kann ich auf keinen Fall zurück ins Hotel«, sagte sie mit ihrem umwerfenden Augenaufschlag zu Alex, »ich muss bis zum Abend bleiben, mindestens.«

»Sehr gerne«, lachte er sie an, »bin voll dafür, meine Frage ist nur fürs Protokoll, weshalb kannst du nicht?«

»Mein Grinsen im Gesicht würde mich verraten«, sagte sie verschmitzt, »ich fahre erst am Abend rüber, dann kann ich dich noch genießen.« Sie genoss ihn einfach. Alex hatte sein Versprechen eingelöst, das Frühstück am Sonntagmorgen zu organisieren. Um die Ecke hatte er frische Brötchen und Croissants besorgt. Sara sollte solange im Bett bleiben und sich ausschlafen. Darauf hatte er bestanden, nachdem sie in der Nacht so viel gefahren war. Er hatte hausgemachte Orangenmarmelade beim Bäcker besorgt, Eier auf den Punkt abgekocht, genau wie sie es mochte. Etwas Käse und Wurst hatte Sara ihm am Vorabend in den Kühlschrank gelegt, und er hatte zudem die aus Brienz mitgebrachten Früchte und den letzten Joghurt aufgetischt. Sara schmeckte es so gut wie noch nie, sie schaute sich um, sie schaute ihn an – hier würde sie sich wohlfühlen. Bald würde es noch schöner aussehen, sie wollte ihm ja bei der Einrichtung helfen. Alex' Wohnung würde danach hübsch aussehen. Ein bisschen Rosa würde sie sicher auch unterbringen, grinste sie in sich hinein. Und so praktisch, gerade mal wenige Minuten von ihrem Hotel entfernt. Besser ging es nicht. Wobei es für sie völlig egal war, wo sie künftig leben würden. Hier oder im Hotel, Hauptsache, er würde niemals davonflattern.

»Wollen wir Anton einladen?«, fragte Sara, der einfiel, weshalb sie mit Alex in Brienz war. »Er fährt ja morgen mit meinem Vater nach Brienz und sollte zuvor ein paar Dinge von uns erfahren.«

»Keine schlechte Idee«, antwortete er lachend und dachte daran, wie turbulent es in Herberts Haus zugegangen war. Wie im Taubenschlag kamen die Einbrecher. »Kannst du ihm eine Nachricht schreiben? Wollen wir ihn zum Kaffee auf den Nachmittag einladen?«

Anton kam und stellte sich pro forma Alexander gegenüber vor, bot ihm das Du an und erklärte auf die Schnelle:

»Sara hat sich mir anvertraut, wir können über alles sprechen.«

»Ich weiß«, antwortete Alexander, »sie hatte es mir bereits erzählt.«

Sara berichtete in groben Zügen, was sie in Brienz herausgefunden hatten, was ihnen suspekt vorkam und vor allem, dass Anton darauf achten sollte, ob Salvatore Herbert gegenüber etwas von ihrem Besuch erwähnen würde.

»Das läuft fantastisch«, freute sich Anton, und sein Ohr juckte, »Salvatore werde ich auf den Zahn fühlen. Er weiß viel mehr, als er sagte, und über Herbert bekomme ich den Rest mit, vielleicht verplappert er sich.« Er war am Kombinieren, natürlich lag es auf der Hand, wer die Unterlagen aus

Herberts Haus beiseitegeschafft hatte. Aber weshalb schützte Salvatore ihn, und was hatte Herbert gemacht, um sich so von ihm erpressen zu lassen? Die vielen Kreditvereinbarungen sprachen dafür, Salvatore erpresste ihn im großen Stil. Über viele Jahre und vielleicht noch immer?

»Du, Anton, wie geht es eigentlich meiner Mutter?«, wollte Sara von ihm wissen. »Ich habe von ihr die letzten zwei Tage nichts gehört, keinen Anruf, keine Nachricht – nicht mal eine Antwort auf meine Nachricht, dass wir gut angekommen sind. Sie wollte noch nicht mal wissen, *wo* wir überhaupt angekommen sind.«

»Kein Wunder«, versuchte er die Situation herunterzuspielen, Doris war eingeschnappt. Sie machte im Moment nur das Notwendigste, sie kümmerte sich um alles pflichtbewusst, um die Hotelgäste, um das Frühstücksbuffet und kochte weiterhin jeden Abend für Anton und Herbert, aber sie redete mit beiden fast kein Wort. »Sie ist enttäuscht.«

»Wegen mir«, fragte sie besorgt, »weil ich übers Wochenende weggefahren bin?«

»Weil du unbedingt nach Brienz wolltest und sie es im Gefühl hatte, dass du dorthin fahren würdest. Das hatte sie mir gesagt. Aber das war nicht der Hauptgrund.«

»Was ist passiert?«, fragte Sara erleichtert. »Hast du etwas angestellt?«

»Das nicht gerade«, bemühte sich Anton um die richtigen Worte, »nur weil ich mit Herbert Freundschaft geschlossen habe und wir morgen nach Brienz fahren. Sie fühlt sich ausgeschlossen.«

»Und verraten?«, schaute Sara ihn vorwurfsvoll an. »Warum wollt ihr sie nicht mitnehmen?«

»Herbert hatte sie eingeladen, sie hatte jedoch abgelehnt.«

»Wie geht es mit euch beiden weiter? Wenn ich dich so direkt fragen darf. Magst du sie?«, wollte Sara wissen.

»Deine Frage kann ich nicht so einfach beantworten«, wich er aus, »ich fühle mich sehr wohl. Ist ein wunderschöner Aufenthalt, ich genieße ihn wie einen Urlaub und werde länger bleiben.«

»Und? Magst du sie?«, Sara wollte ihre Mutter glücklich sehen. Aber mit wem? Wie sah Anton seine Chance? »Würdest du dich verlieben, wenn mein Papa nicht wäre?«

»Das umschreibt das Problem ziemlich genau«, reagierte Anton erleichtert darauf, dass Sara selbst eine Antwort gefunden hatte. »Wenn dein Vater nicht so ein netter Kerl wäre ...«

»Das ist er«, nickte sie, »vielleicht kommen die beiden wieder zusammen.« Und schenkte damit Anton reinen Wein ein. »Das würde ich mir wünschen.«

»Wann kommst du ins Hotel?«, wechselte Anton das Thema. Ihm war die Vertrautheit zwischen den beiden nicht entgangen, er würde Alexander zur Rede stellen. Das war nicht professionell, so gut er ihn verstehen konnte.

»Erst am späten Abend«, kam es vergnügt von Sara, die seinen Ratschlag in den Wind geschlagen hatte. »Wir kochen uns etwas und genießen den Sonntagabend, das ist wie Urlaub«, lachte sie. »Genauso wie für dich mein Hotel – nur nicht so kompliziert.«

Nachdem Anton gegangen war, fragte Sara frivol: »Wollen wir da weitermachen, wo wir heute Nacht aufgehört haben?«

Alex sagte nichts, sondern nahm sie huckepack mit in den oberen Stock und legte sie voller Vorfreude in sein kleines Bett. »Habe schon alle Kuscheleinheiten aufgebraucht!«

»Bin auch ausgehungert«, bestätigte sie ihm lachend und küsste alle ihre neu entdeckten Lieblingsstellen genussvoll ab. »Hmm lecker, ich werde mich nie an dir sattküssen«, schmachtete sie ihn an, »ich bin ein wenig süchtig nach dir!«

»Nur ein wenig?«, er drückte sie lachend in die Kissen. »So geht das aber nicht!« Und küsste sie leidenschaftlich zurück. »Das *ein wenig* werde ich dir noch wegküssen.«

»Einverstanden«, kam es begeistert von Sara, »das hört sich sehr gut an – mach weiter!«

Kapitel 57

Brienz, 2021

Anton und Herbert fuhren, wie vereinbart, am Montagmorgen nach Brienz. Ihr erster Weg führte sie in den Landmarkt. Anton wollte unbedingt einkaufen. Es war nur ein Vorwand – in Wahrheit wollte er Salvatore kennenlernen.

»Grüezi miteinand«, wurden die beiden Männer von Salvatore freudig im Geschäft begrüßt, »Herbert, wen hast du heute dabei?« Neugierig schaute er zu Anton und musterte ihn auffällig.

»Das ist ein Freund aus Deutschland«, antwortete Herbert, »wir bleiben ein paar Tage.«

»Soll ich euch ab morgen ein paar Bürli liefern lassen?«

»Gerne«, antwortete Herbert und wurde verlegen, »wie immer.«

»Dann geht bei mir lädele«, freute sich Salvatore, »wir sehen uns die Tage sicher«, grüßte freundlich und lief rasch zum Lieferanteneingang, an dem gerade ein Lkw entladen wurde.

»Brötchen«, übersetzte Herbert lachend das Wort Bürli, nachdem er Antons fragendes Gesicht gesehen hatte.

»Das habe ich schon verstanden.«

»Ach so, die liefert er uns immer«, erklärte sich Herbert darauf, »wenn ich mit Claudia hier bin.«

»Ihr seid regelmäßig hier?«, Anton wollte es genau wissen. »Wollte Doris deshalb nicht mitkommen?«

»Nein«, er schüttelte den Kopf, »wir reden darüber nicht, sie weiß davon nichts. Doris taucht hier sowieso nie auf, weil sie Angst hat, verschüttet zu werden.«

»Und du nicht?«

»Du wirst es gleich sehen«, gab er zur Antwort, »wir haben oberhalb vom Haus eine kleine Schutzmauer für Schlamm gebaut. Die leitet mögliche Wasserabflüsse um das Haus herum, darüber ist ein starkes Stahlnetz, welches Felsbrocken bis zu 15, 20 Tonnen aufhalten könnte.«

»Das hört sich sicher an«, nickte Anton anerkennend, »bin sehr gespannt, wie es oben aussieht.«

Eine halbe Stunde später waren sie am Berg oben, das Haus war tatsächlich sehr gut abgesichert. Das Stahlnetz war mit starken Stahlträgern, die im Fundament einzementiert waren, zusätzlich im Felsen oberhalb verankert. Das sah massiv aus, Anton konnte nicht verstehen, weshalb Doris diesem Bollwerk misstraute.

»War es schwer, hierfür eine Baugenehmigung zu erhalten?«

»Oje«, lachte Herbert, »das ist eine längere Geschichte.«

»Die mich interessiert«, lachte Anton, er wollte alles erfahren. »Hast du womöglich gar keine?«

»Inzwischen schon«, erzählte er eine harmlos klingende Geschichte, »wir haben das einfach gebaut, vor lauter Panik, die nächsten Felsen könnten kommen und unser Haus umstoßen. Und später erhielten wir dann Post, wir hätten illegal ein Bauwerk errichtet.«

»Wie hast du das Problem gelöst?«

»Salvatore hatte damals alles geregelt«, gab Herbert Auskunft, »der Mann unten vom Landmarkt, der kennt alle und hatte es hinbekommen.«

»Ihr seid Freunde?« Herbert nickte, er sagte nichts dazu, Anton wusste, so wirkliche Freunde waren sie nicht. Salvatore war auch nicht der Menschenfreund, der anderen einen sechsstelligen Betrag leihen würde, das hatte er dem Mann vom Gesicht abgelesen. Anton brauchte nur einen Blick und konnte sich einen guten ersten Eindruck von seinem Gegenüber machen. Salvatore war gerissen, und was er aus dem Gespräch von Sara und Alexander erfuhr, war er ein rücksichtsloser Geschäftsmann. Die Zinsen, die er für seine Kredite aufgerufen hatte, waren Wucher. Oder, so klug schätzte er ihn ein, gerade knapp darunter, damit die Verträge nicht anfechtbar waren. Aber eines war klar, Freunde waren die beide nicht.

»Schau, genau hier«, Herbert hatte Anton ja mitgenommen, um die Gefahrenlage einzuschätzen, »schlug damals bei uns ein Fels ein. Da wir jedoch alles aus Holz gebaut haben, wurde nur die Balkenlage verschoben, das Haus selbst blieb stehen.«

»Und auch weil der Felsbrocken«, überlegte sich Anton, »nicht so schwer war?«

»Natürlich, das auf jeden Fall.«

»Wo genau stand das Nachbarhaus?«

»Hier drüben.« Herbert lief ein paar Meter und zeigte auf ein inzwischen zerbrochenes Fundament, durch dessen abgebrochene Ecke ein Baum wuchs. »Hier stand es, der untere Stock war gemauert, darüber alles aus Holz.« Interessiert schaute sich Anton um:

»Sehr schön hier«, er schaute Herbert dabei in die Augen, »warum hast du damals das zweite Grundstück gekauft?«

»Das war nicht so teuer«, gab Herbert ausweichend eine Antwort, »und so eine Alleinlage ist schöner.«

»Und trotzdem habt ihr damals nicht mal euer eigenes Haus genutzt?«

»Weil Doris es am Ende dann doch nicht wollte.«

»Na ja, gut, dafür kannst du ja nichts«, reagierte Anton verständnisvoll, »wenn man genug Geld hat, kann man sich so eine kleine Fehlinvestition leisten.« Herbert reagierte nicht. Anton wollte auf das Thema Schulden kommen, er wusste nur nicht recht, wie er es anstellen sollte. »Deine Firma lief ja gut, oder?«

»Natürlich«, nickte Herbert, »im Gegenteil, wir hatten fast zu viele Aufträge, wir konnten nicht alle annehmen.«

»Besser geht es ja nicht«, lachte er, »dann konntest du dir die lukrativsten heraussuchen?«

»So ungefähr.«

»Als ich mein Maklerbüro eröffnet hatte«, versuchte es Anton erneut, »da wollte mir meine Hausbank fast keinen Kredit geben, obwohl ich nicht so viel benötigt hatte. Wie war das bei dir?«

»Wie meinst du das?«, stellte sich Herbert dumm, er wollte nicht über Geld reden, sondern mehr über die Einschätzung, ob sein Haus in den Bergen in den nächsten 20 Jahren noch stehen würde.

»Na ja«, begann Anton, »als Bauunternehmer brauchst du doch immens viel Kapital, die ganzen Baumaschinen, du musst in Vorleistung gehen. Allein, bis so ein Haus vom Kunden bezahlt wird.« Als Herbert nicht reagierte, fragte er direkter: »Du hast doch sicher einen sehr hohen Kredit benötigt? Wie viel Startkapital hast du am Anfang gebraucht?«

»Das weiß ich nicht mehr«, wich Herbert aus, »meine Hausbank hat mir damals alles gegeben, was ich gebraucht hatte, und die Firma lief, Geld war nie ein Problem.«

»Du Glückspilz«, lachte Anton, »andere müssen sich von irgendwelchen Kredithaien Geld leihen – zu unterirdischen Konditionen.«

»Wollen wir auf den Berg hochlaufen, damit du die Fotos für deinen Freund machen kannst?« Herbert wollte nicht über Geld reden, das war alles so lange her. »Soll ich das Gebüsch aus der Felssicherung am Haus entfernen, damit du es besser fotografieren kannst?«

»Nein«, schüttelte Anton seinen Kopf, »das genügt so. Hast du die Baubeschreibung dazu? Aus der die technischen Daten ersichtlich sind?«

Herbert schüttelte seinen Kopf und bedauerte: »Leider nicht mehr.« Ihm fiel ein, dass alles Salvatore in seinem Tresor hatte, der Mistkerl. Zu dem er noch immer so freundlich sein musste. Erst vor zwei Jahren hatte sich Salvatore erdreistet, ihn erneut zu erpressen, damals hatte er ihn angeblich vor einer Sonderabgabe für den Straßenunterhalt unterhalb von seinem Haus bewahrt. Er hatte ihm das Geld gegeben, er wollte seine Ruhe. Groll stieg in ihm auf, es ärgerte ihn, dass Salvatore keine Ruhe gab.

Kapitel 58

Anton hatte genug Fotos geschossen und die schöne Aussicht mit Herbert genossen. Wirklich weitergekommen war Anton nicht. Nur eines war klar, Herbert war nicht ehrlich und wollte das Haus in den Bergen um keinen Preis der Welt hergeben. Wegen Claudia? Oder welchen Grund gab es? Er würde mit ihm am Abend grillen und vielleicht, sobald der Alkoholpegel hoch genug wäre, mehr erzählt bekommen. Die Grillkohlen glühten, die saftigen Steaks lagen dampfend darüber, der Kühlschrank war mit Bier gefüllt. Für Gemüse und Salat war kein Platz mehr. Es würde ein echter Männerabend werden. Ein alter Land Rover Defender fuhr die schmale Straße nach oben.

»Erwartest du Besuch?«, fragte Anton freudig.

»Eigentlich nicht«, schüttelte Herbert verdrießlich den Kopf, »das Auto gehört Salvatore.«

»Herbert«, rief Salvatore von weitem, nachdem er aus dem dreckverspritzten Rover ausgestiegen war, »ich muss dir was Wichtiges sagen.«

»Oje«, murmelte Herbert leise zu Anton, »der Abend hätte so schön werden können.«

»Deine Tochter war am Wochenende hier«, platzte Salvatore mit der Neuigkeit heraus und setzte sich ungefragt an den Tisch. »Wusstest du das?«

»Nein«, kam es überrascht von Herbert. »Was wollte sie?«

»Hast du auch ein Bier für mich?« Salvatore hatte große Lust auf einen schönen Männerabend. »Ich habe euch extra Fleisch zu eurem Einkauf dazugegeben«, grinste er breit, »das

Kobe-Beef ist für mich – lege es mir bitte auf den Grill!« Anton war erstaunt über die Dreistigkeit von ihm, es wurde immer klarer. Herbert stand tief in der Schuld des anderen. Der Grund für dessen Erpressung bestand wohl noch. Sonst würde er sich nicht dermaßen frech aufführen. Und Herbert würde sich nicht so behandeln lassen. Herbert reichte Salvatore mit einer etwas säuerlichen Miene das gewünschte Bier und legte das nicht bestellte Steak auf den Grill.

»Was wollte sie?«, wiederholte er seine Frage. »Hast du mit ihr gesprochen?«

»Mit ihr und ihrem neuen Freund.«

»Mit ihrem neuen Freund?« Herbert sank in sich zusammen, was sollte das alles? War das wieder eine Masche von Salvatore?

»Sie versuchen herauszufinden, was hier läuft, Herbert.« Und lachte höhnisch. »Sie unterstellen dir, du hättest die Nachbarn verschwinden lassen, damit du das Grundstück kaufen konntest.«

Anton war erstaunt, wie gut und schnell Salvatore die Lage eingeschätzt hatte. Alexander hatte ihm ja berichtet, sie hätten sich für Urs und Vreni interessiert und Salvatore das gegenüber gut begründet. Der Italiener hatte jedoch mit einem Blick die Sache durchschaut. Anton sah Herbert zusammenzucken, nachdem der andere so offen auf ihr Geheimnis angespielt hatte. Der Abend würde interessant werden.

»Was meint er damit?«, mischte sich Anton ins Gespräch und schaute zuerst Anton, als der nicht reagierte, Salvatore an. »Was läuft hier? Was ist mit den Nachbarn?«

»Salvatore heiße ich«, kam es energiegeladen von dem Südländer, neugierig musterte er Anton.

»Anton.«

»Wer bist du?«

»Ein Immobilienmakler in Ruhestand.«

»Keine Ahnung«, log Salvatore, der die Sprachlosigkeit von Herbert überging. »Ein gewisser Alexander hatte sie begleitet, ein Privatdetektiv.«

»Was wollten sie?«, fragte Anton Salvatore, nachdem sich Herbert nicht mehr am Gespräch beteiligen wollte.

»Sie haben Fragen gestellt.«

»Ja, welche?«

»Das sagte ich bereits«, kam es genervt von Salvatore. »Nach den ehemaligen Nachbarn, wohin sie gezogen sind. Weshalb Herbert das Grundstück gekauft hat.« Er war nicht über Antons Nachfrage genervt, sondern vielmehr darüber, wie sich Herbert gehen ließ. Der Mann hatte keine Nerven. Keinen Mumm in den Knochen. Kein Wunder, dass seine Tochter ihm auf der Nase herumtanzte. Er, wäre er ihr Vater, würde sie dermaßen einbremsen, sie würde ihm nicht hinterherschnüffeln. »Herbert«, sprach er ihn an, »interessiert dich denn nicht, was deine Tochter so treibt?«

»Doch«, stammelte Herbert, »doch, natürlich.«

»Dann komm morgen zu mir«, gab Salvatore an, »dann erzähle ich dir alles.«

»Du kannst auch jetzt reden«, schlug Anton vor und nutzte Herberts Unfähigkeit, sich zur Wehr zu setzen, »ich bin mit den Familienverhältnissen bestens vertraut. Euer Geheimnis ist bei mir gut aufgehoben.«

»Ach ja«, wollte Salvatore spöttisch wissen, »was ist dir vertraut?«

»Alles«, nickte Anton vertrauenswürdig, »das mit dem Haus, der einen Nacht. Auch jetzt, was gerade läuft. Zum Glück warst du am Wochenende«, er schaute Herbert an, »nicht mit deiner Claudia wieder in Brienz.«

»Wie lange kennt ihr euch noch mal?«, fragte Salvatore Herbert und schaute Anton argwöhnisch an. »Von *dir* habe ich noch nie was gehört.«

»Und du meinst«, drehte Anton auf, »wenn *du* was nicht weißt, dann gibt's das nicht?«

»Streitet nicht!«, ging Herbert abgekämpft dazwischen. »Wer ist Saras neuer Freund?«

»Alexander«, Salvatore ließ von Anton ab und gab Herbert die gewünschten Antworten. »Der Sohn deines ehemaligen Nachbarn.« Fast genüsslich ließ er den letzten Satz fallen und verfehlte damit seine Wirkung nicht. Herbert war schlagartig am Gespräch interessiert. »Er hat in Radolfzell eine Privatdetektei in eurer Nähe. Er möchte herausfinden, wo seine Eltern geblieben sind. Er ist ganz verbissen!«

»Und *der* ist der Freund meiner Tochter?« Aus Herberts Gesicht wich jede Farbe. »Das kann doch nicht wahr sein. Du hast da was verwechselt!«

»Ich und was verwechselt?«, Salvatore kniff seine Augen gefährlich zusammen. »Pass auf, was du sagst. Ich habe noch nie was verwechselt.«

»Habe davon nichts mitbekommen.«

»Das ist ja nichts Neues!« Es klang verächtlich und war von Salvatore auch genau so gemeint. »Du hast deine Frauen absolut nicht im Griff!«

»Wie konnten sich die beiden kennenlernen?«

»Wie wohl!« Salvatore schüttelte den Kopf über so viel Dummheit auf einem Haufen. »Alexander hat sich an deine Tochter rangemacht.« Herbert war eine echte Gefahr für ihr Geheimnis. Früher dachte er, Doris sei die Schwachstelle, aber je länger er Herbert kennenlernen musste, desto bewusster wurde ihm, wer das schwache Glied in der Kette war. Offensichtlich weihte er Fremde in ihre Geheimnisse ein. Zuerst die Anwältin und jetzt diesen Anton, was sollte er mit dem Warmduscher machen?

»Die Frage ist nicht«, warf Anton vorsichtig ein, die Stimmung war explosiv und er wählte seine Worte behutsam, »wie sich die beiden kennengelernt haben, sondern, was sie vorhaben und was sie bereits wissen.«

»Der erste vernünftige Satz!« Salvatore schaute anerkennend Anton an. »Sie geben sich als Detektive im Auftrag einer Lebensversicherung aus, die den Verbleib von Vreni und Urs ausfindig machen sollen.«

»Welche Versicherung?« Herbert tropfte der Schweiß von der Stirn. Er saß in unmittelbarer Nähe zum Grill, und der Wind hatte seine Richtung verändert. Er rückte zur Seite, um dem Rauch aus dem Weg zu gehen.

»Die Anfrage der Versicherung wird es nicht geben«, antwortete Anton und erntete damit einen weiteren dankbaren Blick von Salvatore. »Du kannst im Moment nicht klar denken, trinke was!«

»Was haben sie schon alles herausgefunden?«, fragte Anton scheinheilig, während er Herbert weiter verunsicherte. »Doris hat mir jedes Detail erzählt.«

»Sie haben die Gerichtsunterlagen auf deinem Dachboden gefunden«, donnerte Salvatore, dessen Pulsader kurz vor dem Explodieren war, »wie kann man nur so bescheuert sein, Herbert! Du und deine unterbelichtete Doris! So was Dämliches habe ich lange nicht gesehen.«

»Was meinst du?« Herbert schien tatsächlich unterzuckert zu sein, er trank einen Schluck.

»Wie kann man zum Beispiel die alten Ordner aufbewahren? Du hattest die Bauunterlagen dort auf dem Boden liegen, wen interessiert das heute?«

»Ach so«, nickte Herbert dümmlich. »Werde ich morgen entsorgen.«

»Brauchst du nicht«, Salvatore langte sich an die Stirn, »das habe ich bereits für dich erledigt! Dir ist die Brisanz im Moment nicht bewusst – oder?«

Also war Salvatore in das Haus eingebrochen und hatte

die Unterlagen an sich genommen. So wie von Alexander und Sara vermutet. Das lag auf der Hand, dachte Anton und wartete darauf, endlich echte Neuigkeiten zu erfahren. Bisher war nichts Verwertbares für ihn dabei.

»Wann verjähren die Taten?«, zündete Anton vorsichtig eine Nebelkerze.

»Das sollte Herberts Anwältin beantworten«, fuhr Salvatore aufgebracht Herbert an. »Du solltest wissen, was ich Sara geantwortet habe. Komm morgen, wenn du nüchtern bist, dann erzähle ich dir alles. Bremse sie ein, sie wird sonst Gerüchte über dich streuen, die dir nicht angenehm sein können.«

Damit war das Thema für diesen Abend abgeschlossen. Salvatore hatte genug, er sah Herbert an, wie mürbe ihn das alles schon gemacht hatte. Er würde am nächsten Tag ein ernstes Wort mit ihm reden, vielleicht mit seiner Anwältin. Sie schien clever zu sein, er hatte ein Gespräch zwischen Herbert und ihr belauscht. Die Frau wusste, was sie machte, und vor allem, sie hatte einen guten Einfluss auf den angezählten Herbert.

Kapitel 59

»Alex!«, rief Sara freudig die Treppe nach oben. »Bist du fertig?« Sie war die paar Minuten von ihrem Hotel bis zu Alex' kleinem Häuschen am Rande der Radolfzeller Altstadt zu Fuß gelaufen.

»Gleich.« Er packte seine Reisetasche, diesmal würden sie mit seinem kleinen Bus nach Brienz fahren. Es fühlte sich gut an. Sie würden sich auf die Lauer legen. Mit Anton hatten sie den nächsten Schritt gut abgestimmt. Herbert würde mit seiner Claudia das Wochenende in den Bergen verbringen. Sobald sich die Detektive Sara und Alex in Position gebracht hatten, würde Anton anrufen, Herbert aufschrecken und das nachfolgende Gespräch in die gewünschte Richtung lenken. Allerdings freute sich Alex nicht nur darauf, er freute sich noch mehr auf die gemeinsame Zeit in den Bergen mit Sara. Sie stellten ihren kleinen Bus beim Wildpark in Brienz ab, gut versteckt vor den neugierigen Blicken Salvatores, der um diese Zeit sicher im Landmarkt war. Sie wollten nicht zufällig entdeckt werden. Und liefen so unauffällig wie möglich zu ihrem Ferienhaus nach oben. Die letzten Meter schlichen sie wie die Indianer. Sie hatten Glück, Herbert hatte den Grill angefeuert. Claudia bereitete das Grillgut vor und gab es ihm gerade. Gemüse und Fisch. Die Detektive saßen genau im Wind, der angebräunte Fisch duftete verführerisch. Ihnen lief das Wasser im Mund zusammen. Sie warteten, bis die zwei mit dem Essen begannen. Claudia brachte einen gekühlten Weißwein. Sara konnte es genau sehen, sie hatten es sich hinter einem Busch so gemütlich wie möglich gemacht, keine zehn

Meter entfernt. Ihre Handys hatten sie auf stumm geschaltet. Sara nickte Alex zu, der Zeitpunkt war gekommen. Er nahm sein Smartphone in die Hand und tippte lautlos:

»Es kann losgehen!« Die Nachricht war für Anton bestimmt, der darauf gewartet hatte. Kurz darauf klingelte das Telefon von Herbert.

»Ja?«

»Ich bin es«, antwortete Anton, »ich muss dir eine Info geben.«

»Ich höre«, lauschte Herbert gespannt.

»Alexander, der Sohn von Urs und Vreni, schleicht um das Hotel in Radolfzell«, log er ihn an und hoffte, Herberts volle Aufmerksamkeit zu erhalten.

»Ist er allein?«

»Ja, aber …«, machte Anton es spannend, »ich habe was erfahren, das darfst du jedoch Doris nicht sagen. Versprochen?«

»Ja«, kam es leicht überfordert, Anton stockte der Atem, so angespannt war er auf einmal.

»Alexander hat deine Frau bedroht, er war im Hotel«, gab Anton sein Geheimnis preis, »und hat ihr auch auf der Straße aufgelauert. Wir müssen ihn einbremsen.«

»Was soll ich machen? Soll ich kommen?« Herberts Puls schnellte in die Höhe, das Herz schmerzte ihm. Das kam in letzter Zeit öfter vor. Deshalb beachtete er es kaum.

»Nein«, entspannte Anton ihn, »ich habe alles im Griff, aber sprich du mit deiner Anwältin darüber, wann die Taten verjähren oder was sie sonst für eine Idee hat.«

Der Anruf wirkte wie geplant. Herbert legte nervös das Telefon zur Seite, der Appetit war ihm vergangen.

»Wer war das?« Claudia war besorgt. »Müssen wir zurück?«

»Nein«, schüttelte Herbert hektisch den Kopf, »wir haben ein Problem. Meine Tochter Sara spioniert mir hinterher.

Alexander ist auch aufgetaucht, ihr neuer Freund. Der ist Detektiv. Hat wohl meine Frau bedroht. Also, die Doris«, wie er sich gleich wieder distanzierte.

»Was wollen wir machen?«, fragte Claudia besorgt. »Möchtest du Sara alles gestehen? Bevor sie es selbst herausfindet?«

»Wann verjährt das eigentlich?«, stellte Herbert die Frage von Anton.

»Das mit Sara ist eine dauerhafte Straftat, die verjährt erst ab der Beendigung der Tat.«

»Das heißt?»

»Das bedeutet, die Verjährung beginnt ab dem Zeitpunkt, an dem die Straftat beendet ist.«

»Erst wenn die Wahrheit ans Licht kommt?«

»Nicht ganz.«

Alex und Sara lauschten und hielten ihren Atem an. Sie konnten fast nichts mehr verstehen, die beiden unterhielten sich leise. Sie bekamen nur Gesprächsfetzen mit. Der Kauf des Nachbargrundstücks sei Teil einer Wiedergutmachung gewesen. Danach unterhielten sich die beiden im Juristendeutsch, sie schnappten das Wort »Personenstandsgesetz« auf, dann zogen sie sich aus ihrem Versteck zurück. Immer mehr Fragen tauchten auf, sie schauten im Internet einzelne Worte nach und riefen vom Bus aus Anton an.

»Haben sie euch bemerkt?«, wollte er als Erstes wissen.

»Nein«, beruhigten sie ihn, »alles prima gelaufen.«

»Worüber haben sie sich unterhalten, haben sie sich über Verjährung ausgetauscht?«

»Ja«, antwortete Sara, »von einer Straftat, die erst verjährt, wenn sie beendet ist. Das klingt logisch, allerdings habe ich nicht verstanden, weshalb sie sich darüber unterhalten.«

»Das bedeutet«, erklärte Alex, »eine wiederholte Straftat geht erst dann in die Verjährung, wenn die letzte Tat abgeschlossen ist.«

»Das ist klar«, antwortete Anton, »im Zusammenhang mit den Gerichtsakten könnte man vermuten, es geht um dich, Sara.«

»Und um Alex«, warf Sara ein, »sie sagten, *der* ist jetzt auch aufgetaucht und hat meine Mutter bedroht! Was haben sie damit gemeint?«

»Erzählt mir alles«, überging Anton diesen heiklen Punkt, »dann können wir uns ein Bild machen. Und fahrt so unsichtbar wie möglich aus Brienz raus, der Salvatore hat seine Augen und Ohren überall.« Nachdem die beiden über ihre Freisprecheinrichtung Anton alles wiedergegeben hatten, fasste Anton die neuen Erkenntnisse zusammen:

»Sara, mein Eindruck verfestigt sich«, er machte eine Pause, »möchtest du immer noch die Wahrheit erfahren?«

»Auf jeden Fall!«, kam es überraschend klar von ihr.

»Es könnte sich um eine Leihmutterschaft handeln. Die ist und war in Deutschland verboten.«

»Das bedeutet, meine Eltern sind nicht meine biologischen?«

»Vielleicht, wir werden sehen. Vielleicht ist dein Vater dein richtiger und du hattest eine Leihmutter oder was auch immer. Möchtest du das in Erfahrung bringen?«

»Ja!«

»Dann besorge dir die Zahnbürsten deiner Eltern. Oder anderes DNA-Material, auch von dir, und gib mir alles. Ich kenne jemanden, der uns den Gentest durchführt. Danach wissen wir mehr.«

In Saras Kopf schwirrten tausend Gedanken, die erste Nacht im Bus von Alex wurde nicht so romantisch wie geplant. Obwohl sie die Wahrheit erfahren wollte, war Sara durch den Wind. Das Schlimmste, was man ihr antun konnte, war, sie zu belügen.

»Weißt du«, sagte sie eindringlich zu Alex, »wenn du mich liebst, dann lügst du mich niemals an. Ich weiß nicht, wie ich meinen Eltern noch vertrauen soll, wenn sie tatsächlich nicht meine Eltern sind. Wie soll ich damit umgehen?«

»Sie wollten dir kein schlechtes Gefühl geben«, verteidigte Alex sie und dachte dabei an sich selbst. Er log Sara auch an, aus seiner Sicht konnte man nicht immer alles direkt sagen.

»Da bin ich anderer Meinung«, beharrte Sara auf ihrer Meinung. »Spätestens mit 18 hätten sie es mir sagen müssen. Da gibt es keine Entschuldigung!«

»Du hast ja recht«, versuchte er bereits im Vorfeld zu vermitteln, »warte ab, was dabei herauskommt, und dann …«

»Und dann?«

»Dann hörst du ihre Argumente an!«

»Bei denen ich überlegen muss, ob sie gelogen sind oder nicht?« Sara schüttelte den Kopf. »Bei mir ist klar, wer mich so hintergeht, der ist für mich Geschichte!«

»Und all das Gute, das wäre dann Geschichte?«

Sara sagte nichts mehr.

Alexanders schlechtes Gewissen wurde unerträglicher. Hätte er doch gleich gesagt, wie es wirklich war. Dass er der adoptierte Sohn von Vreni und Urs war. Und er selbst auf der Suche nach der Wahrheit war. Er würde aus der Geschichte nicht mehr heil herauskommen. Es war wie immer. Kaum hatte er sich verliebt, tauchten die ersten Wolken auf. Sara kuschelte sich arglos in seinen Arm, er genoss ihre Wärme, ihr Vertrauen. Wer weiß, vielleicht zum letzten Mal.

Kapitel 60

Radolfzell, 2021

Sara und Alex fuhren am nächsten Tag zurück. Sara hatte sich entschieden, Doris, wie sie ab sofort ihre Mutter nennen wollte, in die Mangel zu nehmen. Und zwar, bevor ihr Vater aus Brienz zurückkommen würde. Alex konnte dem Plan nichts Gutes abgewinnen. Er schlug vor, Anton anzurufen, ihn einzubinden. Sara ließ sich jedoch nicht von ihrem Vorhaben abbringen, und so standen sie am Vormittag vor dem Hotel *Seeblick*. Vielleicht würden, so hoffte Alex, weitere Verbrechen herauskommen, bevor sie hineingingen, und von ihm und seiner Lüge ablenken. Wäre er nicht mitgekommen, Sara hätte noch mehr Verdacht geschöpft.

Ohne lange abzuwarten, stürmte Sara in ihr Hotel und lief zielstrebig auf ihre Mutter zu, die gerade das Frühstücksbuffet auffüllen und Anton frisches Obst bringen wollte.

»Doris«, fing Sara unterkühlt an, nahm ihrer überraschten Mutter das Tablett aus der Hand und stellte es auf den Tisch bei Anton ab. »Lass das stehen, komm sofort mit!«

»Ich hab zu tun«, antwortete sie verdattert. Was war geschehen, fragte sich Doris für einen kurzen Moment. Es gab keine Begrüßung, keine Umarmung wie sonst. Dann entdeckte sie, ihre Miene versteinerte sich, Alexander, der direkt hinter ihrer Tochter hereingelaufen war. Der hatte ihr gerade noch gefehlt. »Ich *habe* zu tun«, wiederholte sie trotzig, wendete sich ab und wollte nach dem Tablett greifen.

»Ich muss *jetzt* mit dir reden.« Sara hielt sie am Oberarm fest. »Wir können auch hier reden. Wenn du das unbedingt möchtest. Das ist Alexander, ein Privatdetektiv.«

Doris brachte kein Wort über die Lippen. Woher kannten sich die beiden? Hatte dieser freche Alexander es tatsächlich gewagt, ihre Tochter gegen sie aufzuhetzen? Ihr entging, wie unglücklich er schaute. Wie zurückhaltend er war. Ganz im Gegensatz zu den anderen zwei Auftritten. Anton, der ebenfalls überrascht war, stand auf, schaute Alex an, der nur mit den Schultern zuckte.

»Komm mit ins Büro!« Sara zog Doris unsanft hinter sich her. Alex und Anton folgten. Nachdem alle vier im kleinen Büro standen und die Tür geschlossen war, fragte Sara und schaute ihre Mutter kalt an: »Ich möchte von dir wissen, ob du meine Mutter bist! Sag mir Ja oder Nein!« Doris, die am ganzen Körper zitterte, setzte sich auf den Schreibtischstuhl und atmete schwer. Die Anklage war schwer, was wusste ihre Tochter? »Wenn du mich anlügst, dann war es das«, drohte Sara weiter. Sie hatte sich über Nacht so hineingesteigert – und nun, nun platzte alles aus ihr heraus. »Rede mit mir!«

»Sag uns«, hakte Alexander ein, während er sich vor ihr aufbaute, »was mit Urs und Vreni geschehen ist. Was habt ihr mit ihnen gemacht?«

»Ich kann nicht!«, kam es fast unhörbar von Doris.

»Doch!«, bestand Sara auf ihrer Forderung. »Du kannst das, du hast nur diese eine Chance.« Doris begann zu weinen und schwieg.

»Lasst ihr mich mit ihr allein?«, schlug Anton vor, der vor allem Alexander aus der Schusslinie nehmen wollte. Er schaute Sara bittend an und wiederholte: »Lass mich zwei Minuten mit ihr reden.«

Alex nahm Sara an die Hand und sagte ihr leise: »Komm einfach kurz, du wirst gleich alles erfahren.«

»Anton«, pochte Sara auf ihren Standpunkt und ließ sich nicht beirren, »ich meine es ernst, wenn sie nicht mit mir redet, bin ich weg. Für immer! Wer mich anlügt, der sieht mich nicht wieder!«

»Okay!«, gab Anton nach, der an ihrem Gesichtsausdruck erkennen konnte, wie ernst es ihr war. »Doris, dann sage ich dir jetzt, was ich zu sagen habe«, log er sie an. »Sara weiß alles, sie hat mit Salvatore gesprochen, sie waren gerade in Brienz. Herbert ist dort im Moment auch. Also rede, es ist deine letzte Chance, ehrlich zu sein. Bestätige ihr, was damals passiert ist.« Es dauerte ein paar Minuten, bis sich Doris dazu durchrang. Sie sah keinen anderen Ausweg mehr. Unter Tränen begann sie:

»Liebste Sara, du bist meine Tochter, meine einzige, und ich werde dich immer lieben!«

»Und weiter?«, nahm Sara es nach außen ungerührt zur Kenntnis. »Du bist nicht meine biologische Mutter, sag es mir!«

»Ja!«

»Wer sind meine Eltern?«

»Die ehemaligen Nachbarn von Brienz«, schluchzte Doris kaum hörbar, »Vreni und Urs.«

»Warum?«, fragte Sara entsetzt. »Warum hast du mich ihnen weggenommen?«

»Sie sind gestorben«, Doris schüttelte es bei dem Gedanken. »Du hattest es gut bei uns«, brach es aus ihr trotzig heraus, »sei dankbar dafür! Sie waren keine guten Eltern, sie hatten Alexander vernachlässigt und ihn ins Internat abgeschoben.« Nun schaute Sara entsetzt von Doris zu Alex.

»Du?« Tränen kullerten ihr die Wangen herab. »Du!«, mehr kam Sara im ersten Schock nicht mehr über die Lippen, sie drehte sich um, warf Doris und Alexander einen Blick voller Abscheu zu. »Ihr lügt mich alle an! Die ganze Zeit?«

Sie warf wütend ihr Handy auf den Steinboden, welches in mehrere Teile zerbrach, griff in ihre Schreibtischschublade und nahm fest entschlossen ihren Autoschlüssel. »Was bin ich für euch eigentlich? Ein Experiment?« Sie drehte sich zu Doris: »Wie kannst du im ersten Satz so schlecht über meine wahren Eltern reden? Du bist so was von respektlos! Wie kann man nur so sein wie du!« Sie ging einen Schritt zurück, hätte am liebsten auf den Boden gespuckt, blickte dafür nur angewidert Alexander an: »Was bin ich für dich? Nur eine Marionette? Eine Handlangerin in deinem eigenen Fall? Du lügst mich vom ersten Tag an! Ist das alles, was ihr für mich übrighabt?« Ein letzter Blick voller Verachtung. Dann lief Sara zu Alex' Bus, holte ihre Reisetasche und warf sie in ihr Auto. Alex lief ihr hinterher, wollte sie am Arm festhalten. Sie drehte sich wütend aus seinem Griff, stieg ein, verriegelte die Türe von innen, schaute ihn verächtlich an und fuhr mit durchdrehenden Rädern davon. Alex stand für einen Moment wie angewurzelt da. Dann stürmte er zurück ins Büro und schrie Doris wutentbrannt an: »Ich will alles wissen, sonst ...« Er schlug hart mit der Hand auf den Schreibtisch. Ein falsches Wort – und er würde sich vergessen. Anton schob ihn unsanft auf die Seite und packte ihn gleichzeitig am Unterarm: »Jetzt ist gut!«, sagte er entschieden und drehte ihm den Arm auf den Rücken, um ihn unter Kontrolle zu halten. »Und du, Doris«, forderte er sie unmissverständlich auf, »du erzählst alles! Alexander hat ein Recht darauf.«

»In der einen Nacht hat das Haus die beiden begraben.«

»Wo sind Vreni und Urs nun?«, herrschte Alex sie wütend an, während er sich mit einem heftigen Fußtritt aus Antons Polizeigriff befreite.

»Unter der Mauer oberhalb von unserem Ferienhaus in Brienz«, und brach zusammen.

Kapitel 61

Stuttgart, 2022

»Tigrotto«, Marcella unterbrach ihren Mann, der gespannt über dem nächsten Kapitel von *Verzeihst du mir?* saß. Ihr Ton hatte diesen missbilligenden Unterton. Sven hatte die Bürotür offen, diesmal jedoch die Schritte von ihr nicht gehört. So vertieft war er in die neue Mail von Anton. Gerade las er, wie Alexanders Wut sich steigerte. Es würde eskalieren, er konnte kaum abwarten weiterzulesen. »Wie war dein Tag heute?« Er schaute auf, küsste sie und bemerkte ihren Gesichtsausdruck:

»Was ist, mein Liebling?«, fragte er besorgt. »Wie war *dein* Tag bisher?«

»Tesoro, hast du mir nicht gesagt, die Sonne geht auf und so?« Sie setzte sich mitten auf seinen Schreibtisch. Nahm seine Hände, zog ihn zu sich her, um ihm besser in die Augen schauen zu können.

»Ja, natürlich, der Sonnenaufgang steht gewissermaßen vor der Tür.« Sven schaute sie grinsend an, befreite sich aus ihrem strengen Griff und malte virtuelle Herzchen auf die Handfläche von seinem Schatz. »Was hält mein bezaubernder Sonnenschein so als rosigen Vorgeschmack darauf«, führte er seine Zeichnungen blumig aus, »von einem schönen Sonnenuntergang?«

»Ciccino, sogna ancora, träume weiter, die Sonne ist längst vor Schreck hinten runtergefallen«, feixte sie und schaute ihn skeptisch an. »Vermutlich hat sie sich dabei das Herz gebrochen.«

»Machst du dich lustig?«, kitzelte er seine poetische Traumfrau. »Wollen wir ein Glas Wein auf der Terrasse trinken, sobald die Kinder im Bett sind?« Er setzte dabei seinen unschuldigsten Blick auf, den er inzwischen aus dem Effeff beherrschte. »Ich bin heute sehr früh mit meiner Arbeit fertig, brauche nur einen Moment.«

»Sehr gerne«, lachte sie ihn kopfschüttelnd an und verdrehte dabei die Augen, »zumindest weißt du diesmal gleich, was ich meine.«

»Und ich verspreche dir«, schwindelte er, »dein Absatz von Blutdrucksenkern wird radikal einbrechen. Kannst schon mal auf die kleinen Packungen umstellen!«

»Woher willst du das denn wissen?« Sie kitzelte ihn. »Ich dachte, du bekommst nur jeden Tag ein klitzekleines Stückchen Text und hast keine Ahnung, wie es weitergeht, ciccino?«

»Das stimmt«, versuchte er sie ernst anzuschauen, was ihm jedoch nicht gelang, »mein Liebling, das habe ich im Gefühl.«

»Ach ja«, zwinkerte sie ihn an. »Das hat er im Gefühl?«, neckte sie ihn und verschwand genauso schnell, wie sie gekommen war. Nur ihr blumiges Parfum blieb zurück.

Am Abend, während die beiden aus einem Glas ihren italienischen Rotwein genossen, fragte Sven, wie sie sich an Saras Stelle verhalten und was sie zu Salvatore sagen würde.

»Kann ihre Reaktion gut verstehen«, antwortete Marcella und überging Salvatore, den sie überhaupt nicht leiden konnte. Den alten Macho. »Ich wäre auch zutiefst verletzt und wäre auf und davon. Vielleicht nicht ganz so schnell, hätte mehr nachgefragt, mehr wissen wollen. Und ...«

»Und mit Tassen geworfen?«, flachste Sven und erntete einen vielsagenden Blick von seinem temperamentvollen Schatz.

»Micione, dein Ernst?«

»Nein«, ruderte er zurück, »ist natürlich nicht lustig. Ist ja keine fiktive Erzählung.«

»Genau, das hast du wohl vergessen. So begeistert, wie du mir jeden Abend die Fortsetzung präsentierst. Früher hast du romantische Gute-Nacht-Geschichten geschrieben.« Sie schaute ihn, vermutlich gespielt, vorwurfsvoll an: »Allerdings an andere Frauen! Also«, sie grinste schelmisch, nachdem sie seinen schuldbewussten Blick bemerkte, »strenge dich künftig an!«

»Mein einziger Lieblingsschatz!«, säuselte er erleichtert und grinste bis über beide Ohren, »natürlich, kannst dich auf mich verlassen.«

»Mir tut Sara wirklich in der Seele leid«, fuhr Marcella fort. »Und auch Doris.«

Sven nickte zustimmend, er konnte sich auch in sie hineinversetzen. Jedoch hatte er noch nie verstehen können, wenn jemand in so einer Situation einfach davonlief. »Bin ganz bei dir, aber weshalb weglaufen? Erst mal in Ruhe dem anderen zuhören wäre doch sinnvoller – oder nicht?«

»Orsetto, das ist deine Stärke! Aber manchmal gehen die Gefühle mit einem durch. Das verstehst du? Hoffe natürlich, Sara verzeiht ihrer Mutter – irgendwann. Denn Doris hat ihr ein gutes Leben ermöglicht. Man kann, zumindest als Außenstehender, verstehen, weshalb Doris so gehandelt hat. Wer weiß, ob das damals mit der offiziellen Adoption überhaupt gegangen wäre.«

»Und was ist mit den Männern?«, wollte Sven wissen und sah bereits an ihrer Mimik, was sie sagen wollte. »Hast du für sie überhaupt kein Mitgefühl? Sie sind auch in einer schwierigen Situation.«

»Herbert ist doch kein Mann!«, sie setzte sich auf, ihr Körper versteifte sich. »Keine eigene Meinung, non è una roccia!« Sie schaute ihn erregt an und übersetzte, damit er folgen konnte: »Kein Fels! Wer braucht so was? Kann ich nicht verstehen!«

»Dafür ist Salvatore der Fels in der Brandung«, stichelte Sven, der wusste, wie seine Frau darüber dachte. »Was treibt ihn wirklich an? Das wissen wir nicht.«

»Das liegt doch auf der Hand. So was Geldgieriges habe ich nie erlebt!«, Marcella schüttelte angewidert den Kopf. »Der ist aus dem letzten Jahrhundert. Sein ganzes Benehmen.«

»Und Alexander?«

»Quindi lui è un egoista!«, brach es aus ihr energisch heraus. Die Ehrlichkeit von Marcella liebte Sven. »Nur an sich hat er gedacht. Alle Gelegenheiten, Sara die Wahrheit zu sagen, ließ der verstreichen.« Sie ließ die Augen feurig rollen: »Un coniglio spaventato!«

»Egoistisch war er schon, aber nicht einfältig, er war kein Angsthase«, verteidigte ihn Sven, der die italienischen Worte verstand, »hat sich lediglich an Antons Vorgaben gehalten. Für ihn stand viel auf dem Spiel. Er muss die Geschichte mit seinen Adoptiveltern aufarbeiten, wie sonst soll er sein Trauma heilen? Anton hilft ihm dabei, will die Wahrheit herausfinden. Das war sein Auftrag und hatte für ihn Priorität. Das ist doch legitim«, gestikulierte er wild. Anscheinend hatte das südländische Temperament seiner Frau auf ihn abgefärbt.

»Du mal wieder!«, schaute sie ihn mit hochgezogenen Augenbrauen an. »So einfach machst du es dir?«, und kuschelte sich in seinen Arm. Sie mochte ihn so engagiert, so entschlossen. Immer auf der Suche, den anderen verstehen zu wollen. »Für mich bleibt er ein codardo!«

»Okay«, gab er nach. »Codardo bedeutet auch Angsthase?« Marcella nickte. »Angst hatte er schon. Aber nicht im Sinne von Feigheit, er wollte kein unnötiges Risiko eingehen.«

»Unnötiges!« Marcella schoss impulsiv nach oben. »Cucciolone, zum Glück warst du damals nicht dabei und hast so was Bescheuertes zu Sara gesagt! Da wäre jede Frau erneut explodiert.«

»Picollo vulcano!«, grinste Sven seine aufbrausende Marcella an. »Hier, trinke einen Schluck, zur Abkühlung!«

»Complimenti!«, streichelte sie ihm anerkennend über seinen Dreitagebart und nahm das Glas aus seiner Hand. »Dachte, du hättest kein Talent für Fremdsprachen. Irascibile heißt das auch.«

»Hauptsache, du verstehst mich«, küsste er sie, »ich wollte sagen, Alex hatte sich für seine Alleingänge genügend Rüffel von Anton eingefangen! Ich kann ihn irgendwie verstehen. Er ist kein Angsthase.«

»Du hättest dich anders verhalten! Tigrotto!«

»Cuore mio – das ist ja selbstverständlich!«, bestätigte Sven sofort im Brustton der Überzeugung, auch wenn es keine Frage war. »Ich hätte dich niemals gehen lassen. Mein Leben gäbe ich für dich«, und zog Marcella fest zu sich, während von ihr nur noch zufriedene Laute zu hören waren.

Kapitel 62

Radolfzell, 2021

Alex' Zorn richtete sich gegen Salvatore, ohne seine Unterstützung damals hätte Herbert längst gestanden. Ebenso war er auf Doris wütend, die mit ihrem unsäglichen Wunsch nach einem eigenen Kind erst alles ins Rollen gebracht hatte. Damals und jetzt wieder – hätte sie nicht so nebenbei über seine Eltern gelästert, Sara wäre noch bei ihm. Er konnte diese Xanthippe vom ersten Moment an nicht leiden. Anton hatte gleich Herbert angerufen und ihn mit den neuesten Erkenntnissen konfrontiert. Herbert war so erschüttert, sofort hatte er alles am Telefon zugegeben. Ohne es zu beschönigen. Auch wie Doris damals Alexanders Adoptivmutter Vreni angegangen war und sie gewissermaßen, wenn auch unbeabsichtigt, in das Unglück getrieben hatte. Die Frau, die Saras Verschwinden verschuldet hatte. Aus Alexanders Sicht. Für ihn war es leichter, einen Schuldigen zu haben. Am liebsten hätte er sie am tiefsten Punkt im Bodensee versenkt, aber das wäre nicht genug gewesen. Ein viel zu harmloser Tod für all die Schmerzen, die sie so vielen zugefügt hatte. Er musste sich dringend beruhigen, versuchte, die antrainierten Atemübungen durchzuführen. Seine Wut und Enttäuschung zu bändigen gelang ihm kaum. Er ging an die frische Luft und zog seine Kreise im Garten. Anton lief ihm hinterher, nachdem er nach Doris, die aus ihrer Ohnmacht erwacht war, geschaut hatte. Sie hatte er in ihr Zimmer verfrachtet – und damit vor Alexander in Sicherheit gebracht.

Eine weitere Begegnung zwischen den beiden wollte er im Moment vermeiden.

»Diesmal habe ich einen Plan«, fiel Alexander mit der Tür ins Haus, nachdem er Anton im Garten gesehen hatte, »ich werde alle anzeigen oder, noch besser, mich gleich selbst um die Gerechtigkeit kümmern.«

»Setze dich erst mal«, beruhigte Anton ihn und dirigierte ihn mit sanftem Druck auf die Parkbank. Sie schauten auf die kleinen Schaumkronen auf dem Bodensee, der Wind war aufgefrischt. Aus Schaffhausen zogen dunkle Wolken auf, und die Sturmwarnleuchten am Ufer des Sees blitzten 90-mal pro Minute hektisch auf. Ein Unwetter kündigte sich an. »In der Stimmung kann man keine guten Gedanken fassen.«

»Soll ich diese Frau davonkommen lassen?«, brach es aus Alexander heraus. »Sie hat nicht nur meine Eltern auf dem Gewissen, sondern auch meine Freundin vertrieben. Sie hat mir die Jugend gestohlen. Als krönenden Abschluss auch noch meine Zukunft!«

»Frage dich zuerst«, entgegnete er ruhig, »was sie zu verantworten hat, was sie gewollt hat. Was war ihre Motivation? Wollte sie dir schaden?«

»Soll ich sie laufen lassen? Nur weil du sie nett findest?«

»Nein.« Antons Stimme blieb, im Gegensatz zum immer mehr auffrischenden See, ruhig. »Das verlangt niemand von dir!«

»Was willst du dann von mir?«

»Wollen wir nicht erst nachdenken«, schlug Anton seine Lösung vor, »wie wir das mit Sara in Ordnung bringen? Möchtest du Rachepläne schmieden oder besser deine Liebe retten?«

Alexander sagte nichts mehr. Daran glaubte er nicht mehr. Wie sollte er Sara zurückgewinnen? An ihrer Stelle hätte er genauso reagiert, wenn nicht noch heftiger. Er konnte die Zeit nicht zurückdrehen, kein Wort zurücknehmen. Er würde sich rächen, das war der einzige Weg, den es gab. Die letzte Möglichkeit. Anton, der seine Gedanken offensichtlich lesen konnte, stand auf.

»Komm«, sagte er zu ihm, »wir gehen ins Hotel. Es wird gleich zu regnen beginnen. Solange Doris in ihrem Zimmer liegt und sich erholt, können wir das Büro durchsuchen.«

»Was wollen wir finden?«, fragte Alexander verständnislos. »Wir haben doch schon alles herausgefunden!«

»Hinweise darauf«, redete Anton leise auf ihn ein, »wohin sich Sara zurückgezogen haben könnte. Möchtest du sie nicht finden? Mit ihr reden? Alles in Ordnung bringen?«

Alexander zuckte mit den Schultern. »Der Fall ist abgeschlossen.«

»Ist er nicht!« Anton wartete, bis sich Alexander aufraffte und ihm folgte. »Der Fall ist erst abgeschlossen, wenn ich es sage.«

Im Büro drehte Anton jedes Blatt um, zog Ordner hervor, blätterte sie durch. Alexander saß apathisch auf dem Schreibtischstuhl und starrte vor sich hin.

»Das macht alles keinen Sinn mehr«, sagte Alex wie zu sich selbst, »ich fahre zur Polizei und zeige die alte Hexe an!«

»Hier habe ich Saras Kreditkartennummer!« Anton ging nicht auf Alexanders Selbstgespräche ein. »Das ist ein Anfang!« Nachdem Alexander nicht reagiert hatte, präzisierte er seine Idee: »Rufe deinen alten Freund Ferdi an, oder soll ich mich darum kümmern?«

»Worum?«, kam es geistesabwesend. »Was willst du von Ferdi?«

»Du willst etwas von ihm«, half er Alexander auf die Sprünge. »Willst du nicht herausfinden, wo Sara Geld abhebt oder mit der Karte bezahlt? Sie ist vielleicht in die Schweiz gefahren.«

»Bist du dir sicher?« In Alexanders blutleerem Hirn wurde es lebendig: »Sara ist in der Schweiz? Bist du dir sicher?«

»Es ist eine Annahme«, lächelte Anton, der den aufkeimenden Lebensmut bei Alexander wohlwollend zur Kenntnis nahm. »Und ich werde über meine Kontakte die Kontobewegungen in Deutschland überwachen lassen. Was hältst du davon?«

»Klingt gut!« Langsam kam Alexander auf Betriebstemperatur. »Ich könnte ihr Auto in die Fahndung geben lassen«, lächelte er, »dann haben wir sie im Handumdrehen.«

»So gefällst du mir.« Anton klopfte ihm auf die Schulter. »Fahre in dein Büro und veranlasse alles. Tanke deinen Bus voll, damit du jederzeit losfahren kannst!«

»Mache ich«, kam es freudiger, »gibst du mir die Telefonnummer von Herbert?«

»Was willst du von ihm?«, kam misstrauisch die Gegenfrage. Anton traute ihm nicht ganz über den Weg. Weshalb er auch froh war, wenn Alexander beschäftigt war und bestenfalls Doris in den nächsten Tagen nicht begegnen würde. Inzwischen wusste er, wie schnell die Stimmung bei ihm kippen konnte.

»Möchte mit ihm Kontakt aufnehmen«, lachte Alexander und beschwichtigte mit einer Handbewegung. »Keine Sorge, ihm will ich nichts. Er ist der Unschuldigste von allen. Aber vielleicht meldet sich Sara bei ihm, ich möchte ihn um Mithilfe bitten.«

»Das wäre möglich.« Anton war beruhigt. Alexander hatte Lebensmut und war zumindest im Moment von seinen unguten Rachegedanken abgelenkt. Sein junger aufbrausender Freund verabschiedete sich schnell, und Anton war für den Moment zufrieden.

»Alexander ist mein Name, der Adoptivsohn von …«, wollte er sich umständlich vorstellen.

»Alexander?«, kam es überrascht vom anderen Ende der Leitung. »Es tut mir so leid!«

»Darüber möchte ich mit Ihnen sprechen«, kam es schnell von Alex, »wo kann ich Sie treffen, sind Sie in Brienz?«

»Ja«, antwortete Herbert überrascht.

»Bleiben Sie bitte in Ihrem Haus. In gut zwei Stunden bin ich bei Ihnen.« Alexander wollte das Gespräch so schnell wie möglich führen. Er hatte bereits seine Tasche gepackt. Von unterwegs würde er Ferdi anrufen und ihn bitten, den Aufenthaltsort von Sara zu ermitteln. Sie war sicher auf dem Weg nach Brienz. Natürlich würde er um seine Liebe kämpfen.

Kapitel 63

Berner Oberland, 2021

Währenddessen fuhr auch Sara wie vermutet in die Schweiz. Jedoch ziellos. Nach Brienz konnte sie nicht fahren, weil sie weder ihrem Vater noch Salvatore über den Weg laufen wollte.

Sie würde sich eine Pension oder ein kleines Hotel suchen, irgendwo. Erst mal zur Ruhe kommen, Gedanken sortieren. Es fühlte sich alles so unwirklich an. Wer waren ihre Eltern, was war passiert? Oder wollte sie das überhaupt in Erfahrung bringen? Sie hatte im Grunde an den beiden Tatsachen genug zu knabbern, die ihr so vor den Latz geknallt worden waren: Sie war die Tochter von Vreni und Urs. Und – das war weitaus schlimmer – Alex war ihr Bruder! Wieso hatte er sie so sehr angelogen? Hätte er nicht von vorneherein mit offenen Karten spielen können? Was wusste er noch? Weshalb hatte er sich überhaupt auf eine Beziehung mit ihr eingelassen? Oder hatte er keine Ahnung, dass sie Geschwister waren? In ihrem Kopf drehte sich alles, es machte keinen Sinn. Auch das mit Doris und Herbert, wie sollte sie jemals wieder vertrauen können? Vielleicht würde sie Anton anrufen. Wobei, langsam kam es ihr verdächtig vor, wie zielgerichtet Anton vorging. War er auch nicht der, der er vorgab zu sein? Wem konnte sie trauen?

*

Brienz, 2021

Alex bog an Salvatores Laden ab, ohne einen Blick hinüberzuwerfen, und fuhr die engen Serpentinen zum Ferienhaus. Hier begann damals seine schönste Zeit, er erinnerte sich an die Einschulung. Und er erinnerte sich an die erste Nacht mit Sara. Nun würde alles enden. So schnell. Seine Rachegedanken waren inzwischen einer tiefen Traurigkeit gewichen. Wehmut stieg in ihm auf. Alex wusste nicht mal, was er mit Herbert verhandeln wollte. Oder was er Sara als Entschuldigung sagen konnte, wenn er sie wiedersehen würde. Wenn überhaupt. Ja, das war die große Frage.

»Hallo!« Ein Mann mit wettergegerbtem Gesicht kam aus dem Ferienhaus, er hatte auf ihn gewartet. Etwas gebeugt stand er vor der Eingangstür. »Ich bin Herbert.«

»Hallo!« Alexander war ausgestiegen und stand hilflos da. Er überlegte sich, was er eigentlich wollte. Wieder übermannte ihn der Gedanke, alles sei sinnlos.

Claudia, die im Haus abgewartet hatte und sah, wie die Männer wortlos voreinander standen, trat heraus und löste die angespannte Situation auf: »Claudia Martinelli« und gab ihm ihre Hand. »Möchten Sie einen Kaffee oder lieber eine kühle Limonade?« Alexander zuckte mit den Schultern, ihm fehlten im Moment die Worte. In seinem Hirn war tiefe Leere. Claudia, die die Situation sofort erkannte, bat Herbert: »Magst du uns bitte drei Gläser und die kalte Limonade bringen?« Zu Alexander gewandt: »Setzen Sie sich. Ich habe alles mitbekommen. Bin ehrlich froh darüber, dass Sie gekommen sind und wir über alles reden können.«

»Das bringt mir auch nichts mehr«, antwortete Alexander trübsinnig, die fremde Frau war ihm angenehm. Irgendwie linderte sie mit ihren Worten seinen Schmerz.

»Möchten Sie Claudia zu mir sagen?«, überging sie seine melancholische Stimmung. Er nickte. Herbert kam mit den Gläsern und der Limonade. »Danke, mein Schatz!« Sie blickte ihren Partner lieb an. »Wir haben uns gerade das Du angeboten, wollen wir uns setzen und Alexander alles in Ruhe erzählen? Herbert, das war doch schon immer dein Wunsch.«

»Ja«, begann Herbert, er räusperte sich, »wo soll ich anfangen, Alexander. Mit einer Entschuldigung ist es sicher nicht getan. Ich wollte dir das nie antun, es tut mir schrecklich leid.«

Herbert erzählte so ausführlich wie möglich. Alexander konnte ihn sogar verstehen. Hoch rechnete er ihm an, wie ehrlich er alles darlegte. Dass er sich sogar stellen wollte. Herbert war ihm zudem sympathisch, so einen Vater hätte er sich gewünscht. Im Grund genommen waren sie sich einig, an allem trug Doris die Schuld. Wenn auch Herbert das so nicht stehen lassen wollte, so war es für Alexander zumindest eindeutig. Sie war schuld und musste bestraft werden, genauso wie Salvatore. Jedenfalls tat ihm das Gespräch mit Herbert gut, und das sah auch Claudia:

»Was meint ihr«, sagte sie deshalb, »ich muss zurück nach Villingen. Wollt ihr ein paar Tage hier gemeinsam Zeit verbringen? Ihr habt eine Menge zu besprechen.«

Herbert nickte, er fand den Vorschlag gut. »Was meinst du, Alexander?«

»Warum nicht«, antwortete er zurückhaltend. Konnte sich mit dem Gedanken anfreunden. Denn wohin sollte er sonst, und er würde mit Herbert Sara suchen und einen Plan entwickeln, wie sie sich an Salvatore und Doris rächen könnten. Der Gedanke gefiel ihm. »Möchtest du mein Auto nehmen?«, bot er deshalb Claudia großzügig seinen Bus an. Er hatte einen Plan im Kopf. Vielleicht würde Sara mit Herbert Kontakt aufnehmen. Wenn sein Auto nicht vor dem Haus stünde, würde Sara nicht damit rechnen, ihn hier zu treffen. Und würde eher kommen.

»Das ist sehr freundlich von dir«, staunte Claudia über das unerwartete Angebot, »und du würdest mit Herbert zurückfahren?«

»Ja!«

»Wenn du mir das wirklich anbieten möchtest, würde ich ihn an der Landesgartenschau in Singen abstellen. Dort steht mein Auto. Wie wollen wir das mit dem Autoschlüssel machen?«

»Kannst du ihn mir in den Briefkasten werfen? Ich habe einen Zweitschlüssel dabei.«

*

Giessbach, 2021

Zur selben Zeit checkte Sara im malerisch gelegenen *Grandhotel Giessbach* ein. Ein Ort der Ruhe und Kraft, wie sie im Internet gelesen hatte. Und, *das* war der eigentliche Grund, mit Blick auf Brienz. Das märchenhafte Hotel lag auf der anderen Seeseite von Brienz. Sie brauchte nur in die hoteleigene Zahnradbahn zu steigen, hinunter an den Brienzer See und von dort mit dem Raddampfer hinüber nach Brienz zu fahren. Oder mit dem Postauto um den See herum, sie wollte nicht mit dem eigenen Auto dort auftauchen. Nicht Salvatore über den Weg laufen. Sie wollte nur in der Gegend sein, wo ihre wahren Eltern gelebt hatten. Endlich hatte sie die Klarheit, sie wusste endlich, was ihre Eltern ihr verheimlichten. Sie würde hier ihren Frieden wiederfinden. Sie war sich sicher. Das pittoreske Hotel war der ideale Rückzugsort dafür. Nur etwas teuer. Zögerlich gab sie ihre Kreditkarte dem Angestellten, sie würde sich zunächst zwei Nächte leisten.

*

Brienz, 2021

Alex und Herbert bauten schnell Vertrauen zueinander auf. Ihre gemeinsame Geschichte, die sie miteinander verwoben hatte, störte dabei nicht. Im Gegenteil, sie verband die beiden, und sie schmiedeten Pläne, wie sie Salvatore das Handwerk legen wollten. Alexander wollte Herbert zuerst helfen, alle gestohlenen Unterlagen zurückzuholen. Darüber hinaus fände sich vielleicht Belastendes, was gegen Salvatore genutzt werden konnte. Ginge es nach Alexander, würde er Herbert davon überzeugen, sich selbst anzuzeigen. Doris und Salvatore würden ihrer gerechten Strafe dann nicht mehr entgehen können.

»Wie wollen wir vorgehen?«, fragte Herbert am nächsten Morgen, der sich nicht genug über den mutigen Alexander wundern konnte. Der die Situation so überraschend leicht aufnahm und ihm gegen Salvatore helfen wollte. Herbert hätte niemals mit so viel Verständnis gerechnet. Doris hatte ihm am Telefon erzählt, wie Alexander ausgetickt war, wie er sie angefallen hatte, im Park, im Hotel. Seine Frau hatte übertrieben. Alexander war gerade das Gegenteil davon. Kontrolliert, besonnen. Bis auf seine Rachegedanken gegen Doris und Salvatore, aber davon würde er ihn leicht abhalten. »Du wolltest dir einen Plan überlegen, wie wir uns die Unterlagen von Salvatore zurückholen wollen?«

»Wir steigen in sein Haus ein«, antwortete Alexander gemütlich. »Salvatore ist um diese Uhrzeit in seinem Laden. Er wird uns nicht stören. Und wir durchsuchen alles.« Er hatte Herbert am Vorabend erzählt, wie er sich schon einmal dort umgeschaut hatte. »Damit rechnet Salvatore nicht. Zumindest heute nicht.«

»Das stimmt«, nickte Herbert, »falls er dich hat ankommen sehen, hat er gestern Abend dein Auto wieder abfahren sehen.«

»Genau«, lachte Alex, »falls der alte Wolf wieder mit seinem Fernglas auf der Lauer lag.« Sein Handy klingelte, er nahm ab, hörte zu und nickte nur erfreut: »Danke, mein Freund!« Er wählte schnell Antons Nummer: »Du kannst die Recherche in Deutschland einstellen«, sagte er nur knapp, »wir haben sie.«

»Wo bist du«, fragte Anton besorgt, der seit der Abreise nichts mehr von Alex gehört hatte, »und wo ist Sara?«

»Ich bin in Brienz bei Herbert und sie im Ort gegenüber, im *Grandhotel Giessbach*. Ihr wurden vor wenigen Minuten 629 Franken abgebucht.«

»Was hast du nun vor?«

»Mit ihr reden natürlich. Jetzt sofort.«

»Alexander«, beschwor Anton ihn, »lass sie ankommen. Und zur Ruhe kommen. Morgen ist sie auch noch dort.«

Nachdem er aufgelegt hatte, fragte Herbert nach: »Wem wurden gerade 629 Franken abgebucht? Sara?«

»Ja«, antwortete er fröhlich, »dann hat Salvatore doch noch eine kleine Galgenfrist.«

»Was meinst du damit?«

»Ich möchte mit Sara reden. Das hat Priorität«, grinste er voller Vorfreude, »kann ich morgen früh dein Auto haben?«

Kapitel 64

Giessbach, 2021

Sara staunte nicht schlecht, als Alex vor ihr stand. Sie schaute sich gerade in dem ehrwürdigen Frühstückssaal um und wollte sich am Buffet etwas aussuchen. Der Saal war beeindruckend, wie die ganze Hotelanlage. Goldene Kronleuchter hingen von den Decken, schwere Samtvorhänge umrahmten die hohen, kunstvoll verzierten Holzfenster. Das Buffet lockte mit auserlesenen Köstlichkeiten, schön dekoriert auf antik wirkenden Silberschalen. Fast alles stammte aus der Region oder sogar aus dem eigenen Anbau. Es fühlte sich an wie damals, 1870, als das fünfstöckige Palasthotel von der französischen Hoteliersfamilie Hauser gebaut worden war. An der Rezeption wurde ihr das erzählt, nachdem sie beim Einchecken den filigranen Stil des geschmackvollen Hotels bewundert hatte. Klassische Musik lief im Hintergrund, alles hätte so wundervoll sein können. In der gesamten Hotelanlage lag die Atmosphäre vergangener Zeiten. Es passte zu ihren wirren Träumen, die sie heute Nacht in die Vergangenheit entführt hatten. Ihr Zimmer mit Blick auf die Giessbachfälle war atemberaubend. Allerdings hatte das Rauschen des Wasserfalls sie in einen Albtraum hineingezogen. Sie träumte von Regenfällen, von Schlammlawinen, die ein Haus umrissen. Und wachte schweißgebadet auf. Wie sehr hatte sie in dem Moment Alex vermisst. Obwohl sie wusste, sie würde ihm nie wieder so nahe sein. Und nun stand er vor ihr? Wie hatte er sie so schnell finden können?

»Sara«, fing er kleinlaut an, »darf ich mich zu dir setzen? Ich möchte dir nur etwas sagen, dann bin ich gleich wieder weg.« Er schaute sie mit einem herzerweichenden Dackelblick an und stotterte weiter: »Wenn du es möchtest.«

Sara schob die Unterlippe nach vorne und zuckte mit den Schultern. »Ich weiß nicht, was es noch zu sagen gibt.« Und legte sich, ungerührt von seiner Mimik, eine Hand voll Früchte und zwei Scheiben Käse auf ihren Teller.

»Wo ist dein Sitzplatz?«

»Dort«, kam es einsilbig von ihr, sie deutete mit dem Kopf auf die Terrasse. Er entdeckte ihre Handtasche an einem kleinen geschmiedeten Tischchen. Sie hatte sich ihren Platz im letzten Eck ausgesucht. Wegen der schönen Aussicht auf den Brienzer See oder weil sie allein sein wollte? Er wusste es nicht. Rechts daneben hörte er den Giessbachfall in die Tiefe donnern. Ein magischer Ort, wenn nur nicht die eiskalte Stimmung gewesen wäre. Er lief nach draußen, er wollte sie nicht bedrängen. Nur seine vielleicht letzte Chance nutzen.

»Guten Morgen«, wurde er freundlichst angesprochen, »könnten Sie mir bitte Ihre Zimmernummer nennen?«

»Ich gehöre zu ihr«, sagte er und zeigte auf die hübsche Sara, die gerade mit versteinerter Miene auf der Terrasse erschien.

»Der Herr geht auch gleich wieder«, ergänzte sie und schenkte dem Kellner ein kurzes, aufgesetztes Lächeln, »er möchte nicht frühstücken.«

Alex rückte zuvorkommend den Stuhl für sie zurecht und setzte sich ihr gegenüber. Der Kellner schenkte ihr Kaffee ein und ging zum nächsten Tisch.

»Also«, sagte sie unterkühlt, »dann sage, was du zu sagen hast, und dann gehe wieder. Ich möchte hier in Ruhe mein Frühstück genießen. Ohne dich.«

»Ich wollte es dir die ganze Zeit sagen«, fing er an, »ich habe jedoch irgendwie den richtigen Zeitpunkt verpasst.« Sara reagierte nicht, sie strich sich Butter auf ihr Bürli und legte eine Scheibe Käse darauf. »Am Anfang habe ich dich bewusst angeschwindelt, das stimmt«, gab er zu und hoffte, sie damit zu erweichen. »Ich wollte nichts von mir preisgeben. Aus Sorge, du würdest mir nicht helfen. Dann wollte ich es dir ja sagen. Ehrlich. Aber es war zu spät. Habe mich in dich verliebt – und ich liebe dich immer noch! Möchte dich auf keinen Fall verlieren.«

»War es das?« Sara biss in ihr Brötchen. Was sollte sie dazu sagen?

»Uns verbindet doch so viel«, begehrte er auf, »möchtest du das jetzt, wo wir endlich die Wahrheit kennen, aufgeben?«

»Im Moment trennt uns jede Menge«, sagte sie und dachte traurig: Leider viel zu viel, er war ihr Bruder. Sie hätten sich niemals so nahekommen dürfen. »Hast du gewusst, dass sie meine Eltern sind?«

»Nein«, antwortete er, »ich wusste nichts davon – ehrlich.«

»Gut«, sie schaute auf ihren Teller, »dann lass mich jetzt. Ich muss das erst verdauen.«

»Sehen wir uns heute noch?«, fragte Alex, während er aufstand: »Ich würde dir gerne den Rest erzählen.« Nachdem sie keine Antwort gegeben hatte, fuhr er fort: »Ich bin drüben in Brienz. Mit Herbert. Er hat mir alles erzählt, er kann am wenigsten dafür. Melde dich bitte bei mir, du willst doch die Wahrheit auch erfahren.«

Er ging, schaute einige Male zurück, sie ignorierte ihn. Stierte nur auf ihren Teller, trank den restlichen Kaffee in einem Zug leer und blieb in ihren Gedanken versunken.

Der Kellner, der das beobachtet hatte, kam zu ihr: »Darf ich Ihnen Kaffee nachschenken?« Wortlos schob sie ihm die Tasse hin. Natürlich wollte sie den Rest erfahren. »Können Sie mir bitte einen Tisch für zwei Personen heute Abend im *Les Cascades* reservieren? 19 Uhr?«

»Sehr gerne.«

Sara griff in ihre Tasche, sie fand nicht, was sie suchte. »Mist«, sagte sie laut, »das blöde Teil liegt ja in Radolfzell!« Sie hatte keine Rufnummer von Alex, auch die von Anton war in ihrem Handy eingespeichert. Die von Herbert kannte sie ebenfalls nicht auswendig. Und bei Doris im Hotel würde sie ganz sicher nicht anrufen. Mit ihr wollte sie am wenigsten reden. Wie sollte sie nun Alex zum Abendessen einladen? Sie musste nach Brienz fahren. Na ja, dachte sie bei sich, das wollte sie sowieso.

*

Alex fuhr geknickt zurück zu Herbert. Er hatte auf ganzer Linie versagt. Herbert sah ihm die Enttäuschung von weitem an. »Hast du sie angetroffen?«, fragte er ungeduldig.

»Ja«, kam es tonlos, »und sofort wieder versaut.«

»Warum?«

»Sie will nichts mehr von mir wissen.«

»Hat sie das gesagt?«

»Sie will nicht mal die ganze Wahrheit erfahren.«

»Lass ihr Zeit«, beschwichtigte Herbert, der seine Tochter gut kannte. Für ihn blieb sie seine Tochter. Auch wenn sie sich im Moment auch von ihm abwenden würde. Eines Tages würde sie wiederkommen. »Sie ist verletzt und enttäuscht. Sie wird sich beruhigen und wieder mit dir reden«, beruhigte er ihn und vor allem sich selbst.

»Was machen wir mit Salvatore?«, wollte Alexander wissen, für ihn war das mit Sara abgehakt. Was sollte er auch machen, er konnte nur abwarten. »Er wird über Mittag in seinem Haus sein und dann wieder in seinen Laden gehen. Was meinst du, gehen wir sein Haus am Nachmittag besuchen?«

»Einverstanden«, lachte Herbert, der froh war, wie schnell Alexander das nächste Problem anpackte. Der Junge gefiel ihm. Er würde gut zu seiner Sara passen.

Um 13 Uhr stand Alexander im ehemaligen Versteck von Sara. Hinter diesem Busch lag sie vor kurzem auf der Lauer. Er konnte von dort aus das Haus von Salvatore sehen und die Straße hinunter ins Dorf. Er würde abwarten, bis Salvatore nach unten fuhr, und dann Herbert anrufen. Eine halbe Stunde später war es so weit. Der dreckverspritzte Rover fuhr dicht an Alexanders Versteck vorbei und wirbelte jede Menge Staub auf. Alex rieb sich seine Augen und rief Herbert an. Wenige Minuten danach waren sie am Hauseingang, ein paar Sekunden später schlossen sie die Türe von innen. Herbert übernahm das Erdgeschoss, Alexander ging in die obere Etage. Er wollte im Büro neben dem Schlafzimmer anfangen. Vielleicht konnte er sogar den sehr alten Tresor knacken.

Kapitel 65

Sara hatte lange genug am Wasserfall gesessen, um ihre Gedanken frei fliegen zu lassen. Sie hatte die schlechten Gedanken in den Wasserfall geworfen, die guten behalten. Sie würde nach Brienz fahren, Alex suchen. Ihn zum Abendessen ins Grandhotel einladen. Ihrem Vater wollte sie im Moment nicht über den Weg laufen, irgendwie fühlte sich das seltsam an. Allein der Gedanke. Zuerst wollte sie von Alex den Rest der Wahrheit erfahren. Sie zog sich bequeme Schuhe an und lief zur Zahnradbahn, die sie vom Hotel aus zur Schiffsanlegestelle brachte. Es war alles so idyllisch hier. Sie betrat zum ersten Mal in ihrem Leben einen Raddampfer, wie gerne hätte sie diesen besonderen Moment mit ihren Eltern geteilt. Oder mit ihrer großen Liebe. Alex kam dafür ja leider nicht mehr infrage. Ob sie sich als Geschwister auch so gut verstehen würden? Ihre Gedanken kreisten ständig um ihn, obwohl sie nicht an ihn denken wollte. Die Fahrt auf dem See war kurz, sie stieg in Brienz aus, überquerte die Hauptstraße und lief, wie vor zwei Tagen mit Alex, die steile Straße zum Ferienhaus hinauf. Das Auto ihres Vaters stand dort. Alle Fenster geschlossen, die Haustüre war es auch. Es schien niemand da zu sein. Enttäuscht machte sie sich auf den Rückweg. Sie würde auf der anderen Seite nach unten laufen, vorbei an Salvatores Haus. Um diese Zeit war er in seinem Laden, da konnte sie einen Blick auf sein Haus riskieren. Es zog sie dorthin. Unabhängig davon, das Schiff würde sie sowieso erst in zwei Stunden auf die andere Seite bringen. Die Rückfahrkarte hatte sie bereits. Der Spaziergang tat ihr gut, sie war zwar ziemlich außer Atem. Die Bergluft schien sie jedoch zu beruhigen. Hier oben standen nur vereinzelt Wohnhäuser. Alles so friedlich. Das nächste, es war noch nicht zu sehen, musste Salvatores sein. Sara war noch 300 Meter entfernt, da unterbrach ein Aufschrei die Stille, er kam aus der Richtung von Salvatores Haus. Sie lief schnell näher, offenbar stritten Männer lauthals miteinander.

»Lass mich sofort los!«, brüllte einer der Männer wie ein in die Ecke gedrängter Stier. Es rumpelte, dann hörte sie einen dumpfen Aufschlag. War etwas Schweres auf den Boden gefallen? Sara konnte das Geräusch nicht zuordnen und lief schneller auf Salvatores Haus zu. Jemand stöhnte vor Schmerz auf. Weiter entfernt schlug ein Hund an.

»Lass ihn!«, schrie ein anderer ängstlich auf. »Du bringst ihn noch um!«

»Dammisiech! Du brichst mir die Knochen«, fluchte der andere, der zuvor so gebrüllt hatte. »Ich nutze dir nichts, wenn ich tot bin.«

»Ich höre erst auf, wenn du alles herausgerückt hast, du Mistkerl! Und dann bringe ich dich ins Gefängnis!« Hart klang die Stimme und wütend. Sara stockte der Atem, sie erkannte die Stimmen. Es waren Salvatore, ihr Vater und Alex! Sie beschleunigte ihren Schritt und lief zur offen stehenden Gartentür. Die Haustür war nur angelehnt – kein Wunder, dass sie alles so gut gehört hatte. Sie drückte die Tür vorsichtig auf und ging hinein.

»Was ist hier los?«, schrie sie entsetzt auf, als sie sah, wie neben einem blutenden Salvatore ein zerbrochener Stuhl lag und Alex ihm die Hände nach hinten drehte, während er dessen Gesicht auf den Boden drückte.

Erschrocken drehte sich Alex um, seine zornglühenden Augen kniff er gefährlich zusammen: »Was machst du hier?« So sehr er sich nach einem Wiedersehen gesehnt hatte, einen schlechteren Moment für ein überraschendes Treffen mit Sara hätte es nicht geben können. Alex präsentierte sich gerade nicht von seiner besten Seite. An seiner Schläfe floss Blut herab, seine Knöchel waren an beiden Händen verletzt, seine Lippen aufgeplatzt und sein Blick furchterregend, blindwütig. Der ebenfalls blutende Salvatore krümmte sich vor Schmerz.

»Was machst du?« Entgeistert schaute sie Alex an, der wie ein wildes Tier Salvatore überwältigt hatte und wohl dabei war, sein Opfer auszuschalten. »Hör sofort auf!«

»Gib mir den Strick da drüben!« Sara befand sich in Schockstarre und konnte nicht reagieren. »Herbert«, rief Alexander ärgerlich, »dann gib ihn du mir, jetzt sofort!«

Herbert nahm wie ferngesteuert den Strick, gab ihn Alexander und schaute anschließend zum Fenster hinaus. Salvatores Geländewagen war nicht zu sehen. Hatte er ihn weiter unten stehen lassen? Herbert verstand überhaupt nichts mehr. Er war mit Alexander keine fünf Minuten zuvor in Salvatores Haus eingebrochen, als auf einmal der Besitzer wutschnaubend vor ihm stand und ihn zur Rede stellen wollte. Salvatore hatte Alex offenbar im Gebüsch entdeckt und war augenscheinlich ohne Auto zu seinem Haus zurückgekehrt. Im Erdgeschoss traf er auf Herbert, der gerade die Schubladen durchwühlte. Salvatore hatte ihn sofort an der Schulter gepackt, ihn zur Rede stellen wollen, als aus dem oberen Stock Alexander wie eine wild gewordene Hyäne nach unten sprang und sich auf Salvatore stürzte. Er schlug ihn mit einem kräftigen Schlag zu Boden und zog Salvatore, als der sich aufrappelte und zur Gegenwehr ansetzte, mit einem Stuhl, der in der Nähe stand, kräftig über den Kopf. Salvatore war hart im Nehmen, der Stuhl zerbrach, er stand noch immer. Wenn auch schwankend. Alexander ließ nicht ab, sprang auf ihn, riss ihn zu Boden und prügelte wie ein Besessener auf ihn ein. Den dumpfen Schlag musste Sara gehört haben. Sonst wäre sie nicht so hereingestürmt. Kein Wunder, dachte Herbert erschrocken. Die 100 Kilo von Salvatore waren unsanft in eine Weinkiste gekracht, die unter dem Aufprall zu Bruch ging. Alexander verdrehte Salvatore dermaßen unnatürlich stark den Arm, dass der am Ende winselnd aufgeben musste. Er hatte keine Chance gegen den wild gewordenen Alexander. Herbert musste sich setzen, er war völlig fertig.

Sara, die Alex so noch nie gesehen hatte, wollte ihn beruhigen, wurde jedoch von ihm unsanft angefahren, sie solle bleiben, wo sie wäre.

»Du sagst mir die Tresorkombination!«, sagte der stark nach Luft ringende Alex zu Salvatore, der inzwischen gut verschnürt am Boden saß.

»Und du«, befahl er Sara, »schließt die Eingangstür und kommst sofort wieder!« Sara gehorchte, sie konnte nicht einordnen, was geschehen war. Hatte Salvatore die Männer zu sich eingeladen und dann angegriffen? Oder was war geschehen? Sie wollte Alex nicht provozieren und tat, wie ihr geheißen wurde. Salvatore, der nichts sagte, wurde von Alex weiter in die Mangel genommen. »Ich werde dir den Arm auskugeln«, drohte er ihm, »und bin dann noch lange nicht fertig mit dir!«

»Was habe ich dir getan?«, winselte Salvatore mit schmerzverzerrtem Gesicht.

Alex hatte seinen Arm weit verdreht und ließ ihn abrupt los. »Was *du* mir getan hast?« Er sprang nach vorne und spuckte ihm aufgebracht ins Gesicht. »Alleine für diese Frage breche ich dir alle Knochen!« Er schlug ein paarmal hart mit der Faust auf seine Brust.

»Ich sage dir alles. Aber lass mich«, flehte Salvatore, der beim Einatmen spürte, dass die ersten Rippen angeknackst waren. Mindestens. Vielleicht auch gebrochen. Er wusste genau, Alexander war zu allem fähig. Er sah es in seinen Augen. Und er *wusste* es. Alexander war wie er selbst, wenn ihn jemand dermaßen in Rage brachte, konnte ihn fast nichts mehr stoppen.

Alexander schaute ihn voller Abscheu an: »Die Kombination des Tresores!« Salvatore gab ihm die Nummernfolge. »Sara«, gab Alex außer Atem den Auftrag an sie weiter, »du gehst nach oben, öffnest den Tresor und bringst alle Unterlagen nach unten.« Er würde Salvatore keine Sekunde mehr aus den Augen lassen.

»Und bring«, setzte Salvatore flach atmend hinzu, »die Metallkassette mit.«

»Herbert, du bleibst hier!«, befahl Alexander Saras Vater, der im Begriff war, sich Sara anzuschließen. Dieser wollte mit seiner Tochter nach oben gehen, sie fragen, ob Alexander schon mal so ausgerastet war und was sie tun sollten. Die Polizei rufen? Er traute Alexander alles zu und war in großer

Sorge. Aber er getraute sich nicht, gegen Alexanders Willen zu handeln, und blieb.

Sara, die ebenfalls spürte, wie überreizt die Situation war, funktionierte, sie nahm den leeren Korb für Feuerholz und lief schnell nach oben. Der Tresor, wie von Alex bei seinem ersten Besuch entdeckt, war hinter einem Bild verborgen und ließ sich leicht öffnen. Sie entnahm ihm ein paar Ordner und eine schwere Kiste aus Metall. Diese war so schwer, dass sie die Ordner zunächst stehen lassen musste.

»Das ist ja die Kassette«, rief Herbert erstaunt aus, als Sara ihren Schatz der seltsamen Runde präsentierte, »die du damals in dem Fundament gefunden hast!« Er wunderte sich, dass Salvatore die alte Kiste aufbewahrt hatte. Es war eine einfache, verrostete Kassette. Nicht wertvoll.

»Binde mich los«, bat Salvatore ungewohnt flehentlich, »ich gebe mich geschlagen – du hast gewonnen, Alexander. Ich erzähle dir alles.«

»Weshalb sollte ich das tun?« Alex sah keinen Grund dafür. »Weshalb sollte ich dir trauen?«

»Weil ich dein Vater bin!«, überraschte Salvatore alle.

Kapitel 66

Keine Minute zu früh hatte Alexander ihn losgebunden. Der bellende Hund, der im Nachbarhaus den Überfall mitbekommen hatte, war nicht zu beruhigen. Die nächsten Nachbarn, die keinen direkten Sichtkontakt zu Salvatores Haus hatten, kamen deshalb herübergelaufen, um nach dem Rechten zu sehen.

»Salvatore«, riefen sie durch die Türe, »ist alles in Ordnung bei dir?«

»Nimm den Stuhl und die Stricke weg«, sagte Salvatore leise zu Alexander. »Und geht in den oberen Stock und nimm Herbert mit!« Sein prüfender Blick wanderte durch den Raum. »Ja«, antwortete er laut, und seine Mimik war schmerzverzerrt, das Sprechen fiel ihm schwer. »Alles in Ordnung. Wartet einen Moment!« Und leise zu Sara: »Öffne die Türe, sobald Herbert und Alexander nicht mehr zu sehen sind!«

»Unser Bernhardiner hat so lange gebellt, wir wollten nach dir schauen.«

»Das ist sehr freundlich von euch«, antwortete der blutende Salvatore, Sara hatte inzwischen die Tür geöffnet und die Nachbarn hereingelassen. »Er bekommt von mir als Belohnung einen großen, saftigen Knochen für seine Aufmerksamkeit!«

»Was ist passiert?« Angespannt hörten Alex und Herbert dem Gespräch zu. »Dein Auto steht bei uns vor dem Haus, wir haben dich gesehen, wie du zurückgelaufen bist.«

»Heute ist mein Glückstag«, versuchte Salvatore es mit Ironie und rang nach Luft, »zuerst ist mein Auto stehen geblieben, dann bin ich hier gestürzt. Zum Glück«, er deutete auf Sara, »kam sie vorbei.« Er bekam immer schlechter Luft, er versuchte, es sich nicht anmerken zu lassen. »Sie wollte mir gerade einen Arzt rufen und sich um mein Auto kümmern.«

»Oh, Salvatore, können wir was für dich tun?«

»Nein«, versuchte er zu scherzen, das Sprechen fiel ihm sichtlich schwer, »möchte jetzt gerne mit meiner hübschen Krankenschwester allein sein.«

»Wir können uns um dein Auto kümmern«, boten sie an.

»Wirklich nicht«, antwortete er mühsam, »Sara hat gerade jemanden angerufen, die sind gleich hier und kümmern sich um alles. Vielen Dank!«

Nachdem die besorgten Nachbarn gegangen waren, rief Sara leise nach den beiden Männern: »Kommt wieder runter!«

»Hast du gehört«, quälte sich Salvatore und schaute Alexander an, »ich stehe zu meinem Wort. Ich gebe mich geschlagen. Ich kann kaum noch atmen.« Man hörte es ihm an, er spielte nicht. »Du kannst mich sterben lassen oder mir einen Arzt rufen.«

»Bitte«, Sara schaute Alex an, »mach was, ich habe kein Telefon!«

»Nimm meins«, sagte Salvatore, »Arzt ist gespeichert!« Seine Atmung wurde zunehmend flacher, seine dunklen Augenringe, die er sowieso hatte, waren pechschwarz, seine Lippen dunkelblau. Sara nahm sein Handy und wählte im Adressbuch den Eintrag.

»Wir haben einen Notfall«, sagte sie der Sprechstundenhilfe, »bitte kommen Sie schnell zu Salvatore in sein Privathaus! Sie wissen, wo das ist? Er bekommt keine Luft mehr.«

Ein Arzt aus der Gemeinschaftspraxis war wenige Minuten später am Haus und ließ sich von Sara zum Patienten führen. »Was hat er, gibt's einen Grund für die Atemnot?«, fragte er sie beim Hineinlaufen.

»Er ist gestürzt und kann nicht mehr atmen.«

Der Arzt öffnete behutsam Salvatores Hemd, untersuchte ihn und rief gleich darauf die Rettung. »Verdacht auf Pneumothorax, beidseitig«, gab er mitsamt der Adresse von Salvatore telefonisch durch. »Öffnen Sie das Fenster!«, sagte er zu Sara. Aus seinem Arztkoffer entnahm er einen Schlauch, er desinfizierte ihn und vorsichtig Salvatores Brust und öffnete mit einem Skalpell seinen Brustkorb. In die Öffnung führte er den Schlauch ein. Er arbeitete konzentriert und legte ihm danach einen Zugang an der Vene. Es sah nicht gut aus, Alex war im Hier und Jetzt, es tat ihm leid, was er ihm angetan hatte.

»Was hat er?«, fragte Alexander, der eigentlich wissen wollte, ob man ihm helfen konnte.

»Durch seinen Sturz hat er sich, so wie es sich anfühlt, die Rippen gebrochen. Und die haben beide Lungenflügel in Mitleidenschaft gezogen.«

»Kommt das wieder in Ordnung?«

»Ja«, antwortete der Arzt und betrachtete misstrauisch die verletzte Hand von Alexander. »Und wie kam es zu der Verletzung?«

»Er ist gestürzt.«

»Nein«, schüttelte der Arzt seinen Kopf, »ich meine, wie kam es zu Ihrer Verletzung an der Hand?«

»Er hat mir im oberen Stock oberhalb der Treppe eine Lampe anschrauben wollen«, mischte sich Salvatore ein, das Sprechen fiel ihm etwas leichter. »Ich wollte ihm das Werkzeug geben und bin dabei die Treppen heruntergefallen. Und habe ihn mitgerissen!« Der Arzt sagte nichts, es kam ihm seltsam vor. »Dann kamen Sara und ihr Vater dazu.«

»Okay«, nickte der Arzt, »reden Sie bitte nicht mehr. Es ist zu schmerzhaft für Sie!«

»Noch einen Satz«, das Sprechen war tatsächlich sehr unangenehm, als ob jedes Wort sich einzeln in seinen Brustkorb bohren würde. »Alexander ist mein Sohn«, er atmete mühevoll ein, »er bekommt jede Auskunft von Ihnen, die er möchte.«

»In Ordnung«, nickte der Arzt, »wir warten auf den Krankentransport. Möchten Sie mitfahren?« Er schaute Alexander an, der nicht genau wusste, was er sagen sollte.

»Können wir hinterherfahren?«, rettete Sara ihn. Alex nickte ihr dankbar zu.

»Natürlich.«

»Kann ich dein Auto bekommen?«, fragte sie Herbert.

»Nimm meines«, mischte sich Salvatore in das Gespräch. Der Schlüssel ist in meiner rechten Hosentasche.«

»Sie sind ja wirklich nicht kleinzukriegen«, lachte der Arzt, »wenn Sie es schaffen, sich ab sofort ruhig zu halten, sind Sie bald wieder gesund.«

»Mich schafft keiner!«, versuchte Salvatore zu scherzen. »Sie sind neu? Fragen Sie Ihre Kollegen, die kennen mich.«

»Das glaube ich Ihnen auch so«, sagte er, »ja, ich bin erst seit Monatsanfang in Brienz. Wir haben uns mal in Ihrem Laden gesehen.«

»Ich weiß«, natürlich wusste Salvatore das.

Kapitel 67

Sara und Alex fuhren hinter dem Rettungswagen her. Alex nutzte die Gelegenheit und erzählte ihr, was er von Herbert zwischenzeitlich in Erfahrung gebracht hatte. Sara hingegen wollte jedoch nur wissen, wie Salvatore dazu käme, sich als sein Vater auszugeben. Ob er ihr schon wieder die Wahrheit vorenthielt.

»Du musst mir glauben, ich hatte keine Ahnung«, antwortete er verstört, »ich denke, er ist ein durchgeknallter Typ. Das haben wir doch schon beim letzten Mal bemerkt. Und ehrlich, ich möchte nicht an seinem Bett Händchen halten, ich will nur wissen, ob er wieder gesund wird.«

»Weshalb wart ihr überhaupt bei ihm?«

»Wir wollten die gestohlenen Unterlagen von Herbert zurückholen. Mich interessiert sonst nichts. Nur das, was uns gehört, was deiner Familie gehört. Danach zeigt sich Herbert selbst an und Salvatore wird für seine Erpressungen und für seine Mittäterschaft angezeigt und ordentlich bestraft.«

»Dann kommt Doris ebenfalls ins Gefängnis«, zog Sara schnell das Fazit. »Weshalb möchtest du, dass sich mein Vater selbst anzeigt?«

»Weil man zu seinen Taten stehen muss.«

»Und was ist dann mit dir?« Sie korrigierte sich sofort, sie wollte Alex nicht provozieren. Er wirkte immer noch angespannt. »Ich meinte, was ist mit uns?«

»Was meinst du damit?«

»Dann müssten wir uns auch anzeigen, weil wir bei Salvatore eingebrochen sind?«

»Das ist was völlig anderes«, empörte sich Alex und schüttelte über so einen bescheuerten Vergleich den Kopf, »das kannst du doch dem nicht gleichsetzen!«

»Und was ist mit dem Überfall heute?«

»Was willst du eigentlich von mir?«, brach es aus Alex heraus. »Bin ich jetzt auf einmal der Verbrecher?«

»Natürlich nicht«, versuchte sie ihn zu besänftigen, »ich will dich nur verstehen.«

»Was ist mit uns?«, fragte er Sara, diese Frage war für ihn viel wichtiger.

»Was soll mit uns sein?« Sara verstand die Frage nicht. »Was meinst du?«

»Liebst du mich noch?«, wollte er wissen und hielt das Auto an. Er konnte ihre Frage nicht verstehen. Darum ging es doch! »Und verzeihst du mir?«

»Irgendwann?«, sie zuckte mit den Schultern und überlegte, wie Alex auf so eine Frage kommen konnte. Weshalb wollte er wissen, ob sie ihn lieben würde. Das spielte doch keine Rolle mehr. Er war ihr Bruder, auch wenn sie es sich nicht vorstellen konnte, dass Doris ihren Vater mit diesem Macho Salvatore betrogen haben könnte. Aber nein, wie war das? Sie war komplett durchgedreht. Ihre Eltern waren ja Urs und Vreni. Die Eltern auch von Alex! Und jetzt tauchte Salvatore auf, der behauptete, er wäre der Vater von ihm. Das würde bedeuten, dass Vreni ihre gemeinsame Mutter wäre und sie beide unterschiedliche Väter hätten. Dann wären sie Halbgeschwister. Aber auch dann hätten sie keine Chance als Liebespaar. Was sollte also seine Frage?

»Du brauchst lange für die Antwort«, stichelte Alex. »Aber Schweigen ist auch eine Antwort«, resümierte er enttäuscht. »Ich habe keine Lust auf Salvatore. Ich drehe um und fahre dich in dein Hotel.«

»Warte doch«, sie wurde ärgerlich über seine Reaktion.

»Ich habe doch gesagt, irgendwann verzeihe ich dir. Was willst du noch? Heute Morgen wärst du zufrieden gewesen, wenn wir uns am Abend verabredet hätten. Und nun«, sie steigerte sich hinein, »ist es dir zu langsam, wenn ich dir nicht sofort um den Hals falle und dir alles verzeihe?«

»Ach«, aufbrausend schnitt er ihr das Wort ab. »Darum geht's doch nicht! Ich wollte von dir wissen, ob wir noch eine Chance haben, als Paar?«

»Natürlich nicht«, kam es von Sara, die sich über ihn ärgerte, »wie stellst du dir das vor?«

»Dann sind wir uns doch einig«, konterte Alex sarkastisch, »ich fahre dich in dein schönes Grandhotel und ich fahre zu Herbert.«

»Mach doch, was du willst.«

»Sowieso.«

Kapitel 68

Herbert war erstaunt, so früh hatte er mit Alexander nicht gerechnet.

»Was ist passiert?«

»Nichts«, gab sich Alexander einsilbig. »Wegen mir können wir nach Radolfzell fahren.«

»Wie geht es Salvatore?«

»Keine Ahnung, ist mir auch egal.«

»Wo ist Sara?«

»Im Hotel.«

»Du bist ja gesprächig«, versuchte Herbert, die Unterhaltung in Gang zu bringen. »Freust du dich überhaupt nicht über unseren Erfolg? Ich habe alle meine Unterlagen, die bei Salvatore lagen, zurück. Auch die Kreditvereinbarungen. Theoretisch müsste ich keine Schulden mehr bezahlen, er hat nun keine Unterlagen von mir.«

»Prima«, nickte Alexander müde, »dann freue dich doch.«

»Natürlich. Jetzt bist du dran. Möchte dir helfen.« Er legte väterlich seine Hand auf Alex' Schulter. »Wie kann ich dir behilflich sein?«

»Zeige dich selbst an!«

»Das geht noch nicht«, antwortete Herbert, »dafür muss ich zuerst mit Doris sprechen.«

»Wozu?«

»Das weißt du doch«, versuchte Herbert, »das ist doch keine Lösung. Willst du wirklich Salvatore ins Gefängnis bringen? Er sagte, er sei dein Vater?«

»Das ist eine Finte von ihm.«

»Den Eindruck hatte ich nicht«, sinnierte Herbert und schloss kurz die Augen, »wenn ich den Nachmittag an meinem geistigen Auge vorüberziehen lasse, habe ich nicht den Eindruck, dass er uns täuschen wollte. Im Gegenteil.«

»Im Gegenteil?«

»Ja«, bestätigte Herbert. »Es macht sogar Sinn. Salvatore hat sich immer für die Häuser da oben interessiert, er wollte nach dem Unglück wissen, wo du bist. Ob dir etwas zugestoßen war. Für deine Adoptiveltern hatte er sich interessiert, aber niemals so sehr wie für dich.«

»Und du meinst?«, kurz erwachten die Lebensgeister von Alexander.

»Ja«, nickte Herbert, »ich meine, er ist tatsächlich dein Vater. Du siehst ihm auch etwas ähnlich. Und er kann dir die Antworten geben, nach denen du so lange gesucht hast.«

»Selbst wenn es so wäre«, entgegnete Alexander und sackte wieder in seinem Selbstmitleid zusammen, »das bringt mir meine Kindheit nicht zurück. Ich werde ihn ins Gefängnis bringen, dort kann er mir in Ruhe alles erzählen«, bemerkte er sarkastisch.

»Wird er nicht.«

»Weshalb?«

»Salvatore hat mir vor ein paar Jahren einen Revolver gezeigt und Giftpillen. Er sagte mir, das wäre für den Notfall. In ein Gefängnis würde er nicht mehr gehen.«

»Hatte er schon mal gesessen?«

»Ja«, nickte Herbert, »und er macht sicher Ernst mit seiner Ankündigung. Glaube es mir, ich kenne Salvatore schon so viele Jahre. Er hat nie etwas nur so dahergesagt.«

In dem Augenblick entdeckten sie Alexanders Bus, der sich die letzte Kurve zum Ferienhaus hochquälte. Er qualmte und stank nach verbranntem Öl.

»Anton«, begrüßte Alexander ihn freudig, »was machst du hier?«

»Ich wollte dir dein Auto bringen.«

»Ah ja?« Alexander schüttelte den Kopf und fühlte sich besser. »Ich will gar nicht wissen, wie du an die Schlüssel gekommen bist.«

»Ich erzähle es dir trotzdem«, strahlte er ihn an, »bekomme ich ein Bier?«

»Selbstverständlich«, strahlte Herbert, der froh um diese Verstärkung war, und brachte ihm das Gewünschte.

»Habe Claudia angerufen«, sagte er grinsend zu Herbert, »ich habe von euch ja nicht mehr viel erfahren. Sie erzählte mir, wo das Auto von Alexander stand, wohin sie die Schlüssel gebracht hatte.«

»Hattest du kein Problem an der Grenze?«

»Weshalb?«

»Weil dir das Auto nicht gehört.«

»Claudia kam ja unter denselben Bedingungen rüber.«

»Na ja«, lachte Alexander befreit, »sie ist eine hübsche Frau, der lässt man so was eher durchgehen.«

»Wer sagte dir, ich sei allein?« Er gab ihm einen freundschaftlichen Klaps auf die Schulter, den Alexander mit einem schmerzverzerrten Gesichtsausdruck quittierte. »Oh, sind wir verletzt?«, feixte Anton, der von Sara schon auf den neuesten Stand gebracht wurde. Nachdem er keine Antwort bekam, berichtete Anton weiter: »Ich wusste von dir«, lachte er zufrieden, »wo Sara sich eingebucht hatte. Habe Doris gleich mitgenommen. Die beiden müssen sich dringend versöhnen. So kann das nicht weitergehen. Sie sitzt mit Sara im *Les Cascades*, im schönen Restaurant des Grandhotels. Der Tisch war übrigens schon reserviert, für einen Herrn namens, wie hieß er gleich, Alex, falls ihn jemand kennen sollte.« Dabei schaute er neckend Alexander an: »Was hast du in der kurzen Zeit angestellt, dass *du* nicht dort bei deiner Sara sitzt?«

»Ich habe es verbockt«, gab er unumwunden zu, »wobei ich nicht weiß, wie ich es hätte besser machen können. So ganz normal ist die auch nicht.«

»Jetzt bin ich ja da«, lachte Anton, »du kannst von mir altem Mann sicher noch viel lernen.«

»Darüber bin ich echt froh«, lachte Alexander auf. Er war

befreit, Anton hatte immer eine Lösung. Für jede noch so dumme oder aussichtslose Situation. Herbert und Alexander brachten Anton ebenfalls auf den neuesten Stand. Aus Alexander sprudelte es heraus. Er bestand weiterhin darauf, Herbert müsste sich anzeigen. Erst dann könnte er ruhig schlafen. Anton war sich mit Herbert einig, sie würden ihren hitzköpfigen, unerfahrenen Freund vom Gegenteil überzeugen können. Jedoch nicht mehr heute. Sie beschlossen, das Thema zu vertagen und am nächsten Tag Salvatore im Krankenhaus in Interlaken zu besuchen. Um genau zu sein: Herbert würde ins Grandhotel fahren, sich mit Sara und Doris aussprechen, Anton und Alexander würden zu Salvatore fahren. Die nächsten Stunden waren durchgeplant. Dank des klugen Antons. Zufrieden mit diesem ersten Ergebnis, genossen sie einen gemütlichen Grillabend mit saftigen Steaks, die Marinade tropfte zischend auf die glühenden Kohlen. Für anderes gab es keinen Platz. Gesund war das zwar nicht, aber das interessierte niemanden. Herbert und Anton schliefen im Ehebett, Alexander in Saras Kinderzimmer. Er fühlte sich ihr so nah, sein Herz weinte wissend – seine Sara war nur noch ein verblassender Traum.

Kapitel 69

Giessbach, 2021

Noch vor dem gemeinsamen Frühstück fuhr Herbert mit seinem Auto zum Grandhotel, er würde im Frühstückssaal seine beiden Frauen überraschen. Telefonisch hatte er sich im Hotel erkundigt; keine der beiden Frauen war abgereist. Er nahm es als gutes Omen.

Doris tauchte als Erste auf. »Herbert«, rief sie erstaunt aus, »was machst du hier?«

»Ich warte auf dich.«

»Auf mich?«, freute sie sich, ihre Laune war hervorragend. Sara hatte ihr verziehen, nicht ganz, aber sie waren auf einem guten Weg. Sie konnte es ihr gut erklären, weshalb sie so lange an der Lüge festgehalten hatte. Und sie hatte kein schlechtes Wort mehr über Vreni fallen lassen. Sie erzählte das Nötigste aus der Vergangenheit, sie wollte Sara damit überzeugen, was für ein schönes Leben sie nun hatten. Sie wollte wie bisher die Vergangenheit am liebsten ausblenden. »Das freut mich. Hast du schon gefrühstückt?« Die wie immer besorgte Doris wartete die Antwort nicht ab und nickte dem Kellner zu: »Können Sie mir bitte ein weiteres Frühstück auf mein Zimmer schreiben?«

»Selbstverständlich, gnädige Frau!«

»Komme jetzt«, sie zog ihn hinter sich her, »lass uns frühstücken. Sara schläft sicher länger.«

*

Anton hatte Kaffee gekocht und weckte Alexander: »Aufstehen«, rief er in das ehemalige Kinderzimmer Saras, »wir fahren in einer halben Stunde.« Alexander drehte sich um, dieser Anton plante wohl immer alles durch. »Hast du mich gehört?«

Unwillig und verschlafen antwortete er: »Komme gleich!« Die halbe Nacht war er wach gelegen, er konnte nicht verstehen, wie so ein Gauner wie Salvatore sein Vater sein sollte. Er quälte sich aus dem Bett, alles tat ihm weh. Er hatte wohl seine Hand verstaucht, seine Knöchel waren geschwollen, seine Schulter gezerrt. Gut fühlte sich anders an.

»Sind wir wach?«, stichelte Anton, der kein Mitleid für Alexanders Verletzungen hatte. »Wie kann man sich so wenig unter Kontrolle haben?« Alexander zuckte wehleidig die Schultern, während Anton ihm die Erklärung gab: »Bei dem Vater ist das kein Wunder!«

»Das will ich gar nicht hören«, mauzte er zurück, »wann fahren wir? Muss das überhaupt sein?«

»Ja, sobald du deinen Kaffee getrunken hast.«

»Und wo sind die Brötchen?«

»Auf die muss der Herr wohl verzichten«, frotzelte Anton fröhlich, »du kennst das Sprichwort nicht, oder?«

»Welches Sprichwort?«, kam es genervt von dem hungrigen Herrn, der nach der lausigen Nacht nicht mal ein gescheites Frühstück bekam.

»Die Hand, die einen füttert, beißt man nicht.«

»Hä?«

»Übersetzt«, ärgerte Anton ihn weiter, »wer den Besitzer vom Landmarkt, der einem jeden Morgen liebenswürdigerweise frische Brötchen an die Haustüre hängt, ins Krankenhaus prügelt, braucht sich nicht zu wundern.«

»Lass mich mit deinen blöden Sprüchen«, konterte Alex, »der hat es auch wirklich verdient. Wer sich so aufführt, riskiert, eine auf die Zwölf zu bekommen. Habe mit dem kein Mitleid.«

»Gut«, grinste Anton, stand auf und klopfte Alexander erbarmungslos auf die Schulter, »komm jetzt!«

»Autsch, pass doch auf!«

»Oh«, spöttelte der gut gelaunte Anton weiter, »hat er Schmerzen?«

»Bemitleide mich lieber!«

»Ja«, kam es grinsend, »wie soll ich es am besten sagen? Hast du dir redlich verdient – oder, wie hast du das eben so schön formuliert?«

*

Giessbach, 2021

Ebenso launig, wenn auch ohne jede Ironie, ging es am Frühstückstisch auf der anderen Seeseite bei Doris und Herbert zu.

»Soll ich dir ein Brötchen holen?«, umsorgte sie Herbert, »am Buffet habe ich deine Lieblingskonfitüre gesehen.«

»Rhabarber-Erdbeere?«

»Ja«, lachte sie zufrieden, »ich weiß, was du am liebsten magst.« Anton hatte Doris auf der Fahrt nach Brienz ins Gewissen geredet. Er hatte ihr klarmachen können, weshalb Herbert sich so sehr zurückgezogen hatte. Sie sah ein, welchen Anteil sie an der Entwicklung trug, und hoffte, die letzte Chance, wie es Anton ausdrückte, nutzen zu können. Ihr Plan war, sich mit Sara auszusprechen und danach mit Herbert. Dass Herbert ihr zuvorkam, sogar zu ihr gefahren war, stimmte sie sehr froh. Egal ob er selbst auf die Idee gekommen war oder ob Anton ihn dazu animiert hatte. Sie wollte ihr schönes Leben, auf das sie Jahrzehnte hingearbeitet hatte, nicht verlieren.

»Es tut mir so unendlich leid!« Unvermittelt nahm Herbert seine Doris bei der Hand, zum ersten Mal seit vielen Jahren. »Entschuldige bitte«, er schaute seiner Frau fest in die Augen, »ich kann es nicht rückgängig machen! Wenn du mir jedoch noch eine Chance gibst, möchte ich dich glücklich machen. Für den Rest unseres Lebens.« Dann erzählte Herbert, so offen wie nie, von Claudia, wie er sie kennengelernt hatte. Wie er sich längst hätte stellen können, jedoch auf sie Rücksicht genommen hatte. Doris hatte Tränen in den Augen, es waren Tränen aus Schmerz und Hoffnung.

»Mama«, rief Sara, »was ist los?« Sie war auf die Terrasse gekommen und sah, wie ihre Mutter weinte. »Dann sagst du es mir?«, fragte sie ihren Vater, nachdem Doris keine Antwort gegeben hatte.

»Verzeihst du mir?«, fragte er stattdessen und schaute Sara an. Mit der linken Hand hielt er Doris, mit der anderen seine geliebte Tochter. Er zog sie zu sich her: »Wir haben so viel falsch gemacht.« Auch bei ihm füllten sich die Augen. Er war erleichtert, endlich konnte er mit Sara sprechen. Gleichzeitig war er voll Sorge, wie es weitergehen würde. »Ich werde mich selbst anzeigen«, er schaute Doris an, »keine Sorge – ich werde alle Schuld auf mich nehmen.«

»Nein«, kam es fast gleichzeitig von den beiden Frauen, »weshalb willst du dich anzeigen?«

»Ich will alles in Ordnung bringen und für meine Tat sühnen«, sagte er betrübt.

»Es ist alles in Ordnung.« Sara nahm seine Hand und drückte ihn: »Wer weiß, wie ich damals an deiner Stelle gehandelt hätte.« Sie schaute ihn lieb an und lächelte zu Doris.

»Wir haben uns gestern ausgesprochen. Du wolltest immer das Beste für mich. Ich weiß nun alles.«

»Auch für Alexander muss ich das machen. Er erwartet es von mir«, entgegnete Herbert.

»Warte bitte ab«, sagte Sara leise, »ich werde mit Alexander sprechen, wenn Anton ihm seine mehr als dumme Forderung nicht ausreden kann.«

»Anton?«

»Ja«, lächelte Sara ihren Vater sanft an, »er hat nicht nur Mama auf die richtige Spur gebracht, wie sie mir gestern erzählt hat, sondern mich im Hotel angerufen. Bevor ich Mama getroffen hatte. Ohne ihn hätte ich das nicht so schnell eingesehen, nicht alles so gut verstehen können.«

»Wer ist Anton eigentlich?«, wunderte sich Herbert. »Er ist immer im richtigen Moment aufgetaucht.«

»Er ist ein Engel«, sagte Doris wehmütig. Sie hatte seine Aufmerksamkeit und die einfühlsamen Gespräche mit ihm sehr genossen. Auch wenn sie sich auf die Zeit mit Herbert freute, ein wenig würde sie Anton vermissen.

»Hattest du etwas mit ihm?«

Doris lachte ihn an und freute sich insgeheim über diesen schmeichelhaften Verdacht. War Herbert etwa eifersüchtig? »Würde das etwas ändern?«, fragte sie ihn deshalb zufrieden lächelnd.

Er schüttelte den Kopf: »Nein, wichtig ist nur, dass du mir verzeihen kannst.«

Die Verletzungen an ihrer Seele heilten an diesem magischen Ort schnell. Die Giessbachfälle nahmen die Schwere der vergangenen Jahre mit. Alles wurde mit den Wassermassen in den See gerissen. Sie würden allen Kummer, alle Sorgen, die sie sich in Brienz aufgeladen hatten, genau hier versenken. Doris blühte auf, sie nahm Sara in den Arm. Küsste sie auf die Wange und schaute Herbert an. Wie damals, als sie sich zum ersten Mal gesehen hatten. Sie begehrte ihn wieder. Sie sehnte sich nach der heilen Welt. Wie damals, nichts war von ihren alten Wünschen verloren gegangen. »Ja«, sie küsste ihn zärtlich und innig wie sehr lange nicht mehr, »verzeihst du mir auch?«

Kapitel 70

Interlaken, 2021

Salvatore wunderte sich. Gestern darüber, wie dreist er überfallen wurde. Danach darüber, dass Sara und Alexander nicht mehr im Krankenhaus aufgetaucht waren, und jetzt wieder. Vor seinem Krankenbett stand ein scheinbar demütiger Alexander. Hatte ihm Konfekt mitgebracht, gezwungenermaßen.

»Du kannst nicht mit leeren Händen kommen«, hatte Anton darauf bestanden, »ihr geht jeder einen Schritt auf den anderen zu.« Und meinte damit nur ihn.

Anton war zufrieden mit seinen Plänen, von Sara hatte er inzwischen erfahren, wie gut alles im Grandhotel gelaufen war. Sara war auf dem Weg zurück nach Radolfzell. Sie wollte ihr kleines Hotel nicht so lange den Aushilfen überlassen. Sie wollte ihren Eltern, die sich neu gefunden hatten, ihre Zweisamkeit lassen. Herbert hatte Doris für eine ganze Woche ins Grandhotel eingeladen. Mit Blick auf den Wasserfall. Damit sie die auftauchenden Sorgen dort hinabstürzen lassen könnten, wie er sich bilderreich ausdrückte. Nun wollte Anton in Alexanders Nähe bleiben, er musste unbedingt mit ihm reden. Und vor allem mit Salvatore. Das ungute Kapitel von Brienz musste endgültig abgeschlossen werden.

»Das freut mich sehr«, lächelte Salvatore schwach, nachdem ihm Alex wortlos das Konfekt gereicht hatte. »Setze dich zu mir«, forderte er ihn auf, »ich habe viele Jahrzehnte auf diesen Moment gewartet.«

Alexander blieb stehen, sein Gesicht wirkte wie eine Maske. Anton, der bisher im Türrahmen stehen geblieben war, ging ins Zimmer und begrüßte mitfühlend Salvatore. »Wie geht's dir? Hast du Schmerzen?«

»Halb so schlimm«, versuchte er zu lächeln, »in ein paar Tagen hoffe ich, nach Hause gehen zu können.«

»Haben die Ärzte dir die Geschichte mit dem Sturz abgenommen?« Anton, der von allem wusste, hatte um Alexander Sorge. Jemanden so zuzurichten, war schließlich kein Kavaliersdelikt. Man sah die Kampfspuren bei Alexander deutlich. Wer bis drei zählen konnte, wusste, was geschehen war. »Oder wirst du Alexander anzeigen?« Anton wollte das Thema in die von ihm gewünschte Richtung bringen. Jeder hatte jedem zu verzeihen. Wie meistens, nur die wenigsten sahen ihre eigene Schuld ein. Deshalb hatte er mit Doris gesprochen und Sara vieles erklärt. Jetzt war Alexander an der Reihe. Er schaute zu ihm, der widerwillig im Raum stand. Man sah ihm von weitem an, wie wenig Lust er auf das Gespräch hatte. Anton schüttelte fast unmerklich den Kopf und schaute dabei streng Alexander an. Der sollte es deutlich merken, wie wenig Anton im Moment seine Einstellung unterstützen konnte.

»Natürlich«, kam es überzeugt von Salvatore, der die wichtige Rolle von Anton erkannt hatte, »ein paar Rippen, mehr war es ja nicht.« Und zu Alexander, nachdem es vor Anton kein Geheimnis mehr war: »Du hast einen guten Schlag. Präzise ausgeführt!« Er schaute Alexander anerkennend an. »Hast du von mir.« Es machte ihn stolz zu sehen, was aus seinem Sohn geworden war. Ein Polizist, ein Detektiv. Alexander setzte sich offensichtlich für Gerechtigkeit, für die Schwachen ein. Alexander war vor allem mutig und stark, wie er selbst, wie Salvatore selbstbewusst für sich feststellte. »Du hast eine Detektei in Radolfzell übernommen, das gefällt mir. Habe dein Leben immer beobachtet, ich bin für dich auch zum Detektiv geworden.«

»Was geht dich das an?«, fuhr ihn Alexander unwirsch an und vergaß, weshalb er eigentlich gekommen war. »Halte dich aus meinem Leben raus!«

»Alexander«, mischte sich Anton ein und half Alexanders schwachem Gedächtnis auf die Sprünge, »wollen wir uns von Salvatore berichten lassen, wie es dazu kam? Wolltest du dich nicht zuerst für deinen Überfall von gestern bei ihm entschuldigen?«

»Brauchst du nicht!« Salvatores jovialer Tonfall regte Alexander auf. Anton sah das sofort. Er hatte sämtliche Antennen auf ihn ausgerichtet, las aus seinem Gesicht wie aus einem offenen Buch und legte ihm beruhigend seine Hand auf die Schulter. Diesmal behutsam, er wollte ihn nicht an seine Blessuren erinnern. Er sollte nur zuhören.

»Ich habe viele Fehler gemacht«, fing Salvatore seine Beichte an. »Damals in Basel, als ich deine Mutter verlassen hatte. Sie war eine besondere Frau. Auf die Zeit bin ich nicht stolz.« Er schaute zum ersten Mal bedrückt. Anton glaubte ihm jedes Wort. Er sah den Schmerz in den Augen des harten Kerls.

»Hast du sie damals mit Drogen versorgt?« Die Frage war vorwurfsvoll von Alexander gestellt. Als ob er die Antwort kannte.

»Nein«, stellte Salvatore es richtig, »ich habe niemals meine Freunde damit versorgt.«

»Du hast auch gedealt?«

»Ja«, er senkte den Blick, »aber niemals in der Familie. Ich wusste ja, was man sich damit antun würde.«

»Du bist doch das Allerletzte!« Verächtlich schaute Alexander auf ihn herunter. »Das soll ich mir alles anhören?« Er schaute vorwurfsvoll zu Anton, der ihm im Auto ständig ins Gewissen geredet hatte, er solle sich zuerst alles unvoreingenommen anhören, versuchen zu verstehen. »Ich habe schon lange verstanden: Der Mann gehört ins Gefängnis. Das ist längst überfällig!«

»Ich verstehe dich«, besänftigte Anton ihn, »trotzdem, höre ihn an. Er hat erst angefangen.«

»Danke, Alexander«, sagte Salvatore und nickte dankbar Anton zu, »dass du mir zuhörst. Es bedeutet mir viel.« Alexander zuckte mit den Schultern und ging zum Fenster, er schaute abwesend hinaus. Er konnte dem Mann nicht in die Augen schauen. Er würde wütend werden. »Ich saß dafür im Gefängnis, hatte Zeit, darüber nachzudenken. Und dann«, er machte eine bedeutsame Pause, »wollte ich mein Leben ändern. Ein guter Mensch werden!«

»Ist dir ja perfekt gelungen«, lachte Alexander höhnisch auf, ohne sich umzudrehen. »Wirklich gut! Fang von vorn an, wenn du mir deine rührselige Leidensgeschichte verkaufen möchtest.« Abrupt drehte sich Alexander um und schaute ihn wütend an: »Weshalb hast du meine Mutter verlassen? Sie war doch so besonders?«

»Genau deshalb«, antwortete Salvatore, »ich wurde verhaftet und wusste, ich würde mich nicht mehr herausreden können. Wollte deine Mutter nicht an mich binden und sagte ihr, ich würde sie nicht mehr lieben. Sie sollte frei sein. Ein glückliches Leben führen. Ohne mich.«

»Einfach bescheuert!«, schüttelte Alexander seinen Kopf. »Wenn deine gefühlsduselige Geschichte stimmen sollte, ist das einfach nur bescheuert. Eine schwangere Frau sitzen zu lassen.«

»Das wusste ich damals nicht«, verteidigte sich Salvatore. Er war vom vielen Reden angestrengt. »Das habe ich erst erfahren, als sie«, er stoppte und schaute auf seine blütenweiße Bettdecke, »als sie von uns gegangen war. Konnte mich erst kümmern, nachdem ich aus dem Gefängnis gekommen war. Und da war es schon«, seine Stimme wurde immer brüchiger, »zu spät.«

Anton erkannte, wie schwer Salvatore mit seiner Vergangenheit haderte. Nur Alexander, auf dessen versöhnliche Hand sein Vater so sehr hoffte, glaubte kein Wort. Er war viel zu sehr verletzt. Mit sich selbst beschäftigt. Fühlte sich im Moment so verlassen. Wie damals. Alexander erinnerte sich daran, wie seine Eltern verschwunden waren. Von jetzt auf gleich. Mit denselben Gefühlen wurde er nun wieder konfrontiert. Wegen Sara, auch sie war weg. Anton sah, was in Alexander vorging. Und in Salvatore. Er spürte den Schmerz, der die beiden Männer drückte. Wie unglücklich er selbst war, er hatte Doris verloren.

»Alexander«, sagte Anton behutsam zu ihm, »setze dich her. Keiner macht in seinem Leben alles richtig. Darüber haben wir gesprochen«, erinnerte er ihn an das vorbereitende

Gespräch im Auto. »Sei froh und glücklich, wenn du nicht so grobe Fehler in deinem Leben gemacht hast. Das Beste, du kannst deine Fehler korrigieren.« Als Alexander ihn so hoffnungslos anschaute, tröstete er ihn: »Auch das mit Sara.« Er drückte ihn sanft auf die Bettkante seines Vaters.

»Ich wollte damals«, fuhr Salvatore leise fort, »nachdem ich aus dem Gefängnis entlassen war, mein Leben von Grund auf ändern. Meine Fehler so gut es ging korrigieren. Ich fing an, dich zu suchen, Alexander.« Salvatore griff nach der Hand von seinem Sohn, Alexander zog sie jedoch zurück und rückte weg. »Als ich dich gefunden hatte, warst du adoptiert, von Vreni und Urs. Sie hatten sich gerade ein Haus in Brienz gekauft. Ich bin sofort dorthin gezogen, habe mein Leben in Basel aufgegeben. Ohne eine Sekunde nachzudenken. Wollte in deiner Nähe sein.« Er hustete und krümmte sich vor Schmerzen.

»Soll ich dir Schmerzmittel besorgen?«, fragte Anton und griff nach dem Rufknopf.

»Nehme ich nicht«, wies Salvatore den Vorschlag kategorisch zurück, »*diese* Schmerzen vergehen.« Anton wusste, was er meinte, und hörte gebannt zu. »Urs hatte damals für dich ein Zimmer angebaut. Du solltest es schön haben. Und ich habe mitgeholfen. Das Fundament ist von mir eigenhändig ausgegraben und gegossen worden«, berichtete er stolz. »Habe die Metallkassette damals mit in den Beton eingegossen. Sie gehört dir.«

Nachdem Alexander nicht reagierte, fragte Anton kritisch nach: »Wie meinst du das? Sie gehört Alexander? Wie hätte er davon erfahren sollen?«

»Ich habe bei einem Notar ein Testament hinterlegt, Alexander ist mein Alleinerbe. Nur für ihn habe ich so hart gearbeitet. Dort ist ein Brief dabei, in dem ich alles erkläre. Und dort hätte er den Hinweis auf die Geldkassette gefunden.« Salvatore konnte kaum noch reden, er war sichtlich angeschlagen. »Geh zu mir ins Haus«, forderte er Alexander auf, »öffne die Kassette und schau rein. Im Tresor findest du eine Abschrift meines Testaments.« Es klopfte an der Tür, eine Krankenschwester kam herein und bat den Besuch zu gehen. »Nimm meine Hausschlüssel und lies alles durch, dann wirst du mir glauben«, sagte er eindringlich zu Alexander.

»Sie müssen sich ausruhen«, entschied die Schwester, die mit einem Blick sah, wie schwer Salvatore das Sprechen fiel. »Sonst bleiben Sie länger unser Gast.« Mit einem Blick zu Anton und Alexander: »Würden Sie uns bitte allein lassen? Sie können morgen wiederkommen.«

Kapitel 71

Am nächsten Tag besuchten Anton und Alexander am Vormittag Salvatore. Er bat sie, ihn mit nach Hause zu fahren. Salvatore würde sich selbst auf eigene Verantwortung aus dem Krankenhaus entlassen.

*

Brienz, 2021

Zwei Stunden später waren sie in Brienz. Salvatores Mitarbeiter lieferten ihm Essen und kümmerten sich um ihren Chef. Auf den Abend lud Salvatore die beiden Männer zu sich ein. Er wollte Alexander, nachdem er sich bisher nicht dafür interessiert hatte, endlich den Inhalt der alten Kassette zeigen. Alexander war entspannter. Vor allem, weil Sara sich bei ihm gemeldet hatte. Wenn ihm auch der Grund missfiel, sie wollte ihn davon überzeugen, alles auf sich beruhen zu lassen. Salvatore nicht anzuzeigen. Ihren Vater nicht zur Selbstanzeige zu drängen. Er würde selbst dabei nur verlieren, nichts gewinnen.

»Du strahlst ja fast, auch wenn es noch etwas missmutig aussieht«, lachte ihn deswegen Anton aus, »lass mich raten, deine Sara hat dir geschrieben?« Sie waren im Ferienhaus angekommen. Standen auf der Terrasse. Anton öffnete eine Limonadenflasche, während Alexander auf sein Handy stierte.

»Ja«, grinste er, »das *Deine* kannst du dir jedoch sparen!«

»Was hat sie denn geschrieben?«, fragte Anton nach. »Möchtest du darüber sprechen?«

»Nicht viel«, kam es monoton, »und es wird dir genauso wenig gefallen wie mir.«

»Mach es nicht so spannend«, lachte Anton, bevor ihm gleich das Lachen verging, »so schlimm wird es schon nicht sein.«

»Doris und Herbert versuchen es nochmals miteinander«, haute er Anton die Nachricht so plump wie möglich um die Ohren, »kannst dir deine große Liebe also abschminken.«

»Das hatte ich befürchtet«, kam es leise, »und irgendwie freut es mich für die beiden.«

»Du redest genauso bescheuert daher wie Salvatore«, kommentierte Alexander frech Antons traurige Aussage. »Wie kannst du dich freuen?«

»Ich sagte ja«, nahm Anton Anlauf zu seiner längeren Erklärung, »du musst noch viel lernen.« Er schüttelte den Kopf. »Wenn du jemanden aufrichtig liebst, dann möchtest du, dass es ihm gutgeht. Auch wenn du dafür ein Opfer erbringen musst.« Alexander zuckte mit mürrischem Gesichtsausdruck die Schultern und brummte: »Wird ja immer schöner!«

»Du hast nie wirklich geliebt«, dirigierte er ihn unsanft zu einem Stuhl und ließ sich abgekämpft auf den Platz neben ihm fallen. »Setze dich.« Die letzten Tage waren anstrengend gewesen. Er war auch über die Aussicht traurig, bald seine kleine »Familie« verlassen zu müssen. Der Fall schien bald abgeschlossen zu sein. Nicht mehr lange, dann würde er nur noch Zaungast sein, er würde nicht mehr gebraucht werden. Freute er sich überhaupt auf seine Rente? Was würde er mit seiner Zeit anstellen? In Radolfzell wollte er jedenfalls nicht bleiben. Er brauchte einen Neuanfang.

»Hast du dich schon mal gefragt, weshalb Salvatore seine Freundin, deine Mutter, damals hat sitzenlassen, weshalb er ihr einen Neuanfang ermöglichen wollte? Hast du dir Gedanken darüber gemacht, weshalb er sich in Brienz eine Existenz aufgebaut hatte? Meinst du wirklich, der Landmarkt war sein größter Jugendtraum? Er hat sicher in seinem bisherigen Milieu leichter Geld verdienen können. Warum hat er das nicht gemacht? Hast du dich gefragt, weshalb Herbert seiner Frau zuliebe alles mitgemacht hatte? Weshalb er sich bei Salvatore so hoch verschuldet hatte – für sie und für Sara?« Anton wartete keine Antwort auf seine rhetorischen Fragen ab. »Sie haben es aus Liebe zu jemandem gemacht. Aus einer bedingungslosen Liebe heraus. Kannst du dir nicht vorstellen, was Eltern alles für ihre Kinder machen, nur damit diese glücklich sind? Das hast du nie erlebt, das verstehe ich. Deshalb erzähle ich es dir, lieber Alexander. Das ist in der wahren Liebe normal. Du könntest das erleben, wenn du Salvatore eine Chance geben würdest. Wenn du unvoreingenommen auf ihn zugehen könntest. Er hat das in Brienz für dich gemacht. Er hat das Geld von Herbert erpresst. Ich könnte wetten, er hat jeden Rappen davon für dich aufbewahrt. Damit es dir mal gutgehen würde. Ohne zu wissen, ob er dir jemals so nahekommen würde wie jetzt. Ohne zu wissen, ob du es ihm jemals honorieren würdest. Du wirst sehen, wenn du sein Testament lesen wirst. Ich kenne den Inhalt, ohne ihn jemals gelesen zu haben. Dein Vater hat alles für dich gemacht. Das ist bedingungslose Liebe! Wenn du gescheit bist und nur einen kleinen Funken Liebe in deinem Herzen hast, verzeihst du ihm und genießt seine Liebe, seine Fürsorge. Du hast die einmalige Chance, deine Wurzeln kennenzulernen. War das nicht immer dein größter Wunsch?«

Alexander saß da, er sagte kein Wort. Er musste die vielen Eindrücke sortieren, er wollte Gerechtigkeit. Und die Wahrheit. »So was Ähnliches hat mir Sara geschrieben«, murmelte er vor sich hin, man konnte ihn kaum verstehen.

»Dann sei klug!« Anton schaute ihn ruhig an. »Hast sogar ein weiteres Argument.«

»Was für eines?«

»Sara«, nickte Anton vor sich hin, »du wirst bei ihr nur eine Chance haben, wenn du verzeihst. Du möchtest doch auch bei ihr Verständnis für deine Lügen?«

»Das ist doch was anderes«, begehrte er auf. »Ihr vergleicht immer Äpfel mit Birnen.«

»Im Grunde ist es meistens zweitrangig, was du machst«, sprach Anton weise, »wichtiger ist, weshalb du es so oder so machst. Machst du es aus Liebe, ist es meistens der richtige Weg.«

»Lass mich doch mit deinen Kalenderweisheiten«, wehrte Alexander entnervt ab, im Grund sah er es sogar ein. Anton hatte recht. Er wollte Salvatore nicht aus Liebe zur Gerechtigkeit anzeigen, sondern aus purer Rache. Er wollte Doris schaden, er gönnte ihr das Glück mit Herbert nicht. Sie sollte leiden, wie er gelitten hatte. All die Jahre. Er kämpfte mit sich. Ihm war klar, wenn er dieses Glück zerstören würde, Sara würde es ihm niemals verzeihen. Herbert hatte ihm gesagt, Salvatore würde sich eher umbringen, als nochmals ins Gefängnis zu gehen. Wenn das stimmen würde, könnte er ihn nichts mehr fragen. Nie wieder.

»Glaubst du«, fragte Alexander nach einer langen Pause, »Salvatore würde sich etwas antun, müsste er ins Gefängnis gehen?«

»Wie kommst du darauf?«

»Herbert sagte es mir. Salvatore hätte ihm gegenüber das angedeutet. Dafür hätte er sich extra einen Revolver und Giftpillen zugelegt.«

»Zuzutrauen wäre es ihm«, Anton griff sich an sein Ohr, ja, das würde zu dem harten Kerl passen.

Der Abend kam, sie gingen wie verabredet zu Salvatore. Sie würden grillen, er hatte sich von seinen Mitarbeitern alles vorbereiten lassen.

»Ihr könnt gehen«, schickte Salvatore seine beiden Mitarbeiter nach Hause, nachdem alles fertig war. »Morgen in der Mittagspause kommt ihr, bringt mir Essen und räumt alles tipptopp auf!« Er hatte seinen alten Befehlston, es schien ihm besser zu gehen.

»Wir können auch helfen«, bot Anton sich an.

»Auf keinen Fall«, lachte Salvatore, der sich an die schmerzenden Rippen gewöhnt hatte, »das wäre ja noch schöner. Ihr seid meine Gäste«, kam es bemüht kraftvoll.

»Vielen Dank!« Anton bedankte sich. »Wobei du dich schonen sollst, wir werden dich deshalb bedienen. Du hast genug herrichten lassen.« Er setzte sich, ohne auf die abwehrenden Handbewegungen von Salvatore einzugehen, ihm schräg gegenüber. Er würde ihn genau beobachten und eine wichtige Sache für Alexander herausfinden. Vielleicht könnte er ihn damit zur Vernunft bringen. Sein Ohr juckte gewaltig, er kratzte sich kurz und fragte den Gastgeber: »Magst du ein Bier?« Salvatore nickte zufrieden. Er hätte niemals gedacht, dass sie jemals so friedlich zusammensitzen würden.

»Junge«, sagte Salvatore zu Alexander, der auf diese Ansprache die Stirn in Falten legte, »gehe rein in das Haus und hole die Metallkassette. Besorge auch die anderen Unterlagen aus dem Tresor. Er steht noch offen.« Alexander ging, es interessierte ihn, was der alte Mann für ihn aufbewahrt haben wollte. Viel konnte es ja nicht sein, so groß war die Kassette nicht. Anton reichte, während sie allein waren, Salvatore das Bier und goss ihm dabei das halbe Glas über Strickjacke und Hose. Anton entschuldigte sich und tupfte geschwind mit einem Tuch, welches er in der Hand hatte, das Bier von Jacke und Hose. Salvatore wehrte ab, aber Anton war schneller und hatte das Gesuchte ertastet, den Schulterholster, in dem tatsächlich ein Revolver steckte. »Was hast du damit vor?«, fragte Anton ihn leise und ließ von seiner Abtupferei ab.

»Keine Sorge«, ärgerlich nahm Salvatore das Tuch Anton ab und tupfte sich selbst notdürftig trocken. »Den trage ich seit heute. Falls ich wieder überfallen werde.«

In dem Moment kam Alexander mit der Kassette zurück. »Was ist passiert?«

»Ich war so ungeschickt mit dem Bier«, erklärte sich Anton und gab sich schuldbewusst. »Besorgst du die restlichen Unterlagen aus dem Tresor? Bis dahin haben wir alles trocken.« Er wartete einen Moment, bis Alexander im Haus verschwunden war. »Jetzt sagst du mir endgültig die Wahrheit! Wir sind nicht gekommen, um uns neue Märchen anzuhören. Siehst du nicht, wie ich dir helfe? Ich vermittle zwischen dir und deinem Sohn. Willst du dich umbringen?«

»Einverstanden«, entschuldigte sich Salvatore schnell, »du hast recht. Aber es bleibt unter uns. Ich werde die Waffe ab sofort Tag und Nacht bei mir haben. Es ist nur eine Patrone in der Trommel. Die Kugel ist für mich bestimmt, sollte die Polizei hier auftauchen. Ich gehe in kein Gefängnis mehr. Das habe ich mir geschworen. Ich habe mein Leben gelebt.«

Alexander kam mit einem Arm voll Ordner und legte sie auf den Tisch. »So, Salvatore, ich höre dir zu. Aber wehe, du lügst mich an, dann bin ich sofort weg aus deinem Leben.«

»Du kannst den Brief öffnen«, Salvatore stand langsam auf, jede Bewegung schmerzte ihn, zog einen blauen Umschlag aus dem mitgebrachten Stapel. »Und in Ruhe lesen. Ich ziehe mich derweil um.«

»Ich helfe dir«, sagte Anton, »du kannst dich ja nicht bücken.«

»Von mir aus«, brummte Salvatore, der ungern auf Hilfe von anderen angewiesen war.

Kapitel 72

Giessbach, 2021

Herbert und Doris verbrachten auf der anderen Seite vom See ihren schönsten Urlaub. Gefühlt sogar ihren ersten in der Schweiz. Denn bisher hatten sie in den Alpen immer nur geschuftet, am Haus oder darum herum. Dazu der Luxus, das Grandhotel war ein Traum. Doris hatte sich vom üppigen Buffet inspirieren lassen. Sie würde künftig mehr aus dem eigenen Garten anbieten. Frische Minze würde es gleich nächste Woche geben.

Sie atmete tief ein und fragte sich, was für ein schönes Geschenk sie sich gegenseitig machten: »Warum haben wir nicht früher so miteinander geredet?« Doris schaute ihren Mann an. Nicht vorwurfsvoll wie sonst, sondern einsichtig: »Wir hätten uns einiges ersparen können.«

»Na ja«, zog Herbert schuldbewusst seine Schultern ein, »wir waren nicht bereit dafür. Jeder hat sein eigenes Ding durchgezogen.« Sie schaute ihn erschrocken an. »Ich meine nicht nur dich«, beruhigte er sie, »ich meine auch mich. Die Firma, du hast dich meinen Projekten untergeordnet. Du hattest bei mir keine Wahl. Die Wünsche des anderen hatten bisher keine Rolle gespielt.«

»Das war damals, ab sofort ändern wir das«, sie streichelte ihm liebevoll über die Hand, »wir reden vor allem über alles. Wenn wir schon dabei sind. Wann sprichst du mit Claudia?«

»Am liebsten«, das Thema war ihm unangenehm, er versuchte, ihm aus dem Wege zu gehen, »wenn ich mich entschieden habe«, er brach ab und korrigierte sich, »wenn wir uns entschieden haben. Ob wir uns stellen oder nicht.« Sie schaute ihn fragend an. »Ich möchte in einem letzten Gespräch ihr sagen können, ob sie meine Unterlagen vernichten kann oder ob wir sie als Juristin an unserer Seite brauchen. Vorausgesetzt, du bist damit einverstanden.

»Spielst du immer noch mit dem Gedanken?« Sie schaute ihn offen an. Sie honorierte seine Ehrlichkeit. Diesmal bewertete sie ihn nicht, sie versuchte, ihn nicht zu manipulieren, sie wollte ihn nur verstehen. »Was sind deine Argumente dafür, welche sprechen dagegen?«

»Alexander«, sagte er knapp, »der ist das einzige Argument, welches übrig geblieben ist. Salvatore wird Ruhe geben.« Herbert bekam beinahe Herzrasen, wenn er an den Nachmittag bei ihm dachte. Wie Alexander ausgetickt und auf ihn losgegangen war. »Nach der Aktion wird er Ruhe geben, da bin ich mir ziemlich sicher.«

»Weshalb Alexander?«, bohrte sie nach. »Du wolltest ihm den Verbleib seiner Eltern mitteilen, das war deine bisherige Motivation. Jetzt weiß er Bescheid. Er hat sogar seinen leiblichen Vater gefunden.«

»Das stimmt, es könnte alles gut sein«, er schaute sie ebenso offen an, »allerdings hat er mir ein Ultimatum gestellt. Eine Woche. Wenn ich mich bis dahin nicht selbst angezeigt habe, wird er es tun.«

»Dann müssen wir mit ihm reden?«

»Das macht gerade Anton.«

»Und wenn er nicht weiterkommt? Dann rede ich mit ihm«, sagte seine Frau entschieden.

»Du klingst optimistisch«, er zog erstaunt seine Augenbrauen hoch, »ich hatte nicht den Eindruck, dass du einen guten Stand bei ihm hast.«

»Ich weiß«, nickte sie, »allerdings«, sie schaute ihn vielsagend an, »habe ich eine Information für ihn, die ihn glücklich machen wird. Damit werde ich ihn knacken.«

»Doris«, sein Tonfall war wie früher, und sie musste lachen, »das ist nicht lustig. Macht dir das eigentlich Spaß? Immer so ...«

»Was meinst du?«, fragte sie unschuldig nach. Sie wusste genau, woran er dachte.

»Woher hast du deine kriminelle Ader? Du hast mich schon damals erschreckt. Wirklich, Doris, willst du ihn erpressen?«

»Das kann man nicht so nennen, ich habe nur gute Argumente«, sie fand Herberts Reaktion ulkig. »Du bist natürlich perfekt unterwegs. Vorbildlich warst du die letzten Tage. Jaja.«

»Ich bemühe mich zumindest«, antwortete er ungeduldig. Lustig fand er ihre Anspielung nicht: »Sage, was hast du vor? Vor allem, welche Information hast du?«

»Erst sagst du mir«, spielte sie mit ihm, »soll ich dich retten oder nicht? Möchtest du mit mir die Zukunft gemeinsam genießen, in Freiheit? Oder lieber Zelle an Zelle?« Sie knuffte ihn. »So schlimm wird es nicht kommen. Vertraue mir!«

»Okay«, sein Gesicht verzog sich zu einem skeptischen Grinsen, »ich lass mich gerne von dir retten.«

»Geht doch«, lachte sie zufrieden. »Sara hat sich von Alexander getrennt, ihm gesagt, sie könnte ihn nicht mehr lieben. Das hatte sie mir gestern erzählt. Er hat sich darauf beleidigt zurückgezogen.«

»Ich weiß«, sagte Herbert, »Alexander hat es mir erzählt. Es hat ihn wirklich mitgenommen. Sicher hat er deshalb bei Salvatore so überreagiert. Du hättest ihn sehen sollen.«

»Ich kann das mit einem Satz auflösen«, schaute sie ihn überlegen an. »Du darfst aber Sara nichts davon sagen. Ich möchte das mit Alexander selbst besprechen, das ist unser Ticket in die Freiheit. Einverstanden?«

»Ja«, kam es leicht genervt. »Ich sagte dir doch, dass ich mich von dir retten lasse. Nur weiß ich nicht, wie das gehen soll.«

»Sara liebt ihn immer noch«, sagte sie ihm geheimnisvoll, »das weiß ich. Sie hat ihm alles verziehen, denn sie hat längst verstanden, weshalb er so gehandelt hatte.«

»Ich dachte«, fasste Herbert zusammen, »sie würde ihn nicht mehr lieben können?«

»Das ist doch kein Widerspruch«, grinste sie ihm verschwörerisch zu, »wenn man darauf kommt, wie sie das gemeint hat.« Sie legte eine Pause ein und schaute ihn mit wichtiger Miene an. »Sie denkt, sie wären Halbgeschwister. Sie weiß nicht, dass Alexander adoptiert wurde. Das ist mir bei meinem Gespräch mit unserer Tochter klar geworden. Verstehst du?«

»Ach!« Erleichtert lachte Herbert. »Und du wirst ihm das sagen, wenn er uns nicht anzeigt? Als Gegenleistung?«

»Ich werde ihm die Information geben, sobald er mir versprochen hat, dass er mir und Salvatore verzeiht. Dir hat er verziehen. Das weiß ich von Anton. Anton ist übrigens eingeweiht. Er wird das wichtige Mosaiksteinchen jedoch nicht ausplaudern. Mir zuliebe.«

»Der Anton wieder«, kam es leicht belustigt. Der unsichere Unterton war jedoch nicht zu überhören. »Was er alles für dich macht. Magst du ihn sehr?«

»Er gehört jetzt zu meinem Leben.« Sie genoss ihre Überlegenheit, sie spürte Herberts Unsicherheit. Irgendwie hatten sie nun dieselbe Vergangenheit. Beide mussten etwas Liebgewonnenes loslassen. Sie setzte heiter hinzu, als die dunklen Wolken auf Herberts Stirn schwerer wurden: »Zu meinem alten Leben. So wie bei dir Claudia. Hoffe ich doch.«

»Na klar«, die Sorgenfalten verschwanden bei ihm. »Ich werde mit ihr sprechen, sobald du das mit Alexander klären konntest.«

Er nahm ihre Hand. »Wenn wir das überstanden haben, was hast du dann für einen Wunsch? Möchtest du weiterhin ein Haus in den Bergen? Wir können uns eines kaufen oder mieten? Magst du?«

»Nein«, sie lachte ihn glücklich an, »ich bin zufrieden, dass du mir zugehört hast. Ich mag unser Leben in Radolfzell. Bei unserer Tochter. Mit dir! Meinst du, wir könnten im Wald ein Haus für uns bauen?«

»Wir bekommen dafür im Leben keine Baugenehmigung. Ist alles Naturschutzgebiet.«

»Oh«, kam es enttäuscht, »und was ist mit deinem Holzhaus? Mir würde so eines ausreichen. Vielleicht ein Zimmer mehr?«

»Dann bauen wir an«, lachte er vergnügt, »ich habe schon lange nichts mehr gebaut. Dafür benötigen wir keine Genehmigung.«

»Nicht?«, kam es ungläubig von Doris.

»Nein«, er schüttelte verschmitzt den Kopf, »wir dürfen nur nicht auffliegen.«

»Dann haben wir beide wieder ein Geheimnis?«, sie bekam vor Aufregung rote Flecken im Gesicht. »Das hört sich diesmal sehr verlockend an, mein korrekter Ehemann.«

Kapitel 73

Brienz, 2021

Alexander hatte sich inzwischen das Testament durchgelesen, auch den langen Brief, der dabeilag. Es waren elf handgeschriebene Seiten. Alexander war erschüttert. Einerseits berührte ihn das, was er las. Andererseits hielt er seinen Vater für einen Verbrecher. Das zusammen passte für ihn nicht. Er wollte diesem Lügner und Betrüger nichts glauben. Aber alles, was Salvatore angedeutet hatte, stand hier schwarz auf weiß. Und er sah es dem Papier und der Handschrift an, das hatte Salvatore vor vielen Jahrzehnten geschrieben. 1979, um genau zu sein. In dem Jahr, als seine Eltern in Brienz das Haus gekauft und für ihn ausgebaut hatten. Er wurde im Frühjahr adoptiert und im Sommer in Brienz eingeschult. Seine glücklichste Zeit. Die Adoption hatte sich über zwei Jahre hingezogen, das schrieb Salvatore. Er hatte ihm aus dem Gefängnis heraus Geschenke geschickt. Salvatore hatte Kontakt zu einer Betreuerin, die ihn über die Adoptionsabsichten von Urs und Vreni auf dem Laufenden hielt. Alexander erinnerte sich nur nicht mehr an die Geschenke. Und Salvatore bedauerte im Brief, dass er nicht wusste, ob diese jemals bei ihm angekommen waren. Allerdings, so schrieb er weiter, wurde er zu Weihnachten 1978 aus dem Gefängnis entlassen und hatte, weil er Vreni und Urs ausspioniert und dabei von ihren weiteren Plänen erfahren hatte, zeitgleich mit den beiden sich in Brienz um eine Bleibe gekümmert. Er musste, so erklärte er sich beiläufig, ein paar krumme Dinger drehen. Zum letzten Mal. Denn er hatte den Landmarkt viel zu teuer erworben. Keine Bank wollte ihm seinen Neustart finanzieren. Er musste aus seinem alten Milieu Freunde ansprechen. Sie halfen ihm. Salvatore erklärte in seinem Brief, er habe alles darangesetzt, einen Job zu finden, mit dem er künftig leicht mit Alexander in Kontakt kommen konnte. Und ja, daran erinnerte sich Alex verschwommen. An den Mann vom Landmarkt, er hatte ihm damals öfter ein paar Süßigkeiten zugesteckt. Und kam auch seinen Eltern entgegen. Er erinnerte sich.

»Hast du den Schulranzen, den ich unbedingt haben wollte, meinen Eltern verkauft?«

»Ja«, Salvatore sah man die Erleichterung an, »du erinnerst dich?«

»Sicher«, nickte Alexander, »das war meine schönste Zeit. Ich habe mich so auf die Einschulung gefreut. Und jeden Abend auf mein Bett im *eigenen* Zimmer.«

»Deine Eltern wollten dir einen günstigeren kaufen. Du wusstest damals schon, was dir gefiel. Es war natürlich der Beste. Ich habe, um die Entscheidung deinen Eltern leichter zu machen, dir das passende blaue Mäppchen mit den orangefarbenen Applikationen und die restliche Erstausstattung wie Stifte und alle Hefte für Erstklässler gratis dazugegeben. Hatte sie angeschwindelt«, lächelte er zufrieden. »Es sei ein Angebot des Herstellers. Nur einmal verfügbar.«

»Um das Mäppchen haben sie mich alle beneidet«, erinnerte sich Alexander kurz, um gleich wieder in der Wunde weiterzubohren. »Was für kriminelle Sachen hast du angestellt?«

»Ach, das ist nicht so wichtig.« Salvatore wand sich. Vielleicht schämte er sich dafür, überlegte Anton, der alles interessiert beobachtete. »Zudem ist es längst verjährt.«

Alexander bestand darauf, die ganze Wahrheit zu erfahren. »Du erzählst mir jetzt alles, oder ich fahre heute zurück nach Deutschland.«

»Dem Mann, dem ich den Landmarkt so überteuert abgekauft hatte, besorgte ich günstig zehn Goldbarren. Sie stammten aus einem Überfall aus meiner Zeit in Basel. Die hatten wir damals einem Hehler abgenommen, der meine Freunde und mich betrogen hatte. Du musst wissen«, sagte er, und in seine Augen kam so ein seltsamer Glanz, »1979, 1980 schnellte der Goldpreis in ungeahnte Höhen. Jeder wollte Gold. Der Preis hatte sich innerhalb von einem Jahrzehnt verzwanzigfacht. Und stürzte dann wieder ab.«

»Du hast dir die Goldbarren zurückgeholt?«, schnitt Alexander die euphorische Erläuterung zu der fantastischen Goldrally ab. »Und die hast du in der Kassette für mich aufbewahrt. Also exakt zweimal gestohlen? Mein Kompliment«, bestätigte er seinem Vater zynisch sein kriminelles Talent.

»Ja«, nickte Salvatore, »deshalb wollte ich es dir nicht sagen.«

»Die geben wir natürlich zurück. Die knifflige Frage ist dabei nur, wem eigentlich?«, entschied Alexander sofort. »Ich will das dreckige Gold jedenfalls nicht von dir.«

»Der Mann vom Landmarkt hat mich übervorteilt, meine Notsituation ausgenutzt. Er wusste, ich würde jeden Preis akzeptieren«, versuchte Salvatore, seine Handlung reinzuwaschen. »Aber«, als er die Verärgerung bei Alexander sah, »du kannst mit dem Gold machen, was du magst. Der Mann lebt nicht mehr, aber vielleicht hat er Verwandte.«

»Der Goldraub hat dir in beiden Fällen nichts gebracht«, fasste Alexander die Aktion seines Vaters spöttisch zusammen. »Wie kann man nur solche abenteuerlichen Hirnaussetzer haben?« Anton hörte weiterhin nur zu, er sagte nichts. Er beobachtete die beiden, sah die Parallelen und hoffte, das Gespräch würde nicht eskalieren. »Was hast du darüber hinaus unternommen, um an frisches Geld zu kommen? Ich will alles wissen! Verstanden?«

»Natürlich«, gab Salvatore sofort nach und ging auf den schroffen Ton nicht ein. »Ich habe von meinen alten Freunden aus Basel, die mir den Kaufpreis geliehen hatten, nur Bargeld erhalten. Das habe ich dem Halsabschneider ...« Alexanders Mimik wurde verächtlich, und Salvatore korrigierte sich sofort: »Ich meine, das Bargeld und die Goldbarren habe ich dem alten Besitzer des Landmarkts am Abend in seinem Haus übergeben. Der Notar war ebenfalls anwesend. Habe extra den Termin auf den Abend verschoben, damit es garantiert dunkel war. Wie gesagt, der Mann lebte allein. Ich hatte ihn von draußen beobachtet, wohin er die Sachen versteckte. In der Nacht, als der alte Mann im Bett lag, bin ich eingestiegen und habe mir den Großteil wiedergeholt. Die Goldbarren habe ich später in dem Fundament einbetoniert, mit dem Geld habe ich in derselben Nacht meine Schulden beglichen und die ersten Lieferanten bezahlt. Früher ging das mit Bargeld. Das war sogar üblich. Man entnahm der Ladenkasse das Geld und musste nicht so oft zur Bank.«

»Dann hast du am Ende den Landmarkt kostenlos bekommen?«, fasste Alexander missbilligend Salvatores Ausführungen zusammen.

»Es war viel Arbeit. Ihn so aufzubauen. Die Grundfläche war damals nicht so groß. Ich war jeden Tag um 4 Uhr bereits im Laden und konnte ihn fast nie vor 22 Uhr verlassen. Angestellte waren finanziell nicht drin.«

»Soll ich dich bedauern?«, kam es frech von Alexander. Immer wenn er sich unsicher fühlte, wenn er sich mit einer Situation überfordert fühlte, versuchte er sich mit großartigen Sprüchen aufzuwerten. Anton beobachtete ihn nur, hatte ihn längst durchschaut. Er sagte weiterhin nichts. Irgendwie war Anton von Salvatore fasziniert. Auch wie ruhig der Mann bei allem blieb. Der, wie er es ihm an seiner Physiognomie ansehen konnte, ein hitziges Temperament besaß. Ein feuriger Sizilianer eben. Großartig, wie er sich unter Kontrolle hatte. Auch wenn er die Aktion an sich nicht gutheißen konnte.

»Natürlich nicht«, gab Salvatore ruhig zur Antwort.

»Gab es nach dem Diebstahl keine polizeiliche Untersuchung? Hatte man dich nicht im Verdacht?«

»Schon«, gab Salvatore nicht ohne Stolz zu, »aber ich war denen immer einen Schritt voraus. Bis es zu einer Hausdurchsuchung bei mir kam, war das Bargeld längst in Basel und die Barren vorübergehend bei deinen Adoptiveltern hinterm Haus vergraben. Dort hatte ich es deponiert, bis ich es ins Fundament einbetonieren konnte. Die Polizei fand bei mir nichts.«

»Nutzt dir dennoch nichts«, schaute Alexander seinen Vater trotzig an. »Ich zeige dich dafür an, dir ist das klar? Dein gestohlenes Geld möchte ich sowieso nicht. Nicht mal dein verdientes. Ich brauche dein Haus nicht – und ich brauche auch dich nicht!«

»Das Haus ist redlich erworben!«, begehrte Salvatore niedergeschlagen auf, das Atmen fiel ihm schwer. »Ich habe alles für dich gemacht«, kam es tonlos. Im Testament hatte Salvatore seinem Sohn Alexander die Immobilie in Brienz und Konstanz als Erbe zugesagt. Er war als Alleinerbe eingetragen.

»Dass ich nicht lache«, Alexander schaute zu Anton, »da verliert man den Überblick, was redlich erworben wurde und was nicht. Und«, sein Blick war frech zu Salvatore gewandt: »Was hast du mir anzubieten? Außer Betrügereien? Hattest du vorher nicht gesagt, du wolltest ein ehrliches Leben beginnen? Wenn ich richtig informiert bin, erpresst du bis heute Herbert? Ist doch so, oder?«

»Weißt du, mein Junge«, wollte Salvatore antworten und wurde unterbrochen.

»Ich bin nicht dein Junge«, kam es schroff, »und werde es auch niemals sein!«

»Alexander«, fing er seinen Satz neu an, »ich wollte Gerechtigkeit. Ich habe dir das mit dem Kauf vom Landmarkt erzählt. Ich wollte in deiner Nähe sein, jedoch hat mich keine Bank unterstützt. Einem ehemaligen Drogendealer wollte man kein Geld leihen. Erst nachdem ich privat alles beisammenhatte, waren sie bereit, mir etwas zu leihen. Zu hohen Zinsen. Aber erst als ich sie nicht mehr brauchte. Da läuft doch was falsch in unserer Gesellschaft. Wie hätte ich jemals auf die Beine kommen können? Sage es mir!« Alexander zuckte nur mit den Schultern, das war nicht sein Problem. »Wer hat auf dem Konto deiner Eltern so viel Tantiemen einbezahlt, dass daraus dein Schulgeld bezahlt werden konnte? Rate mal!« Langsam kam Salvatore in Fahrt, dem die abweisende Art von Alexander aufstieß. »Was hättest du an meiner Stelle gemacht?«

»*Du* hast das bezahlt?«

»Ja«, nickte er, und sein aufbrausendes Temperament wurde nur von den Schmerzen in der Brust gezügelt, »wer denn sonst? Was glaubst du denn! Hast du gedacht, das Geld wäre vom Himmel geregnet? Wenn du die alten Kontoauszüge noch hast, siehst du meine verdeckten Überweisungen. Deine Adoptiveltern hatten nicht viel Geld. Du hättest keine drei Monate im Internat bleiben können.«

»Verdeckt?«

»Es sah so aus, als ob ein Verlag für zweitverwertete Reiseberichte erneut ein Honorar ausbezahlt hätte«, grinste er, zufrieden über seinen Coup, »war gar nicht so einfach, das entsprechende Geschäftskonto zu eröffnen. Ich musste hierfür einen Bankmitarbeiter sehr überzeugen.«

»Ich will es gar nicht so genau wissen.«

»Weshalb habe ich Herbert erpresst? Das kannst du selbst nachschauen. Gehe nach oben, da steht ein Ordner mit dem Buchstaben ›H‹ und weiter links einer mit meinen Kontoauszügen.«

»Du kannst es mir erzählen.«

»Alle Einnahmen von Herbert sind dort fein säuberlich dokumentiert und die bisherigen Ausgaben an dich. Ich habe davon keinen Franken angerührt. Es ist alles für dich.« Alexander schaute ungläubig, er schüttelte fassungslos den Kopf. »Ich habe das nur für dich gemacht«, verteidigte sich Salvatore weiter. »Noch nie was von einem Täter-Opfer-Ausgleich gehört? Sie haben dir deine Eltern weggenommen. Deine Kindheit gestohlen. Und dafür haben sie bezahlt. Es war und ist alles nur für dich.«

»Anton«, sagte der sichtlich überraschte Alexander, »ich habe genug gehört, lass uns gehen!«

»Kommt ihr morgen?«, fragte Salvatore müde und stand mühsam auf. Er musste geduldig sein mit seiner Genesung und mit seinem Sohn.

»Ich besuche dich auf jeden Fall«, antwortete Anton. Gab ihm seine Hand. »Wir räumen jetzt noch auf.«

Widerwillig fügte sich Alexander. Er wollte nur weg. Er brachte die schwere Kassette in den Tresor. Seine Neugierde war stark, er schaute hinein. Und tatsächlich, noch ein alter Brief von Salvatore an ihn adressiert, und zehn kleine Barren, jeweils ein Kilogramm schwer. Er zog den Ordner mit den Kontoauszügen aus dem Regal. Tatsächlich, alles wie von Salvatore beschrieben, ein höherer sechsstelliger Betrag. Das passte zu den Kreditvereinbarungen, die er für Herbert zurückgeholt hatte. Er ging nach unten: »Salvatore, ich werde Herbert informieren, du überweist ihm das Geld morgen zurück. Mach das zügig, solange du ein freier Mann bist.«

»Du bist undankbar und frech!«, Salvatore platzte endgültig die Hutschnur. Er wurde rot im Gesicht, seine Halsschlagader, die, wie Anton bemerkte, schon zuvor heftig gepocht hatte, war noch intensiver sichtbar.

»Rege dich nicht auf!«, versuchte Anton, ihn zu besänftigen. »Denke an deine Gesundheit!« Er ahnte Böses. »Alexander muss erst alles verdauen.«

»Ich muss überhaupt nichts«, kam es angriffslustig von Alexander.

»Wir gehen und reden morgen weiter«, Anton bugsierte Alexander aus dem Garten hinaus. Und versprach Salvatore, er würde am nächsten Tag zu ihm kommen. »Reiß dich zusammen«, sagte er zu Alexander beim Hinausgehen eindringlich, »sonst bist du keinen Deut besser als er. Ihr habt beide ein sehr hohes Aggressionspotenzial – man könnte meinen, ihr seid verwandt.«

»Findest du das lustig?«, herrschte Alexander ihn an und stampfte aufgebracht auf den Boden.

»Nein, aber wenn du nicht an dir arbeitest, dann endest du dort, wo du deinen Vater hinwünschst.«

»Er ist niemals mein Vater«, kam die wütende Antwort. »Ich könnte ihm mit bloßen Händen den Hals umdrehen.«

Kapitel 74

Anton wusste sich nicht zu helfen, er würde Doris um Hilfe bitten. Sie musste morgen mit Alexander reden, ihr Ass ausspielen. Er allein konnte die Situation nicht mehr beruhigen. Alexander steigerte sich jeden Tag mehr hinein. Anton wusste, jeder Appell an die Vernunft würde bei ihm erfolglos verhallen.

Die neuen Informationen hatten Alexander noch mehr aufgebracht. Er schämte sich für seine Herkunft. Er kam sich minderwertig vor. Die Mutter drogenabhängig, der Vater ein Krimineller. Kein Wunder, dachte Alexander bitter, die Karriere bei der Polizei war von vornherein zum Scheitern verurteilt.

Anton konnte ihn kaum beruhigen. Er versteckte ihm vorsichtshalber beide Schlüssel für seinen Bus, damit er nicht in der Nacht abfahren würde. Denn Anton hatte bereits das gemacht, was er am besten konnte: Er hatte einen Plan für den nächsten Tag vorbereitet. Dafür musste Alexander unbedingt in Brienz bleiben. Zumindest diese eine Nacht. Von dem neuen diplomatischen Ansatz sollte der Junge, wie ihn Anton in Gedanken nannte, erst am Morgen erfahren. Im Moment war er viel zu aufgebracht für solche heiklen Verhandlungen.

Am nächsten Morgen kam Doris, wie heimlich am Vortag mit Anton vereinbart. Anton hatte Alexander am Frühstückstisch vorsichtig auf das Zusammentreffen vorbereitet. Doris wollte ihm etwas sehr Wichtiges mitteilen. Von

Sara. Die Neugierde überwog glücklicherweise. Die Nacht, auch wenn sie schlaflos war, hatte Alexander etwas auf den Boden gebracht. Alexander wollte Doris zumindest anhören. Mehr Zugeständnisse konnte Anton ihm nicht abringen. Nach dem Gespräch würde er zur Polizei gehen und Salvatore anzeigen. Ihm war Herbert inzwischen egal, ob er härter bestraft werden würde oder nicht. Ihm war im Grunde alles egal, nur Sara interessierte ihn.

Das Taxi mit Doris fuhr den Berg hoch. Sie stieg aus, die Aufregung sah man ihr an. Die roten Flecken im Gesicht waren nicht zu übersehen. Sie konnte die Nacht nicht schlafen. Das bevorstehende Treffen mit Alexander belastete sie sehr. Aber sie musste es führen. Für sich, für ihren Mann und letztendlich für Sara.

Anton kam ihr entgegen: »Der Junge ist sehr gereizt. Komm besser schnell zum Punkt und gehe dann! Ich kann das später mit ihm ausdiskutieren.«

»Soll das Taxi warten?«, fragte Doris sorgenvoll.

»Ja«, nickte Anton, »lass es warten.«

Doris betrat ihr eigenes Ferienhaus mit einem Unbehagen wie nie. Sie fühlte sich fremd. Am liebsten wäre sie zurückgefahren. Alexander saß missmutig am Tisch und starrte sie wortlos an.

»Guten Morgen, Alexander«, Doris streckte ihm zaghaft die Hand entgegen.

»Nimm bitte Platz«, bot Anton ihr einen Stuhl an der Stirnseite des Tisches an, nachdem Alexander nicht mal ein Mindestmaß von Anstand gezeigt hatte. Anton hatte mal gelesen, es wäre besser für solche Situationen, wenn sich die Gesprächspartner nicht gegenübersitzen würden. Das würde die Konfrontation reduzieren. »Magst du einen Kaffee?«, fragte er Doris.

»Danke«, sie schüttelte mit dem Kopf, »ich bin gleich wieder weg.« Sie war froh, dass ihr Taxi draußen wartete. Es gab ihr Sicherheit. »Alexander«, fing sie sachte an, »wir hatten keinen guten Start und du bist zu Recht sauer auf mich.« Er kommentierte es nicht und starrte vor sich hin. »Ich möchte mich bei dir entschuldigen. Nicht nur mit Worten, sondern ich habe dir heute eine wichtige Information mitzuteilen, mit der du Sara zurückgewinnen kannst.«

»Was für eine?« Es war das Einzige, wofür er sich zu interessieren schien.

»Sie glaubt«, sagte sie, und man spürte ihre Aufregung, »ihr wärt Halbgeschwister. Deshalb sagte sie zu dir, sie könnte dich nicht mehr lieben.«

»Wieso das?«

»Weil es ihr bisher niemand gesagt hatte«, antwortete sie erleichtert. »In Wahrheit liebt sie dich. Sie dachte nur, sie dürfte dich nicht lieben.«

»Warum hast du ihr das nicht gesagt?«, kam es schnippisch von ihm.

»Weil mir das erst später klar wurde und ich dir damit einen Vorteil verschaffen möchte, als Vertrauensbeweis. Als Entschuldigung.« Ihre Stimme wurde fester, sie würde sich von ihm nicht verunsichern lassen. »Liebst du sie? Möchtest du sie zurück?«

»Stimmt das?«, fragte Alexander Anton. Doris misstraute er zu sehr.

»Das stimmt«, bestätigte Anton es sofort, »Sara fuhr in Radolfzell ab, nachdem sie gehört hatte, dass du der Sohn von Vreni und Urs bist. Von Alexander, dem Adoptivsohn, war niemals die Rede.«

»Aber bei Salvatore hatte sie es doch mitbekommen«, wandte Alexander ein, sein Hirn schien blockiert zu sein, »er sagte doch, er sei mein Vater?«

»Stimmt, und Sara dachte, Vreni wäre deine leibliche Mutter!«, half Anton ihm auf die Sprünge. »Ihr habt doch über eure Vergangenheit nicht geredet.«

»Das liegt doch auf der Hand. Salvatore wohnte in Brienz, Vreni auch«, ergänzte Doris schnell. »Hätte doch sein können.«

Alexander schaute sie irritiert an. War das alles nur ein Missverständnis? Diese Hoffnung keimte bei ihm auf.

»Oder hast du Sara jemals gesagt, dass du von Vreni und Urs adoptiert bist?«, fragte Anton nach.

»Nein«, kam es beleidigt von Alexander, »das hast du mir ja verboten.«

»Das stimmt. Das war mein Fehler«, gab er, ohne sich zu verteidigen, freimütig zu, »den wir gleich korrigieren. Ist das nicht ein feiner Zug von Doris?«, lenkte er das Thema auf den Punkt, zu dem er ihn lotsen wollte.

»Ja, vielleicht«, kam es leise von Alexander. Er konnte der schwarzhaarigen Frau nicht in die Augen schauen.

»Sie hätte das Missverständnis auch stehen lassen können«, sagte Anton ernst zu Alexander, »sie möchte offensichtlich, dass du glücklich wirst. Mit Sara.« Er schaute ihn auffordernd an und hob die Augenbrauen. Alexander wusste, worauf Anton hinauswollte. Er zierte sich. Seine schlechte Stimmung war nicht so vom Tisch zu kehren wie ein paar Brotkrümel.

»Danke«, klang es erzwungen.

»Dann gebt euch die Hand«, forderte Anton die beiden auf, »und vertragt euch ab sofort!« Doris streckte ihre Hand aus, ihre Handfläche zeigte nach oben, als wollte sie ihn bitten. Sie hatte nichts zu verbergen, sie hatte alle ihre Trümpfe ihm in die Hand gegeben, ohne Gegenleistung. Alexander zögerte. »Stell dich nicht so an«, beschleunigte Anton, der langsam die Geduld mit Alexander verlor, die Angelegenheit. »Versöhnt euch!«, nahm die Hand von Alexander und führte sie zu Doris. »Wenn alles gut läuft«, lachte er ihn aufmunternd an und versuchte damit die Anspannung aufzulösen, »dann ist das bald deine Schwiegermutter. Das ist nicht verhandelbar.« Alexander gab ihr die Hand, der Gedanke an Sara versöhnte ihn. Er fühlte Wärme im Herzen.

»Danke, Doris«, sagte er freundlicher, »wenn das wirklich der Grund war, dann werde ich dir das nicht vergessen.«

Erleichterung machte sich bei Doris breit: »Dann fahre ich wieder.«

»Wir telefonieren«, verabschiedete sich Anton und begleitete sie zum Taxi.

»Und«, fragte erwartungsvoll Anton seinen Jungen, dem er noch so viel beibringen wollte, »was machen wir jetzt?«

»Sara anrufen?«

»Gute Idee!«

Alex wählte die Nummer, seine Hand zitterte leicht.

»Ja«, meldete sie sich sofort, »Alex, schön von dir zu hören. Wie geht's dir?«

»Besser«, sagte er wahrheitsgetreu. »Kann ich dich sehen? Ich muss dir was sagen.«

»Jederzeit«, sagte sie mit ihrer vertrauten Stimme, die ihm so guttat, »ich dir auch, bin im Hotel in Radolfzell.«

»Ich komme so schnell, wie es geht«, fragend schaute er Anton an, der den Kopf schüttelte, »ich muss nur klären, wann ich fahren kann.«

»Ich freue mich!«

Kapitel 75

»Und was machen wir jetzt?«, fragte Anton und schaute in ein glücklicheres Gesicht.

»Am liebsten würde ich sofort nach Deutschland fahren«, tat Alexander seinen offensichtlichen Wunsch kund. »Kommst du mit?«

»Haben wir nicht zuvor ein paar andere Sachen in Ordnung zu bringen?«

»Du meinst die Anzeige bei der Polizei? Kein Problem, die kann ich in Deutschland erstatten.«

»Bringen wir damit etwas in Ordnung?«

»Du kannst Fragen stellen«, versuchte Alexander, ein genervtes Gesicht zu machen, was ihm jedoch diesmal misslang. Zu sehr hatte ihn das kurze Telefonat mit Sara aufgebaut. Vor allem die wichtige Information von Doris. »Ja, Anton. Mit einer Anzeige bringen wir alles in Ordnung. Damit stellen wir Gerechtigkeit her.«

»So viel Gerechtigkeit wie Salvatore mit seiner Erpressung gegenüber Herbert?«

»Du bist echt bescheuert!«

»Gewöhne dir mehr Respekt an«, sagte Anton ernst. »Du benimmst dich die letzten Tage wie ein kleines, trotziges Kind. Wenn ich dir das offen sagen darf.«

»Darfst du nicht«, kam es von dem getroffenen Alexander beleidigt zurück.

»Doch, ich darf«, konterte Anton und echauffierte sich, »es war keine Frage. Solange ich dein Freund bin, darf ich das. Ich verstehe dich, vielleicht besser, als du denkst. Und helfe dir, bin an deiner Seite. Doris bemüht sich dir gegenüber, verhilft dir zur Versöhnung mit deiner großen Liebe. Und Salvatore bemüht sich um dich, sogar seit vielen Jahren. Auf seine Art, die gefällt mir auch nicht. Aber es gibt dir nicht das Recht, dich so aufzuführen. Das ist verletzend. Wenn ich an deinen Übergriff auf Salvatore denke, es hätte nicht viel gefehlt und du hättest ihn umgebracht. Deine arrogante Selbstgerechtigkeit ist absolut fehl am Platz! Denke mal darüber nur eine Sekunde nach!« Anton ging auf die Terrasse, um Alexander die Gelegenheit zu geben, vom Gas zu gehen. Und es wirkte, Alexander ging innerlich einen Schritt zurück. So hatte er es gar nicht gesehen. Hatte er sich so schlecht benommen? Vor Anton hatte er tatsächlich Respekt. Er war in der kurzen Zeit wie eine Vaterfigur für ihn geworden. Seit sie sich kannten, kümmerte Anton sich um seine Probleme, als ob es seine eigenen wären. Das wollte er anerkennen. Das hatte er sich doch immer gewünscht. Eine Vaterfigur. Neuerdings wimmelte es in seinem Leben nur so von väterlichen Freunden. Herbert fand er auch sympathisch. Ihm wollte er sowieso nicht schaden. Nur Doris und Salvatore. Er ging zu Anton hinaus. »Es tut mir leid«, entschuldigte er sich und streckte seine Hand aus, »ehrlich, ich wollte dich nicht verletzen.«

Anton zog ihn zu sich und drückte ihn kurz: »Entschuldigung angenommen. Und – was machen wir jetzt, mein Junge?«

»Ich weiß es nicht«, gab er kleinlaut zu, »was würdest du an meiner Stelle tun?«

»Wenn du das wirklich wissen möchtest«, freute sich Anton, »dann wäre es für mich so einfach.«

»Ja«, sagte er aufrichtig, »Anton, ich möchte es wissen.«

»Ich würde alles dafür in die Wege leiten, dass ich meine große Liebe zurückerobern kann.«

»Dann fahren wir nach Radolfzell?«, nickte er zustimmend und zeigte sich enttäuscht, als Anton den Kopf schüttelte.

»Das würde ich an deiner Stelle erst gut vorbereiten«, erwiderte er gemächlich. »Darf ich dich an deine letzten Hauruck-Aktionen erinnern? Du brauchst einen Plan. Einen sehr guten. Und der beginnt bei dir selbst. Solange du dein Leben nicht in Ordnung gebracht hast, kannst du keine Frau erobern. Schon gar nicht einen Goldschatz wie Sara.«

»Will ich ja«, nickte er eifrig.

»Dann gehen wir zu Salvatore und fangen dort an.« Fragend schaute Alexander ihn an. »Du wirst dich bei ihm entschuldigen, wir helfen ihm im Haushalt. Die Scherben hast du verursacht. Also kümmern wir uns darum, sie aus dem Weg zu räumen.«

Alexander gefiel der Vorschlag nicht, aber er machte gute Miene: »Und dann?«

»Dann fahren wir auf die andere Seite hinüber«, schaute er ihn aufmunternd an, »dann bedanken wir uns bei Doris und Herbert. Du nimmst dein Ultimatum zurück. Denn nur so kannst du Sara von dir begeistern.«

»Dein Vorschlag gefällt mir nicht.« Alexander war enttäuscht. Er würde sein Ultimatum nicht zurücknehmen. Vielleicht verlängern. Aber keinesfalls aufheben. »Zu Salvatore gehe ich mit, das sehe ich ein. Wir helfen ihm. Danach fahre ich nach Radolfzell. Wenn du möchtest, fahre mit. Oder komme später allein nach. Wie auch immer.«

»Dann mach das so«, resignierte Anton, »ich bleibe hier. Ich muss etwas in meinem Leben in Ordnung bringen.«

Kapitel 76

Diesmal liefen sie nicht zu Salvatore. Alexander drängte es zurück nach Deutschland. Sie nahmen seinen Bus, parkten vor Salvatores Gartentor, der bereits an der Haustür stand.

»Guten Morgen!«, begrüßte Anton ihn von weitem. »Wie geht's dir heute?«

»Guten Morgen«, kam es gut gelaunt zurück, »ich weiß nicht, wovon du sprichst«, lachte er und lief den beiden entgegen. »Guten Morgen, Alexander! Magst du mir deinen Bus von innen zeigen?«

»Ich wollte mich bei dir entschuldigen«, ging er nicht auf seine Frage ein, ganz im Reinen war er mit der Sache nicht. »Es tut mir leid! Bei mir sind wohl alle Sicherungen durchgebrannt. Hoffe, es geht dir bald besser.« Salvatore wusste, viel hatte nicht gefehlt und sein Sohn hätte ihn mit bloßen Händen umgebracht. Er konnte es ihm jedoch gut nachempfinden. Er war genauso veranlagt. Nur mit der Zeit hatte er gelernt, sich besser einzubremsen.

»Sind wir jetzt quitt?« Die Frage sollte die angespannte Lage etwas auflockern, aber Alexander reagierte nicht darauf. »Es ist in Ordnung, mein Junge!« Er streckte ihm die Hand entgegen, die Alexander widerwillig annahm. Die Vertraulichkeiten gefielen ihm nicht. Er würde ihn hinter Gitter bringen, egal, wie sehr er sich bemühen würde. Eine Pause entstand. Alexander hatte keine Lust auf längere Gespräche. Am liebsten wäre er ihm nie begegnet. »Darf ich dir was sagen?« Alexander nickte zurückhaltend. »Ich war auch wie du«, fing er vorsichtig an, er spürte die Ablehnung seines

Sohnes. »Ob du es glauben kannst oder nicht. Auf Unehrlichkeit und Ungerechtigkeiten – aus meiner Sicht gesehen – habe ich wie du reagiert. Wenn mich jemand als Feind hatte, der hatte nichts zu lachen. Ich war leicht reizbar, aufbrausend. Nur weiß ich heute, mit meiner Art habe ich mir in meinem Leben viel selbst verbaut. Du kannst es besser!«

»Ich fahre heute zurück«, wollte Alexander das Thema beenden.

»Würde dir gerne von deiner Mutter erzählen. Sie war ein wundervolles Mädchen.« Salvatore erinnerte sich wehmütig: »Auch bei ihr habe ich alles falsch gemacht. Alles, was man nur falsch machen konnte. Wenn wir mal Zeit haben, erzähle ich dir davon. Du kannst es besser machen.«

»Ich fahre dann«, ging Alexander nicht weiter darauf ein, »ich hoffe wirklich, dass bei dir alles schnell verheilt.« Er drehte sich um, nickte Anton zu und stieg in seinen Bus. Ohne einen Blick zurück startete er den alten Diesel. Eine ölgetränkte Rauchwolke stand für einen Moment in der Luft. Weg war er. Alexander rumpelte den holprigen Weg ins Dorf. Nach der ersten Kurve hörte man ihn nur noch.

»Hoffe«, bemerkte Salvatore nachdenklich, »er macht es bei seiner großen Liebe Sara besser.«

»Das wünsche ich ihm auch. Und er bekommt es auch hin.« Anton wusste, Sara und Alexander waren füreinander bestimmt. Das hatte er im Gefühl. »Es tut ihm wirklich leid, dass er dich so angegriffen hat. Im Moment ist er nicht besonders ausgeglichen.«

»Großen Liebeskummer hat mein Junge«, sagte Salvatore überraschend weich, »ich habe es in seinen Augen gesehen.«

Anton war überrascht. Salvatore gefiel ihm, irgendwie. So unterschiedlich sie waren, irgendetwas verband sie. »Wollen wir auf den Abend Doris und Herbert einladen?«, fragte er ihn.

Verblüfft nickte Salvatore und lief langsam zum Haus zurück. Wer war Anton? Viel hatte er über ihn nicht herausfinden können. Der Mann schien kaum Spuren zu hinterlassen und hatte doch überall seine Finger im Spiel. Weshalb setzte Anton sich so für ihn ein?

*

Giessbach, 2021

Um die Mittagszeit überraschte Anton im Grandhotel auf der anderen Seeseite Doris und Herbert beim Essen. »Lasst es euch schmecken!«

»Danke«, kam es erfreut von Doris. Herbert nickte nur verschnupft, er hatte sich ein Stückchen Forelle genussvoll in den Mund geschoben. Ihn störte der unangekündigte Besuch von Anton. Obwohl, er sollte ihm dankbar sein und bemühte sich nach kurzer Überlegung um ein freundliches Gesicht.

»Darf ich mich zu euch setzen?«

»Natürlich«, Doris strahlte ihn vertraut an, »das ist eine schöne Idee von dir. Magst du mit uns essen?«

»Ja«, lachte er zufrieden, »und vor allem mit euch reden.« Herbert achtete besonders darauf, wie seine Doris diesen Anton anschaute. Man könnte direkt eifersüchtig werden. Nachdem sich Anton spontan für das Mittagsmenü von Herbert, Forelle vom Rubigenhof, entschieden hatte, verlor er keine Zeit: »Ich möchte mich bei euch entschuldigen.« Und erntete damit verwunderte Blicke. Besonders Herbert ließ das aufhorchen. »Habe euch die ganze Zeit Theater vorgespielt. Das war nicht zu vermeiden, aber nun möchte ich es in Ordnung bringen.«

»Was meinst du?« Doris bezog es sofort auf sich. War sein Interesse an ihr nur gespielt?

Anton, der sah, wie der Glanz in ihren Augen sich verlor, streichelte ihre Hand und schaute zu Herbert. »Auch dafür möchte ich mich bei dir entschuldigen!« Herbert hörte auf zu essen und schaute missmutig. Was tätschelte der andere vor seinen Augen die Hand seiner Frau. Hätte Herbert das wilde Temperament von Alexander, Anton würde nicht mehr am Tisch sitzen. »Ich habe mich in deine Frau verguckt«, sagte Anton leise und projizierte in Herbert noch mehr trübe Gedanken. Doris nahm hingegen die kleine Liebeserklärung mit Erleichterung und dankbarem Herzen auf. »Das war dir gegenüber nicht richtig.« Er schaute Herbert an. Seine Stimme wurde leiser, voller Melancholie. »Ich musste mich dazu durchringen, deine warmherzige Frau wieder freizugeben. Dir zuliebe.« Sein verträumter Blick wanderte von Herbert wie in Trance wieder zu Doris. »So jemanden wie dich habe ich in meinem langen Leben nie getroffen.« Er ließ ihre Hand los. »Passt gut auf eure Liebe auf, sie ist etwas sehr Besonderes.« Das Essen für Anton wurde serviert. In dem gehobenen Restaurant hatte man seine Bestellung vorgezogen, damit der neue Gast mit den anderen essen konnte. Anton hatte jedoch keinen Appetit und ließ den Fisch kalt werden. Er musste das Thema wechseln. Vor dieser Gefühlslage, in der er sich gerade befand, war er sein ganzes Leben lang davongelaufen. Abschiede waren nicht sein Ding. »Was ich mit Theater sagen wollte«, sprach er den anderen Punkt an, den er in Ordnung bringen wollte. »Ich bin kein Immobilienmakler, ich war nicht zufällig in Saras Hotel.« Herbert bekam Herzstechen. Waren sie ihm auf der Spur? Arbeitete Anton für die Polizei? »Ich bin Privatermittler.«

»Du bist Privatermittler?«, echote Doris und ließ die Gabel fallen. Sie hatte denselben Gedanken wie Herbert. »Wer ist dein Auftraggeber?«

»Alexander.«

»Er?«, sagten sie zusammen, ungläubig schauten sie ihn und dann sich gegenseitig an.

»Ja«, wiederholte Anton, »Alexander hat mir die Detektei abgekauft und mich um Unterstützung gebeten. Er wollte seine Wurzeln finden, wissen, was damals wirklich passiert war.« Die beiden waren für einen Moment sprachlos. Herbert überlegte sich blitzschnell, ob sich Anton nur deshalb an Doris herangemacht hatte. Auf welcher Seite er stünde, ob er Alexander davon abbringen wollte, ihn anzuzeigen? Oder ob er sogar das Gegenteil befürworten würde. Könnte Anton alles so hindrehen, dass er am Ende allein im Gefängnis säße und er freie Bahn bei Doris hätte? Seine Gedanken überschlugen sich. Doris' Gedankengänge waren ähnlich durcheinander, sie gingen zurück an die Mole, auf der Anton sie vor Alexander beschützt hatte. Alles nur gespielt? Was war echt an Anton, mochte er sie wirklich? Oder war das auch vorgetäuscht? Wer sich so dreist in eine Familie und in die Herzen einschleichen konnte … Sara hatte er ja ebenfalls um den Finger gewickelt. Sie vertraute Anton. Sie müsste ihre Tochter warnen. Auch vor Alexander, die beiden waren hinterhältig und gefährlich. Kein Wunder, Alexander, der Sohn von Salvatore. Der Apfel fiel bekanntlich nicht weit vom Stamm. Und Anton war nicht besser. Sie würde von ihm nichts mehr wissen wollen. Ihr Gesichtsausdruck verfinsterte sich. Das war schon immer ihr Problem. Man konnte ihr alles direkt vom Gesicht ablesen. Sie würden sich freundlich von ihm verabschieden. Sie wollte ihn nie wiedersehen. Enttäuschung machte sich breit. Das schöne Essen schmeckte nicht mehr. Die einfühlsamen Worte zu Anfang hätte er sich sparen können. Alles hatte nun einen bitteren Beigeschmack.

»Ist etwas nicht in Ordnung?«, besorgt schaute der Kellner auf den Teller, den Anton nicht angerührt hatte.

»Es ist alles in Ordnung«, sagte er betrübt. »Ich kann nur

nicht bleiben.« Er spürte die Feindseligkeit, die in der Luft lag. Er würde ihnen Zeit geben. »Können Sie mir bitte die Rechnung bringen?«

»Haben die Herrschaften noch einen Wunsch?« Die beiden Angesprochenen verneinten, sie hatten genug für heute. Der Kellner nickte und räumte die Teller dienstbeflissen ab.

»Eigentlich wollte ich euch zu Salvatore begleiten«, setzte Anton seine Verabschiedung fort. »Ihr seid zum Grillen eingeladen. Er möchte sich mit euch aussprechen.« So hoffte Anton es zumindest. Wenn er nicht dabei war, konnte er das nicht mehr beeinflussen. Doris und Herbert schauten vor sich hin. »Oder darf ich euch doch noch begleiten?«

»Was willst du eigentlich?« Doris hatte ihre Sprache als Erste wiedergefunden. »Was willst du von uns?«

»Doris«, schöpfte er Hoffnung, es erklären zu dürfen, »verstehst du mich nicht? Alexander hatte mir den Auftrag gegeben. Meine Gefühle dir gegenüber sind aufgetaucht, ungeplant. Dennoch konnte ich dir nicht reinen Wein einschenken. Ich möchte«, versuchte er es so einfühlsam wie möglich, »jetzt, wo ich alles weiß, Alexander beruhigen, die ganze Situation entschärfen. Ich möchte euch so lange begleiten, bis alles gut ist. Ohne Anzeige, ohne Gericht. Es ist mein letzter Fall. Ihr seid mir wichtig geworden. Du, Doris, Herbert und auch Sara, ihr seid mir wichtig. Das habe ich nicht gespielt. Glaubt ihr mir das?«

»Ich glaube dir das«, Herbert schaute ihn aufrichtig an. »Wir danken dir für deine Ehrlichkeit. Ich glaube jedoch nicht«, dabei vergewisserte er sich bei seiner Doris, die ihm beipflichtend zunickte, »dass wir jemals Freunde werden.«

Anton schaute geknickt zu Boden: »Möchte euch alle nur glücklich sehen. Dann gehe ich. Meinen letzten Fall friedlich abschließen. Nur deshalb würde ich euch gerne zu Salvatore begleiten. Wollt ihr Frieden?«

»Was meinst du, Doris?«, Herbert schaute sie fragend an. »Können wir mit einem wie Salvatore Frieden schließen?«

»Wenn das ginge?«, zuckte sie überfordert mit den Schultern.

»Auf jeden Fall«, schätzte Anton die Lage hoffnungsvoll ein, währenddessen er dem Kellner die Geldscheine in die Hand drückte und wartete, bis dieser außer Hörweite war. »Salvatore ist an dem Punkt angelangt, an dem er sich mit euch versöhnen kann. Und«, setzte er nach einer Pause hinzu, »danach fahre ich zurück nach Deutschland. Verschwinde aus eurem Leben.« Seine Mimik wurde bedrückter, sein Versprechen lag ihm wie Blei auf dem Herzen. »Möchte wirklich nur euch alle glücklich wissen. Dann kann ich zufrieden gehen.« Er würde sie vermissen. Herbert, Sara – und natürlich vor allem – Doris. Er hatte sich an ihre fürsorgliche und warmherzige Art gewöhnt. »Vielleicht«, es schien, als ob er sich selbst Hoffnung machen wollte, »vielleicht sehen wir uns irgendwann mal. Aber erst muss und werde ich zu mir selbst finden. Der Weg in die Rente ist nicht so einfach. Den Weg muss ich allein gehen. Dachte, dieser Weg würde leichter.« Die letzten Sätze sagte er wie zu sich selbst. Die Rente am Bodensee, auf die er sich so gefreut hatte, wirkte nun auf ihn wie ein dunkles Loch. Das ihn verschlingen würde, ihm alles nehmen könnte, was ihm lieb war.

Doris, die voller Mitleid war, sagte entschieden zu Herbert: »Wir gehen, diese Chance lassen wir uns nicht entgehen. Dann können wir endlich mit allem abschließen.« Mit einem den schönen Momenten hinterhertrauernden Blick schaute sie wehmütig Anton an und sagte liebevoll: »Und du begleitest uns!«

»Dann fahre ich jetzt nach Brienz.« Die Schwermut war von Anton nicht verschwunden. Der kleine Spaziergang gleich, vorbei am Wasserfall zur Schiffsanlegestelle hinunter, würde ihm guttun. Auf der Schiffspassage über den Brienzer See könnte er sich noch rasch eine Zugverbindung nach Radolfzell heraussuchen. Er würde sich die nächsten Tage komplett verplanen, trübe Gedanken hätten keine Chance: »19 Uhr bei Salvatore?«

»Danke!« Herbert stand auf und gab ihm die Hand.

Kapitel 77

Radolfzell, 2021

»In zwei Stunden bin ich in Radolfzell«, kündigte Alex euphorisch seine Rückkehr bei Sara an. »Wann hast du Zeit?« In seinem Autoradio sang gerade Bob Marley: »Is this Love?«

»Komme doch ins Hotel«, antwortete Sara glücklich, die das fröhliche Lied im Hintergrund hörte, »ich koche uns etwas. Du hast sicher Appetit?«

»Ich freue mich sehr«, antwortete Alex beschwingt. »Ich muss zuvor etwas besorgen«, und dachte nicht nur an den größten roten Rosenstrauß von Radolfzell den er ihr besorgen wollte, sondern auch an so praktische Dinge wie duschen, frisch anziehen. So abgekämpft wollte er seiner geliebten Sara die Überraschung nicht präsentieren. Wie sie wohl reagieren würde, wenn sie gleich erführe, dass sie keine Geschwister waren. »Bin um 18 Uhr bei dir, ist das in Ordnung?«

Sara wusste nicht, weshalb er mit ihr sprechen wollte. Weshalb er sich so aufgekratzt angehört hatte. Sie überlegte und kam zu dem einen Schluss, er hatte es endlich eingesehen und würde ihren Vater nicht zur Anzeige nötigen. Endlich, wie sehr sie diesen Moment herbeigesehnt hatte, freute sie sich, während sie fröhlich das Essen zubereitete.

Leider falsch gedacht. Alexander war kaum mit einem viel zu großen Rosenstrauß im Hotel angekommen. Da stritten sie sich schon wieder über das leidige Thema. Sara hatte ihn direkt damit konfrontiert, wollte zuerst diese eine Sache von ihrem Halbbruder hören, bevor er mit seiner Überraschung herausrücken durfte. Aber er hatte nichts davon eingesehen. Er würde sein Ultimatum nicht aufheben. »So ein sturer Kerl!«, empörte sie sich, während sie ihrem Vater am Telefon alles haarklein berichtete. »Ich habe ihn gleich mitsamt seinem dummen Strauß aus dem Hotel geworfen. Du musst dich leider anzeigen«, sagte sie enttäuscht. »Es führt kein Weg daran vorbei.«

*

Brienz, 2021

Herbert saß mit versteinerter Miene im Garten bei Salvatore. Er fühlte sich wie geschlagen. Jetzt, wo alles hätte gut werden können, sie gerade Frieden mit Salvatore geschlossen hatten, kam dieser Alexander in die Quere! Wie konnte er sich nur so sehr in ihm getäuscht haben. Herbert öffnete sein Hemd, er rang nach Luft. Ihm war schlecht. Musste er sich gleich übergeben? Sie hatten gerade erst mit dem Abendessen angefangen. Salvatore hatte sich bei ihm entschuldigt. Er würde ihm das komplette Geld zurückbezahlen. Alexander hätte darauf bestanden. Herbert wurden die Zusammenhänge klar. Auch weshalb Salvatore ihm damals, vor rund 40 Jahren, so ein attraktives Angebot für das geerbte Häuschen gemacht hatte. Salvatore wollte in der Nähe seines Jungen sein. Jetzt machte alles einen Sinn. Er musste Salvatore und Doris mitteilen, dass Alexander nicht von seinen Plänen abzubringen war. Sie waren gezwungen, alle miteinander zur Polizei zu gehen. Sie mussten sich stellen – es gab keinen Ausweg mehr. Herbert wollte seine Gedanken mitteilen, konnte jedoch nicht. Die Schmerzen, die er den halben Tag schon hatte, wurden stärker. Seine linke Seite schmerzte, er bekam kein Wort heraus.

Salvatore sah es als Erstes: »Herbert«, sprach er ihn an und beugte sich zu ihm, »ist dir nicht gut?«

»Schmerzen!«, brachte er mühsam hervor und deutete auf seinen Brustkorb. »Schwindel!«

Salvatore fühlte seinen Herzschlag, spürte das Herz rasen und griff sofort zu seinem Telefon. »Salvatore hier, schickt einen Arzt sofort zu mir ins Haus hoch. Und alarmiert die Rettung.« Auf die Gegenfrage antwortete er kurz: »Notfall, vermutlich Herzinfarkt!«

Doris schaute entgeistert und rief aufgewühlt: »Herbert, was machst du für Sachen!«

»Wir setzen dich auf den Boden«, übernahm Anton, »Oberkörper hochlagern, Salvatore, hast du mehr Kissen?« Er sprach ruhig mit Herbert und schickte die aufgeregte Doris ins Haus: »Besorge eine Decke!« Genau wusste er nicht, ob es Herbert im Moment kühl oder sogar zu warm war, er wollte hauptsächlich Doris beschäftigen, die mit ihrer Nervosität Herbert nicht guttat.

Derselbe Arzt, der bei Salvatore Erste Hilfe geleistet hatte, fuhr mit Vollgas den Berg hoch. Salvatore hatte ihm das Gartentor geöffnet und begleitete ihn zum Patienten.

Der Arzt öffnete Herberts Hemd und positionierte rasch die Elektroden. Er sprach ruhig mit ihm: »Wir führen ein Elektrokardiogramm durch, dann wissen wir mehr.« Die Messung startete, alle schauten auf das Diagramm, welches aus dem Drucker lief, ohne etwas davon zu verstehen. Der Arzt schaute sich die Daten an, nahm sein Telefon und forderte einen Helikopter an. »Gut, dass Sie so schnell reagiert haben!«, sagte er ernst zu Salvatore.

»Ist es ein Herzinfarkt?« Doris war ganz außer sich. »Er hatte gerade telefoniert.«

»Wir haben den Messungen zufolge eine Dissektion der Aorta.«

»Gut«, kam es erleichtert von Doris, die kein Wort verstanden und nicht mitbekommen hatte, dass gerade ein Rettungsflug organisiert wurde. »Er hatte schon den ganzen Tag Schmerzen in der Brust.«

»Gibt es Vorerkrankungen?«, fragte der Arzt.

»Nein.«

»Bluthochdruck?«

»Ja«, nickte sie, »das schon.«

»Können Sie das Tischtuch hier nehmen?«

»Das hier?« Doris wusste nicht, worauf er hinauswollte. Salvatore reagierte schneller und zog an dem weißen Tuch und wies Doris an, die Teller, Gläser und Flaschen festzuhalten. Trotz seiner Schmerzen aufgrund der gebrochenen Rippen zog er mit einem Ruck das Tischtuch herunter. Ein paar Flaschen gingen zu Boden. Er drückte der verblüfften Doris das Tuch in die Hand.

Der Arzt wandte sich Herbert zu: »Ihr Freund hat Ihnen das Leben gerettet! Sind Sie auf etwas allergisch?« Herbert schüttelte leicht den Kopf. »Dann bekommen Sie von mir ein Medikament injiziert. Das wird Ihnen …«, er brach ab, hörte entfernt das Geräusch und schaute in den Himmel, »das ging schnell! Die Rettung kommt schon, Sie werden ins Spital geflogen.« Er wandte sich an Salvatore: »Können Sie mit der Frau auf die Wiese da drüben laufen und mit der Tischdecke die Rettung einweisen?« Salvatore verstand und trieb die verdatterte Doris, die nichts verstand, schnell zu der Wiese. Er befahl ihr unsanft, sie solle das Tuch schwenken. Er konnte das mit seiner Verletzung nicht. Sie machte, auch wenn ihr der Ton sehr missfiel, was Salvatore von ihr verlangte. »Komm weg!«, kommandierte er sie herum. Der Pilot hatte den Landeplatz entdeckt und manövrierte den Helikopter, als ob es ein Kinderspiel war, zwischen den Oberleitungen hindurch auf die Wiese. Die Rotorblätter wirbelten jede Menge Staub und Gräser auf. Salvatore zog Doris auf die Seite, sie hatte schützend die Hände über die Augen gelegt. Die Rotorblätter wurden langsamer, zwei Männer stiegen aus und kamen zügig über die Wiese gelaufen. Sie hatten eine Trage dabei und legten gemeinsam mit dem Arzt Herbert vorsichtig darauf. In dem Moment verlor Herbert das Bewusstsein. Doris stand neben sich, was war passiert? Müsste ihr Mann sterben?

Kapitel 78

Radolfzell, 2021

Sara, die spät in der Nacht telefonisch von Anton erfahren hatte, wie ihr Vater nach ihrem Anruf zusammengebrochen war und eben notoperiert wurde, schluchzte hemmungslos. »Was hat er genau?«, fragte sie mit tränenerstickter Stimme.

»Die Hauptschlagader ist wohl gerissen.«

»Oh nein! Wird er«, sie versuchte, sich zu fassen, »wird er sterben?«

»Er wird es überleben. Dein Vater wurde bereits operiert. Salvatore hat ihm das Leben gerettet.«

»Salvatore?« Sie verstand kein Wort.

»Du hattest uns doch am Abend angerufen«, klärte Anton sie auf, »wir waren alle bei Salvatore. Sie hatten sich gerade ausgesprochen, als dein Anruf kam. Danach wurde ihm schlecht. Und schwindelig. Wir haben uns nichts dabei gedacht. Wir hätten vielleicht einen Rettungswagen angerufen, wenn wir allein gewesen wären. Aber Salvatore hat sofort seinen Arzt alarmiert, der war in wenigen Minuten da. Der Arzt hat schnell reagiert, Herbert durchgemessen und die richtige Diagnose gestellt. Sofort einen Rettungshubschrauber alarmiert, der glücklicherweise gerade einen Leerflug zu seiner Station hatte. Sonst hätte dein Vater das nicht überlebt.«

»Dann müssen wir Salvatore dankbar sein«, sagte sie leise, sie hätte nicht gedacht, dass sie das jemals sagen würde. »Ich komme sofort nach Brienz. In welchem Krankenhaus liegt mein Vater?«

»Wir besuchen ihn morgen 15 Uhr.«

»Dann bin ich um die Mittagszeit bei euch.«

»Mit dir rede ich kein Wort mehr!«, schrie sie hysterisch ins Telefon. Es war inzwischen kurz vor Mitternacht. Alex, komplett überfordert, weil er zum einen schon geschlafen hatte, und zudem, weil er nichts verstand, wartete ab, was sie ihm zu sagen hatte. »Mein Vater hat sich über dich so aufgeregt, dass er jetzt im Sterben liegt.«

Das saß, Alex war hellwach. »Was ist passiert? Ich habe doch mit ihm überhaupt nicht ...«

»Höre zu!«, schnitt sie ihm das Wort ab. »Du hast dein Ultimatum nicht zurückgenommen, das habe ich meinem Vater am Telefon mitgeteilt. Worauf er zusammengebrochen ist, mit dem Helikopter in die Klinik geflogen und notoperiert werden musste. Wir hoffen, dass er die Nacht überlebt. Bist du jetzt zufrieden? Bist du glücklich, du Mistkerl?«

»Das wollte ich nicht!«

»Das *wolltest* du nicht? Ach nein«, kam es zynisch, »du wolltest nur alle ins Gefängnis bringen! Mir meine Eltern nehmen. Mich unglücklich machen. War es das, was du wolltest?«

»Ich komme zu dir! Wir reden und ...«

Wieder unterbrach sie ihn barsch: »Du hörst mir nicht zu, mit dir rede ich nichts mehr. Das war unser letztes Gespräch. Morgen fahre ich nach Brienz, ich hoffe, ich kann mit meinem Vater sprechen, und hoffe, du kommst endlich zur Vernunft.«

»Sara, ich ...«, er wollte etwas zu seiner Verteidigung sagen, aber sie hatte bereits aufgelegt.

Es fühlte sich wie ein K.-o.-Schlag an. Alex saß niedergeschlagen auf seinem Bett und überlegte angestrengt, was er tun könnte. Könnte ihm Anton helfen? Wobei, dessen Meinung kannte er. Er würde weiter für die Gerechtigkeit kämpfen. Doris und Salvatore konnte er nicht verzeihen.

»Was soll ich machen?«, mitten in der Nacht hatte er verzweifelt seinen besten Freund Ferdi angerufen. »Herbert liegt im Sterben, Sara hasst mich dafür. Ich möchte am liebsten alle anzeigen, ich kann doch ein Verbrechen nicht ungesühnt lassen. Was sagst du als Polizist dazu?«

Ferdi, der schon geschlafen hatte, nahm glücklicherweise ab. Er hatte das Drama der letzten Tage mitbekommen. Alex hatte ihn jeden Tag angerufen und ihm die Entwicklung erzählt. »Du solltest keinen Polizisten um Rat fragen, hier geht es um mehr.«

»Was meinst du? Worum geht es deiner Meinung nach?«

»Es geht um deine große Liebe«, antwortete Ferdi. »Kümmere dich erst mal um Sara!«

»Das ist zu spät«, kam es traurig zurück. »Sie will mich nie wieder sehen. Sie kann mir nicht verzeihen.«

»So wie du ihrer Mutter und Salvatore nicht verzeihen kannst?«, kam es betrübt von Ferdi. »Ihr dreht euch im Kreis.«

»Ich weiß. Habe doch selbst keine Idee, wie ich alles in Ordnung bringen kann.«

»Du brauchst einen Fachmann fürs Vergeben«, wollte Ferdi ihn aufmuntern.

»Keine blöden Sprüche, Ferdi!«, bittere Vorwürfe machte er sich, »ich bin echt verzweifelt.

»Entschuldige, ich weiß nicht, was ich dir raten soll. Meinst du, Pfarrer Simon kann dir einen guten Vorschlag machen? Hat er dir nicht angeboten, du könntest dich bei ihm Tag und Nacht melden?«

»Schon.«

»Also, Alex«, forderte ihn Ferdi auf, »dann ist das mein privater Rat. Mach das jetzt. Du darfst keine Zeit verlieren! Hast du die Nummer eingespeichert?«

Alexander legte auf und wählte mit zittriger Hand die Nummer in Basel.

»Pfarrer Simon?«, fragte er, nachdem jemand abgenommen hatte.

»Ja«, antwortete der Aufgerufene. »Wer sind Sie, ich habe Ihren Namen nicht verstanden?«

»Alexander aus Deutschland. Ich war vor Jahren bei Ihnen, ich habe ...«

»Alexander«, Pfarrer Simon erkannte ihn und erinnerte sich, »du hast deine Eltern gesucht. Hast du sie inzwischen gefunden?«

»Ja«, antwortete er traurig und erzählte etwas durcheinander die Ereignisse der letzten Tage. »Was würden Sie an meiner Stelle machen? Bei mir stürzt gerade die Welt ein, ich verliere schon wieder das Liebste, was ich hatte. Ich bin verzweifelt!«

»Es gibt einen Weg«, beruhigte ihn der erfahrene Geistliche. »Sage gerne Du zu mir«, setzte er hinzu, »wie beim letzten Mal.«

»Danke, Simon. Sage mir nur, was ich tun soll!«

»Vergeben«, antwortete Simon. »Du kennst doch das Vaterunser?«

»Ja.«

»Vergib uns unsere Schuld, wie auch wir vergeben unseren Schuldigern.«

»Das kenne ich, aber ich kann das nicht. Ich war Polizist, ich habe mein ganzes Leben darauf gewartet, die Wahrheit zu finden und die Schuldigen zu bestrafen.«

»Darf ich dich einladen?«

»Wohin?«, fragte Alexander überrascht.

»Am Sonntag zu mir nach Basel, zu meiner Predigt*. Ich werde das Vergeben zum Thema machen. Bin gerade am Schreiben. Möglicherweise kannst du dann verzeihen. Vielleicht kannst du Sara mitbringen.«

»Danke, Simon. Ich kann nicht so lange warten.«

»Dann lese ich dir aus meiner Predigt vor, sie handelt von Matthäus 18: *Da trat Petrus hinzu und sprach zu ihm: Herr, wie oft muss ich denn meinem Bruder, der an mir sündigt, vergeben? Ist's genug siebenmal? Jesus sprach zu ihm: Ich sage dir, nicht siebenmal, sondern siebzigmal siebenmal.*«

»Und was soll ich damit? Ich kann ja nicht mal einmal verzeihen.«

»Damit du den Sinn verstehst, noch eine kurze Erklärung. Höre zu: Die Zahlen sind symbolisch. Die Sieben heißt auf Hebräisch Schaefa. Sie gilt als heilige Zahl. Bedeutet unter anderem Fülle, vollkommene Güte und himmlischer Zustand. Die Sieben besteht aus den Zahlen drei und vier. Drei steht für die Vollkommenheit, stellt alles dar. Vergangenheit, Gegenwart, Zukunft. Steht für das Geistige. Die Vier im Gegensatz dazu für das Materielle.«

»Simon, was willst du mir damit sagen?«

»Alex, ganz einfach, vergib, was deinen Eltern und dir angetan wurde. Vergib denen, die im geistigen Himmel sind, und vergib, was dir angetan wurde, auf Erden. Vergeben ist das Gegenteil von Rache. Was du vorhast, ist Rache. die Rache des Gekränkten.« Pfarrer Simon machte eine kurze Pause, bevor er fortfuhr: »Verzeihe wahrhaftig. Siebzigmal ist siebenmal zehn. Zehn steht für das Maximum, trägt somit den Charakter von Vollständigkeit, Vollkommenheit.«

---

* Die komplette Originalpredigt von Pfarrer Simon kann kostenlos unter isabella.anders@t-online.de angefordert werden.

»Ich soll also alles vergeben, vergessen. Einfach so?«, fasste Alexander resigniert zusammen. »Hast du keinen besseren Rat für mich?«

»Begegne deinem Vater, auch deiner künftigen Schwiegermutter, in Ruhe und Frieden. Höre ihnen zu, versuche, dich in ihre Lage zu versetzen. Unvoreingenommen. Wenn du diese Bereitschaft in dir spürst, wenn du so eine Harmonie zunächst in dir selbst herstellen kannst, dann wird sich auch alles andere zum Guten wenden. Mein einziger Rat, wenn du nicht alles verlieren möchtest, was dir lieb und teuer ist.«

»Danke, Simon!«, Alexander legte auf, er wusste nicht, ob er verzeihen konnte. Er fühlte weiterhin die Trostlosigkeit in sich. Jetzt verliere ich schon wieder alles, schoss es ihm durch den Kopf. Auf mir liegt ein Fluch. Er wählte die Nummer von Anton und legte gleich wieder auf. Er konnte um die Uhrzeit ja nicht alle aus dem Schlaf reißen.

*

Giessbach, 2021

Anton, der sich um Doris gekümmert und sie mit Herberts Auto ins Grandhotel gefahren hatte, setzte sich, ebenso unglücklich wie Alexander, an die Bar.

»Möchten Sie einen Drink?«, fragte der Barkeeper. Anton schüttelte den Kopf. »Oder möchten Sie reden?«

»Es ist alles gesagt«, sprach Anton fast wie zu sich selbst. Er stand auf, lief Richtung Rezeption, zum Haupteingang hinaus und ging tief in Gedanken versunken zu Herberts Auto. Er würde nach Brienz zurückfahren. Am nächsten Morgen würde er wiederkommen. Doris brauchte ihn, sie waren zum Frühstück verabredet. Kaum saß er im Auto, klingelte sein Telefon, er schaute nicht darauf, nahm schnell ab: »Ja? Wer ist da?« Er schaute auf sein Display, sah den Anruf von Alexander und drückte schnell die Rückruftaste.

»Alex hier«, kam es verzweifelt, er wollte von Anton unbedingt Gewissheit. »Stirbt Herbert?«

»Wer hat dir das gesagt?«, fragte er nach. »Nein, die Operation verlief gut, wir haben vor einer guten halben Stunde einen Anruf aus dem Krankenhaus erhalten. Der Eingriff dauerte über drei Stunden. Aber alles gut!«

Alexander atmete erleichtert auf. »Wenigstens das. Wo bist du?«

»Bin im Grandhotel, habe mich um Doris gekümmert. Bis der Anruf aus der Klinik kam. Jetzt ist sie auf ihrem Zimmer und ich fahre rüber nach Brienz. Morgen Mittag kommt übrigens Sara.«

»Ich weiß«, kam es zerknirscht, »sie möchte mit mir endgültig nichts mehr zu tun haben.«

»Kein Wunder.« Anton überraschte es nicht. »Nach dem, was du dir geleistet hast. Wie hat sie darauf reagiert, dass ihr keine Geschwister seid?«

»Das konnte ich ihr noch nicht sagen.«

»Ach, Alexander«, die Stimme von Anton klang enttäuscht und müde. »Was soll ich sagen?«

»Was ich machen kann? Du hast doch immer einen Plan.«

»Langsam nicht mehr«, kam die ernüchternde Antwort, »ich kann dir nicht immer Händchen halten. Schon gar nicht, wenn du deine eigenen Wege gehen willst.«

»Ich weiß ja. Nur ein letztes Mal«, bettelte er. »Ich werde auch machen, was du mir sagst.«

»Dann frage ich dich ein letztes Mal: Liebst du sie?«

»Ja!«

»Wirklich?«

»Ja, natürlich!«

»Von ganzem Herzen? Bedingungslos?«

»Anton, ja! Wie oft willst du es noch hören?«

»Bis ich es dir glauben kann.«

»Was soll ich denn machen?«, Alexander war untröstlich. Sara hatte ihn unmissverständlich aus ihrem Leben geworfen. »Ich würde alles tun, ich möchte sie nicht verlieren. Weißt du, Anton, so seltsam das klingt, ich vertraue ihr, zum ersten Mal kann ich einer Frau vertrauen. Ich könnte mich bei ihr fallen lassen. Ich kann mir ein Leben mit ihr vorstellen. Für immer. Das konnte ich noch nie. Ich liebe sie!«

»Wie oft hast du jetzt *ich* gesagt?«

»Ach, Anton«, er wurde ungeduldig, »lass doch mal die Ratespielchen!«

»Wie oft?«

»Keine Ahnung! Ist doch völlig nebensächlich.«

Anton spürte Leben in seinem Ohrläppchen, er rieb zufrieden daran. Sein Plan könnte gelingen. »Du hast viel zu oft *ich* gesagt. Was du möchtest, das wissen wir beide zur Genüge. Weißt du auch, was *sie* möchte?« Er hörte durch das Telefon, wie Alexander widerwillig mit den Schultern zuckte, er wusste es natürlich. Und wollte es dennoch am liebsten überhören. »Womit kannst du sie wirklich glücklich machen?«, fragte er nach, nachdem Alexander nichts geantwortet hatte.

»Wenn ich meine Rachepläne nicht weiter verfolgen würde«, kam es zögerlich und kaum hörbar. »Aber dann weiß ich noch lange nicht, ob sie mir verzeiht.«

»Genau, mein Junge. Sie wäre tatsächlich glücklich, wäre es nicht im Konjunktiv formuliert.« Anton wurde trotz des langen Tages wieder munter. »Vor allem ist es wichtig, den ersten Schritt vor dem zweiten zu machen. Wirst du deine Forderung ad acta legen? Dann erst wirst du sehen, wie sie reagiert.« Das Ziel schien vor Augen. Alexander schien einsichtiger zu sein.

»Ja«, kam es leise.

»Geht das lauter? Entschiedener?«

»Ja!«, lachte Alexander etwas bedrückt. »Ja, Anton! Ich werde Herbert nicht mehr zur Anzeige nötigen.«

»Und was noch?«

»Ich werde mich mit allen aussprechen, mit Herbert sowieso, mit Doris und Salvatore. Ich werde unvoreingenommen auf sie zugehen, ihnen wirklich zuhören.«

»Du überraschst mich. Wirklich, Alexander, der erste vernünftige Einfall heute! Und du wirst mit Sara sprechen. Sie sollte erfahren, ob sie Geschwister hat oder nicht. Was meinst du?«

»Natürlich«, Alexander wurde fröhlicher, »nur, wie gehe ich am besten vor? Sie will mich nicht mehr sehen.«

»Ich habe einen Plan«, freute sich Anton und fuhr zufrieden nach Brienz zurück.

Kapitel 79

Das Frühstücksbuffet im *Grandhotel Giessbach* schmeckte Doris wieder. Sie konnte ihr Glück kaum fassen. Herbert hatte sich am Morgen telefonisch gemeldet. Es ging ihm viel besser. Voraussichtlich würde er zehn Tage im Spital bleiben müssen, aber was war das schon. Er hatte überlebt! Was Doris' Glücksgefühl am Morgen verstärkt hatte, war die gute Nachricht von Anton. Er hatte ihr von dem Telefonat mit Alexander berichtet.

»Was hätten wir nur ohne dich gemacht!« Dankbar strahlte sie Anton an.

»Bald trennen sich unsere Wege«, sagte er voller Wehmut zu ihr. »Am Nachmittag komme ich nicht mehr mit zu Herbert. Sara kommt ja. Sonst hat Herbert zu viel Besuch. Das ist nicht gut.« Er tröstete sich selbst, es wäre besser, wenn er fahren würde. Sein Auftrag war so gut wie erledigt. Nur Alexander wollte er im Auge behalten.

»Ich werde dich sehr vermissen!« Ihre Augen wurden feucht, verschämt stand sie auf und ging sich frischmachen. Anton saß allein im Grandhotel. Die Einsamkeit gesellte sich zu seiner Wehmut. Dann kannst du dich schon mal daran gewöhnen, dachte er sarkastisch. So wird deine Zukunft aussehen. Einsamkeit mit schöner Aussicht! Wohin sollte er gehen?

Sara hatte sich auf den Weg gemacht. Wieder würden ihre Aushilfen den Hotelbetrieb aufrechterhalten. Sie hatten sich einüben können, nur die Bewirtung am Abend war ersatzlos gestrichen. Sara war kurz vor Zürich, ihre Gedanken waren ständig bei ihrem Vater. Beruhigt war sie nicht, sie hatte in dem Schweizer Spital angerufen und erfahren, dass ihr Vater noch drei bis vier Tage auf der Intensivstation liegen würde. Maximal zwei Personen durften ihn kurz besuchen. Ihre Mutter hatte sich so euphorisch angehört, für sie klang das sehr beunruhigend. Um die Mittagszeit kam sie im Grandhotel an. Anton war mit dem Auto von Herbert abgereist. Doris hatte es ihm überlassen, damit er zurück nach Radolfzell fahren konnte und nicht den Zug nehmen musste. Er wollte, so sagte er, sich nebenbei um das Hotel kümmern. Nach dem Rechten sehen, damit Doris und Sara so lange, wie sie wollten, in der Schweiz bei Herbert bleiben konnten. In Wahrheit wollte er weg. Er wollte allein sein.

*

Interlaken, 2021

Um 14 Uhr, früher als es Anton für sie geplant hatte, fuhren Sara und Doris ins Spital und waren sehr überrascht, als sie dort unerwartet Alexander vor der Intensivstation begegneten.

»Doris«, kam er ihr freundlich entgegen, nachdem sie erschrocken auf seine Anwesenheit reagiert hatte, »ich möchte mich bei dir nochmals entschuldigen und euch bitten«, er sprach leiser, »nicht zur Polizei zu gehen. Lasst uns das alte Thema begraben. Wir sind alle genug bestraft. Ich sehe meine eigenen Fehler ein«, bekannte er sich und verabschiedete sich schnell. »Ich hoffe, Herbert ist bald gesund«, sagte er beim Weiterlaufen und nickte Sara zu. Anton hatte ihm geraten, mit ihr erst später zu sprechen.

»Dürfen wir meinen Vater besuchen?«, fragte Sara eine Krankenschwester besorgt und würdigte Alexander keines Blickes.

»Selbstverständlich«, lächelte die Angestellte freundlich. »Wenn Sie mir bitte folgen möchten.« Nachdem sie sich die Hände desinfiziert hatten und sterile Kleidung trugen, durften sie zu ihm.

Schwach sah er aus. Jetzt sah Doris, wie schlecht es ihm wirklich ging. »Wie geht es dir, mein lieber Schatz?« So hatte sie ihn schon lange nicht mehr genannt.

»Wenn ich dich sehe«, lächelte er abgekämpft, »geht es mir gut.«

»Papa!« Sara streichelte ihm behutsam die Hand. Zumindest das, was nicht mit Elektroden und Zugängen verklebt war. »Bin so froh, wie schnell du Hilfe bekommen hast.«

Lange durften sie nicht bleiben. Herbert sollte sich schonen. Am Abend dürfte er, versprach er Doris, kurz mit ihr telefonieren. Die Mitarbeiter im Spital wären sehr freundlich zu ihm, und er erzählte von Alexander. Der sich bei ihm entschuldigt hätte und ihm eindringlich von einer Selbstanzeige abgeraten hätte. Er war verwundert und glücklich zugleich. Er schloss seine Augen, er würde ein wenig schlafen.

»Ich habe Angst um ihn. Was machen wir jetzt?«, fragte Doris ihre Tochter verzagt, nachdem sie das Zimmer verlassen hatten. »Kannst du bleiben?«

»Ja, Anton hatte mich angerufen und mir angeboten, sich um die An- und Abreisen im Hotel zu kümmern«, antwortete sie und war froh, ihrer Mutter beistehen zu können. »Stell dir vor, auch Getränke möchte er am Abend anbieten.«

»Der Anton«, lachte Doris wehmütig und hakte sich bei ihrer Tochter unter, »das ist eine gute Seele.«

»Hast du dich in ihn verguckt?« Vorwurfsvoll schaute Sara sie von der Seite an, während sie das Krankenhaus verließen. »Du hast dich gerade erst mit Papa versöhnt.«

»Natürlich«, bestätigte ihre Mutter schnell, »dein Vater und ich gehören zusammen. Wie lange wirst du bleiben? Kommst du zu mir ins Grandhotel?«

»Ein paar Tage«, antwortete Sara, »allerdings möchte ich allein sein und im Ferienhaus übernachten. Dann kann ich ab und zu nach Salvatore schauen. Bei ihm möchte ich mich bedanken. Und er braucht auch Hilfe. Ich fahre gleich zu ihm.«

»Kannst du mich zuvor ins Grandhotel fahren? Ich möchte mich hinlegen.«

Kapitel 80

Brienz, 2021

Alexander fuhr, nachdem er Herbert im Spital besucht hatte, sofort nach Brienz. Sein Bus knatterte laut und qualmte blau, als er die steile Straße zu Salvatores Haus hochfuhr.

»Ich hatte gehofft«, begrüßte ihn sein Vater freudestrahlend, »du würdest bald wiederkommen. Habe uns ein Bier kalt gestellt.«

»Das freut mich«, diesmal gab Alexander ihm aufgeschlossen seine Hand. Es fühlte sich heute besser an. Seine Entscheidung, die er Salvatore mitteilen wollte, befreite ihn selbst. »Diesmal bleibe ich ein paar Tage«, versprach er lächelnd. »Wie geht es dir heute?«

»Mir könnte es nicht besser gehen.« Die beiden Männer saßen auf der Terrasse im Schatten und hatten sich viel zu erzählen. Salvatore war ein guter Erzähler. Einfühlsam, wie er von seiner Mutter sprach.

»Warst du jemals verheiratet, habe ich Geschwister?«, wollte er von seinem Vater wissen.

»Nein«, schüttelte Salvatore den Kopf. »Deine Mama war meine einzige Liebe!« Alexander war gerührt, während er die Fotos im Album anschauen durfte, die Salvatore all die Jahre sorgsam gehütet hatte. Sie war so unglaublich hübsch. Sie erinnerte ihn an Sara. Traurig stimmte es ihn, dass er sich nicht mehr an seine Mutter erinnern konnte. Dass er keine bewusste Zeit mit ihr verbringen durfte. Aber andererseits, das hatte ihn Anton gefragt, wie wäre sein Leben verlaufen?

Wenn sie alle in Basel geblieben wären, sein Vater ein Drogendealer. Der möglicherweise ohne den viel zu frühen Tod seiner Mutter sein Leben niemals geändert hätte? Wäre er zu dem geworden, was er heute war?

»Du brauchst deinen Revolver«, wechselte Alexander das Thema, »nicht mehr.«

»Meinen Revolver?«, Salvatore tat unwissend. »Was meinst du?«, fragte er in froher Erwartung.

»Ja«, Alexander schaute ihn vielsagend an, »ich weiß alles! Du brauchst ihn nicht mehr, weil es keine Anzeige geben wird. War gerade bei Herbert und habe mit ihm gesprochen.« Salvatore war überrascht, gerührt. Würde er die Chance auf eine gemeinsame Zeit mit seinem Sohn haben? Er hatte es nicht zu hoffen gewagt.

»Das wirst du niemals bereuen – ist deine beste Entscheidung, mein Junge!«

Zum ersten Mal gefiel Alexander diese Bezeichnung. »Ich weiß«, sagte er zufrieden. Jeder war in seinen Gedanken. Es war idyllisch hier oben, man hörte die Kuhglocken, auf dem See legte der Raddampfer ab, ließ das dampfbetriebene Signal ertönen und kündigte die Ausfahrt an. Er erinnerte sich an seine Kindheit bei Vreni und Urs. Damals schaute er oft dem Raddampfer beim Ablegen zu. Erinnerte sich, wie er im Landmarkt von Salvatore Süßigkeiten zugesteckt bekommen hatte. Wie sorgenfrei er leben durfte. Seine bisher schönste Zeit. Würde es wieder so werden? Vielleicht. Er dachte an Sara, mit ihr würde er reden. Anton sagte ihm, wenn er alles bereinigt, sein Leben in Ordnung gebracht hätte, dann erst sollte er auf sie zugehen. Sein Leben schien aufgeräumt zu sein. Zumindest fühlt er so. Er genoss die Ruhe in seiner Seele und hier oben bei seinem Vater. Wenn nicht das Auto, welches gerade die Straße hochfuhr, gewesen wäre, nichts hätte gestört. Er öffnete die Augen, die er für einen Moment geschlossen hatte.

»Sara!«, rief er und sprang begeistert auf. »Sara kommt«, sagte er voller Freude zu Salvatore, »schau, sie kommt zu uns!«

Salvatore, der Sara vom ersten Moment an in sein Herz geschlossen und sich für seinen Jungen gewünscht hatte, es würde mit den beiden etwas werden, fühlte zum ersten Mal seit langem eine Wärme in seinem Herzen. »Ja«, sagte er deshalb gerührt, »mein Junge, lauf ihr entgegen. Und lass sie nie wieder gehen!«

»Hast du mich gesucht?«, fragte Alex hoffnungsvoll am Gartentor, während er sie hereinließ und schaute in ihre treuen Augen, die sein Herz so fröhlich hüpfen ließen.

»Nein«, kam unerwartet die kalte Dusche, »mit dir habe ich absolut nicht gerechnet. Ich möchte zu Salvatore.« Sein Herz zog sich zusammen, er spürte einen Druck im Magen. Ihr kalter Blick war viel stärker als damals seine schnelle Faust.

Salvatore, der die Worte zwar nicht hören konnte, jedoch an Saras Reaktion ablesen konnte, was abgelaufen war, stand auf und ging zu Sara: »Das ist eine sehr schöne Überraschung, Sara!«

»Störe ich gerade?«, wollte sie wissen, am liebsten wäre sie umgekehrt. »Ich kann auch ein anderes Mal kommen.«

»Du kommst im richtigen Moment«, lachte er und bot ihr einen Gartenstuhl an. »Mein Junge, bringst du Sara ein Glas? Oder magst du einen Kaffee?«

»Nein«, antwortete sie reservierter, als sie wollte, und bemühte sich um einen freundlicheren Tonfall: »Eine kühle Limonade ist jetzt das Richtige. Hast du *Rivella* im Kühlschrank? Ich kann es mir holen«, setzte sie hinzu. Sie wollte sich nicht von Alexander bedienen lassen und war im Begriff aufzustehen. Salvatore schaute Alexander an, der auch ohne diese Aufforderung gewusst hätte, was zu tun war. Natürlich würde er seiner Sara jeden Wunsch erfüllen. Eilig lief er in die Küche. »Ich möchte mich bei dir bedanken«, sagte sie zu Salvatore, solange sie allein waren. »Habe gehört, du hast meinem Vater das Leben gerettet.«

»Das war der Arzt«, antwortete Salvatore bescheiden und las in Saras Augen ihren Kummer, »was ist bei euch los?«

»Was meinst du?«, stellte sie sich ahnungslos.

»Du gehst ihm aus dem Weg?« Sie verzog ihr Gesicht und wollte gerade etwas Abfälliges sagen, da kam Alexander mit der geöffneten Flasche.

»Nein, danke«, sie zog mit einer schnellen Bewegung ihr Glas zurück, bevor er ihr einschenken konnte. »Ich trinke *Rivella blau.*« Sie stand auf, um sich aus dem Kühlschrank die kalorienreduzierte Limonade zu holen.

»Setze dich wieder!«, sagte Salvatore zu Sara. »Alexander kann dir nur das rote Blööterliwasser anbieten, er hat nicht vergessen, was du magst. Die blaue Sorte ist mir leider ausgegangen.«

»Das macht nichts«, antwortete sie schnell und schenkte sich selbst ein, »die schmeckt mir genauso. Ich wollte nur …«

»Du wolltest mir sagen, was zwischen euch los ist«, unterbrach er sie. »Erzähle es mir! Du hast doch gesehen, wohin es führt, wenn man jahrelang nicht richtig miteinander redet.«

»Ich bin sauer, maßlos enttäuscht …«, brach es aus ihr heraus. »Auf Alexander! Er weiß nicht mehr, was ich mag, was mir wichtig ist«, legte sie los, als ob Alex nicht anwesend wäre. »Er hat mit seiner unversöhnlichen Forderung meinen Vater beinahe umgebracht. Dich hat er auch nicht gerade zimperlich behandelt!« Mit ihrem Blick bedauerte sie den verletzten Salvatore und schaute Alexander verächtlich an. »Und auch wenn du inzwischen deine unsinnigen Rachepläne zurückgezogen hast. Wie lange hält das an? Meinst du im Ernst, ich stehe auf solche Männer? Die nicht wissen, was sie wollen, was sich gehört? Die sich nicht im Griff haben?« Es tat ihr gut, sich ihren Frust von der Seele zu reden. »Ganz sicher nicht. Um solche Leute mache ich einen großen Bogen. Auch wenn ich mit ihnen verwandt bin.«

»Es tut mir doch leid!«, Alexander war verzweifelt, hörte ihm denn niemand zu? Er hatte einen Fehler gemacht, mehrere sogar. Er bereute sie, bat um Verzeihung. »Bekomme ich keine Chance?« Sara trank schweigend ihre kühle Kräuterlimonade. Ihr war so heiß. Und sie war so unendlich wütend. Was musste dieser Alexander auch überall auftauchen. Sie wollte ihn nicht mehr sehen. Sie ertrug ihn wirklich nicht.

»Sara«, versuchte Salvatore zu vermitteln, »Alexander hat das Temperament von mir geerbt. Dafür kann er nichts. Er wird an sich arbeiten, so wie ich das auch machen musste. Und er braucht Verständnis, du kannst ihn unterstützen.« Sara zuckte unwillig mit den Mundwinkeln. »Dafür wird er dich auf Händen tragen, dich wie eine Prinzessin behandeln.« Sie zog die Augenbrauen nach oben. Woher wollte Salvatore das wissen, er hatte doch keine Ahnung von Alexander. »Das hat er auch von mir geerbt. In ihm steckt ein echter Italiener. Du kannst keinen besseren Mann bekommen. Vertragt euch und bleibt zusammen! Ihr seid das perfekte Paar.«

»Ich bin begeistert«, reagierte sie zynisch auf seine Vermittlungsversuche. »Du weißt schon – obwohl das sowieso kein Thema ist –, seinen Halbbruder kann man nicht heiraten!« Dabei schaute sie abfällig Alexander an. Salvatore runzelte die Stirn und wollte etwas sagen, jedoch kam Sara ihm zuvor. »Salvatore«, ihre Stimme klang ungewöhnlich hart und unversöhnlich, »ich könnte meinem Halbbruder vielleicht verzeihen, nur kann ich absolut kein Verständnis dafür aufbringen, weshalb er meinen Vater so bearbeitet hat, bis er ins Krankenhaus geflogen werden musste. Ohne ihn würden wir fröhlich beisammensitzen. Aber der«, sie schaute Alex nicht mal an, sondern deutete mit dem Daumen zu ihm, »möchte meine Familie erst ins Gefängnis bringen oder am besten gleich umbringen. Mein Vater«, setzte sie vorwurfsvoll hinzu, »liegt einige Tage auf der Intensivstation, dann muss er ein oder zwei Wochen im Spital bleiben. Danach, wenn alles gut verlaufen ist, wird er in die Reha gehen. Nur weil du«, sie schaute Alexander so finster an, dass ihm anders wurde, »nicht klar denken kannst. Weil du so ein Rindviech bist. Du hast doch nicht alle Latten am Zaun!«

»Okay«, griff Salvatore ein, »ich habe genug gehört. Sara, höre mir mal zu.« Er nahm ihre Hand und redete ruhig. »Ich habe mich kundig gemacht. Dein Vater hat Bluthochdruck und dazu eine Bindegewebsschwäche, so zumindest hat es mir der Arzt erläutert. Irgendwann reißt die Schlagader und es geht nur noch darum, wie schnell ein Patient operiert werden kann. Das hat nichts mit dem Anruf von Alexander zu tun. Zumindest nicht ursächlich.« Salvatore hörte sich wie ein Arzt an. »Hätten wir nicht alle so schnell reagiert. Wäre nicht sofort ein Arzt gekommen. Wäre nicht der Helikopter im Überflug über unsere Region gewesen und zufälligerweise frei. Wenn irgendetwas anders verlaufen wäre, dann wäre dein Vater gestorben. Also, Sara, beschuldige nicht Alexander, sondern sei dankbar dafür, wie es gelaufen ist.«

Sara schaute betroffen, das wusste sie nicht. »Ist das wahr?«

»Ja!« Salvatore ließ ihre Hand nicht los. »Früher oder später wäre es passiert.«

In Saras Kopf überschlugen sich die Gedanken. Aber es klang einleuchtend. Dann hätte es überall passieren können. Auch wenn er im Auto gesessen hätte. Oder allein in seinem Baumhaus?

»Ist jetzt die Gefahr gebannt?«, fragte sie nach, Salvatore schien sich auszukennen.

»Gebannt ist vielleicht das falsche Wort«, antwortete er, »aber zumindest weiß er künftig, worauf er achten muss. Ernährung. Blutdruck. Er wird sicher Medikamente bekommen.«

Kapitel 81

Alex und Sara saßen noch lange im Garten von Salvatore. Salvatore hatte sich, unter dem Vorwand, müde zu sein, früh zurückgezogen. Die beiden sollten miteinander reden, sie würden die Kurve bekommen, zufrieden schaute er aus seinem Fenster nach unten. Sein Junge würde das schon hinbekommen. Die beiden schienen sich zu verstehen. Sie hatten sich viel zu erzählen, scherzten miteinander. In Alex sah es jedoch nicht so unbeschwert aus. Er druckste herum und wechselte das Thema:

»Du Sara, ich wollte dir schon die ganze Zeit etwas sagen«, seine Stimme klang belegt. Er zitterte, wusste nicht, ob es klug war, damit anzufangen. Gerade erst hatte ihm Sara die eine Sache mit ihrem Vater verziehen. Aber andererseits, wie lange wollte er noch warten.

Neugierig schaute sie ihn an: »Was möchtest du mir sagen?« Sie schaute ihn betont arglos an, während ihr Gedankenkarussell Fahrt aufnahm.

»Erinnerst du dich an die Fahrt Richtung Spital, als Salvatore eingeliefert wurde?«

»Ja«, kam es zögerlich, abwartend, was kommen würde. »Natürlich erinnere ich mich daran.«

»Ich wollte wissen, ob wir noch eine Chance als Paar haben? Und du sagtest: Natürlich nicht. Wie ich mir das denn vorstellen würde!« Sara nickte traurig, wie könnte sie diesen Umstand vergessen. »Erst jetzt habe ich begriffen, wie du das gemeint hast.«

»Echt jetzt?« Sara schaute ihn fassungslos an. »Erst jetzt?« War er so dumm oder wie konnte man das nicht verstehen? »Hast du vergessen, wir sind Halbgeschwister?«

»Ja«, er schaute sie offenherzig an, »im Grunde genommen bin ich nicht mal selbst darauf gekommen, sondern Doris.« Alex nahm ihre Hand, bevor Sara zu einer bissigen Bemerkung ansetzen konnte. »Höre mir bitte zu, werde nicht sauer«, bat er sie, bevor er weitersprach. »Wir sind keine Halbgeschwister. Es ist nicht so, wie du denkst. Als mir das klar wurde, hatte ich den richtigen Zeitpunkt verpasst, es dir zu sagen. Im Eifer des Gefechts bekam ich nicht mit, dass dir diese Info fehlt.« Verwirrt schaute sie ihn an. »Du bist die leibliche Tochter von Vreni und Urs«, erklärte er eifrig nickend. »Ich bin nur der adoptierte Sohn von ihnen.« Sara sagte nichts, sie musste diese Neuigkeit verdauen. »Meine Mutter ist sehr bald nach meiner Geburt in Basel gestorben.« In seinen Blick mischte sich diese Trostlosigkeit und Hoffnung. Hoffnung darauf, Sara würde ihm verzeihen.

»Du hast mich die ganze Zeit angelogen!« Sara stand auf und lief ein paar Schritte bis zum Gartentor. Er war nur adoptiert? Sie könnte mit ihm zusammen sein. Für immer! Es gäbe keinen Hinderungsgrund. Fast keinen. »Mit der Wahrheit nimmst du es wohl nicht so genau?« Sie war zurückgelaufen, stand vor ihm und schaute ihn herausfordernd an. »Wie soll ich dir jemals vertrauen können? Du denkst wirklich, wir hätten eine Chance?« Sie schenkte ihm einen letzten unversöhnlichen Blick, drehte sich um und ging zum Gartentor. Diesmal kam sie nicht zurück, sie lief nach draußen, die Straße nach oben. Nach Hause in ihr Ferienhaus. Nach wenigen Metern war sie aus seinem Gesichtsfeld entschwunden. Sie lief, wollte den Kopf frei bekommen. »Mist«, schimpfte sie vor sich hin, »jetzt habe ich das Auto bei Salvatore stehen lassen, alle Schlüssel liegen dort.« Sie hatte keine Lust umzudrehen. Auch keine Lust auf Alexander. In das Ferienhaus ihrer Eltern konnte sie ebenfalls nicht. Sie zog ihr Handy aus der Jeans, zumindest ihr neues Telefon hatte sie dabei. Sie wollte mit jemandem reden. Während sie auf ihr Display starrte, überlegte sie sich, wen sie anrufen könnte. Ihre Mutter wollte sie nicht anrufen, ihren Vater konnte sie nicht. »Anton«, kam es erleichtert, als dieser ihr Gespräch annahm, »ich brauche deinen Ratschlag. Hast du einen Moment Zeit für mich?«

»Was ist, Sara?«

»Alex verfolgt mich, egal wohin ich gehe – er ist schon da.« Anton sagte nichts, er hörte nur zu. »Zuerst im Spital. Stell dir vor, er war auf der Intensivstation und hat meinen Vater besucht. Unverantwortlich, wobei, er hat sich entschuldigt, ihn darum gebeten, sich nicht anzuzeigen. Und dann, bei Salvatore, da war er auch vor mir. Wir haben uns ausgesprochen, versöhnt, aber dann kam er mit seiner nächsten Lüge ums Eck, er sei von Vreni und Urs nur adoptiert. Stell dir vor! Vorausgesetzt, das stimmt. Er hatte es nicht nötig gehabt, mir diese wichtige, entscheidende Information zu geben. Die ganze Zeit hat er mich angelogen, an der Nase herumgeführt.«

»Darüber regst du dich auf?«

»Natürlich«, kam es entrüstet von Sara, »was soll die Frage? Wie kann man nur so verlogen sein! Ich will mit ihm nichts mehr zu tun haben!« Der Wind fühlte sich sehr kühl an, sie fröstelte.

»Wirklich?« Anton wartete nicht auf eine Antwort. Ihm war klar, wer sich so ärgern ließ, dem war der andere nicht egal. »Hast du ihn gefragt«, wollte Anton stattdessen wissen, »weshalb er das gemacht hat?«

»Was macht das für einen Unterschied?«

»Einen gewaltigen. Es kommt doch immer auf die Motivation an.«

»Welche sollte *so* eine Lüge rechtfertigen?«

»Hat er dich denn angelogen?« Sara wusste, worauf Anton hinauswollte. Klar, Alexander hatte ihr nichts gesagt. Aus Angst, sie würde ihm dann nicht mehr behilflich sein. Auf der Suche nach der Wahrheit. »Anton«, fing sie an, »das hätte er spüren müssen, wie sehr ich ihn liebe und ihn in seinen Belangen unterstützt hätte, er hätte mir alles sagen können. Ich hätte ihn nicht im Stich gelassen. Niemals!«

»Hättest du nicht? Auch nicht gegen deine eigenen Interessen?«

»Welche Interessen? Was sollen deine vielen Fragen?«, ärgerte sich Sara über Anton. »Ich brauche deinen Rat, nicht tausend Fragen!«

»Du wirst die richtigen Antworten erst dann bekommen«, belehrte er sie, »wenn du dir zuvor die richtigen Fragen stellst. Und diese dir selbst ehrlich beantwortest. Auch aus seiner Perspektive, wenn du ihm schon nicht zugehört hast. Das ist mein Ratschlag für dich!«

»Okay«, kam es nach einer längeren Pause, Sara schien sich entschieden zu haben. »Dann weiß ich, was ich zu tun habe. Danke, Anton!« Sie legte auf und ging eilig zu Salvatores

Haus hinunter. Alex saß im Garten, schaute traurig auf sein halbleeres Glas. Er hörte sie und schaute, bedrückt abwartend, was geschehen würde. Würde sie nur ihre Schlüssel mitnehmen, die auf dem Tisch lagen? Sein flehentlicher Blick ging ihr ins Herz. Sie kannte auf einmal all die Antworten, die er ihr schon so lange geben wollte. Sie spürte, wie aufrichtig er sie liebte, wie viel Angst er hatte, sie zu verlieren. Sie hörte mit dem Herzen und verstand ihn auf einmal ohne jedes Wort. »Es ist dumm gelaufen«, sagte sie ihm und blieb vor ihm stehen. »Versprichst du mir«, sie nahm seine Hand, während sie sich neben ihn setzte, »immer ehrlich zu mir zu sein? Wir können immer über alles sprechen«, versprach sie ihm. »Wir dürfen künftig keine Angst vor der Wahrheit haben. Ich werde dir zuhören, will dich und deine Ängste verstehen. Und«, sie sagte es leise, jedoch eindringlich, »ich möchte dich nicht verlieren!«

Alex drückte erleichtert ihre Hand: »Wollte es dir ja die ganze Zeit sagen.«

»Das habe ich inzwischen begriffen.«

»Dann ist alles wieder gut?« Sie sagte nichts, beugte sich zu ihm und küsste ihn liebevoll. Er küsste sie ebenso sanft zurück.

»Ich liebe dich«, sagte er nach einer Weile, »und gebe dich nie wieder her!«

Kapitel 82

Radolfzell, 2022

Über ein halbes Jahr später, das Frühjahr stand vor der Türe und Anton hatte sich in einer Seniorenresidenz in Stuttgart angemeldet. Er würde bald vom Bodensee wegziehen. Sara und Alex hatten es sich in der Einliegerwohnung unterm Hoteldach gemütlich eingerichtet. Doris und Herbert wohnten, ein paar Hundert Meter entfernt, entspannt in ihrem ausgebauten Waldhäuschen. Immer noch illegal, wie Doris ihren Mann aufzog. Mit einer kuscheligen Holzheizung. Das alles imponierte Doris, sie fühlte sich mit Herbert noch mehr verbunden. Sie hatten diesmal ein schönes Geheimnis zusammen. Noch mehr freute sie sich über das kleine Geheimnis von Sara und Alex, noch sechs Monate und sie würden Oma und Opa werden. Wovon die beiden Frauen nichts ahnten, war die Überraschung, die die Männer gerade für sie und Sara ausheckten. Sie wussten nur einen kleinen Teil davon, der sie jeweils selbst betraf. Von Anton. Dem legendären Planer.

»Du, Doris«, fing Anton eines Tages beiläufig an. Er war zum Abendessen auf der Terrasse eingeladen. Sara und Herbert hatten im Hotel zu tun. Alex war in seinem Büro. »Kannst du schweigen?«

»Natürlich«, freute sich Doris, die gespannt auf Antons Neuigkeiten war, und strich ihm über die Hand, »was hast du auf dem Herzen?«

»Ich organisiere meinen Abschied. Am Freitag in sieben Wochen.«

»Oh«, kam es enttäuscht, sie würde ihn vermissen. Er würde eines Tages gehen, das wusste sie. Dennoch. Sie hätte den Abschied liebend gerne hinausgezögert. »Muss das sein?«, fragte sie und lächelte ihn lieb an. »Du kannst doch hierbleiben?«

Anton gab ihr darauf keine Antwort, wie gerne wäre er geblieben. Allerdings konnte er nicht jeden Tag Doris über den Weg laufen – so glücklich, wie sie inzwischen mit Herbert war. Er konnte es nicht. »Ich habe für diesen Tag einen Wunsch an dich.«

»Natürlich, ich werde dir bei allem behilflich sein. Sag mir, was ich für dich tun kann.«

»Besorge dir das schönste Kleid«, er bekam dabei einen verräterischen Glanz in seinen Augen, »am besten ein langes. Einfach das hübscheste Kleid, welches du bekommen kannst. Und schöne Schuhe dazu, die passende Handtasche.«

»Das klingt verlockend«, lachte sie ihn traurig an, »willst du mit mir durchbrennen?« Er nickte leicht und verneinte. »Aber ich habe doch ein paar hübsche Sachen, ich brauche nichts.«

»Das ist mein Abschiedsgeschenk an dich.«

»Das musst du nicht!« Kein Geschenk konnte ihr den Abschied versüßen.

»Dann Planänderung – wir gehen zusammen einkaufen«, bestand Anton auf seinen letzten Wunsch. »Ich möchte dich als meine Königin in Erinnerung behalten.« Doris war zu Tränen gerührt, so ein umwerfender Mann. Sie würde am liebsten mit ihm nach Stuttgart ziehen, so glücklich sie auch im Moment mit Herbert war. Vermutlich war es wirklich besser, sich in der Zukunft nicht mehr zu sehen. »Zu deinem Mann und auch zu Sara kein Sterbenswörtchen! An dem Tag führe ich dich zum letzten Mal aus«, fügte er verschwörerisch hinzu. Sie nickte nur, während er sich von ihr schnell abwandte, seine Augen glänzten feucht. In dem Augenblick kamen Herbert und Sara, sie würden zusammen zu Abend essen. Doris war jedoch mit ihren Gedanken überall, nur nicht beim Abendessen. Würde Anton allein mit ihr Abschied feiern? Sie hatte keinen Appetit, was sollte sie Herbert sagen? Während sie mit ihren Gedanken beschäftigt war, löste Herbert überraschend ihr Problem:

»Du, Doris«, sagte er genauso beiläufig wie Anton eben und schaute kaum von seinem Teller auf, »Alexander braucht mich bei einem Fall. Macht es dir etwas aus, wenn ich ihm aushelfe?«

Bevor Doris antworten konnte, mischte sich Sara ein: »Was macht ihr?«

»Es geht um einen heiklen Fall«, wich ihr Vater ihr aus, »so genau weiß ich es noch nicht. Er braucht mich als Zeugen.«

»Kein Problem«, antwortete Doris abwesend auf seine Frage, »wann wird das sein?«

»Nächste Woche und dann noch mal«, zuckte er mit den Schultern, »er wird es mir noch sagen, vielleicht Mittwoch. Aber fragen wir ihn gleich selbst.«

Alexander war hergefahren, lief auf die Terrasse und begrüßte alle: »Was wollt ihr mich fragen?«

»Wann du mich als Zeugen brauchst?«

»Erst in ein paar Wochen, am Freitagmorgen«, sagte Alexander, während er sich setzte und auf sein Smartphone schaute. »Um genau zu sein, in sieben Wochen.« Er schaute treuherzig Sara an. »Wir müssen sehr früh raus und einige Kilometer fahren. Wenn es dir nichts ausmacht.« Er schaute Doris an und korrigierte sich: »Wenn es euch nichts ausmacht, würde ich gerne mit Herbert am Donnerstagabend losfahren. Wir sind am Freitag, allerspätestens am Abend zurück.«

»Müsst ihr vor Gericht aussagen?«

»Erst müssen wir einiges vorbereiten«, machte es Alex spannend, »nächsten Mittwoch werden wir uns in meinem

Bus auf die Lauer legen«, schwindelte er unbekümmert weiter und versuchte, sein Grinsen zu unterdrücken.

»Warum nimmst du mich nicht mit?«, wollte Sara etwas enttäuscht wissen. »Das hört sich doch spannend an.«

»Du sollst dich schonen. Keine Aufregung!«, zwinkerte er ihr verschmitzt zu. Sie würden sich am Mittwoch nirgends auf die Lauer legen, sondern nach Reutlingen fahren. Ein paar Sachen besorgen. Antons Planung war perfekt bis ins Detail.

»Das trifft sich gut«, mischte sich nun Anton ein, dessen Text auch in seinem Drehbuch stand, »Herbert, hast du etwas dagegen, wenn deine Frau mir an den Tagen, an denen du nicht da bist, bei ein paar Einkäufen behilflich ist? Ich brauche für Stuttgart ein paar neue Kleidungsstücke.«

»Wenn Doris Lust hat«, sagte Herbert entspannt und lehnte sich zurück.

»Welche Frau hat keine Lust aufs Einkaufen?«, lachte Doris erleichtert. Sie könnte nun in Ruhe mit Anton ihr Kleid kaufen und in Ruhe mit ihm Abschied feiern. So sagte man, aber sie wäre sicher nicht in Feierlaune. Daran wollte sie gar nicht denken. Er würde fehlen, nicht nur beim Abendessen. »Anton, du kannst mich einplanen.«

»Dann verlasst ihr mich jetzt alle«, begehrte Sara auf, die keine Ahnung hatte, was hier gespielt wurde.

»Einer muss ja auf das Hotel aufpassen«, scherzte Anton. »Wem gehört das noch mal?«, neckte er Sara und wechselte zu einem belangloseren Gesprächsthema.

Kapitel 83

Sara erhielt von Anton ein paar Tage später dasselbe verlockende Angebot. Auch sie würde von ihm im besten Geschäft der Stadt ausgestattet werden. Einziger Haken: Sie sollte sich wie eine Braut anziehen. Er würde sie als Begleitung auf eine Hochzeit mitnehmen, bei der alle nicht verheirateten Gäste sich eben wie Bräute anziehen sollten. Unter diesem Motto stünde die Feier, so viel verriet er ihr. Sie dürfte nur nichts davon Sven oder jemand anderem verraten, denn er wollte nur sie mitnehmen.

»Und die anderen Gäste«, fragte Sara ungläubig, »die haben auch alle Hochzeitskleider an?«

»Ja, alle nicht verheirateten weiblichen Gäste. So ein Fest hast du noch nie gesehen«, schwärmte Anton, »du wirst staunen!«

»Was ist mit Alex?« So ganz gefiel ihr die Einladung nicht. »Das wird ihm nicht gefallen, wenn ich mich dort als Single präsentiere.«

»Keine Sorge«, beruhigte er sie, »ich passe auf dich auf.«

»Dann ist ja gut.«

»Und sowieso«, schaute er sie fragend an, »hat er denn um deine Hand angehalten? Werdet ihr bald heiraten?«

»Nein«, schüttelte sie den Kopf, schaute an sich hinunter. »Das wird auch nicht so schnell passieren.«

»Weshalb?«, gespielt erstaunt fragte er nach, der wahre Grund war ihm ja bekannt. »Liebst du ihn nicht mehr? Möchtest du ihn nicht heiraten?«

»Doch, doch«, kam es sofort, »aber wir bekommen in

sechs Monaten unser Kind. Das mit der Hochzeit wird warten müssen.« Etwas geknickt schaute sie Anton an. Sie hätte viel lieber Anton zu ihrer eigenen Hochzeit eingeladen. Aber sie würde ihn gerne auf dieses Fest begleiten, das ihm so wichtig schien.

»Du darfst das Kleid nur niemandem zeigen!«, schwor er sie auf seinen Plan ein. »Und auch nicht viel erzählen! Am besten gar nichts. Bekommst du das hin?«

»Du redest immer in Rätseln zu mir«, beschwerte sich Sara lachend, »das brauche ich Alex doch nicht zu verheimlichen.« Er schüttelte nur den Kopf. »Ich verstehe dich immer erst hinterher.«

»Hauptsache, du verstehst mich«, grinste Anton schelmisch zurück. »Ab jetzt kein Wort mehr darüber. Solange du nichts verstehst, solange machst du, was ich dir sage.«

»So einfach machst du es dir?«, lachte Sara und willigte schnell ein, als sie seinen strengen Blick sah. »Okay, ich vertraue dir ja.« Die nächsten Wochen gingen schnell ins Land. Anton hatte alle darauf eingeschworen, nur das Nötigste zu sagen. Übernächstes Wochenende sollte das große Fest stattfinden. Doris hatte sich ein festliches Kleid mit Anton ausgesucht. Ein Traum in einem Türkiston, dazu passende Schuhe und eine klassische Clutch. Auch Sara hatte sich bei den Brautmoden in ihr Kleid verliebt. Schlichter Schnitt mit aufwändigen Stickereien. Sie würde es vor Alex verstecken, dann könnte sie es später zu ihrer eigenen Hochzeit anziehen. Auch sie durfte sich Schuhe und eine Handtasche aussuchen, Anton gab sich sehr großzügig. Er betonte, wie wichtig es sei, auf dem Fest das hübscheste Mädchen mitzubringen.

»Du siehst darin entzückend aus«, lobte Anton ihre Wahl.

»Nur in dem Kleid?«, neckte sie ihn. Sie war ausgelassen wie lange nicht. »Nur, Alex darf das Kleid nicht sehen. Das trage ich später mal zu unserer Hochzeit.«

»Freust du dich also?«, wollte er wissen. »Du kannst dich übrigens in Ruhe zu Hause anziehen. Alexander wird dich nicht sehen. An dem Freitag ist er mit deinem Vater unterwegs. Hab ich gesehen. Bei seinem Termin.«

»Ach ja«, überlegte sie kurz, »an dem mein Vater als Zeuge aussagen soll oder so ähnlich. Ist das üblich in eurem Business, dass man das alles so einfädelt?«

Mit einem überzeugten: »Natürlich!« beendete er das Thema sofort.

»Wolltest du an dem Tag nicht mit meiner Mutter noch mal zum Einkaufen fahren?«, fiel es Sara ein, irgendetwas stimmte nicht. Sie wusste nur nicht, was.

»War das derselbe Tag?« Antons Unschuldsmiene war überzeugend.

»Natürlich.«

»Dann muss ich da wohl was klären. Dann trage dir den Termin ein, den können wir natürlich nicht verschieben. Deiner Mutter sage noch nichts, das möchte ich selbst erledigen.« Er schaute Sara an, die am Überlegen war. »Hast du den Termin eingetragen?«

»Ja!«, sagte sie schnell und zückte ihr Smartphone.

An dem Abend konnte Sara nicht einschlafen. Sie war völlig aufgedreht. Das aparte Kleid würde auf sie angepasst werden. In einer Woche, am Donnerstagnachmittag, konnte sie es abholen. So dumm aber auch, sie hätte so gerne Alex davon erzählt.

»Schläfst du schon?«, fragte sie ihren Schatz deshalb.

»Nein«, kam es genervt, »wie sollte ich, wenn du dich dauernd drehst.«

»Oh«, entschuldigte sich Sara, »das tut mir leid.«

»Was ist denn?«

»Nichts«, sagte sie, »ich war heute mit Anton in der Stadt

und er hat mich zu einer Hochzeit eingeladen«, rückte sie mit der Sprache heraus. »Hast du etwas dagegen?«

»Solange er dich nicht heiraten möchte«, brummte er verschlafen, »dann wüsste ich nicht, was dagegenspricht.«

»Blödmann!«, puffte sie ihn. »Ich will nur dich, das weißt du doch! Ich liebe *dich*!«

»Das wollte ich hören«, grinste er sie im Dunkeln an, während er versuchte, überzeugt zu gähnen. »Jetzt kann ich beruhigt einschlafen.«

»Nimmst du mich in den Arm«, sie küsste ihn, »dann versuche ich es mit dem Einschlafen.«

»Ich liebe dich über alles!«, er küsste sie zurück und zog sie zu sich her. »Träum schön.«

Kapitel 84

Der von allen mit Spannung erwartete Donnerstag kam. Ein herrlich warmer Frühlingsmorgen, das sommerliche Wetter würde das Wochenende halten, stellte Anton zufrieden fest, nur um die Stille zu unterbrechen. Sie saßen schon ein paar Minuten schweigend am Frühstückstisch. Alle waren in ihre Gedanken vertieft. Herbert, Doris, Sara, Alexander und Anton, der alles unter Kontrolle haben wollte. Es durfte nichts schieflaufen. Der Plan stand seit Wochen: Gleich nach dem Frühstück würden Herbert und Alexander fortfahren und erst am Freitag zurückkommen. Sie würden nicht im Bus übernachten, wie sie es den Frauen erzählt hatten, sondern nur ein paar Kilometer entfernt in Singen mit Blick auf die Burgruine vom Hohentwiel übernachten. In einem großen Hotel neben der Stadthalle. Am Abend hatten Anton ihnen Karten für ein Konzert von Bonnie Tyler besorgt. Sie würden anschließend etwas an der Bar trinken und dann ins Bett gehen, sich auf ihren Tag vorbereiten. Anton hatte für sie zwei Zimmer reserviert. Alexander hatte die Anzüge, Schuhe und alles, was sie in Reutlingen besorgt hatten, bei sich im Büro gut versteckt und inzwischen in seinen Bus umgepackt. Anton würde mit Doris heute wegfahren. Ihr hatte er ein Zimmer in der Nähe von Zürich reserviert. Anton hatte ihr eingeredet, sie könnte sich dort unauffällig chic für den Freitag machen. Sara sollte es nicht mitbekommen, sagte er ihr augenzwinkernd, der er wiederum erzählt hatte, Doris sei bei einer Freundin. Am Abend würde Anton mit Doris zu Abend essen. Anschließend hatte er ihr einen Wellnesstermin im Hotel gebucht. Sie dürfe es sich richtig gutgehen lassen, sagte er ihr und verriet sonst nichts. Am nächsten Vormittag würde sie abgeholt werden, von seinem Fahrer. Anton schaute Doris an und sah, wie sie schon ganz fiebrig vor Aufregung war. Sara schien sich keine Gedanken zu machen. Zu sehr freute sie sich auf den Freitag, auf den Tag, an dem sie ihr Hochzeitskleid probeweise tragen durfte. Das hatte sie ihm in mindestens fünf SMS geschrieben. Am Freitagmorgen würde Anton die zur Prinzessin gestylte Sara im Hotel abholen. Anton hatte ihr jemand organisiert, wie er sich ausdrückte, die ihr ins traumhafte Kleid helfen würde. In Wahrheit war es eine Expertin, die ihr nicht nur beim Kleid helfen sollte, sondern sich vor allem um das Make-up und um die Frisur kümmern würde. Dasselbe hatte er für Doris in Zürich organisiert. Anton liebte seine Pläne und schmunzelte zufrieden vor sich hin.

*

Zürich, 2022

Und schon war es Freitagmorgen. In Zürich stand pünktlich eine dunkle Limousine vor dem Hotel und wartete auf die herausgeputzte Doris. Die Hotelangestellten bemühten sich um die gut aussehende, geheimnisvolle Lady. Sie wussten nicht, wer sie war, sie wussten nur, sie musste etwas Besonderes sein. Der gut aussehende Chauffeur im dunklen Smoking kam Doris bekannt vor, auch wenn sie ihn auf den ersten Blick nicht erkannte.

»Salvatore!«, rief sie überrascht aus, nachdem er ausgestiegen war und er sie freudestrahlend begrüßte. »Was machst du denn hier?«

»Dich abholen!«, lachte er, zufrieden über die gelungene Überraschung. »Darf ich dir die Beifahrertür öffnen? Oder möchtest du im Fond einsteigen – wie es sich für eine Königin gehört?« Galant ließ er Doris, die verlegen abwinkte, vorne einsteigen und startete den Motor. Beinahe lautlos rollten sie über den Gehsteig auf die Straße und waren schnell auf der Autobahn, Richtung Schaffhausen. »Ich fahre dich zu Anton.«

»Hat er dich auch eingeladen?«, fragte sie verwirrt. »Er wollte heute seinen Abschied feiern.«

»Er hat mich engagiert, Doris, für deinen unvergesslichen Tag«, antwortete er geheimnisvoll, er würde nichts verraten.

Noch nicht einmal, wohin sie fuhren. Seine leichteste Übung. Er drückte am Lenkrad eine Taste, leise erklang klassische Musik aus den Lautsprechern.

*

Radolfzell, 2022

Für Sara begann der Morgen genauso märchenhaft wie für ihre Mutter. Sie bekam ein wunderschönes Make-up aufgelegt, die Haare wurden festlich gerichtet, und sie fühlte einen nicht enden wollenden Schauer, während ihr das hinreißende Kleid nach oben gezogen wurde. Ein entzückter Aufschrei, als sie sich zum ersten Mal im Spiegel sah: »Das ist ja …«

»Unglaublich!«, unterbrach Anton sie, der in dem Augenblick an der Tür anklopfte und eintrat. »Du siehst bezaubernd aus, liebe Sara! Wollen wir?«

Anton hatte für sich zwei weitere Limousinen gemietet. Der weiße Bentley, mit breiten, hellblauen Bändern dekoriert, stand vor dem Hoteleingang. Daneben ein junger Fotograf, der darauf wartete, bis Sara in der Frühlingssonne erschien. Dahinter ein schwarzer Siebener-BMW mit getönten Scheiben, in dem zwei Männer saßen.

»Bitte noch einmal zurück«, sagte der Fotograf berauscht, er schien von Sara geblendet, »und dann kommen Sie nochmals ganz langsam heraus. Ja, strahlen Sie mich genauso an. Und steigen Sie langsam in das weiße Auto, nicht nach unten schauen, lächeln Sie mir zu. Ja, so, noch mal herschauen!« Anton half ihr beim Einsteigen und stieg zu ihr auf die bequeme Rücksitzbank. Der Fotograf fuhr im zweiten Fahrzeug mit.

»Wohin fahren wir?«, fragte Sara, nachdem sie bis auf den schweigenden Chauffeur allein waren. Sie war bass erstaunt.

Über den chic angezogenen Anton, über den Fotografen, die zwei schweren Limousinen. Die beiden Männer in der anderen Limousine, die auf sie wie Begleitschutz wirkten. Und der Fotograf. Wofür das alles? »Wenn das Alex sehen könnte«, rief sie begeistert aus, »der würde Augen machen.« Sie fühlte sich wie eine Prinzessin auf dem Weg zur Hochzeit. Anton genoss seine gelungene Überraschung. Die Fahrt ging über die Höri. Anton tippte kurz eine Nachricht an Salvatore und erzählte währenddessen Sara ausführlich, wie die Halbinsel zu ihrem Namen kam. Sie war einem Bischof hörig – sie gehörte dem Bischof von Konstanz. Anton schloss, nachdem er bemerkt hatte, wie wenig Sara sich für seinen geschichtlichen Ausflug interessierte, seine Erzählung und gab dem Fahrer einen Wink. Leise erklang Musik: »Love Theme – The Godfather«. Und sagte: »Genieße den Tag, meine liebe Sara!« Sie fuhren bis zur Schweizer Grenze, auf der linken Seite schlängelte sich glitzernd der Rhein.

*

Stein am Rhein, 2022

Wie ein lebendiges Edelsteinband, dachte Sara selig. Wie unbeschreiblich schön der Tag doch war! Nur schade, dass ihr Alex heute arbeiten musste. Und auch ihren Eltern konnte sie erst später von diesem Traum erzählen. Der historische Ort, Stein am Rhein, passte mit seiner romantischen Architektur zu der besonderen Stimmung Saras.

»Schau mal«, begeistert zeigte sie Anton die weiße, blumengeschmückte Kutsche, die von vier Schimmeln gezogen in der Innenstadt stand. Darum herum eine Traube von Menschen.

»Wollen wir Fotos machen?«, fragte er Sara unschuldig. »So viel Zeit hätten wir noch.«

»Ja«, sie klang enthusiastisch, »unbedingt.« Die Limousinen hielten am Rande der Fußgängerzone an. Anton ließ zuerst den Fotografen aussteigen, danach half er Sara, die in ihrem traumhaften Kleid aus dem Bentley herausschwebte. Zumindest musste es den Passanten so vorgekommen sein, denn die Kutsche verlor jegliche Attraktion, alle Blicke waren auf die umwerfende Braut gerichtet. Begeistert wurden die Kameras gezückt. Viele Urlauber waren darunter, einige aus Fernost. Sara erinnerte wohl an eine Prinzessin. Im Nu bildete sich eine Traube von Menschen. Einer der Männer aus der anderen Limousine bahnte Sara einen Weg zur Kutsche, Anton half Sara wie ein Kavalier hinauf und tauchte mit ihr in ein Meer von Blitzlichtern ein. Währenddessen fuhren die beiden Limousinen um die Altstadt herum zum gegenüberliegenden Stadttor.

»Wollen wir eine Runde fahren?«, stellte Anton seine überflüssigste Frage des Tages. Und nickte dem Kutscher zu, der die Zügel in die Hand nahm. Natürlich wollte sich Sara das nicht entgehen lassen. Die Kutsche fuhr durch die Innenstadt, auch bis zum Stadttor auf der anderen Seite, und blieb stehen. Der Fotograf und der eine Mann in seinem dunklen Anzug waren nebenhergelaufen und blieben nun stehen. Anton stieg herab, in dem Moment rollte Salvatore in seiner Limousine wie verabredet mit Doris langsam herüber. Doris war völlig perplex, ihre Tochter in der Menschentraube zu entdecken. Dazu in einer Hochzeitskutsche. Anton kam strahlend auf sie zu und half Doris in die geschmückte Kutsche. Sara kannte sich nicht mehr aus, sie fühlte sich endgültig wie im Traum. Wieder fotografierte Antons Mann die schöne Szene. Inzwischen war die halbe Stadt um die Attraktion versammelt. Vorsichtig wendete die Kutsche auf der nächsten Kreuzung und fuhr durch das Tor in die Altstadt von Stein am Rhein. Anton und Salvatore waren inzwischen auch der

Kutsche zugestiegen. Einer von Antons Männern aus dem BMW übernahm das Fahrzeug von Salvatore. Die Limousine von Salvatore fuhr hinter der Kutsche, der weiße Bentley war vor der Kutsche, und das dritte Fahrzeug fuhr weiter voraus, setzte den Fotografen an der richtigen Stelle ab, damit Doris und Sara später schöne Erinnerungsfotos haben würden. Die prächtige Kutsche mit dem ganzen Konvoi fuhr gemächlich zurück durch die Innenstadt. Anton hatte alles gut geplant, denn die Durchfahrt war angemeldet. Ein Polizeifahrzeug setzte sich an die Spitze des Konvois und bahnte vorsichtig einen Weg durch die vielen Touristen, vorbei an den farbenprächtig bemalten Hausfassaden. Am Restaurant *Rheinfels*, das Doris und Anton mit ganz besonderen Erinnerungen verbanden, bogen sie rechts über die alte Steinbrücke ab und fuhren auf der gegenüberliegenden Rheinseite Richtung Konstanz. Sara hatte keine Ahnung, wohin die Fahrt gehen würde. Antworten bekam sie genauso wenig wie ihre Mutter. Die Männer hatten offensichtlich viel Spaß daran, ihr Geheimnis für sich zu behalten. Lange mussten sich die beiden jedoch nicht mehr gedulden. Keine halbe Stunde später beendete die Polizei ihre Eskorte, stoppte kurz den Gegenverkehr, damit die festliche Gesellschaft von der Hauptstraße links in eine kleine Nebenstraße zum Rhein hinunter einbiegen konnte. Die Beamten grüßten vom Straßenrand aus und freuten sich über ihre wohl schönste Abwechslung des Tages.

*

Insel Werd, 2022

»Da ist ja mein Alex!«, stieß Sara den zweiten Entzückungsschrei an diesem Tag aus, nachdem die Kutsche den kurzen Weg ans Rheinufer hinuntergerollt war. »Schau, Anton!«

Vor der Brücke zum alten Kloster standen sie, Herbert und Alexander. Beide im eleganten Smoking. Alex hielt einen blauen Brautstrauß, Herbert rosaschimmernde Orchideen in seinen Händen. Farblich passend zu den jeweils im Revers befestigten Blüten. Doris war überwältigt, das war Antons Überraschung? Eine Feier auf der Insel Werd? Sie wusste gar nicht, dass dort diese Möglichkeit angeboten wurde. Und ihr Herbert, wie gut ihm der Anzug stand. Tränen flossen ihr über das teure Make-up. Anton reichte ihr schnell ein Papiertaschentuch und überließ Herbert das Feld. Ein sichtlich gerührter Herbert reichte seiner Frau die Hand. Auch Alex half seiner Prinzessin von der Kutsche und küsste sie liebevoll.

»Ich bin sprachlos«, war das Einzige, was Doris hervorbrachte. Die Tränen flossen. Sie wusste nicht, was sie denken sollte. Das war die schönste Überraschung, die sich Herbert jemals für sie hatte einfallen lassen. Sie küsste ihn und wollte sich bei ihm unterhaken.

»Warte«, sagte er leise zu ihr, »mein Schatz, da fehlt noch etwas.« Er führte sie auf die Seite. »Salvatore«, er stand neben ihnen, »kannst du das kurz halten?« Er gab ihm eine längliche Schachtel und öffnete diese.

»Für mich?« Doris war überwältigt. »Ist das wirklich für mich?«

»Für dich! Für meine wunderschöne Frau! Möchtest du meine Frau bleiben? Für jetzt und immer?«

»Ja!«, sie schaute ihn fast ungläubig an. »Ja, ich will!« Herbert legte ihr den kostbaren Schmuck an. Er glänzte in der Sonne, das kühle Geschmeide fühlte sich so gut an. Besonders weil ihr Mann ihr das mit so viel Liebe geschenkt hatte. Doris strahlte, sie war so glücklich wie noch nie.

»Ist das schön«, freute sich Sara, die von dem Collier und noch mehr von der schönen Geste ihres Vaters begeistert war. »Strahlt wie der Rhein in der Sonne, nur schöner!«

Die Halskette bestand aus unzähligen Brillanten, eingefasst in Gold.

»Das sind so viele Edelsteine, so viele Jahre du mich schon glücklich gemacht hast«, erklärte Herbert, und seine Stimme klang belegt. Während alle das Geschmeide von Doris begutachteten, reichte Alex unbemerkt Anton Schatullen. »Kannst du bitte kurz halten?« Sara fühlte sich wie im Märchen, auch für sie kam eine im Sonnenlicht wunderschön glitzernde Kette zum Vorschein. Alex legte sie ihr vorsichtig um den Hals. Im nächsten Päckchen war eine kürzere für das Handgelenk. Auch für Sara war alles aus Gold, bei ihr jedoch mit zartblauem Aquamarin besetzt. Dazu zauberte Alex passende Ohrringe aus seiner Tasche hervor. Die geschliffenen bläulichen Kleinode waren die Lieblingsedelsteine von Sara. Sie standen für Frieden und geistiges Wachstum. Jetzt war sie an der Reihe, sprachlos zu sein. Sie hatte dies Alex gegenüber nur einmal erwähnt. Und er hatte es sich gemerkt! Sie weinte, sie küsste ihn, sie betrachtete abwechselnd die Schmuckstücke und ihren schmucken Mann an ihrer Seite. »Du bist das Schönste, was ich jemals gesehen habe«, sagte sie und legte ihre Hand auf sein Herz. Dann deutete sie auf ihre Kostbarkeiten: »Und die hier«, sie küsste ihn nochmals, »sind himmlisch! Danke dir!«

Nachdem Alex ihr die Ohrringe angesteckt hatte, sagte er gerührt: »Mein Liebling, wenn ich dich anschaue, finde ich keine passenden Worte. Ich sage nur: Du bist mein Traum und doch die Wahrheit. Du bist meine einzige Liebe – möchtest du meine Frau werden?«

Sara konnte es kaum glauben, sie war überwältigt und schaute ihn liebevoll an. »Ja, mein Liebling. Das möchte ich sehr, sehr gerne!« Sie küsste ihn voller Freude. Sie hatte sich so sehr einen romantischen Heiratsantrag gewünscht. Das übertraf alles, was sie sich jemals hätte vorstellen können.

Anton gab Alexander die letzte Schatulle, die kleinste. Alex öffnete sie behutsam und Sara sah den märchenhaft blauglänzenden Ring. Er blitzte ihr entgegen und blendete sie fast. Auch ein Aquamarin in Gold gefasst. Kein typischer Verlobungsring, aber genau nach ihrem Geschmack. »Oh, wie schön!«, hauchte sie vor Begeisterung. »Ich will dich nie wieder hergeben.« Langsam realisierte sie, was gerade passierte, und schaute ihren Verlobten an. »Ich möchte unbedingt deine Frau werden. Du bist für mich das Beste, was es gibt.« Sie küssten sich innig, alles war märchenhaft. Die Zeit stand für einen Moment still, die Sonne und alle anderen strahlten um die Wette.

»Jetzt muss ich dich nur ein letztes Mal allein lassen«, zwinkerte er ihr verheißungsvoll zu und erntete einen fragenden Blick von Sara. »Vertraust du mir?«

»Mir ist alles recht«, nickte sie und schaute ihm verzückt hinterher. Er ging mit Herbert über die Brücke zum Kloster. Immer wieder blieb Alexander stehen und blickte verliebt zu seiner Verlobten zurück, auch Herbert drehte sich um und schaute, mit einer tiefen Liebe im Herzen, nach seiner Doris. Die ihm, ebenso selig, hinterherschaute, bis er nicht mehr zu sehen war.

»Ich freue mich so für dich«, Doris drückte ihre Tochter fest, »damit hätten wir vor einem halben Jahr nicht gerechnet.«

»Bestimmt nicht«, lachte Sara und drehte begeistert an ihrem Ring, »ich freue mich schon auf unsere Hochzeit. Ich möchte eine kleine Feier nur mit der Familie und unserem Kind.« Anton lachte still in sich hinein und gratulierte. Auch Salvatore drückte Sara und ließ seiner Begeisterung freien Lauf.

»Und was machen wir jetzt?« Sara war aufgeregt. »Und vor allem, was machen die beiden auf der Insel?« Die Männer waren den Blicken entschwunden und nichts passierte. »Was haben sie vor – ohne uns? Mehr Überraschung geht nicht mehr!« Sara schaute dabei voller Vorfreude Anton an, der, wie sie ja wusste, immer einen Plan hatte. »Gehen wir nicht auch hinüber?«

»Wir warten einen Moment und geleiten euch dann auf die Klosterinsel«, schmunzelte Anton über Saras Ungeduld und sagte feierlich, auch zu Doris gewandt: »Es ist heute euer Tag!«

Kapitel 85

Sara hakte sich bei Salvatore unter, Doris bei Anton. Sie schritten feierlich über die Brücke. Der Holzsteg war schmal und 180 Meter lang. Genauso viele Tage war es her, dass sich Sara und Alexander endgültig füreinander entschieden hatten. Ein halbes Jahr – 180 Tage –, das hatte ihr Anton gerade noch gesagt, bevor sie auf die Brücke liefen. Sara hielt ihr langes Kleid, damit es sich nicht im sägerauen Holz verfing. Beinahe wäre ihre Liebe auch irgendwo auf der Strecke hängen geblieben, sinnierte sie. Links war die Silhouette von Stein am Rhein, oberhalb der Stadt die Burg Hohenklingen. Sara sah von alldem jedoch nichts, sie schaute nur verträumt in den Rhein, auf das glitzernde, lebendige und endlose Band aus Edelsteinen. Glücklich darüber, ihren Alex nicht verloren zu haben. Ihr Herz hüpfte vor Freude – sie bildete sich ein, ihr Kind zu spüren, auch wenn es dafür zu früh war. Doris freute sich über die Geste von Herbert. Es fühlte sich wie ein Neubeginn an. Anton hatte ihr heute eine wundervolle Überraschung bereitet. Sie freute sich auf ihr neues Leben mit ihrem Mann. Wehmut war jedoch dabei, ihr fiel wieder alles ein. Ihr Blick schweifte nach links auf das altertümliche Städtchen am Wasser. Wie sie dort am Rheinufer in dem schönen Restaurant *Rheinfels* mit Anton saß. Wie wohl sie sich vom ersten Tag an bei ihm gefühlt hatte, wie vertraut sie sich von Anfang an waren. Nie im Traum hätte sie damit gerechnet, heute über diese Brücke zu gehen. Mit ihm an ihrer Seite. Es fühlte sich gut und schlecht an – gleichzeitig. Auf dem Weg zu ihrem Mann, geleitet von Anton. Ihr Glück war mit dem Abschiedsschmerz vermischt. Sie würde Anton sehr vermissen. Er hatte ihr Leben komplett verändert.

Kaum waren sie auf der Insel angekommen und keine Bäume versperrten mehr die Sicht auf das Kloster, schaute sich Sara suchend um. Wo war nur ihr Verlobter? Sie sah zwei Schwäne in der Bucht, die ebenso verliebt wie sie nebeneinanderher schwammen. Schmetterlinge tanzten vergnügt in der Sonne. Es war unbeschreiblich schön, nur Alex fehlte. Auf einmal erklang festliche Orgelmusik. *Air* von Bach. Die sehnsuchtsvolle Musik zauberte einen Schauer auf Saras Haut. Sie war ganz gebannt, bemerkte nicht mehr den Fotografen, der alle Glücksmomente einfing, und ließ sich von Salvatore in die kleine Kapelle führen. Ein neues Musikstück begann, der Hochzeitsklassiker von Mendelssohn, der *Hochzeitsmarsch*. Anton und Doris waren bereits in der Kapelle, schauten zu Sara, wie sie an der Seite von Salvatore das kleine Kirchenschiff betrat. Am geschmückten Altar stand er, ihr Alex. Sie blickte ihn verliebt an. Daneben drei Mönche und ein weiterer Mann im dunklen Anzug. Ihn hatte sie noch nicht gesehen. Kerzen brannten überall, es roch nach Tradition, nach Geborgenheit. Ein würziger Weihrauch mischte sich darunter. Magisch zog sie es zum Altar zu ihrem Verlobten. Salvatore an ihrer Seite bemerkte sie nicht mehr, bei dem sie bisher untergehakt war. Er blieb stehen, nickte seinen Kindern still zu und ging zurück zu Herbert, der neben Doris und Anton vor einer der wenigen Kirchenbänke stand. Alex konnte seinen Blick kaum von Sara abwenden, sie sah so traumhaft aus. Er war der glücklichste Mann auf der ganzen Welt. Der unbekannte Mann, der sich als Standesbeamter vorstellte, begann mit der Zeremonie:

»180 Schritte waren es bis zu dieser Kapelle«, fing er an, »der Weg ist schmal. Es gibt keinen Weg daneben. Ihr habt euch für diesen richtigen Weg entschieden, für den gemeinsamen. Gemeinsam, und mit der großen Liebe, die ich in euch sehe, werdet ihr alle kleinen und großen Hindernisse mit Leichtigkeit überwinden. Flüsse überschreiten, Berge besiegen. Eure Liebe wird mit jedem Tag wachsen, stärker und unbesiegbar werden.« Während er so sprach, schaute Alex seine Braut an, wie wundervoll sie aussah. Seine Prinzessin! »Ist es dein freier Wille«, der Standesbeamte stellte die entscheidende Frage, die Sara sofort mit einem Ja beantwortete und ihren Alex glücklich anstrahlte. Und auch Alexander beantwortete sie eindeutig und aus ganzem Herzen. »Dann dürft ihr euch küssen!« Wieder erklang Orgelmusik. Die drei Mönche sangen dazu. Es war eine wunderschöne Melodie, die keiner kannte. Ein Mönch bedeutete den frisch Vermählten, nachdem der letzte Akkord verklungen war, sich zu setzen.

»Bemüht euch, die Einheit des Geistes zu wahren durch das Band des Friedens!« Er zitierte aus dem Epheser und erläuterte

das Bibelwort. Am Ende seiner kurzen Ausführung segnete er die beiden und erklärte sie vor Gott als Mann und Frau.

»Das Bibelwort hätte der Franziskaner nicht besser wählen können«, sagte Anton leise zu Herbert, der ihm dabei selig zunickte, während Orgeltöne erklangen. Die Zeremonie war beendet, und Salvatore beglückwünschte als Erster die beiden. Nachdem alle Glückwünsche ausgesprochen und der Fotograf die schönsten Momente eingefangen hatte, führte Salvatore seine glückseligen Kinder aus der kleinen Kapelle. Anton schlenderte wortlos mit Doris über die Insel, die dabei nicht bemerkte, wie Herbert verschwand. Auf einmal erklangen wieder Orgeltöne, diesmal der *Hochzeitsmarsch* von Wagner. Anton zog die überraschte Doris, die mit nichts mehr gerechnet hatte, Richtung Kapelle. Und schritt auch dort, wie zuvor Salvatore, mit ihr langsam zum Altar. Dort stand Herbert, freudig auf seine Frau wartend. Er würde Doris und sich von den Mönchen nochmals einsegnen lassen. Die Ehe bestärken. Seine Frau war gerührt, sie spürte die gesamte Bandbreite an Gefühlen. Sie wusste überhaupt nicht mehr, wie viele unterschiedliche Emotionen es gab. Der Tag war so intensiv, sie fühlte alles und doch war es unwirklich – sie stand hier. Neben ihrem Mann vor dem Altar, sie hielt ihre Blumen fest in der Hand, als wollte sie sich daran festklammern, keine Sekunde von diesem feierlichen Moment, und wenn nur aus Unachtsamkeit, verlieren.

Der Mönch schlug die Bibel auf und las aus dem Korinther:

»Die Liebe ist langmütig, die Liebe ist gütig. Sie ereifert sich nicht, sie prahlt nicht, sie bläht sich nicht auf. Sie handelt nicht ungehörig, sucht nicht ihren Vorteil, lässt sich nicht zum Zorn reizen, trägt das Böse nicht nach. Sie freut sich nicht über das Unrecht, sondern freut sich an der Wahrheit. Sie erträgt alles, glaubt alles, hofft alles, hält allem stand. Die Liebe hört niemals auf.« Auf den letzten Satz ging er ein, er wandelte ihn ab:

»Die wahre Liebe gibt nie auf!«, und schaute dabei abwechselnd Doris und Herbert an. Bedeutete ihnen, wie glücklich sie sich schätzen konnten, ihre Liebe wiedergefunden zu haben. Er segnete sie, die Mönche sangen ein für die beiden unbekanntes Lied. Für Doris und Herbert war es überwältigend. Sie wussten, nun waren sie stark genug und würden ihre Liebe bewahren. Für immer. Die melancholische Melodie rührte Anton zu Tränen, natürlich nicht nur, weil so viel Liebe in der Luft lag, sondern weil er sich endgültig von »seiner« Doris, die er heimlich mehr verehrte, als er es sich selbst eingestehen wollte, für immer verabschieden würde. Nach dem Dessert würde er nach Stuttgart fahren und in die noble Seniorenresidenz *Marven* umziehen. Anton brauchte diesen Neustart. Er konnte nicht am Bodensee bleiben, so sehr ihm die Familie ans Herz gewachsen war – oder gerade deshalb? Sentimentale Orgelmusik riss ihn aus seinen trüben Gedanken, er freute sich für Doris. Er gönnte auch Herbert sein Glück.

Inzwischen waren die Brautpaare über die Holzbrücke zurück zum Festland gelaufen. Diesmal gemeinsam. Sie stiegen in die wartende Kutsche und fuhren gemächlich in Richtung Konstanz – auf der nördlichen Rheinseite. Ihr Ziel war die Schweizer Gemeinde Salenstein gegenüber der Insel Reichenau. Die Fahrt führte entlang dem Bodenseeufer. In den Dörfern winkten Menschen, freuten sich mit den vieren in der weißen Märchenkutsche. In den verwinkelten Gassen hielten sie zwei-, dreimal an, damit der Fotograf die Momente einfangen konnte. Salvatore und Anton fuhren mit der Limousine gemächlich hinterher. Der Chauffeur, der den zweiten Wagen zum Parkplatz der Insel Werd gebracht hatte, fuhr mit dem Fotografen voraus.

*

Nach ein paar Kilometern bogen die vier Pferde rechts ab und mussten kräftig den steilen Berg hinaufziehen. Es war beschwerlich, die Aussicht jedoch überwältigend: Der Untersee glitzerte wie ein großer, fein geschliffener Aquamarin. Dahinter das Bodenseeufer der Halbinsel Höri, auch Radolfzell war im Dunst zu erkennen. Sie bogen auf das Schlossgrundstück Arenenberg, dort standen geschmackvoll gekleidete Kellner, die den ankommenden Gästen eisgekühlten Champagner als Aperitif anboten. Das prächtige Schloss und die traumhafte Aussicht waren der krönende Schlussakkord der märchenhaften Kulisse.

»Darf ich euch draußen vor dem Schloss zum Essen einladen?«, lud Anton alle ein. Die Kellner richteten auf einem blumengeschmückten Buffet die Speisen an und servierten Getränke. Es war sein Hochzeits- und sein Abschiedsgeschenk. Er hatte nicht nur den unvergesslichen Tag arrangiert, sondern würde sich nach dem Hauptgang verabschieden. Seine Umzugskisten waren auf dem Weg nach Stuttgart, seine kleine Wohnung vermietet. Davon erzählte er jedoch nichts. Er bot Doris einen mit weißer Husse und einer überdimensionalen Schleife verzierten Stuhl an, daneben sollte sich Herbert setzen. Gegenüber Sara und Alexander. An dem einen Tischende saß er, am anderen Salvatore.

Nachdem die Vorspeise genossen war, begann Salvatore mit seiner Rede: »Heute ist mein glücklichster Tag«, man hörte ihm die Rührung an, er räusperte sich, »meine Kinder, ihr seid nun angekommen, glücklich und habt mir verziehen! Dafür bin ich euch bis in alle Ewigkeit dankbar.« Seine Augen glänzten. Sara schaute Alex an, der ebenfalls bewegt war. Beinahe hätte er seinen Vater verstoßen, niemals seine Liebe fühlen dürfen. Und als ob sein Vater seine Gedanken gespürt hätte, sagte er: »Mein Junge, *du* hast mir verziehen, mich nicht verstoßen«, er schaute dabei lange Alexander an. »Habe es dir nie gesagt, nie sagen können: Ich liebe dich und bin sehr stolz auf dich!« Er musste abbrechen, seine Tränen gingen niemanden etwas an. Er wandte sich ab und zog ein Kuvert aus seiner Anzugtasche, nebenbei wischte er sich so unbemerkt wie möglich kurz mit dem Handrücken über die Augen. »Ab jetzt werde ich immer an deiner Seite sein – wenn du es möchtest. Wenn ihr es wollt! Und Sara, auch dich liebe ich und freue mich über euer Glück. Behütet es gut.« Sara nickte ihn dankbar lächelnd an. »Bitte nehmt mein Hochzeitsgeschenk an, füllt es mit Leben!« Dabei ging er ein paar Schritte auf Alexander zu. Dieser stand auf, bevor Salvatore bei ihm war, und ging ihm den letzten Schritt entgegen. Zum ersten Mal nahm er seinen Vater in den Arm. Es war eine innige Umarmung, die beide sehr genossen.

»Danke, Vater!« Alexander hatte ihn so noch nie genannt. »Ab heute habe ich eine Familie.« Keiner hätte damit gerechnet, am wenigsten Salvatore. Der nun hemmungslos seine Gefühle zeigte, zum ersten Mal in seinem Leben, und Sara fest in den Arm nahm.

»Danke, Schwiegerpapa!«, lachte die verzückte Sara, die unendlich glücklich über diese Entwicklung war. Jetzt würde wirklich alles gut werden, das fühlte sie.

»Danke dir, liebe Tochter!«, antwortete Salvatore. »Ohne dich stünden wir heute nicht hier.« Und er dachte daran, dass er ohne Saras große Liebe seinen Jungen für immer verloren hätte. »Und dir danke ich auch«, lachte er Anton befreit an. »Und ich danke euch«, er blickte bewegt zu Doris und Herbert hinüber, »ihr habt mir auch verziehen.«

Herbert stand auf, nachdem sich Salvatore gesetzt hatte: »Ich bin kein großer Redner, möchte mich nur anschließen. Danke euch allen!« Er schaute jeden Einzelnen an. »Vor allem dir möchte ich Danke sagen, meine Tochter, du hast dich so für mich eingesetzt.« Seine Frau schaute ihn an. »Und im Namen von deiner Mutter«, lachte er, »nach so langer Zeit versteht man sich auch ohne Worte. Danke, Alexander, du hast unser Glück komplett gemacht. Hier habe ich ein Kuvert für euch.« Er übergab es Sara und drückte die beiden. Inzwischen standen alle und drückten oder bedankten sich. Salvatore forderte die beiden auf, ihre Kuverts zu öffnen, er wollte in ihre überraschten Gesichter sehen. Sara öffnete, gemeinsam mit Alex, das oberste, das von Doris und Herbert.

»Ihr schenkt uns das Haus in Brienz?« Sara schaute ungläubig ihre Mutter an. »Und wie war das mit dem Berg?«

»Ihr habt ja keine Angst! Und der Standesbeamte sagte euch, ihr werdet jeden Berg besiegen.« Sie schaute Alexander an: »Wir hoffen, es ist für dich in Ordnung? Wenn ihr es nicht haben wollt wegen …«

»Natürlich möchten wir das gerne haben«, bedankte er sich und drückte Doris, »dort oben habe ich meine glücklichsten Tage verbracht. Wir«, er schaute verliebt seine Frau an, »haben uns da oben ineinander verliebt«, strahlte er glücklich, »wir werden da oben noch viel schönere Tage verbringen. Und«, er brach kurz ab, senkte seine Stimme, »wir werden da oben alles in Ordnung bringen.« Alle wussten, was er damit meinte. Er würde seine Eltern ordentlich bestatten. Anton und Salvatore hatten sich mit ihm einen Plan überlegt, wie das zu bewerkstelligen war. »Und ihr dürft natürlich so oft kommen, wie ihr wollt«, sagte er zu Doris und Herbert. »Und du natürlich, Vater. Und du auch, Anton.«

»Das ist ein sehr schönes Geschenk.« Salvatores Gesicht leuchtete vor Freude. »Dann sehen wir uns alle öfter.« Er wünschte sich nichts sehnlicher. Die Freude war bei allen abzulesen, nur Anton war ruhig geblieben. Er wirkte nachdenklich.

»Du hast uns dein Haus in Konstanz geschenkt?«, Sara und Alexander konnten es kaum glauben, als sie das zweite Kuvert von Salvatore geöffnet hatten. »Das ist doch viel zu groß«, schüttelte Alex seinen Kopf und strahlte Sara an, »würde dir das gefallen?«

»Und ob!«, lachte Sara. »Ich wohne sehr gerne in Konstanz, unsere kleine Wohnung im Hotel ist bald zu klein«, strahlte sie ihn an und streichelte ihr noch nicht sichtbares Bäuchlein. »Das Haus liegt wunderschön. Man sieht über den ganzen Bodensee bis nach Österreich«, schwärmte sie, die sich das Haus während ihrer Recherche über Salvatore genauer angeschaut hatte. »Du weißt ja, wie gerne ich auf den Bodensee schaue«, lachte sie ihn befreit an.

»Wir haben dann genügend Platz für unsere Kinder.«

»Und ein Gästezimmer für unsere Eltern.«

»Zwei Gästezimmer.«

»Natürlich!«

Salvatore strahlte, es war wirklich sein schönster Tag. Anton schaute zu, räusperte sich nach ein paar Minuten:

»Genug jetzt«, ermahnte er gespielt streng die fröhliche Gesellschaft. »Setzt euch, der Hauptgang wird gleich serviert. Zuvor möchte ich noch meine Rede halten. Alexander«, setzte er an, »was ich dir sagen möchte«, er machte eine Pause, »du hast dich richtig entschieden. In allem.« Er erhob sein Glas. Es war das Zeichen für die Kellner, den Hauptgang zu servieren. Anton hatte wie immer alles geplant: In einer halben Stunde, noch vor dem Dessert, würde der Chauffeur ihn im BMW nach Stuttgart fahren. Sein gepackter Koffer lag unbemerkt von den anderen bereits in der schwarzen Limousine.

Kapitel 86

Stuttgart, 2022

»Und, mein Liebling?«, Sven schaute Marcella erwartungsvoll an, er hatte den Wein geöffnet und ein Glas halb gefüllt. »War das Sonne genug?« Sie saßen nach langer Zeit wieder auf der Terrasse mit Blick in den von Emilia angelegten Rosengarten und er las ihr die letzten elf Kapitel vor, die noch nicht veröffentlicht waren.

»Ciccino«, sie küsste ihn zärtlich. »Das habt ihr schön geschrieben, und das Ende ist, na ja, so halbwegs sonnig«, zog sie ihn auf, trank einen Schluck und gab ihm das Glas zurück.

»Das war Sonne pur!«, lachte er. »Unseren Sonnenaufgang kann sowieso niemand wiederholen. Er spielte auf den Hochzeitsantrag im Privatjet an. »Erinnerst du dich an das Lied von Yvonne Catterfeld? Für dich?«

Die Erinnerung berührte Marcella. Ihre Augen füllten sich mit Tränen, ein warmes Glücksgefühl durchströmte sie. »Ja«, kam es mit verliebter Stimme, »so was kann man nicht toppen – ich erinnere mich sehr gut daran, mio dolce cuoricino amato!«

»Du bist auch mein süßes, geliebtes Herzchen!« Sven küsste seiner Marcella die Tränen vom Gesicht. »Ich gebe dich nie wieder her.« Sie wischte ihm zärtlich seine von der Wange und überhäufte ihn mit ihren unbeschreiblich warmen Küssen.

»Ach, Tesorino«, schmachtete Marcella Sven an, »ich gönne jedem so ein großes Glück. Den Fortsetzungsroman hast du natürlich wunderschön geschrieben«, lobte sie ihn. »Nur Anton kam am Ende nicht so gut dabei weg.«

»Er wird sein Glück finden, das werden wir miterleben«, klang Sven zuversichtlich, Anton war in den letzten Monaten aufgeblüht, er wollte, so hatte er es Sven anvertraut, demnächst nach Radolfzell fahren oder alle zu sich nach Stuttgart einladen. Er vermisste sie – sie waren so was wie Familie für ihn geworden.

»Das wünsche ich ihm«, mitfühlend wie Marcella war, konnte sie das nicht ausblenden, »so ein netter Mann. Und was war mit der anderen Frau, von der er Doris erzählt hatte, darüber hat er nicht viel geschrieben. Nur angedeutet. Weißt du mehr?«

»Nein«, überlegte Sven, »zuerst dachte ich, er hätte sich die Geschichte nur einfallen lassen, um Doris aus der Reserve zu locken.«

»Aber sicher bist du dir nicht?«

»Nein, ich habe nachgefragt, aber er ging nicht darauf ein. Könnte sein, dass er darüber nicht sprechen kann.«

»Manche Verletzungen kann man nie vergessen.«

»Vergessen vielleicht nicht«, erwiderte Sven darauf und dachte an seine eigenen Erfahrungen, »jedoch verzeihen. Damit man es abhaken kann.«

»Manchmal leichter gesagt als getan«, wandte Marcella ein, »aber stimmt schon, ich habe auch alles Negative abhaken können, was mir in meinem Leben so begegnet ist.«

»Das ist gut«, lächelte er sie an, »du bist ja auch eine Schnelle.«

»Wie du auch.« Marcella streichelte ihn lieb: »Du hast auch Altes aus deinem Leben werfen können. Und es gibt ja ein einfaches Rezept dafür.«

»Wirklich?«, überlegte er. »Ich mach das intuitiv, ich habe jedoch kein Rezept, ich könnte niemandem die Anleitung dafür schreiben.«

»Angelino«, antwortete sie mit warmer Stimme, »du hast es selbst mal gesagt, du kennst das Rezept. Wer versteht, kann alles verzeihen.«

»Stimmt«, erinnerte er sich, »das hat mir Anton gesagt. Nur wie könnte ich es jemals verstehen, wenn du mich betrügen würdest, nur als Beispiel, so wie es Anton vermutlich passiert ist.«

Marcella legte ihren Zeigefinger Sven auf die Lippen: »Das darfst du niemals denken, noch nicht mal als Beispiel anführen!« Sie küsste ihn voller Liebe und kuschelte sich eng an ihn. »Ich bin dein für alle Zeit, nichts kann und wird uns jemals trennen.«

Sven atmete tief ein, ein Glücksgefühl durchströmte ihn, er konnte sich auf seine Marcella verlassen, das wusste er und er würde sein Glück mit ihr niemals aufs Spiel setzen.

»Wie können das andere verstehen oder verzeihen«, Sven küsste sie sanft, »die nicht so eine wundervolle Liebe gefunden haben?«

»Schau«, erklärte sie es ihm, »mir ist das früher auch passiert und ich war verletzt.«

»Genau«, nickte er, »das ist normal, du hattest es mir damals erzählt.«

»Dann habe die Konsequenzen daraus gezogen, eingesehen, dass er mir damals nicht die Wertschätzung geben konnte, wie ich sie verdient hätte. Und umgekehrt, er bei mir offensichtlich nicht das gefunden hatte, wonach er sich gesehnt hatte. Oder er nicht reif für die wahre Liebe war. Egal. Dann kamst du in mein Leben.« Sie schaute ihn warmherzig an. »Angelo, ohne mein Leben davor wäre ich nicht die Frau gewesen, in die du dich verliebt hättest, ohne seinen Fehltritt hätte ich nicht rechtzeitig bemerkt, wie wenig er mich liebte. Dass ich nicht zu ihm gehörte, sondern ein anderer längst auf mich wartete.«

»Verstehe, worauf du hinausmöchtest.«

»Cuore mio«, sie schaute ihn mit ihren bezaubernden Augen an und berührte ihn damit mitten im Herz, »ich liebe dich, bin bei dir angekommen. Und hege keinen Groll auf mein Leben davor, ich muss niemandem etwas verzeihen, vergeben. Da gibt's nichts mehr. Rückblickend kann ich mein Leben verstehen und alles annehmen, wie es war.« Marcella küsste ihn zärtlich und drückte sich danach so eng an ihn, dass sie sein Herz deutlich schlagen hörte. Ein warmes Glücksgefühl durchströmte Marcella. Sven strich durch ihre samtweichen Haare und sog glückselig den vertrauten Duft in sich ein.

Kapitel 87

»Hätte ich dir«, begann Anton einige Wochen später seine Frage mit einem schalkhaften Lächeln, »wirklich am Anfang erzählen sollen, wie die Geschichte endet?« Sie hatten sich bei Sven im Büro getroffen und wollten den nächsten Fortsetzungsroman besprechen. Diesmal würden sie mehr Sonne und Liebe einfließen lassen. Auf Marcellas ausdrücklichen Wunsch. Sie würden sich zumindest darum bemühen. Und gelänge es ihnen nicht, würde Marcella es möglicherweise nicht mal mitbekommen. So viel, wie sie in letzter Zeit arbeitete. Sven war ernsthaft um sie besorgt. Die Stunden, in denen sie sich sahen, wurden weniger. Dana, die inzwischen auch schon am Wochenende mit im Haushalt einspringen musste, versuchte, so fürsorglich wie möglich die Familie zu unterstützen.

»Natürlich nicht«, antwortete Sven überzeugt und schob seine Sorgen beiseite, »ich hatte die ganze Zeit gehofft, sie würden sich verzeihen, aber ich wusste nicht, ob du dich an die Regeln eines Liebesromans hältst.«

»Was für Regeln?«

»Am Ende müssen alle glücklich sein. Zumindest im Roman.«

»Dann hast du mir nicht genau zugehört, deinen Text nicht ganz zu Ende gelesen«, schaute Anton ihn bedrückt an, »ich war am Ende ganz und gar nicht glücklich – nur zufrieden.«

»Oje«, griff sich Sven an die Stirn, »das habe ich nicht gemeint. Tut mir leid!«

»Und zudem sind meine Erzählungen alle aus dem Leben, ich erfinde nichts dazu.«

»Darüber habe ich mich gestern mit Marcella unterhalten«, hakte Sven schnell ein, »das ist alles so passiert, keine Episode, kein einziges Wort dazu erfunden?«

»Nein«, kam es fast vorwurfsvoll von Anton, »habe ich dir doch gesagt!« Und etwas leiser: »Ich bin nicht so kreativ. Das sind nur erlebte Geschichten! Als Detektiv habe ich mich auch immer an die Tatsachen gehalten. Ich bin doch kein verträumter Märchenerzähler! Wofür hältst du mich?«

»Also, Anton«, begehrte Sven auf, »ich wollte dir nichts unterstellen.«

»Was sind schon Regeln«, überging Anton Svens Entschuldigungsversuch beinahe aufbrausend und beantwortete seine Frage gleich selbst, »die sind nichts wert, solange du sie nicht mit dem ganzen Herzen verstanden hast.« Während Sven etwas erschrocken schaute, regte sich Anton ab, sein Gesicht verzog sich zu einem zufriedenen Lächeln. »Ich bin sehr glücklich darüber, dass sich vor allem Alexander rechtzeitig daran erinnert hatte, auf sein Herz zu hören und nicht auf die Regeln, die irgendjemand mal aufgestellt hat. Die er mal als Polizist gelernt hatte. Und darüber, dass er sich nicht von seinem Rachedurst hatte leiten lassen, der sowieso niemals hätte gestillt werden können. Denn Rache ist unersättlich!«

»Dir geht es um Moral und Ethik?«

»Es geht nicht um Moral, die Ethik ist das richtige Stichwort«, nickte Anton. »Es geht darum, wie verhalte ich mich richtig, wie kann ich auch später noch in den Spiegel schauen?«

»Ja«, Sven rutschte interessiert auf seinem Stuhl nach vorne, »das ist die grundsätzliche Frage, die man sich jeden Tag aufs Neue stellt oder stellen sollte.«

»Fangen wir mit den Grundbegriffen an. Weißt du, was Moral und Ethik bedeuten?«, fragte er ihn wie ein Lehrer ab. Sven versuchte es umständlich zu umschreiben und Anton kürzte es ab. »Moral stammt aus dem Lateinischen. Das lateinische Wort ›Mos‹ bedeutet übersetzt Sitte. Und entspricht einer Norm, die beispielsweise früher von der Religion, heute vermehrt von der Gesellschaft aufgestellt wird. Die Moral, die ändert sich wie das Wetter. Die Ethik stammt von dem griechischen Wort ›ēthos‹ ab. Übersetzt bedeutet das Charakter oder Sinnesart. Und steht weit darüber, Ethik ist, habe ich mal irgendwo gelesen, die Wissenschaft der Moral.«

»Jetzt wird es mir zu hoch«, entschuldigte sich Sven, der ausgestiegen war, »worauf möchtest du hinaus?«

»Du hast damit angefangen«, bemerkte Anton belustigt, der mit der Veröffentlichung seiner Geschichte ein gutes Stück weit seine Vergangenheit aufgearbeitet hatte. Er wirkte aufgeräumt und konnte über Doris sprechen, sich an die schönen Momente erinnern, ohne dass es ihm schwerfiel. Er würde sie und die Familie wiedersehen. Irgendwann. Er würde sich auch wieder verlieben, das fühlte er. Nach einem Moment sprach Anton weiter: »Du hast recht damit, danach zu fragen. Nach geltender Sitte, nach geltendem Recht könnte Sara ihre Eltern und Alexander seinen Vater schonungslos anzeigen, ob sich das ethisch richtig anfühlt, ist eine zweite Frage.«

»Das war für die beiden eine schwere Entscheidung«, überlegte Sven und versuchte, sich in sie hineinzuversetzen. Vor allem Alexander, der sein Leben lang unter dem Verschwinden seiner Eltern gelitten hatte. Das konnte man nicht so einfach verzeihen.«

Anton ließ Sven kurz Zeit, seinen Gedanken nachzugehen, und unterbrach dann die Stille: »Da widerspreche ich dir und sage dir, die Antwort darauf ist ganz einfach.«

»Da bin ich aber gespannt«, schaute Sven ungläubig, kein Mensch konnte so eine komplexe Frage einfach beantworten.

»Kennst du das Gebot, liebe deinen Nächsten wie dich selbst?«

»Ja, selbstverständlich, danach lebe ich.«

»Ach ja?«, kam es spöttisch von Anton. »Aber du hast keine Ahnung, worauf ich hinausmöchte?«

»Schon.«

»Dann hast du jetzt meine Antwort, die ich an Sara und Alex damals weitergegeben habe«, Anton erinnerte sich sehr genau an die Zerrissenheit, vor allem von Alex, der, im Gegensatz zu Sara, kaum eine emotionale Bindung zu Herbert und schon gar nicht zu Doris und Salvatore aufgebaut hatte. Der genau dazu unfähig war, überhaupt emotionale Bindungen aufzubauen, genau deshalb, weil ihm das alles in seiner Jugend angetan wurde.

»Ich habe den beiden einen klugen Satz von Madame de Staël, einer aus der Schweiz stammenden französischen Schriftstellerin von 1766 zitiert: › *Alles verstehen heißt alles verzeihen.*‹«

»Und deshalb haben sie verziehen?«, fragte Sven ungläubig nach, für ihn war das zu einfach.

»Nein«, erinnerte sich Anton, »das war ein langer Weg, Sara zu überzeugen, ihren Eltern zu verzeihen und Herbert davon abzubringen, sich selbst zu stellen. Sie war wütend auf Alex, der ihrem Vater das Ultimatum gestellt hatte. Sie beschimpfte ihn damals, er solle sich aus ihrer Familie heraushalten. Sie hatte sich von ihm deshalb getrennt. Das hast du doch gelesen.«

»Ja«, nickte er. »Und was war mit Alexander? Alles hattest du ja nicht geschrieben.«

»Er hatte erwartet, Herbert würde sich selbst anzeigen und mit einer milden Strafe davonkommen, so wie es seine Anwältin, die Claudia, für ihn ausgearbeitet hatte.«

»Und das hätte ihm genügt?«

»Ja«, nickte Anton vielsagend, »du musst nur eine Ecke weiterdenken, Herbert wäre glimpflich davongekommen, dafür hätte es Doris und Salvatore erwischt. Sie hätten das Gerichtsurteil in voller Härte zu spüren bekommen. Genau das wollte Alexander erreichen. Er wollte sich auf legale Weise rächen, das andere, sich selbst an den beiden zu rächen, konnte ich ihm zuvor ausreden.«

»Ich verstehe«, nickte Sven. »Was hat Alex schlussendlich veranlasst, von seinen Plänen abzulassen?«

»Es war die große Liebe zu Sara. Sie hatte ihn genötigt nachzudenken, nachzugeben. Ohne seine Liebe zu ihr hätte er auf die guten Ratschläge von Ferdi, Pfarrer Simon und mir gepfiffen. Sara hatte ihn vor dem größten Fehler seines Lebens bewahrt. Alexander hätte alles verloren, wäre er nicht einsichtig gewesen und hätte seine Rachegedanken nicht in den Griff bekommen.«

Verstehend nickte Sven. »Er hätte seine Sara verloren.«

»Nicht nur das, auch seinen Vater«, ergänzte Anton engagiert, »jetzt hat er die Chance, seine Wurzeln kennenzulernen. Salvatore erzählt ihm alles, gibt ihm auf alle Fragen eine Antwort, er überhäuft ihn mit Liebe. Das hätte er nicht bekommen, wenn er ihn erwürgt oder ins Gefängnis gebracht hätte. Denn Salvatore hatte angekündigt, er würde in keinem Gefängnis sterben. Und das hätte er auch gemacht«, sagte Anton ernst, »ich habe den Revolver gesehen, den er damals bei sich trug.«

»Hast du geschrieben«, nickte Sven nachdenklich, »er hätte dann wirklich alles verloren.«

»Er bekommt auch die Liebe von Doris«, lächelte Anton warm, wenn er von Doris sprach, klopfte sein Herz eine Oktave höher, »sie ist eine sehr besondere Frau, Alexander bekommt von ihr die Mutterliebe, die er nie hatte.«

»Ich verstehe, was du gemeint hast«, Sven war sehr nachdenklich geworden. »Verzeihen ist nicht immer der einfache Weg, aber auf jeden Fall der bessere.«

»Und die einzige Lösung, um selbst unbelastet weitergehen zu können. Deshalb muss man miteinander reden, ehrlich, ganz offen. Daran führt kein Weg vorbei. Man muss zuhören, unvoreingenommen. Man kann nur verzeihen, wenn man den anderen versteht. Dann ist das am Ende der einfachste Weg!« Eine Weile schwiegen sie, dann sagte Anton wie zu sich selbst: »Alexander, du hast es geschafft, den Teufelskreis zu durchbrechen, nicht die vorherigen Untaten mit der nächsten zu krönen. Du hast dich selbst besiegt. Du hast deine Rache besiegt und damit alles gewonnen. Jetzt erst bist du frei.«

»Dafür braucht es einen starken Charakter!«, bestätigte Sven mit einem Nicken Antons Resümee.

»Ja, Alexander hatte viel in seinem Leben erlebt, er hatte die notwendige Reife«, Anton schaute Sven zufrieden an, »ich bin stolz auf die beiden. Und ich freue mich, dass sich Doris und Herbert wiedergefunden haben. Sie sind glücklich.«

»Und was ist mit dir?«

»Seitdem du meine Geschichte im *Guten Morgen* veröffentlicht hast, habe ich so viele Einladungen zu Kaffee und Kuchen«, lachte er Sven freudestrahlend an, »ich bin bis Samstag in einem Jahr ausgebucht!« Er stand auf, nachdem er auf die Uhr geschaut hatte. »Wir reden später über den nächsten Fortsetzungsroman. Ich muss jetzt«, lächelte Anton glücklich, »nein, ich darf.« Er ging auf Sven zu, umarmte ihn. »Habe ich mich schon bei dir bedankt?« Anton drückte ihn herzlich, drehte sich um und ging. »Bin jetzt auf ein Stück Kuchen beim Tanztee eingeladen.«

Durch die geöffnete Türe klang die unbeschwerte Melodie von Bob Marley, er sang den hoffnungsfrohen Song *Three Little Birds*. Die Musik war wie eine Bestätigung. Anton fühlte sich sorglos. Glücklich nickte er Sven zu und sprach zu sich selbst: »Du hast alles richtig gemacht.« Er schaute Sven mit bedeutsamer Miene an: »Das ist die *beste* Antwort auf die wichtigste Frage des Lebens«, und ging mit beschwingtem Schritt der leichten Musik entgegen.

ENDE